Une tentation si troublante

Une envie inavouable

Secrets d'Irlande

KATE HOFFMANN

Une tentation si troublante

Passions extrêmes

éditions HARLEQUIN

Collection : PASSIONS

Titre original : THE MIGHTY QUINNS : BRODY

Traduction française de ISABELLE DONNADIEU

Ce roman a déjà été publié en avril 2010

HARLEQUIN®
est une marque déposée par le Groupe Harlequin

PASSIONS®
est une marque déposée par Harlequin S.A.

Réalisation graphique couverture : L. SLAWIG (Harlequin SA)

83-85, boulevard Vincent-Auriol, 75646 PARIS CEDEX 13.
Service Lectrices — Tél. : 01 45 82 47 47
www.harlequin.fr
ISBN 978-2-2802-8286-4 — ISSN 1950-2761

Prologue

Queensland, Australie. Janvier 1994.

— Comment cette pierre peut-elle être magique ? demanda Callum en levant les yeux sur l'énorme rocher devant lui. Ce n'est qu'un gros caillou !

— Regarde autour de toi, espèce d'idiot, lui cria Teague depuis le sommet. Vois-tu d'autres rochers du même genre autour de nous ? Non. C'est la raison pour laquelle, selon grand-père, celui-ci est magique. Il paraît que si tu fais un vœu depuis le sommet, celui-ci se réalisera. D'ailleurs, les aborigènes y croient dur comme fer. C'est un signe.

— Si tu veux mon avis, grand-père est resté un peu trop longtemps tout seul dans l'Outback, avec pour seuls compagnons des kangourous, et il a perdu la tête !

Jusque-là silencieux, Brody s'approcha à son tour du rocher, choqué par les paroles de son frère.

— Je répéterai à papa ce que tu viens de dire, Callum. Ce n'est pas bien de parler ainsi des morts. Au lieu de raconter des bêtises, tu devrais plutôt m'aider à grimper.

— Non. On doit rentrer, maman va nous attendre pour le dîner.

— Mais je veux grimper, insista-t-il.

D'accord, il était le petit dernier mais ce n'était pas une raison pour que Callum le traite comme un bébé ! Teague, lui au moins, le considérait comme son égal, malgré leurs dix-huit mois d'écart. Tandis que Callum… Callum avait trois ans de plus que lui et agissait de façon si raisonnable qu'il avait parfois l'impression d'être en face d'un adulte de quarante ans, ennuyeux et rabat-joie. Un adulte trop sérieux et trop raisonnable.

— Tu vas tomber et t'ouvrir le menton, poursuivit son frère en soupirant, et ensuite, qui se fera gronder ? Moi, évidemment, comme chaque fois que l'un de vous deux fait une bêtise !

— Allez, Cal, insista Teague, aide-le ! Ce n'est pas si haut que ça et je le tirerai.

— Tu n'as pas besoin de me tirer, se défendit Brody. Je ne suis plus un bébé !

Bien déterminé à prouver à ses frères qu'il était aussi capable qu'eux, il attrapa les mains de Callum, les noua sans lui demander son avis puis posa un pied dessus. Quelques instants plus tard, il était au sommet du rocher, un sourire satisfait aux lèvres.

— Waouh, s'exclama-t-il aussitôt, émerveillé par la vue. C'est tellement haut que je peux voir tout le Queensland ! Et même l'océan !

— Tu exagères, répondit Callum. Le moulin est bien plus haut ; or, du haut du moulin, tu ne peux pas voir Brisbane et Brisbane est dans le Queensland.

— Au lieu de vous disputer comme des chiffonniers, intervint soudain Teague, faites donc un vœu. On verra s'il se réalise.

— Je veux bien, rétorqua Brody, mais je dois d'abord réfléchir.

Il devait en effet réfléchir, il désirait tant de choses… Un ordinateur, des jeux vidéo, un vélo… Mais il y avait une chose qu'il désirait plus que tout. Il craignait juste que ses frères se moquent de lui.

— Allez, l'encouragea Teague. Dis-nous ton vœu. Il ne se réalisera pas si tu ne le cries pas.

Bon, d'accord. Après tout, il était déjà sur le rocher, alors autant en profiter.

Il prit donc une profonde respiration puis…

— Je veux être footballeur, cria-t-il de toutes ses forces. Je veux devenir footballeur professionnel, je veux faire partie d'une grande équipe. Je veux être célèbre et que tout le monde connaisse mon nom.

Puis il se tut et, la tête basse, se tourna vers ses frères, persuadé de lire du sarcasme dans leurs regards. Mais à sa grande surprise, ils ne riaient pas. Au contraire, ils semblaient même encourager son vœu.

— C'est pas mal, fit Callum avec sérieux. Je…

— A mon tour, le coupa Teague. Je sais exactement ce que je veux, je veux un avion. Ou bien un hélicoptère. Je veux apprendre à voler pour aller où je veux, quand je veux. Je veux parcourir le monde, survoler l'Amérique, l'Afrique et le pôle Nord. Et toi, Callum, que désires-tu ?

— Je sais moi aussi ce que je veux, répondit l'aîné.

Sans en dire plus, ce dernier s'assit et noua ses bras autour de ses genoux.

— A votre avis, comment ce rocher est-il arrivé ici ? demanda-t-il, rêveur.

— Je crois que c'est une météorite, répondit Brody en s'asseyant à ses côtés. C'est une météorite tombée du ciel.

— Peut-être les Aborigènes l'ont-ils apporté ici ? Peut-être s'agit-il d'une pierre sacrée comme celles de Stonehenge, en Angleterre.

— Si vous voulez mon avis, c'est juste une fiente d'animal préhistorique qui s'est fossilisée, suggéra Teague en riant.

Ses frères l'imitèrent puis, peu à peu, ils se turent, s'allongèrent tous les trois et fixèrent le ciel.

— Bon, Callum, lança tout à coup Brody en le ramenant à la réalité, c'est ton tour. Fais ton vœu.

— Mon vœu est simple, j'aimerais un jour posséder un endroit comme celui-ci.

— Tu veux un rocher ?

— Mais non, imbécile ! Un ranch. Un ranch aussi grand que Kerry Creek, ou plus grand même. J'y élèverai des chevaux pur-sang et des vaches, les meilleures de tout le Queensland.

— Pourquoi veux-tu vivre dans un ranch ?

— Parce que j'aime la vie ici, tout simplement.

Déçu, Brody secoua la tête. Décidément, son frère aîné n'avait vraiment aucune imagination. Rien n'était plus ennuyeux que la vie dans un ranch. Les jours s'écoulaient si lentement… La vraie vie était dans les villes, à Brisbane ou Sydney.

Enfin. Callum pouvait bien posséder un ranch s'il le voulait, et Teague un avion, peu lui importait car son rêve à lui était le meilleur.

— Papa m'a raconté qu'il a amené maman ici lorsqu'il lui a demandé de l'épouser, reprit soudain Callum en se levant pour fixer l'horizon.

Surpris, Brody regarda Teague et lui jeta un regard interrogateur.

Pourquoi donc Callum avait-il lancé ce sujet ? C'était pourtant tabou.

Depuis quelque temps, leurs parents passaient en effet leur temps à se disputer et lorsqu'ils ne se lançaient pas des insultes au visage, ils s'ignoraient. L'atmosphère à la maison était si pesante que Brody aurait donné n'importe quoi pour revenir quelques années en arrière.

Oui, voilà ce qu'il désirait, plus que tout au monde, encore plus qu'une carrière de footballeur.

— J'ai changé d'avis, annonça-t-il tout à coup. J'ai un nouveau vœu, celui que papa et maman arrêtent enfin de se disputer et…

Il s'interrompit brusquement et refoula les larmes qui lui piquaient les yeux.

— Vous vous souvenez quand ils s'embrassaient autrefois ? Ou quand papa serrait maman si fort dans ses bras qu'elle éclatait de rire ? Ou quand ils allumaient la radio et dansaient le rock dans la cuisine ?

— Oui, répondit Teague d'un ton empli de nostalgie. Je m'en souviens.

Emu, Brody ferma les yeux.

Pendant les dix premières années de sa vie, il avait grandi dans une atmosphère de bonheur et de joie. Puis peu à peu, la tristesse de sa mère était devenue plus apparente, de même que la frustration de son père. Elle détestait vivre au ranch et son père n'imaginait pas d'autre vie que celle au ranch.

A moins que l'un d'eux ne cède, la situation était donc insoluble.

Tout à coup, Callum attrapa sa main puis celle de Teague.

— Faisons ce vœu, proposa l'aîné avec sérieux. Fermons les yeux, prions et notre vœu se réalisera.

— Je pensais que tu ne croyais pas au pouvoir du rocher, s'étonna Teague.

— Tais-toi, lui rétorqua son frère. Tais-toi et fais ce vœu. Maintenant !

Ils fermèrent tous les trois les yeux, se concentrèrent et Brody pria de toutes ses forces. Malgré sa volonté de croire en les pouvoirs du rocher, il savait néanmoins que la réalisation de leur désir dépendait moins de la puissance de leurs injonctions que de la volonté de leurs parents de résoudre leurs problèmes.

Lorsqu'il rouvrit les yeux, il vit que ses frères le fixaient du regard. Il se força alors à sourire mais cela ne suffit pas à lui faire oublier ses craintes. Quelque chose de terrible allait arriver, il le savait. Il le sentait.

Hélas, il ne pouvait rien faire pour l'éviter, il n'était qu'un enfant. Il se contenta alors de se mettre sur le ventre et de se laisser glisser sur la terre ferme.

Une fois sur le sol, il remonta sur son cheval et, sans attendre ses frères, donna un coup à l'animal et s'élança dans un nuage de poussière.

Si jamais sa mère quittait le ranch, il partirait avec elle, ce serait son devoir. Elle aurait besoin de quelqu'un pour prendre soin d'elle et il avait toujours été capable de la faire sourire. En plus, elle lui avait un jour avoué qu'il était son fils préféré.

Il partirait donc.

Mais même s'il trouvait la vie ici monotone, il ne pouvait s'empêcher de se sentir triste à cette idée.

Il refoula néanmoins les larmes qui lui montaient aux yeux.

Le cheval se dirigea dans la direction opposée à la maison mais il le laissa faire. Avec un peu de chance, l'animal l'emmènerait vers un ailleurs plus heureux.

- 1 -

Queensland, Australie. Juin 2009.

Brody Quinn s'étira et laissa échapper un long soupir de lassitude. Il n'avait aucune idée de l'endroit où il se trouvait et il avait mal à la tête. En plus, il se sentait engourdi, fatigué. Ses articulations, son genou, son coude droit et les doigts de la main gauche étaient encore plus douloureux que d'habitude.

Pendant combien de temps devrait-il se réveiller chaque matin en faisant l'inventaire des plaies et douleurs consécutives à l'accident de moto qui avait anéanti sa carrière sportive ? Il n'avait que vingt-six ans et pourtant, ce matin, comme tous les matins depuis son accident, il avait l'impression d'être un vieillard.

Abattu, il passa une main dans ses cheveux et plongea dans ses souvenirs. En vain. Les événements de la nuit précédente étaient flous dans sa mémoire. Il avait passé la soirée à boire au Spotted Dog, et ensuite… Ensuite, qu'avait-il fait ? Il l'ignorait.

Il entendit tout à coup le refrain d'une chanson d'Elvis Presley et soupira. Plus aucun doute, il savait maintenant où il se trouvait. Il était dans une cellule du commissariat de Bilbarra. Le chef de la police locale, Angus Embley, était en effet un tel fan du chanteur américain qu'il écoutait ses disques du matin au soir. Il se montrait toujours disposé à discuter des qualités de son idole avec quiconque franchissait la porte de son bureau, y compris les criminels.

Brody n'avait rien contre Elvis. Simplement… Il n'avait pas envie de l'écouter maintenant. Il avait trop mal à la tête.

— Angus, cria-t-il. Baisse le son !

Depuis qu'il était revenu dans le ranch familial, dans le Queensland, il avait déjà fait plusieurs séjours dans les cellules du commissariat local. Même s'il terminait derrière les barreaux pour des raisons stupides, même si les couchettes y étaient très inconfortables, cela ne le dérangeait pas outre mesure car cela lui permettait au moins d'éviter de faire la longue route jusqu'au ranch au milieu de la nuit.

— Angus !

— Il n'est pas là, répondit soudain une voix féminine. Il est sorti prendre son petit déjeuner.

Surpris, Brody se tourna vers la cellule voisine.

Une jeune femme vêtue d'un jean moulant et d'un chemisier à fleurs se tenait aux barreaux et le dévisageait.

Incrédule, il se frotta les yeux. Aucune femme ne pouvait être ici, il rêvait. Il rêvait forcément… Ou alors il avait perdu la tête.

Oui, c'était cela, il avait perdu la tête.

Accablé, il se laissa retomber sur son lit.

Il avait touché le fond. Se battre dans un bar était une chose, mais avoir des hallucinations… C'était la preuve qu'il était devenu fou.

Il ferma les yeux pour tenter de se reprendre et de revenir à la raison mais l'image de la jeune femme ne disparut pas de son esprit. Au contraire, elle s'y incrusta.

Que diable lui arrivait-il ? Il ne comprenait plus rien. Ce mirage… Cette femme… Elle ne correspondait ni à ses goûts, ni à ses fantasmes. Il avait toujours préféré les grandes blondes aux yeux bleus, or celle-ci était petite, frêle et dotée d'une épaisse chevelure noire. Quant à ses traits, ils étaient… singuliers. Elle possédait des lèvres pleines, très sensuelles, des pommettes hautes et une peau très pâle qui contrastait avec sa crinière bouclée.

— Ne vous en faites pas, reprit la femme. Vous n'êtes pas le premier à parler pendant votre sommeil.

Brody se redressa.

La voix avait un accent américain alors que, dans ses rêves, les femmes ne venaient jamais des Etats-Unis.

Etrange.

— En fait, reprit la voix, vous avez surtout marmonné, et ronflé aussi, mais j'ai tout de même réussi à saisir le nom de Nessa.

Brody se frotta une nouvelle fois les yeux. Il ne rêvait pas. Une femme était bel et bien dans l'autre cellule.

— Vanessa, murmura-t-il d'une voix lasse en fixant la jeune femme.

Elle ne portait pas de maquillage et pourtant, elle semblait sortir tout droit d'un de ces magazines de mode que dévorait Vanessa. Elle avait le teint frais d'une jeune fille de la campagne, innocente, naturelle et bien dans ses baskets.

Sentait-elle aussi bon qu'elle en avait l'air ? se demanda-t-il soudain en reprenant des forces.

Depuis qu'il était revenu au ranch, aucune femme n'avait suscité son intérêt. Du moins jusqu'à ce matin, jusqu'à ce qu'il se retrouve face à cette charmante sirène qui le fixait de ces envoûtants yeux couleur chocolat, réveillant tous ses sens. Ses sens qui étaient endormis depuis si longtemps…

Cette créature avait beau avoir l'air très jeune, elle devait forcément être majeure, sinon elle ne serait pas dans cette cellule. Rien ne l'empêchait donc de tenter de la séduire.

— Vous avez bien dit Nessa, insista la jeune femme. Je m'en souviens car cela m'a surprise.

— C'est un diminutif pour Vanessa. Elle est mannequin et se fait appeler ainsi.

Nessa était même tellement célèbre qu'elle n'avait pas besoin de nom de famille. Un peu comme Madonna.

— Il s'agit de votre petite amie ? demanda la jeune femme.

— Oui. Enfin… Mon ex-petite amie.

— Je suis désolée. Je ne voulais pas remuer des souvenirs douloureux.

— Ne vous en faites pas, je…

Il se tut brusquement. Il n'avait pas envie de parler de Vanessa. A cet instant, seule la jeune femme en face de lui l'intéressait.

Elle l'intéressait et elle l'intriguait.

— Que faites-vous dans cette cellule ?

— C'est le résultat de… d'un petit malentendu.

— Angus n'enferme personne à cause d'un petit malentendu, surtout pas une femme. Alors dites-moi, qu'avez-vous fait ?

— J'ai fait un café baskets.

— Vous avez fait quoi ?

Les joues roses, elle baissa les yeux. Elle semblait honteuse.

— Je... Je suis partie d'un restaurant sans payer, expliqua-t-elle d'une voix timide. En fait, j'ai fait cela à plusieurs reprises... Dans d'autres villes. Mais ma carrière de criminelle en fuite semble désormais terminée. La propriétaire du restaurant a appelé la police et me voilà derrière les verrous.

Brody se leva et s'approcha des barreaux séparant leurs deux cellules.

— Pourquoi ne pas avoir payé votre repas ?

— J'aurais bien aimé, malheureusement, je n'avais pas d'argent. J'ai proposé à la propriétaire de lui laisser ma pièce d'identité et de revenir dès que j'aurais trouvé du travail mais elle a refusé cet arrangement.

Une si jolie jeune femme qui n'aurait pas d'argent ? C'était trop étonnant pour être vrai. Il devait encore être en train de rêver.

Convaincu qu'il était devenu fou, il tendit lentement le bras à travers les barreaux jusqu'à... jusqu'à la toucher.

Il n'avait donc pas rêvé, cette belle femme existait bel et bien, et pas uniquement dans son imagination.

Sous le charme, il la dévisagea. Elle avait la plus jolie bouche qu'il ait jamais vue, des lèvres sensuelles, des lèvres parfaites pour...

Il ferma les yeux et tenta de refouler son désir.

Cette femme était très attirante mais il ne devait pas céder à la tentation. Ce n'était pas le moment. Il était en prison, bon Dieu !

— Comment vous appelez-vous ? lui demanda-t-il plutôt.

— Payton.

— Payton, répéta-t-il, rêveur. Est-ce votre prénom ou votre nom de famille ?

— Mon prénom. Je m'appelle Payton Harwell.

— Vous êtes américaine ?

— Oui.

— Et vous êtes en prison.

A ces mots, elle laissa échapper un petit rire nerveux.

— Il semblerait en effet que je sois en prison, au moins pour un moment, répondit-elle. Angus a promis de me libérer dès que je trouverais un moyen de payer ma dette mais je ne sais pas quand cela arrivera. J'ai proposé de faire la plonge au restaurant mais la propriétaire refuse que je remette les pieds chez elle et comme j'ai l'impression que le travail est plutôt rare par ici…

Elle continua à parler mais, peu à peu, Brody arrêta de l'écouter. Il ne l'écoutait plus, il ne l'entendait plus. Il ne voyait plus que le beau visage aux traits si expressifs, le beau visage à la sensualité naturelle, presque sauvage.

— Quinn.

En entendant cette voix, Brody revint brusquement à la réalité. Il se retourna et regarda Angus entrer.

— As-tu enfin dessoûlé ? lui demanda le policier.

— Tu n'avais pas besoin de m'enfermer pour que je cuve mon alcool.

— Brody Quinn, tu as provoqué une bagarre, tu as cassé un miroir et tu m'as lancé un verre à la figure après avoir insulté mes goûts musicaux… Tu ne m'as pas vraiment laissé le choix !

Angus s'interrompit et plaça ses mains sur ses hanches avant de poursuivre.

— Tu vas devoir payer une amende et rembourser le miroir, continua-t-il avec autorité. Je veux aussi que tu me promettes que tu vas enfin respecter la loi et arrêter de te conduire comme une tête brûlée. Il est temps que tu te comportes en adulte responsable. Je suis persuadé que c'est ce que ton frère va te dire lorsque tu le verras dehors.

— Teague est là ?

— Non, Callum. Mais ne t'inquiète pas, il n'est plus en colère. Il a eu le temps de se calmer en chemin.

— Pourquoi l'as-tu appelé ? J'aurais pu rentrer seul.

— Tu aurais pu si ton copain Billy n'avait pas jeté ton trousseau de clés dans les toilettes. C'est d'ailleurs ce qui a mis le feu aux poudres hier soir. Callum a donc été obligé de t'apporter un double.

Angus se tut et ouvrit sa cellule.

— Attention, reprit le policier, menaçant, la prochaine fois que tu provoques une bagarre, je te garde ici pendant une semaine.

Brody ne répondit pas. Pressé de recouvrer la liberté, il sortit de la cellule puis se planta devant le policier.

— Libère cette demoiselle, s'il te plaît. Je vais payer son amende.

— Calme-toi un peu, Brody. Tu n'es pas le shérif ici. Arrange-toi pour que la propriétaire du restaurant retire sa plainte, trouve-lui du travail et ensuite, tu pourras payer son amende. En attendant, je la garde au frais, je…

— Ne vous en faites pas pour moi, l'interrompit Payton. Je suis bien ici. J'ai un lit, des repas réguliers.

Sceptique, Brody la dévisagea. Il n'avait pas envie de la laisser enfermée, même si elle disait y être prête. Personne n'était heureux en prison. D'un autre côté… il avait entendu Angus. Tant qu'elle faisait l'objet d'une plainte, il ne pouvait pas agir.

Hélas.

— Bon… Comme vous voudrez.

Elle le remercia d'un signe de la main mais cela ne calma pas ses remords. Ni ses interrogations.

Cette femme l'intriguait. Que faisait-elle à Bilbarra ? Dans cette ville perdue de l'Outback ? Sans un sou ? Les questions se bousculaient dans sa tête.

En attendant de trouver des réponses, il suivit Angus jusqu'au bureau de ce dernier.

— Libère-la, s'il te plaît. Je te promets de m'occuper des conséquences de ses actes.

— Tu l'as entendue, elle veut rester ici pendant quelque temps. En plus, elle ne critique pas mes goûts musicaux alors oublie-la et sors d'ici.

Résigné, Brody salua le policier puis sortit, la tête basse. Il aurait bien aimé emmener Payton avec lui mais… Il ne souhaitait pas se disputer avec Angus et risquer de passer une nouvelle nuit ici. Mieux valait donc faire profil bas pour le moment.

Devant la porte du commissariat, il se trouva face à face avec son frère aîné et il réprima un soupir de lassitude.

— Vas-y, Callum. Passe-moi un savon qu'on en finisse rapidement.

— Bon Dieu, Brody, c'est la troisième fois en un mois que tu passes la nuit en prison ! Si tu envisages de continuer à ce rythme, tu devrais t'installer ici. Cela t'éviterait de faire des allers et retours tous les week-ends.

— Cela n'arrivera plus jamais.

— Je n'ai pas le temps de venir te chercher toutes les semaines, poursuivit son frère. L'essence est chère. En plus, j'ai d'autres choses en tête en ce moment avec le procès à venir.

Cela faisait maintenant un mois que Callum était sur les nerfs, depuis qu'Harry Fraser avait porté plainte contre lui, remuant les braises d'une des plus anciennes disputes agraires de l'histoire de l'Australie. Depuis près d'un siècle, les Fraser et les Quinn se disputaient en effet des terres sur lesquelles se situaient des sources d'eau essentielles à l'activité des ranchs, le titre de propriété passant des mains d'une famille à celles de l'autre, au rythme des jugements.

Les Quinn étaient désormais sur le banc des accusés.

— Harry a perdu ses trois dernières tentatives, lui rappela Brody. Il n'a réussi à apporter aucune nouvelle preuve en sa faveur, alors pourquoi crois-tu que cela risque de changer aujourd'hui ?

— Même si le droit est de notre côté, je vais tout de même devoir faire appel à un avocat et cela va coûter cher, prendre du temps… Or entre cette généalogiste qui vient d'arriver au ranch avec l'espoir que je lui raconte l'histoire de la famille et tes frasques, je ne peux pas…

— Je t'ai dit que j'étais désolé.

— Je ne te comprends pas. Tu es en train de gâcher ta vie alors que tu pourrais nous donner un coup de main au ranch. Teague a besoin de toi pour s'occuper des troupeaux. Son affaire marche tellement bien que, quand il n'est pas en voyage, il est au téléphone ou dans son bureau, occupé à faire sa comptabilité.

Nerveux, Brody prit une profonde inspiration. Aussi loin

qu'il se souvenait, Callum avait toujours critiqué son refus de participer à la vie du ranch. Pourquoi cela changerait-il aujourd'hui ?

— Je n'ai pas encore décidé ce que je voulais faire mais ne compte pas sur moi pour travailler sur le ranch. Maintenant, est-ce que tu peux me donner mes clés ? J'ai des choses à faire.

— Si tu veux encore te bagarrer, il va falloir que tu te trouves un autre terrain de jeu, Buddy ne veut plus te voir au Spotted Dog. A moins que tu ne décides enfin de renoncer à l'alcool… Tu ferais des économies.

Des économies… D'accord, il avait besoin de faire attention à son budget, mais il n'était pas le seul. Callum aussi devait faire des économies.

Les revenus de ce dernier dépendaient en effet uniquement de Kerry Creek, le ranch de cinquante mille hectares que possédait la famille Quinn. Or, même si l'affaire était rentable, Callum devait reverser une part significative des bénéfices à leurs parents qui vivaient aujourd'hui à Sydney.

Teague avait lui aussi des soucis d'argent. Après avoir travaillé plusieurs années comme vétérinaire à Brisbane, il était revenu au ranch un an plus tôt pour assister le Dr Daley, espérant pouvoir racheter son cabinet lorsque le vieil homme prendrait sa retraite. En attendant, il avait dépensé toutes ses économies pour s'acheter un avion grâce auquel il se rendait régulièrement dans des régions très reculées pour soigner des bêtes.

Quant à lui, après avoir gagné des millions, il était désormais sans travail et ses économies fondaient comme neige au soleil.

S'il vivait chichement et faisait attention, il pourrait peut-être encore en profiter pendant trois ou quatre ans, mais ensuite il devrait trouver un vrai travail. Un emploi qui ne consisterait pas à lancer un ballon entre deux poteaux.

Adolescent, il n'avait eu d'autre choix que de quitter Bilbarra. Il détestait le ranch presque autant que sa mère et même s'il désirait rester avec ses frères, il savait que cette dernière avait besoin que quelqu'un veille sur elle. Alors il était parti. Mais il ne l'avait pas regretté car cela lui avait permis de réaliser son rêve et de devenir footballeur professionnel. Jusqu'à ce stupide accident sans lequel il serait toujours à Fremantle, à profiter de la vie.

Il avait suffi d'une seule erreur pour qu'il perde tout. Il s'était déchiré les ligaments du genou et avait passé un an en rééducation, à endurer d'affreuses souffrances dans l'espoir de revenir au meilleur niveau. Peine perdue. Après avoir rejoué trois matchs, son club l'avait licencié sans ménagement et il avait depuis perdu tous ses contrats publicitaires.

Tout le monde lui avait tourné le dos.

Son rêve d'enfant s'était transformé en cauchemar.

— Je sais que tu ne fais pas ce que tu voudrais faire, reprit Callum d'une voix plus douce, comme s'il avait deviné ses tourments. Je sais que la vie est parfois injuste mais ce n'est pas une raison pour tout gâcher. Il faut que tu te reprennes et que tu arrêtes de te conduire comme un abruti.

— Laisse tomber. J'ai déjà une mère, je n'ai pas besoin d'une deuxième. Je…

Il s'interrompit brusquement et prit les clés dans la main de son frère.

— Je te verrai plus tard, ajouta-t-il avant de s'éloigner sans même se retourner.

Il détestait quand Callum prenait ses airs supérieurs. En plus, il ne le convaincrait pas, alors, inutile de discuter !

Encore bouillant de colère, il traversa la rue principale de Bilbarra et se força à respirer. Peu à peu, il parvint à se calmer. Sa colère s'évanouit et ses pensées se fixèrent de nouveau sur la jeune femme de la prison.

— Payton, murmura-t-il d'une voix rêveuse.

Il n'avait pas été autant attiré par une femme depuis que Vanessa l'avait quitté, un an plus tôt, pour un homme à l'avenir plus radieux.

Mais, contrairement à Vanessa, Payton Harwell ne le connaissait pas. Elle ne savait rien de sa vie passée, elle ne cherchait pas à tirer parti de sa célébrité. Elle désirait juste un endroit pour dormir et des repas chauds.

Deux choses qu'il avait les moyens de lui offrir.

***

Payton but une dernière gorgée du jus d'orange qu'Angus lui avait donné pour le petit déjeuner. Un peu plus tôt, elle avait dévoré le sandwich et les œufs durs, pressée de profiter de ce qui serait sans doute son seul repas de la journée car, tôt ou tard, le policier allait la libérer et elle serait de nouveau seule, sans un sou.

Elle reposa la bouteille, jeta un coup d'œil dans la cellule voisine à la sienne et esquissa un sourire rêveur.

Elle avait apprécié avoir de la compagnie pendant un moment. Elle avait d'autant plus apprécié ces quelques minutes que son compagnon était un homme séduisant et très très sexy.

Elle promena un doigt sur sa joue, à l'endroit même où Brody Quinn avait posé sa main quelques minutes plus tôt et elle frissonna au souvenir des sensations ressenties.

Cela faisait maintenant un mois qu'elle était en Australie et sa conversation avec Brody avait été la première qu'elle s'était autorisée, la première au cours de laquelle elle avait révélé son vrai nom.

Son nom… La seule certitude qui lui restait.

Jusqu'à il y a un mois, sa vie avait été un long fleuve tranquille, faite de séjours en écoles privées, de vacances luxueuses et de rallyes mondains… Son avenir était tracé d'avance, depuis sa naissance jusqu'à son mariage avec un homme bien sous tous rapports.

Toute sa vie, elle avait joué les jeunes filles obéissantes, faisant tout pour satisfaire ses parents. Jamais elle n'avait contesté leur autorité. Même lorsqu'ils l'avaient forcée à abandonner l'équitation, après une chute, elle avait obtempéré et accepté leur décision alors qu'elle adorait monter à cheval. C'était le seul moment où elle se sentait libre et heureuse.

Non, jamais elle ne s'était rebellée.

Jusqu'au mois dernier, quand sa rébellion avait pris la forme d'une explosion volcanique que rien ne pouvait arrêter.

Au moment de dire « oui, je le veux » à Sam, elle avait brusquement fait demi-tour et s'était enfuie.

Pour la première fois de sa vie, elle avait pris une décision seule : celle de fuir.

Elle avait rencontré Sam à Columbia, pendant sa première année à l'université. Il était beau, intelligent et descendait d'une famille d'investisseurs de la côte est. C'était l'homme idéal que sa mère lui avait toujours décrit, l'homme que son père, à la tête d'une grande banque d'affaires, espérait avoir comme successeur. Alors, suivant leurs conseils, elle l'avait fréquenté.

Attention, elle avait ressenti une certaine attirance au début, elle n'avait pas fait qu'obéir à ses parents mais…

Une image surgit soudain dans son esprit et elle se figea. Elle avait fréquenté Sam pendant des années mais elle l'avait oublié sans la moindre difficulté. Aujourd'hui, elle n'avait plus envie de penser qu'à un seul homme — au bel inconnu de la prison.

Au souvenir du regard brûlant avec lequel ce dernier l'avait dévisagée, elle sentit un frisson de désir glisser le long de son dos et s'insinuer entre ses cuisses.

Le souffle court, elle ferma les yeux et s'adossa contre le mur. Brody Quinn était l'homme le plus sexy qu'elle ait jamais vu. Un homme auquel aucune femme ne pouvait résister — en tout cas, un homme auquel elle ne pouvait pas résister.

Que se serait-il passé s'il n'y avait pas eu ces barreaux entre eux ? L'aurait-il embrassée ? Se serait-elle jetée dans ses bras ?

Elle ferma les yeux en soupirant.

Pourquoi pensait-elle à cela ? Cela ne lui ressemblait pas, elle avait perdu la tête !

Sans doute la conséquence de tout le stress subi ces dernières semaines. Mais cela pouvait se comprendre. Après tout, jamais elle n'avait eu à se demander où elle allait dormir le soir même, ni ce qu'elle allait manger. Jamais elle ne s'était interrogée sur ses besoins ou ses envies. Refoulant ses sentiments, elle se laissait vivre, elle se laissait guider par ses parents.

Mais ce matin, elle n'était plus que désir et passion, émotions et sensations.

Après avoir pensé qu'il était normal que le désir que Sam

éprouvait pour elle s'émousse, elle comprenait désormais qu'elle avait eu tort et elle avait envie de plaisir.

Elle n'avait pas beaucoup d'expérience, n'ayant connu que quatre hommes dans sa vie mais elle savait néanmoins que le sexe devait être excitant. Avec Sam, il l'avait été. Du moins jusqu'à ce qu'il se mette à travailler quatorze heures par jour. Ensuite, elle avait eu l'impression que l'amour était devenu pour lui une obligation comme une autre, au même titre que le bouquet de fleurs qu'il lui offrait tous les jeudis.

Pendant les semaines qui avaient précédé le mariage, sa mère lui avait assuré que tout rentrerait vite dans l'ordre, lui avait rappelé qu'il y avait toujours des hauts et des bas dans un mariage et qu'il n'y avait pas que le sexe entre un homme et une femme. Mais cela n'avait pas suffi à la rassurer.

Peu à peu, elle avait commencé à regarder Sam d'un œil différent. Chaque caresse, chaque baiser lui apparaissait comme une preuve que la passion entre eux s'évanouissait. Pire, elle s'était mise à douter, se demandant si elle n'était pas incapable d'intéresser un homme.

Aujourd'hui, elle savait que c'était faux.

Avec Brody, l'attirance avait été là dès le premier instant. Entre eux, il y avait eu de l'excitation, du désir et un plaisir qu'elle n'avait pas ressenti depuis des années. Il avait suffi qu'il lui parle pour que son cœur se mette à battre à toute allure et que sa respiration devienne plus sourde.

Elle repensa soudain à la nuit précédant son mariage, une nuit qu'elle avait passée à marcher dans sa chambre d'hôtel des îles Fidji, incapable de trouver le sommeil.

Ce soir-là, son instinct lui avait ordonné d'annuler le mariage, ou au moins de le reporter de quelques jours, le temps de reprendre ses esprits, mais elle y avait renoncé, craignant d'inquiéter ses parents. Enfant unique, ils avaient en effet reporté toute leur attention sur elle et elle avait toujours fait son possible pour les satisfaire.

Le lendemain, elle était au bras de son père, dans l'allée menant à l'autel, entourée de ses amis et de sa famille, lorsqu'elle avait levé les yeux vers son futur mari et avait compris qu'elle ne pouvait pas aller plus loin. Malgré tout l'amour qu'elle éprouvait pour ses parents, elle ne pouvait pas, c'était impossible. C'était au-delà de ses forces.

Alors, après avoir fait demi-tour, elle avait couru jusqu'à sa chambre, attrapé son sac, son passeport et, cinq minutes plus tard, encore vêtue de sa robe de mariée, elle se trouvait dans un taxi roulant vers l'aéroport, prête à embarquer sur le premier vol quittant les îles Fidji, quelle que fût sa destination.

Craignant que sa carte de crédit ne la trahisse, elle avait échangé son billet pour Sydney, destination de sa lune de miel, pour un vol vers Brisbane, persuadée qu'une fois là-bas elle pourrait s'évaporer dans la nature sans difficulté.

Malheureusement, malgré ses efforts, ses maigres économies avaient vite fondu et elle s'était rapidement retrouvée sans un sou.

Une femme rencontrée à Brisbane lui avait affirmé que les étrangers trouvaient facilement du travail dans les ranchs du Queensland, aussi avait-elle finalement pris la direction de Bilbarra.

Où elle se trouvait désormais. En prison.

Que faire maintenant ?

Rentrer aux Etats-Unis ? Elle pourrait toujours appeler ses parents, leur expliquer la pression qu'elle avait sentie peser sur ses épaules… Peut-être Sam lui pardonnerait-il ?

Non. Impossible.

Elle ne pouvait pas rentrer car, même si Sam lui pardonnait, cela ne suffirait pas à effacer tous ces doutes qui la tenaillaient.

Le souvenir de Brody Quinn revint soudain à son esprit et elle sentit son sang se mettre à bouillir dans ses veines. Il était si beau… Si musclé, si fort. Sans doute le résultat de longues heures de musculation. Mais ce qui l'avait fascinée le plus, c'était ce regard, ces yeux verts aux incroyables reflets dorés, ces yeux soulignés de longs cils noirs.

Il n'avait pas dit grand-chose mais lorsqu'il avait parlé, lorsqu'il l'avait regardée, elle n'avait pu s'empêcher de se demander à quoi il pensait. L'imaginait-il nue ? Voulait-il l'embrasser ? La caresser ? Si Angus l'avait libérée, auraient-ils cédé à leur désir ?

Jamais elle n'avait senti son corps aussi vivant, aussi vibrant de désir, que pendant ces quelques minutes.

Elle se laissa tout à coup tomber sur son lit.

Pourquoi diable avait-elle refusé l'aide de Brody ? Cela aurait été agréable d'avoir un ami ici, quelqu'un capable de lui expliquer quelques trucs pour se débrouiller dans l'Outback, et l'aider à trouver un emploi. Même si elle avait suivi des cours de cuisine, si elle pouvait enseigner le piano, le français ou l'italien et qu'elle était une excellente cavalière, son expérience professionnelle était en effet limitée.

Refoulant ses regrets, elle se leva, marcha jusqu'à l'endroit où Brody s'était tenu quelques minutes plus tôt puis ferma les yeux et fit un vœu.

A partir de maintenant, elle allait suivre son instinct, uniquement son instinct. Elle allait écouter ses désirs. Si elle voyait quelque chose qu'elle voulait, elle ferait son nécessaire pour l'obtenir. Ensuite, une fois qu'elle aurait découvert qui elle était, seule, sans ses parents ni Sam, elle pourrait enfin penser à son avenir.

— Vous avez fini votre petit déjeuner ? lui demanda soudain Angus en la sortant de sa réflexion.

— Merci, c'était très bon, répondit-elle en le regardant déverrouiller la porte de la cellule et reprendre le plateau.

— J'aimerais que vous répondiez à une question.

Payton prit une profonde inspiration. Elle savait bien qu'à un moment ou un autre, elle devrait s'expliquer, expliquer ce qu'elle faisait seule dans l'Outback, sans un sou.

— Allez-y.

— Avez-vous déjà visité Graceland ?

— Graceland ?

Payton sursauta. Elle s'attendait à tout sauf à cela.

Enfin… La question ne l'étonnait pas tant que cela car elle avait eu le temps d'avoir un aperçu des goûts musicaux d'Angus.

— Jamais, répondit-elle enfin. Mais j'ai croisé une fois Priscilla Presley à New York.

— Priscilla ?

— Oui, c'était à un défilé de mode, sur Madison Avenue.

— Je n'en reviens pas. Priscilla Presley ? Mais c'est aussi

excitant que de rencontrer Elvis en personne ! La plupart des gens rêvent d'Hollywood ou de Disneyland mais, pour moi, l'idéal absolu, c'est Graceland. Bon, assez parlé. Votre dette a été payée, mademoiselle Harwell, vous êtes libre.

Etonnée, elle le fixa, immobile, incapable de bouger. Elle n'avait pas envie de partir car elle ne savait pas où aller, mais… Mais maintenant qu'elle avait décidé de suivre son instinct, elle ne pouvait plus reculer. Elle devait plonger.

— Quelqu'un a payé ma dette ? répéta-t-elle, incrédule.

— Oui, un homme. Il vous attend dehors. Vous réglerez vos comptes avec lui.

Soudain impatiente, elle attrapa son sac, ramassa les rares biens qu'elle possédait puis sortit à la rencontre de son mystérieux sauveur.

Sur le porche, elle aperçut un homme vêtu d'un jean usé et d'un T-shirt froissé et, soulagée, elle esquissa un sourire timide. Elle aurait reconnu cet homme entre mille.

— Est-ce vous qui…

— Ne me remerciez pas et montez, l'interrompit Brody en lui désignant la Land Rover garée devant le commissariat. Nous autres criminels devons nous serrer les coudes, n'est-ce pas ?

Pour toute réponse, elle lui adressa un sourire puis, d'un pas assuré, elle descendit les dernières marches et s'approcha de la voiture.

Elle allait ouvrir la portière lorsque Brody posa une main sur la sienne.

— C'est la place du conducteur ici, ma belle.

— Désolée, murmura-t-elle, troublée par la chaleur de la main puissante sur la sienne.

Elle fit alors le tour et s'installa sur le siège passager, se forçant à ne pas s'emballer.

— Alors…, lui demanda Brody, une fois assis derrière le volant. Où allons-nous ?

— Je… Je ne sais pas.

— Comment ça, vous ne savez pas ?

— Je n'ai nulle part où aller.

— Vous avez forcément un endroit où aller. Tout le monde a un endroit où aller.

— Pas moi, répondit Payton d'une petite voix. Vu que je n'ai plus un sou, je n'ai nulle part où aller. Je dois d'abord trouver du travail.

Brody l'observa en silence pendant quelques secondes puis lui sourit et elle oublia qu'elle était seule et sans le sou.

— Si vous êtes prête à travailler dur, continua-t-il, je crois que je connais un endroit où vous trouverez de l'aide. Que savez-vous faire ?

— Tout.

— Les bordels locaux recrutent toujours, je peux vous y déposer, si vous voulez.

Séduite par cet humour caustique et surtout cette voix sensuelle et envoûtante qui lui réchauffait le corps et lui faisait oublier sa situation désespérée, elle éclata de rire.

— Très drôle.

— Je ne rigole pas. Bilbarra possède un bordel réputé dans tout l'Outback. Vous pourriez y faire fortune !

— A vrai dire, je suis plus à l'aise avec les chevaux qu'avec les hommes.

— Les chevaux ? Alors c'est parfait.

Sans un mot, il fit demi-tour, sortit de la ville et s'engagea sur une piste poussiéreuse.

Peu à peu, le paysage devint plus sec, plus désert et Payton se sentait de plus en plus nerveuse. Elle était au milieu de nulle part, aux côtés d'un homme dont elle ne savait rien.

— Où allons-nous ?

— Chez moi.

— Chez… Chez vous ?

Elle déglutit péniblement.

Pour une fois qu'elle suivait son instinct… Elle venait peut-être de commettre la plus grosse erreur de sa vie. Brody était peut-être en train de la conduire vers la mort, vers un lieu désolé où il ferait d'elle son esclave sexuelle et personne ne le saurait jamais !

Mais Angus les avait vus partir ensemble, se répéta-t-elle pour se rassurer, et si Angus faisait confiance à cet homme, sans doute pouvait-elle en faire de même.

Elle n'avait donc aucune raison de paniquer. Sans compter

que l'idée de devenir l'esclave sexuelle d'un homme comme Brody n'était pas si déplaisante…

— Il s'agit du ranch familial, reprit Brody, comme s'il devinait ses craintes. Nous élevons des vaches et des chevaux.

— Des chevaux ? J'adore les chevaux ! Je sais m'en occuper, les nourrir…

— Dans ce cas-là, nous vous trouverons sans aucun doute quelque chose à faire.

Puis il se tut, glissa un CD dans le lecteur et se concentra sur la route.

Payton l'imita et s'intéressa au paysage.

Comparé aux villes de la côte, vertes et luxuriantes, tout ici semblait naturel, vierge, sauvage. A part un ranch à l'horizon et un moulin, les traces de vie étaient rares. Tellement rares qu'au bout d'une heure, elle sentit l'impatience la gagner.

— Est-ce encore loin ?

— Encore une demi-heure de route.

— Pouvez-vous vous arrêter à la prochaine station-service ou dans le prochain village ? J'ai besoin de faire un tour aux toilettes.

Brody s'arrêta aussitôt sur le bas-côté.

— Je suis désolé, dit-il, il n'y a rien avant d'arriver au ranch. Mais vous serez tranquille derrière le buisson, là-bas.

A contrecœur, Payton descendit de voiture.

— Ne regardez pas, s'il vous plaît.

— Promis.

Payton sauta hors du véhicule et courut jusqu'au buisson. Il était quelque peu dégarni, mais cela ferait l'affaire.

Elle était bien loin des salles de bains de marbre dans lesquelles elle avait grandi mais elle était heureuse. Elle était heureuse car pour la première fois de sa vie, elle était maîtresse de son destin. Elle n'avait plus besoin de satisfaire à tout prix ses parents, ou qui que ce soit d'autre. Et même si elle ignorait de quoi seraient faits ses lendemains, cela ne la dérangeait pas. Elle vivait une grande aventure.

Une aventure d'autant plus intéressante que son compagnon de voyage était l'homme le plus sexy qu'elle ait jamais vu.

Debout, adossé contre la portière de sa voiture, Brody fixa l'horizon. Il avait vécu dans les régions peuplées d'Australie pendant si longtemps qu'il avait oublié combien l'Outback pouvait être désert. Il avait quitté le ranch à quatorze ans, pour accompagner sa mère et, même s'il y revenait pour les vacances, il attendait toujours avec impatience le moment où il repartirait vers la civilisation.

Mais il était aujourd'hui de retour dans le désert. En charmante compagnie, heureusement.

Il entendit soudain un bruit et, le regard gourmand, se tourna et regarda Payton revenir.

— Vous vous sentez mieux ?

— Beaucoup mieux. Dites donc, c'est magnifique ici, l'air est si pur !

— Oui, nous avons beaucoup d'air pur dans cette région d'Australie. Mais nous avons aussi de la poussière, des moustiques…

Il s'interrompit et lui tendit une bouteille d'eau.

— D'où venez-vous ?

— De la côte est. Du Connecticut.

— C'est près de New York ?

— Tout près. Mon père travaille à Manhattan et j'ai étudié à l'université de Columbia.

— Ce qui veut dire que vous êtes intelligente ?

Belle et intelligente, voilà une combinaison prometteuse. L'intelligence n'avait jamais été un critère de choix pour ses conquêtes mais aujourd'hui… Aujourd'hui, tout dans cette femme le séduisait et il mourait d'envie de la toucher, de l'embrasser, de la savourer.

— J'ai étudié la genèse des œuvres des peintres néerlandais du XVIIe siècle, poursuivit-elle. Je ne suis pas sûre qu'on puisse en conclure que je suis intelligente… Cela m'ouvre peu de portes, à moins que vous n'ayez un musée rempli de Vermeer et Rembrandt !

— Ce qui est le cas, juste derrière les écuries, mais nous accueillons peu de visiteurs ! Bon, parlons sérieusement : que fait une jeune femme comme vous dans un endroit perdu comme Bilbarra ?

— Je suis simplement une étudiante fraîchement diplômée qui visite le monde.

— Malheureusement pour vous, il n'y a pas grand-chose à voir dans l'Outback.

— Je ne suis pas d'accord. C'est sauvage, vierge, dangereux. J'adore !

Il la dévisagea, s'attardant sur les traits parfaits et, soudain, oublia l'ennui qui le tenaillait quand il était sur le ranch.

— C'est vrai. L'Outback est beaucoup plus intéressant depuis que vous êtes arrivée.

Son regard croisa le sien et, aussitôt, il retint sa respiration. Il avait tellement envie de l'embrasser… En fait, il avait voulu l'embrasser depuis le moment où il l'avait vue dans la cellule.

Le cœur battant, il se pencha légèrement, espérant un signe qui lui prouverait qu'elle partageait son désir. Il vit le beau regard sombre glisser vers sa bouche, la bouche gourmande s'entrouvrir légèrement et il esquissa un sourire.

C'était tout ce dont il avait besoin.

Sans attendre, il plaqua sa bouche sur la sienne. Les lèvres couleur cerise étaient douces, sensuelles, sucrées.

Sous le charme, il ferma les yeux et savoura ces délicieuses sensations.

Payton enfouit les doigts dans ses cheveux, l'attira encore plus près et il approfondit son baiser, tenaillé par le désir. Il ne pouvait plus reculer. Cette femme était si incroyable… Et cela faisait si longtemps qu'il n'avait pas tenu une femme entre ses bras. Il ne se souvenait pas que cela puisse être aussi bon.

Impatient, il glissa une main sous le chemisier à fleurs, remonta vers la poitrine sensuelle et empoigna un sein rond et plein.

Payton se cambra contre lui et il lâcha un soupir de plaisir.

S'il avait connu beaucoup de femmes, il n'était jamais certain de ce qu'elles attendaient de lui. Voulaient-elles juste ajouter un footballeur célèbre à leur tableau de chasse ? Espéraient-elles un riche mariage ?

Avec Payton, il n'avait aucune de ces inquiétudes. Pour elle, il n'était que l'homme qui l'avait sortie de prison et lui avait trouvé un emploi. Il pouvait baisser sa garde, du moins pour le moment. Il pouvait juste profiter du moment.

En réalité, c'était la première fois qu'il pouvait savourer l'instant sans s'inquiéter des conséquences. Mais…

— On devrait probablement y aller, dit-il soudain à contrecœur, en se souvenant qu'ils étaient au milieu de la route.

Heureusement, ce n'était que le début, se répéta-t-il pour se réconforter. Elle allait rester quelque temps au ranch et il aurait tout le loisir de la séduire, puis de la posséder.

— Tu as raison, répondit-elle d'une voix étouffée, nous devrions y aller.

Brody lui ouvrit la porte mais avant de la laisser monter, il déposa un dernier baiser sur la bouche tentatrice, s'attardant quelques secondes sur les envoûtantes sensations qui avaient déferlé dans son corps.

Il conduisit ensuite pendant dix minutes avant qu'elle ne se racle la gorge.

Il se tourna alors vers elle et vit qu'elle avait toujours les joues roses.

— Que se passe-t-il ?

— Rien.

— Tu as quelque chose à dire ?

Elle secoua la tête.

— Tu regrettes ce qui s'est passé alors ?

— Je… J'espère juste que tu ne penses pas que j'ai l'habitude d'embrasser les inconnus ainsi car ce n'est pas le cas mais… Non, je n'ai aucun regret. C'était très bon.

Brody sourit. Oui, cela avait été très bon et ce serait encore meilleur la prochaine fois, il en était persuadé.

— Aucun regret alors.

— Aucun.

— Dans ce cas-là, ne te retiens pas la prochaine fois que tu veux m'embrasser, ajouta-t-il d'un ton malicieux. Je serai ravi de renouveler l'expérience. Par contre, les autres hommes…

— Les autres hommes ?

— A part la cuisinière, Mary, tu seras la seule femme au ranch et je dois te prévenir, les cow-boys sont des bêtes, des animaux qui traitent mal les femmes. Tu vas devoir faire attention.

Tout en prononçant ces mots, les remords l'assaillirent. Pourquoi emmenait-il Payton au ranch ? Il aurait au contraire dû l'emmener à Fremantle, dans son confortable appartement pourvu d'un immense lit face à la baie vitrée. Là, au moins, ils auraient été seuls, tranquilles.

Même si Callum et Teague n'étaient pas aussi rustres que les autres cow-boys, nul doute qu'ils ne seraient pas insensibles au charme de la jeune femme. Or il avait bien l'intention de la garder pour lui tout seul. Il devrait donc rapidement trouver un moyen de faire comprendre à ses frères qu'elle était à lui. Rien qu'à lui.

— Si un homme te fait des avances, reprit-il d'un ton déterminé, dis-le-moi et je lui ferai sa fête.

Oui, c'était décidé. Il veillerait sur elle, il la protégerait de ces monstres.

Et il la séduirait.

- 2 -

— Peux-tu nous excuser un instant ?

Assise sur un tabouret, Payton hocha la tête en signe d'assentiment puis regarda Brody et son frère Callum sortir du bureau pour aller discuter dans le couloir.

Elle ne cherchait pas à les espionner mais, curieuse et aussi un peu nerveuse, elle tendit l'oreille.

— Et qui se plaignait il y a quelques heures à peine de ne pas parvenir à assurer tout le travail au ranch ? lançait Brody d'un ton accusateur. Payton connaît les chevaux et affirme que cela ne la gêne pas de nettoyer les écuries. Si tu l'engageais, cela te permettrait de dégager un ou deux cow-boys pour qu'ils t'aident dans les champs.

— Tu veux que je l'engage alors que tu ne la connais que depuis quelques heures, et que tu l'as rencontrée en prison ? Cela devrait pourtant te renseigner sur sa moralité !

— Payton n'est pas une criminelle, elle traverse juste une mauvaise passe en ce moment. Elle a besoin d'un travail et je lui ai promis de lui en trouver un. Si jamais tu la surprends en train de voler ou de faire quoi que ce soit d'autre de répréhensible, je la renverrai à Bilbarra dans la minute. Je te le promets.

— Et toi ? Si je lui donne un emploi, que vas-tu faire ? Continuer à passer tes journées avachi sur le canapé, à t'apitoyer sur ton sort ?

— Je te donnerai un coup de main, si tu insistes. Je n'en ai pas particulièrement envie mais, après tout, je n'ai rien de mieux à faire.

Les voix se firent peu à peu plus basses et, de plus en plus inquiète, Payton sentit des gouttes de sueur perler sur son front.

Callum allait-il lui donner sa chance ? Brody avait bien plaidé sa cause mais il n'avait toujours pas accepté.

Enfin, les deux frères revinrent dans le bureau et, fébrile, elle retint sa respiration.

Son sort allait enfin être scellé.

— Brody affirme que vous savez vous y prendre avec les chevaux, déclara Callum avec autorité. Si c'est vrai, j'attends de vous que vous travailliez dur, aussi dur que n'importe quel autre employé.

— Je vous promets que je ne vous décevrai pas.

Elle ne mentait pas, elle était bien décidée à travailler d'arrache-pied car le ranch était l'endroit idéal pour elle. L'endroit idéal pour lui permettre de réfléchir à son prochain mouvement tout en étant nourrie et logée. L'endroit idéal pour se retrouver et libérer sa vraie personnalité.

En plus, il y avait Brody. Brody et son sourire charmeur, Brody et son regard incandescent.

— Vous ne le regretterez pas, insista-t-elle.

— Alors c'est entendu, fit Callum. Vous partagerez le dortoir des filles avec Gemma et…

— Qui est Gemma ? le coupa Brody.

— Gemma Moynihan, la généalogiste irlandaise qui fait des recherches sur la famille Quinn. Je lui ai dit qu'elle pouvait rester sur le ranch tout le temps nécessaire. Pour en revenir à votre travail, Payton, vous commencerez par les écuries puis vous donnerez un coup de main à Mary, dans la cuisine, si elle a besoin d'aide. Travaillez sérieusement et vous recevrez un chèque à la fin de chaque semaine, mais je vous préviens, au moindre écart de conduite, c'est le retour au commissariat de Bilbarra.

Soulagée de voir que Brody avait réussi à convaincre son frère, Payton le remercia d'un large sourire.

Cet emploi allait être le premier de sa vie et elle était bien décidée à leur prouver — à se prouver — qu'elle était capable de le garder. Elle se sentait fière, également, car pour la première fois, elle avait réussi toute seule, sans l'aide de ses parents.

— Brody va vous faire visiter le ranch et vous aider à

vous installer, reprit Callum. Si vous avez des questions, il y répondra.

Puis, sans un mot de plus, l'homme sortit du bureau, suivi de Brody.

— Je lui donne un jour, deux au maximum, dit Callum à son frère. Ensuite…

En entendant ces mots, Payton blêmit mais elle se força à ne rien laisser paraître lorsque Brody revint quelques secondes plus tard.

— Ton frère a tort de ne pas me faire confiance, se contenta-t-elle de lui dire, je sais vraiment m'occuper des chevaux et je vais le lui prouver.

Pour toute réponse Brody lui sourit puis, il lui prit une main et la retourna pour en examiner la paume. Doucement, il la caressa.

— Tu vas avoir besoin d'une bonne paire de gants pour protéger ces belles mains, murmura-t-il. Et aussi d'un chapeau.

Emue par ces paroles, Payton noua ses doigts aux siens.

— Merci pour tout, Brody, murmura-t-elle, touchée par la douceur dont il faisait preuve. Je ne te décevrai pas, je te le promets.

Il posa un doigt sur son menton pour l'obliger à relever la tête et un agréable frisson d'impatience la saisit.

Brody allait-il l'embrasser ?

Elle en mourait d'envie.

— Je n'ai aucune inquiétude à ce sujet, répondit-il simplement.

Pas de baiser donc. Tant pis, ce serait pour plus tard.

— Viens, reprit-il en la ramenant à une réalité plus concrète, je vais te montrer le ranch. On va commencer par la maison principale. Peut-être Mary nous préparera-t-elle quelques sandwichs ?

Quelques minutes plus tard, Payton entra dans une pièce que Brody appelait le petit salon et son regard fut aussitôt attiré par la peinture accrochée au-dessus de la cheminée. Elle s'en approcha pour l'examiner.

— Ce portrait est magnifique.

— On l'appelle « le vieux monsieur », mais son vrai

nom est Crevan Quinn. Il s'agit du premier Quinn, arrivé en Australie à dix-neuf ans, comme bagnard.

— Un criminel ?

— Un pickpocket, je crois. Ce portrait lui a été offert pour son soixante-dixième anniversaire, dans les années 1880. Il était allé jusqu'à Sydney pour poser devant un peintre, malheureusement, il est mort sur le chemin du retour. Son fils unique était mon arrière-arrière-grand-père.

— Backler… Je n'ai jamais entendu parler de ce peintre, mais le tableau est très beau. La technique, les différentes couches de couleur…

Elle s'interrompit et continua à détailler l'œuvre, en silence, s'attardant sur le regard volontaire de l'homme aux cheveux blancs.

— Mes frères et moi l'avons échappé belle, lança soudain Brody, la sortant de sa réflexion. Nous n'avons pas hérité de ses sourcils broussailleux !

— Tu sembles plutôt avoir hérité du penchant de ton aïeul pour les séjours en prison !

Brody éclata de rire puis, un sourire coquin aux lèvres, l'attrapa par la taille et la poussa contre la cheminée. Là, il prit son visage entre ses deux mains, riva son regard au sien et elle se figea.

Eblouie par la puissance du désir qu'elle percevait dans le regard vert aux reflets dorés, elle ne parvenait plus ni à respirer, ni à bouger. Toute sa raison venait de s'évanouir comme par magie. Elle n'était plus désormais qu'une boule d'émotions. Elle n'était plus que passion.

— Où serais-tu maintenant, ma belle, si je n'avais pas passé la nuit en prison ? lui demanda-t-il d'une voix sensuelle et enjôleuse.

— Je serais sans emploi, sans gîte… Sans espoir, répondit-elle, en revenant tant bien que mal à la réalité.

— A mon avis, cela mérite un petit baiser, ma belle. Tu ne crois pas ?

— Un petit. Mais tâche de ne pas être trop gourmand !

Incapable d'attendre que Brody fasse le premier pas, elle se mit sur la pointe des pieds puis écrasa sa bouche sur la sienne. Elle était sous l'emprise d'une force qui la dépassait et qui la précipitait vers Brody.

Consciente à l'extrême de sa féminité, elle referma les bras autour des épaules musclées et approfondit son baiser. Elle aimait le goût de ces baisers, la manière qu'avait cette langue de danser avec la sienne, la façon qu'avaient ces mains puissantes de la toucher, de la faire vibrer. Entre ces bras, elle se sentait vivante, pleine d'énergie, séduisante. Elle se sentait femme.

Mue par un incroyable désir, elle laissa ses mains vagabonder jusqu'à la ceinture de son pantalon et écrasa ses hanches contre les siennes.

Brody émit un grognement. Elle en oublia le peu de raison qui lui restait. Qu'elle était loin, la jeune fille timide d'autrefois ! Glissant ses mains sous le T-shirt, elle caressa le torse ferme et brûlant.

Jamais elle n'avait agi de façon aussi agressive avec un homme mais, avec Brody, elle oubliait toutes ses inhibitions. Ici en Australie, elle se sentait libre, puissante. Elle vivait comme si chaque jour était son dernier, sans remords ni regrets.

Soudain, Brody eut un geste qui la déconcerta. Il desserra son étreinte et la repoussa. Ne lui plaisait-elle plus ? L'avait-elle trop bousculé ?

Honteuse, elle baissa les yeux, aperçut le renflement de son pantalon et recouvra aussitôt sa confiance. Oui, Brody la désirait bel et bien.

— Plus tard, l'assura-t-il sans attendre, comme s'il avait perçu ses inquiétudes. On continuera plus tard.

Puis il lui attrapa la main et l'entraîna dehors.

Sur le porche, ils croisèrent un homme grand. Ils s'arrêtèrent pour le saluer.

— Teague, fit Brody, je te présente Payton. Payton, voici mon frère Teague.

L'homme lui tendit la main et Payton la serra.

— Ravie de vous rencontrer.

— Payton va s'occuper des chevaux, expliqua Brody.

— Super. Avez-vous de l'expérience avec les poneys Welsh Moutain ?

Payton secoua la tête.

— Non, avoua-t-elle, soudain inquiète. Mais je fais de l'équitation depuis que j'ai six ans et j'ai participé à de nombreuses compétitions de saut d'obstacles. Tous les chevaux se ressemblent, n'est-ce pas ? Du moment qu'ils ont quatre pattes et une queue, je sais m'en occuper.

— Si je comprends bien, je ne vais donc pas pouvoir vous confier les poneys à trois pattes.

Surprise, Payton ouvrit les yeux tout grands.

— Les crocodiles..., lui expliqua aussitôt Teague avec un sourire. Ils aiment beaucoup croquer les pattes des poneys. Une patte en moins, nous pouvons nous débrouiller, mais lorsqu'il n'a plus que deux pattes, un poney n'est plus très utile.

— C'est horrible...

Sous le choc, elle le fixa, bouche bée, et ne vit pas s'approcher une femme âgée coiffée d'un chignon.

— Le Dr Daley est au téléphone, annonça la femme à Teague. Il y a une urgence au cabinet mais il ne peut pas s'en occuper car il doit pratiquer une intervention chirurgicale.

Teague fronça les sourcils et secoua la tête.

— Sans doute une nouvelle attaque des crocodiles, lâcha-t-il en levant les yeux au ciel. Mary, avez-vous rencontré la nouvelle amie de mon frère ?

Payton lui sourit.

— C'est un plaisir de vous rencontrer, ma chère, répondit la femme. Je suis Mary Hastings. Peu importe ce que vous disent les frères Quinn, sachez qu'ici, le véritable chef, c'est moi.

— Payton Harwell, enchantée.

— Une Américaine... On dirait que nous attirons des jeunes femmes du monde entier. D'abord une Irlandaise et maintenant une Américaine... Si vous avez besoin de quoi que ce soit, venez me voir. Entre filles, il faut s'entraider. A ce propos, ne croyez pas un mot de ces histoires de poneys à trois pattes, c'est n'importe quoi.

A ces mots, Teague attrapa la vieille femme par la taille et l'embrassa bruyamment sur la joue.

— Mais tu aimes nos blagues, Mary ! N'est-ce pas ?

Amusée, Payton éclata de rire puis se tourna vers Brody.

Ce dernier haussa les épaules, comme pour s'excuser du comportement de son frère.

— Viens, fit-il en lui prenant la main, je vais te montrer le dortoir.

Payton salua Teague et Mary, puis le suivit.

— Voici le potager de Mary, lui expliqua Brody sur le chemin. Si tu veux mon conseil, évite de passer à côté lorsque Mary y travaille sinon tu risques de passer ta journée à ramasser des mauvaises herbes.

— Elle semble gentille.

— Elle l'est. Mon père l'a engagée lorsque ma mère a quitté le ranch. C'est grâce à elle que la maison tourne.

— Tes parents ont divorcé ?

— Non. Ils habitent ensemble à Sydney mais pendant quelques années, ils ont vécu chacun de leur côté, mon père ici et ma mère en ville. La vie dans un ranch peut s'avérer parfois difficile, surtout pour une femme.

Payton lui jeta un coup d'œil en coin. Etait-ce une mise en garde ?

Il n'avait pourtant aucune raison de s'inquiéter pour elle. Elle ne cherchait qu'un emploi temporaire, et n'avait aucune intention de rester ici toute sa vie.

Ils arrivèrent enfin au dortoir, un bâtiment de bois à un seul étage, et Brody lui ouvrit la porte.

L'intérieur était simple mais propre. Plusieurs fauteuils moelleux étaient assemblés autour d'un poêle en fonte. Sous une fenêtre était installée une table et sous l'autre, un lavabo. Contre un mur se trouvait une armoire et contre l'autre, un lit superposé dont la banquette supérieure était recouverte d'une couette et de coussins multicolores.

— J'imagine que c'est là que dort la généalogiste, fit Brody. La salle de bains se trouve derrière la porte du fond.

Il s'approcha ensuite de l'armoire et en sortit une paire de gants et un vieux chapeau de cow-boy.

— Voilà pour toi, dit-il en lui plaçant le chapeau sur la tête.

— Merci. Je suis maintenant prête à me mettre au travail !

— Tu n'es pas obligée de commencer immédiatement. Nous pourrions plutôt aller déjeuner.

— Non, je préfère m'y mettre tout de suite, insista-t-elle, déterminée à prouver à Callum qu'il avait eu raison de l'embaucher.

— Dans ce cas-là, suis-moi. Je vais de ce pas te montrer les écuries.

Ils sortirent du dortoir et traversèrent la cour poussiéreuse. Le ranch était comme un petit village, songea-t-elle en écoutant Brody lui détailler l'usage des différents bâtiments, les écuries, les étables, la grange.

— On élève les poneys ici, lui expliqua-t-il lorsqu'ils pénétrèrent dans l'écurie. Ils sont ensuite vendus à d'autres ranchs.

Payton enfilait déjà les gants.

— Je vais m'y mettre tout de suite, dit-elle avant d'attraper une fourche et de commencer à rassembler le foin. Je te verrai plus tard.

Brody la dévisagea. Il semblait surpris.

Elle le trouvait très séduisant, rêvait de l'embrasser de nouveau mais… elle devait avant tout se concentrer sur le travail et convaincre Callum de ses compétences.

A son grand regret, elle allait donc devoir ignorer son désir pendant quelques heures.

— Le dîner est servi à 18 heures, se contenta-t-il de répondre comme s'il avait deviné ses craintes. Je viendrai te chercher.

— Ce n'est pas la peine, je suis sûre que je trouverai le chemin toute seule.

— Comme tu veux.

Brody sortit enfin et, sans attendre, Payton se mit au travail.

Brody avait beau avoir disparu de l'écurie, il continuait à occuper son esprit. Elle ne pouvait s'empêcher de repenser à cet homme si envoûtant, si sexy, si masculin… Cet homme au physique parfait et au magnétisme torride.

Elle ferma les yeux et l'imagina sans son T-shirt, nu, et elle sentit tout son corps se mettre à frissonner. Son pouls s'accéléra. Sa respiration devint plus sourde.

« Attention, lui rappela tout à coup une petite voix dans sa tête, ce n'est jamais une bonne idée que de coucher avec son patron ! »

Sauf que Brody n'était pas son patron, simplement le frère de son patron. Rien ne l'empêchait donc de céder au plaisir suprême.

Un travail, un lit, des repas chauds et un homme aussi beau qu'un dieu grec, que pouvait-elle désirer de plus pour commencer une nouvelle vie ?

Rien.

Elle était au paradis.

Comme tout le monde à Kerry Creek, Brody avait travaillé au ranch dès qu'il avait su marcher. Il avait commencé au jardin avec sa mère avant de continuer à l'écurie dès qu'il avait su monter à cheval. Mais il avait passé son adolescence en ville et, après avoir signé son premier contrat de footballeur professionnel, n'était plus revenu au ranch que périodiquement, pour quelques jours. Il avait donc perdu l'habitude de vivre dans l'Outback.

Mais maintenant qu'il était de retour au ranch, tout lui revenait. Les odeurs, les impressions et surtout le travail. Un travail pénible. Un travail qu'il détestait.

Hélas, maintenant qu'il avait promis à Callum de lui donner un coup de main, il ne pouvait plus reculer.

Suivant les ordres de son aîné, il partit donc réparer des barrières avec le dernier cow-boy arrivé sur le ranch, Davey Thompson. Un garçon très bavard, qui passait son temps à parler musique, voitures et femmes.

— Cette nouvelle fille, l'Américaine qui va travailler aux écuries, lança soudain ce dernier en déroulant du fil barbelé, c'est une jolie poupée. J'aimerais bien faire plus ample connaissance avec elle.

— Ne t'avise surtout pas de t'approcher d'elle, lui rétorqua Brody d'un ton sec.

— Pourquoi ? C'est ta copine ?

— Pour toi, oui, c'est ma copine.

— Comme tu veux, répondit Davey, un sourire entendu aux lèvres. Mais si jamais elle a une sœur, je suis preneur !

Davey se tut enfin et les deux hommes travaillèrent de

concert jusqu'à la tombée du soleil. Ensuite, ils rentrèrent au ranch en quad, déposèrent leur matériel dans le garage et se dirigèrent vers la maison principale pour le dîner.

Mary était en train de servir tous les convives installés autour d'une grande table.

Brody jeta un coup d'œil circulaire dans la pièce et soupira. Payton n'était pas encore là. Elle allait sans doute bientôt arriver.

En attendant, il s'installa mais fut bien incapable de détacher son regard de la porte.

Au bout de quelques minutes, la porte s'ouvrit et une jeune femme entra. Il ne s'agissait pas de Payton mais d'une autre jeune femme, sans doute la généalogiste.

— Je suis Gemma Moynihan, lui dit cette dernière en s'approchant de lui. Vous devez être Brody.

— Gemma, répéta Brody. Enchanté.

Il jeta un coup d'œil vers son frère Callum et remarqua que celui-ci les fixait, l'œil brillant de jalousie.

Alors comme ça, son frère, qui faisait passer l'éthique avant toute autre valeur, avait eu le coup de foudre pour Gemma ! La prochaine fois que celui-ci lui ferait une remarque sur Payton, il saurait quoi répondre !

Payton…

— Avez-vous rencontré Payton ? demanda-t-il à la jeune femme, se forçant à ne pas sourire en prononçant le prénom enchanteur.

— Oui, dans le dortoir.

— Elle vient manger ?

— Je ne sais pas. Elle était allongée sur son lit lorsque je suis partie. Elle semblait vraiment fatiguée.

— Dans ce cas-là, je ferais mieux de lui apporter à manger dans sa chambre.

Tout en prononçant ces mots, il remarqua les regards moqueurs des autres convives mais décida de les ignorer. Après tout, il était libre de faire ce qu'il voulait. Il remplit donc une assiette de ragoût de bœuf et de pommes de terre, attrapa des couverts, deux bières puis prit la direction du dortoir des femmes.

*
* *

Quelques minutes plus tard, Brody entra dans le dortoir et s'arrêta net. Payton dormait à poings fermés.

En silence, il posa le plateau à terre, approcha une chaise du lit et s'y assit puis, doucement, il repoussa une mèche de cheveux qui masquait le beau visage.

Comme si elle avait perçu sa présence, Payton ouvrit les yeux.

— Bonjour, lui murmura-t-il.

La jeune femme se redressa sur un coude et le dévisagea, inquiète.

— C'est déjà le matin ? lui demanda-t-elle.

Il éclata de rire.

— Non, rassure-toi. Je suis juste venu t'apporter ton dîner et m'assurer que tu allais bien.

— Ça va. J'ai juste quelques courbatures dans les bras. Je ne suis pas habituée à ramasser du crottin de cheval des heures durant.

— Viens donc t'asseoir ici, fit-il en lui indiquant la chaise.

Une fois Payton installée, il lui tendit l'assiette puis se mit debout derrière elle et commença à lui masser les épaules.

— C'est bon, murmura-t-elle en fermant les yeux. Tellement bon que je pourrais m'endormir.

— N'oublie tout de même pas de manger sinon ton repas va refroidir.

Obéissante, elle se redressa sans attendre puis plongea sa fourchette dans l'assiette.

— C'est délicieux, remarqua-t-elle, la bouche pleine. Tu en veux un petit peu ?

— Vas-y, c'est pour toi. J'irai me chercher une assiette tout à l'heure.

Elle lui proposa alors une bouteille de bière et il lui sourit.

— A quelle heure commence le travail le matin ? lui demanda-t-elle ensuite.

— Les cow-boys sortent dès le lever du soleil mais tu peux dormir plus longtemps. Les écuries ne bougeront pas.

— Non, c'est bon. Je commencerai en même temps que les autres.

— Je ne pense pas que Callum s'attende à ce que tu travailles autant qu'un cow-boy.

— Mais à part dormir, manger et travailler, y a-t-il autre chose à faire ici ?

Que faire ? Il avait bien quelques idées.

— On trouve toujours à s'occuper, lui répondit-il avec un clin d'œil et un sourire polisson.

— Par exemple ? Que fais-tu pendant ton temps libre ?

— Le cinéma le plus proche est à cinq heures de route, à Brisbane, mais nous avons des DVD. Callum préfère les westerns, Teague les films de science-fiction et moi les polars.

Il s'interrompit quelques instants pour boire une gorgée de bière avant de poursuivre.

— De temps en temps, on va aussi nager.

— Je n'ai pas vu de piscine.

— Il n'y a pas de piscine, mais un étang. Callum y a installé un ponton. C'est sympa lorsqu'il fait chaud. Finis de dîner et nous irons y faire un tour, si tu veux.

— Je n'ai pas de maillot de bain.

— Tu n'en auras pas besoin.

A sa grande surprise, il ne fallut que dix petites minutes à Payton pour finir l'assiette, puis elle but sa bière.

Tout en mangeant, elle lui avait posé mille questions sur le ranch et il avait fait de son mieux pour y répondre. Elle semblait penser qu'il avait passé toute sa vie ici et il n'avait aucune intention de la détromper.

Du moins pour le moment.

Il avait ses secrets mais Payton aussi avait les siens. Ainsi, lorsqu'il l'avait interrogée sur sa vie aux Etats-Unis, elle ne lui avait fourni que des réponses évasives, si bien qu'au bout de quinze minutes d'interrogatoire il n'en savait toujours pas plus qu'en arrivant au ranch.

— Allons-y, lança-t-il enfin, pressé de passer un peu de temps avec elle. L'eau te détendra.

— Tout à l'heure. Pour l'instant, j'ai envie de rester un peu allongée.

Sans attendre sa réponse, elle remonta sur son lit et l'invita à s'installer à côté d'elle.

— Restons ici juste une minute, suggéra-t-elle, puis nous irons nager.

Incapable de résister à une telle invitation, Brody grimpa sur le lit étroit et, les yeux rivés aux siens, lui caressa les cheveux.

— Qui es-tu, ma belle Payton Harwell ?

Pour toute réponse, elle lui sourit et, comme hypnotisé, il oublia ses interrogations. Il se pencha et l'embrassa doucement, prenant le temps de savourer l'instant. Mais, peu à peu, il sentit la température de son corps grimper. Les sens en éveil, il promena ses mains sur le corps de déesse. Il les glissa à l'intérieur du jean et empoigna les fesses sensuelles.

Aussitôt, il sentit son désir s'accroître encore, son cœur s'emballer et son sexe se tendre.

Les hanches écrasées contre les siennes, il se plaqua contre elle, pour une caresse incroyablement érotique qui attisa des milliers de feux d'artifice en lui. La première fois où il avait fait cela avec une fille, le résultat avait été surprenant. Heureusement, il avait depuis appris à se contrôler.

Mais, avec Payton, il se sentait de nouveau prêt à perdre toute maîtrise.

Il savait que Gemma pouvait revenir d'une minute à l'autre dans le dortoir, mais cela ne suffisait pas à calmer ses ardeurs. Payton l'attirait trop. Elle l'envoûtait, l'hypnotisait, le charmait. Il ne pouvait lui résister.

Elle glissa soudain une main sous son T-shirt, la promena contre son torse, taquina son ventre de ses doigts fins et coquins, et il laissa échapper un soupir gourmand. Dieu que c'était bon. Si bon qu'il perdait la tête, oubliait tout ce qu'il savait sur l'amour. Il revivait sa première fois. Chaque caresse, chaque baiser l'attirait plus près du zénith.

Fougueux comme un adolescent, il ouvrit son chemisier, dévoilant une incroyable peau laiteuse et il fondit. Il posa sa bouche à la base de son cou, sur une petite veine qui palpitait, puis traça un chemin de baisers jusqu'à l'incroyable poitrine moulée dans un soutien-gorge de dentelle. Il était au paradis.

Il mourait d'envie de lui ôter tous ses vêtements, de la posséder et…

Mais la porte s'ouvrit soudain et il sursauta.

— Désolée, marmonna Gemma, d'une voix gênée. Je reviendrai.

Lorsque la porte se referma, Brody posa les yeux sur Payton. Elle semblait mal à l'aise, elle aussi.

— Tu devrais peut-être y aller, suggéra-t-elle d'une voix hésitante.

Mais il ne voulait pas la quitter ! Pas maintenant. Pas alors qu'il avait eu un aperçu du caractère explosif de leur corps à corps.

— Viens avec moi.

Déterminé à la convaincre, à la séduire, il se lova un peu plus contre elle, enfouit son visage dans l'épaisse chevelure et lui mordilla doucement le lobe de l'oreille.

— J'ai un lit très large dans ma chambre et une porte qui ferme avec un verrou. Personne ne risquera de nous interrompre.

— Mais nous ne dormirons pas.

— C'est le but, non ?

Pour toute réponse, elle lâcha un petit soupir et il baissa les yeux en attendant qu'elle prenne sa décision.

Mais elle ne dit rien.

Il releva la tête. Zut. Elle venait de s'endormir.

Déçu, il déposa alors un baiser sur sa joue puis se releva et, sur la pointe des pieds, se dirigea vers la porte. Juste avant de l'atteindre, il se retourna une dernière fois et jeta un coup d'œil sur cette jeune sirène américaine qui l'avait attiré dans ses filets.

S'il n'avait pas été un tel gentleman, il l'aurait sans doute portée jusqu'à sa chambre avant de lui faire l'amour toute la nuit durant. Mais il était un gentleman.

De plus, il avait le temps. Lorsqu'il lui ferait enfin l'amour, ils seraient tous les deux bien éveillés et ce serait magique, éblouissant, plus merveilleux que tout ce qu'il avait connu jusque-là.

Et pour cela, il était prêt à faire preuve de patience.

Payton poussa le cheval vers le fond du box puis lui prit une patte et commença à nettoyer son sabot.

Contrairement aux chevaux qu'elle avait l'habitude de monter, ceux du ranch passaient peu de temps à l'écurie, n'y revenant que le soir après une journée dans les champs. Ils étaient forts, solides, robustes, mais aussi un peu crasseux. Ce qui était synonyme de travail pour elle. Un travail d'autant plus prenant qu'outre l'écurie et la quarantaine de chevaux et de poneys, elle allait aussi devoir s'occuper de la sellerie.

— On dirait que vous savez ce que vous faites.

Surprise, Payton releva la tête pour voir Teague, le frère de Brody, s'avancer dans le box, bras croisés devant la poitrine.

Comme Brody et Callum, Teague était très séduisant mais il ne la faisait pas frissonner de désir.

Elle lui adressa un sourire.

— Ces chevaux sont magnifiques. Tellement forts !

— Ils doivent être résistants pour pouvoir supporter la vie sur le ranch.

— De quelle race s'agit-il ?

Teague caressa la croupe de l'animal.

— Un mélange de pur-sang arabe et de Welsh Moutain, répondit-il. Les plus véloces sont utilisés dans les tournois de polo.

Des tournois de polo ? Voilà qui était intéressant. Curieuse, elle posa ses outils et repoussa une mèche de cheveux.

— Je n'ai jamais vu de match.

— Il y a un tournoi à Muttabarra au mois d'août. Je vous y emmènerai si vous êtes toujours dans le coin. Je pourrais aussi vous apprendre à jouer.

— Lui apprendre quoi ? lança soudain une voix masculine derrière eux.

Payton se retourna.

Brody était là, vêtu d'un costume de cow-boy traditionnel, un jean, un gilet en cuir et une chemise à carreaux. Il portait aussi un chapeau et des gants de cuir.

Affolée par cette vision sexy en diable, elle se mordit la lèvre pour contenir le feu qui brûlait en elle et qui menaçait de la consumer sur place.

Elle n'avait pas vu Brody depuis la nuit dernière mais aujourd'hui, elle le trouvait encore plus beau que la veille. Plus charmant. Plus charmeur. Plus sexy.

— Salut, petit frère, répondit Teague. Où étais-tu ?

— Je suis allé au moulin avec Davey.

Teague donna une tape dans le dos de son frère.

— Je suis heureux de voir que tu te mets enfin au travail. A ce sujet, le travail m'attend. Je vous verrai plus tard, Payton, ajouta-t-il. Peut-être pourrez-vous m'aider demain matin pour les vaccinations ?

— J'en serai ravie.

Une fois Teague parti, Payton s'approcha de Brody.

— Ton frère s'occupe du programme de vaccination ?

— Lorsqu'il est au ranch, oui. Il est vétérinaire. Il vole d'un ranch à l'autre et passe quelques jours à la maison. C'est le plus brillant de nous trois.

— Je ne sais pas s'il est le plus brillant de vous trois, mais il est gentil.

A ces mots, Brody se tourna vers elle, plongea son regard dans le sien et elle frémit. Tout était dit dans ce regard. Un désir brut et animal, mais aussi une pointe de jalousie. Troublée, elle avala sa salive. Puis, incapable de résister à l'intensité qu'elle lisait dans les yeux couleur émeraude, elle fit un pas en avant et se blottit entre les bras puissants.

Depuis qu'elle s'était levée ce matin, elle avait tout fait pour ne pas penser à Brody ni à son désir de le voir, de le toucher, de le goûter. Mais elle n'y était pas parvenue. Sans lui, elle avait même cru devenir folle.

Plus elle le voyait, plus elle le désirait.

Mais à sa grande surprise, cette attirance ne l'effrayait pas. Elle n'avait pas besoin de penser aux conséquences de chacun de ses actes, elle était libre de l'embrasser, libre d'agir sans réfléchir.

Mais combien de temps cela durerait-il ?

Combien de temps avant que cette aventure sans conséquence ne devienne plus compliquée ? Ses sentiments pour lui étaient déjà si intenses, son désir si évident…

Brody saisit enfin son visage entre ses mains puissantes,

prit possession de sa bouche et elle fondit, oubliant toutes ses interrogations. C'était si facile. Elle n'avait aucune hésitation, rien ne la retenait.

Même si elle connaissait peu Brody, elle sentait un lien entre eux, un lien comme elle n'avait jamais senti avec aucun homme.

Les mains toujours sur ses hanches, leurs bouches collées, ils firent quelques pas en arrière et se laissèrent tomber dans un tas de foin.

Ils pouvaient être interrompus à tout instant, mais cela lui importait peu. Tout ce qui comptait, c'était Brody, Brody et ses mains puissantes sur son corps, sa bouche contre la sienne, sa virilité contre son ventre.

Leurs corps mêlés, elle commença à onduler langoureusement. Puis, les yeux brillant d'anticipation, elle débarrassa le cow-boy de son gilet et commença à déboutonner sa chemise.

— Tu es beaucoup trop habillé, lui murmura-t-elle d'une voix mutine en déposant un baiser sur le torse ferme et puissant.

Elle referma sa bouche sur un téton dressé, le titilla de la langue et, gourmande, elle s'abandonna.

Brody enfouit ses doigts dans ses cheveux, murmura son nom d'une voix sensuelle et elle enroula ses jambes autour de sa taille comme pour le garder prisonnier dans ses filets.

Elle allait poursuivre son chemin vers la tentation lorsqu'elle entendit tout à coup des bruits de pas résonner dans l'écurie.

Nerveuse, elle releva la tête et son regard s'arrêta sur celui de Callum. Réprimant alors un cri, elle se redressa et réajusta tant bien que mal son chemisier.

— Je reviendrai plus tard, lança Callum en faisant demi-tour.

— Pas besoin, répondit Brody. Nous étions juste en train de… de discuter.

— C'est ainsi que tu appelles ce genre d'activité ?

Sans attendre de réponse de son frère, l'homme se tut et se tourna vers Payton.

— Si mon frère vous embête, dites-le-moi, je le ferai partir.

Callum semblait si sérieux qu'elle n'arrivait pas à décider s'il blaguait ou pas.

— Je… Cela n'arrivera plus, répondit-elle, mal à l'aise. Je suis désolée.

Callum attrapa un brin de paille dans ses cheveux, lui tendit, un sourire moqueur aux lèvres, et elle sentit aussitôt ses joues s'empourprer. Il n'était pas fâché, c'était une bonne nouvelle, mais elle devait néanmoins se reprendre et penser d'abord au travail.

— Je vais m'occuper de votre cheval, reprit-elle d'une voix mal assurée.

Puis elle attrapa les rênes et, honteuse, s'éloigna le plus rapidement possible des deux frères.

Si elle continuait à se comporter de la sorte, elle n'allait pas garder son emploi bien longtemps. Or elle en avait besoin ! Elle n'était pas prête à rentrer à la maison. L'idée de se retrouver face à ses parents et Sam la rebutait beaucoup trop pour le moment.

Ici, au moins, elle se sentait utile. Et heureuse.

Mais était-ce le travail et la sensation de se sentir utile qui la rendaient sereine, ou son attirance de plus en plus forte pour Brody ?

Elle jeta un coup d'œil en arrière et vit les deux frères en grande discussion, Callum gesticulant et Brody le toisant du regard, mains dans les poches, plus provocateur que jamais.

Elle connaissait à peine les frères Quinn, mais elle comprenait déjà la répartition des rôles entre les trois hommes. Callum était le plus responsable des trois, celui qui se préoccupait de la bonne marche du ranch. Teague, le charmeur, était drôle, intelligent. Quant à Brody… Brody était plus difficile à définir. Il semblait être le rebelle de la famille, toujours un peu à l'écart, n'en faisant qu'à sa tête.

Pourquoi restait-il au ranch alors qu'il ne semblait pas apprécier la vie dans l'Outback ? Elle ne le comprenait pas.

Repoussant ces questions au fond de son esprit, elle mena le cheval de Callum dans un box puis lui ôta la selle. Lorsqu'elle se retourna, elle se trouva nez à nez avec Brody.

Sans attendre, il l'embrassa avec passion, avec gourmandise, et elle oublia ses questions.

— Désolé pour tout à l'heure, lui susurra-t-il dans le creux de l'oreille.

— Cela ne doit plus arriver. Je ne peux pas me permettre de perdre cet emploi.

— Tu ne vas pas perdre ton travail. Callum ne s'intéresse pas à ce que nous faisons, il est trop occupé par Gemma.

— Mais moi, si ! J'aime travailler ici et j'ai besoin du salaire pour rembourser mes dettes.

— Callum ne peut rien te reprocher tant que tu fais ton travail en temps et en heure.

Hésitante, elle soupira.

— Tu as sans doute raison.

— Il suffit donc qu'on se limite aux heures avant le petit déjeuner et après le dîner, qu'on se retrouve dans des endroits plus privés que l'écurie et tout se passera bien. Pourquoi est-ce que tu ne me laisses pas m'occuper de la selle de Callum ? Comme ça, tu pourras finir ce que tu étais en train de faire. Ensuite, nous irons dîner.

— Tu n'es pas obligé de m'aider.

— Mais j'en ai envie, répondit Brody avec un clin d'œil. J'en ai envie car, ensuite, tu seras toute à moi.

Envoûtée par la voix sensuelle, Payton lui sourit.

Peut-être Brody avait-il raison ?

Si elle finissait son travail, Callum ne pourrait pas l'empêcher de passer la soirée avec lui.

— Bon, d'accord.

Sa deuxième journée de travail avait été aussi épuisante que la première mais la perspective de passer un peu de temps seule avec Brody lui redonnait soudain de l'énergie.

Elle s'était endormie dans ses bras la veille et s'était réveillée toute seule et elle n'avait aucune intention de recommencer ce soir.

- 3 -

Brody reposa le téléphone et, soucieux, noua ses mains derrière sa nuque. Il n'avait pas utilisé son portable depuis qu'il était arrivé à Bilbarra, la réception étant trop mauvaise, mais ce soir, pour la première fois, il avait écouté les messages laissés sur le téléphone fixe de son appartement de Fremantle… Et il avait appris une nouvelle intéressante. Déstabilisante.

Perdu, il étouffa un juron. Il ne savait que penser.

Lorsqu'il avait quitté Fremantle, les médecins de son équipe lui avaient affirmé qu'il n'avait aucune chance de revenir au meilleur niveau et de rejouer un jour au football dans une équipe professionnelle. Il avait donc dit adieu à sa carrière, il avait fait une croix sur son rêve d'enfant. Et voilà qu'aujourd'hui, un médecin de Los Angeles lui proposait de réparer son genou en utilisant une technique chirurgicale d'avant-garde et lui faisait miroiter un nouvel avenir sportif.

Pourquoi ?

Pourquoi accepterait-il ? Il avait enfin fait le deuil de son rêve d'enfant et était parvenu, au prix d'énormes souffrances, à retrouver l'usage de son genou. Alors pourquoi risquerait-il de perdre ce qu'il avait eu tant de mal à retrouver ? Et même si, par miracle, l'opération réussissait, il lui faudrait subir un an, voire deux ans, de rééducation. Etait-il prêt à supporter une nouvelle fois de telles douleurs ? Non. Evidemment.

Ce qui le ramenait à sa question initiale. Que faire ?

Il n'était pas fait pour la vie au ranch et ne l'avait jamais été. Il était sûr de ce point-là. Le problème était qu'il n'avait pas de solution de repli.

Tant qu'il en avait encore les moyens, peut-être pourrait-il investir dans une entreprise, mais dans quel secteur ? A moins qu'il ne décide de suivre une formation pour apprendre un métier ? Non. Il était trop vieux pour être étudiant !

Que faire alors ?

Contrairement à ses frères, prévoir son avenir n'avait jamais été son fort. Et malheureusement, car il le regrettait aujourd'hui.

— Le dîner est servi, annonça soudain Callum en passant la tête par la porte du bureau. Tu devrais te dépêcher si tu ne veux pas que Davey s'asseye à côté de ta copine.

— Ce n'est pas ma copine !

Callum lui adressa un sourire ironique.

— Je suis sûr que les gars seront heureux d'apprendre que vous n'êtes pas ensemble, répliqua-t-il, moqueur. Depuis qu'elle et Gemma sont arrivées, ils se comportent comme des lions en rut.

— D'accord… Je veux bien l'admettre, Payton est ma copine. Du moins pour le moment. Quant à la jolie Irlandaise, elle ne risque pas grand-chose. J'ai bien vu comment tu la regardais. Explique-moi encore une fois ce qu'elle fait ici ?

— Des recherches. Elle travaille pour une branche irlandaise de la famille. Elle étudie les archives du ranch.

Etonné, Brody fixa son frère, les yeux grand ouverts.

— Quel est le rapport entre ces archives et l'histoire de la famille ?

— Je n'en sais rien mais… A vrai dire, cela ne m'intéresse pas beaucoup. Du moment qu'elle reste ici quelque temps, peu m'importe.

Un sourire en coin, Brody observa son frère aîné. Il semblait vraiment amoureux.

— Peut-être a-t-elle un petit faible pour Teague…, reprit-il d'un ton joueur. Ce ne serait pas la première à succomber à son charme.

— Si tu veux mon avis, Teague a d'autres chats à fouetter. L'autre matin, je l'ai aperçu dehors, avant même le lever du soleil, l'air très satisfait. Le problème est que, à part Mary, Gemma et Payton, il n'y a aucune femme dans un rayon de cinquante kilomètres autour du ranch. Alors qui voit-il ? Je l'ignore.

Brody aussi l'ignorait. Il n'avait même aucune idée.

— Peut-être fréquente-t-il une femme mariée ? suggéra-t-il, peu convaincu.

— Ce n'est pas le genre de Teague, il a un sens aiguisé de l'honneur. J'ai juste peur que…

— Tu as peur de quoi ?

— J'ai entendu dire qu'Hayley Fraser était de retour dans le ranch de son grand-père, or Teague a toujours eu un faible pour elle…

— Si c'est effectivement elle qu'il voit en secret, il faudrait l'encourager. Un mariage entre Teague et Hayley résoudrait le problème des terres !

Callum leva les yeux au ciel. Il semblait tout à coup en colère.

— Tu as perdu la tête !, s'écria-t-il, horrifié. Qui sait si Fraser n'utilise pas sa petite-fille comme appât ? Qui sait s'il n'essaye pas de récupérer les terres grâce à elle car il sait qu'il n'a aucune chance devant le juge ?

— Tu ne crois pas que tu exagères ?

— Tout ce que je sais, c'est que Fraser est prêt à tout pour récupérer les terres. Je n'ai pas envie que Teague soit une victime collatérale des machinations de cette ordure !

— Cette dispute dure depuis si longtemps que tu ne sais plus ce que tu dis !

— Il est hors de question que je me rende à Harry Fraser ! Jamais de la vie. Tant que je dirigerai ce ranch, il n'a aucune chance de récupérer les terres. Allez… Viens donc dîner avant que cette histoire ne me coupe l'appétit.

Brody regarda son frère s'éloigner mais il demeura immobile, pensif.

De temps en temps, il se demandait vraiment comment Callum pouvait supporter la masse de responsabilités qui lui incombait. Tant de gens comptaient sur lui pour vivre. Leurs parents, les cow-boys… Mais également Teague.

Et voilà que lui aussi, maintenant, s'accrochait à son frère comme une sangsue.

Non. Il ne devait pas faire ça. Il devait à tout prix reprendre la maîtrise de son destin, la maîtrise de sa vie.

A partir de maintenant, c'était décidé, songea-t-il en sortant du bureau. Il allait se prendre en charge, se prendre en main. Il allait arrêter de se morfondre.

La salle à manger était déjà bruyante lorsque Brody y entra enfin. La conversation était plus polie que d'habitude, remarqua-t-il, amusé : sans doute, la présence de trois femmes à table y était-elle pour quelque chose.

Sans attendre, il chassa le cow-boy assis à côté de Payton puis s'installa à côté de la jeune femme et déplia sa serviette sur ses genoux.

— Qu'est-ce que le bal des conquêtes ? demanda Gemma au même instant.

— Une soirée pour célibataires qui a lieu chaque année dans le désert, lui expliqua Teague tout en beurrant une tartine. Hommes et femmes se retrouvent pour un week-end de fête dans l'Outback… Décrit comme ça, c'est tentant, mais je ne vous le recommande pas.

— Pourquoi ? s'étonna Payton. J'adore les bals…

Elle s'interrompit brusquement et mit une main devant sa bouche, comme si elle regrettait ce qu'elle venait de dire. Comme si elle en avait dit plus qu'elle ne désirait.

Payton venait tout de même de révéler un indice important sur ses origines, songea aussitôt Brody, à savoir qu'elle avait l'habitude des soirées mondaines.

— Il ne s'agit pas d'un bal au sens classique du terme, reprit Teague. En fait, il s'agit même moins d'un week-end de fête que d'un week-end de débauche. Il y a de la musique, de l'alcool, de… Autant être honnête avec vous, le but des participants est de trouver une conquête pour la nuit, d'où le nom de la fête.

— Le but est de… d'avoir une aventure d'un soir ? bafouilla Payton, visiblement sous le choc.

— C'est effectivement l'objectif, lui répondit Teague.

— Faites-moi confiance, le bal des conquêtes n'est pas pour vous, intervint Mary.

L'employée de maison posa un plat de petits pois sur la table puis commença le service.

— Cela semble pourtant amusant, reprit Payton, soudain moins gênée. Qu'en penses-tu, Gemma ? Puisque nous sommes en Australie, autant expérimenter toutes les traditions locales.

Gemma approuva d'un signe de tête.

— Il faudrait juste qu'on se trouve quelque chose de joli à porter, ajouta cette dernière.

— J'ai des robes, lui répondit Payton, je pourrai t'en prêter une. Ce qui me manque par contre, ce sont des vêtements de travail. Je ne peux pas porter la chemise de Davey tous les jours, il…

— Je dois me rendre à Brisbane dans quelques jours, la coupa Teague. Vous pourriez venir avec moi et en profiter pour faire du shopping et…

— Une minute, l'interrompit Callum. Gemma et Payton n'iront pas au bal des conquêtes. C'est hors de question ! Ce n'est pas un endroit pour des femmes comme elles.

— Nous nous conduirons bien, le rassura Gemma. On veut juste… observer. Faire une étude sociologique en quelque sorte.

— Si vous voulez voir la vraie Australie, venez donc avec moi, reprit Teague. Vu des airs, le Queensland est magnifique.

Brody glissa une main sous la table et caressa la cuisse de Payton. Cela faisait si longtemps qu'il en avait envie… Il ne pouvait pas résister plus longtemps.

La conversation glissa ensuite vers un exposé des sites touristiques australiens à ne pas rater. A aucun moment Brody n'interrompit sa caresse. Tout le monde autour de la table semblait avoir un avis sur la question, sauf lui, car le seul spectacle qui l'intéressait, ce soir, c'était celui de la jeune femme lorsqu'elle serait enfin dans ses bras.

Finalement, Mary entreprit de desservir la table et Brody aida Payton à se lever. Les regards de tous les hommes convergèrent aussitôt vers lui.

— Que regardez-vous ? s'étonna-t-il. Certains d'entre nous sont bien élevés !

A vrai dire, ses gestes n'avaient rien à voir avec la politesse. Il voulait simplement se montrer agréable vis-à-vis de Payton et la séduire autant qu'elle le séduisait.

— Je vais aider Mary à ranger, dit cette dernière, en ramassant quelques assiettes.

Zut. Il allait encore devoir patienter. Il avait pourtant d'autres projets en tête.

— Allez-y, répondit la vieille femme, comme si elle avait deviné ses projets. J'ai toute l'aide dont j'ai besoin.

Ouf ! Sauvé !

De peur que Payton ne change d'avis, Brody l'entraîna dehors sans attendre.

D'un pas rapide, il la mena jusqu'à un recoin sombre de la cour, la poussa contre le mur et l'embrassa avec une passion non contenue.

— Je rêve de faire cela depuis le début du dîner, murmura-t-il en rompant le baiser.

Les pupilles dilatées de désir, Payton soutint son regard, passa une langue tentatrice sur ses lèvres couleur cerise et il sentit sa température grimper encore de quelques degrés. Incapable de résister plus longtemps à la tentation, il reprit possession de la bouche sensuelle.

— Viens, lui susurra-t-elle entre deux baisers. Je sais où nous pouvons aller si nous voulons être tranquilles.

Elle lui prit les mains et l'attira vers les écuries, sombres, silencieuses et désertes à cette heure.

Les yeux brillant d'anticipation, il se laissa faire.

— Je suis sûre d'avoir vu une lampe de poche quelque part, lança Payton en refermant la porte derrière eux.

Il y en avait une, en effet, et il se souvenait parfaitement où elle était cachée. Il l'attrapa donc, l'alluma puis suivit Payton dans l'allée séparant les box.

Enfin, elle en ouvrit un et il demeura bouche bée. Ebahi. Incrédule.

— C'est toi qui as installé les couvertures sur la paille ?

— Oui. Je l'ai fait pendant que tu étais parti téléphoner. J'ai pensé que ce serait plus intime que le dortoir où Gemma risquait à tout moment de nous interrompre.

— Tu ne voulais donc pas que nous soyons dérangés, fit-il d'un ton coquin. Et pourquoi donc ? Avais-tu une activité particulière en tête ?

— Je me disais que nous pourrions faire plus ample connaissance, répondit-elle en l'attrapant par la chemise. Il y a tant de questions que j'ai envie de te poser.

Amusé par le petit jeu auquel elle se prêtait, il se pencha et lui mordilla le lobe de l'oreille.

— Tu veux donc parler…

Pour toute réponse, elle se contenta d'un soupir langoureux.

— C'est une bonne idée, poursuivit-il sans cesser de la taquiner. Moi non plus, je ne sais rien de toi. Je voudrais que tu me dises quelque chose… N'importe quoi.

— Mon anniversaire est le 10 août. Je vais avoir vingt-six ans.

— Quelque chose de plus intéressant, s'il te plaît.

— Je me suis cassé le bras en tombant de cheval. J'avais dix-sept ans et j'ai dû être opérée. J'ai une cicatrice.

Il resserra son étreinte, tenant la jeune femme plaquée contre lui comme si elle était sa prisonnière.

— Dites-moi quelque chose de plus intime, mademoiselle Harwell !

— J'ai perdu ma virginité dans une étable, un mois avant de me casser le bras. C'était avec un garçon d'écurie brésilien qui avait de magnifiques yeux bleus.

— Intéressant… J'ai perdu la mienne sur la banquette arrière de la voiture de ma mère après un entraînement de foot. J'avais quinze ans et elle dix-huit, si je me souviens bien.

Payton commença soudain à déboutonner sa chemise et il se tut. Les flammes du désir l'avaient tellement bien léché qu'il ne pouvait plus penser à rien d'autre qu'au corps de déesse lové entre ses bras, à la peau aussi douce que de la soie.

— Peut-être pourrions-nous oublier les questions pendant un petit moment…

— Tu sais ce que tu fais ?

Surpris par cette question, il la dévisagea un instant pour tenter de la percer à jour. En vain. Il ne voyait que du mystère dans les yeux couleur chocolat. Du mystère… Et du désir.

— Oui, répondit-il néanmoins en enlevant sa chemise. Je sais exactement ce que je fais. Et toi ?

— Oui. Ferme la porte.

Brody s'exécuta puis se retourna. En réalité, il ignorait ce qu'il faisait. La preuve ? Il n'avait pas pensé à apporter la moindre protection.

— Je suis désolé, bafouilla-t-il en revenant vers elle. Attends-moi ici, je reviens tout de suite.

Puis, sans attendre de réponse de sa part, il remit sa chemise, prit la torche et courut dehors. Pressé, il entra dans la maison telle une tornade mais s'arrêta brusquement en se retrouvant nez à nez avec Mary.

— Déjà de retour ? s'étonna cette dernière.

— Payton a besoin… Payton a besoin d'un gilet. Il fait un peu froid et je ne voudrais pas qu'elle s'enrhume.

— Tu es un vrai gentleman, répondit-elle en lui adressant un clin d'œil. Prends un gilet mais n'oublie pas non plus les préservatifs.

En entendant ces mots, Brody se figea. Après le départ de sa mère, Mary avait tout naturellement endossé ce rôle maternel auprès de ses frères. Lorsqu'il était revenu au ranch, elle avait agi de la même façon avec lui et cela ne l'avait pas choqué. Mais lui donner des conseils sur sa vie sexuelle ? Jamais il n'avait pensé qu'elle irait aussi loin.

— Je n'oublie pas, répondit-il, un peu mal à l'aise. Mais cela ne te regarde pas.

Après avoir attrapé quelques préservatifs dans sa chambre, Brody fit le chemin inverse en courant. Il entra dans l'écurie et, impatient, se dirigea vers le box du fond.

Payton était à la porte. Elle l'attendait.

— Qu'est-ce qui était si import…

Il sortit les préservatifs de sa poche et elle s'interrompit.

— Ah… C'est une bonne idée, dit-elle.

Il pénétra enfin dans le box et elle referma la porte derrière eux. La lumière de la torche était faible mais suffisante pour lui permettre de la voir.

Le cœur battant à toute allure, il fit un pas vers elle puis s'arrêta et avala sa salive. Il se sentait soudain nerveux, comme avant sa première fois.

C'était pourtant idiot, il avait connu tant de femmes…

Oui, mais aucune ne l'avait touché à ce point. Aucune ne l'avait ému et subjugué comme Payton.

Etait-ce parce qu'elle était étrangère ? Etait-ce à cause de son accent chantant ? Ou tout simplement parce qu'elle l'étonnait à chaque instant ?

Elle avait l'habitude de fréquenter les bals tandis que lui avait grandi dans un ranch au beau milieu du désert. Ils ne faisaient pas partie du même monde et pourtant, elle était là, ce soir, avec lui.

Pourquoi ? Que désirait-elle de lui ?

Tous les sens en alerte, les questions se bousculant dans sa tête, il prit le beau visage entre ses deux mains et l'observa.

Ne s'agissait-il que de désir brut entre eux ? Ou y avait-il plus ?

Il ne voyait pas de réponses dans le regard brillant de mille feux mais peut-être trouverait-il des réponses à toutes ses questions dans leur corps à corps, dans leurs caresses, songea-t-il en pressant enfin sa bouche contre la sienne, avide de sensualité.

Payton se cambra contre la cloison du box, se délectant de la sensation des mains puissantes sur son corps, de la chaleur de la respiration rauque dans son cou et elle s'abandonna. Tout semblait si facile…

Avec Brody, elle ne réfléchissait pas, elle vivait, tout simplement.

Etait-ce la conséquence du climat australien ou simplement de l'incroyable sex-appeal de l'homme qui l'embrassait ? Elle l'ignorait mais… En fait, peu importait, elle n'avait plus envie de penser. Elle voulait juste savourer l'instant.

Pendant longtemps, elle avait vécu sa vie dans l'angoisse de déplaire à ses parents, et dans la crainte de choquer, mais il avait suffi qu'elle monte dans l'avion qui l'emportait loin des îles Fidji pour se sentir tout à coup plus légère.

Pour se sentir vraiment elle-même.

Evidemment, ses parents ne lui pardonneraient jamais son geste, mais tant pis. Désormais elle était libre. Elle pouvait être la femme qu'elle avait toujours rêvé d'être. Elle pouvait vivre pleinement sa vie, sans réfléchir aux conséquences de ses actes… Et elle pouvait faire l'amour avec un inconnu rencontré en prison. Un inconnu beau comme un dieu grec.

D'une main tendre, elle caressa la joue de Brody et plongea son regard dans le sien.

Ce qu'elle désirait, ce n'était pas seulement ce visage parfait, ce sourire charmeur ou ce corps musclé, c'était également lui. L'homme.

Etait-ce ce qu'elle avait toujours recherché ? se demanda-t-elle soudain. Un homme qui aurait le pouvoir de la posséder corps et âme, le pouvoir de lui faire toucher les étoiles en toute confiance ?

A part sa première fois, elle n'avait jamais fait l'amour en dehors d'une chambre à coucher, elle s'était toujours comportée de façon réservée. Mais ce soir, dans cette écurie, elle était impatiente à l'idée de se mettre nue et de sentir Brody au plus profond d'elle. Elle n'avait pas peur de se montrer conquérante, de prendre des initiatives.

Ici, tout semblait tellement plus réel, tellement plus intense. Elle ne se sentait plus étouffée. C'était l'opportunité idéale pour s'affirmer et commencer une nouvelle vie.

Libérée de son passé, elle se mit doucement à onduler des hanches contre Brody, bien décidée à lui montrer l'intensité de son désir.

Elle effleura le sexe tendu sous le tissu de son pantalon et son excitation monta en flèche, annihilant toute sa raison. Désormais, elle n'était plus que désir.

Incapable d'attendre plus longtemps, elle déchira d'un geste brusque les boutons de sa chemise. Puis, des ondes torrides parcourant tout son corps, elle posa les mains à plat sur le torse musclé et commença à le caresser avec fièvre. Dieu qu'il était fort…

Impatiente de découvrir ce corps ferme et si masculin, elle embrassa la peau brûlante et, aussitôt, elle s'enflamma.

Des milliers d'étincelles venaient de s'allumer en elle, la consumant sur place.

Son désir était maintenant tel que plus elle l'embrassait, plus elle voulait l'embrasser. Plus elle le goûtait, plus elle voulait le dévorer. Elle ne pouvait plus faire demi-tour, elle pouvait juste laisser son désir guider ses mains, sa bouche… Elle pouvait juste laisser son désir guider ses actes.

Comme si Brody devinait son impatience, il la dirigea soudain vers la paille et l'étendit avec délicatesse sur une couverture. Il la contempla un instant avant de la débarrasser de son T-shirt et elle sentit son sexe se serrer.

Ensuite, il se pencha vers un sein, le couvrit de baisers ardents à travers la dentelle de son soutien-gorge et elle lâcha un petit cri. Une vague de volupté à couper le souffle venait de l'envelopper, de la bousculer, lui faisant perdre tous ses repères. Elle ne parvenait même plus à garder les yeux ouverts. Elle succombait.

— Tu es si belle, murmura Brody en prenant son sein en coupe.

Emue par la douceur dont il faisait preuve, elle rejeta la tête en arrière et lâcha un long soupir de satisfaction.

La respiration de plus en plus rauque, haletante, elle parvint néanmoins à se rasseoir et acheva de se déshabiller. Elle ne pouvait plus attendre. Ils prendraient leur temps une autre fois. Mais aujourd'hui, elle avait besoin de tout, tout de suite.

Il la regardait se dévêtir mais elle n'était pas gênée de se mettre à nu devant lui. Elle n'avait aucune inquiétude. Elle savait qu'il la désirait autant qu'elle le désirait.

Le souffle court et des milliers d'étincelles dans les yeux, elle le débarrassa enfin de son pantalon.

— Voilà qui est mieux, murmura-t-elle d'une voix sensuelle.

Elle allait lui ôter son caleçon et découvrir sa virilité puissante lorsqu'il reprit soudain le contrôle de la situation.

Il attrapa ses mains, les plaqua au-dessus de sa tête avant de couvrir son ventre de baisers et elle se laissa faire.

Comblée, elle s'abandonna à cette douce torture. Comme par magie, Brody semblait savoir où elle avait envie qu'il la caresse, où elle avait envie qu'il l'embrasse. Elle lui appartenait. Elle voulait lui appartenir, corps et âme. Elle mourait d'impatience de se perdre dans ces bras.

Sans dire un mot, elle l'embrassa alors avec fougue, libérant tout le désir qu'elle contenait depuis qu'elle l'avait rencontré puis, toute pensée rationnelle l'ayant désertée, elle le fit rouler sur le dos et s'installa à califourchon sur lui.

Ensuite, mue par une force incontrôlable, elle attrapa les préservatifs posés sur la couverture puis libéra son sexe tendu sans même prendre le temps de lui enlever son caleçon. Le besoin de le sentir en elle était trop urgent, trop fort.

Et enfin, elle s'empala sur lui.

Jamais elle ne s'était comportée comme cela avec un homme, jamais elle n'avait agi avec une telle fougue, avec une telle autorité. Mais ce soir, elle n'avait aucune hésitation. Elle savait exactement ce qu'elle voulait.

Alors que le sexe avait toujours été une obligation avec Sam, aujourd'hui, il s'agissait d'un besoin vital, naturel, un besoin si fort qu'elle en perdait la tête.

— Ne bouge pas, lui ordonna-t-il soudain en lui attrapant les mains.

Surprise, elle le dévisagea.

— Je dois pourtant bouger, lui répondit-elle, coquine, avant de se remettre à danser au-dessus de lui. C'est du moins ainsi que cela marche, là d'où je viens !

— Je ne tiendrai pas le coup longtemps si tu ne m'obéis pas. Je…

Il se tut brusquement et, le regard brûlant, l'attrapa par la nuque et l'attira à lui pour l'embrasser. Pour la dévorer.

Ivre de sensations, elle se sentit aussitôt emportée par un tourbillon voluptueux. Le baiser se fit de plus en plus gourmand, de plus en plus goulu et elle sentit un feu d'artifice éclater en elle.

Les mains de Brody toujours sur ses hanches, elle se remit peu à peu à chalouper au-dessus de lui.

Elle imprima à leur étreinte un rythme sensuel puis, s'accordant aux gémissements de plaisir de Brody, se mit à accélérer son tempo.

Il soutint son regard tandis qu'elle allait et venait au-dessus de lui, l'attirant toujours plus profond en elle, prise d'une sorte de fureur. Peu à peu, elle sentit les prémisses de l'orgasme la saisir et elle se mordit la lèvre pour réprimer un cri.

Quelques instants plus tard, Brody donna un dernier coup de reins et, folle de volupté, elle lâcha le cri d'extase qu'elle retenait depuis trop longtemps.

Il la rejoignit aussitôt dans la jouissance et ils demeurèrent ensuite immobiles un long moment, essoufflés, incapables de parler.

Mais si elle avait pu, qu'aurait-elle dit ? Elle l'ignorait.

Devait-elle le remercier pour lui avoir offert un tel orgasme ?

— Cela ne m'est jamais arrivé auparavant, choisit-elle finalement de dire.

— Tu rigoles, n'est-ce pas ?

Aussitôt, elle regretta les mots qu'elle venait de prononcer. Elle le connaissait à peine…

Mais si elle était capable de s'abandonner à ce point, lui rappela soudain sa raison, alors elle devait être capable d'être honnête avec lui.

— Je… J'ai déjà ressenti cela, précisa-t-elle, mais pas de cette façon.

Il l'observa, l'air perplexe, tout à coup.

— C'est une bonne nouvelle ? lui demanda-t-il d'une voix hésitante.

— Oui. D'ailleurs… On pourrait peut-être recommencer ?

A ces mots, Brody éclata de rire.

— C'est une bonne idée, répondit-il avec enthousiasme, mais il va peut-être falloir attendre un peu.

— Un peu ? Qu'est-ce que cela veut dire en australien ? En Amérique, un peu veut dire une minute. Au plus !

Sans attendre sa réponse, elle laissa sa main glisser vers son sexe encore chaud. Il avait déjà repris des forces, nota-t-elle en souriant.

— Gentille comme tu es, murmura Brody dans le creux de son oreille, tu n'auras pas à patienter bien longtemps. Je te rassure. Surtout si tu continues à me caresser ainsi.

*
* *

Brody ignorait quelle heure il pouvait bien être. Il savait qu'il était très tard, sans doute minuit passé, mais cela lui était égal. Seul lui importait le fait de tenir Payton serrée entre ses bras.

Un peu plus tôt, les piles de la torche avaient rendu l'âme et il était allé en chercher d'autres mais, pour le moment, il l'avait éteinte, préférant savourer l'obscurité qui les entourait.

Il adorait regarder Payton mais il aimait tout autant communiquer avec elle par le toucher. Le corps de déesse aux courbes si envoûtantes semblait d'ailleurs être fait pour ses mains.

— On serait sans doute plus à l'aise dans un lit, murmura-t-il en caressant l'épaisse chevelure.

— Oui… Mais c'est impossible.

— Pourquoi donc ? Nous ne faisons rien de mal.

— Je sais. C'est juste que… Je suis une employée ici et je dois faire attention à mon comportement, répondit-elle en allumant la torche et en la dirigeant vers son visage. En plus, c'est excitant d'être ici.

— Excitant, excitant… Peut-être, mais ce n'est tout de même pas très confortable.

Elle ne répondit rien, se contentant de reposer la tête sur son torse et il reprit sa douce caresse. Elle avait une peau si soyeuse… Si parfaite.

— Lorsque je t'ai vu dans la cellule à côté de la mienne, osa tout à coup Payton, en le sortant de son songe, j'ai essayé d'imaginer à quoi tu ressemblerais sans vêtements.

Surpris par cette déclaration, Brody étouffa un rire.

— Et alors ?

— Alors… Tu es différent de ce que j'imaginais.

— En bien ou en mal ?

— En bien, dit-elle.

Puis elle se tut et laissa ses doigts agiles se promener sur son torse et il la regarda, surpris par la façon qu'avait un geste aussi innocent de l'exciter.

Des explosions de désir irradiaient tout à coup tous ses membres, sa gorge le brûlait, son cœur battait à vive allure, son souffle était court… Payton pouvait prendre ce qu'elle voulait de lui, il était prêt à la satisfaire. Il ne pouvait pas lui résister, c'était impossible. Il lui appartenait.

Elle effleura tout à coup son genou et il retint sa respiration. Le temps avait passé mais les cicatrices étaient toujours visibles et sensibles.

— Que s'est-il passé ? lui demanda-t-elle en caressant sa cicatrice.

Qu'est-ce qui s'était passé ?

Juste une erreur. Une stupide erreur de jeunesse dont il n'avait aucune envie de parler.

— J'ai eu un accident de moto, dit-il simplement. Mais ce n'était pas aussi grave que cela en a l'air.

Doucement, Payton se pencha puis elle posa sa bouche sur la cicatrice, y déposa un petit baiser et il frissonna.

— Voilà, murmura-t-elle, c'est mieux.

— Merci. C'est vrai que je me sens mieux.

Ce seul baiser avait suffi à apaiser ses regrets.

Ce seul baiser avait suffi à éveiller ses sens, à redonner un coup de fouet à son désir. A présent, il la désirait tant qu'il en tremblait.

Comme si elle devinait son désir, Payton se mit à quatre pattes et rampa au-dessus de lui. Dans la douce lumière, elle lui faisait penser à une déesse grecque, avec cette peau laiteuse, brillant comme du marbre. Une déesse aux pouvoirs surnaturels, capable de lui faire oublier son passé, capable de l'apaiser.

Il ne la connaissait que depuis quelques jours et pourtant, il avait déjà l'impression d'être complètement à sa merci. Comme une sirène, elle l'avait pris dans ses filets. Elle l'avait envoûté. Corps et âme.

— Tu as d'autres cicatrices ? reprit-elle d'une voix enjôleuse, en rivant ses yeux aux siens.

— Que cherches-tu ? Des défauts ?

Elle orienta la torche sur le tatouage ornant son biceps droit.

— Qu'est-ce que c'est ? demanda-t-elle en lui caressant le bras.

— Rien… Juste un signe tribal.

— Tu sais, j'ai moi aussi un tatouage.

Surpris, il se redressa sur un coude. Il n'avait pourtant rien vu. En plus, elle ne semblait pas ce genre de fille.

— Où ça ?

Elle indiqua sa cheville et il orienta la torche dans cette direction.

— Je ne vois rien pourtant.

— Si ! C'est le point rouge, ici.

— Ce n'est pas un tatouage, c'est un grain de beauté !

— Non. Enfin… C'était censé être un tatouage mais j'ai renoncé au dernier moment.

— A cause de la douleur ?

— Non. J'ai eu peur de la réaction de mes parents et de mon… de mon petit ami. A vrai dire, ce n'était pas la première fois que je renonçais à un projet par crainte de leurs remarques désobligeantes.

Brody la dévisagea. Elle semblait triste tout à coup. Alors, pour la réconforter, il lui caressa la joue.

— Si tes parents trouvent un tatouage choquant, reprit-il d'un ton plus léger, que penseraient-ils s'ils te savaient dans cette écurie, avec moi ?

— Ils me feraient enfermer dans un asile psychiatrique !

Brody lui saisit la main puis la porta à ses lèvres avant d'y déposer une nuée de petits baisers.

— Je ne les laisserais pas faire, susurra-t-il en nouant ses doigts aux siens. Avec moi, tu es en sécurité.

— En sécurité… Je ne suis pas sûre que ce soit le bon mot !

Pour toute réponse, il reprit possession de la bouche sensuelle avec une fougue à couper le souffle. Il était déterminé à lui prouver qu'elle ne craignait rien avec lui. Il la protégerait tant qu'il le pourrait car une chose était sûre, il ne voulait pas la laisser partir.

— Passe la nuit avec moi, s'il te plaît.

— Ici ?

— Où tu veux. Ici ou ailleurs… Je veux juste passer la nuit avec toi.

— Gemma risque de s'inquiéter.

— Callum lui changera les idées.

— De la même façon que toi tu me changes les idées ?

Brody secoua la tête.

— Callum a d'autres talents que moi, il est…

Il s'interrompit brusquement. Il venait d'entendre un bruit dans l'écurie.

Il mit un doigt sur la bouche de Payton et attrapa la torche.

— Qu'est-ce que c'est ? lui demanda-t-elle d'une petite voix.

— On dirait qu'il y a quelqu'un.

Le bruit des sabots d'un cheval claquant sur la terre résonna dans la nuit et Brody se dirigea doucement vers la porte du box. Il l'entrouvrit.

— Qui est-ce ? lui demanda Payton qui l'avait rejoint, enroulée dans une couverture.

— C'est Teague. Il selle un cheval.

— Où va-t-il au milieu de la nuit ?

— Si seulement je le savais.

Peut-être Callum avait-il raison ? Peut-être Teague allait-il rejoindre Hayley Fraser ?

Enfin… Quoi que fasse Teague, cela ne le regardait pas. De la même façon que ce qui se passait entre Payton et lui ne regardait pas ses frères.

— Peut-être va-t-il jeter un coup d'œil sur les troupeaux, choisit-il finalement de dire.

— Tout seul ?

— Pourquoi pas.

Le bruit s'estompa peu à peu et ils demeurèrent immobiles quelques secondes, attendant que la porte de l'écurie se referme.

Ensuite, Brody se retourna, fit glisser la couverture le long des bras de Payton et promena un doigt coquin sur la poitrine nue.

— On dirait que nous sommes de nouveau seuls.

— Oui, mais… On devrait peut-être dormir…

Sans cesser de la caresser, Brody soupira. Il était tiraillé entre son envie de l'embrasser, son désir de goûter ces seins si appétissants et la voix de la raison qui lui dictait le contraire et lui rappelait combien la jeune femme était épuisée.

Oui, sans doute était-il plus raisonnable de s'arrêter maintenant, décida-t-il finalement en la voyant bâiller.

— Tu as raison. Nous travaillons tous les deux demain.

Elle avait raison mais cela ne l'empêchait pas d'avoir des regrets.

Pourquoi diable l'avait-il amenée au ranch ?

Si elle n'avait pas accepté cet emploi, ils auraient pu faire ce qu'ils voulaient de leur journée. Ils auraient pu aller à Fremantle, passer une semaine enfermés dans son appartement à faire l'amour. Ou ils auraient pu partir en voyage…

Au lieu de cela, il l'avait amenée au ranch où ils étaient obligés de se cacher dans une écurie pour avoir un peu d'intimité.

— Le week-end sera heureusement bientôt là. Tu n'auras pas besoin de travailler.

— Pourquoi donc ? A ma connaissance, les chevaux mangent aussi le samedi et le dimanche.

— Quelqu'un d'autre s'en occupera.

— Mais c'est mon travail.

— Oui, mais coucher avec le frère du patron devrait offrir quelques avantages, tu ne crois pas ?

— Il y a des avantages mais le week-end n'en fait pas partie, répondit-elle en rompant l'étreinte pour ramasser ses habits.

Brody la rattrapa et l'enlaça une nouvelle fois. Il ne pouvait se résoudre à la laisser partir.

— Tu n'as donc pas envie de profiter de ton séjour pour visiter un peu l'Australie pendant que tu es ici ? Ce n'est pas pour cela que tu es venue ? Je suis sûr que Callum peut demander à un cow-boy de te remplacer dans l'écurie si tu lui dis que tu veux faire un peu de tourisme.

— C'est gentil… Mais pas maintenant. Peut-être dans quelque temps.

Brody baissa la tête.

Il n'en voulait pas à Payton, il comprenait ses inquiétudes. Après tout, lorsqu'il l'avait rencontrée, elle était obligée de voler pour survivre. Ici au moins, elle avait un endroit où dormir, trois repas par jour et un salaire. Elle était en sécurité… Et elle avait le sexe.

— D'accord, admit-il enfin. Comme tu voudras.

Puis il se tut, lui prit les vêtements des mains et l'aida à se rhabiller, en profitant pour la toucher une dernière fois.

Ensuite, il se rhabilla à son tour.

— Viens, je vais te raccompagner au dortoir.

— Non. Reste ici une minute, je peux rentrer toute seule. Je te verrai demain.

— Je compte bien dessus, répondit-il en capturant sa bouche une dernière fois.

— A demain.

Puis elle fit demi-tour et il la regarda disparaître dans l'obscurité.

Ils ne se connaissaient que depuis quelques jours et pourtant, elle s'était déjà immiscée dans sa vie, jusqu'à lui devenir indispensable. Vivre au ranch devenait supportable maintenant qu'il avait l'espoir de la retrouver chaque soir.

Cette fascination qu'elle exerçait allait sans doute s'émousser, il en allait toujours ainsi… Mais il y avait quelque chose en Payton qui lui faisait penser que cela pourrait être différent cette fois-ci.

Etait-ce ce sourire timide ? Ces caresses sensuelles ?

Ou était-ce lui qui avait changé ?

- 4 -

En sueur, Payton posa sa fourche contre le mur, s'essuya le front puis étira ses muscles endoloris. Après une journée passée à déplacer des ballots de paille et à nettoyer les écuries, elle commençait à avoir très mal au dos.

— Quelques brasses dans l'étang vous détendront, si vous êtes courbaturée, lança Teague.

Payton se retourna. Elle n'avait pas entendu Teague approcher.

— C'est en effet une bonne idée, lui répondit-elle. J'irai peut-être après dîner.

— Vous savez… Vous n'êtes pas obligée de travailler aussi dur, Callum est déjà impressionné. Et si c'est Brody que vous essayez d'épater, laissez tomber, il ne sera pas sensible à vos efforts. Il n'a jamais aimé le ranch.

Surprise, elle le dévisagea.

— Dès que Brody a su parler, il n'a cessé de dire qu'il voulait quitter le ranch, lui expliqua Teague. Il trouve le travail ici ingrat et la vie ennuyeuse.

— Pourquoi reste-t-il alors ?

— Sans doute parce que vous êtes ici. Avant votre arrivée, il passait le plus clair de son temps à Bilbarra.

— Mais avant cela ? Pourquoi n'est-il pas parti après l'école, une fois adulte ?

— Mais il est parti. Il est parti en même temps que notre mère, lorsqu'il avait quatorze ans. Il ne vous a pas raconté cela ?

Payton secoua la tête.

— Nous n'avons pas beaucoup parlé de notre passé. Nous nous sommes plutôt concentrés sur… sur le présent.

Elle retira ses gants puis s'assit sur la paille.

— Si je comprends bien, reprit-elle, curieuse d'en savoir plus, Brody est en vacances.

— Non, cela fait un moment qu'il est ici. Il est revenu après son accident de moto.

Son accident de moto… Brody lui avait, en effet, parlé d'un accident de moto.

— Après son accident, continua Teague, il ne pouvait plus jouer alors son club l'a licencié.

— Son club ?

— Il ne vous a rien dit, n'est-ce pas ?

Payton haussa les épaules. Elle devait bien se rendre à l'évidence, elle ignorait tout de Brody.

— Brody était footballeur professionnel, poursuivit Teague. Il a joué pendant cinq ans dans un club de Fremantle.

— J'ai vu sa cicatrice mais il a juste parlé d'un accident. Il n'a pas évoqué sa carrière.

— Il a pourtant été gravement blessé. Il a passé un mois à l'hôpital et six dans le plâtre. Il a vraiment eu de la chance de s'en sortir.

— Je ne comprends pas pourquoi il n'a rien dit.

— Il n'aime pas en parler car cela a mis un terme à sa carrière juste au moment où il était à son apogée. De toute façon, cela ne change rien entre vous.

Teague s'assit à côté d'elle, la dévisagea et elle sentit un sentiment de gêne l'envahir.

— Cela ne change rien, n'est-ce pas ? répéta Teague en la scrutant plus intensément.

— Non, la cicatrice ne me dérange pas. Pourquoi cela me dérangerait-il ? C'est juste que…

Perdue, elle secoua la tête.

— Je… Je me rends compte que je le connais encore très mal.

— Croyez-moi, ce n'est pas plus facile lorsqu'on connaît tout de l'autre. Vous au moins, vous pouvez être libres, vous n'êtes pas handicapés par votre passé.

— Peut-être…

Teague avait sans doute raison.

Sam et elle se connaissaient si bien qu'ils avaient fini par ne plus rien ressentir l'un pour l'autre tandis qu'avec Brody… Avec Brody, tout n'était que passion. Chaque caresse provoquait en elle des étincelles d'une puissance à couper le souffle. Chacune de ses caresses allumait des flammes d'autant plus fortes qu'elles se déroulaient dans un climat de mystère.

Oui, Teague avait raison.

— Je pars à Brisbane après-demain, reprit-il en la sortant de sa réflexion. Est-ce que Gemma et vous voulez vous joindre à moi ? Vous avez parlé l'autre jour d'aller faire du shopping.

— Il faut malheureusement que je travaille.

— Ne vous inquiétez pas, nous serons de retour en fin de journée car je n'ai pas l'autorisation d'atterrir de nuit. En plus, je suis persuadé que vous trouverez quelqu'un pour vous remplacer.

Elle trouverait sans aucun doute quelqu'un pour la remplacer mais ce n'était pas cela le problème.

— C'est gentil mais je n'ai pas d'argent.

— Cela tombe bien, vendredi est le jour de la paie. Et s'il vous manque quelques dollars, je vous ferai un prêt.

— Je ne peux pas vous demander une telle chose.

— Je vous fais confiance.

En entendant ces mots, Payton laissa échapper un rire désabusé.

— Si vous me faites confiance, c'est que vous ignorez tout de mon passé de criminelle ! J'ai rencontré votre frère en prison.

— Callum m'a mis au courant, mais… J'imagine que nous avons tous fait des choses que nous regrettons.

Teague se tut puis se remit debout et lui tendit une main pour l'aider à se relever. Il semblait gêné, tout à coup.

— Est-ce que je peux vous demander quelque chose ? osa-t-il d'une voix timide. J'ai besoin d'un point de vue féminin.

— Allez-y.

— Pensez-vous qu'il est possible de pardonner les erreurs passées et de repartir de zéro ?

— Je ne sais pas.

A vrai dire, elle aussi se posait la même question.

— Je ne crois pas qu'il soit possible de retourner en arrière et de réparer les erreurs passées, répondit-elle néanmoins.

Mais cela n'empêche pas d'aller de l'avant et de tout faire pour ne plus commettre les mêmes erreurs.

— Je vois ce que vous voulez dire. Ecoutez, si vous êtes d'accord, nous allons remettre les vaccinations à la semaine prochaine. Il faut que j'y aille. J'ai oublié que j'avais quelque chose d'urgent à faire.

— Pas de problème, je serai là. Ou bien à Brisbane si votre offre tient toujours.

— Elle tient toujours, répondit Teague avant de sortir de l'écurie d'un pas rapide.

Au même instant, Brody arriva et Payton lui sourit.

— Que voulait Teague ? lui demanda ce dernier en s'approchant d'elle.

— Il est juste passé dire bonjour. On allait commencer les vaccinations et puis il a changé d'avis. Il s'est rappelé qu'il avait quelque chose d'urgent à faire.

Elle remit ses gants avant de poursuivre.

— Teague va nous emmener, Gemma et moi, à Brisbane samedi.

— Qu'allez-vous faire à Brisbane ?

— Du shopping. J'ai besoin de vêtements pour le travail, répondit-elle en baissant les yeux sur la chemise de Davey. Si nous avons le temps, nous irons aussi chez le coiffeur. J'aimerais bien me faire couper les cheveux. J'ai besoin de changer de tête.

Brody posa ses mains puissantes sur ses épaules, déposa un baiser rapide sur ses lèvres et un délicieux frisson glissa le long de son dos tandis qu'un doux sentiment de bien-être l'envahissait.

— J'aime tes longs cheveux, lui murmura-t-il. Ils sont si beaux, si soyeux…

Touchée par ces paroles, elle l'attira plus près d'elle et l'embrassa avec gourmandise. Elle avait soudain envie de le déshabiller et de le pousser dans la paille pour un corps à corps brûlant et passionné. Elle avait envie de sensualité, de volupté. Elle avait envie d'amour et de plaisir.

— Nous pourrions aller ensemble à Brisbane, suggéra-t-il

en interrompant soudain le baiser. Nous pourrions faire du surf, aller à la plage…

— Désolée, mais il s'agit d'une journée entre filles ! Tu t'en sortiras très bien sans moi. De toute façon, je serai de retour dans la soirée car Teague m'a dit qu'il ne pouvait pas atterrir de nuit.

— Ce qui veut dire qu'il va trouver un moyen pour vous faire passer la nuit à Brisbane !

Payton secoua la tête. Brody n'avait vraiment aucune raison d'être jaloux.

— Cela m'étonnerait. A mon avis, il a autre chose en tête.

— Pourquoi dis-tu cela ?

— Parce qu'il m'a demandé mon avis. Il m'a demandé si, selon moi, il était possible d'oublier le passé et de repartir de zéro.

Tout en l'écoutant parler, Brody passa une main dans ses cheveux, comme s'il était las.

— Cela ne peut vouloir dire qu'une chose, lâcha-t-il dans un soupir. Hayley Fraser. J'ai bien pensé à elle lorsqu'il est sorti l'autre soir… Callum va être fou de rage !

— Pourquoi va-t-il être fâché ?

— A cause d'une dispute entre nos deux familles qui dure depuis des années. Le grand-père d'Hayley affirme que notre arrière-grand-père l'a spolié de ses terres.

— Une dispute comme celle des Montaigu et des Capulet ?

— Oui. D'ailleurs, lorsqu'ils étaient adolescents, Teague et Hayley se prenaient pour Roméo et Juliette. Ils étaient tellement amoureux que mes parents ont eu peur qu'ils s'enfuient pour se marier. Mais ensuite, Teague est parti pour l'université et, quelques mois plus tard, Hayley a brusquement quitté le ranch. Après cela, Teague n'a plus jamais prononcé son nom.

— Que s'est-il passé ?

Brody haussa les épaules.

— Je l'ignore. Teague a toujours refusé d'en parler. Tout ce que je sais, c'est qu'il a beaucoup souffert.

— Alors, si Teague et Hayley sont Roméo et Juliette, qui sommes-nous ? Bonnie et Clyde ?

Brody éclata de rire.

— C'est vrai qu'il y a quelques similitudes, nota-t-il. Nous nous sommes rencontrés en prison…

— Mais la fin est différente. Si je me souviens bien, dans le film, l'histoire se termine mal. Ils meurent tous les deux, le corps criblé de balles.

— Parce que tu espères une fin heureuse pour nous ?

A ces mots, Payton sentit la gêne l'envahir et, mal à l'aise, elle baissa les yeux.

Elle n'espérait pas une fin heureuse entre eux. En fait, elle n'avait jamais pensé au futur de leur relation. De toute façon, cela aurait été stupide et naïf car elle allait forcément quitter l'Australie.

— La vie n'est pas comme au cinéma, se contenta-t-elle de répondre d'un ton sec. Elle n'est jamais… parfaite.

Puis elle se tut et, bien déterminée à changer de sujet, attrapa les rênes d'un cheval.

— Bon, j'ai du travail à faire, dit-elle en se détournant.

— Il est au contraire l'heure de faire une pause, fit Brody en la rattrapant.

Puis, sans lui demander son avis, il l'enlaça, la porta et la posa sur le cheval. Ensuite, il lui tendit un sac en toile.

— Changement de programme, annonça-t-il avec autorité. J'ai décidé que nous allions faire une balade.

Sans attendre sa réponse, il monta derrière elle, lui prit les rênes des mains et, aussitôt, elle se détendit. Elle oublia la gêne ressentie quelques instants plus tôt lorsqu'ils avaient évoqué l'avenir de leur relation.

— Je pensais que nous pourrions aller piquer une tête dans l'étang, reprit Brody.

— Je n'ai pas de maillot.

— Ce n'est pas grave. On s'installera sur la berge et on regardera les crocodiles.

Les crocodiles… Quels crocodiles ?

— Il y a vraiment des crocodiles ?

— Non, pas dans ce coin du Queensland mais ils pourraient toujours marcher jusqu'ici sans que nous nous en apercevions.

Des crocodiles ! Mais c'était terrible !

Comme s'il avait deviné son inquiétude, il enfouit le visage dans le creux de son cou et elle se força à prendre une grande respiration pour ralentir les battements de son cœur.

— Ne t'inquiète pas, lui susurra-t-il. Je te protégerai.

Ils atteignirent l'étang quelques minutes plus tard et, surprise, elle étudia le paysage. L'eau était si sombre qu'il était impossible d'en voir le fond ou les éventuels crocodiles.

— Combien de temps un crocodile peut-il retenir sa respiration sous l'eau ?

— Une heure… Peut-être plus. Mais s'il y en avait, ils ne seraient pas dans l'eau mais sur la berge, en train de se dorer au soleil.

Brody descendit du cheval et l'aida à descendre à son tour avant d'attacher le cheval à un arbre. Puis, sans attendre, il commença à se déshabiller.

Il n'allait tout de même pas se baigner dans cette eau peut-être infestée de crocodiles !

— Je… Je préférerais que tu n'y ailles pas.

— Pourquoi ? Je nage dans cet étang depuis que je suis tout petit, je ne crains rien. Allez, viens.

— Si cela ne te dérange pas, je vais rester au bord.

Pour toute réponse il se contenta d'un sourire et il continua à se déshabiller. Il enleva ses chaussures, ses chaussettes… Son jean… Et elle retint sa respiration. Cet homme était d'une beauté à couper le souffle. Il était si beau, si sexy… Il avait un corps parfait. Un corps qu'elle mourait d'envie de goûter.

Elle serra ses poings dans ses poches pour tenter de maîtriser le désir qu'elle sentait grandir en elle et prendre le contrôle de son corps.

Impossible, elle ne pouvait y résister.

Comme hypnotisée par le spectacle de cet homme puissant glissant dans l'eau, elle enleva ses chaussures puis sa chemise.

Au comble de l'excitation, elle continua à se déshabiller, sans jamais détacher son regard de Brody. Elle fit glisser son jean le long de ses cuisses et le vit sourire. Encouragée par cette réaction, elle s'approcha alors lentement du rivage, juste vêtue d'une culotte et d'un soutien-gorge.

— Enlève tout, lui ordonna-t-il d'une voix sensuelle.

Elle avait envie d'obéir, de s'offrir à lui, mais… timide, elle hésita.

La nuit précédente, ils s'étaient mis nus dans l'obscurité de l'écurie. Mais ce soir, dehors, sous la lumière du soleil, elle se sentait tout à coup un peu mal à l'aise.

Mais son désir pour lui était si puissant qu'elle ne pouvait l'ignorer. Alors, lentement, avec autant de sensualité que possible, elle fit glisser sa culotte le long de ses cuisses puis, le souffle court, elle dégrafa son soutien-gorge, libérant ses seins déjà tendus, puis elle rejoignit l'eau.

L'eau était froide sur sa peau et elle frissonna. Elle continua cependant à avancer puis, prenant son courage à deux mains, elle plongea tout entière sous la surface pour ressortir juste devant Brody.

— C'est glacé !

— Tu vas vite te réchauffer, répondit-il en la serrant entre ses bras puissants. Je vais te réchauffer.

— Merci.

Elle noua ses jambes autour de sa taille, pour réchauffer ses reins puis, déterminée à profiter à fond de l'expérience, elle se pencha en arrière jusqu'à laisser ses cheveux flotter dans l'eau. Un sentiment de plénitude l'envahit peu à peu.

— Cela fait du bien à mes courbatures.

— Tu travailles beaucoup trop dur.

— C'est exactement ce que m'a dit Teague.

— Et à part ça, de quoi a-t-il parlé ? demanda Brody, curieux.

— De choses et d'autres… De rien en particulier.

Elle n'avait pas envie d'avouer à Brody qu'elle avait eu une conversation intéressante avec son frère aîné et que ce dernier lui avait avoué certains faits qu'il n'avait pas pris la peine de mentionner.

Une chose était sûre, depuis cette conversation où elle avait appris certains éléments de son histoire, elle voyait Brody sous un nouveau jour. Il n'était plus seulement un objet de désir mais un vrai homme, avec une vraie vie, une vie qui ne s'était pas déroulée exactement comme il l'avait imaginé.

Elle sentit tout à coup le regard émeraude glisser sur son

corps nu, embrasant ses sens, et elle revint à la réalité du moment présent.

Les mains puissantes prirent ses seins en coupe et elle sentit ses pointes se durcir sous les délicieux va-et-vient des doigts experts. Cambrant ses reins au maximum, elle s'abandonna. Jamais elle n'avait ressenti de sensations aussi fortes. Les caresses de Brody étaient fermes et douces à la fois, légères et chargées d'émotion. Elles lui faisaient oublier toutes ses interrogations.

Soudain, il glissa une main entre ses cuisses et, envoûtée par ces sensations, elle laissa échapper un soupir de plaisir. Un désir inextinguible venait de prendre possession d'elle et tel un torrent, rien ne pouvait plus l'arrêter.

D'ailleurs, elle ne voulait pas l'arrêter. Elle voulait juste le savourer. Sa relation avec Brody était si facile… Elle le désirait, il la désirait, aucun besoin de réfléchir. Mus par une incroyable attraction, ils se satisfaisaient de la façon la plus basique.

Soudain, il dessina sa fente d'un doigt et, le corps traversé par une décharge électrique, elle perdit le contrôle. Son corps se mit à trembler, sa raison abdiqua puis elle se cambra et bascula dans un monde inconnu en lâchant un long cri animal.

Les sensations étaient si fortes que ses muscles ne la soutenaient plus, ils étaient devenus en coton. Heureusement, Brody l'attrapa, l'attira contre son torse et, le cœur battant à toute allure, elle noua ses bras autour des épaules puissantes et se laissa aller.

— Tu vas bien ? lui demanda-t-il, en caressant avec tendresse son visage.

Elle approuva d'un signe de tête puis se mit à rire. Un fou rire incontrôlable venait de s'emparer d'elle.

Elle était ce soir dans les bras d'un cow-boy australien alors que, quelques semaines plus tôt, elle était sur le point de se marier avec un homme qui ne l'avait jamais touchée de cette façon.

Décidément, la vie était parfois très ironique.

*
* *

De temps en temps, même si c'était rare, la beauté de l'Outback pouvait le toucher, songea Brody en fixant la nuit étoilée.

— Regarde l'étoile filante ! lança-t-il en attirant Payton entre ses bras. Tu l'as vue ?

— Oui. Le ciel est très différent ici, dans l'hémisphère Sud.

Il resserra son étreinte, se délectant de la chaleur du corps frêle entre ses bras, avant de poursuivre.

— Ici, tu as la Croix du Sud… Et là, la voie lactée…

Il s'interrompit soudain et prit une profonde inspiration comme pour se donner des forces.

— La pureté du ciel est un des rares atouts du ranch.

— Je ne suis pas d'accord ! Tout est parfait ici. Il y a le soleil, l'étang, la lumière…

— C'est mieux que ces bals que tu as l'habitude de fréquenter ?

— Beaucoup mieux, répondit-elle en se tournant vers lui. En plus, je ne suis pas allée à tant de bals que ça. Enfin… Peut-être que si, mais c'était surtout ma mère qui aimait ce genre de soirée. Son seul but dans la vie était de me trouver un mari qui ferait partie de la bonne société.

— Et maintenant, te voici parmi la populace, au fin fond du désert.

Elle posa une main sur sa joue et la caressa doucement.

— Je suis exactement là où j'ai envie d'être, Brody, lui dit-elle d'une voix douce.

— Mais pour combien de temps ?

— Je n'y ai pas encore réfléchi. Je n'ai qu'un visa touristique de trois mois, mais je ne suis pas pressée de repartir, je suis heureuse ici.

Pour le moment, elle semblait heureuse mais cela ne durerait sans doute pas, songea Brody, soudain inquiet.

— Tu n'as pas envie de rentrer chez toi ? De retrouver ta famille et tes amis ?

Elle releva la tête et fixa le ciel, comme si elle éludait la question.

Bizarre.

En fait, elle semblait toujours réticente à évoquer ce qui l'avait amenée en Australie.

Si elle venait d'une famille riche comme cela semblait être le cas, que faisait-elle à nettoyer des écuries dans un ranch ? Et pourquoi était-elle à court d'argent ?

Quelque chose dans cette histoire lui échappait.

— Tu n'es pas d'ici, insista-t-il avec l'espoir d'obtenir une réponse à ses questions.

— Je n'ai nulle part ailleurs où aller en ce moment.

— Je ne te crois pas.

Il ne la croyait pas. Cette jeune Américaine de la haute société ne pouvait pas se trouver ici, au milieu de nulle part sans une bonne raison.

Peut-être était-elle en fuite ?

— Que fuis-tu, Payton ?

— Rien. Je ne fuis rien.

— Alors parle-moi, s'il te plaît.

Il voulait vraiment savoir qui elle était car, tôt ou tard, le sexe ne lui suffirait plus, et si rien ne la retenait plus en Australie, alors elle partirait. Une perspective qui, même s'ils ne se connaissaient que depuis quelques jours à peine, était propre à l'effrayer.

— Il n'y a rien à dire, se contenta-t-elle de répondre. De toute façon, cela ne change rien.

En entendant ces mots, Brody laissa échapper un long soupir. Dans ses relations avec les femmes, il avait toujours été du genre réaliste. Il avait été un amant souvent enthousiaste, romantique de temps en temps, mais jamais il n'avait donné son cœur. Jamais il ne s'était totalement abandonné, jamais il n'avait livré son âme.

Mais avec Payton, il avait envie de plus. Il voulait savoir qui elle était, d'où elle venait. Il mourait d'envie de savoir ce qu'elle pensait de lui, pourquoi elle était ici et combien de temps elle resterait.

Malheureusement, elle ne semblait pas décidée à s'ouvrir à lui.

— Si je comprends bien, reprit-il d'un ton amer, je ne

devrais pas être surpris si je me réveille un matin et que tu n'es pas là.

— Je ne partirai pas sans te dire au revoir.

— C'est bien de le savoir !

Tendu, il se redressa, marcha jusqu'à la rive, attrapa un caillou et le jeta dans l'eau d'un geste rageur. Cette conversation ne se déroulait pas comme il l'avait espéré.

Il ferma les yeux pour tenter de se calmer. En vain.

Il sentit tout à coup les mains de Payton sur son dos et il réprima un frisson.

— Que veux-tu ? lui demanda-t-elle d'une voix douce.

— Je ne sais pas ce que je veux.

Que pouvait-il répondre d'autre à cette question ? Tout ce qu'il savait était qu'il ne voulait pas retenir la moindre émotion. Il voulait de l'honnêteté, de la confiance. Il voulait s'abandonner avec elle, en elle. Et pour cela, il avait besoin de la connaître.

D'un autre côté, lui non plus n'avait pas été totalement honnête avec elle, lui rappela tout à coup une petite voix dans sa tête.

Sans doute devrait-il lui parler, mais… Son passé n'était pas très glorieux. Son histoire n'était qu'une preuve supplémentaire qu'il n'avait pas prévu le futur, qu'il avait tout misé sur sa carrière de footballeur avant de commettre une erreur et de tout perdre.

Malgré la honte qu'il éprouvait, il devait lui parler, il le savait. Mais pas ce soir. Il ne s'en sentait pas le courage.

— Nous ferions mieux de rentrer, se contenta-t-il de dire. Il commence à faire froid et je ne voudrais pas que tu t'enrhumes.

Puis, sans attendre, il rassembla leurs affaires.

Sur le chemin du retour, Payton s'appuya contre lui et il profita de son parfum fleuri, le laissant l'envoûter.

— Reste avec moi, lui murmura-t-il d'une voix sensuelle dans le creux de l'oreille, incapable de résister à la tentation.

— Je ne pars pas.

— Je parle de ce soir. Reste avec moi ce soir.

— Pas ce soir.

— Mais je veux être avec toi, insista-t-il. Je n'aime pas

être obligé de me cacher. Nous ne faisons rien de mal alors pourquoi agir comme des voleurs ?

— Parce que cette histoire n'appartient qu'à nous pour le moment. Rien de mal ne peut arriver tant que cela reste entre nous. Cela ne fait que quelques jours que nous nous connaissons, alors prenons notre temps.

Elle se tut enfin et il baissa la tête, réprimant un soupir de lassitude.

Voilà exactement la raison pour laquelle il ne pouvait pas être ami avec une femme. Il ne comprenait pas leur façon de penser. Payton était d'accord pour faire l'amour dans l'écurie, mais pas dans un lit. Tout le monde au ranch savait ce qui se passait entre eux, mais elle pensait qu'il était plus facile de faire comme si de rien n'était. La logique de ce raisonnement lui échappait complètement !

Hélas, se disputer avec Payton ne le mènerait à rien, il en était bien conscient. S'il désirait plus d'elle, il n'avait qu'une solution, être patient et attendre qu'elle soit prête.

Oui. Voilà ce qu'il allait faire.

Lorsqu'ils atteignirent enfin le dortoir, il l'aida à descendre puis l'embrassa doucement sur la joue. Un seul baiser, comme il se l'était promis. Un seul baiser pour lui laisser le temps.

— Je te verrai demain.

— Oui, demain.

Il la regarda entrer dans le bâtiment et il se dirigea lentement vers l'écurie. En passant à côté de la maison, il aperçut Callum, assis sous le porche, une canette de bière à la main.

— Où étais-tu ? lui demanda son frère.

— Je suis allé nager avec Payton.

Il descendit du cheval puis s'approcha de son frère.

— Il te reste une bière ?

Callum lui en tendit une. Il l'ouvrit puis s'assit sur une marche de l'escalier.

— Comment se fait-il que tu sois tout seul ce soir ? Où est Gemma ?

— Elle travaille dans la bibliothèque. Je ne comprends d'ailleurs pas ce qui lui prend aussi longtemps, elle épluche chaque livre, chaque article de journal…

— Quel est le rapport avec l'histoire de la famille ?

Pour toute réponse, Callum haussa les épaules et Brody éclata de rire.

— Si tu ne comprends pas ce qu'elle fait, tu peux au moins la regarder, elle est jolie. Pas aussi jolie que Payton, évidemment, mais elle est tout de même jolie.

— Je suis désolé, mais c'est le contraire ! Gemma est bien plus jolie que Payton !

— A propos de Payton, elle m'a dit avoir discuté avec Teague aujourd'hui. D'après ce que j'ai compris, il voudrait repartir de zéro avec Hayley Fraser. Sans doute allait-il la retrouver lorsque je l'ai vu, l'autre soir, partir à cheval.

— Zut ! C'est ce que je craignais depuis que j'ai appris qu'elle était de retour dans l'Outback.

— Tu ne l'as jamais aimée, n'est-ce pas ?

Callum lâcha un long soupir.

— Bien sûr que non, elle a fait souffrir Teague lorsqu'ils étaient ensemble. Malheureusement, il l'a toujours dans la peau.

— C'est leur problème, tu ne peux rien y faire. En plus, nous avons tous un jour fait preuve de faiblesse face à une femme.

— Tu as peut-être raison, admit Callum d'une voix lasse. Bon, je vais voir ce que fait Gemma.

Sans un mot de plus, il rentra dans la maison.

Une fois seul, Brody tourna la tête et fixa la fenêtre allumée du dortoir.

Si Gemma était à la bibliothèque, cela voulait dire que Payton était seule dans le dortoir… Voilà qui était intéressant.

Il termina vite sa bière puis, comme mû par une force incroyable, une force à laquelle il ne pouvait résister, il se dirigea vers le dortoir.

Il frappa à la porte mais personne ne répondit. Il tendit l'oreille et entendit le bruit de l'eau qui coulait. Il entra alors sur la pointe des pieds et se dirigea vers la salle d'eau. Il s'arrêta quelques instants devant la cloison faite de planches irrégulières. Enfin, incapable de résister, il entrouvrit la porte, glissa une main à l'intérieur et toucha les hanches sensuelles de Payton.

Surprise, elle poussa un cri mais il la fit taire en plaquant la bouche contre la sienne.

Elle se détendit aussitôt et il approfondit le baiser, laissant leurs langues danser l'une avec l'autre.

— Tes vêtements sont tout mouillés, lui susurra-t-elle enfin, en rompant l'étreinte.

— Ce n'est pas grave. Je voulais juste te dire bonne nuit, répondit-il en laissant ses mains vagabonder sur la peau humide et palpitante.

— Je croyais que tu m'avais déjà souhaité bonne nuit ?

— Je voulais quelque chose de plus mémorable ! Quelque chose comme cela.

Il referma ses mains autour des seins ronds et pleins et la plaqua contre lui pour lui faire sentir son désir.

— Si tu veux plus, reprit-il, ivre de désir, tu me trouveras dans la première chambre en haut de l'escalier.

Puis, sans un mot de plus, il sortit de la douche.

— Bonne nuit, Payton. Fais de beaux rêves, cria-t-il une fois dehors.

La jeune femme ne répondit pas mais il esquissa néanmoins un sourire satisfait. Elle ne le suivrait pas ce soir, il le savait, mais avec un peu de chance, elle le rejoindrait demain soir.

Tôt ou tard, il parviendrait à ses fins, il en était persuadé.

Payton avait beau être épuisée, elle n'arrivait pas à dormir. Les pensées se bousculaient dans sa tête et le désir… Elle mourait d'envie de faire l'amour à Brody, de se glisser entre ses bras puissants, de s'endormir puis de se réveiller à côté de lui. Elle le désirait tant que cela devenait douloureux. Ses seins étaient tendus, son sexe serré… Jamais elle ne pourrait s'endormir ainsi.

Soupirant, elle repoussa les couvertures puis s'assit sur son lit.

— Tu ne peux pas dormir ? lui demanda soudain Gemma.

L'Irlandaise était rentrée une heure plus tôt mais Payton était persuadée qu'elle était profondément endormie.

— Non, je n'arrive pas à dormir. Toi non plus ?

— Non.

Gemma alluma sa lampe de chevet.

— Tu veux parler ? lui demanda cette dernière. Je peux écouter, si tu veux. Il paraît que je suis assez douée pour cela.

— C'est compliqué, répondit Payton en lâchant un long soupir.

— Cela ne me dérange pas. C'est Brody le problème, n'est-ce pas ? Vous semblez très… attirés l'un par l'autre.

— C'est une façon de dire les choses, répondit Payton, d'un ton las.

Puis elle se tut et alla rejoindre Gemma sur son lit.

— Peux-tu garder un secret ?

— Bien sûr.

— Il y a un mois, j'étais dans un hôtel des îles Fidji, prête à me marier.

Gemma étouffa un cri de surprise.

— Mon Dieu, fit-elle. Que s'est-il passé ?

— J'ai eu peur et je me suis enfuie. Je… Je n'étais pas sûre que Sam soit l'homme avec lequel je voulais passer ma vie. Il n'y avait aucune… aucune étincelle entre nous. Tu comprends ce que je veux dire ?

Gemma approuva d'un signe de tête.

— Alors j'ai attrapé un sac, poursuivit-elle. J'ai jeté dedans quelques habits, j'ai échangé le billet d'avion de ma lune de miel contre un billet pour Brisbane et… j'ai disparu dans l'Outback.

— Et te voilà ici.

— Oui.

— As-tu appelé ta famille ?

Payton secoua la tête.

— Lorsque je suis arrivée en Australie, j'ai laissé un message à mes parents, à leur hôtel. J'ai dit que je les rappellerais bientôt mais je ne me sens pas encore prête à le faire.

— Et ton fiancé ?

— J'imagine qu'il ne veut plus jamais entendre parler de moi. A vrai dire, cela ne me dérange pas. J'ai fait mon choix, je l'assume.

— Dans ce cas-là, comme dirait Callum, il n'y a aucun problème.

Payton enfouit son visage entre ses mains et prit une profonde respiration.

— Bien sûr que si, il y a un problème ! Il y a même beaucoup de problèmes. Comme cette histoire avec Brody… Une histoire magique mais… Sans doute juste la réaction à ma fuite. J'étouffais dans le carcan que m'imposait ma famille alors je profite à fond de ma nouvelle liberté mais la magie va vite s'estomper. Le problème est que je n'ai pas envie qu'elle s'estompe. Or, jamais cela ne pourra devenir autre chose qu'une histoire sans conséquence. C'est toujours comme cela lorsqu'on rompt une longue relation.

— Si j'ai bien compris, tu penses que parce que c'est le premier homme avec qui tu couches après ton fiancé, il s'agit forcément d'une aventure sans lendemain ?

— A vrai dire, je ne sais plus quoi penser.

— Et si c'était tout simplement le destin qui avait mis Brody sur ta route ?

— Non.

Bien sûr que non. C'était trop absurde pour même y penser. Enfin…

— Tu crois que c'est possible ?

— Pourquoi pas ? Je pense surtout qu'il est stupide d'essayer de mettre un nom sur une relation alors qu'elle débute à peine. Laisse le temps au temps.

Payton ferma les yeux et tenta d'assimiler les mots prononcés par Gemma. Laisser le temps au temps…

Oui, voilà ce qu'elle allait faire.

— Merci, dit-elle en se relevant enfin.

Sans attendre, elle alla chercher sa veste.

— Je vais voir Brody quelques minutes. Ne m'attends pas.

— Ne t'inquiète pas.

Elle mit sa veste par-dessus son T-shirt et son pyjama, se glissa dans des chaussures puis sortit dans la nuit fraîche et courut jusqu'à la maison principale.

Sur la pointe des pieds, elle traversa la cuisine puis se dirigea vers l'escalier.

En arrivant à l'étage, elle se trouva face à deux portes. Laquelle était la porte de la chambre de Brody ?

Il lui avait affirmé que sa chambre était la première en haut de l'escalier mais à gauche ou à droite ? Elle ne se souvenait plus.

Doucement, elle ouvrit la porte de droite. Il s'agissait d'un placard. Zut.

Elle prit alors une profonde inspiration puis ouvrit la porte opposée et se glissa à l'intérieur. Brody était endormi, un magazine de sport entre les mains.

Elle se déshabilla en silence puis s'approcha du lit et, doucement, retira le magazine des mains de Brody. Il semblait si détendu ce soir qu'une vague de tendresse la submergea.

Elle repoussa les couvertures et se glissa entre les draps.

Brody ouvrit soudain les yeux et il la fixa, comme s'il n'en croyait pas ses yeux. Puis, toujours silencieux, il roula vers elle et se mit à l'embrasser.

Elle répondit avec passion à ces baisers.

Ils n'avaient pas besoin de parler, il leur suffisait de se toucher, de se goûter. Leurs mains et leurs bouches faisaient le reste.

Elle glissa une main sous le drap et la referma sur le sexe déjà tendu. Au même instant, Brody glissa un doigt en elle et elle se cambra, s'abandonnant à cette délicieuse torture.

Sans cesser ses caresses, il l'embrassa tendrement, murmurant son nom, lui disant à quel point tout cela était bon et elle se sentit fondre. Elle savourait son plaisir sans honte. Rien au monde ne pouvait se comparer à la sensation des doigts agiles explorant les recoins les plus intimes de sa chair. Ce tourbillon de plaisir lui faisait oublier tous ses doutes.

Lorsqu'il posa ses lèvres sur la pointe d'un mamelon, elle crut défaillir. Son corps se convulsa interminablement et elle lâcha un long cri animal.

Brody la rejoignit dans la jouissance quelques instants plus tard, entre ses doigts, et elle cessa de bouger. Elle n'en avait plus la force.

Le souffle court, elle l'embrassa doucement. C'était tout simple et pourtant, à chaque caresse, elle sentait le lien entre eux s'approfondir. Il ne s'agissait pas seulement de sexe. Ils se découvraient mutuellement et, plus le temps passait, plus elle le désirait, plus elle désirait voir où cette aventure les mènerait.

— Vas-tu rester cette nuit ? lui demanda-t-il entre deux baisers.

Elle approuva d'un signe de tête.

Après tout, pourquoi nier ce qui se passait entre eux ? Ils étaient tous les deux libres de profiter l'un de l'autre. Ils étaient des adultes consentants. Les quelques remords qu'elle pouvait ressentir en couchant avec lui n'étaient qu'un reste de la culpabilité ressentie lorsqu'elle avait fui Sam.

Mais elle n'était pas la même Payton aujourd'hui ! Elle était une nouvelle femme, plus sûre d'elle, plus libre. Elle ne devait plus avoir ni remords ni regrets.

— Tu n'es pas un rêve ? lui demanda Brody, soudain inquiet, en lui prenant la main.

— Non, je ne suis pas un rêve.

— Tu n'auras pas disparu la prochaine fois que j'ouvrirai les yeux ?

— Non.

Satisfait, Brody l'attira plus près de lui puis l'entoura de ses bras puissants. Elle ferma les yeux, heureuse.

Que cette relation dure un jour ou une année, elle voulait juste en profiter, sans s'interroger car, après tout, Gemma avait peut-être raison, sa rencontre avec Brody était peut-être un coup du destin.

- 5 -

Brody gara sa Land Rover dans la rue principale de Bilbarra, juste devant le restaurant de Shelly, et jeta un coup d'œil à sa montre. Il avait juste le temps de manger un morceau avant de reprendre la route.

Gemma et Payton avaient décollé à l'aube, avec Teague, direction Brisbane, le laissant seul, sans rien à faire, dans ce lieu qu'il trouvait si ennuyeux. Pour s'occuper, il avait donc décidé d'aller faire un tour à Bilbarra. Pour s'occuper… Et surtout, pour ne pas penser à la jeune femme. Mais sur ce point au moins, son voyage fut un échec. Le long trajet lui avait en effet laissé tout le loisir de rêver à l'épaisse chevelure bouclée, aux envoûtants yeux couleur chocolat dans lesquels il aimait tant se noyer, et à la peau laiteuse et soyeuse qu'il aimait tant caresser.

Cela ne faisait que cinq jours qu'il avait rencontré Payton et pourtant, il s'était déjà attaché à elle. Il ne s'agissait plus seulement de désir, comme ce qu'il avait pu ressentir pour d'autres femmes. Il existait désormais un lien profond entre eux, une confiance, une tendresse… Malgré leurs origines différentes, ils semblaient faits pour s'entendre. Sans avoir besoin de parler, ils étaient d'accord pour profiter du présent sans penser à l'avenir. A son grand soulagement, Payton ne faisait pas partie de ces femmes qui exigeaient de longs discours ou de grandes promesses. Comme lui, elle se laissait tout simplement guider par ses émotions et ses sens, sans la moindre retenue.

Pour son plus grand plaisir, elle avait passé les trois dernières nuits dans son lit et cela avait été magique. Seul point négatif, elle n'avait pas encore eu le courage de descendre avec lui au petit déjeuner. Le matin, elle continuait à se glisser hors de sa chambre avant le lever du soleil. Mais ce n'était qu'une question de temps avant qu'elle délaisse complètement le dortoir, il en était persuadé.

Brody allait entrer à la poste lorsqu'il entendit soudain quelqu'un crier son nom.

Il s'arrêta.

— Brody Quinn ! répéta la voix.

Il se retourna et regarda Angus Embley le rejoindre au pas de course.

— Je te préviens, Angus, fit-il aussitôt en mettant les mains en l'air, je n'ai rien fait de mal. Je suis innocent.

— Je sais, je voulais juste discuter avec toi.

Il indiqua à Brody le chemin du commissariat et les deux hommes traversèrent la rue.

— Pourquoi ne m'as-tu pas rappelé ? lui demanda le policier.

— Je suis désolé. J'avais l'intention d'aller au Spotted Dog et de rembourser Buddy pour le miroir mais…

— Je ne te parle pas du miroir de Buddy ! Je t'ai laissé des messages pour te dire que je faisais partie du comité d'organisation pour le bal des conquêtes, cette année. Nous allons mettre sur pied une vente aux enchères. Tu es la seule personnalité de Bilbarra, à part Hayley Fraser, et je ne crois pas pouvoir la convaincre de participer, alors…

— Je ne sais pas si tu es au courant, mais il semblerait qu'elle soit de retour dans la région.

— Vraiment ? Enfin… Qu'elle soit à Bilbarra ou pas, jamais une star de la télévision comme elle n'acceptera de participer à une vente aux enchères. Il ne reste donc que toi. Si tu acceptais, tu pourrais nous permettre de gagner une jolie somme !

— Désolé, mais non. Je vais passer mon tour.

Même si chaque homme vivant dans un rayon de cent kilomètres se réjouissait du bal des conquêtes, Brody et ses frères avaient désormais trois bonnes raisons de ne pas y participer.

— J'apprécie ta compagnie, Angus, reprit-il avant de s'éloigner, mais il faut vraiment que j'y aille.

— Attends, lança le policier en le rattrapant par le bras. Je voulais aussi te prévenir qu'un détective privé était ici.

— Un détective ? Il me cherche ?

— Non. Il recherche cette jeune femme dont tu as payé la caution la semaine dernière, Payton Harwell. D'ailleurs, tu ne m'as pas dit ce que tu avais fait d'elle lorsque je l'ai libérée ?

Hésitant, Brody baissa la tête. Il connaissait Angus depuis longtemps, il savait qu'il pouvait lui faire confiance. Néanmoins… Angus était un policier. Si Payton était une fugitive, ce dernier n'hésiterait pas une seconde et choisirait le camp de la loi. Alors… Il était dans une position délicate.

— Elle m'a dit vouloir repartir à Brisbane, choisit-il finalement de répondre. Je lui ai donné de l'argent et je ne l'ai plus revue. Tu sais pourquoi elle est recherchée ?

— Je l'ignore, le détective n'a pas voulu me le dire mais tu pourrais le lui demander toi-même, il est au restaurant de Shelly.

— Bonne idée.

Brody salua le policier puis se dirigea vers le restaurant, pensif.

Heureusement qu'il n'avait pas demandé à Payton de l'accompagner en ville ce matin, sinon… Il n'osait même pas imaginer ce qui aurait pu se passer.

Elle avait semblé très déterminée à passer quelques heures à Brisbane et il pouvait la comprendre. Un ranch perdu au milieu de nulle part, uniquement peuplé d'hommes au taux de testostérone élevé… Il y avait de quoi perdre la tête !

A moins que ce voyage à Brisbane n'ait été un moyen pour elle de fuir.

Peut-être avait-elle l'intention de prendre la poudre d'escampette sans le prévenir ?

Non.

Brody secoua la tête. Payton n'allait pas s'évaporer aujourd'hui dans la nature. Elle lui avait promis de lui dire au revoir avant de partir. Jamais elle ne le trahirait ainsi, il ne pouvait pas y croire.

Reléguant ses angoisses dans un coin de sa tête, il poussa la porte du restaurant.

— Salut, Shelly.

— Brody Quinn ! Quel bon vent t'amène ? répondit la patronne en s'essuyant les mains sur son tablier.

— Je fais quelques courses pour Callum et j'ai pensé passer te dire un petit bonjour, histoire de voir si tu m'avais préparé une tarte à la viande comme je les aime.

— C'est le cas.

— Parfait. Je vais en prendre une part, alors. A emporter, s'il te plaît.

Brody s'installa au comptoir et regarda autour de lui. Il y avait un seul homme dans la salle.

— Un touriste ?

La jeune femme secoua la tête.

— Non. Un détective privé. Il est à la recherche de la fille qui a essayé de partir sans payer la semaine dernière et dont tu as payé l'addition. Si tu veux mon avis, ce jour-là, tu n'as pas rendu service à la commune !

— Pourquoi ? Que t'a-t-il dit ?

— Rien, sauf qu'il offre une grosse récompense à qui permettra de la retrouver. Tu sais où elle est ?

Priant pour que ses joues ne trahissent pas son mensonge, Brody haussa les épaules.

— Comment le saurais-je ?

Shelly disparut en cuisine et il se tourna vers l'homme. S'il voulait en savoir plus sur Payton Harwell, il devait juste poser des questions, c'était aussi simple que cela. Le problème était que, en faisant cela, il risquait d'attirer les soupçons, mais…

Il était bien trop curieux pour renoncer à son idée. Il devait prendre le risque.

Il descendit de son tabouret et s'approcha lentement de l'homme aux cheveux poivre et sel.

— Le dessert était bon ?

L'homme releva la tête.

— Très bon. Je peux avoir l'addition ?

— Je ne travaille pas ici.

— Désolé, je vous avais pris pour le serveur.

Déterminé à en apprendre plus, Brody s'assit en face de lui.

— J'ai entendu dire que vous recherchiez quelqu'un.

— En effet, répondit l'homme en sortant une photo de son portefeuille. Vous connaissez cette jeune femme ?

Brody approuva d'un signe de tête.

— Je la connais, en effet. Nous avons été emprisonnés ensemble.

— Je savais qu'elle avait été arrêtée mais j'ignorais que vous étiez avec elle.

— Je n'étais pas avec elle, corrigea Brody. Nous étions juste dans des cellules voisines. J'ai eu pitié d'elle alors j'ai payé sa caution pour qu'elle puisse partir.

Brody se tut et hésita quelques instants avant de poursuivre.

— Si je peux me permettre, pourquoi la recherchez-vous ?

— C'est une affaire personnelle. Savez-vous où elle se trouve aujourd'hui ?

— A-t-elle commis un délit ?

— Comme je vous l'ai déjà dit, c'est privé. Mais j'offre une récompense à qui me mettra sur sa piste.

A l'évidence, il ne tirerait rien de plus de l'homme, ce n'était pas la peine d'insister. Mais mieux valait continuer à feindre l'ignorance.

— Je n'ai pas grand-chose à vous apprendre. J'ai payé sa caution puis je l'ai déposée sur la route qui sort de la ville. Je crois qu'elle avait l'intention d'aller vers Sydney. Je lui ai dit qu'elle avait des chances de trouver un camion allant dans cette direction… Elle pourrait être n'importe où maintenant.

— Est-ce qu'elle vous a dit si elle connaissait quelqu'un ici ou si elle devait retrouver des amis ?

Brody fit mine de réfléchir quelques secondes.

— Non. Je crois qu'elle était juste pressée de quitter Bilbarra.

Le détective déposa quelques billets sur la table.

— Merci pour ces informations, ajouta-t-il avant de se lever.

— Pas de problème.

Brody regarda l'homme sortir puis il retourna s'asseoir au comptoir.

— Que lui as-tu dit ? lui demanda Shelly en revenant avec sa commande.

— Pas grand-chose, rétorqua-t-il en déposant quelques billets sur le comptoir. Allez, j'y vais. Merci, Shelly.

Une fois dehors, Brody mordit dans sa part de tarte.

Il avait bien envie de s'arrêter au Spotted Dog mais… Non. Ce n'était pas une bonne idée. Le patron lui avait interdit de remettre les pieds dans l'établissement et il n'avait pas envie de se retrouver derrière les barreaux une fois de plus.

Il continua alors son chemin et, tout à coup, s'arrêta net. La bibliothèque municipale. Voilà où il allait aller. Une petite recherche internet lui permettrait sans aucun doute d'en apprendre plus sur Payton.

Quelques minutes plus tard, il poussa la porte de la bibliothèque et se dirigea d'un pas décidé vers le comptoir.

— J'aimerais utiliser un de vos ordinateurs.

— Pas de problème, répondit la bibliothécaire. Prenez celui que vous voulez, mais je vous rappelle que toute consultation de site pornographique est prohibée.

— Ne vous en faites pas, ma requête est tout à fait innocente.

Sans attendre, Brody s'assit devant une machine puis saisit le nom et le prénom de la jeune Américaine. Il lança la recherche et retint sa respiration. Qu'allait-il découvrir ? Peut-être allait-il être déçu ? Peut-être aurait-il dû attendre que Payton lui parle ? Une relation n'avait des chances de durer que si elle était basée sur la confiance ; or, il était en train de violer l'intimité de la jeune femme.

Mais si elle avait des problèmes, il voulait pouvoir l'aider et pour l'aider, il devait connaître les faits, se répéta-t-il comme pour se donner bonne conscience. Il n'enquêtait que pour son bien. Dans son dos, certes, mais pour son bien.

— Je dois savoir.

Alors…

— Payton Harwell, lut-il. Le mariage de Payton Harwell avec l'héritier de la fortune des Whitman.

Il cliqua sur l'article et une seconde plus tard, une photo de Payton et de son fiancé apparut à l'écran. Il lut en diagonale le texte en dessous et se figea en apercevant la date du mariage.

« Le couple doit se dire oui sur une île des Fidji fin avril. La mariée portera une robe dessinée par Sophia Carone. »

Fin avril ? Si Payton s'était mariée fin avril, ce mariage ne devait pas avoir duré plus d'un mois puisqu'il l'avait rencontrée début juin.

Malheur. Il était en train de coucher avec une femme mariée !

Il n'avait pas beaucoup de règles de conduite dans la vie mais jusqu'ici il s'était toujours interdit de coucher avec une femme mariée. Après avoir vu et vécu les problèmes de ses parents, il s'était en effet promis de ne rien faire qui pourrait mettre en danger le couple d'autrui.

Jusqu'à présent, il n'avait jamais eu de mal à respecter cette règle. Mais aujourd'hui, il couchait avec Payton.

D'un geste las, il passa une main dans ses cheveux puis se reprit et étudia la photo. Les deux jeunes gens semblaient heureux, ils souriaient au photographe. Pire, ils semblaient vraiment faits l'un pour l'autre. Il pouvait même les imaginer dans un luxueux appartement new-yorkais, en train de boire une coupe de champagne.

Au moins, cela voulait dire que Payton n'était pas une criminelle, songea-t-il pour se rassurer. Elle était juste une femme mariée en fuite.

Ou peut-être une fiancée en fuite. En effet, rien ne prouvait qu'elle s'était bel et bien mariée. Peut-être avait-elle renoncé à cette union au dernier moment ?

— Est-ce que je peux vous aider ?

Brody referma vite la page et se retourna vers la bibliothécaire.

— Non. J'ai terminé, merci.

Un peu honteux, il se releva et mit les mains dans ses poches. Puis, sans un mot de plus, il sortit du bâtiment et se dirigea vers sa voiture.

Que faire maintenant ? En parler à Payton ? Rompre ?

Non. Même s'il avait mis un point d'honneur à ne jamais coucher avec une femme mariée, maintenant qu'il avait commencé, il ne servait à rien de renoncer.

Rompre n'était pas non plus une solution.

Il la désirait trop. En quelques jours à peine, elle était même devenue indispensable à son équilibre, aussi vitale qu'une bouffée d'oxygène.

*
* *

L'avion atterrit quelques minutes avant le coucher du soleil et, impatiente, Payton jeta un coup d'œil par le hublot. Callum les attendait, adossé au camion, mais Brody était invisible. Dommage.

Quelques secondes plus tard, Teague coupa le moteur et, aussitôt, Callum ouvrit la porte. Il l'aida à descendre puis enlaça Gemma.

Payton les regarda s'embrasser et une pointe d'envie la transperça. Même si Gemma n'avait rien dit de sa relation avec l'aîné des Quinn, leur amour était évident. Callum ne souriait pas beaucoup, mais son visage semblait s'illuminer dès qu'il apercevait la jeune Irlandaise.

Se forçant à ne rien laisser paraître de sa jalousie, elle suivit les amoureux vers le camion de Callum. Sans doute Brody l'attendait-il à la maison, songea-t-elle, le cœur battant à toute allure. Ce n'était qu'une question de minutes avant qu'elle puisse l'embrasser, se blottir dans les bras puissants et se noyer dans le regard couleur émeraude.

Dès que le camion fut garé, elle scruta anxieusement les alentours. Hélas, Brody était toujours invisible.

Où était-il donc ?

— Il est parti il y a une demi-heure environ, lui expliqua Callum, devinant sa déception. Il est parti à cheval en direction de l'ouest, mais je suis sûr qu'il sera bientôt de retour.

Dépitée, Payton se força à sourire. Elle se faisait une telle joie de le retrouver ! Elle s'était acheté un maillot de bain très échancré en pensant à lui ainsi que de la lingerie qu'elle était sûre qu'il apprécierait.

Tant pis, ce serait pour plus tard.

Traînant les pieds, elle alla ranger ses sacs dans le dortoir puis ressortit. Elle ne pouvait pas rester toute seule sur son lit à l'attendre. C'était impossible, elle avait envie de le voir, tout de suite. Elle avait besoin de le voir.

— Je vais partir à sa rencontre, annonça-t-elle à Callum.

— Il commence à faire sombre.

— Ne vous en faites pas, je n'irai pas loin.

Pressée, elle se dirigea vers les écuries. Elle sella un cheval, prit une couverture au cas où ils décideraient de faire une halte à l'étang, puis sortit dans la lumière déclinante du soir.

Même si elle était allée jusqu'à l'étang avec Brody, l'autre soir, c'était la première fois qu'elle se retrouvait seule sur un cheval depuis sa chute lorsqu'elle avait dix-sept ans.

— Ce n'est pas plus difficile que de faire du vélo, se dit-elle pour s'encourager.

A son grand soulagement, ses automatismes revinrent vite et, une fois à l'aise, elle donna un coup à l'animal pour qu'il s'élance. Ses boucles volèrent dans le vent et elle savoura ce plaisir, la sensation de la force de l'animal sous elle, tous ses muscles tendus.

Mais peu à peu, ses pensées revinrent vers Brody, vers son désir de passer la soirée seule avec lui et elle ne pensa plus qu'au cow-boy.

Elle avait passé une bonne journée à Brisbane tout en regrettant qu'il ne soit pas là pour partager ce moment avec elle. Peut-être le week-end prochain pourraient-ils y retourner ensemble, comme il l'avait suggéré ? Ils pourraient aller à la plage, ou louer une chambre d'hôtel et laisser libre cours à leur sensualité.

Des projets plein la tête et des étoiles plein les yeux, Payton continua à avancer mais, peu à peu, l'obscurité devenait plus profonde. Elle frissonna. L'air commençait à être frais.

Fatiguée, elle arrêta son cheval et scruta l'horizon. Rien devant elle, l'obscurité était presque totale. Elle se retourna. Rien non plus derrière elle. Elle blêmit. Elle ne voyait plus le ranch.

Se forçant à ne pas paniquer, elle se frotta les yeux et essaya de discerner des lumières. En vain. Elle était trop loin. Elle avait été tellement occupée à rêver de Brody qu'elle ne s'était pas rendu compte de la distance parcourue et elle s'était perdue.

Le plus sage maintenant était sans doute de faire demi-tour.

Elle leva la tête et regarda les étoiles. Elle pouvait peut-être s'en servir pour s'orienter, mais… Non, elle risquait de dévier de sa trajectoire et de se perdre encore plus. La seule solution était de laisser le cheval la diriger. Lui savait sans doute comment rentrer au ranch.

Pendant quelques minutes, elle marcha à côté de l'animal, en tenant les rênes mais, tout à coup, elle buta sur une barrière métallique.

Bizarre. Elle n'avait croisé aucune barrière à l'aller. Ils n'approchaient pas du ranch, elle en était certaine. Pourtant, le cheval semblait savoir où il allait.

— Dois-je lui faire confiance ? se demanda-t-elle à voix haute.

Oui. Elle avait beau avoir un peu peur, elle n'avait pas beaucoup d'autres solutions. Elle était perdue, toute seule au milieu du désert. Ce cheval était sa seule chance.

Rassemblant son courage, elle ouvrit la barrière et poursuivit son chemin. Au bout d'un moment, elle distingua un bâtiment sous le clair de lune. Le cheval avait déjà dû s'y rendre, voilà pourquoi il l'avait amenée ici.

Timide, elle s'approcha. La porte n'était pas verrouillée mais elle ne voyait rien à l'intérieur. Elle ferma les yeux et tenta de se repérer avec les mains. Elle trouva un lit sur le côté puis, suivant les murs, parvint jusqu'à une table et trouva une torche.

Elle l'alluma, repéra aussitôt une autre lanterne et l'alluma elle aussi avant de la déposer sur le seuil pour signaler sa présence. Quelqu'un viendrait sans aucun doute la chercher à un moment ou à un autre. Et si jamais personne ne venait ce soir, elle attendrait le lever du soleil pour reprendre la route.

Elle attacha ensuite le cheval au porche puis entra dans l'abri.

L'intérieur était confortable, presque autant que le dortoir. Il semblait avoir été utilisé récemment car du bois se trouvait à côté de la cheminée et les placards contenaient des provisions.

Une pile de romans policiers attira soudain son regard. Elle en ouvrit un et en lut quelques pages mais ses yeux la piquèrent presque aussitôt.

Pourquoi ne pas essayer de dormir un peu ? Après tout, elle n'avait rien d'autre à faire, à part attendre. Elle posa alors sa tête sur la table et ferma les yeux.

S'endormit-elle ou pas, elle l'ignorait, mais soudain elle

entendit un gros bruit et elle sursauta. Elle vit une ombre à la porte et poussa un cri de panique.

— C'est moi, lança Brody.

Il s'approcha, l'enlaça et, encore tremblante, elle s'effondra entre ses bras.

— A quoi pensais-tu ? lui demanda-t-il sans relâcher son étreinte. Je suis rentré au ranch et mes frères m'ont dit que tu étais partie seule dans le désert.

— Je voulais juste partir à ta rencontre mais je me suis perdue. Je pensais que le cheval me ramènerait au ranch mais il m'a amenée ici.

— Tu sais combien il est dangereux de s'aventurer seule dans le désert ? Tu peux marcher des jours durant sans voir âme qui vive !

— C'est pour cela que j'ai décidé de rester ici.

— C'était une sage décision. Même si tu es sur les terres des Fraser.

Brody se tut brusquement et plaqua sa bouche contre la sienne. Ce baiser était insistant, dominateur, comme s'il la punissait pour sa bêtise mais elle le savoura néanmoins. Cette rudesse lui rappelait qu'elle n'était plus seule ; elle lui rappelait qu'elle ne rêvait pas et qu'il était bel et bien avec elle, à ses côtés. Il comblait le manque qu'elle avait ressenti tout au long de la journée.

Sans cesser de la dévorer, il enleva son gilet, déboutonna sa chemise puis la débarrassa de ses habits et elle sentit un délicieux frisson d'impatience glisser le long de son dos. Mais une fois nue, elle demeura immobile. Silencieuse. Perdue. Tout à coup, elle ne savait plus quoi dire. Elle savait juste que Brody était en colère et sans doute un peu secoué par sa mésaventure.

Il enfouit son visage dans le creux de son cou, laissa ses mains vagabonder sur son corps comme pour chercher une éventuelle blessure et elle le laissa faire. Ce soir, elle était décidée à le laisser maître des événements. Il semblait en avoir besoin.

— Je n'ai pas de protection, lui murmura-t-il avant de lui mordiller le lobe de l'oreille.

— C'est bon, répondit-elle entre deux baisers, en se cambrant contre lui, en se frottant contre son impressionnante virilité pour l'exciter autant que possible.

Il n'y avait aucun risque car elle avait opté pour une méthode de contraception de longue durée.

Enfin, il se glissa en elle et elle lâcha un cri. Impatiente, elle agrippa son dos comme pour mieux l'attirer, comme pour mieux le retenir et, sans attendre, se mit à onduler contre lui.

En réponse à sa danse sensuelle, Brody se mit à aller et venir en elle, d'abord lentement, puis de plus en plus vite, de plus en plus fort, de plus en plus profond, et elle s'abandonna. Elle n'avait plus la force de penser. La sensation était si puissante que sa tête tournait.

Les mains expertes allaient et venaient en une course folle sur son corps, allumant des milliers d'étincelles en elle, la consumant, lui faisant toucher les étoiles.

Mais soudain, Brody s'arrêta et elle frissonna, paniquée.

— Dis-le, lui murmura-t-il. Dis-moi que tu ne partiras jamais.

Payton blêmit.

Que voulait-il ? Voulait-il juste entendre ces mots ou attendait-il une vraie promesse de sa part ?

Enfin… Cela n'avait que peu d'importance. S'il voulait qu'elle reste, elle resterait aussi longtemps que durerait la passion entre eux.

— Je ne partirai pas.

— Promets-le-moi.

— Je te le promets.

Satisfait, il recommença à bouger, avec une vigueur redoublée et elle sentit son corps s'enflammer. Un plaisir incroyable la submergeait, lui faisant oublier toute notion de réalité. Il n'y avait plus qu'elle et lui, seuls, leurs corps unis.

Tout à coup, Brody donna un dernier coup de reins et, le corps parcouru par un violent frisson, elle lâcha un long cri de jouissance. Puis, essoufflée, vaincue, elle rejeta la tête en arrière.

— J'aimerais rester longtemps comme cela, lui susurra-t-il en lui caressant doucement les cheveux.

— Comme tu veux, répondit-elle en nouant ses bras autour du torse puissant. Ce n'est pas aussi confortable que ton lit, mais cela ira pour cette nuit.

— J'espère juste que personne ne nous trouvera car nous sommes sur la propriété de Fraser. Si le grand-père l'apprend, nous risquons de nous retrouver les menottes aux poignets, ou pire, à la morgue.

Il se tut puis la recouvrit d'une couverture.

— En tout cas, fini les aventures solitaires dans le désert pour toi, reprit-il.

— Tu n'auras qu'à venir avec moi la prochaine fois.

Brody éclata de rire, comme si elle blaguait. Sa proposition était pourtant sérieuse !

A cet instant, elle ne pouvait en effet pas imaginer vivre un jour sans cette passion qui existait entre eux.

Ou même sans lui.

— Teague ?

Brody sursauta en entendant la voix d'une femme. Il se redressa sur un coude et vit la porte s'entrouvrir.

— Non, c'est Brody, dit-il à voix basse pour ne pas réveiller Payton.

La femme referma alors la porte.

Piqué dans sa curiosité, Brody se dépêcha de remettre son jean et sortit.

Dehors, il reconnut Hayley Fraser. Elle était en train de remonter sur son cheval.

— Attends !

Il ne l'avait pas revue depuis des années, mais il avait vu des photos d'elle dans des magazines. L'ancienne petite amie de Teague était en effet devenue une actrice célèbre. Elle jouait dans le feuilleton télévisé le plus populaire d'Australie mais des rumeurs la disaient sur le départ pour Hollywood.

— Que fais-tu ici ? lui demanda-t-elle d'une voix froide et sèche.

— Mon amie et moi avions besoin d'un endroit où dormir. Teague était censé te retrouver ici ?

— Non. Non… Pourquoi dis-tu cela ?

— J'ai cru comprendre que tu t'attendais à le trouver ici, répondit Brody en la dévisageant.

La jeune femme semblait mal à l'aise. Sur la défensive, même. Bizarre.

— J'ai reconnu les chevaux de Kerry Creek et j'ai pensé que c'était peut-être lui, expliqua-t-elle en baissant les yeux. Mais à l'évidence, je me suis trompée. Désolée, je ne voulais pas vous réveiller.

— Veux-tu que je dise à Teague que tu es passée ?

— Non. Ne lui dis rien.

Brody sentit soudain une main sur son bras et il se retourna. Payton était là, enroulée dans la couverture.

— Payton, voici Hayley Fraser. Sa famille possède la terre sur laquelle nous nous trouvons. Hayley, voici Payton Harwell.

Payton adressa un large sourire à la jeune femme.

— Salut, dit-elle. Merci de nous avoir laissés passer la nuit ici. Je me suis perdue et je ne m'imaginais pas dormir à la belle étoile.

Pour toute réponse, Hayley se contenta d'un signe de tête et Brody leva les yeux au ciel. La jeune femme n'avait jamais été très sympathique avec les garçons Quinn, à l'exception de Teague et, à l'évidence, elle ne l'était toujours pas ! Sans doute en raison de l'hostilité entre leurs deux familles.

— Je dois y aller, reprit Hayley. Restez aussi longtemps que vous voulez. Je ne dirai rien à mon grand-père.

Elle donna ensuite un coup à son cheval et s'élança au galop.

Brody la regarda s'éloigner avant de prendre Payton par l'épaule.

— Voilà qui était étrange.

— Elle a l'air très gentille.

Brody éclata de rire.

— Qu'est-ce que vous avez, vous les Américains, à toujours trouver tout le monde sympathique ? Vous trouvez toujours tout le monde gentil, tout parfait… Pourquoi ne dis-tu pas ce que tu penses, à savoir qu'Hayley Fraser est aussi fermée qu'une porte de prison ?

— Mais je ne la connais pas ! Pourquoi penserais-je cela ?

Elle le fixa quelques instants avant de poursuivre.

— Pourquoi es-tu aussi grincheux tout à coup ?

— C'est moi le grincheux, maintenant ?

Sans lui laisser le temps de répondre, il rentra dans le cabanon et, maugréant, il commença à ramasser ses vêtements.

— Ma mère m'a toujours appris que si je ne pouvais rien dire de gentil, alors il valait mieux que je me taise, répondit Payton en le rejoignant à l'intérieur. On n'oublie pas de telles leçons.

— Les gens ne sont pas toujours parfaits.

— Je le sais. Je ne suis pas naïve à ce point. Mais je préfère chercher les qualités plutôt que de me concentrer sur les défauts.

— C'est ce que tu fais avec moi ? Tu ignores volontairement mes défauts ?

Payton s'assit au bord du lit avant de répondre.

— Non, pas du tout. Si tu veux tout savoir, sache que je te trouve gentil, généreux, compréhensif… Mais je te trouve particulièrement grincheux quand tu n'as pas assez dormi !

Brody ferma les yeux et serra les poings.

Que lui arrivait-il tout à coup ? Pourquoi attaquait-il Payton sans raison ? Il avait pourtant été si heureux de la retrouver, malgré ce qu'il avait appris à Bilbarra. Elle avait fui sa famille, l'homme qu'elle était censée aimer et avait préféré se cacher avec lui. C'était la preuve qu'elle avait confiance en lui.

Malheureusement, tôt ou tard, elle en aurait assez de la vie au ranch, il en était persuadé. Elle se rendrait compte qu'elle avait fait une erreur et elle partirait. Elle retournerait aux Etats-Unis, vers sa vie douillette, auprès de son riche mari.

Son riche mari…

Pourquoi diable ne lui avait-elle pas dit la vérité ?

Il pensait que ses recherches auraient apaisé ses questions mais c'était tout le contraire. Ses interrogations étaient toujours aussi nombreuses, et le minaient. Elles risquaient de le rendre fou. Ou de lui faire perdre la tête.

— Habille-toi, lui ordonna-t-il soudain d'un ton sec,

comme pour évacuer sa colère. Il faut que nous rentrions, Callum va s'inquiéter.

— Si tu veux savoir quelque chose, tu n'as qu'à me le demander, répondit Payton, comme si elle avait lu dans son cœur tourmenté.

— Non.

— Je te dirai tout, je te le promets.

« Voilà bien le problème », songea Brody en réprimant un soupir.

Voulait-il vraiment connaître tous les détails de sa relation avec un homme qu'elle avait épousé ? Voulait-il pouvoir faire des comparaisons ? Non. Bien sûr que non.

Donc cela ne servait à rien d'en parler !

— Ça va, dit-il en se forçant à sourire. Tu as raison, je suis juste grincheux, je n'aurais jamais dû t'attaquer ainsi.

— Je ne t'en veux pas, répondit-elle avec un regard rempli de sensualité. Mais, s'il te plaît, arrête de te conduire comme un abruti !

A ces mots, Brody éclata de rire et se détendit enfin.

— Si tu arrives à ne pas te conduire comme un imbécile, reprit-elle en posant une main tentatrice sur son torse, je te promets de te montrer la lingerie que je me suis achetée en pensant à toi.

— Quelle couleur ?

— Noir.

Les yeux brillant d'anticipation, il l'attira à lui. Il se sentait tout à coup beaucoup mieux.

— J'aime la lingerie noire.

— Tous les hommes aiment les dessous noirs !

Il déposa un baiser rapide sur les lèvres couleur cerise et capitula. Il oublia toutes ses interrogations. Il ne pensait désormais plus qu'aux lèvres sensuelles et à toutes les douceurs qu'elles pouvaient lui prodiguer.

— Si tu veux, nous pouvons rester ici un peu plus longtemps et profiter de l'intimité du lieu.

— D'accord, mais seulement si on retourne se coucher.

— Bonne idée, je suis convaincu que je serai moins grincheux si je me repose un moment, fit-il en la poussant vers le lit.

— Fais-moi confiance, je sais exactement comment t'aider à te sentir mieux.

Puis elle se tut, posa sa bouche sur son torse et il sentit tous ses muscles se détendre.

— Je m'en remets entièrement à toi.

- 6 -

Assise sur une barrière, Payton ferma les yeux, goûtant la caresse du soleil sur son visage, et savoura son plaisir de ne pas être obligée de travailler aujourd'hui.

L'aîné des frères Quinn avait en effet décidé de déclarer cette journée fériée en l'honneur de l'anniversaire de la reine. Brody lui avait expliqué que ce n'était pas le jour de naissance de la souveraine, mais peu importait. Tout le monde se comportait comme s'il s'agissait réellement d'un jour de fête. Les cow-boys avaient même, pour l'occasion, décidé d'organiser un concours de saut d'obstacles dans la prairie.

Un nouveau cheval entra sur le circuit, commença à sauter les obstacles formés à partir de planches posées sur de vieux bidons et Payton applaudit, heureuse. Elle passait une excellente journée. Elle se sentait détendue, sereine, satisfaite de pouvoir passer du temps avec ses nouveaux amis, en particulier Gemma.

Même si cela ne faisait qu'un peu plus d'une semaine qu'elle connaissait la jeune Irlandaise, elle aimait discuter avec elle. Elle la trouvait pleine d'énergie et si drôle !

Tout à coup, un brouhaha s'éleva parmi les cow-boys et, curieuse, Payton tourna la tête pour voir quelle était la raison de ce chahut. C'était l'arrivée de Teague, accompagné d'Hayley Fraser. Elle attirait regards hostiles et réactions si inamicales qu'elle dut aller s'asseoir toute seule, dans un coin.

Hayley avait beau être une vedette, elle semblait mal à l'aise ici.

— Elle a l'air triste. Nous devrions aller lui parler, dit Payton.

— Callum n'a pas été très aimable avec elle. De temps en

temps, les hommes sont de vraies têtes de mules. Pire que les femmes !

Payton prit Gemma par le bras.

— Allez, allons montrer aux hommes comment on se comporte avec les invités lorsqu'on est bien élevé !

Les deux femmes s'approchèrent d'Hayley et s'installèrent de part et d'autre de la jeune femme.

— Vous savez ce que j'aime dans ce ranch, lança sans attendre Gemma avec son accent irlandais à couper au couteau. J'adore les jambières ! Rien ne titille plus mon imagination et mon désir qu'un homme portant des jambières de cuir !

— Pourquoi ?

— Parce que je ne peux pas m'empêcher d'imaginer l'homme avec ses jambières, mais sans son jean !

Payton éclata de rire.

— J'étais en train de penser la même chose, intervint Hayley. Les jambières, c'est…

— Diabolique ?

— Sexy, murmura l'actrice d'une voix sensuelle.

— Canaille ! ajouta Gemma. Les hommes aiment bien les femmes qui portent de la lingerie de dentelle, alors pourquoi n'aimerions-nous pas le cuir ?

Les trois femmes éclatèrent de rire puis se reprirent pour suivre le concours, en particulier Teague qui venait de se lancer.

— Merci, dit tout à coup Hayley.

Surprise, Payton se tourna vers elle.

— Pour quoi ?

— Pour être venues me parler. Je sais bien que Brody et Callum ne sont pas heureux de me voir ici.

— Ma mère m'a toujours expliqué que les amies comptaient plus que les petits amis…

— Je suis bien d'accord, la coupa Gemma. Même si les petits amis en question sont très sexy quand ils montent à cheval. A propos, tu montes à cheval, Hayley ?

— Oui. Et toi ?

— Non, répondit l'Irlandaise. Si le concours se déroulait en vélo, j'aurais peut-être ma chance, mais j'ai peur des chevaux.

Cela ne me manque pas de ne pas faire d'équitation, je regrette juste de ne pas être capable d'accompagner Callum.

— Nous pourrions t'apprendre, suggéra Payton.

Gemma lui sourit.

— Avec plaisir. Il y a quelques jours, Callum a proposé de m'initier mais j'ai refusé de peur de me ridiculiser devant lui. Mais avec vous deux, j'aurais moins peur.

— Alors c'est décidé, annonça Hayley. Le week-end prochain, Payton t'accompagnera jusqu'au cabanon, elle connaît le chemin. Je prévoirai un pique-nique et nous t'apprendrons à monter.

Les trois femmes continuèrent à discuter quelques minutes, savourant le plaisir d'être entre filles.

— A votre avis, demanda soudain Gemma en montrant du doigt les trois frères, de quoi les garçons sont-ils en train de parler ?

— Peut-être imaginent-ils que nous sommes en train de comploter contre eux.

Comme s'il avait deviné qu'elles parlaient de lui, Brody s'approcha d'elles, un sourire aux lèvres.

— Mesdames, fit-il. Vous passez un bon moment ?

— Délicieux, lui répondit Payton.

— Que faites-vous ici, toutes seules dans votre coin ?

— Nous discutons de notre fascination pour les jambières en cuir, répondit Gemma. Mais nous n'arrivons pas à décider si nous préférons que les hommes les portent avec ou sans jean. Vous avez un avis sur la question ?

Brody sourit mais il semblait soudain mal à l'aise, nota Payton, amusée.

— C'est une question très personnelle, répondit-il enfin, d'un ton hésitant, et je n'y répondrai pas en public. Bon… Au lieu de parler chiffons, est-ce que vous voulez participer au concours ?

— Pourquoi pas, répondit Payton.

— Je vais aussi tenter ma chance, annonça Hayley, avant de courir rejoindre Teague.

— Désolée, fit Gemma, mais je vais passer mon tour.

— Allez…, insista Brody. Callum montera avec vous.

Payton lui prit la main et la serra pour l'encourager.

— Bon, d'accord, fit enfin Gemma.

Elle partit rejoindre Callum. Heureuse de se retrouver toute seule avec lui, Payton se nicha entre les bras de Brody.

— Maintenant que nous sommes tous les deux, lui chuchota-t-il dans l'oreille, d'une voix enjôleuse, dis-moi, de quoi parliez-vous tout à l'heure ?

— De sexe.

— Vraiment ?

— Evidemment. Les femmes parlent toujours de sexe lorsqu'elles sont entre elles, il n'y a que cela qui les intéresse ! Si tu veux tout savoir, nous comparions les performances de nos petits amis.

— Et alors ? Je m'en sors bien ?

— Je dois admettre que j'ai parlé de toi en termes plutôt élogieux.

Brody promena une main le long de son dos, s'attarda sur sa ceinture et, comme envoûtée, elle laissa échapper un soupir. Cette seule caresse venait de réveiller tous ses sens.

— Arrête ! Tout le monde nous regarde.

— Personne ne nous regarde.

Incapable de résister à la tentation, ou à l'appel de la volupté, elle ferma les yeux et se concentra sur la délicieuse sensation des doigts experts sur sa peau, l'ensorcelante sensation des doigts agiles sur sa peau palpitante.

Brody était un magicien capable d'allumer, en une seule caresse, une multitude de feux d'artifice en elle. Ils étaient tous les deux habillés, en public, mais son corps était maintenant en feu. Elle se consumait telle une torche de sensualité.

— Jusqu'où es-tu prête à aller, Payton ? reprit-il d'une voix lascive. Est-ce que je peux te faire jouir rien qu'en te parlant ?

— Ce n'est pas la peine d'essayer.

— Je suis sûr que je peux y arriver.

— Brody, je…

Il glissa sa main à l'intérieur de son pantalon et elle retint son souffle. Elle se sentait basculer dans un monde de sensualité et de plaisir. L'appel était si fort… Elle ne pouvait pas lutter, sa raison avait abdiqué et son désir pris le pouvoir en elle.

Comme hypnotisée, ne se contrôlant plus, oubliant même où elle était, elle pressa ses reins contre la main experte, écarta légèrement les jambes et se mordit la lèvre. Elle se trouvait au bord d'un gouffre de jouissance. Ses joues étaient roses, son souffle court, son sexe serré. Sensible. Brûlant. En feu.

— D'accord, admit-elle d'une voix étouffée, tu pourrais sans doute réussir. Mais cela ne veut pas dire que j'ai envie que tu essayes. Pas ici.

— Où ?

— Dans ta chambre.

— Qui veut une bière ? cria alors Brody à ses frères. Nous allons en chercher à la maison.

Puis il lui prit la main.

— Viens, lui murmura-t-il dans le creux de l'oreille.

Payton suivit Brody vers la maison, se forçant à ne pas courir. Elle était pourtant tellement pressée d'y arriver ! Tous ses sens étaient en émoi. Un désir inextinguible s'était emparé d'elle et elle ne pouvait plus le contenir. Elle avait l'impression que de l'essence coulait dans ses veines.

Rien qu'en imaginant la manière dont il allait la toucher, la caresser, la posséder, elle se sentait vaciller.

Brody ouvrit enfin la porte de sa chambre et, incapable d'attendre plus longtemps, elle plaqua son corps contre le sien. Affamée, elle prit possession de sa bouche avec sauvagerie, avec gourmandise, avec passion, laissant sa langue danser avec la sienne. Elle mourait d'envie de sentir la peau brûlante contre la sienne, le corps chaud enroulé autour d'elle, la virilité triomphante en elle.

Elle tenta de dégrafer les jambières mais y renonça car Brody se baissa pour faire glisser son jean et son string le long de ses jambes. De toute façon, elle n'en avait plus la force. Sa bouche était sèche, ses muscles de coton. Son corps fourmillait de désir, son entrejambe était humide et douloureux.

Le regard brillant d'anticipation, elle débarrassa tant bien que mal Brody de sa chemise puis laissa ses doigts courir sur la toison bouclée et la pointe qu'elle formait vers la ceinture du pantalon. Elle se délecta de son contact doux et puissant à la fois.

Elle aurait voulu le déshabiller complètement pour mieux l'admirer mais il l'en empêcha. Elle se contenta alors de descendre légèrement le pantalon sur les hanches musclées et d'empoigner son membre viril et chaud.

Ensorcelée par ce contact, elle laissa échapper un gémissement rauque.

Hélas, Brody lui prit aussitôt la main. Il semblait vraiment vouloir garder le contrôle de la situation.

Sans attendre, il la porta jusqu'au lit. Là, elle s'ouvrit à lui sans la moindre retenue, sans honte ni angoisse.

D'un seul coup de reins, il fut en elle et elle l'aspira.

Un raz de marée de volupté venait de la terrasser, lui faisant perdre toute notion de la réalité. Chaque mouvement de Brody était comme une vague de plaisir qui s'écrasait en elle, balayant tout sur son passage, lui faisant perdre la tête.

Il évolua doucement en elle et, incapable de se contrôler, elle laissa échapper un long soupir. Son désir ne connaissait plus de borne, son plaisir non plus.

— Oui !

— Dis-moi que tu me désires.

— Je… Oui !

Il donna un nouveau coup de reins et un torrent de sensualité d'une force inouïe déferla sur elle et elle se laissa aller au gré des courants du plaisir, se libérant petit à petit de toutes ses angoisses.

Tout à coup, Brody partit à l'assaut de sa bouche et, haletante, elle se prépara à un orgasme ravageur. Elle sentait ses muscles se contracter autour de lui et son corps palpiter, trembler.

Et enfin, elle cria son nom et s'abandonna. Eblouie.

Leur corps à corps n'avait duré que quelques minutes mais l'expérience la laissait médusée. Jamais elle n'avait vécu quelque chose d'aussi puissant, d'aussi fort. Jamais elle ne s'était abandonnée à ce point.

Elle appartenait désormais à Brody, elle lui appartenait corps et âme.

— Nous sommes vraiment deux obsédés, lui susurra-t-il lorsqu'il eut repris son souffle.

— Je crois que ce sont les jambières !

Brody éclata de rire et elle se lova un peu plus contre lui pour écouter battre son cœur.

— Alors comme ça, il suffit que je porte du cuir pour t'exciter, lui demanda-t-il d'une voix coquine.

— Tu connais déjà la réponse à cette question.

— Dis-le-moi quand même.

— Il suffit que tu portes du cuir pour m'exciter et il suffit que tu me caresses pour que je touche les étoiles.

— Merci. Je m'en souviendrai pour une prochaine fois.

Il laissa ensuite un doigt tendre vagabonder sur sa joue et riva ses yeux aux siens. Elle s'y noya avec plaisir et tout à coup, y lut une émotion inconnue. Un singulier sentiment semblait soudain avoir surgi entre eux, conférant une dimension nouvelle à leur aventure.

— Il y a tout de même un problème, dit-il sans lui laisser le temps de déchiffrer cette émotion. Nous n'avons pas utilisé de protection… Je ne voudrais pas que nous ayons une surprise…

— Comme je te l'ai dit dans le cabanon, il n'y a pas de problème.

— Parfait. Je ne dis pas que les surprises sont forcément mauvaises. Simplement, je ne suis pas sûr d'être prêt à être père.

Brody n'était pas sûr d'être prêt à être père… Voilà qui changeait de Sam.

Sam, lui, avait toujours été obsédé par la contraception. Il avait même insisté pour qu'elle opte pour la méthode la plus efficace, la plus durable qui soit. Ils s'étaient fiancés et prévoyaient d'avoir un jour des enfants et pourtant, il semblait redouter plus que tout une grossesse imprévue.

Pourquoi ? Elle l'ignorait. Elle l'ignorait d'autant plus qu'elle ne l'avait jamais interrogé sur ce point.

Encore un exemple de la façon qu'elle avait eue d'oublier sa propre personnalité lorsqu'elle était avec lui.

— Payton ?

En entendant la voix chaude de Brody, elle sortit de son songe et se força à sourire.

— Que se passe-t-il ? lui demanda le cow-boy.

— Rien.

Non, il ne se passait rien.

Mais pourquoi diable venait-elle de penser à Sam ? Cela faisait pourtant des jours qu'elle n'avait pas pensé à lui. Alors pourquoi aujourd'hui ? Pourquoi maintenant, alors qu'elle était dans les bras de Brody ? Si heureuse ?

Elle ne comprenait pas.

Et elle ne voulait pas comprendre ! Elle ne voulait plus penser à Sam.

— Nous devrions ressortir. Tes frères doivent attendre leurs bières.

— Tu as raison.

Brody l'aida à se rhabiller mais, soudain, elle s'arrêta net en remarquant une marque violette dans son cou.

— C'est moi qui t'ai fait cela ?

— De quoi parles-tu ?

— Je crois que tu as un suçon.

Elle l'attira vers le miroir et lui montra la marque.

— Je n'en ai plus eu depuis mon adolescence, remarqua-t-il en riant.

— Je suis vraiment désolée.

— Ce n'est pas grave. J'aime savoir que tu laisses de telles traces sur moi. Cela me donne l'impression de t'appartenir !

Il avait raison, il lui appartenait désormais.

Comme elle lui appartenait.

— Brody !

Brody se retourna et vit Davey arriver au galop vers eux.

— Que t'arrive-t-il ?

— Callum…, répondit le cow-boy, hors d'haleine. C'est Callum.

— Quel est le problème ? Il va bien ?

— Oui, oui, il va bien. Il a juste besoin que tu le retrouves à l'arrière de la maison. Tu dois y aller tout seul, sans Payton. Il a été très clair sur ce point. Il a aussi dit que c'était très urgent.

Brody fronça les sourcils.

— Il est hors de question que je laisse Payton toute seule ici.

— Je reste avec elle, vas-y.

Brody fixa le jeune homme avec suspicion.

Pourquoi était-il aussi important que Payton reste ici ? Qu'est-ce que Callum était en train de manigancer ? Tout cela était bizarre mais… A l'évidence, Davey n'était que le messager de son frère. Pour en savoir plus, il n'avait d'autre choix que d'aller rejoindre Callum.

— Je reviens vite, dit-il à Payton avant de déposer un baiser sur la joue rose.

Puis, sans attendre, il monta sur son cheval et s'élança au galop vers la maison.

Sur le chemin, il repensa aux événements des derniers jours, à la façon dont Payton et lui avaient aménagé leurs routines, et il sentit son rythme cardiaque s'emballer.

Elle avait réussi à convaincre Davey de la remplacer dans l'écurie et depuis, elle travaillait avec lui dans les champs. Il en profitait pour lui montrer les plantes du désert, les animaux.

Il esquissa un sourire en se souvenant du choc qu'elle avait eu lorsqu'elle avait vu un kangourou. Elle avait failli tomber de cheval !

Il adorait passer ses journées avec elle. Avec elle, la vie au ranch devenait supportable, presque agréable.

Elle aussi d'ailleurs semblait apprécier cette vie. Il avait juste une crainte : qu'elle n'aime le ranch qu'en réaction à la vie luxueuse qu'elle avait menée avec Sam Whitman.

Sa vie de femme mariée…

Etait-elle allée jusqu'au bout de son mariage ?

Il l'ignorait toujours, comme il ignorait si elle aimait toujours Sam. Ses questions étaient toujours aussi nombreuses. Hélas, il ne pouvait se résoudre à les lui poser, car il n'en avait pas le courage.

De toute façon, cela ne faisait pas de différence. Elle l'avait déjà envoûté. Il était déjà pris dans ses filets, il ne pouvait plus s'échapper.

Il ne voulait pas s'échapper. Mais elle ? Que désirait-elle ? Et comment la convaincre de demeurer à ses côtés ?

Jusque-là, il avait toujours fait confiance à son instinct

lorsqu'il devait prendre une décision… Du moins jusqu'à son accident. Ce jour-là, se souvint-il en réprimant un soupir, il pleuvait et, parce qu'il s'était encore disputé avec Nessa, il était en retard pour l'entraînement. Malgré les conditions météorologiques, il avait pris sa moto et avait mal négocié un virage. Le lendemain, sur son lit d'hôpital, il avait regretté de ne pas avoir suivi son instinct et de ne pas avoir pris sa voiture au lieu de la moto.

Aujourd'hui, son instinct lui ordonnait de faire tout ce qui était en son pouvoir pour garder Payton à ses côtés mais il n'y arrivait pas. Il n'arrivait pas à lui parler. Il n'arrivait pas à lui dire ce qu'il ressentait.

Pourquoi ? Il l'ignorait.

Il s'approcha enfin de la maison, aperçut Callum qui marchait nerveusement de long en large devant le porche et revint à la réalité.

— Que se passe-t-il ? lui demanda-t-il en descendant de cheval.

— Teague est à la maison, avec un détective privé qui recherche Payton.

— Je n'y comprends rien. Comment l'a-t-il trouvée ?

— Tu es au courant ?

— Oui. J'ai rencontré le détective à Bilbarra, l'autre jour. Pour brouiller les pistes, je lui ai dit que Payton était partie pour Sydney.

— Il semblerait que ce détective soit un peu plus futé que tu ne l'imaginais car il est ici. Payton a utilisé sa carte de crédit à Brisbane, juste après Teague, et l'employé du grand magasin a indiqué au détective qu'ils avaient l'air d'être ensemble. Voilà comment il est arrivé jusqu'ici. Teague est en train d'inventer une histoire pour le faire partir mais je ne suis pas sûr qu'il y parvienne.

Brody fronça les sourcils. Quelque chose lui échappait dans cette histoire. Payton avait été emprisonnée pour être partie sans payer d'un restaurant et voilà qu'elle utilisait sa carte de crédit. Pourquoi ?

Voulait-elle être retrouvée ? Cherchait-elle une excuse pour partir ou avait-elle tout bêtement ignoré le risque ?

Enfin… Ces motifs n'avaient que peu d'importance. Une seule chose comptait désormais.

— Il faut à tout prix que nous la cachions loin d'ici, décida Brody.

— Qu'a-t-elle fait ?

— J'ignore les détails. Tout ce que je sais, c'est qu'elle était censée se marier en avril et qu'elle a fui. J'imagine que son fiancé, ou son mari, veut la retrouver. Le problème est que je n'ai pas envie de m'en séparer.

— Brody, elle est adulte ! Elle est assez grande pour prendre sa décision toute seule. Si elle choisit de rester, elle est tout à fait capable d'envoyer le détective privé au diable.

— Mais si ce n'était pas le cas ? demanda Brody d'une voix mal assurée. Si elle préférait repartir avec lui…

Il avait soudain si peur qu'il n'arrivait plus à parler. Ses mains tremblaient.

— C'est son choix, lui rappela Callum. Tu ne peux pas la garder ici contre son gré.

— Elle voudrait peut-être rester… Mais peut-être n'est-elle pas encore prête à l'admettre ou…

— Tu ne lui as jamais posé la question ?

— Non.

Il n'en avait tout simplement pas eu le courage. Il n'avait pas eu le courage de gâcher leur entente parfaite.

— Bon Dieu, Brody, parle-lui ! insista Callum.

— Je vais le faire, je te le promets. Bientôt. Mais pour le moment, il faut que je la fasse quitter le ranch le plus discrètement possible. Pour cela, j'ai besoin de toi. Va au dortoir, rassemble ses affaires et demande à Teague de nous retrouver devant le hangar à avion.

Avant que son frère ait eu le temps de répondre, la porte de la maison s'ouvrit sur Teague.

— Qu'est-ce que tu fabriques ? lui demanda ce dernier, à l'évidence en colère.

— Ne me pose pas de questions, je t'expliquerai tout plus tard. Est-ce que tu penses pouvoir t'échapper un moment sans que le détective te suive ?

— Oui, je devrais pouvoir le semer. Pourquoi ?

— J'ai besoin que tu nous conduises à Brisbane. Je vais aller récupérer Payton dans les champs et on se retrouve sur la piste de décollage. Pendant ce temps-là, Callum va faire ses bagages.

Teague ne répondit pas. Il semblait réfléchir.

— D'accord, dit-il enfin. En attendant, je ferais mieux de rentrer sinon le détective va se poser des questions. Il croit que je suis allé préparer du café.

Son frère parti, Brody remonta sur son cheval et s'élança au galop, comme si sa vie en dépendait.

Et sa vie en dépendait !

Il ne pouvait se résoudre à perdre Payton. C'était impossible.

Un quart d'heure plus tard, il la retrouva là où il l'avait laissée, en train de repeindre une barrière.

En le voyant, elle releva la tête et lui sourit.

— Monte sur ton cheval, lui ordonna-t-il sans répondre à son sourire. Nous…

— Quel est le problème ?

— Je te le dirai quand nous arriverons sur la piste de décollage.

— Pourquoi allons-nous sur l'aérodrome ?

— Payton, ne pose pas de questions, s'il te plaît, et monte sur ton cheval.

Elle le fixa quelques secondes puis, comme si elle comprenait que c'était sérieux, s'exécuta.

Il ne prit pas la peine de lui expliquer ce qui se passait. Il s'élança, vérifiant juste qu'elle le suivait bien.

En arrivant devant le hangar, il l'aida à descendre du cheval puis libéra les bêtes. Elles étaient tout à fait capables de retrouver le chemin du ranch toutes seules.

— Est-ce que tu vas enfin m'expliquer ce que nous faisons ici ? lui demanda-t-elle, visiblement inquiète.

— D'abord, je veux que tu me dises quelque chose et je veux que tu sois honnête avec moi.

— D'accord, répondit-elle d'une petite voix.

Avant de se lancer, il la prit dans ses bras et l'embrassa doucement.

A défaut de ces mots qu'il ne pouvait prononcer, peut-être

ce baiser lui ferait-il comprendre ce qu'il éprouvait pour elle ? Puis il la relâcha et prit une profonde inspiration pour se donner du courage.

— Es-tu mariée ou as-tu fui avant d'avoir dit oui ?

Payton le fixa, l'air incrédule.

— Comment..., bafouilla-t-elle. Comment es-tu au courant de...

— Réponds à ma question. Es-tu mariée ?

— Je... Non. Bien sûr que non ! Si j'étais mariée, je serais avec mon mari en ce moment, je ne coucherais pas avec toi, je ne le tromperais pas. Mais d'abord, comment es-tu au courant pour le mariage ?

— Ici aussi nous avons internet.

A ces mots, elle redressa la tête et lui adressa un regard noir. Elle semblait furieuse.

— Tu as fait des recherches sur moi ? Je n'arrive pas à y croire !

— Oui, j'ai fait des recherches et je ne suis pas le seul. Un détective privé se trouve en ce moment sous notre toit. Il t'a retrouvée grâce à un achat que tu as effectué avec ta carte de crédit à Brisbane et il t'a suivie jusqu'ici.

Elle laissa échapper un cri et ferma les yeux. Toutes ses forces semblaient l'avoir abandonnée. Elle en tremblait d'impuissance et de rage.

— Je savais bien que je n'aurais pas dû utiliser ma carte, expliqua-t-elle alors. Je ne l'avais pas utilisée plus tôt pour manger mais j'ai pensé qu'à Brisbane je ne risquais rien puisque je repartais tout de suite après pour le ranch. J'ai pensé que même si mon achat était détecté, personne ne me retrouverait.

— Le problème est que Teague a fait un achat dans la même boutique et que l'employé du grand magasin a affirmé que vous étiez ensemble.

Brody se tut et la fixa, indécis.

Il avait exposé les faits, maintenant, il ne pouvait plus reculer. Il devait poser la question qui le taraudait depuis des jours.

— Qui est Sam Whitman pour toi ?

— Tu sais... Mais... Comment...

— Peu importe. Je veux juste que tu me racontes ce qui s'est passé.

Payton ferma les yeux quelques secondes comme pour rassembler ses esprits puis elle se lança.

— J'ai quitté Sam devant l'autel, avant de dire oui. J'aurais dû t'en parler plus tôt, je le sais, mais je voulais oublier mon passé.

— Pourquoi as-tu fui ?

— Je ne sais pas trop. J'ai juste eu le sentiment que j'étais en train de commettre la plus grosse bêtise de ma vie. Je n'ai pourtant pas l'habitude d'agir sur des coups de tête mais j'avais cet…

Elle s'interrompit et mit une main sur son cœur.

— Cette intuition ? lui demanda Brody.

— Oui. Une intuition, un instinct.

— Et qu'est-ce que ton instinct te commande de faire maintenant ? Le choix est simple. Soit nous rentrons à la maison et tu parles au détective, soit nous partons. Teague est d'accord pour nous emmener tout de suite à Brisbane et de là, nous pourrons prendre un vol pour Perth.

— Perth ?

— Oui. J'ai un appartement près de Perth, à Fremantle. Nous pourrons y rester aussi longtemps que le détective privé est dans la région.

Payton hocha la tête. Elle semblait perdue.

— Et ensuite ? demanda-t-elle timidement. Je ne peux pas fuir ma famille indéfiniment.

— Dans ce cas-là, nous pouvons rentrer à la maison pour que tu appelles tes parents.

Puis il se tut et attendit qu'elle prenne sa décision, priant pour qu'elle choisisse de partir avec lui.

Il savait que tôt ou tard il devrait la laisser repartir pour les Etats-Unis, mais il n'était pas encore prêt à renoncer à elle. Il avait besoin de quelques jours supplémentaires. Quelques semaines… Aussi longtemps que possible.

— Je ne sais pas ce que je veux, dit-elle enfin.

Blessé, Brody baissa la tête. Il lui avait demandé si elle était mariée et elle lui avait dit la vérité. Il lui avait demandé ce qu'elle comptait faire et elle avait répondu qu'elle ne savait pas. Restait une question qui le taraudait encore.

Etait-elle encore amoureuse de son fiancé ?

Il devait lui poser cette question, mais… Non.

Pas maintenant.

Il se contenta alors de prendre le beau visage entre ses deux mains et de river son regard au sien, dans l'espoir de lui transmettre son désir et ces sentiments qu'il sentait grandir en lui.

— Viens avec moi à Fremantle, s'il te plaît.

— D'accord.

Brody laissa échapper un soupir de soulagement et, incapable de se retenir plus longtemps, la prit dans ses bras et la serra aussi fort que possible.

Elle lui offrait quelques jours et il était déterminé à en profiter.

Il avait envie de se promener avec elle sur la plage, de lui faire découvrir Fremantle, et surtout de lui faire l'amour des heures durant. Et qui sait, peut-être finirait-elle par décider qu'elle voulait rester.

Payton profita du vol pour raconter à Brody toute son histoire.

Elle lui parla des espoirs de ses parents, de leur croyance que Sam était l'homme parfait pour elle. Elle lui raconta ensuite sa décision de quitter ce chemin tout tracé, ce chemin tracé par d'autres qu'elle. Cela lui faisait du bien de parler de sa vie et d'essayer d'expliquer ses motivations.

Hélas, cela avait aussi éveillé de nouvelles angoisses en elle. Elle craignait maintenant que Brody ait une mauvaise opinion d'elle. D'ailleurs, c'était forcément le cas car cette histoire n'était ni glorieuse ni valorisante.

— Je sais ce que tu penses, dit-elle dans un soupir en descendant enfin de l'avion.

— Non, tu ne le sais pas.

— Tu penses que je suis… naïve. Peut-être l'ai-je été, je l'admets, mais j'ai changé.

Il lui prit la main, noua ses doigts aux siens puis la força à le regarder.

— Tu penses que tes révélations ont changé la façon que j'avais de te voir ? lui demanda-t-il, d'un ton sérieux.

— Ce n'est pas le cas ?

— Bien sûr que non ! Je ne te juge pas et je ne te jugerai jamais. Je comprends que tu aies tout fait pour satisfaire tes parents, au point d'en oublier tes propres rêves.

Touchée et émue, elle le remercia d'un sourire et serra sa main plus fort. Elle ne se sentait plus capable de parler. Elle était éreintée, à bout. Cette journée avait été beaucoup trop riche en émotions.

Quelques minutes plus tard, un taxi les déposa devant l'immeuble de Brody et, revigorée, Payton prit une minute pour examiner les lieux.

Le bâtiment était luxueux, le hall d'accueil décoré d'un épais tapis et de riches tentures. L'appartement de Brody était-il aussi somptueux ?

D'après ce que lui avait dit Teague, Brody avait fait carrière dans le football, du moins jusqu'à son accident. Il avait donc dû gagner beaucoup d'argent.

— Nous y voilà, lança Brody devant la porte, cela fait longtemps que je n'y suis pas venu ! J'ai congédié ma femme de ménage, alors j'ignore dans quel état je vais trouver l'appartement. Il vaut peut-être mieux que j'entre d'abord tout seul pour jeter un coup d'œil.

— Ne t'inquiète pas. Je te rappelle qu'il y a quelques heures je travaillais dans une écurie ! Alors, à moins que tu élèves une douzaine de pur-sang ici, rien ne peut me faire peur !

— Bon, d'accord.

Il ouvrit la porte et la laissa entrer en premier.

Elle avança alors lentement, prenant le temps d'observer les moindres détails du décor.

L'appartement était moderne et lumineux. Depuis les baies vitrées, elle pouvait apercevoir la ville qui s'étendait de l'autre côté de la rivière.

— C'est magnifique…

— Je n'ai pas aménagé l'appartement tout seul. J'ai fait appel à un décorateur que m'avait recommandé un ami. Si cela n'avait tenu qu'à moi, je me serais contenté d'un lit, d'un canapé et d'une télévision !

Elle s'approcha du mur et étudia le tableau.

— Dis donc, le football doit rapporter beaucoup pour que tu puisses t'offrir de telles œuvres !

Brody lui adressa un sourire désabusé.

— Tu devrais parler au passé. Le football ne me rapporte plus rien. D'ailleurs, comment sais-tu que j'ai joué au football ?

— C'est Teague qui m'en a parlé. Il m'a dit que tu étais très doué mais que ton accident avait mis un terme à ta carrière.

— C'est vrai, je jouais bien. Mais cela n'a plus d'importance aujourd'hui. Je suis un cow-boy maintenant, un homme du désert !

Il était peut-être un homme du désert mais il était surtout un homme à l'incroyable magnétisme. Un homme qu'elle rêvait d'aimer ce soir…

Mais avant, elle avait besoin de se laver car elle portait encore ses vêtements de travail.

— Est-ce que je peux prendre une douche ?

— La salle de bains est de l'autre côté de la chambre. Viens, je vais te montrer le chemin.

En silence, elle le suivit dans la chambre. Là, il posa son sac puis l'aida à enlever sa veste. Ensuite, il posa ses mains puissantes sur ses épaules et l'étreignit.

— Je suis heureux que tu sois ici, avec moi, lui susurra-t-il en enfouissant le visage dans ses cheveux.

Emue, Payton se laissa aller contre le torse musclé. Elle se sentait si bien contre lui. Elle se sentait en paix. Elle se sentait… chez elle.

— La vie est parfois ironique. Nous venons de deux mondes différents et nous voici ici, tous les deux. Si tu n'avais pas bu trop de bière, si tu n'avais pas déclenché une bagarre et si je n'avais pas essayé de partir d'un restaurant sans payer, jamais nous ne nous serions rencontrés. Selon Gemma, c'est un coup du destin.

— Elle a peut-être raison.

Sans lui laisser le temps d'en dire plus, elle se mit sur la pointe des pieds, prit sa nuque dans sa main et attira ses lèvres vers les siennes dans un baiser sensuel. Que leur rencontre soit un coup du destin ou pas, elle n'avait plus envie de parler.

Brody répondit à son baiser et elle l'approfondit encore, titillant sa langue avec la sienne, mordillant sa lèvre, le savourant.

Les yeux brillant d'anticipation, elle commença ensuite à déboutonner sa chemise. Ils s'étaient déshabillés l'un l'autre tant de fois qu'elle aurait pu le faire les yeux fermés. Elle ne ressentait plus la moindre hésitation, ni la moindre gêne, lorsqu'elle était nue devant lui. Elle se sentait même plus à l'aise nue qu'habillée.

Une fois tous les deux nus, Brody reprit le contrôle de la situation. Il lui prit la main et l'entraîna dans la salle de bains. Il alluma l'eau dans la douche puis, lorsque la température fut agréable, il l'attira à l'intérieur.

Cette douche était faite pour un sportif, songea Payton en s'avisant qu'elle était équipée de jets de puissances variables et d'un siège de bois.

Brody l'embrassa puis fit descendre sa bouche le long de son cou, le parsemant de baisers légers. Elle s'offrit à lui en se cambrant au maximum. Il referma ensuite sa bouche sur un mamelon et elle émit un long gémissement. Son corps venait d'être traversé par une décharge électrique d'une puissance inégalée.

Sans cesser de savourer ses seins, il fit glisser une main le long de son dos, jusqu'à sa hanche. L'intensité de ses caresses la consumait entièrement. Elle ne se souvenait pas avoir jamais désiré un homme à ce point.

Il laissa descendre sa main plus bas, entama une lente exploration de son sexe et, ensorcelée, elle se mordit la lèvre pour réprimer un cri.

De ses doigts experts, il dessina les lèvres de son sexe et elle sentit ses muscles intimes se serrer. Elle avait l'impression que son cœur allait bondir hors de sa poitrine tant il cognait fort. Quant à sa gorge, elle la brûlait à force de retenir ses émotions.

Soudain, Brody s'agenouilla, lui écarta les jambes et elle exhala sa satisfaction dans un long gémissement rauque.

Il caressa son clitoris à coups de langue, puis goûta à pleine bouche son nectar et des larmes perlèrent au coin de ses paupières. Ces caresses, les plus intimes qui soient, semblaient si naturelles… Désormais, elle en était sûre, il ne s'agissait plus seulement de désir entre eux.

Pouvait-elle imaginer vivre sans lui ? Non. Il faisait partie de sa vie, de cette nouvelle vie qu'elle avait trouvée en Australie.

Mais était-elle prête à tourner définitivement le dos à sa vie passée, à sa famille, à ses amis, à son pays, pour rester ici avec lui ?

Elle l'ignorait encore mais ce soir, elle n'était plus en état de prendre une quelconque décision. Elle n'était plus en état de réfléchir. Elle pouvait juste crier son plaisir. Elle enfouit alors ses doigts dans les cheveux de Brody, s'agrippa à lui et se laissa emporter par les sensations, s'abandonnant à la délicieuse torture.

Il accentua ses mouvements et, tout à coup, elle sentit tout son corps se mettre à vibrer et elle laissa échapper une plainte sourde avant de s'effondrer.

Les mains fermes et chaudes empoignèrent ses hanches avant qu'elle n'atteigne le sol et il la redressa. Elle en avait besoin, ses jambes ne la portaient plus. L'enivrante vague l'avait privée de toutes ses forces.

Quelques secondes plus tard, Brody l'aida à sortir de la douche, l'enveloppa dans une serviette puis la porta jusqu'au lit.

Là, il l'allongea puis s'installa à côté d'elle et noua ses doigts aux siens.

Submergée par une vague de bien-être, elle laissa échapper un soupir de contentement et ferma les yeux.

— Parle-moi de lui, lui demanda-t-il quelques minutes plus tard d'une voix pleine d'émotion. Pourquoi l'aimais-tu ?

— C'est une bonne question, répondit-elle en rouvrant les yeux, mais je ne suis pas sûre d'avoir la réponse. Je crois… Je pensais qu'il était parfait pour moi et je savais que mes parents l'adoraient. J'ai toujours essayé de leur faire plaisir.

— Cet homme devait tout de même posséder quelques qualités.

— Nous étions ensemble depuis si longtemps. Je ne me souviens même plus de ce qui m'a attirée au départ chez lui.

Brody arrêta de la caresser et elle l'entendit prendre une profonde inspiration, comme s'il hésitait à parler.

— Tu l'aimes encore ? osa-t-il enfin.

— Je ne suis pas sûre de l'avoir jamais aimé. Enfin… Pas de la façon dont une femme doit aimer l'homme qu'elle épouse.

Brody sembla satisfait de cette réponse, mais cela importait peu. Elle ne lui avait pas menti. Elle n'avait pas triché. Elle lui avait dit la vérité, à savoir qu'elle ne savait pas si elle avait jamais aimé Sam.

La seule chose qu'elle savait était qu'elle était heureuse avec lui.

Elle ignorait ce qu'apporterait le futur mais elle n'avait pas envie d'y réfléchir, tout était si simple pour le moment.

Mais pour combien de temps ?

- 7 -

— Vas-y, pagaie ! cria Brody après avoir donné un dernier élan à la planche de surf sur laquelle se tenait Payton.

Ils s'étaient d'abord entraînés sur le sable puis avaient pris quelques vagues ensemble. Mais maintenant, elle était seule sur la planche et elle semblait très déterminée à réussir.

— Lève-toi, c'est le moment !

A sa grande satisfaction, Payton parvint à se mettre sur ses pieds puis à se redresser complètement. Il n'était pas surpris de sa réussite car dès qu'elle se fixait un objectif, plus rien ne pouvait l'arrêter.

Il la regarda sortir de la vague, encore debout, puis, sautillant comme une adolescente, repartir à la recherche d'une nouvelle vague et il sourit. La voir heureuse le rendait heureux.

Tout était parfait.

La vie était tellement plus belle depuis que Payton était à ses côtés… Et tellement plus simple depuis qu'ils avaient quitté le ranch. Ils n'avaient plus à se cacher, ils pouvaient profiter l'un de l'autre sans craindre d'être interrompus par qui que ce soit. Ils en profitaient pour se promener en ville main dans la main, aller au cinéma, au concert… Il avait même organisé une excursion à Rottnest Island pour la semaine prochaine, réservant une chambre dans un vieil hôtel de charme, au cas où ils auraient envie de faire une petite sieste.

Il savait bien que, à tout moment, elle pouvait décider de le quitter et de repartir mais il voulait croire qu'elle serait encore là, à ses côtés, la semaine prochaine.

S'il appréciait les journées qu'il passait avec Payton, il aimait encore plus les nuits, lorsqu'il lui faisait l'amour avec passion et sensualité, lorsqu'il explorait, des heures durant, le corps de déesse aux courbes parfaites, ce corps à la peau d'une douceur enchanteresse, ce corps qui épousait si bien le sien.

— Est-ce que tu m'as vue ? lui cria tout à coup Payton, le ramenant à la réalité.

— Oui, c'était génial. Bravo.

— J'adore le surf ! J'aimerais bien essayer avec une vague un peu plus grosse.

— Pas de problème, je vais passer commande.

Il leva alors la tête vers le ciel et se mit à crier.

— Mon Dieu, pouvons-nous avoir des vagues un peu plus grosses ?

— Brody ! rétorqua-t-elle en l'éclaboussant. Je voulais juste dire que nous pourrions aller sur une autre plage, sur une plage où les vagues sont plus grosses.

Il l'éclaboussa à son tour puis l'attira à lui, l'enlaça et la fit tournoyer dans les airs avant de la reposer sur le sable pour l'embrasser.

Dieu qu'il aimait l'embrasser… Et la serrer dans ses bras ! Il aimait savoir qu'il pouvait la toucher à tout moment, librement.

En vérité, il ne pouvait même plus imaginer vivre sans elle.

Le cœur battant à toute allure, il plongea dans le beau regard couleur chocolat et s'y noya quelques secondes. Lorsqu'elle le regardait ainsi, les yeux brillant de mille feux, il ne pouvait rien lui refuser. Il succombait.

— Nous irons chercher des plus grosses vagues demain, je te le promets. Pour le moment, il faut qu'on aille te mettre à l'ombre, ton nez est tout rouge.

— Laisse-moi juste prendre une dernière vague avant. Ensuite, nous pourrons y aller.

— Seulement si tu me donnes un baiser.

Elle se pencha et déposa un petit baiser sur ses lèvres mais il fronça les sourcils.

— Tu peux faire mieux que cela. Je sais que tu peux faire beaucoup mieux.

Faisant mine de réprimer un soupir de lassitude, elle se pencha une nouvelle fois et plaqua sa bouche contre la sienne. Cette fois-ci, elle enfonça sa langue en lui et il sentit aussitôt sa température monter de quelques degrés. Décidément, elle semblait vraiment savoir comment il aimait être embrassé !

— C'est mieux. Allez, va pour ta dernière vague mais je ne vais pas te pousser, je te dirai juste quand te relever.

Sans attendre, Payton se réinstalla sur la planche.

— Allez, pagaie, pagaie !

Cette fois-ci, elle se releva d'un seul mouvement. Heureuse, elle leva les bras en l'air en signe de victoire mais elle perdit l'équilibre et tomba dans l'eau.

Brody attendit qu'elle ressorte mais… elle ne refit pas surface. Le cœur serré, il nagea alors dans sa direction le plus vite possible.

Elle ressortit finalement juste avant qu'il n'arrive.

— Tu vas bien ?

Elle approuva d'un signe de tête.

— J'ai bu la tasse, marmonna-t-elle tout en toussant.

— Tu n'aurais pas dû lever les bras en l'air, c'est cela qui t'a fait perdre l'équilibre. Mais ce n'est pas grave, tu recommenceras demain.

Il attrapa sa planche et l'aida ensuite à marcher jusqu'au rivage.

— Il commence à être tard, nous allons déjeuner.

Pour toute réponse, Payton se contenta de se laisser tomber dans le sable, face au soleil.

— J'adore cet endroit, lança-t-elle avec un enthousiasme de petite fille. Cela ressemble à la Californie, les tremblements de terre en moins.

— C'est dommage que nous ne soyons pas au printemps, sinon nous aurions pu aller nous promener dans l'arrière-pays. L'ouest de l'Australie est connu pour sa végétation sauvage.

— On peut peut-être quand même y aller.

Brody savait qu'elle avait parlé sans réfléchir, qu'elle ne voulait pas forcément dire qu'elle ne serait plus là au printemps. Néanmoins, à ces mots, il ne pouvait s'empêcher de sentir son cœur se serrer.

Pour l'heure, il ne voulait pas penser au jour où Payton partirait mais simplement profiter du moment présent et tout faire pour lui prouver que la vie avec lui, en Australie, pouvait être agréable.

Tentant de refouler ses craintes dans un coin de sa tête, il prit une profonde respiration.

— Que veux-tu faire du reste de la journée ?

— J'ai juste envie de profiter du soleil.

Comme si elle hésitait à parler, elle lui jeta un coup d'œil en coin avant de reprendre.

— J'ai vu dans le journal qu'il y avait un match de football ce week-end, osa-t-elle enfin d'une voix timide. On pourrait y assister.

— Pourquoi voudrais-tu y aller ?

— Je suis juste curieuse… J'aimerais comprendre ce que tu faisais.

— Je… Je ne sais pas. Je n'ai assisté à aucun match depuis que l'équipe m'a remercié.

— Ce n'est pas grave, si tu ne veux pas y aller, nous ferons autre chose.

Perdu, il lui sourit.

Il ignorait quoi répondre. Il était toujours amer après la façon dont sa carrière s'était terminée. D'un autre côté, qu'avait-il à perdre ? Rien. En plus, cela pourrait même être amusant de lui expliquer les règles.

— Bon, d'accord. J'appellerai le stade et je verrai si je peux obtenir de bonnes places.

— Super.

— Tu as d'autres envies ?

— Puisque tu en parles… J'ai entendu dire qu'il y avait une plage naturiste pas très loin d'ici.

— Oui, la plage de Swanbourne.

— Je ne suis jamais allée sur une plage naturiste. J'aimerais beaucoup tenter l'expérience au moins une fois.

Elle voulait vraiment aller sur une plage naturiste ? Elle qui avait hésité à se baigner nue dans l'étang ? Soit elle ne savait pas de quoi il s'agissait, soit elle avait perdu la tête !

— Tu te rends compte que personne ne peut rester habillé ? Tu devrais te déshabiller devant des dizaines d'inconnus.

— Oui, je sais. Mais j'aime tenter de nouvelles expériences, suivre mon instinct, mes impulsions. N'est-ce pas toi qui m'as encouragée à suivre mon instinct il n'y a pas si longtemps ?

Oui, il avait bien dit cela, mais… ce n'était pas une raison pour faire du naturisme !

— Je ne t'emmènerai pas à Swanbourne. Tu peux y aller toute seule si tu veux, mais je n'irai pas.

— Que tu es prude ! Tu as pourtant un corps magnifique. Tu n'as aucune raison d'avoir honte.

— Je n'ai pas honte, c'est juste que… Tu sais exactement ce qui m'arrive lorsque tu es nue en face de moi. Or je refuse de me promener au milieu d'inconnus en exhibant mon érection.

— Le spectacle mériterait pourtant le détour, dit-elle en faisant glisser son regard brûlant vers son sexe.

— Arrête, s'écria-t-il en sentant ses sens s'éveiller.

— Quoi ? rétorqua-t-elle avec un air de fausse ingénue. Je ne fais rien.

— Arrête de me dévorer du regard. Tu me mets dans tous mes états et la combinaison est si serrée que j'étouffe.

Le regard coquin, elle s'approcha et promena un doigt sur son torse.

— J'aime savoir que j'ai ce pouvoir sur toi.

— Pourquoi ne rentrerions-nous pas à la maison ? Tu pourrais me faire une démonstration de ces pouvoirs qui sont les tiens.

— J'en serais très heureuse !

Ils rassemblèrent alors leurs affaires et se dirigèrent vers la voiture, main dans la main.

« Encore une journée parfaite », songea Brody en fixant les planches de surf sur le toit de sa voiture.

Sa vie était tout simplement parfaite depuis que Payton y avait fait irruption.

Payton serra le programme entre ses mains tandis qu'ils se frayaient un passage jusqu'à leurs sièges. Ils avaient du mal à avancer car Brody attirait tous les regards. Il devait sans cesse s'arrêter pour signer des autographes ou se faire prendre en photo.

Elle n'avait pas réalisé combien Brody était célèbre avant d'entrer dans le stade et, pendant quelques secondes, elle avait même regretté de l'avoir poussé à venir. Cela ne devait en effet pas être facile pour lui de répondre à toutes ces questions sur sa carrière avortée !

Lorsqu'il parvint enfin à s'éloigner des fans, elle lui prit la main et la serra doucement pour le réconforter.

— Je suis désolée.

— De quoi parles-tu ?

— Je suis désolée de t'avoir forcé à m'amener ici. Je ne pensais pas que ce serait aussi difficile pour toi. J'ai été égoïste.

— Pas du tout. C'est vrai que je craignais les réactions du public mais, finalement, cela m'a fait plaisir.

Une fois installée, elle se tourna vers lui.

— Dis-moi tout ce que je dois savoir avant le début du match.

— Alors… Tu peux voir là-bas mon ancienne équipe en train de s'échauffer et…

— J'aime beaucoup les tenues des joueurs. Elles sont plutôt sexy, pas autant que des jambières de cuir mais presque… J'aime en particulier les débardeurs sans manche, car je peux voir les biceps !

D'ailleurs, elle n'avait même pas besoin de fermer les yeux pour imaginer Brody courant après le ballon, dans un short moulant et un débardeur qui soulignait son impressionnante musculature.

— Tu pourrais peut-être ressortir ton maillot et me faire une petite démonstration à la maison.

Brody éclata de rire.

— J'ai une meilleure idée, lui répondit-il, le regard aussi malicieux qu'elle. Je t'achèterai un maillot et tu le porteras… Sans rien en dessous !

— J'ai hâte de le faire !

En attendant de pouvoir jouer une partie particulière avec lui, en toute intimité, elle s'intéressa aux mouvements des équipes sur le terrain.

— Comment s'appelle l'équipe ?

— Son nom officiel est le Fremantle Football Club mais

tout le monde appelle les joueurs les Dockers. Leur maillot est orné d'une ancre.

Elle l'écouta ensuite attentivement lui expliquer les règles du jeu. Puis, dès le coup d'envoi, elle se mit à crier et à applaudir comme les autres spectateurs. Jamais elle n'avait assisté à un match, même pas à un match de football américain et elle voulait profiter à fond de l'occasion, de l'ambiance de fête qui régnait dans le stade avec la musique et les gens qui dansaient dans les gradins.

Le football australien semblait un sport violent, remarqua-t-elle, les chocs étaient nombreux entre les joueurs, lesquels ne portaient pourtant aucun casque ou protection. Heureusement que Brody était à côté d'elle et non sur la pelouse, sinon, elle serait morte d'angoisse.

Le match se termina enfin, sur une défaite des Dockers, mais Brody ne semblait pas déçu. Il avait l'air très satisfait, heureux même. Et elle aussi.

Joyeuse, elle passa son bras autour de sa taille et l'entraîna vers le parking, pressée de rentrer pour l'aimer.

— Brody Quinn ! lança soudain une voix derrière eux.

Ils se retournèrent et Brody sourit en voyant un vieil homme, vêtu d'un polo aux couleurs du club de Fremantle, les rejoindre.

— Simon, fit Brody. Comment vas-tu ?

— Bien, et toi ? Tu as l'air en pleine forme.

— J'essaye de me maintenir comme je peux. Simon, je te présente Payton Harwell. Payton, voici le docteur de l'équipe, Simon Purvis. Simon m'a beaucoup aidé pendant ma rééducation.

L'homme lui tendit la main et elle la serra.

— C'est un plaisir de vous rencontrer, lui dit le vieil homme. Le match vous a-t-il plu ?

— Oui, beaucoup. C'était intéressant.

— Je reconnais votre accent. Vous venez des Etats-Unis ?

— Oui. Du Connecticut, à côté de New York.

— Ah, les New York Giants, les New York Jets… Le hasard fait parfois bien les choses.

— De quoi parles-tu ? lui demanda Brody.

— Je viens juste de rencontrer un représentant de la Fédération américaine de football. Il est à la recherche de joueurs, des botteurs en particulier. Tu pourrais peut-être le rencontrer ?

Payton sentit Brody se raidir à côté d'elle et elle le dévisagea. Il semblait tendu tout à coup.

— Je n'ai pas envie de le rencontrer, répondit-il finalement. Je ne suis pas en état de jouer.

— Laisse-moi t'expliquer, reprit Simon. Tu serais chargé de frapper les transformations, tu n'aurais pas besoin de courir de longues distances. Tu as un vrai talent, ce serait dommage de le gâcher.

Payton dévisagea Brody pour tenter de savoir ce qu'il pensait, mais son beau visage demeurait fermé. Elle s'attendait à le voir sauter de joie, ou au moins manifester de l'intérêt pour cette proposition mais… non. Il restait impassible.

— Je ne sais pas, fit-il d'une voix hésitante. Je ne sais pas si j'aurais le courage de subir une nouvelle opération et…

— Tu n'aurais sans doute pas besoin de l'opération, le coupa Simon. Puisque tu n'aurais pas à courir, ton genou ne subirait pas de changements de direction brusques. Si tu es d'accord, je vais appeler cet Américain. Je suis persuadé qu'il serait ravi de te rencontrer et de te faire passer un essai.

— Je vais y réfléchir.

— Ne réfléchis pas trop longtemps. Il ne reste ici que quelques jours.

Brody serra la main de Simon et ils poursuivirent, en silence, le chemin jusqu'à la voiture.

Puisqu'il ne semblait pas décidé à parler, il fallait bien qu'elle se résolve à lui demander ce qu'il pensait de la proposition de Simon.

— L'offre de Simon semble intéressante. Tu aurais envie de rejouer ?

Brody laissa échapper un long soupir. Il semblait las, presque vieux tout à coup.

— Evidemment que le foot me manque… Mais je joue au foot australien.

— As-tu déjà vu un match de football américain ?

— Le Super Bowl une ou deux fois, mais... non. C'est fou. Une fois que je parlerai de mon genou, ce sera fini !

— Tu pourrais porter un pantalon et commencer par montrer à cette personne comment tu lances le ballon avant de lui parler de ta blessure.

Brody secoua la tête. Il semblait ne plus savoir que penser.

— Tu ne risques rien en lui parlant, insista Payton.

— Je vais y réfléchir, dit-il en lui ouvrant la portière de la voiture.

Puis, sans attendre, il démarra.

Durant le trajet, il demeura silencieux. De temps en temps, il se contentait de tourner la tête dans sa direction, comme pour vérifier qu'elle était toujours là.

Oui, elle était toujours là. Elle n'avait aucune intention de le quitter... Pour le moment.

Ici, en Australie, tout était simple, tout était parfait. Elle était heureuse mais elle savait que, si jamais leur relation se dégradait, elle pouvait toujours repartir.

Par contre, si Brody partait aux Etats-Unis... Tout serait tout de suite plus compliqué, plus définitif entre eux. Leur relation deviendrait à coup sûr plus sérieuse et s'ils avaient des problèmes...

Non, lui souffla une petite voix dans sa tête. Ce n'était pas le moment de s'inquiéter.

Lorsque le moment viendrait, elle prendrait une décision mais en attendant elle allait profiter de chaque seconde de son séjour, dans les bras de Brody.

Incapable de s'endormir, Brody fixa le plafond au-dessus de son lit. Les pensées se bousculaient dans sa tête. Il ne savait plus que faire.

L'idée de jouer aux Etats-Unis était très tentante, évidemment. Cela lui permettrait de retrouver le monde de la compétition, de travailler, de gagner de l'argent... Il aurait ainsi de quoi subvenir aux besoins Payton.

Hélas, ses chances d'obtenir cet emploi aux Etats-Unis étaient faibles. Son ancienne équipe ne l'avait pas licencié pour rien. Il n'était plus aujourd'hui qu'un pauvre ex-sportif invalide.

Il roula sur le côté et regarda la jeune femme endormie à côté de lui. Elle était vraiment la plus belle femme qu'il ait jamais vue. De temps en temps, il avait l'impression que jamais il ne pourrait vivre sans elle et que se coucher et se réveiller à ses côtés était la seule chose qui suffisait à son bonheur.

Il avait eu son compte d'aventures, souvent avec des femmes comme Nessa, des femmes assoiffées de gloire et d'argent, et il avait fini par s'en lasser. Mais Payton ne ressemblait pas à ces femmes. Elle était naturelle, spontanée, en un mot : vivante. Elle était apparue dans sa vie un beau jour et elle l'avait transformée. Pour le meilleur.

Hélas, il savait bien qu'elle pouvait partir à tout instant. A son grand regret, il ne maîtrisait pas l'avenir de leur relation.

Que pouvait-il faire pour la garder à ses côtés ? Que devait-il faire ?

Il devait d'abord trouver un moyen de gagner sa vie. Sans travail, il pourrait lui offrir quatre ou cinq ans de sa vie. Mais avec un emploi, il pourrait alors parler de toujours. Il pourrait parler d'éternité.

Il devait aussi s'assurer que son fiancé était bien de l'histoire ancienne. Pour cela, il devait l'encourager à prendre contact avec ses parents et à régler ses problèmes. L'étape suivante serait ensuite de plaider sa cause devant M. et Mme Harwell. Ils seraient sans doute réticents car il n'était pas un riche héritier, mais un simple sportif en fin de carrière qui n'avait pas fait d'études. Mais il avait un atout, il aimait Payton plus que tout autre homme au monde. Il en était persuadé.

Il prit une profonde respiration et caressa l'épaisse chevelure bouclée. Il aimait Payton. C'était aussi simple que cela. Il l'aimait.

Mais elle, que ressentait-elle ?

Elle n'avait pas dit un mot sur ce sujet. Elle semblait se satisfaire de leur vie présente, sans penser au futur.

Pourquoi ? se demanda-t-il, soudain inquiet. Etait-ce parce qu'elle pensait que leur relation n'avait aucun avenir ? Ou parce qu'elle n'était pas prête à affronter son fiancé et sa famille ? A moins qu'elle n'attende qu'un autre homme fasse son apparition ? Un homme plus riche, plus beau ?

Il roula sur le dos et posa une main sur son cœur. Il battait à toute allure. Jamais il n'avait souffert par amour puisque jamais il n'avait aimé. Mais aujourd'hui, il aimait et il avait peur de souffrir.

Si Payton le quittait, il souffrirait à coup sûr. D'ailleurs, il ne savait même pas s'il serait capable de vivre sans elle.

Las, il se leva, se dirigea jusqu'à la fenêtre et fixa l'horizon, aussi sombre à cette heure très matinale que son état d'esprit.

S'il voulait que cette relation marche, se répéta-t-il comme pour s'en convaincre, il avait besoin d'un plan. Malheureusement, c'était Callum le spécialiste des plans, pas lui. Il n'avait aucune idée.

Il soupira puis se dirigea d'un pas traînant vers la cuisine. Là, il attrapa une bouteille de jus d'orange et en but une longue gorgée.

La vitamine C ne tarda pas à faire son effet. Brody émergea enfin de son engourdissement et sentit son esprit se mettre à bouillonner.

S'il n'était plus en état de jouer, peut-être pourrait-il devenir entraîneur ? Ou commentateur pour une chaîne de télévision ? Il était en effet tout à fait capable de commenter un match de football et pourrait gagner sa vie de cette façon.

Soudain revigoré, il alluma la télévision et lança le DVD d'un de ses matchs. Il semblait si jeune dans son maillot, alors que les images ne dataient que de six ans en arrière !

— Que fais-tu ? lança soudain Payton, derrière lui.

Il se retourna et la regarda. Même le regard encore ensommeillé et la chevelure en désordre, elle était séduisante.

— C'est ton équipe ? demanda-t-elle en s'installant à côté de lui.

— Oui. Je suis le numéro quinze. Regarde, je vais marquer un point. Mon premier but pour l'équipe.

— Bravo.

Il arrêta de regarder et l'attira plus près de lui. Maintenant qu'elle était réveillée, il ne voulait plus penser au football. Il voulait juste penser à elle.

A elle et à leur avenir.

— J'ai envie que tu restes avec moi, lui dit-il d'une voix douce.

— Je n'ai pas sommeil.

Il réprima un soupir.

Elle ne semblait pas avoir compris sa demande.

— Ce que je voulais dire, reprit-il avec calme et détermination, c'est que je veux que tu restes avec moi, ici, en Australie. Je n'ai pas envie que tu repartes aux Etats-Unis.

Il ne voulait pas une promesse en l'air aujourd'hui. Il voulait un véritable engagement.

— Je ne vais nulle part, répondit-elle en lui prenant la main.

— Promets-le-moi. Je n'ai pas envie de me réveiller un matin et de voir que tu es partie. Je veux que ça marche.

A ces mots, elle détourna le regard, comme si elle ne voulait pas répondre. Comme s'il lui en demandait trop.

Aussitôt, il sentit son cœur s'affoler et les doutes l'envahir. Mais, se forçant à rester calme, il demeura silencieux et continua à la regarder, comme pour l'enjoindre à développer sa pensée.

— Je suis ici parce que j'en ai envie, Brody, poursuivit-elle. Si je n'étais pas heureuse, je te le dirais.

— Vraiment ? Tu as pourtant déjà fui ! Tu n'as pas dit à ton fiancé que tu ne voulais pas te marier. Tu ne lui as jamais parlé.

— C'était différent.

— Comment ça ? Explique-moi.

— Je… J'aurais dû avoir le courage de lui dire la vérité, je n'ai aucune excuse pour ce que j'ai fait, je le sais. Mais je suis différente aujourd'hui. Je n'ai plus peur de dire ce que je pense, de dire ce que je veux. Alors je te le promets, je te le dirai si j'ai envie de partir.

Brody baissa les yeux. Ce n'était pas la réponse qu'il attendait mais, à l'évidence, il n'obtiendrait rien de plus. Il devait s'en satisfaire pour le moment.

Mais il n'y arrivait pas ! L'incertitude le tuait à petit feu.

Tant que Payton ne ferait pas face à sa famille, à son fiancé, il aurait toujours peur que quelqu'un vienne la rechercher pour l'emmener aux Etats-Unis et il n'était pas capable de vivre avec une telle épée de Damoclès au-dessus de lui. Il aimait trop Payton pour cela.

— Est-ce que tu penses à lui de temps en temps ?

— Sam ?

Oui, Sam. Evidemment, Sam !

Elle avait dit son nom d'une voix neutre mais combien de fois l'avait-elle dit d'une voix amoureuse ? Elle avait un passé avec cet homme, une vie dont il ignorait tout et… Non ! Cela le rendait fou de l'imaginer dans les bras d'un autre homme.

— Non. Finalement, je n'ai pas besoin de savoir. Je n'ai pas envie de savoir.

En soupirant, il se passa une main dans les cheveux. Faute de certitude, faute d'un avenir tout tracé, lui, l'homme qui ne pensait jamais au futur, il était en train de perdre la tête.

Il devait à tout prix se reprendre, se changer les idées, sinon, il allait tout gâcher.

— Je vais aller courir.

— Mais il fait encore nuit !

— Il fera jour quand je reviendrai.

— Je pourrais venir avec toi.

— Non. J'ai besoin d'être seul.

Puis, sans dire un mot de plus, il retourna dans sa chambre pour mettre un short et un T-shirt. Il attrapa ensuite ses chaussures de sport.

Lorsqu'il revint dans le séjour, Payton était toujours assise sur le canapé, les jambes repliées sous elle. Elle n'avait pas bougé.

— Je serai de retour dans une heure. Pourquoi est-ce que tu n'en profites pas pour dormir un peu et, à mon retour, nous irons prendre un petit déjeuner ?

Il sortit avant qu'elle ait eu le temps de répondre à sa proposition. Une fois dans l'ascenseur, il laissa échapper un long soupir de lassitude.

Oui, il avait bel et bien perdu la tête.

Pourquoi avait-il besoin de planifier son futur dès aujourd'hui ? Et pourquoi reprocher à Payton de ne pas pouvoir faire de même ?

En la poussant à bout, il risquait juste de la faire fuir. En exigeant une réponse tout de suite, il risquait juste de tout perdre.

Il ne lui restait donc plus qu'à faire preuve de patience. Et en attendant qu'elle se décide, le plus sage était de taire ses sentiments.

Ainsi, il aurait une chance de sauver son cœur.

- 8 -

Le sourire aux lèvres, Payton déambulait dans les allées du marché de Fremantle, à la recherche d'un marchand de primeurs. Elle avait déjà acheté des crevettes, il ne lui manquait plus que quelques légumes.

Même si cela ne faisait qu'une semaine et demie qu'elle était à Fremantle, elle s'était déjà bien habituée à sa vie avec Brody. Ils passaient leurs journées à arpenter la ville, à surfer, à visiter les environs. La veille, il lui avait fait découvrir Rottnest Island. Pour y aller, ils avaient emprunté le voilier d'un de ses amis. Ensuite, ils avaient loué des vélos et s'étaient baladés sur les petites routes ensoleillées.

Elle esquissa un sourire malicieux au souvenir de la chambre d'hôtel qu'il avait réservée pour la journée et du moment de sensualité qu'ils y avaient passé.

Cette journée à Rottnest Island, comme toutes les précédentes, avait été fantastique, merveilleuse, tout simplement magique. Elle n'avait qu'un regret : le silence de Brody.

Comme rongé par l'angoisse, il se refermait par moments sur lui-même. Elle avait bien essayé de le questionner mais il avait évacué ses interrogations d'un revers de main, avouant seulement sa peur d'appeler le représentant de la Fédération américaine de football. Elle l'avait alors rassuré du mieux qu'elle pouvait, lui expliquant que, même si le rendez-vous n'était pas concluant, ce ne serait pas un échec.

De retour à la maison, il avait accepté de passer ce coup de fil et avait pris rendez-vous pour le lendemain, au stade.

Cette angoisse n'était qu'une preuve supplémentaire de ce qu'elle soupçonnait, à savoir que Brody était un homme sensible et très vulnérable en dépit de son physique impressionnant et de son apparente force mentale.

Les angoisses qui le tenaillaient étaient telles qu'elle l'avait même surpris à plusieurs reprises en train de la regarder, comme pour vérifier qu'elle était toujours là.

Avait-il à ce point peur de la perdre ? Il n'avait pourtant aucune raison. Elle n'avait pas le projet de rentrer aux Etats-Unis.

Sa seule intention, pour le moment, était d'appeler ses parents. Elle s'était d'ailleurs fixé la fin de la semaine comme dernier délai pour le faire. Le détective privé était sans doute toujours à ses trousses et cela ne servait à rien d'obliger ses parents à dépenser autant d'argent pour la chercher. En plus, depuis un mois, ses parents avaient dû se calmer et comprendre que jamais elle n'épouserait Sam et ne vivrait comme une femme au foyer docile, dans une grande maison du Connecticut.

Refoulant cette perspective, elle secoua la tête. Elle l'avait vraiment échappé belle ! Si elle ne s'était pas réveillée à temps, elle serait aujourd'hui mariée à Sam et n'aurait plus aucune perspective d'avenir.

Par contre, des perspectives d'avenir, elle en avait, ici, avec Brody ! La vie qu'ils menaient était excitante et satisfaisante. Elle la comblait au plus haut point. Chaque jour ressemblait à une nouvelle aventure et même si Brody était pétri de contradictions et travaillé par de nombreuses angoisses, sa présence était la seule chose indispensable à son bonheur. Elle adorait travailler au ranch, mais elle aimait aussi Fremantle. En fait, elle aimait tous les endroits du moment qu'elle était avec lui.

Elle s'arrêta enfin devant un stand et choisit des poivrons, des pommes de terre et quelques oranges sanguines, tout ce dont elle avait besoin pour préparer ses crevettes à la sauce aigre-douce.

Juste avant de payer, elle ajouta une barquette de fraises, un petit plaisir qu'elle serait ravie de partager avec Brody, peut-être au lit après l'amour ou dans un bain brûlant rempli de bulles.

Ses courses terminées, elle prit le chemin du retour, le cœur léger et les yeux pétillant d'impatience.

A quelques mètres de l'immeuble de Brody, elle remarqua un

énorme 4x4 noir garé le long du trottoir. Un homme se tenait appuyé contre le capot, bras croisés sur la poitrine. Bizarre.

Elle continua à avancer mais, tout à coup, l'homme enleva ses lunettes de soleil et elle se pétrifia.

Sam.

Trop tard, il l'avait vue et s'approchait d'elle ! Elle sentit son cœur s'arrêter de battre. L'air lui manquait tout à coup, des gouttes de sueur perlaient sur son front, ses mains tremblaient.

C'était un rêve.

Non, ce n'était pas un rêve. C'était pire ! C'était un cauchemar !

Elle cligna des yeux pour revenir à la réalité. En vain. Elle ne rêvait pas. Sam était bel et bien là, juste devant elle.

— Payton, fit-il en arrivant à son niveau.

— Sam… Que fais-tu ici ?

— A ton avis ?

Elle ouvrit la bouche pour répondre mais la referma aussitôt. En fait, elle ne savait pas quoi dire.

— Tu peux prendre ton temps pour répondre, Payton. J'attendrai, j'ai l'habitude.

En voyant ce regard narquois et en entendant cette voix froide, Payton sentit un frisson glacé courir le long de son dos. Elle ne s'en était pas rendu compte plus tôt, mais ce ton était une des choses qu'elle détestait le plus chez Sam. Lorsqu'il était en colère, il devenait méchant. Pendant longtemps, elle l'avait excusé au prétexte que tous les hommes réagissaient ainsi, mais elle savait désormais que ce n'était pas vrai. Tous les hommes ne se conduisaient pas comme de tels mufles avec les femmes qu'ils aimaient. Au contraire.

— J'imagine que tu me cherches, dit-elle enfin, se forçant à maîtriser sa colère. Comment m'as-tu trouvée ?

— Tes parents et moi avons engagé un détective privé pour te rechercher et te sortir de cette… cette crise… cette dépression nerveuse que tu traverses.

Pour toute réponse, elle se contenta d'un rire jaune. Une dépression nerveuse ? Et puis quoi encore !

— Le détective a pisté ce dénommé Quinn lorsqu'il a compris que tu avais quitté le ranch avec lui, poursuivit Sam.

D'après ce qu'il m'a raconté, on dirait que vous passez de bonnes vacances… Ou peut-être devrais-je parler de lune de miel ?

En entendant ces mots, Payton sentit un malaise l'envahir. Ils avaient été suivis ! Brody et elle avaient été tellement absorbés par leur relation qu'ils ne s'étaient même pas aperçus qu'un détective privé les filait.

La seule pensée de cet énergumène à la profession si peu reluisante lui donnait la nausée. Il la dégoûtait, et Sam aussi.

— Pourquoi est-ce que tu ne me dis pas ce que tu as à dire, qu'on en finisse une bonne fois pour toutes ? Je comprends que tu sois en colère et je suis désolée des problèmes que j'ai pu causer, mais tu dois comprendre que, en fuyant, je t'ai épargné de nombreux soucis.

A ces mots, il sembla se détendre un peu mais son malaise ne la quitta pas.

— Est-ce que tu m'as jamais aimé ? lui demanda-t-il, désabusé.

— Je… Je crois. Mais je crois aussi que je ne voulais me marier que pour faire plaisir à mes parents. Jamais je n'ai écouté mes vrais désirs, mes envies ou mes rêves.

— Tes rêves… Tes rêves… C'est à ce sans-le-sou australien que tu rêves ? Sois sérieuse un instant, Payton, j'ai lu le rapport du détective privé à son sujet. C'est juste un pauvre gars, un type sans éducation, sans avenir. Tu ne peux pas envisager de…

— Je ne sais pas ce que je ferai demain ni après-demain, Sam. Ce que je sais, par contre, c'est que je suis heureuse aujourd'hui. Je suis heureuse comme jamais je ne l'ai été. Je suis enfin moi-même.

— Sois raisonnable. Comment peux-tu être réellement heureuse alors que tu es à des milliers de kilomètres de chez toi, à des milliers de kilomètres des gens qui t'aiment, de ta famille, de tes amis ? Tu as fait une erreur mais rien n'est irréparable. Je suis prêt à te pardonner et à repartir de zéro avec toi.

Repartir de zéro ? Mais il avait perdu la tête ! Il n'avait toujours pas compris qu'elle était sérieuse et ne regrettait pas ses actes !

— J'ai fait une erreur, je l'admets, reprit-elle avec insistance, bien déterminée à lui faire comprendre que tout était terminé entre eux. J'aurais dû être honnête avec toi et te parler de mes craintes. J'aurais dû te parler sans attendre le jour du mariage…

— Tu as eu peur, je comprends. Beaucoup de femmes ont peur avant de se marier mais, avec le temps, tu te rendras compte de qui t'aime vraiment et tu rentreras à la maison.

— Sam, je…

Il mit un doigt sur sa bouche pour l'empêcher de parler.

— Ne dis rien, Payton. Réfléchis juste à ce que je viens de te dire. Je suis ici pendant trois jours. Nous pouvons en profiter pour discuter et résoudre nos divergences.

« Nos divergences ? » Elle avait fui son mariage pour avoir une aventure, vivait aujourd'hui avec un autre homme et Sam pensait qu'il ne s'agissait que d'une divergence d'opinions entre eux ?

A quoi bon continuer à discuter, il était trop buté pour comprendre.

— Je suis désolée mais nous n'avons plus rien à nous dire.

— Je suis à l'Intercontinental, chambre 1250. J'attends ton appel.

Puis, sans un mot de plus, il retourna à sa voiture.

Sous le choc, incapable de faire le moindre mouvement, Payton le regarda démarrer. Elle aurait voulu crier sa rage mais aucun son ne sortit de sa bouche. Cette rencontre avait annihilé toutes ses forces.

Comment Sam pouvait-il avoir le culot de penser qu'elle allait changer d'avis ? Elle n'était pas une fille qui agissait sur des coups de tête !

Sam pouvait toujours courir, elle n'allait pas changer d'avis. D'ailleurs, dès ce soir, elle allait appeler ses parents et leur expliquer que tout était fini avec lui. Elle ne pouvait plus attendre.

Mais d'abord, elle devait raconter cette entrevue à Brody car, connaissant son ex-fiancé et à quel point il détestait le moindre échec, elle pouvait s'attendre à une nouvelle visite de sa part et elle ne voulait pas risquer que Brody soit pris au dépourvu.

Prenant son courage à deux mains, elle ouvrit la porte et entra.

Brody était sur le canapé, en train de se masser le genou. Il semblait soucieux.

Très soucieux.

Trop soucieux pour qu'elle lui parle de sa rencontre avec Sam. Mieux valait sans doute attendre son rendez-vous avec le sélectionneur américain demain. Il serait plus détendu ensuite.

— Tout va bien ?

— Ça va, répondit Brody en se forçant à l'évidence à sourire. Tu as acheté le dîner ?

— Oui, il est temps que je te fasse découvrir mes talents de cuisinière.

— Parce que tu as des talents de cuisinière ? la taquina-t-il en la rejoignant. Je savais déjà que tu avais des talents dans la chambre, dans la salle de bains, dans le salon… Mais dans la cuisine ? Je l'ignorais encore.

— Je suis une très bonne cuisinière !

Il fouilla dans le sac et en sortit la barquette de fraises.

— Je les ai achetées pour le dessert.

— On pourrait peut-être commencer par le dessert.

Sans attendre sa réponse, il en attrapa une puis la fit glisser sur ses lèvres avec sensualité. Ensorcelée, elle sortit alors la langue et, avec gourmandise, en lécha le jus.

Elle saisit ensuite le fruit entre ses dents puis approcha sa bouche de celle de Brody. Il croqua l'autre moitié et elle l'embarqua pour un baiser langoureux, parfumé, envoûtant. Un baiser d'une force inouïe.

En même temps, les mains de Brody prirent possession de son corps, dessinèrent de légères volutes le long de son dos et elle sentit son rythme cardiaque s'affoler. Une vague de chaleur l'envahit entre les cuisses et son corps se liquéfia sur place.

Tout à coup, il l'empoigna par les hanches et la porta jusqu'au plan de travail en marbre, et elle laissa échapper un petit rire coquin.

Comme un frisson brûlant la traversait, elle ouvrit ses

jambes et rejeta la tête en arrière, se cambrant pour lui offrir ses seins.

Mais ce n'était pas cela qui l'intéressait.

Au lieu de cela, il l'allongea sur la surface froide puis fit glisser son string le long de ses jambes. Elle s'immobilisa. Sa respiration était de plus en plus sourde et son corps en feu.

Elle savait ce qu'il allait faire mais son cœur battait néanmoins d'excitation car chaque caresse de Brody provoquait en elle de nouvelles sensations, toujours plus magiques les unes que les autres. Il semblait chaque jour découvrir de nouvelles façons de lui faire toucher les étoiles, de l'aimer, de la combler, et quoi qu'il fasse, elle succombait. Toujours.

D'un doigt expert, il dessina ses lèvres puis se glissa entre ses replis. Il atteignit sa perle secrète et, aussitôt, son corps fut traversé par une décharge électrique d'une puissance inédite. Des explosions de désir irradiaient ses cuisses et son sexe, des feux d'artifice crépitaient dans son cœur, des flammes brûlaient dans son regard. Elle n'était plus qu'une boule d'émotions.

Il poursuivit ses caresses du bout de la langue, s'abreuva de son nectar et, haletante, elle s'épanouit contre sa bouche, vibrante de désir. Puis elle lâcha un long cri de jouissance. Elle ne pouvait pas se retenir : elle était au paradis.

Elle savait qu'elle aurait dû lui parler de Sam mais elle ne pouvait pas le faire. Elle ne pouvait plus. Chaque nouvelle caresse de Brody l'éloignait un peu plus de son ancienne existence et lui faisait miroiter les rivages merveilleux d'une vie, ici, en Australie, avec lui. Et rien ne devait venir gâcher la magie de cet instant.

Brody réprima une grimace de douleur et s'élança. Même s'il était en forme, il n'avait pas beaucoup couru depuis son accident et il avait perdu l'habitude de sprinter. Il parvint néanmoins au bout du stade en quelques secondes. Là, il prit une profonde inspiration avant de faire demi-tour et de revenir à son point de départ au pas de course.

L'Américain nota quelques mots sur un cahier puis l'invita à venir le rejoindre.

— D'après ce que j'ai compris, commença le sélectionneur, votre blessure vous empêche de faire des déplacements latéraux.

— Cela ne m'empêche pas. Simplement, je ne suis plus aussi rapide que je l'ai été. Mais cela ne diminue en rien mes qualités de botteur. Vous les avez vues… J'ai marqué dix points depuis la ligne des cinquante mètres et j'aurais pu en marquer dix de plus, les yeux fermés !

— Le problème est que même les botteurs courent sur le terrain et affrontent les joueurs adverses. Votre genou ne résistera pas bien longtemps.

— Je sais que je peux le faire, insista Brody sur un ton proche de la prière. Donnez-moi juste une chance, s'il vous plaît. Je suis même prêt à aller jouer gratuitement aux Etats-Unis. Je veux vraiment reprendre la compétition.

L'homme le fixa du regard, semblant réfléchir, et Brody serra les poings pour tenter de maîtriser son impatience.

— Vous êtes un sacré botteur, reprit enfin l'homme, je ne le nie pas. Mais je suis inquiet pour votre genou, il n'a pas retrouvé toutes ses capacités. Peut-être cela changera-t-il si vous reprenez l'entraînement et si vous soulevez de la fonte tous les jours ?

Il lui tendit sa carte de visite avant de poursuivre.

— Les clubs reprennent l'entraînement en juillet et la saison commence en septembre. Appelez-moi dans un mois et nous verrons à ce moment-là où vous en êtes physiquement et si une équipe a besoin d'un botteur.

Ignorant s'il devait se réjouir ou pas, Brody serra la main de l'homme.

— Merci de m'avoir consacré un peu de votre temps.

— Bonne chance. J'attends de vos nouvelles.

Il marcha ensuite jusqu'à la sortie, d'un pas lent. Il avait fait tout son possible, il était même allé au-delà de ce qu'il espérait, mais il ne pouvait plus se voiler la face. Son genou n'était pas en état. Le sélectionneur lui avait fait miroiter un espoir, mais il devait se rendre à l'évidence. Ses chances d'être engagé un jour dans une équipe professionnelle de football américain étaient dérisoires.

Malheureusement.

Essayant de reléguer sa déception dans un coin de sa tête, il prit une profonde inspiration.

Il ne devait pas se laisser abattre.

Même s'il n'avait pas été engagé, ce n'était pas la fin du monde. Puisqu'il avait toujours accès au centre d'entraînement de l'équipe, il pouvait suivre son conseil, s'entraîner et ensuite…

Ensuite, il verrait où il en serait.

Il arriva enfin sur le parking et aperçut Payton. Aussitôt, il sentit son moral grimper en flèche. Même si le monde s'écroulait, il suffisait qu'elle lui sourie pour qu'il ait l'impression d'être le roi du monde.

— Alors ? lui demanda-t-elle en lui prenant la main.

— J'ai bien lancé mais le sélectionneur n'a pas aimé l'état de mon genou.

— Tu t'y attendais, non ?

— Il m'a conseillé de m'entraîner dur pendant un mois puis de le rappeler.

— Vas-tu le faire ?

Brody haussa les épaules.

— Je ne sais pas… Si une équipe a besoin d'un botteur, il pensera peut-être à moi.

Il monta ensuite dans la voiture et se concentra sur la circulation, se forçant à ne pas penser au futur. Il avait envie de partager ses doutes et ses craintes avec Payton mais il se retint. Il craignait de l'embêter avec ses problèmes, de dévoiler ses failles et de la faire fuir.

Mieux valait ne rien dire tant qu'il n'avait pas de solution de repli ni de plan précis.

Oui, voilà ce qu'il allait faire.

En attendant, déterminé à profiter de cette nouvelle journée avec elle sans penser au futur, il respira profondément puis lui prit la main.

— Pourquoi est-ce que nous n'irions pas surfer cet après-midi ?

Elle ne répondit pas.

Surpris, il se tourna vers elle. Blême, elle fixait un 4x4 garé devant son immeuble.

— Que se passe-t-il ? lui demanda-t-il, soudain inquiet.

— Ne t'arrête pas, continue.

— Pourquoi ? Il faut que nous passions chercher les planches et les combinaisons si tu veux surfer. Il faut…

— Avance !

Sans répondre, il obéit.

Quelques rues plus tard, il se gara et se tourna vers elle, perplexe.

— Est-ce que tu peux m'expliquer ce qui se passe ?

Elle détourna le regard. Elle semblait mal à l'aise. Il ne l'avait jamais vue ainsi. Il devait y avoir quelque chose de grave.

— Hier, répondit-elle enfin d'une petite voix, en rentrant du marché, j'ai rencontré Sam. Mon ex. Il était garé devant ton immeuble, il m'attendait.

Brody ferma les yeux. Il avait l'impression d'avoir été poignardé dans le cœur. La douleur qu'il ressentait était infinie.

— Tu… Tu as vu Sam ?

— Je voulais t'en parler hier mais tu étais tellement angoissé par ton essai de ce matin que je n'ai pas osé. Je n'ai pas voulu t'inquiéter. Ensuite, tu m'as changé les idées… Et j'ai oublié.

— Tu as oublié ?

Il n'en revenait pas. Elle avait oublié de lui dire qu'elle avait rencontré Sam ? C'était pourtant une information capitale !

— Je n'ai pas vraiment oublié, corrigea-t-elle. Mais ce n'était pas le bon moment.

— Et maintenant, c'est le bon moment ?

— Peu importe puisque je t'en parle maintenant, rétorqua-t-elle en criant presque, avant de reprendre d'un ton plus calme : Sam m'a demandé de rentrer avec lui et j'ai refusé.

— Dans ce cas-là, que fait-il encore ici ?

— Je crois qu'au fond de lui, il espère toujours me faire changer d'avis.

Les nerfs à vif, Brody resserra ses mains sur le volant. Il avait envie de crier, de hurler, de taper. Il ne comprenait pas pourquoi Sam continuait à espérer. Sauf si…

— Vas-tu changer d'avis, Payton ?

— Non, bien sûr que non ! Je ne veux pas l'épouser, je le lui ai dit, mais il n'aime pas perdre et n'aime pas non plus avoir l'air ridicule. Lui et mes parents pensent que je souffre de dépression nerveuse et qu'avec un peu d'aide, je reviendrai à la raison.

Ce n'était pas Payton qui avait besoin d'aide, c'était Sam, cet abruti qui ne comprenait pas qu'elle ne voulait pas rentrer avec lui. Mais il allait le lui faire comprendre, lui !

— Je vais aller lui parler et lui dire de te laisser tranquille.

— Non, c'est mon problème. Je…

— C'est aussi mon problème maintenant. Il gâche *ma* vie !

— Je vais appeler mes parents et leur dire que j'ai décidé de rester en Australie pour le moment. En attendant, allons déjeuner et oublions tout cela. Sam sera sans doute parti à notre retour.

Elle lui attrapa ensuite la main et noua ses doigts aux siens, comme pour le rassurer. Il se détendit un peu.

— Comme tu l'as déjà remarqué, reprit-elle en promenant tendrement un doigt sur sa joue, je ne suis pas très douée pour les confrontations. J'ai peur de blesser l'autre. J'ai aussi du mal à faire part de mes désirs.

— Je ne suis pas d'accord. Tu arrives très bien à me faire part de tes désirs !

— C'est différent lorsque je parle à Sam ou à mes parents. Ils me donnent l'impression d'être… faible !

Il la dévisagea et remarqua qu'elle semblait désabusée, presque triste. Aussitôt, il redevint sérieux.

— Tu es une des personnes les plus fortes, les plus déterminées que j'aie jamais rencontrées ! Ne laisse pas ta famille te rabaisser. Pense au contraire à tout ce que tu as accompli ces dernières semaines…

Brody s'interrompit soudain, hésitant. Il essayait de la rassurer… Mais pour quoi ?

Il naviguait à vue et il en avait assez de se demander si elle l'aimait et combien de temps elle voulait rester. Il ne pouvait plus patienter, il avait besoin de réponses à ses questions. Et pour les obtenir, Payton devait tirer un trait sur son passé, une bonne fois pour toutes.

— Je crois que tu devrais aller le voir.

— Vraiment ?

— Oui, pourquoi pas ? Il est une personne importante de ta vie puisque tu as failli l'épouser. Peut-être est-ce qu'il a juste besoin de…

— De temps ?

— Oui, de temps.

— D'accord. Si c'est ce que tu veux, j'irai le voir demain.

Ce n'était pas exactement ce qu'il voulait mais c'était la meilleure façon d'obtenir ce qu'il désirait.

Avant d'envisager une relation de longue durée avec Payton, il était prêt à prendre le plus grand des risques. Il allait donner à Sam Whitman une dernière chance de plaider sa cause et s'il ne partait pas après cela, il l'emmènerait lui-même à l'aéroport.

Il ne perdrait pas Payton, pas sans se battre !

— Qu'en penses-tu ?

Brody étudia les serviettes et passa une main dans ses cheveux. Il semblait las mais cela n'avait sans doute rien à voir avec le choix des serviettes.

Payton avait appelé Sam et pris rendez-vous avec lui pour le lendemain matin. Après l'avoir annoncé à Brody, ils n'avaient plus abordé le sujet mais elle devinait qu'il était rongé par l'inquiétude. Il avait fait la tête tout l'après-midi, se retenant visiblement de ne pas lui demander ce qu'elle allait dire à Sam.

— Ce sont juste des serviettes, répondit-il en soupirant. Je n'ai pas d'opinion sur les serviettes.

— Je te parle de la couleur. Ta salle de bains est beaucoup trop neutre.

— Neutre ?

Payton baissa la tête pour tenter de maîtriser son impatience. Finalement, acheter de nouvelles serviettes n'était peut-être pas une bonne idée.

Mais elle avait eu envie de laisser une marque dans l'appartement… Elle avait eu envie d'y ajouter un élément qu'ils auraient choisi ensemble.

— Je te demande juste si tu préfères le bleu glacier ou le

terre de Sienne. Il s'agit de deux couleurs masculines mais l'une est froide tandis que l'autre est plus chaude. Personnellement, je préfère le Sienne.

— Dans ce cas-là, moi aussi. Mais j'ai déjà des serviettes…

— Oui, tu as déjà des serviettes, rétorqua-t-elle, énervée. Mais elles sont usées. Celles-ci sont douces et belles !

Il haussa les épaules et, à bout, elle remit nerveusement les serviettes dans le sac.

— Je les rapporterai à la boutique.

— Non, non. Je les aime, les deux. On pourrait prendre une couleur pour l'été et l'autre pour l'hiver.

— Je ne veux pas te bousculer, j'essaye juste de rendre ton appartement un peu plus chaleureux.

— Tu trouves qu'il n'est pas chaleureux ?

Elle leva les yeux au ciel.

— C'est joli, mais tellement triste. On se croirait dans un service de chirurgie ! Or si nous vivons ensemble, je veux me sentir chez moi.

Elle vit un léger sourire apparaître sur les lèvres sensuelles et elle se détendit à son tour.

— Chez toi… Chez nous, murmura-t-il en lui prenant la main.

— J'aime être ici.

— Est-ce qu'il y a d'autres changements que tu voudrais faire ?

— La cuisine aurait besoin de jolis torchons, d'un saladier pour mettre les fruits et peut-être de beaux verres. Et surtout, il faut te débarrasser de ces horribles magnets sur le réfrigérateur !

Brody éclata de rire puis l'enlaça et la serra fort entre ses bras.

— Fais ce que tu veux, reprit-il entre deux baisers. Du moment que tu restes, tu peux même peindre le salon en rose ! Et si tu as besoin d'argent, tu n'as qu'à m'en demander.

L'argent… Elle avait aussi pensé à ce problème.

— J'ai l'intention de chercher un emploi mais, pour cela, il va me falloir un visa.

— Tu as le temps. J'ai assez d'argent pour le moment.

— Non, je veux vraiment participer aux dépenses.

— Dans ce cas-là, allons dès demain nous occuper des formalités à remplir pour obtenir un visa de travail.

— J'ai rendez-vous avec Sam, demain matin.

A ces mots, elle le vit se rembrunir. Il n'avait pas l'air ravi qu'elle aille voir Sam. Il n'avait pourtant aucune raison de s'inquiéter.

— Viens, reprit-elle pour tenter de le détendre, allons prendre une douche et essayer ces serviettes qui m'ont l'air très moelleuses.

— Tu penses que si tu me fais l'amour, je vais arrêter de m'inquiéter à cause de Sam ?

— Tu n'as aucune raison de t'inquiéter, Brody. Je ne parlerais pas de décorer ton appartement si je n'avais pas l'intention de m'y installer.

— Il part demain ?

— C'est ce qu'il m'a dit.

— Parfait. Alors ensuite, nous pourrons arrêter de parler de lui.

Enfin !

Enfin, ils seraient libres, libres de se découvrir, libres de s'aimer.

Soudain impatient, le cœur battant à toute allure, il la poussa sur le canapé et s'allongea sur elle avant de déposer une nuée de baisers coquins dans son cou.

— Je viens de penser à quelque chose, as-tu une jolie robe ?

— Hélas, non.

— Alors, allons en acheter une. Demain soir, je t'invite à dîner dans un restaurant chic. C'est mon anniversaire.

— C'est ton anniversaire ? Pourquoi ne me l'avais-tu pas dit ? Il faut que je fasse un gâteau, que je te trouve un cadeau…

— Je ne veux pas de cadeau, je veux juste passer du temps avec ma petite amie.

Sa petite amie… Elle aimait la sonorité de cette expression. C'était sérieux, sans être trop sérieux mais cela sous-entendait qu'ils étaient ensemble.

— Je ne sais pas où aller pour acheter une robe.

— Il y a une boutique David Jones, à Perth. C'est le même grand magasin que celui où tu es allée à Brisbane.

— Alors j'irai cet après-midi. Tu veux venir avec moi et m'aider à choisir ?

— Non, je préfère avoir la surprise, répondit-il en caressant ses cheveux. Et toi, quand est ton anniversaire ?

— Le 10 août. Je suis née à minuit et une minute.

Ils parlaient au présent, du présent, mais toujours de façon superficielle, songea-t-elle soudain en racontant cette anecdote. Elle ignorait encore tous ces petits détails qui faisaient la personnalité de Brody ; or, elle avait besoin de les connaître si elle voulait que leur relation devienne sérieuse. Et elle ne voulait plus attendre avant de les découvrir.

— Quelle est ta couleur préférée ?

— Avant, c'était le bleu. Maintenant, c'est le rose. Le rose de tes lèvres.

Emue, elle laissa échapper un gémissement de plaisir. Son intention de mieux le connaître s'était soudain transformée en désir. Son sang bouillonnait dans ses veines. Tous ses sens étaient en émoi.

— Raconte-moi un de tes fantasmes.

— Comment es-tu passé de ma couleur préférée à mes fantasmes ?

— Je suis juste curieuse.

— Alors laisse-moi t'en raconter un. Je suis endormi et je rêve qu'il y a une femme dans mon lit. Elle est en train de m'embrasser partout, avec ses lèvres mais aussi sa langue… Et tout à coup, j'ouvre les yeux et je me rends compte que je ne rêvais pas.

— Est-ce déjà arrivé ?

— Non.

— Ton anniversaire approche… Cela pourra peut-être s'arranger.

— Seulement si c'est toi la femme dans mon lit. De toute façon, tu ne peux pas refuser. Tu es ma petite amie et ton devoir est de me gâter pour mon anniversaire !

Payton éclata de rire.

— Ce n'est pas encore ton anniversaire !

Mais peu importait. Maintenant qu'elle avait décidé de rester, elle était bien résolue à faire devenir réalité tous les rêves de Brody.

- 9 -

La sonnette de la porte résonna et Brody sursauta. Il jeta un coup d'œil à sa montre. Payton était partie à peine une heure plus tôt pour s'acheter une robe, il n'imaginait pas qu'elle serait de retour aussi vite.

A moins qu'elle n'ait pas supporté d'être séparée de lui, songea-t-il, rêveur, en s'approchant de l'Interphone.

— Je te manquais trop ? demanda-t-il d'une voix coquine.

— Bonjour…, répondit une voix masculine. Je cherche Brody Quinn.

Brody se figea.

— Qui êtes-vous ?

— Sam. Sam Whitman.

Il raccrocha nerveusement l'Interphone puis se laissa tomber le long du mur en marmonnant un juron.

Sam Whitman… Que venait-il faire ici ? Payton lui avait pourtant affirmé qu'elle l'avait appelé pour lui dire qu'elle irait le voir demain matin. Ce qui voulait dire que soit ce type était trop impatient pour attendre, soit il venait le voir lui.

Pour en avoir le cœur net, il n'avait pas trente-six solutions.

Il prit une profonde inspiration, se releva lentement puis reprit l'Interphone.

— Payton n'est pas là.

— C'est à vous que je suis venu parler. D'homme à homme.

Brody leva les yeux au ciel.

L'abruti voulait lui parler, alors il lui parlerait, songea-t-il, rageur, en se dirigeant vers l'ascenseur. Mais il ne lui dirait qu'une seule chose : de partir le plus loin d'ici et d'oublier Payton !

Il ferma les yeux et se força à respirer calmement. Même s'il en mourait d'envie, il devait à tout prix se contrôler et ne pas en venir aux mains.

Sauf si la situation l'exigeait, bien sûr. Sauf s'il devait défendre l'honneur de Payton.

Il arriva enfin dans le hall d'accueil, aperçut Sam et ralentit. Il avait vu une photo de lui sur internet mais il ne pensait pas qu'il était si petit, ni si frêle.

Tant mieux.

Si jamais ils devaient en venir aux mains, le combat ne durerait donc pas trop longtemps. Le combat serait même d'autant plus rapide que Sam semblait impressionné par sa carrure d'ancien footballeur.

Bien déterminé à intimider autant que possible son adversaire, il s'approcha encore de lui.

— Que voulez-vous ?

— Vous parler de Payton.

— Elle souhaite rester ici, avec moi. Elle avait le projet de passer à votre hôtel demain matin pour vous l'annoncer de vive voix.

Sam ouvrit la bouche puis la referma, hésitant, comme s'il pesait chacun de ses mots.

— Vous ne trouvez pas étrange qu'elle soit prête à abandonner famille et amis ? osa-t-il enfin. Sans la moindre hésitation ?

— Non, mentit Brody. Vu la façon dont vous la traitiez, cela ne m'étonne pas. Payton a maintenant l'âge de prendre ses décisions toute seule.

— Je veux bien reconnaître que je ne lui ai peut-être pas donné toute l'attention qu'elle méritait, que je l'ai fait passer après mon travail… Mais je peux lui offrir une vie à l'abri de tout souci financier, ce qui, d'après mes informations, n'est pas votre cas.

A ces mots, Brody sentit la colère le gagner. Il serra les poings pour tenter de se maîtriser. L'argent… Sam utilisait le seul argument en sa défaveur.

D'accord, il n'avait pas de travail, mais il n'allait sûrement pas renoncer à Payton pour des questions financières.

— Vous ne savez rien de ma vie professionnelle ni de mes

projets. Or ils sont nombreux. Nous pourrions par exemple aller nous installer sur le ranch de ma famille. Payton aime beaucoup cet endroit.

— Pour combien de temps ? Combien de temps avant qu'elle ne se lasse de la nouveauté ?

Brody ne répondit pas. Sam utilisait ces mêmes arguments que lui répétait en boucle sa raison lors de ses nombreuses insomnies, or il n'avait pas de réponses à ces questions.

Malheureusement.

La seule défense qui lui restait alors était l'attaque, s'il voulait sortir en vainqueur de ce combat.

— Vous pensez pouvoir la racheter à coups de millions ?

— Non, mais je crois que si vous l'aimiez vraiment, vous seriez prêt à prendre en compte ce qui est le mieux pour elle. Vous pouvez toujours vous conduire en égoïste, penser uniquement à vous, la garder à vos côtés, mais vous en payerez le prix plus tard car, en l'isolant de sa famille et de ses amis, vous lui permettez d'échapper aux conséquences de ses actes et…

Sam s'interrompit pour sortir une enveloppe de sa poche.

— Voici un billet d'avion et de l'argent pour lui permettre de rentrer à la maison.

— Qu'est-ce qui vous fait penser que je vais les lui donner ?

— Vous les lui donnerez pour la seule et unique raison que, comme moi, vous voulez savoir ce qu'elle désire. Si vous l'aimez, renvoyez-la aux Etats-Unis pour lui permettre de tirer un trait sur son passé et de résoudre ses problèmes. Si elle vous revient, vous saurez que c'est pour vous. Rien que pour vous.

Brody riva ses yeux aux siens et le fixa, impassible. Interdit. Cet homme était arrogant, méprisant, détestable, mais… mais il avait aussi raison. S'il voulait que sa relation avec Payton fonctionne, il était indispensable qu'elle tire d'abord un trait sur son passé.

En plus, mieux valait la perdre maintenant que plus tard. Cela serait moins difficile.

Dans ce cas-là, il n'y avait plus qu'une solution.

Il prit une profonde respiration puis serra la main de Sam.

— D'accord… Mais soyez-en certain, c'est moi qu'elle aime.

— Dans ce cas-là, répliqua Sam, vous n'avez aucune inquiétude à vous faire. Dites-lui juste que je la verrai à New York.

Puis, sans un mot de plus, l'homme fit demi-tour et sortit de l'immeuble.

Une fois seul, Brody examina le billet d'avion.

Il pouvait le jeter et faire comme s'il n'avait jamais rencontré Sam. Il pouvait accepter le risque que cette relation lui explose un beau jour à la figure. Mais…

Non.

Sam avait raison, il n'avait pas le choix. Avant de s'investir corps et âme dans cette relation, il devait savoir ce qu'elle ressentait vraiment.

Traînant les pieds, il remonta dans l'ascenseur.

Il n'avait passé qu'un essai devant un représentant de la Fédération américaine de football, cela ne représentait pas une promesse d'embauche, cela ne lui permettait pas de se mesurer aux millions de Sam Whitman.

Il lui fallait donc à tout prix trouver d'autres pistes de travail.

Résolu à ne pas se laisser abattre, il rentra dans son appartement puis, sans attendre, composa le numéro de l'équipe des Dockers. Une secrétaire décrocha quelques secondes plus tard et il demanda à parler à John Cook, l'entraîneur adjoint.

— John, Brody Quinn à l'appareil, lança-t-il lorsque l'homme décrocha. Je me demandais si tu avais toujours le numéro de téléphone de ce type de la chaîne de télévision. Celui qui avait proposé de me prendre à l'antenne comme consultant.

A sa grande surprise, Cook lui donna le numéro et l'encouragea même à appeler.

Ils discutèrent ensuite quelques minutes.

Une demi-heure plus tard, Brody était à la tête d'une liste de sept contacts pour différents emplois, allant d'un poste de vendeur d'équipement sportif jusqu'à celui de professeur de sport à l'école.

Il enfouit son visage entre ses deux mains. Il avait maintenant cette liste mais… Cela ne suffisait pas. Il ne pouvait pas passer ces coups de fil comme cela, sur un coup de tête. Il devait se préparer. Il devait suivre l'exemple de Callum et établir une liste de ses qualités et de ses défauts, une liste des avantages et des inconvénients de chacun des emplois.

Armé d'un bloc de papier, il s'installa devant la table et commença à noter les compétences qu'il possédait. Il avait toujours été le stratège de son équipe, capable de discerner les forces et les faiblesses de n'importe quel joueur. Il disposait également d'une bonne mémoire, se souvenait de toutes les statistiques de jeu. Sans compter qu'il parlait bien et était plutôt beau garçon.

— Que puis-je dire d'autre ? se demanda-t-il à haute voix en relisant sa liste. Rien ?

Parfait. Il pouvait maintenant passer à ses réflexions concernant l'emploi de botteur dans une équipe de football américain.

Il était absorbé par son travail lorsqu'il entendit soudain la porte s'ouvrir.

Payton était de retour.

Sans attendre, il plongea dans le regard chocolat et retint son souffle. Elle était si belle… Et elle revenait vers lui… Qu'avait-il fait pour mériter un tel bonheur ? Rien, hélas. Cette relation était même trop belle pour être vraie, quelque chose allait forcément venir briser ce rêve.

— Tu es de retour tôt ? lança-t-il avant de jeter un coup d'œil triste vers le billet d'avion qui traînait sur la table.

— Sur le chemin du retour, je suis passée au bureau de l'immigration, expliqua-t-elle en sortant une liasse de papiers de son sac. Je dois remplir tous ces formulaires et prendre ensuite rendez-vous pour un entretien.

Elle s'installa ensuite sur ses genoux, l'enlaça et elle le serra fort, comme si elle était inquiète.

— Que se passera-t-il si je n'ai pas le droit de rester ? osa-t-elle d'une petite voix. Que se passera-t-il si je suis obligée de partir ?

Brody ferma les yeux. Il devait lui parler, maintenant, il n'avait pas le choix.

Il rassembla alors ses forces puis se lança.

— Je crois que tu devrais rentrer, fit-il en lui tendant le billet d'avion.

— Qu'est-ce que c'est ? demanda-t-elle, surprise.

— Un billet d'avion pour New York. Sam est passé, il n'a pas eu la patience d'attendre demain. Il voulait me parler.

Tout en prononçant ces mots, il vit le regard chocolat s'assombrir et les remords l'envahirent.

— Je lui ai pourtant laissé un message, répliqua-t-elle, énervée. Il veut toujours tout contrôler ! Je déteste cela. Je ne veux pas rentrer et je ne veux plus lui parler. Je vais lui renvoyer le billet.

— Je crois que tu devrais rentrer chez toi, Payton, répéta-t-il avec insistance. Je ne peux pas vivre avec une épée de Damoclès au-dessus de moi. Je ne veux pas avoir peur que ce soit Sam chaque fois que quelqu'un sonne à la porte. Tu dois régler les affaires que tu as laissées en suspens et ensuite, si tu le désires toujours, tu pourras revenir. Mais tant que tu ne rentres pas aux Etats-Unis, ton passé sera toujours entre nous, à assombrir notre avenir.

Payton laissa échapper un sanglot et Brody s'efforça de ne pas se laisser attendrir. La voir pleurer lui fendait le cœur mais il n'avait pas le choix. Il devait rester ferme.

— Tu veux que je parte ? demanda-t-elle d'une voix tremblotante.

— Bien sûr que non ! Mais si tu dois rester, je veux que ça soit pour toujours et si tu ne tires pas un trait sur ton passé, si tu ne règles pas les problèmes avec tes parents, tu le regretteras. Alors va les voir, maintenant, et reviens-moi.

Elle ferma les yeux et demeura silencieuse, comme si elle examinait sa proposition.

— Tu as raison, annonça-t-elle enfin. Si je ne fais rien, mon passé sera toujours entre nous. En plus, je sais ce que je veux, je ne devrais pas avoir peur de l'avouer à mes parents.

Elle se tut ensuite et lui prit le visage entre les mains. Elle riva ses yeux aux siens et il plongea dans ce regard intense, brûlant.

— Je partirai après-demain, après ton anniversaire, dit-elle ensuite, mais je reviendrai, je te le promets.

A ces mots, Brody sentit son cœur faire des bonds dans sa poitrine et l'émotion l'envahir. Sans attendre, il l'embrassa avec langueur, gourmandise et sensualité, comme s'il s'agissait de la dernière fois.

Comme allait-il pouvoir survivre sans Payton, sans ses baisers ? Jamais il ne tiendrait plus de quelques jours.

Il devait pourtant être fort, lui souffla une petite voix dans sa tête. Il devait lui faire confiance, c'était important.

Sans cesser de l'embrasser, il la prit dans ses bras et la porta jusqu'à la chambre.

Il l'allongea sur le lit et interrompit le baiser quelques instants. Il scruta le merveilleux visage, comme pour en mémoriser les moindres détails, comme pour le graver dans sa mémoire.

Il n'avait même pas de photo d'elle, mais peut-être était-ce mieux. Si jamais elle ne revenait pas, il pourrait toujours croire qu'il avait rêvé.

Et si elle revenait, la réalité serait encore plus belle que le plus beau des rêves.

Lentement, il la déshabilla, prenant le temps de caresser le moindre centimètre carré de la peau laiteuse et palpitante, s'attardant sur les courbes envoûtantes des hanches, sur la rondeur parfaite des seins, la délicatesse du cou fin… Et il s'abandonna. Aucune femme n'était plus belle qu'elle, plus douce qu'elle.

Quelques minutes plus tard, il la posséda enfin et il se laissa retomber, ébloui, heureux. Hélas, les doutes l'assaillirent aussitôt.

Pourquoi l'avait-il convaincue de partir ? Cela aurait été tellement plus simple de brûler le billet et de la garder avec lui.

Il ne voulait pas la quitter car il l'aimait. Il en était certain maintenant et il voulait le crier sur les toits.

« Se séparer de l'être aimé est la plus belle preuve d'amour », lui souffla tout à coup une petite voix dans sa tête.

Dans ce cas-là…

Il ferma les yeux. Il n'avait plus à hésiter, il devait la laisser partir.

L'aéroport JFK était noir de monde, comme d'habitude, songea Payton en attendant son sac au carrousel des bagages.

Même si elle avait voyagé en classe affaires, son voyage depuis Perth avait été un véritable parcours du combattant puisqu'elle était montée à bord d'un avion vingt-cinq heures plus tôt et avait changé d'appareil à Melbourne puis à Los Angeles. Maintenant, elle était tellement épuisée qu'elle n'avait même plus le courage de marcher. Et encore moins d'affronter ses parents, même si leurs retrouvailles allaient être de courte durée.

Avant de quitter Perth, elle avait en effet réservé son vol retour et une nuit à l'hôtel de l'aéroport. Le tout avec la carte de crédit de son père. Ce serait la dernière chose qu'il lui paierait. Ensuite, elle serait libre.

Son vol retour repartant dans vingt-quatre heures, elle serait séparée de Brody pendant trois jours et demi. Ce n'était pas beaucoup mais c'était suffisant pour lui faire comprendre qu'elle ne pouvait plus vivre sans lui. Elle en était incapable.

Leur dernière journée ensemble avait été merveilleuse. Après le restaurant, ils avaient fait l'amour toute la nuit, avec une sensualité mêlée de nostalgie car ils savaient qu'ils allaient être séparés.

Le lendemain, Brody lui avait appelé un taxi car il ne se sentait pas capable de l'accompagner jusqu'à l'aéroport. Elle l'avait rassuré tant bien que mal, lui rappelant qu'elle ne rentrait que pour tirer un trait sur son passé avant de revenir.

Pourquoi était-elle partie ? se demanda-t-elle soudain.

Elle ne le savait même pas. Elle n'avait pas besoin de revoir Sam, elle lui avait déjà tout dit. Quant à ses parents, elle aurait pu les inviter à Fremantle pour qu'ils fassent la connaissance de l'homme qu'elle aimait.

L'homme qu'elle aimait.

Oui, elle était amoureuse de Brody. Après vingt-cinq heures de voyage, elle en était désormais certaine. Elle aimait Brody Quinn, de tout son cœur, de toute son âme. Et au fond d'elle, elle savait qu'il l'aimait.

Elle vit enfin son sac, l'attrapa puis se dirigea vers la sortie, l'esprit toujours plein de Brody. Comme il serait merveilleux de le retrouver… Lorsqu'elle le reverrait, elle serait libre. Ils seraient libres.

Elle esquissa un sourire en pensant à la dernière fois où elle l'avait vu. Il était à la porte de l'immeuble et il la regardait monter dans le taxi. Il semblait tellement triste, comme s'il pensait ne plus jamais la revoir. Mais elle allait lui prouver le contraire. Elle allait lui prouver qu'elle était une adulte capable de s'opposer à ses parents.

Ces derniers lui avaient promis de l'attendre à la sortie. Elle rassembla donc son courage, fendit la foule et se dirigea dans cette direction. Mais elle ne vit ni son père ni sa mère. En revanche, elle aperçut Sam.

Il lui fit un signe et elle s'approcha de lui.

— Je m'attendais à voir mes parents.

— Ils sont là, ils t'attendent au Club Affaires. Mais je voulais te parler avant.

— Je n'ai plus rien à te dire, Sam.

— Mais moi, si.

Puis, sans attendre sa réponse, il la prit par le coude et l'entraîna vers un banc libre.

— Assieds-toi, lui ordonna-t-il.

Elle le fusilla du regard. Elle n'était pas un chien, il n'avait pas à lui donner d'ordre. Elle s'assiérait seulement si elle le décidait !

— Assieds-toi, s'il te plaît, corrigea-t-il, devinant son exaspération. Je voudrais te parler de quelque chose avant que tu ailles rejoindre tes parents.

Elle dévisagea son ancien fiancé. Il avait l'air mal à l'aise. Jamais elle ne l'avait vu aussi inquiet. C'était étrange… Presque effrayant.

— Que se passe-t-il ? Mes parents vont bien ? Est-ce qu'il est arrivé quelque chose ? Quelqu'un est mort ?

— Non, répondit Sam avant de s'asseoir à son tour. C'est moi.

— Tu vas mourir ?

Il esquissa un sourire désabusé.

— En quelque sorte, fit-il dans un soupir.

Puis il prit une profonde inspiration avant de poursuivre.

— Depuis trois ans, avoua-t-il, j'ai une aventure avec ma

secrétaire. Ton père l'a découvert et il pense que c'est pour cette raison que tu as rompu les fiançailles.

Incrédule, Payton le fixa du regard. Les mots qu'il venait de prononcer résonnaient encore dans sa tête mais elle ne parvenait pas à les digérer.

— Tu me trompais ? Et mon père était au courant ?

— La réponse aux deux questions est oui. Je sais ce que tu penses, Payton, et je ne peux que te demander de me pardonner et te promettre de tout faire pour regagner ta confiance. Cette aventure est terminée, cela fait maintenant un mois et…

— Un mois ? Tu veux dire que tu la voyais toujours quand… Elle était là, aux îles Fidji. Emily était là ! Tu l'as invitée à notre mariage ! Tu avais l'intention de poursuivre cette histoire une fois que nous aurions été mariés ?

— Je sais que c'est un choc mais je peux te promettre que…

Elle leva une main pour l'empêcher de poursuivre.

— Je savais bien que quelque chose ne tournait pas rond, lança-t-elle avant de se relever et d'attraper son sac.

Elle plongea ensuite les yeux dans les siens pour l'obliger à l'écouter.

— Tu veux savoir ce que je pense, Sam ? La réponse est simple : rien. Je ne pense rien. Je ne ressens rien. Je croyais que je t'aimais mais je sais désormais que ce n'était pas de l'amour.

Soulagée d'avoir dit ce qu'elle avait sur le cœur, elle s'éloigna mais Sam la rattrapa.

— Payton, murmura-t-il d'un ton suppliant.

— Je sais que tu es malheureux, Sam, car tu ne prendras pas la succession de mon père à la tête de la banque, mais tu n'as pas tout perdu, tu as toujours Emily. J'espère sincèrement que vous serez heureux mais, entre nous, c'est terminé.

Comme s'il comprenait enfin, il lui prit la main, la serra légèrement puis s'éloigna.

Sans attendre, elle poursuivit son chemin, les pensées se bousculant dans sa tête.

Alors comme ça, ses parents étaient au courant de l'aventure extraconjugale de Sam et ils n'avaient rien fait pour l'empêcher de l'épouser ? Comment était-ce possible ? Les parents étaient pourtant censés tout faire pour le bonheur de leurs enfants.

Leur attitude la décevait mais elle renforçait aussi sa volonté de tirer un trait sur sa vie passée et de repartir en Australie pour commencer un nouveau chapitre.

Déterminée, elle ouvrit enfin la porte du Club et, aussitôt, sa mère se précipita vers elle.

— Tu es de retour, ma chérie, s'écria-t-elle en s'effondrant dans ses bras. Tu nous as tellement manqué, Payton ! Nous ne savions pas si nous te reverrions un jour.

— Je suis heureux de voir que tu es revenue à la raison, Payton, continua son père en lui donnant une tape amicale sur le dos. Maintenant, allons-y, le chauffeur nous attend dans la voiture.

— Non !

Ses parents la dévisagèrent, ahuris, mais elle ne bougea pas. Elle refusait de baisser les yeux comme elle l'aurait fait autrefois.

— Papa, maman… Je ne rentrerai pas à la maison. Pas ce soir.

— Mais oui, George, fit sa mère. Evidemment. Payton ne rentre pas avec nous car elle va chez Sam. Nous ne pouvions pas être plus heureux. Tu sais combien nous aimons Sam. Lui aussi t'aime et je suis persuadée que très bientôt les événements du mois dernier seront oubliés.

— Maman, je ne vais pas chez Sam. Je…

Elle prit la main de sa mère et l'entraîna jusqu'à une table.

— Commandons une bouteille de vin et discutons. Je dois vous dire quelque chose.

Il valait mieux que sa mère soit assise pour apprendre la nouvelle.

— Je sais… Tu es enceinte ! s'exclama sa mère en mettant une main sur son cœur.

— Je ne suis pas enceinte ! Pourquoi penses-tu cela ?

— Sam a dit que tu étais… Quel mot a-t-il utilisé, George ?

— Entichée, Margie. Il nous a dit que tu t'étais entichée d'un ancien joueur de football.

Elle leva les yeux au ciel. Cette conversation était surréaliste. Elle avait l'impression d'être dans un film dont elle ne maîtrisait pas le scénario.

— Asseyez-vous et taisez-vous.

Il était temps qu'elle parle à ses parents comme une adulte et pas comme une enfant qui cherchait à les satisfaire en toutes circonstances. Elle devait leur dire la vérité.

Mais pour cela, elle avait besoin d'un petit remontant.

Elle se dirigea vers le bar et commanda trois verres de vin. Elle revint ensuite à la table et s'installa.

— Pourquoi restons-nous ici ? s'indigna sa mère lorsqu'elle posa un verre devant elle. Nous pourrions rentrer à la maison boire un verre. Je suis sûre que nous possédons à la cave de bien meilleurs vins.

Elle but une gorgée et grimaça.

— C'est bien ce que je pensais.

— Tout cela est ridicule, lâcha son père dans un soupir avant de se relever. Tu viens à la maison avec nous, Payton, tout de suite. Dès demain, nous réfléchirons à la meilleure façon de convaincre Sam de te donner une seconde chance.

Glacée d'effroi, elle secoua la tête. Elle n'en revenait pas. Son père continuait à lui parler comme à une enfant, il n'avait toujours pas compris qu'elle avait grandi.

— Je n'aime pas Sam, reprit-elle avec force et insistance. Et vous ne devriez pas l'aimer non plus. Il m'a trompée. Vous avez passé toute votre vie à essayer de me protéger mais le seul jour où vous auriez dû me consoler, vous avez détourné le regard. Vous étiez prêts à baisser la tête et à me laisser épouser un homme qui ne m'aimait pas.

— Sam nous a assuré que cette relation était terminée. Il a aussi promis de ne plus jamais te tromper, il n'y avait donc aucune raison d'en faire un drame.

— Il vous a menti puisqu'il a continué à la voir. Heureusement que je l'ai découvert.

— Tu l'as découvert ? l'interrogea sa mère. Mais quand ?

— Il y a quelques minutes. Mais je savais depuis longtemps qu'il y avait un problème. Je l'ai senti des semaines avant le mariage et c'est pour cette raison que j'ai fui.

Elle avait fui en direction de l'Australie, où elle avait rencontré Brody.

A ce souvenir, l'image du sportif envahit son esprit et elle esquissa un sourire rêveur.

— J'ai rencontré un homme que je peux aimer et à qui je peux faire confiance, continua-t-elle avec passion, un homme qui m'aime moi et pas mon compte en banque. J'ai maintenant ma vie devant moi et je vais la vivre en Australie, avec Brody.

— Tu as perdu la tête ! Tu as besoin d'aide, Payton. Nous pouvons te trouver une maison de repos ou…

— Papa, je n'ai pas besoin d'aide. Je n'ai pas perdu la tête, et je suis plus heureuse que je ne l'ai jamais été. J'aimerais que vous rencontriez Brody, c'est un homme merveilleux.

Des étoiles dans les yeux en repensant à Brody, elle termina son verre de vin.

Elle était déçue par la réaction de ses parents, mais elle n'était pas en colère. De toute façon, cela aurait été inutile. Seul comptait Brody aujourd'hui.

Maintenant qu'elle avait annoncé la nouvelle à ses parents, plus rien ne la retenait aux Etats-Unis.

Elle se leva et embrassa ses parents.

— Je dois y aller. Si je me dépêche, je peux attraper le prochain vol.

— Mais tu viens juste d'arriver !

— Je sais mais je dois y aller. Je vous aime tous les deux. Ne vous inquiétez pas, je sais parfaitement ce que je fais.

Puis, sans attendre, elle se dirigea vers la porte du Club sans se retourner. Ses parents finiraient bien par oublier leur déception. Un jour, peut-être, accepteraient-ils même de rencontrer Brody et ils comprendraient pourquoi elle l'aimait.

Elle aurait voulu se sentir triste de les quitter, mais elle n'y arrivait pas. Elle repartait vers l'homme qu'elle aimait, vers la terre qu'elle allait apprendre à aimer. Elle allait construire une vie basée sur un amour sincère, elle n'avait aucune raison d'être inquiète ou chagrinée.

D'un pas rapide, elle se dirigea vers le comptoir Quantas. Si elle se dépêchait, elle pourrait peut-être attraper le vol de

7 h 10, un jour avant la date prévue. Et dans trente heures, elle serait dans les bras de Brody.

Pour toujours.

— Davey, passe-moi la truelle, lança Brody. Elle est à côté de la pelle.

Le garçon attrapa un outil et le lui montra.

— C'est celui-là ?

— Non, l'autre.

Davey prit la truelle puis monta sur l'échelle et la tendit à Brody afin qu'il termine de réparer le moulin.

Après vingt-quatre heures seul, Brody avait décidé de quitter Fremantle et de revenir au ranch. Sans Payton, son appartement était trop grand, trop vide, il tournait en rond au risque d'en devenir fou. Alors, autant revenir au ranch. Il avait suffisamment de travail dans les champs pour lui permettre de s'occuper l'esprit et pouvait toujours muscler son genou ici.

Il n'était pas sûr de la date du retour de Payton. Elle lui avait promis de l'appeler dès qu'elle aurait tout réglé mais quand ? Sans doute pas avant une ou deux semaines.

Il était en train de vérifier une dernière fois le mécanisme du moulin lorsque, soudain, il entendit le bruit d'un avion et il releva la tête. Il regarda en direction de la piste d'atterrissage.

Teague devait être de retour.

Il ne l'avait pas vu depuis qu'il était rentré au ranch. Quant à Callum, après le départ du ranch de Gemma, il avait quitté les lieux à cheval, de manière précipitée, la mine sombre. Il ignorait ce qui s'était passé mais sans doute en apprendrait-il plus maintenant que Teague était de retour. Il avait toujours fait son possible pour ne pas se mêler de la vie sentimentale de ses frères mais il n'aimait pas savoir l'un d'eux malheureux.

— Que fait-il ? demanda Davey.

Brody regarda son frère faire le tour de son avion.

— Je ne sais pas.

Mais peu importait.

Il haussa les épaules puis termina son inspection. Ensuite, il demeura en haut de l'échelle quelques minutes, profitant de la vue. Enfant, il montait régulièrement au sommet des moulins pour tenter d'apercevoir la grande ville. A l'époque, il n'aimait pas vivre à l'écart du monde, mais aujourd'hui… Il pouvait y voir quelques avantages.

Ainsi, si Payton ne revenait pas, il pourrait s'installer définitivement sur le ranch et passer sa vie dans cette région reculée du Queensland. Ses frères l'accueilleraient toujours.

— Tu as fini ? demanda soudain Davey, le ramenant à la réalité.

— Oui. Tu peux rassembler les outils et rentrer dîner.

Davey obéit puis monta sur son cheval et Brody l'imita.

— Pars sans moi, je te rejoindrai.

— Comme tu veux. Mais Mary a préparé des côtelettes. Si tu ne te dépêches pas, il ne t'en restera pas.

« Tant pis ! », songea Brody en poursuivant sa route à son rythme. Mais à vrai dire, il n'avait aucune hâte de rentrer. Depuis qu'il était revenu au ranch, il prenait généralement une assiette avant de manger seul dans son coin. Il n'était pas d'humeur à bavarder.

Il aperçut au loin le cabanon du ranch Fraser et aussitôt les images de la nuit qu'il y avait passée avec Payton revinrent à son esprit. A ce moment-là, tout était si neuf entre eux, si excitant. Si parfait.

Cela ne faisait que quelques semaines et pourtant, il avait l'impression d'avoir vécu toute une vie depuis. Une vie d'amour, de plaisir, d'espoirs mais aussi de peine depuis qu'elle avait décidé de repartir.

Payton… Qu'était-elle en train de faire à cet instant ? Il y avait douze heures de différence. C'était la nuit à New York, elle devait dormir.

Sam l'avait-il convaincue de faire chambre commune ?

Il ferma les yeux et tenta de chasser cette image. Il n'avait pas envie de penser que Payton avait fait la paix avec Sam. Il voulait croire qu'elle était seule dans son lit et qu'elle rêvait de lui. Il voulait croire qu'il lui manquait autant que, elle, elle lui manquait.

Il avait du mal à s'endormir depuis qu'elle était partie. Son lit lui paraissait trop grand, trop froid. La seule chose qui l'apaisait et lui permettait de se reposer un tant soit peu était de repenser à tous les bons moments qu'ils avaient partagés ensemble. Le jour comme la nuit, ils avaient passé des semaines tellement magiques…

Il aperçut au loin un cavalier venir dans sa direction et il revint à la réalité. Il plissa les yeux pour tenter de le reconnaître.

Il s'agissait d'une femme. Hayley ?

La cavalière s'arrêta enfin, descendit du cheval et soudain, l'air lui manqua, l'émotion lui serra la gorge.

Il devait rêver, ce n'était pas possible autrement. Il devait s'agir d'un mirage puisqu'il était dans le désert.

Le cœur battant la chamade, il continua à s'approcher. Il regarda la femme enlever son casque, libérant une épaisse chevelure noire qui retomba en cascade sur des épaules frêles et, rêveur, il sourit.

S'il s'agissait d'un rêve, c'était le plus beau de sa vie.

Il stoppa enfin son cheval, en descendit et demeura immobile à côté de l'animal.

Payton s'arrêta elle aussi et lui sourit.

Non, il ne rêvait pas. Elle se tenait bel et bien devant lui.

Pendant quelques minutes, ils se contentèrent de se regarder. Puis, tout à coup, ils coururent l'un vers l'autre.

Payton se lança dans ses bras et il la fit tournoyer dans les airs. Elle était si douce, si chaude… Si réelle.

— C'est vraiment toi ?

— C'est vraiment moi.

Il la reposa et se recula pour la regarder, pour l'étudier, pour se noyer dans le regard chocolat, pour admirer la bouche sensuelle, le sourire envoûtant.

— Tu es encore plus belle qu'avant.

Puis, incapable d'attendre plus longtemps, il prit le beau visage entre ses deux mains et posa sa bouche sur la sienne. Elle répondit à son baiser, entrouvrit les lèvres et il la dévora avec une passion décuplée. Après quatre jours d'abstinence, il ne pouvait pas se retenir.

— Es-tu allée jusque chez toi ?

— Oui. J'ai vu Sam et mes parents et je suis repartie tout de suite. Lorsque je suis arrivée à New York, j'ai compris que je ne voulais pas être là-bas. Tu n'aurais pas dû me faire partir mais je suis tout de même satisfaite d'avoir pu tirer un trait sur mon passé.

— Tu m'as tellement manqué… Mais dis-moi, comment es-tu arrivée jusqu'ici ?

— Teague est venu me chercher. Lorsque je suis arrivée à Fremantle et que tu n'étais pas là, j'ai pensé que tu étais revenu sur le ranch. Alors j'ai pris un vol pour Brisbane et j'ai appelé Teague. Je voulais te faire une surprise.

— J'aime les surprises lorsqu'il s'agit de toi.

— Je devrai peut-être repartir si je n'obtiens pas de visa longue durée mais, dans ce cas-là, nous en profiterons pour visiter New York.

— Ou pour passer des essais avec une équipe américaine. Mais si cela ne marche pas, j'ai d'autres projets. Je t'en parlerai plus tard.

— Peu importe ce que tu fais et le lieu où nous habitons, je ne veux plus jamais te quitter parce que… parce que je crois que je t'aime.

Brody lui sourit. Elle croyait qu'elle l'aimait ! Cette déclaration lui suffisait pour le moment.

— Je crois que je t'aime aussi. Beaucoup.

Emu, il lui prit la main puis la porta à ses lèvres.

— Alors… Qu'allons-nous faire ?

— Mary a préparé un bon dîner. Nous pourrions manger un morceau puis aller nager ?

— Tu n'es pas fatiguée ? Tu as passé la majeure partie des quatre derniers jours dans des avions.

— Soixante-dix heures exactement.

— Dans ce cas-là, le plus raisonnable est d'aller te coucher. Pour ta santé, et la mienne. Nous pourrions aller jusqu'au cabanon et y passer la nuit.

— Mais c'est une propriété privée !

Les yeux brillant d'anticipation, Brody promena un doigt sur les lèvres sensuelles.

— Nous nous sommes rencontrés en prison, nous pouvons vivre dangereusement.

Payton enroula les bras autour de son cou.

— J'aime vivre dangereusement. Avec toi.

Ils remontèrent tous les deux sur leur cheval et ils s'élancèrent, côte à côte.

Brody n'en revenait pas à quel point sa vie avait changé. Il n'avait toujours pas les réponses à toutes ses questions, mais du moment que Payton était là, il était heureux.

Aujourd'hui, sa vie était plus belle que le plus beau de ses rêves.

KATE HOFFMANN

Une envie inavouable

Passions extrêmes

éditions HARLEQUIN

Titre original : THE MIGHTY QUINNS : TEAGUE

Traduction française de LAURA PALMER

Ce roman a déjà été publié en août 2010

83-85, boulevard Vincent-Auriol, 75646 PARIS CEDEX 13.
Service Lectrices — Tél. : 01 45 82 47 47
www.harlequin.fr

Prologue

Queensland, Australie. Août 1996.

Teague Quinn étira ses bras au-dessus de sa tête et ferma les yeux pour échapper au soleil aveuglant, dont les rayons brûlants rebondissaient sur l'énorme rocher derrière lui. Le vent se mit à gémir dans les broussailles. Les sons dont bruissait l'outback lui étaient si familiers qu'ils sonnaient comme une douce musique à ses oreilles.

Il avait réussi à s'échapper de la maison assez tôt pour que personne ne s'aperçoive de son absence. Il avait sellé son cheval et était parti au galop dans un nuage de poussière, sa boîte à chaussures serrée sous son bras. Quand il n'était pas en train de s'occuper des bêtes avec son père et ses frères, sa mère lui trouvait toujours une chose ou une autre à faire au domaine ou dans la maison. Et à chaque instant, il rêvait à une vie normale. Ah ! A quoi ressemblerait sa vie, dans une maison bourgeoise à Brisbane, sans corvées à accomplir en permanence ?

Dans une telle vie, il y aurait des filles, des fêtes, il irait à l'école, il ferait du sport… Tout ce que les ados de quatorze ans étaient censés aimer faire. Teague soupira. La plupart des ados de son âge n'aimaient pas l'école, d'accord, mais pour lui, une vraie salle de classe, avec de vrais enseignants, des cours de chimie, de biologie et de maths, ça ressemblait à un vrai rêve. Qu'il n'avait jamais eu l'occasion de vivre.

Au lieu de ça, il était bloqué au fin fond du Queensland, sur la propriété familiale, avec ses parents, ses deux frères et une poignée de garçons de ferme mal dégrossis. Les cours avaient lieu autour de la table de la cuisine, quand lui et ses frères se réunissaient pour écouter les programmes de la radio scolaire. La ville la plus proche, Bilbarra, comptait bien une bibliothèque et une petite école, mais il fallait plus de deux heures pour s'y rendre, bien trop pour qu'il ait pu avoir la chance d'y suivre de vrais cours. La plupart des enfants des élevages opulents de la région partaient étudier dans des pensionnats, mais Kerry Creek, l'élevage familial, ne croulait pas exactement sous l'argent. Non que ses parents fussent pauvres, mais ils n'avaient pas d'énormes moyens. Et pas ceux, en tout cas, de l'envoyer en pension.

Teague entendit soudain un cheval arriver au galop et il se redressa sur ses coudes, scrutant les alentours et jurant entre ses dents. Ses frères ne le laisseraient-ils donc jamais tranquille ? Allaient-ils le poursuivre et le traiter comme un bébé jusqu'à la fin de ses jours ?

Mais à sa grande surprise, le cavalier, quel qu'il soit, n'arrivait pas depuis les terres de ses parents, mais de la direction opposée. Lançant un regard par-dessus son épaule, il vit arriver un cheval lancé au grand galop, son cavalier presque couché sur la selle. Sautant sur ses pieds, Teague se dressa sur le gros rocher, prêt à défendre son territoire contre l'intrus.

Le garçon tira sur les rennes du cheval pour le faire s'arrêter, et Teague constata que l'animal avait les naseaux qui fumaient. La course avait dû être folle. Le visage à moitié dissimulé par le large rebord d'un stetson, l'intrus le dévisagea, la mine sombre. Il n'était pas très grand, remarqua Teague, mesurant à l'avance ses chances de l'emporter s'ils devaient se battre.

Mais soudain, le garçon se mit à sourire.

— Je t'ai fait peur ?

Et avant que Teague ait pu répondre, en un mouvement très doux, l'autre retira son chapeau et une cascade de boucles blondes s'en échappa.

C'était une fille.

Teague eut l'impression que les mots lui restaient dans la gorge tandis qu'il sombrait dans les yeux d'un bleu incroyablement clair qui le fixaient. C'était la plus belle fille qu'il avait jamais vue.

— Je t'ai fichu la trouille de ta vie, pas vrai ? Tu devrais voir ta tête ! On dirait que tu viens de voir un fantôme !

Teague lui jeta un regard noir, gêné à l'idée qu'elle ait pu deviner son trouble.

— N'importe quoi ! Je n'ai pas eu peur. Pourquoi est-ce que j'aurais eu peur d'une femmelette comme toi ? Tu ne ferais pas de mal à une mouche !

Elle se laissa glisser au bas de son cheval.

— Ah oui ? Et toi, t'es tellement à la ramasse que tu raterais une cible à un mètre !

Choqué par un tel langage dans la bouche d'une fille, Teague resta interdit, incapable de prononcer un mot. Enfin, à vrai dire, il n'avait aucune expérience des filles, et donc de la manière dont elles étaient supposées parler. Mais à la télé, les filles avaient toujours des manières délicates et un peu précieuses. Rien à voir avec cette fille, qui lui faisait plutôt penser à ses frères.

Posant les mains sur sa taille, elle le regarda avec insistance.

— Alors, qu'est-ce que t'attends pour m'aider ? Le déluge ?

Teague la toisa un long moment sans parler. Il n'avait pas grand-chose à craindre d'elle. Elle faisait une bonne tête de moins que lui, et semblait peser moins qu'une plume. Pourtant, dans un combat verbal, elle n'aurait fait qu'une bouchée de lui… Il lui tendit la main de mauvaise grâce et l'aida à le rejoindre sur le rocher.

Une fois en haut, elle observa le paysage autour d'elle. Elle fronça les sourcils, puis laissa échapper un long soupir.

— Tu n'aimes pas la vue ? demanda-t-il.

— Ce n'est pas ça. Je croyais que d'ici, on pourrait apercevoir la mer.

Teague éclata de rire, mais en voyant la peine assombrir ses beaux yeux, il mesura la force de sa déception.

— Désolé, murmura-t-il en s'asseyant à côté d'elle. On ne peut pas voir l'océan, on est trop loin. Même depuis le point le plus élevé du domaine.

Elle jura puis se retourna vers lui.

— J'ai vécu au bord de l'océan, avant. Je pouvais voir l'eau chaque jour, dès que j'en avais envie. J'aimerais tellement pouvoir encore le faire…

Un long silence s'installa entre eux.

— Ça devait être chouette, finit-il par lâcher.

— En tout cas c'était mieux que de vivre dans ce trou ! Tout est si… poussiéreux ! Et ces mouches, ça me rend folle : y en a partout !

— Ouais, mais à la ville, tu ne pourrais pas monter à cheval, fit-il valoir, lui-même surpris de prendre la défense de l'outback qu'il avait tant critiqué. Ou garder des troupeaux, ou avoir plein d'animaux. Et à la ville, tu ne verrais pas des lézards ou des kangourous comme ici !

— Oh, tu aimes les animaux ? demanda-t-elle, sa tristesse disparue aussi soudainement qu'elle était apparue.

Il acquiesça.

— Le mois dernier, j'ai trouvé un oiseau avec une aile cassée. Et je l'ai soigné, ajouta-t-il en désignant la boîte à chaussures qu'il avait laissée derrière lui. Je suis venu pour le relâcher.

— Je peux regarder ?

Avec une prière silencieuse, Teague souleva la boîte puis ôta le couvercle. Aussitôt, l'oiseau prit son envol et la jeune fille se mit à applaudir tandis qu'il s'élevait dans les airs. Teague se sentit rougir.

— Il a peut-être guéri tout seul, et c'est jamais qu'un oiseau, mais n'empêche que je l'ai maintenu en vie jusqu'à ce qu'il puisse voler de nouveau. Ça m'arrive tout le temps de trouver des animaux mal fichus et je sais comment faire pour qu'ils aillent mieux.

Il s'interrompit un instant, toute rougeur disparue.

— En fait, j'aime bien faire ça.

Il vit un mince sourire fleurir sur les lèvres de la fille, juste avant qu'elle dise :

— Donc il y a au moins une chose de bien à vivre à Wallaroo.

Teague ne put s'empêcher de rougir de nouveau. Venait-elle vraiment de lui faire un compliment ? Et soudain, le sens des mots qu'elle avait prononcés la frappa.

— Tu vis à Wallaroo ?

Il n'avait pas imaginé un seul instant qu'elle vive à Wallaroo. Mais maintenant qu'il y pensait, ses parents ne lui avaient-ils pas parlé d'une fille ? Une certaine…

— Tu es Hayley Fraser, c'est ça ?

Elle eut l'air surprise qu'il connaisse son nom.

— Ça se pourrait.

Il avait entendu son histoire en écoutant aux portes. Les parents de Hayley étaient morts dans un accident de voiture quand elle avait huit ans. Elle avait été ballottée d'un orphelinat à un autre, jusqu'à ce que son grand-père finisse par accepter de la prendre avec elle. D'après la mère de Teague, le vieux Fraser n'était pas en bons termes avec son fils unique, Jake, depuis que celui-ci s'était enfui de la maison à dix-huit ans. Et à présent, sa pauvre petite-fille était forcée de vivre avec un homme glacial et intraitable qui n'avait jamais vraiment voulu d'elle à Wallaroo.

La mère de Teague avait bien souligné que Wallaroo n'était pas le genre d'endroit dont avait besoin une jeune fille tourmentée. Comment grandir dans un environnement exclusivement masculin, avec des garçons de ferme pas très raffinés comme modèles ? Malheureusement, avait-elle conclu, personne ne pouvait rien pour cette pauvre petite. Personne sauf lui, se surprit à songer Teague.

— Tu montes super bien. Qui t'a appris à monter comme ça ?

— Personne, j'ai appris toute seule. C'est pas trop dur, crâna-t-elle, suffit juste de monter sur la bête et de s'accrocher !

Teague se creusa la tête pour trouver une réplique appropriée, mais rien ne vint. Alors, au bout d'un silence qui menaçait de s'éterniser, il finit par lancer :

— Tu sais que ton grand-père et mon père sont ennemis ? Ils se détestent.

Hayley lui lança un regard blasé.

— Ça m'étonne pas. Harry déteste tout le monde. Y compris moi.

Tu l'appelles Harry ?

— C'est son nom, non ? fit-elle sur un ton plein de mépris.

Puis elle leva les yeux vers lui, et Teague eut soudain l'impression qu'une armée de papillons venait de faire son nid au creux de son estomac. Il n'avait jamais vu des cils aussi longs, et un regard aussi… Il baissa les yeux vers sa bouche et aussitôt, une idée s'imposa à son esprit, obsédante : qu'est-ce que cela ferait d'embrasser une fille comme elle, aussi intrépide ?

— C'est à cause de cette parcelle de terre, là-bas, bredouilla-t-il alors en désignant un point à l'horizon. La cause de la dispute, je veux dire. Ce bout de terre fait partie de Kerry Creek, mais Harr… ton grand-père est persuadé qu'il lui appartient. Tous les deux ou trois ans, il nous fait un procès pour le récupérer, et chaque fois, il perd.

— Et il continue quand même ?

— Il prétend que mon grand-père a donné cette terre à son propre père. Mais ça fait partie du berceau historique des Quinn, et je vois mal un Quinn se séparer d'une parcelle, quelle qu'en soit la raison. Si tu veux mon avis, ton grand-père doit être un peu timbré.

Hayley regardait dans la direction qu'il avait désignée, l'air peu intéressée par son opinion.

— Mais qui en a quelque chose à faire de ce bout de terrain ? Y a rien là-dessus !

— Y a de l'eau, répliqua-t-il en s'enhardissant et en se rapprochant un peu d'elle.

Elle sentait bon. Très bon. Il leva la main pour toucher ses cheveux, incapable de résister à la tentation de savoir s'ils étaient aussi doux qu'ils le paraissaient, mais Hayley fit volte-face et le fusilla du regard.

— Ça va pas, non ?

— Eh, je faisais rien de mal ! se défendit-il. T'avais une brindille dans les cheveux, c'est tout.

Son expression se radoucit, puis elle lâcha :

— Je ferais mieux de rentrer, il va se demander où je suis. Et puis je dois préparer le dîner.

Teague se laissa glisser souplement au bas du rocher, puis il lui tendit la main et, la saisissant, Hayley l'imita. Ils restèrent un instant main dans la main, et Teague tenta de mémoriser le moindre trait de son beau visage, comme pour les graver en lui avant qu'elle ne disparaisse.

Mais elle retira bien vite sa main, comme si ce bref contact l'avait brûlée.

— Eh bien, peut-être à une prochaine fois, murmura-t-elle, l'air mal à l'aise.

— Peut-être. Je viens souvent ici. Si tu repasses par là demain soir après manger, t'as des chances de me trouver.

Elle le regarda entre ses cils.

— Je verrai bien, dit-elle avec petit sourire hésitant.

Puis elle lui fit un signe de la main avant de courir vers son cheval. Teague retint son souffle tandis qu'elle glissait son pied dans l'étrier et montait en selle.

— C'est quoi ton nom ? demanda-t-elle tout en ajustant les rennes.

— Teague. Teague Quinn.

Elle remit son chapeau, le laissant retomber assez bas sur ses yeux.

— Eh bien ravie de t'avoir rencontré, Teague Quinn.

Puis elle éperonna sa monture, et, un instant plus tard, elle disparaissait au loin.

Il resta un long moment à fixer la poussière que son galop avait soulevé, incapable de détacher les yeux du petit point qui disparaissait à l'horizon.

A présent, il savait exactement ce que sa mère avait voulu dire quand elle lui avait prédit qu'un jour, il rencontrerait une fille et qu'il tomberait à ses pieds.

Hayley Fraser.

Un jour, il épouserait cette fille.

- 1 -

De chaque côté de la piste, des gerbes de poussière s'élevaient sous les roues puissantes de la Range Rover. Teague jeta un œil sur le compteur puis appuya sur l'accélérateur. A priori, les amortisseurs tiendraient.

Il venait juste de finir sa tournée de visites et de se poser sur la piste d'atterrissage de Kerry Creek quand il avait reçu l'appel. On avait besoin de lui pour une urgence, car Daley, le vétérinaire, était retenu à Bilbarra par une opération sur le bull-dog de Lanie Pittman. Ce n'était que lorsque Teague avait demandé plus de détails qu'il avait compris qu'en fin de compte, ses services ne seraient peut-être pas les bienvenus. Car l'urgence venait du ranch de Wallaroo.

D'aussi loin qu'il se souvenait, les Quinn et les Fraser s'étaient toujours détestés, leur haine sans cesse réactivée par un bout de terre qu'ils se disputaient depuis la nuit des temps. Un bout de terre où on trouvait la source la plus importante de leurs deux domaines.

Dans l'outback, l'eau était aussi précieuse que l'or, et elle valait toutes les batailles. Les troupeaux et les chevaux n'auraient jamais survécu sans eau, et sans troupeaux ni chevaux, les ranchs ne valaient pas un kopeck. Teague ne savait même pas pourquoi les deux familles se disputaient ce bout de terrain depuis tout ce temps, mais tout ce qu'il savait, c'était que cette querelle ne semblait pas près de prendre fin. Son grand-père avait combattu les Fraser, puis son père avait pris la relève, et à présent, c'était au tour de son frère aîné, Cal.

Mais maintenant qu'il s'était hasardé en territoire ennemi, il allait falloir oublier tout ça. S'il était ici, c'était pour soigner un animal blessé. Et si le vieux Fraser refusait son aide, eh bien, il la lui apporterait quand même.

Tandis que Teague avançait difficilement sur la route défoncée, le souvenir de sa dernière visite à Wallaroo, plus de dix ans plus tôt, lui revint. Aussitôt, l'image de Hayley Fraser s'imposa à lui, et avec elle, des regrets d'une force qui le surprit lui-même.

Ça avait été le jour le plus difficile de sa vie. Il était sur le point de se projeter dans une vie totalement nouvelle — l'université à Perth, à des centaines de kilomètres de la fille qu'il aimait. Ils avaient tous les deux un petit boulot à mi-temps, et ils allaient à l'école ensemble. Elle lui avait promis de le rejoindre dès qu'elle aurait dix-huit ans. Il ne savait pas que c'était la dernière fois qu'il la voyait.

Pendant des semaines, ses lettres étaient restées sans réponse. Chaque fois qu'il l'appelait, il tombait sur le grand-père de Hayley, qui refusait de lui passer sa petite-fille. Et quand il était finalement revenu à la fin du semestre, Hayley était partie.

Même aujourd'hui, quand il pensait à elle, il se rappelait la Hayley de dix-sept ans, et non la jeune femme qu'elle était devenue. La femme qu'il voyait à la télé n'était pas vraiment Hayley, du moins pas celle qu'il avait connue. La jeune fille rebelle aux cheveux blonds et aux yeux d'un bleu si pâle avait fini par se poser à Sydney. D'après ce qu'il avait lu dans les journaux, elle avait été repérée alors qu'elle travaillait dans un magasin de T-shirts près de la plage de Bondi. Un mois plus tard, elle faisait ses débuts dans l'une des séries australiennes les plus regardées, où elle jouait le rôle d'une petite peste de première. Sept ans plus tard, elle était l'une des stars les plus populaires de la télé.

Plusieurs fois, il avait songé à l'appeler quand il était à Sydney. Il aurait été curieux de savoir s'il y avait toujours quelque chose entre eux. Sans doute pas, vu qu'elle était sortie avec les célibataires les plus en vue de toute l'Australie — deux ou trois footballeurs, un joueur de tennis, quelques stars du rock et des acteurs à la pelle. Non, elle n'avait sans doute jamais pensé à lui depuis toutes ces années.

Tandis qu'il approchait du corps de ferme, Teague fut surpris par l'état des bâtiments. A l'époque, Harry Fraser mettait un point d'honneur à ce que tout soit nickel dans sa propriété, mais à l'évidence, cela avait bien changé. Il aperçut soudain une silhouette voûtée se redresser sous le porche. Vêtu d'un vieux bleu de travail tout taché, ses cheveux blancs ébouriffés, le vieil homme le regardait d'un œil noir. Et le tenait en joue.

Teague eut l'impression que tout son sang refluait dans ses veines. Il pilla net et, prenant une longue inspiration, il descendit sa vitre. Il avait de bons réflexes, et le 4x4 pouvait repartir au quart de tour, mais il connaissait le vieux Fraser. C'était un as de la gâchette.

— Baissez ce fusil, monsieur Fraser.

Il vit le vieux froncer les sourcils.

— Qui êtes-vous ? Dites-le-moi, ou dégagez !

Bien sûr. Avec sa vue déclinante, le vieil homme ne l'avait pas reconnu, et ils ne s'étaient plus parlé depuis des années, si bien que le vieux n'avait aucune raison de reconnaître sa voix.

— Je suis le véto que vous avez demandé, répondit Teague. C'est le Dr Daley qui m'envoie. Il avait une urgence, il ne pouvait pas venir, alors je le remplace. Je suis… nouveau.

Harry baissa son fusil, puis se laissa de nouveau tomber sur sa chaise.

— Il est dans les écuries, dit-il en désignant du menton l'un des bâtiments qui tombait en ruine. A mon avis, y a plus grand-chose à faire pour lui. Mais si le cheval crève, ajouta-t-il en pointant de nouveau son fusil vers lui, je vous paye pas. Pigé ?

Ils discuteraient de la facture un peu plus tard, songea Teague en garant son 4x4 devant les écuries. Quand Harry aurait lâché son fusil, et qu'il aurait eu le temps d'examiner le cheval.

Teague se rappelait très bien ces bâtiments. En plus du vieux rocher à la frontière des deux domaines, c'était là qu'ils avaient l'habitude de se retrouver, Hayley et lui, et qu'ils avaient passé des heures et des heures à explorer leurs corps adolescents…

Teague attrapa son sac et sauta du 4x4. L'écurie était dans un état encore pire que celui de la maison.

— Y a quelqu'un ? cria-t-il, tout en se demandant s'il y avait encore des hommes de main sur ce domaine.

A sa grande surprise, une voix féminine lui répondit :

— Par ici. Dernière stalle.

Dans les stalles devant lesquelles il passa, il n'y avait que de la paille. Un rat passa soudain entre ses jambes, rapide comme l'éclair, et Teague sursauta, avant de le voir disparaître dans un minuscule trou percé dans le mur. Le cœur battant encore un peu trop vite à cause du rongeur, Teague avança enfin vers la dernière stalle.

Et là, il faillit défaillir sous le choc.

Hayley Fraser était agenouillée près d'un cheval allongé sur un lit de paille fraîche. Elle portait un pull en flanelle et un jean effrangé qui laissait voir ses vieilles bottes. Ils se dévisagèrent en silence pendant un temps qui lui parut une éternité. C'était comme s'ils avaient, l'un et l'autre, perdu la parole. Dans la tête de Teague, les pensées se bousculaient à mille à l'heure. Ce n'était pas censé se passer comme ça, pas du tout. Il s'était toujours dit que lorsqu'ils se reverraient, ce serait dans une rue bondée, ou dans un restaurant.

Soudain, comme si quelqu'un avait tourné un interrupteur, Hayley désigna le cheval d'un air inquiet.

— C'est Molly, dit-elle d'une voix un peu tremblante. Je crois que c'est les intestins, je ne sais pas quoi faire. J'ai tout essayé, mais impossible de la faire se lever.

Teague passa devant Hayley et s'agenouilla devant l'animal. La jument était couverte de sueur, les naseaux écumant, et elle se tordait doucement sur le sol, comme si elle avait voulu rouler sur elle-même. Tous les signes qui confirmaient le diagnostic de Hayley. Teague se releva, attrapa une poignée de son dans la mangeoire et la renifla.

— C'est moisi.

— Je ne suis arrivée qu'hier soir, expliqua-t-elle, et quand je suis entrée dans l'écurie ce matin, je l'ai trouvée comme ça.

— Peut-être qu'elle a fait une occlusion. Ça fait combien de temps qu'elle est comme ça ?

— Je ne sais pas. Il devait être dix heures, ce matin, quand je l'ai trouvée.

Teague tenta de se concentrer sur la jument. Chez les chevaux, avec ce genre de problème, c'était tout l'un ou tout l'autre : soit ça passait tout seul en quelques heures, soit la bête mourait.

— Il faut qu'on la relève. Je vais lui donner des médicaments pour calmer la douleur, et on va lui faire prendre des huiles naturelles, pour la purger. Ça peut aider.

— Et si ça ne marche pas ? Pourquoi tu ne l'opères pas ?

Il secoua la tête.

— Ici ? Pas moyen. Il faudrait aller jusqu'à Brisbane.

— Je me moque de ce que ça peut coûter ! S'il faut affréter un jet pour l'y emmener, on le fera ! Je ferai n'importe quoi, pourvu qu'on la soigne !

A l'idée d'affréter un jet pour cette jument, il ne put réprimer un petit rire.

— O.K., on le fera si on ne peut plus faire autrement. Pour l'instant, aide-moi à la relever.

Il leur fallut plus de dix minutes à pousser, à crier et à taper dans leurs mains pour que la jument finisse par se redresser sur ses jambes mal assurées, les flancs tremblants, une lueur folle au fond des yeux. Et quand elle parvint enfin à se tenir debout, elle faillit s'effondrer de nouveau, et Teague se mit à lui parler pour faire diversion, flattant son poitrail.

Peu à peu, il parvint à la faire sortir de la stalle, et il tendit la longe à Hayley.

— Fais-la marcher, ne la laisse pas s'arrêter, sous aucun prétexte. Je vais aller chercher du ravitaillement.

Il courut à l'extérieur, non sans jeter un œil en arrière, pour observer Hayley qui s'activait auprès de la jument. Heureusement que l'animal occupait toute leur attention. Sinon, il n'aurait pas pu s'empêcher d'exiger des réponses aux questions qui le minaient depuis si longtemps. Exiger qu'elle lui explique pourquoi elle s'était comportée comme elle l'avait fait.

Parvenu à sa Range Rover, il farfouilla dans son coffre jusqu'à trouver les tubes, les fioles et les seringues qu'il cherchait. Quand il revint à l'écurie, il trouva Hayley agenouillée auprès de la jument, sur le sol sale et dur.

Hayley leva la tête vers lui : elle était en larmes.

— Je suis désolée, bredouilla-t-elle. Je n'ai pas réussi à la retenir… Elle vient juste de retomber au sol…

Teague posa ses instruments sur un ballot de paille et, d'une main, aida doucement Hayley à se relever. Durant toutes les années qu'ils avaient passées ensemble, il ne l'avait jamais vue pleurer. Pas une seule larme, même quand elle était tombée de cheval ou qu'elle s'était couronné les genoux. Il n'y avait jamais songé jusqu'à maintenant, mais il avait dû lui falloir une force de caractère incroyable pour contrôler ses émotions si longtemps.

— Ne t'en fais pas, dit-il en lui serrant la main pour la rassurer. On va la faire se relever.

Puis il repoussa la mèche de cheveux claire qui lui barrait le visage, et essuya ses larmes du bout du pouce. Cela faisait si longtemps qu'il ne l'avait pas touchée, tant d'années qu'il n'avait plongé dans ses grands yeux… et pourtant c'était comme si c'était hier. Ses anciennes sensations, toutes les émotions qu'il croyait avoir oubliées, remontèrent soudain en lui, aussi vives qu'au premier jour. Avec autant de force que son instinct de protection, qui avait pris le dessus dès qu'il avait croisé son regard, dès qu'il avait eu plus envie de la protéger elle, que la jument.

Alors, sans réfléchir, sans se demander quelles seraient les conséquences, Teague l'embrassa. C'était la seule chose à faire, le meilleur moyen de la rassurer et de faire cesser ses larmes. Il se pencha vers elle et, doucement, ses lèvres effleurèrent les siennes. Puis il intensifia son baiser, et elle accueillit sa langue avec un soupir de contentement.

Prenant son doux visage entre ses mains, il l'embrassa avec encore plus d'ardeur, leurs deux bouches ne faisant plus qu'une, submergé par le désir qui déferlait en lui. Ils étaient redevenus des adolescents, incapables de se décoller l'un de l'autre, agités par un mélange d'hormones et d'émotions inconnues qu'ils ne pouvaient ni comprendre, ni contrôler.

Enfin, il recula et la regarda avec un sourire.

— Ça va mieux ?

Hayley hocha silencieusement la tête et Teague reporta son attention sur la jument.

— Alors au travail.

C'était comme si ce baiser avait réuni leurs pensées et renforcé leur lien. Mais même s'il mourait d'envie de l'embrasser de nouveau, il avait d'abord une mission à accomplir, et sauver la jument était plus urgent que satisfaire son désir, aussi irrépressible soit-il.

Unissant leurs efforts, ils parvinrent à redresser l'animal et à le pousser contre le mur pour le maintenir immobile. Là, Teague put enfin lui faire la piqûre destinée à l'apaiser.

— Voilà. Elle devrait commencer à aller un petit peu mieux. Et quand ça ira mieux, on pourra la purger avec les huiles. Si c'est bien une occlusion, ça devrait la soulager.

Tenant chacun un côté de la longe de la jument, ils se mirent à arpenter le vieux hangar de long en large, et chaque fois qu'ils faisaient demi-tour, Teague jetait un œil à celle dont ses lèvres gardaient le goût. Un coup d'œil chaque fois un peu plus insistant. Sans ses vêtements moulants, son maquillage parfait et ses brushings sophistiqués, elle n'avait pas grand-chose à voir avec une star du petit écran. Elle ressemblait trait pour trait à la jeune femme innocente et fraîche qu'il adorait embrasser, caresser, la première fille avec laquelle il avait fait l'amour, et la seule qu'il ait jamais aimée.

Il dut se faire violence pour se retenir de la serrer dans ses bras et l'embrasser de nouveau, encore et encore.

— Alors comme ça, tu es rentrée hier ?

Elle hocha la tête sans cesser de regarder droit devant elle, les yeux pleins de méfiance. Mais il savait ce qu'elle ressentait. Si elle éprouvait la moitié seulement des sentiments qui le dévastaient, son cœur, comme le sien, devait battre à cent à l'heure, et son esprit se débattre dans la brume dans laquelle leur baiser l'avait plongée.

— Je t'ai vue à la télé. Tu es devenue une sacrée actrice, n'est-ce pas ?

Cette remarque sembla lui valoir un sourire et un pas en avant. Aussi continua-t-il :

— J'ai entendu dire que tu avais remporté une récompense ?

— Un *Logie Award*. Mais j'ai juste été nominée trois fois, je n'ai pas gagné. Pas encore.

— C'est quand même bien, non, d'être nominée ? Mieux que de ne pas l'être…

— C'est jamais qu'une série télé, Teague. C'est pas Shakespeare au Royal Queensland Theater.

— Mais tu pourrais jouer Shakespeare, si tu voulais, non ?

Hayley secoua la tête.

— Non, je n'ai jamais pris de cours, tu sais. S'ils m'ont retenue sur la série, c'est seulement parce que je ressemblais au personnage qu'ils avaient imaginé. Pas parce que je savais jouer.

A cet instant, les lèvres le brûlèrent de lui demander pourquoi elle était partie si loin, à l'époque. Et pourquoi elle n'était pas venue le retrouver, comme ils se l'étaient promis. Mais après avoir pris une longue inspiration, il se retint. Il tourna la tête et vit que la respiration de la jument était redevenue presque normale.

— Regarde, fit-il en caressant les naseaux du cheval, elle va déjà mieux. On va la purger maintenant. Tu as déjà fait ça ?

— Non, répondit-elle, mais je ne veux pas que tu lui fasses mal.

— Ne t'inquiète pas, c'est impressionnant, mais ça ne lui fera pas mal. Au contraire, ça la soulagera.

— O.K., fit Hayley. Je te fais confiance.

Ces simples mots, *je te fais confiance*, le bouleversèrent. Après tout ce qui s'était passé entre eux, et tout ce qui ne s'était pas passé, peut-être que les choses n'étaient pas aussi désespérées, après tout.

Tant qu'ils s'occupèrent de la jument, ils ne parlèrent quasiment pas : pendant qu'il lui donnait les soins, Hayley lui flattait l'encolure tout en lui murmurant des encouragements à l'oreille. Quand ils eurent fini, ils se remirent à faire aller et venir Molly le long du hangar.

— Elle va mieux, ça se voit, dit Hayley. Merci Teague.

Il vit de nouvelles larmes perler à ses paupières et il dut encore une fois combattre le besoin irrépressible de la prendre dans ses bras et de la serrer contre lui. Le simple fait d'imaginer qu'il la touchait suffisait à le faire se consumer de désir.

La prochaine fois qu'il embrasserait Hayley, ce ne serait

pas pour apaiser ses larmes, mais pour lui rappeler à quel point c'était bon, entre eux. Et à quel point cela pourrait l'être de nouveau.

Hayley contemplait le soleil couchant, appuyée contre le mur de l'écurie. Un ballot de paille leur servait de banc. Teague était assis à côté d'elle, ses longues jambes croisées devant lui, son chapeau bas sur le nez pour le protéger des rayons.

Ils avaient passé une heure à promener Molly dans l'étable et, au grand soulagement de Hayley, la jument semblait avoir retrouvé la forme. Eperdument reconnaissante, Hayley avait eu envie de se jeter dans les bras de Teague et de l'embrasser, mais elle savait que cela ne ferait que réveiller des sentiments enfouis depuis des années, des sentiments qui pourraient tous les deux les conduire dans des eaux un peu trop dangereuses.

Or elle avait eu son content de sensations fortes avec Molly. Depuis qu'elle était revenue à Wallaroo, c'était comme si elle avait renoué avec ses émotions, ces émotions qu'elle avait contenues depuis la mort de ses parents, refusant de se laisser submerger par la douleur et le chagrin. Mais dans cet environnement familier, son passé était doucement remonté à la surface et, avec lui, toutes les peines qu'elle avait refoulées. La mort de ses parents, sa terrible adolescence, et la manière dont elle avait coupé tous les ponts avec son grand-père.

Elle savait très bien ce qui se passerait si elle cédait à son envie de se jeter dans les bras de Teague et de revivre ce qui les avait réunis par le passé. Avec toutes les émotions qui l'agitaient, et toutes les erreurs qu'elle avait faites, elle en pleurerait des jours et des jours.

Aujourd'hui, le fait qu'il soit parti lui apparaissait comme une chose logique. Il était allé à l'université, et avait commencé une nouvelle vie, loin de sa maison. Mais à l'époque, elle l'avait vécu comme une trahison, un abandon. Et même si elle savait qu'il reviendrait, son sentiment d'insécurité l'avait submergée à partir du moment où Teague n'était plus là pour tenir ses angoisses à distance.

En rencontrant Teague, elle avait trouvé un foyer, une

famille, et quelqu'un en qui elle pouvait avoir confiance. Sur qui elle pouvait compter. Seul lui l'avait aimée, il était la seule personne à s'être jamais occupée d'elle, la seule personne pour qui elle ait jamais compté et, d'un seul coup, il était parti. Une immense colère l'avait envahie, et tout en s'efforçant de se convaincre que tout allait bien se passer, elle s'était sentie terrifiée.

Alors elle s'était enfuie, loin de ses souvenirs, loin du garçon qui pourrait décider ne pas revenir.

Elle lui jeta un regard de biais. Il était devenu un homme très séduisant. Elle travaillait à la télévision, et elle avait rencontré des hommes magnifiques, mais aucun ne possédait cet éclat viril qui la fascinait chez Teague. C'était un homme, un vrai, à l'évidence inconscient de l'effet qu'il pouvait faire à une femme.

— Elle a presque l'air guilleret, fit Teague en désignant la jument.

— Je ne sais pas comment je pourrais te remercier pour ce que tu as fait, Teague.

— Ne t'en fais pas, je suis content d'avoir pu t'aider. Je sais à quel point Molly est importante pour toi. Je me rappelle très bien le moment où tu l'as eue.

Hayley sourit.

— Pour mes seize ans. Dieu sait si mon grand-père n'était pas du genre à fêter les anniversaires, mais là, il m'a donné de l'argent en me disant de ne pas le dépenser bêtement, puis il m'a donné Molly, et tout a changé pour moi. Enfin, c'est l'impression que j'ai eue.

— Je me souviens, tu as chevauché jusqu'à Kerry Creek pour me la montrer. Tu avais l'air si contente, j'ai cru que tu allais pleurer de joie. Et tu m'as tout de suite défié à la course.

— Et j'ai gagné.

— Disons plutôt que je t'ai laissée gagner, vu que c'était ton anniversaire…, fit-il avec un grand sourire. Mon Dieu, Hayley, tu étais si incontrôlable ! Rétrospectivement, je me demande comment tu as pu atteindre l'âge adulte ! Tu te souviens du jour où tu as décidé que tu sauterais par-dessus la barrière près du hangar ? Tu étais si sûre que Molly pouvait y arriver. Tu as même parié l'argent que tu avais eu à Noël, contre ma nouvelle selle !

— O.K., admit Hayley d'un air un peu contrit, ce n'est pas ce que j'ai fait de mieux.

— Ça, c'est le moins qu'on puisse dire ! s'amusa-t-il. Molly a pilé net devant la barrière et t'a envoyée cul par-dessus tête ! Et la fois où tu avais décidé de monter un taureau, tu te souviens ?

— Comment oublier une chute aussi mémorable… Mais au moins, moi, j'ai essayé.

— Une vraie tête brûlée ! Mais tu étais aussi la fille la plus excitante que j'avais jamais rencontrée. Tu n'avais peur de rien. Absolument rien.

Il s'interrompit et, d'un geste lent, leva la main jusqu'à sa joue, qu'il effleura du bout du doigt.

— Que s'est-il passé, Hayley ?

Comme si ce simple geste l'avait brûlée, elle se détourna et se mit à fixer l'horizon. Puis elle murmura :

— Comment ça, que s'est-il passé ?

Voulait-il parler de leur baiser ? De l'attirance que, manifestement, ils ressentaient toujours l'un pour l'autre ?

— Regarde cet endroit, Hayley. C'est misérable. Harry n'a que du grain moisi à donner à ton cheval, et j'ai l'impression que personne ne l'a étrillée ou fait courir depuis des semaines. Ton grand-père était si fier de son domaine, autrefois…

— Je ne savais pas que les choses allaient aussi mal ici, avoua-t-elle, heureuse de ne pas avoir à s'expliquer sur leur baiser. Je n'étais pas revenue depuis trois ans, et je croyais que Bennie McKenzie s'occupait de tout. Je lui envoyais de l'argent et il encaissait les chèques. Mais la semaine dernière, j'ai eu Daisy Willey au téléphone, et elle m'a dit que la mère de Benny était tombée malade, et qu'il avait quitté le domaine pour aller la soigner. Ça fait un mois qu'il est parti, mais tout ça n'a pas pu se produire en un mois.

— Et les autres hommes qui travaillaient au domaine ?

— Il n'y en a pas d'autres. Mon grand-père les a tous renvoyés. Il disait qu'ils étaient paresseux et qu'ils ne méritaient pas l'argent qu'ils lui coûtaient. Et quand il n'y eut plus personne pour prendre soin des bêtes, il les a vendues. Toutes. A part les lapins et les kangourous, fit-elle avec un sourire forcé, Molly est le dernier animal du domaine.

Elle prit une longue inspiration.

— C'est pour ça que je suis venue. Pour le convaincre de vendre le domaine. Ou, au moins, de le louer à un fermier. Sa santé n'est pas bonne, il fume comme un pompier et du plus loin que je me souvienne, il n'a jamais vu un médecin.

— Il ne voudra jamais partir d'ici !

— Je dois essayer de le convaincre, répéta-t-elle d'un ton résigné. Et si j'y parviens, j'aimerais bien que tu trouves quelqu'un qui pourrait prendre Molly. Quelqu'un de bien.

Teague hocha la tête.

— Mais en attendant, dit-il, je lui rapporterai de la nourriture décente de Kerry Creek, demain.

A peine avait-il prononcé ces mots que Hayley sentit une pointe d'excitation la parcourir.

— Parce que tu vas revenir ?

Il allait revenir, et elle allait le revoir. Et peut-être que, cette fois, elle ne se mettrait pas à pleurer comme une madeleine devant lui.

— Simple visite de contrôle. Pour m'assurer que Molly va bien.

Evidemment, qu'avait-elle cru ? Qu'il allait revenir pour elle ? Et pourtant, une joie intense monta en elle, et elle ne put s'empêcher de sourire. Son retour à Wallaroo n'était synonyme que de trouble et de tristesse. Car même si elle savait que vendre la propriété était la meilleure chose à faire, elle savait aussi qu'elle s'apprêtait à rompre le dernier lien qui l'unissait à l'homme qu'elle avait jadis aimé.

Et voilà que ce lien était de nouveau vivant. Teague était de nouveau là, avec elle, il la touchait, l'embrassait et lui donnait l'impression qu'ils pourraient peut-être refaire le chemin à l'envers.

— Merci Teague, répéta-t-elle.

— Tu devrais lui faire faire de l'exercice, suggéra-t-il. Vas-y doucement pour commencer, un petit trot. Jusqu'au gros rocher par exemple, ce n'est pas très loin.

Surprise, Hayley ne put s'empêcher de se demander si sa suggestion dissimulait une invitation. Quand ils étaient adolescents, c'était au gros rocher qu'ils se retrouvaient en cachette, c'était leur lieu à eux. L'endroit où ils avaient découvert ensemble les plaisirs du sexe…

— O.K., finit-elle par dire. Je vais voir.

— Non mais je disais ça parce que je ne sais pas combien de temps tu avais l'intention de rester…

— Je ne sais pas, répondit-elle. Je n'ai pas vraiment décidé. Au moins une semaine ou deux.

Sa réponse eut l'air de le réjouir.

— Il faut que j'y aille, dit-il en regardant sa montre. Ne lui donne rien à manger ce soir, juste de l'eau. Et je repasserai la voir demain.

Hayley sauta sur ses pieds. Elle mourait d'envie qu'il reste, mais sous quel prétexte ?

— O.K., demain, fit-elle en baissant les yeux.

Il y avait tant de choses qu'elle aurait voulu lui dire, mais ce n'était manifestement pas le bon moment. Elle releva les yeux et croisa son regard. Et soudain, comme malgré elle, comme si son instinct avait pris le dessus sur sa raison, elle se dressa sur la pointe des pieds et l'embrassa sur la joue.

Elle recula, gênée d'avoir été si transparente. D'avoir été incapable de dissimuler le tumulte d'émotions qui l'agitait. Mais un instant plus tard, Teague la serra contre son torse puissant et lui donna un incroyable baiser qui semblait contenir une forcé désespérée.

Aussitôt, elle eut le sentiment que son corps reprenait vie. Son pouls s'accéléra, et chacune de ses terminaisons nerveuses se mit à pulser de désir. C'était comme si elle l'avait embrassé la veille. Son corps ne l'avait pas oublié, ses lèvres se souvenaient de ses baisers, et en même temps, elle avait l'impression que Teague était encore plus bouleversant qu'elle se le rappelait. Si bouleversant que ses jambes menacèrent de se dérober sous elle, mais, la sentant vaciller, Teague la retint de sa main de fer.

Ensemble, ils vacillèrent jusqu'à ce qu'elle se retrouve collée contre le mur rugueux de l'écurie. Elle sentit alors ses mains puissantes descendre dans son dos, jusqu'à ses fesses, et elle dut retenir un petit gémissement lorsqu'il la pressa étroitement contre lui. C'était comme si, tout à coup, elle avait perdu le contact avec la réalité. Combien de fois avait-elle rêvé de cet instant ? Pendant toutes ces années, elle s'était demandé ce que cela lui ferait de le revoir, ce qui se passerait s'ils se retrouvaient, et voilà qu'à présent, cet instant était arrivé. Et elle voulait à tout prix se souvenir de chaque seconde, de chaque sensation, et les graver dans sa mémoire pour l'éternité.

Eperdue de désir, elle se mit à se battre avec les boutons de sa chemise pour la lui retirer, comme si elle ne pouvait pas attendre une seconde de plus pour le sentir vibrer sous sa paume. Elle aurait voulu qu'ils soient déjà nus tous les deux, et qu'ils se donnent l'un à l'autre, jouissant du contact de leurs peaux nues et brûlantes. Elle savait, juste par l'effet que lui faisaient ses baisers, que cet homme avait le pouvoir de la transporter vers d'autres cieux, et elle en mourait d'envie. Cela faisait si longtemps qu'elle n'avait pas ressenti un désir si intense, si irrépressible. Dévastateur. Une question s'insinua alors dans son esprit. Se pouvait-il que Teague soit l'homme qu'elle attendait depuis si longtemps ?

Mais elle ne put y songer davantage : Teague glissa une main sous son corsage et se mit à caresser ses seins nus, et aussitôt, elle oublia tout, tandis qu'une sensation merveilleuse l'envahissait. Jamais encore elle n'avait ressenti quoi que ce soit d'aussi fort. Sous ses mains adroites, elle sentait son corps réagir, répondre. Mon Dieu, que c'était bon de sentir de nouveau ses mains sur elle ! A cet instant, c'était comme si tout le temps passé loin l'un de l'autre n'existait plus, comme s'ils ne s'étaient jamais quittés et qu'ils étaient exactement à leur place. A la bonne place.

Quand il se mit à presser doucement son sein dans sa paume et à intensifier sa caresse, elle crut défaillir. Haletante, elle renversa la tête en arrière, et elle ne put retenir de petits gémissements quand, passant d'un sein à l'autre, il en agaça la pointe dressée, la faisant rouler entre ses doigts comme pour la conduire au point de rupture entre la douleur et le plaisir. C'était divin.

Incapable de soutenir cette délicieuse torture plus longtemps, elle se pressa contre lui et s'enivra de sentir son cœur battre à une allure folle.

— Fais-moi l'amour, Teague.

C'était presque une supplique. Il recula d'un pas et plongea son regard dans le sien, et dans ses yeux, elle lut du désir et de la confusion. Mon Dieu, se désola-t-elle, avait-elle commis une erreur ?

Etait-elle allée trop vite ?

— Hayley ! Où es-tu, ma petite ?

La voix de son grand-père la ramena instantanément à la réalité. Elle rajusta ses vêtements à la hâte et cria :

— Je suis ici.

Pendant que Teague reboutonnait sa chemise, elle avança vers l'entrée de l'écurie pour attendre son grand-père.

— On surveillait Molly, lui lança-t-elle avec un large sourire. Elle a l'air d'aller mieux, regarde.

La silhouette du vieil homme se dessina devant eux en contre-jour, et il entra enfin dans l'écurie en plissant les yeux. Sa vue baissait depuis des années, mais il avait toujours refusé de porter des lunettes. Hayley avait toujours pesté contre son obstination, mais aujourd'hui, le fait qu'il y voyait mal était plutôt un avantage.

— Où est ce satané véto ?

— Je suis là, monsieur.

Serrant les points, Hayley se prépara à essuyer la colère de son grand-père — qu'un Quinn mette les pieds à Wallaroo, c'était tout simplement impensable pour lui.

— Grand-père, je ne crois pas que…

— Quel est ton nom, jeune homme ? l'interrompit-il.

Teague lança un regard interrogateur à Hayley, et elle s'éclaircit la gorge, encore stupéfaite que son grand-père n'ait pas reconnu Teague.

— Tom, il s'appelle Tom. Tom Barrett.

C'était le nom d'un des personnages de *Castle Cove*, la

série dans laquelle elle jouait, mais son grand-père n'en avait jamais vu un seul épisode.

— Dr Tom Barret, ajouta Teague en lui tendant la main.

Ignorant ostensiblement la main tendue, Harry aboya :

— Et combien est-ce que tout ça va me coûter, docteur Tom Barret ?

— Ne t'inquiète pas, intervint Hayley, je payerai. Molly est à moi, j'en suis responsable.

— Si ça te chante, marmonna son grand-père.

Il regarda vers le soleil en plissant les yeux, murmura quelque chose dans sa barbe puis ressortit sans cesser de maugréer. Quand il se fut éloigné, Hayley se tourna vers Teague et s'exclama, encore stupéfaite :

— Il ne t'a pas reconnu, je n'en reviens pas !

— Non, et en même temps, ajouta-t-il avec un sourire, tant mieux. Vu qu'il nettoyait sa carabine quand je suis arrivé…

Hayley se mit à rire, puis elle secoua la tête.

— Je savais qu'il y voyait mal, mais je ne pensais pas que c'était à ce point. Mais tant mieux, en effet. J'ai vu le moment où j'allais devoir vous séparer…

— Je pense que je m'en serais sorti tout seul, mais merci.

A cet instant, il glissa les mains autour de sa taille et l'attira vers lui.

— Retrouve-moi ce soir, Hayley. Au gros rocher.

— Je ne sais pas si je retrouverai le chemin…

— Je t'attendrai à la clôture est, comme on faisait dans le temps. A 21 heures. C'est la pleine lune, ce soir, on ira ensemble, Molly a besoin de galoper un peu.

Au diable Molly ! songea-t-elle. C'était elle qui avait besoin de sentir les mains de Teague sur son corps, et le souffle de ses lèvres sur les siennes.

— Et si je ne peux pas me libérer ?

Il la regarda en souriant.

— Ça fait dix ans que j'attends, Hayley. Je peux bien attendre un jour de plus.

Et avant qu'elle ait pu ajouter quoi que ce soit, il se pencha vers elle et prit possession de sa bouche.

Elle gémit doucement en lui rendant son baiser avec ferveur.

Elle n'était plus que désir et sensualité, comme si chaque cellule de son corps était sur le point de s'épanouir sous ses caresses. Plus rien ne la retenait : tout en elle lui criait de s'abandonner entièrement à cet homme dont l'étreinte était une invraisemblable promesse de plaisir.

— A ce soir, murmura-t-elle en s'arrachant enfin à son étreinte.

Il lui vola un dernier baiser, puis recula vers l'écurie, un large sourire sur les lèvres.

— Je suis vraiment ravi de t'avoir revue, Hayley Fraser.

Au moment où il prononçait ces mots, il ressemblait trait pour trait au jeune garçon dont elle avait été amoureuse.

— Arrête de sourire comme ça, cow-boy ! lança-t-elle, une phrase qu'elle lui répétait souvent quand ils étaient jeunes.

— Et pourquoi ça ? J'adore ce que je vois.

Il ramassa ses affaires et recula encore un peu plus, lentement. Elle ne parvenait pas à détacher ses yeux de sa silhouette athlétique, et quand il disparut enfin dans l'écurie, elle soupira doucement. Elle n'avait pas du tout imaginé qu'elle pourrait de nouveau se sentir un jour dans cet état, comme une adolescente follement amoureuse vivant dans l'attente du moment où elle retrouverait le garçon qu'elle aimait.

Elle savait exactement ce qui allait se passer entre eux ce soir, et elle se sentait parfaitement à l'aise avec ça. Elle allait se donner à lui sans aucune arrière-pensée, sans aucun scrupule. De tous les hommes avec qui elle était sortie, Teague était le seul qu'elle ait jamais vraiment aimé. Et même si le temps et la distance les avaient éloignés l'un de l'autre, ils étaient de nouveau ensemble.

Et elle comptait bien profiter au maximum de chacun des instants qui les uniraient.

- 2 -

— Que veux-tu boire ?

Teague leva les yeux de l'assiette que Mary venait de déposer devant lui.

— Peu importe, répondit-il distraitement. De la bière.

Mary prit une canette dans le frigo, la décapsula puis s'essuya les mains sur son tablier. Elle s'occupait de la maison depuis des années, depuis que la mère de Teague avait décidé qu'elle n'était pas faite pour une vie à la ferme. Quelques semaines après son départ, on avait engagé Mary.

Teague but une longue gorgée de bière, puis piqua distraitement dans son assiette du bout de sa fourchette. Au domaine, on vivait à l'heure du soleil : dès qu'il se couchait, tout le monde passait à table. Mais ce soir, Teague avait raté le repas collectif — ce moment où une horde de gars affamés se retrouvaient autour de la table. Le trajet retour depuis Wallaroo lui avait pris plus longtemps que prévu.

— Où sont-ils tous ? demanda-t-il à Mary.

— Brody est parti dîner dehors avec Payton, quant à Cal et Gemma, ils ont disparu je ne sais où après m'avoir aidée à faire la vaisselle. Ils ont parlé d'une promenade.

Sans rien ajouter, elle s'assit à l'autre bout de la table et se mit à feuilleter un magazine.

— Et qu'est-ce que tu en penses ? demanda Teague, voyant bien qu'elle mourait d'envie de parler des deux couples qui s'étaient formés récemment. Ils ont l'air heureux, non ? En tout cas, je les ai rencontrées toutes les deux, et elles m'ont paru adorables.

Mary leva les yeux de son magazine.

— Elles ajoutent un peu de piquant à la vie bien réglée du domaine, je dois bien le reconnaître. Enfin, au moins pour Brody et Cal.

Teague ne put s'empêcher de rire.

— Oui, il paraît que les femmes font toujours ça.

Les femmes pouvaient même faire plein d'autres choses à un homme qui ne s'y attendait pas. Depuis qu'il avait laissé Hayley à Wallaroo, il n'avait pas pu penser à autre chose qu'à ce qui s'était passé entre eux. Il s'était repassé chaque délicieux instant dans sa tête, encore et encore. Le moment où il l'avait touchée pour la première fois. Le baiser qu'ils avaient échangé. Et la manière dont ils avaient doucement glissé vers autre chose de beaucoup plus intime, beaucoup plus sensuel, beaucoup plus intense… A la seule pensée de la douceur de son sein contre sa paume, il sentit une nouvelle pointe d'excitation l'envahir.

— C'est plutôt une bonne chose que la vie du domaine soit un peu… pimentée par ces deux femmes, non ? dit-il alors à Mary.

— Et toi, Teague, est-ce qu'il y a eu un peu de piment dans ta vie récemment ?

Il leva les yeux vers elle, étonné.

— Du piment ? Es-tu en train de me demander ce que je crois que tu es en train de me demander ?

Depuis le départ de leur mère, Mary avait un peu fait office de mère et de confidente pour Teague et ses frères, et il lui en était reconnaissant, mais elle avait le don pour s'intéresser à des aspects de sa vie qu'il n'avait pas du tout envie de partager.

— Rassure-toi, Mary, tout va bien. Et si les choses changeaient, je ne manquerai pas de t'avertir.

— C'est juste que j'aimerais vous voir heureux, dit-elle en levant les yeux au ciel. Et en main.

— Pourquoi ? la taquina-t-il. Pour pouvoir t'en aller loin de cette exploitation paumée et vivre enfin ta vie ?

Il la vit sourire doucement. Mary avait toujours été si présente dans sa vie et celle de ses frères qu'ils avaient du mal à imaginer qu'elle puisse désirer autre chose que vivre et travailler ici, à Kerry Creek.

— Tu sais, dit-il, je crois qu'il est grand temps que tu prennes des vacances. Je vais en parler à Cal. Tu pourrais prendre une semaine ou deux et aller rendre visite à ta sœur. Ou faire une croisière. Tu pourrais même louer une petite maison sur une plage. Enfin, t'en aller loin de cette bande de guignols.

Elle secoua la tête.

— Il y a bien trop à faire ici à cette époque de l'année. Et en plus, on a des invitées, et il est hors de question que je vous laisse vous occuper de ces jeunes femmes. Allez, dépêche-toi de finir ton assiette, ça va être froid. Et mon feuilleton va bientôt commencer.

Elle se leva, s'essuya les mains sur son tablier et le retira.

— Tu regardes *Castle Cove* avec moi ce soir ?

— Non, je vais aller faire un tour à cheval. C'est la pleine lune, et j'ai besoin de dépenser mon énergie, dit-il en repoussant sa chaise et en reposant sa serviette sur la table.

Mary fixa l'assiette devant lui.

— Tu n'as presque rien mangé.

— Je n'ai pas faim, mais mets-le-moi de côté. Je mangerai plus tard.

Attrapant sa sacoche, il se dirigea vers le réfrigérateur. Il avait tout ce qu'il lui fallait dans son sac — allumettes, eau, préservatifs —, mais il manquait encore quelque chose. Ils n'avaient jamais bu un verre ensemble, Hayley et lui, mais ils avaient l'âge, désormais. Et peut-être qu'elle aimait le vin, songea-t-il en glissant une bouteille de vin et un tire-bouchon dans son sac.

Mary l'observa d'un air surpris.

— Tu as l'intention de faire la fête ce soir ?

— Non.

Elle l'étudia un long moment en silence, puis elle secoua la tête.

— J'ai entendu dire que Hayley était de retour à Wallaroo. Mais j'imagine que tu es déjà au courant, non ?

— Oui, fit-il en évitant son regard. Qui te l'a dit ?

— J'ai parlé à Daisy Willey aujourd'hui. Elle m'a appelée de la bibliothèque pour me dire que mes livres étaient arrivés, et elle m'a dit que Hayley allait revenir. Le cousin de Daisy, Bennie McKenzie, s'occupe de la maison du vieux Fraser, et il a dû s'absenter pour aller voir sa mère malade. Du coup, Daisy a suggéré à Hayley qu'elle pourrait peut-être venir s'occuper de son grand-père en l'absence de Bennie. Hayley et elle sont restées en contact, vu que Hayley fait des dons réguliers à la bibliothèque.

Teague resta un instant sans voix devant cette avalanche d'informations.

— Eh bien, finit-il par dire, les nouvelles vont vite.

— Fais attention, le prévint-elle, tu sais ce que tes frères pensent des Fraser. Et vu que le vieux Fraser vient de se lancer dans un nouveau procès contre nous, tu ferais mieux de ne pas risquer de te retrouver coincé entre les deux.

Elle se pinça les lèvres, comme chaque fois qu'elle était préoccupée, puis elle ajouta :

— Je me demande bien pourquoi Harry Fraser a décidé de déterrer la hache de guerre.

Teague avait sa petite idée sur la question. Si Harry se décidait à vendre Wallaroo, l'exploitation vaudrait bien plus avec la terre qui opposait leurs deux familles depuis toujours.

— Hayley n'a rien à voir avec tout ça, dit-il alors. Toute cette dispute ne concerne que Cal et Harry. Et puis, je suis un grand garçon, je sais ce que je fais.

— Comme la fois où tu as fait un salto arrière depuis la barrière des écuries et que tu t'es cassé le poignet ? Si mes souvenirs sont bons, c'était pour relever un défi que t'avait lancé Hayley Fraser.

— Je n'ai plus dix ans.

Mais au fond de lui, songea-t-il en jetant son sac sur son épaule et en quittant la pièce, il n'était peut-être pas beaucoup plus raisonnable que lorsqu'il avait dix ans.

Il prit le chemin des écuries. La lune ne s'était pas encore levée, mais il aurait pu retrouver son chemin les yeux fermés. Quand il pénétra dans le bâtiment, il alluma la lumière et entendit aussitôt un bruit sur sa droite. Il tourna la tête et découvrit Cal et Gemma, leurs vêtements à moitié ôtés et les cheveux ébouriffés.

Tandis que Gemma se réajustait fébrilement, Cal passa devant elle afin de la dérober au regard de Teague et demanda :

— Qu'est-ce que tu fais là ?

— J'allais faire un tour à cheval, répondit-il en attrapant sa selle et en se dirigeant vers la stalle. Salut Gemma.

— Salut Teague, fit-elle en levant la tête par-dessus l'épaule de Cal et en lui faisant un petit signe de la main. Belle nuit pour une balade.

Teague entendit Cal murmurer quelque chose entre ses dents, et quand il se retourna, il vit son frère et Gemma quitter l'écurie à la hâte. Depuis que la généalogiste était arrivée de Dublin, Cal s'était entiché d'elle, et dès qu'il avait un moment de libre, il le passait avec Gemma, à la contempler comme si elle était la huitième merveille du monde. Et Brody aussi avait ramené une fille au domaine, Payton Harwell, une superbe Américaine qu'il avait rencontrée en prison à Bilbarra. A croire que c'était une épidémie…

Arrivé à la porte de la stalle, Teague la déverrouilla et siffla. Quelques secondes plus tard, Tapper, le puissant hongre à la robe noisette qu'il montait régulièrement depuis qu'il était revenu à Kerry Creek, un an plus tôt, trottinait vers lui. Il attrapa sa bride et le fit sortir de son paddock.

Il ne lui fallut que quelques minutes pour le seller et quand ce fut fait, il accrocha son sac de couchage et ses sacoches derrière la selle. Chaque mois, depuis qu'il était revenu au domaine, il galopait jusqu'à la cabane et, parfois, il y passait la nuit. Il dormait alors dans le même lit où Hayley et lui avaient fait l'amour la première fois, se rappelant chaque détail de la découverte de leurs corps et de leurs sens. Et ce soir, c'était là qu'il comptait emmener Hayley.

Ce n'était qu'une cabane, mais au moins, c'était un endroit où personne ne viendrait les déranger. Et puis, c'était un lieu où ils n'avaient que de bons souvenirs.

Il monta en selle et éperonna légèrement sa monture. Il n'avait aucune idée de la manière dont leurs retrouvailles allaient se passer. Ni s'ils allaient pouvoir se retrouver comme par le passé. Mais peu importait. Car à cet instant, cela faisait une éternité qu'il ne s'était pas senti aussi optimiste avec une femme.

Hayley se tenait à côté de Molly, lui flattant doucement l'encolure. Cela faisait dix minutes qu'elle attendait dans l'obscurité, et cela faisait dix minutes que l'excitation le disputait au doute. Rester, partir, attendre, s'enfuir… Elle voulait revoir Teague, ça oui, et pourtant, sa raison lui criait qu'elle courait tout droit au désastre amoureux. Qu'elle allait avoir le cœur brisé si elle ne s'enfuyait pas tout de suite.

Teague pensait qu'elle n'avait peur de rien, mais au fond d'elle, elle savait bien que ce n'était pas vrai. Son attitude bravache, enfant puis adolescente, n'avait été qu'un moyen de dissimuler ses peurs, de les tenir à distance. D'éviter d'affronter tout ce qui la terrifiait.

Aujourd'hui, même si elle éprouvait toujours l'impérieux besoin de défier Teague pour qu'il lui prouve à quel point il tenait à elle, elle connaissait des moyens bien moins dangereux et plus efficaces que les défis casse-cou qu'elle lui lançait sans cesse quand ils étaient jeunes. Pour autant, elle était morte de peur. Car à cet instant, ce n'était pas son corps qui était en danger.

C'était son cœur.

Avec les années, les mauvais souvenirs s'étaient estompés, et il ne lui était plus resté que celui d'un Teague doux et protecteur, honnête à l'excès. Elle avait essayé de se convaincre qu'ils n'avaient rien partagé qu'un flirt adolescent. Ils avaient découvert le sexe ensemble et, bien sûr, cela avait créé un lien entre eux. Mais ils se seraient séparés tôt ou tard.

Teague avait été là pour l'aider quand elle traversait des moments difficiles, et il y en avait eu beaucoup, quand elle était arrivée à Wallaroo. Elle était si en colère, et si perdue alors ! Depuis la mort de ses parents, sa vie était complètement sens dessus dessous, en grande partie à cause de sa manière de se comporter en rebelle.

A l'époque, Harry était son seul parent encore en vie, sa propre mère s'étant elle-même retrouvée orpheline en bas âge.

Mais il avait refusé de la prendre avec lui, et elle avait fini ballottée entre foyers et familles d'accueil. Ces lieux n'étaient pas en cause, ils étaient même plutôt bien pour ce genre de structure, mais tout ce qu'elle voulait, elle, c'était vivre avec son grand-père. Jour après jour, elle fantasmait sur la vie qu'elle pourrait avoir avec lui, une vie parfaite, rien qu'elle et lui, et elle était bien décidée à la faire exister.

Mais quand Harry avait enfin accepté qu'elle vienne vivre à Wallaroo, il lui avait clairement fait comprendre qu'il ne voulait rien avoir à faire avec elle. Il était froid, distant, à peine capable d'échanger deux mots avec elle. Et c'était Teague qui lui avait alors donné une raison de vivre, qui lui avait fait accepter sa situation et qui lui avait permis de trouver sa place à Wallaroo — et dans le cœur de Teague.

C'était pourquoi son départ l'avait tellement blessée. Des mois avant qu'il ne parte pour l'université, elle avait essayé de se convaincre que les sentiments qu'elle éprouvait pour lui étaient assez forts pour survivre à une séparation, le temps qu'il achève ses études. Et puis, après à peine quelques semaines, il l'avait oubliée. Aucune lettre, aucun appel. Elle lui avait écrit des dizaines et des dizaines de lettres, et elles étaient toutes restées sans réponse.

Isolée comme elle l'était à Wallaroo, elle avait imaginé le pire. Qu'il l'avait oubliée, purement et simplement, que c'était un salaud. Dans les années qui avaient suivi son départ de Wallaroo, elle s'était souvent demandé ce qui s'était vraiment passé. Et peut-être qu'aujourd'hui, elle allait enfin le savoir.

Quand elle n'avait plus eu de nouvelles de Teague, elle avait voulu aller le trouver et lui demander des explications. C'était pour cela qu'elle avait quitté Wallaroo. Elle avait empaqueté ses maigres affaires, dit adieu à Molly et avait fait du stop jusqu'à Sydney. A cours d'argent, elle s'y était arrêtée le temps de gagner de quoi poursuivre son voyage, mais au bout d'un mois, elle s'était rendu compte qu'elle n'avait au fond besoin de rien ni personne. Et elle avait décidé qu'elle ne voulait plus dépendre de quelqu'un, plus jamais, et encore moins aimer quelqu'un. Et elle était restée à Sydney, où elle avait commencé une nouvelle vie. Une vie où personne ne pourrait l'atteindre, et lui faire du mal.

Elle entendit soudain un cheval qui approchait au galop et elle scruta l'obscurité en retenant son souffle. Ce n'était plus qu'une question de minutes avant qu'il ne pose de nouveau ses lèvres sur les siennes…

Teague conduisit sa monture jusqu'à elle, puis il lui tendit la main. Cela faisait une éternité qu'ils n'avaient pas monté ensemble — comme ils le faisaient, quand ils allaient passer la nuit à la cabane. Ils chevauchaient ensemble, Hayley nichée contre lui, si bien qu'ils pouvaient se parler, et se toucher, tout au long du chemin. Et quelques heures avant le lever du soleil, Teague la ramenait à la limite de Wallaroo.

Après avoir attrapé les rênes de Molly pour les fixer à l'arrière de sa propre selle, Teague fit monter Hayley devant lui. L'enveloppant de ses bras puissants, il éperonna sa monture qui partit au pas.

Pendant un long moment, aucun d'eux ne prononça un mot. Hayley sentait son cœur battre comme un fou dans sa poitrine. Comme c'était dur de respirer normalement, si près de Teague, à quelques centimètres à peine de lui… Et son bras contre sa taille, qui effleurait son ventre à chaque mouvement du cheval, insufflait de délicieuses sensations dans tout son corps…

Même après tout ce temps, cela lui semblait toujours aussi agréable. Bien plus que ça, même : évident. En soupirant de plaisir, elle se laissa aller contre lui et, sans cesser de galoper, Teague enfouit son visage dans son cou, jusqu'à trouver sa peau nue, qu'il se mit à caresser du bout des lèvres.

Passant la main autour de son cou, elle se pressa encore un peu plus étroitement contre lui, et se laissa bercer par le trot du cheval, sans dire un mot. Elle avait des choses à lui dire, mais elle redoutait trop que cela ne gâche cet instant magique, comme suspendu entre eux. Ce n'était pas la peine de remuer les erreurs du passé et les vieux ressentiments. Ils étaient là, tous les deux, et c'était tout ce qui comptait.

Teague glissa une main sur son ventre et elle frémit à son contact, puis il passa la main sous son T-shirt, et elle ne put retenir un gémissement quand ses doigts effleurèrent ses seins à travers la fine dentelle de son soutien-gorge. Quelle idiote elle avait été de mettre sa lingerie la plus sexy ! A cet instant, elle ne désirait plus qu'une chose : sentir sa peau contre la sienne, sans aucun obstacle entre eux. Comme cet après-midi.

La nuit était fraîche et la lune dessinait un cercle d'or dans le ciel, illuminant l'outback. Elle avait vécu tellement longtemps à Sydney qu'elle avait oublié à quel point Wallaroo était désert, et sublime. Un écrin de rêve pour leurs sensuelles retrouvailles. Quand ils arrivèrent à la cabane, ils n'avaient toujours prononcé aucun mot, mais ce n'était pas la peine : le désir qui les poussait l'un vers l'autre parlait pour eux. Ils auraient bien le temps de parler. Après.

Teague sauta de cheval, puis lui tendit la main et la tint fermement par le bras pendant qu'elle sautait à son tour. Quand elle fut de nouveau sur la terre ferme, elle leva les yeux vers lui, et ce fut comme si tout l'air se vidait de ses poumons d'un seul coup. A la lueur de la lune, le désir brûlant qui réchauffait ses prunelles la frappa comme une flèche, et elle resta immobile, presque paralysée, attendant qu'il fasse le premier pas.

Elle pouvait presque entendre le cœur de Teague cogner dans sa poitrine, et quand il pencha la tête vers elle et passa une main dans ses cheveux, elle crut défaillir. Mais ce n'était rien à côté de ce qu'elle ressentit lorsqu'il posa ses lèvres sur les siennes, en un baiser doux et lent, d'une douceur et d'une lenteur qui la confondirent. C'était si bon, si délicieux… Gagnée par une chaleur subite, elle entrouvrit les lèvres et lui rendit son baiser. Sa langue jouait avec la sienne, le taquinait, le cherchait, l'avalait avec gourmandise. Elle aurait pu passer la nuit à lui offrir sa bouche, et à déguster la sienne. Sauf que la seule pensée que ce n'était qu'un début la fit délicieusement frissonner.

— Tu as froid ? murmura-t-il à son oreille.

Comme elle secouait la tête, il ajouta :

— Tu as peur ?

— Jamais, répondit-elle en un souffle, et cette fois, c'était vrai.

Quoi qu'il se passe, elle n'avait rien à craindre de lui, elle le savait avec certitude.

D'un geste très doux, il prit sa main et la glissa sous sa veste, pour la presser contre son torse. C'était chaud et doux. Désirable.

— Nerveuse, alors, chuchota-t-il avec un petit sourire.

— Un peu, admit-elle du bout des lèvres. Pas toi ?

— Si. Mais ce n'est rien à côté du bonheur que j'ai à être là, avec toi.

Sans lui laisser le temps de dire quoi que ce soit, il se détourna pour attacher les deux chevaux à la clôture devant la cabane. Puis il jeta son sac sur son épaule et, avec un sourire, il lui prit de nouveau la main et l'entraîna vers la porte. Quand ils furent sous le porche, elle hésita un instant. Si cet endroit était du même genre que Wallaroo, elle n'était pas tout à fait sûre d'avoir envie d'y entrer.

— C'est bon, fit-il en ouvrant la porte. Tu peux entrer.

Craquant une allumette, il alluma une lampe à huile, et une lumière vacillante éclaira la cabane. Rien n'avait changé. C'était exactement comme dix ans plus tôt. Elle s'était attendue à trouver un endroit recouvert de poussière et de toiles d'araignées, mais l'intérieur de la cabane était étonnamment propre et ordonné.

— Je viens ici de temps en temps faire un peu de ménage, expliqua-t-il en fermant la porte. Sans doute que j'espérais te trouver un jour ici, ajouta-t-il en la prenant dans ses bras. Et te voilà.

Avec un sourire, il lui ôta sa veste et la jeta sur le sol, bientôt rejointe par la sienne. Puis il la regarda de nouveau dans les yeux, et elle sentit toute sa raison s'envoler. Fébrilement, elle se mit à déboutonner sa chemise. Plus rien ne comptait que caresser sa peau, embrasser son torse, frémir à son contact, soupirer de plaisir quand il s'allongerait sur elle, dans le lit étroit qui, par le passé, avait accueilli si souvent leur amour.

Et pour cela, il fallait qu'ils soient nus, tous les deux.

Comme s'il pouvait lire dans ses pensées, Teague se débarrassa de sa chemise et se tint immobile devant elle. Elle retint son souffle. Dans le mince halo de lumière projeté par la lampe à huile, le corps de Teague lui parut encore plus désirable que par le passé. C'était le même, et pourtant très différent. C'était le corps d'un homme : solide, carré, musclé. Sur son torse, une fine toison ombrait sa poitrine et se prolongeait en une ligne qui disparaissait sous son jean, là où elle n'avait connu qu'un garçon presque imberbe.

D'une main tremblante, elle posa la main sur son large torse et le caressa doucement. C'était… c'était encore plus doux, et en même temps plus ferme, plus solide, que ce qu'elle avait imaginé. Mais il ne lui laissa pas le temps de savourer ce contact : d'un geste impatient, il lui retira son T-shirt et contempla, admiratif, sa poitrine qui se soulevait au rythme de sa respiration troublée. Elle le vit sourire, tandis qu'il suivait du bout des doigts la dentelle de son soutien-gorge.

— Joli, très joli. Tu vois, moi maintenant, j'ai du poil sur la poitrine, et toi, tu portes des sous-vêtements hors de prix.

— Eh oui, je suppose qu'on est vraiment devenu adultes, répliqua-t-elle en souriant.

Puis, lentement, ils continuèrent à se déshabiller l'un l'autre, sans se quitter des yeux, jetant leurs vêtements à terre les uns après les autres. Quand il ne lui resta plus que son boxer, et qu'elle se tint devant lui à peine dissimulée par la fine dentelle de sa lingerie, ils interrompirent leur geste. Des années plus tôt, elle se sentait toujours un peu gênée à l'idée de se retrouver complètement nue, c'était même la seule situation dans laquelle elle se sentait vulnérable. Mais elle n'était plus une jeune fille, à présent. Et elle avait envie de montrer à Teague qu'elle était prête à lui faire l'amour comme une femme, une femme libre, débarrassée de toute inhibition.

D'un geste lent, elle dégrafa son soutien-gorge et le laissa tomber à ses pieds. Puis, d'un geste encore plus sensuel, elle fit glisser sa culotte de dentelle le long de ses cuisses. Et là, sans hésiter, elle lui retira son boxer et contempla avec envie son sexe dur et bandé. Reculant d'un pas, elle détailla l'extraordinaire spectacle qu'il lui offrait, s'efforçant d'en saisir tous les détails. Teague avait été un jeune homme longiligne, mais maintenant, c'était un homme, un vrai, dont le corps aurait fait se damner n'importe quelle femme.

— Tu es si belle, murmura-t-il en posant une main sur son épaule et en l'attirant vers lui. Et tu l'as toujours été.

— On a changé, l'un comme l'autre.

— Une chose n'a pas changé, Hayley. J'ai toujours autant envie de toi. Exactement comme la première fois que nous avons fait l'amour.

— Moi aussi, Teague, chuchota-t-elle tandis qu'il la pressait contre elle, moi aussi, j'ai envie de toi. Terriblement envie.

Quand leurs peaux se rencontrèrent, elle eut l'impression que son corps était fait de marbre, aussi solide, aussi ferme que celui d'une statue. Il était tellement plus grand, plus fort, et elle n'en revenait pas de la puissance qui émanait de lui. Et pourtant c'était bien Teague, aussi doux, aussi tendre que dans son souvenir, et quand il l'allongea délicatement sur le lit et recouvrit son corps du sien, elle ne put retenir un petit gémissement.

Combien de fois avait-elle rêvé cet instant ? Pendant toutes ces années, ça avait toujours été le même fantasme : elle et lui, dans cette cabane, allongés nus l'un contre l'autre. Et maintenant que c'était devenu réalité, elle avait envie que cela ne s'arrête jamais. Comme dans ses rêves les plus fous, que cela se répète à l'infini, encore et encore. Mais dans la réalité, cette fois.

Sentir la peau nue de Hayley contre la sienne transporta Teague de désir. Un désir irrépressible, qui mettait chacun de ses sens à la torture. Même s'il avait souvent repensé au temps qu'ils avaient passé ensemble, à leurs étreintes enfiévrées, il ne se rappelait pas avoir jamais rien ressenti d'aussi incroyable. Aussi fort. Sa peau était plus douce que la soie, son odeur un exquis aphrodisiaque qui le rendait fou. Et son corps était un appel à l'amour. Un corps fait pour être exploré lentement, délicatement, dans ses moins parcelles.

Faire l'amour avec elle allait être très différent de ce qu'ils avaient connu lorsqu'ils étaient adolescents. Depuis, ils avaient chacun eu d'autres partenaires, et l'expérience était un excellent professeur. Ça allait être fantastique.

S'écartant légèrement, il la contempla un instant, fou de désir. Comment résister ? Il l'embrassa doucement, s'efforçant de ne pas aller trop vite. Mais il était comme un homme qui, mourant de soif dans le désert, aurait trouvé une oasis. Pour lui, il n'y avait jamais eu d'autre femme que Hayley, aucune femme n'avait réussi à la remplacer dans son cœur, et même dans son corps. Il avait eu des aventures, il avait ressenti du désir pour d'autres femmes, mais rien qui ne dure plus d'une nuit, et qu'une étreinte rapide ne puisse satisfaire. Rien à voir avec ce qu'il ressentait pour Hayley, avec ce qu'il avait toujours ressenti.

Leurs lèvres se retrouvaient avec gourmandise, et il la mordillait, la goûtait, la dégustait, et chaque fois qu'il reculait, leurs yeux se rencontraient. Il savait très exactement ce qu'elle attendait. Ce qu'elle voulait. Tout son être exprimait le désir, de sa bouche tentatrice à ses yeux mi-clos.

Teague se pressa lentement contre elle, et la sensation de son sexe bandé contre sa peau nue l'électrisa. Il mourait d'envie de la prendre, de s'enfouir en elle, de se perdre de plaisir dans son corps superbe, fait pour l'amour. Mais il n'avait aucune idée de la manière dont son propre corps allait réagir. C'était exactement comme lors de leur première fois. Comme si chaque sensation était décuplée, transformant son corps en un ensemble de cellules hypersensibles, réactives à une seule chose : Hayley. Et s'il réagissait comme il l'avait fait alors, ce serait fini avant même que ça ne commence…

Il s'écarta d'elle, mais il sentit aussitôt les mains de Hayley glisser le long de sa poitrine, agripper ses hanches et l'attirer vers elle. Elle le voulait en elle, il le savait, il le voyait, et c'était aussi ce qu'il désirait de plus cher, à cet instant. Abandonner toute retenue et la prendre sur-le-champ, savourer sans réserve ce corps qui lui avait tant manqué. Mais il devait y aller doucement.

Combattant son instinct, il se laissa doucement glisser le long de son magnifique corps. Le lit étroit n'était pas fait pour des manœuvres de séduction trop compliquées et, traçant un chemin de baisers de son ventre jusqu'à ses cuisses, il finit par s'agenouiller devant elle. Tout en elle était parfait.

Hayley, sa Hayley, la gardienne de son cœur pendant toutes ces années. Et aujourd'hui, elle était encore quelque chose de plus : la femme qui avait le pouvoir de lui briser le cœur une deuxième fois.

Mais il s'en moquait. Même si elle devait disparaître de sa vie le lendemain, il s'en moquait. Plus rien ne comptait que cet instant. Il n'avait besoin de rien d'autre. C'était une fin parfaite, une manière de refermer le livre de leur histoire, de tourner la page en beauté. Il en tirerait du plaisir, et il ferait tout ce qu'il faudrait pour qu'elle en tire autant que lui.

Elle passa les mains dans ses cheveux, accompagnant sa lente et délicieuse exploration, le retenant à certains endroits, le pressant à d'autres. Il embrassait, léchait, adorait tout son corps avec sa bouche, sa langue, et quand il sentit qu'elle le guidait encore plus bas, au cœur de son désir, il n'hésita pas une seconde et pressa ses lèvres sur son sexe brûlant.

Il savait exactement comment rendre une femme folle de plaisir, comment la conduire près, très près du point de non-retour, et, au moment où tout bascule, revenir en arrière et la soumettre à une frustration aussi douloureuse qu'excitante. Hayley laissa échapper un gémissement de protestation, puis de plaisir, avant de protester de nouveau, tandis que, du bout de la langue, il jouait avec les limites de son plaisir, prolongeant cette torture qui se répercutait dans tout son corps, secoué de délicieux frissons.

Il la sentait impatiente, et chaque fois qu'il accélérait le rythme, chaque fois qu'il approchait dangereusement de la zone de non-retour, il sentait qu'elle accentuait la pression de ses mains sur son crâne, comme pour le supplier de la délivrer enfin de cette attente. Et cela ne faisait qu'augmenter son propre désir de la posséder.

Le souffle court, il enfouit encore une fois son visage entre ses cuisses, s'enivrant de sa chaleur, et de son parfum si suave.

Il fallait qu'il la prenne. Maintenant.

D'un mouvement souple, il se laissa glisser le long de son corps et frémit de désir lorsqu'il sentit son sexe se presser contre le sien. Hayley insinua sa main entre eux, et commença à caresser doucement son sexe gonflé de désir. Il retint son souffle, essayant de garder le contrôle de lui-même. Il savait qu'il devait se retirer pour mettre un préservatif, mais c'était si bon, sa main sur son sexe, cette impérieuse caresse qui le rendait fou, qu'il ne parvenait pas à l'interrompre.

Il n'eut pas à le faire. Sans briser le contact, elle roula sur lui et le chevaucha. Incapable de détacher les yeux du spectacle qu'elle lui offrait, il la contempla avec un désir presque douloureux tandis qu'elle se penchait en avant et déposait un baiser sur son ventre. Elle remonta ensuite vers sa poitrine, et il laissa échapper un soupir, mélange de soulagement et de frustration. Si elle était descendue plus bas, il n'aurait plus répondu de rien. Mais son soulagement fit vite place à une autre sensation, quand, tout en posant les lèvres sur les siennes et cherchant sa langue pour un baiser qui lui ôta le souffle, elle se frotta contre son sexe bandé et, d'un seul coup, s'empala sur lui. Il était en elle. Elle laissa échapper un nouveau gémissement et Teague la retint par les hanches, déterminé à l'arrêter.

Mais il aurait dû le savoir. Quand Hayley voulait quelque chose, rien ne pouvait l'arrêter, même si c'était n'importe quoi. Comme faire l'amour sans préservatif. Et, à l'évidence, c'était ce qu'elle voulait.

— Tu ne crois pas qu'on devrait arrêter ? J'ai des préservatifs.

— Ne t'inquiète pas, fit-elle. Je prends la pilule. Et jusqu'à ce soir, je n'ai jamais fait ça sans préservatif.

Il sourit.

— Moi non plus. Alors dans ce cas…

Sans un mot de plus, elle se mit à onduler sur lui, les mains plaquées sur son torse, ses longs cheveux balayant son doux visage marqué par la passion. Les yeux fermés, un sourire indescriptible sur les lèvres, elle était partie. Elle était somptueuse, comme si le plaisir qui la traversait la nimbait d'un halo magique.

Teague ne pouvait se lasser de la regarder, il n'en avait pas assez, il n'en aurait jamais assez. Son visage parfait, son corps si souple, si habile. Si incroyable. C'était comme si elle avait été créée pour le plaisir de ses yeux, pour qu'il puisse jouir de la contempler. Elle était absolument parfaite.

Soudain, Hayley ralentit son rythme et s'agenouilla sur lui, si bien que leurs deux sexes furent sur le point de se séparer. Mais alors qu'il redoutait ce moment où il ne la sentirait plus autour de lui, elle ouvrit les yeux et, doucement, glissa de nouveau sur lui.

C'était plus qu'il n'en pouvait supporter, et il se sentit sur le point de basculer. Mais elle se pencha de nouveau sur lui, l'embrassa, et répéta son habile manœuvre. Il voulut l'en empêcher, et la retenir sur son sexe, profondément, mais elle lui emprisonna les mains et les lui releva au-dessus de la tête.

Il ne pouvait rien faire, il ne pourrait rien faire. Il était à sa merci. Elle allait garder le contrôle jusqu'au bout, et il allait se laisser faire. Et il allait adorer ça.

Ses seins ronds et pleins effleurèrent son torse, le propulsant dans une nouvelle dimension qu'il ne croyait pas possible. Mais il ne voulait pas fermer les yeux, il voulait la voir jusqu'au bout, il voulait jouir de sa beauté, de son désir, de son plaisir. Car elle était près, il le sentait à la manière dont elle venait d'accélérer le rythme. Il connaissait son corps, ses réactions, sans doute mieux qu'elle ne le connaissait elle-même.

Il lui avait appris comment se laisser aller, comment oublier ses peurs, ses doutes, et c'était lui qui lui avait donné son premier orgasme. Et tous ceux qui avaient suivi, assez pour qu'il en reconnaisse encore les signes. Et ils étaient tous là — elle avait rejeté sa tête en arrière et, tandis que sa respiration s'accélérait, soulevant sa poitrine à un rythme désordonné, elle se mordait les lèvres, fermant les yeux de plus en plus fort.

Teague se concentra sur son visage, et s'autorisa enfin à accompagner le mouvement de ses hanches tentatrices de coups de rein libérateurs. Lui aussi était près, et il voulait qu'ils viennent ensemble.

Et enfin le moment arriva. Elle se cambra sur lui, tendue comme un arc, le souffle suspendu en un instant infini, jusqu'à ce qu'un intense cri de plaisir s'échappe de ses lèvres et annonce le déferlement de la vague qui allait les emporter tous les deux.

C'était inouï. Il avait couché avec de nombreuses femmes depuis Hayley, mais avec elle, il y avait quelque chose qui dépassait de très loin la simple satisfaction physique. Quand il était en elle, il ressentait un lien bien plus fort qu'un simple plaisir partagé. C'était comme la promesse silencieuse que cette intensité les liait à jamais.

Cela faisait près de dix ans qu'ils avaient fait l'amour pour la dernière fois, et il avait eu de nombreuses aventures entre-temps, mais à présent qu'il était de nouveau avec elle, le temps donnait l'impression de s'être arrêté.

Délicatement, il la fit glisser à côté de lui et, passant une main dans ses cheveux, il se mit à jouer avec ses boucles. Elle l'embrassa puis recula légèrement avec un sourire. Elle avait toujours le souffle court, le visage rosi par la passion et les lèvres gonflées.

— C'est donc vrai ce qu'on dit, murmura-t-elle. C'est comme le vélo : ça ne s'oublie pas.

- 3 -

Hayley se laissa envelopper par la chaleur, flottant entre le sommeil et la conscience. Elle ouvrit les yeux et, l'espace d'un instant, elle ne sut plus où elle était.

Puis tout revint d'un seul coup, absolument tout : le corps, les caresses de Teague, la manière dont il bougeait en elle, et par-dessus tout, l'incroyable vague de plaisir qui les avait emportés. Elle s'était demandé à quoi ressembleraient leurs retrouvailles, à présent qu'ils étaient l'un et l'autre plus expérimentés, mais elle ne s'était pas attendu à cette espèce de tremblement de terre qui les avait terrassés ce soir.

Comment avait-elle pu croire qu'il ne s'agirait que de sexe entre eux ? Elle savait depuis le début que son désir pour Teague était irrépressible, si intense qu'il était impossible de ne pas le satisfaire. Mais elle s'était convaincue qu'une fois qu'ils auraient fait l'amour, une fois que son désir serait satisfait, elle pourrait s'en aller. Après tout, ils ne s'aimaient plus, ni l'un ni l'autre. Et sans sentiments, le sexe n'était que du sexe, et rien d'autre. C'était ce qu'elle avait toujours prôné et mis en œuvre avec les hommes qu'elle avait rencontrés depuis Teague — ils lui donnaient du plaisir physique, mais elle ne se livrait jamais à eux. Elle les tenait loin de tout sentiment.

Et pourtant, à cet instant précis, elle ne désirait rien plus que rester dans les bras de Teague, dans son lit. Elle inspira longuement. Elle était en train de faire une énorme erreur, elle le savait. Ça lui avait pris des années de l'oublier, ou du moins, de ne plus penser à lui chaque jour, à chaque minute. Et maintenant, elle allait devoir livrer de nouveau cette terrible bataille.

Cela serait si simple de se reposer sur Teague, de croire qu'il serait toujours là pour elle. Mais ils vivaient des vies diamétralement opposées aujourd'hui, aussi bien sur un plan physique qu'affectif. Et la seule personne sur qui elle pouvait se reposer, c'était elle-même.

Elle se redressa sur un coude et contempla son visage dans le mince halo de lumière que projetait la lampe. Si elle se concentrait assez fort, elle pouvait effacer le souvenir du garçon qu'elle avait aimé et le remplacer par l'image de l'homme qui pourrait lui briser le cœur. Elle était plus forte maintenant, indépendante. Elle avait une carrière à mener, et assez d'argent pour être à l'abri du besoin. Et tout le monde lui répétait qu'elle avait un formidable avenir au cinéma. Il n'y avait pas de place pour un homme dans sa vie.

Mais tout l'argent du monde, toute la gloire ne vaudrait jamais cela, songea-t-elle, ce sentiment de plénitude absolue et de liberté, l'impression d'être redevenue elle-même, la Hayley d'avant le rôle dans *Castle Cove* qui l'avait rendue célèbre. Relevant doucement la couverture, elle se glissa hors du lit en retenant son souffle.

L'air frais du petit matin la fit frissonner tandis qu'elle marchait sur la pointe des pieds pour collecter ses vêtements éparpillés. Le soleil commençait à briller à l'horizon et si elle ne rentrait pas avant que son grand-père ne se lève, il allait se mettre à sa recherche.

Elle s'habilla rapidement, puis elle contempla encore une fois Teague. Elle mourait d'envie de le réveiller et de l'embrasser pour lui dire au revoir, mais elle ne savait pas très bien ce qu'elle lui dirait. Peut-être valait-il mieux s'en aller sans rien dire, et laisser les choses se défaire d'elles-mêmes.

Après un dernier regard, elle quitta la cabane, défit la longe de Molly qu'elle avait attachée à la barrière, à côté du cheval de Teague, et monta en selle.

Puis elle prit une longue inspiration. Même si elle adorait vivre à Sydney, il lui arrivait souvent de regretter la paix de l'outback. L'air était plus pur, et le soleil brillait plus fort à Wallaroo. Et même si elle en était partie depuis longtemps, elle y pensait toujours comme à son chez-elle. Sa maison.

Elle lança un dernier regard à la cabane puis elle éperonna Molly qui partit aussitôt au galop. La vigueur avec laquelle sa jument galopait l'emplit de joie : qui aurait dit, en la voyant deux jours plus tôt, qu'elle se remettrait si vite ? Et là encore, c'était grâce à Teague. C'était lui qui l'avait sauvée du désastre, qui avait remis les choses à leur place et qui l'avait rendue heureuse.

Elle ne put s'empêcher de rire doucement. Elle avait tant redouté de venir à Wallaroo ! Depuis qu'elle en était partie, des années plus tôt, elle n'était revenue que deux fois. Mais cette fois, son voyage était différent. Les deux dernières fois, elle ne savait toujours pas où elle en était, et elle était toujours mal à l'aise, en colère. Cette fois, elle était prête à accepter sa vie telle qu'elle était. Elle releva la tête d'un air conquérant et poussa un grand cri de joie qui surprit sa monture.

Teague avait promis de revenir à Wallaroo vérifier si tout allait bien avec Molly et pour lui apporter du fourrage. Elle le verrait donc dans quelques heures à peine et peut-être qu'ils se mettraient d'accord pour passer une nouvelle nuit à la cabane.

— Ça peut marcher, se répéta-t-elle à voix haute, comme pour s'en assurer.

Ça pouvait, à la condition de prendre un peu de recul. Elle n'était plus amoureuse de Teague. C'était un vieil ami. Ils étaient deux anciens amants qui reprenaient contact. Il n'y aurait aucun lien, aucun engagement sérieux. Et quand il serait temps qu'ils repartent chacun de leur côté, ils le feraient sans déchirement. Sans se faire de mal. Ils n'étaient plus des adolescents, mais des adultes responsables, sensés.

Quand elle atteignit les écuries, Hayley se laissa glisser à bas de cheval et guida Molly à l'intérieur de sa stalle. A sa grande surprise, elle y trouva son grand-père qui l'attendait, assis sur une botte de paille à fumer une cigarette.

— Où étais-tu ?

— J'ai fait un tour avec Molly, elle a besoin d'exercice. Tu ne devrais pas fumer ici, Harry.

Comme c'était facile pour elle de mentir à son grand-père, de faire diversion en changeant de sujet. Elle l'avait tellement fait quand elle était jeune qu'elle avait fini par devenir bonne à ce petit jeu. Mais maintenant, cela la dérangeait. Elle n'avait plus de raison de mentir. Elle avait le droit de passer la nuit avec un homme si elle en avait envie. Même si cet homme était Teague Quinn.

— Personne ne me dit où je dois fumer ! s'emporta Harry. Réponds plutôt à ma question !

— Je n'arrivais pas à dormir, j'étais inquiète à cause de Molly. Alors je suis venue vérifier qu'elle allait bien et je me suis dit que tant que j'y étais, j'allais lui faire faire un petit tour.

Il la regarda d'un air suspicieux. Puis il maugréa :

— Si tu veux un petit déjeuner, il va falloir que tu te le fasses toute seule.

— Je le ferai dès que j'en aurai fini avec Molly. Et ne t'inquiète pas : c'est moi qui m'occuperai d'elle désormais.

Il sauta sur ses pieds.

— T'as intérêt, râla-t-il en s'éloignant en traînant les pieds. Ce foutu cheval t'appartient.

— Harry, attends, fit-elle alors. Il faut que je te parle.

Il ne s'interrompit pas et jeta, sans même se retourner :

— On parlera au petit déjeuner.

— Non !

Elle vit son grand-père s'immobiliser, puis se retourner lentement vers elle. Elle s'attendait à le voir en colère, comme elle en avait l'habitude. Mais elle n'avait pas peur. Plus maintenant. Cet homme n'avait aucun pouvoir sur elle. Après tout ce temps, elle s'était résignée au fait qu'il ne l'avait jamais aimée. Alors qu'avait-elle à perdre ?

— Il faut qu'on parle, répéta-t-elle d'une voix calme tout en s'efforçant de redresser le buste. J'ai remarqué que tu n'y voyais plus aussi bien qu'avant. Il va falloir que tu ailles voir un ophtalmo pour qu'il te prescrive des lunettes, que tu le veuilles ou non. Il y en a un qui passe à Bilbarra tous les mois. Je t'emmènerai le voir mardi.

— Mes yeux n'ont rien, tout va bien.

— Tu as donné du fourrage moisi à Molly. Si tu ne peux pas le sentir, tu aurais dû au moins le voir. Tout comme le domaine : tout tombe en ruine, la maison est sens dessus dessous, l'herbe dans le pré est bien trop haute, et tu ne t'es rendu compte de rien. Je sais que tu ne voudrais pas que Wallaroo ressemble à ça, mais tu ne peux pas réparer ce que tu ne vois pas.

Il grogna.

— C'est n'importe quoi, tu ne sais pas de quoi tu parles !

— J'ai des yeux et, contrairement à toi, je vois. Alors rentre à la maison, lave-toi et rase-toi pendant que je prépare le petit déjeuner. A partir de maintenant, je veux que tu fasses un peu attention à toi, à ton apparence. Si je dois manger en face de toi, alors il va falloir que tu fasses un effort pour avoir l'air décent. Et après le déjeuner, on va parler. Il faut qu'on remette cette propriété sur pied.

Harry réfléchit à sa proposition pendant une bonne dizaine de secondes, puis, à la grande surprise de Hayley, il hocha brièvement la tête. Puis il sortit de l'écurie en maugréant quelque chose d'incompréhensible, et Hayley sourit. Les choses avaient changé, incontestablement. Et peut-être qu'elle finirait par convaincre assez vite son grand-père de quitter le domaine. En tout cas, à l'évidence, son pouvoir de persuasion s'était beaucoup amélioré avec le temps.

Elle avait gagné la première bataille, maintenant, elle devait gagner la guerre. Très vite, elle allait devoir repartir à Sydney, quand le tournage de la série reprendrait — pour l'instant, les scénaristes avaient envoyé son personnage faire un séjour en hôpital psychiatrique, si bien qu'elle avait pu s'absenter quelque temps, mais elle leur avait promis d'être de retour à la fin du mois. Et si d'ici là, elle ne trouvait pas un moyen de rendre la propriété rentable, Harry allait s'enfoncer encore un peu plus dans les dettes. Pour l'instant, c'était elle qui payait la plupart des frais de Harry, mais elle n'avait aucune idée de la manière dont il parvenait à payer les impôts — ni même s'il les payait, tout simplement.

Même si Wallaroo n'était pas très grand, à peine la moitié de Kerry Creek, le domaine valait des millions, au moins quatre, et sans doute plus. Mais Harry ne pouvait rien en tirer à moins de le vendre. A la limite, il pourrait louer les terres à d'autres éleveurs, mais cela ne changerait rien au fait qu'il serait toujours tout seul ici, sans personne pour veiller sur lui.

Alors que s'il vendait, il aurait assez d'argent pour s'acheter une maison à Sydney et vivre confortablement jusqu'à la fin de ses jours. Et s'il vivait près de chez elle, elle pourrait garder un œil sur lui, et s'assurer qu'il ne se laissait pas aller. Car quelles que soient les relations qu'elle avait eues avec lui, il était sa seule famille.

Sa famille… S'asseyant sur le banc devant les écuries, Hayley laissa ses pensées vagabonder vers l'homme avec lequel elle avait passé la nuit. A une certaine époque, elle considérait Teague comme faisant partie de la famille. Quand elle l'avait rencontré, il avait été comme un frère pour elle. Puis il était devenu son meilleur ami. Mais petit à petit, ses sentiments avaient changé, passant d'une grande affection à un désir qui n'avait plus rien de fraternel.

En se rappelant le tumulte qui l'avait envahie quand elle s'en était rendu compte, Hayley ne put s'empêcher de sourire. Elle pouvait dire avec exactitude à quel moment il était passé du statut de meilleur ami à celui d'objet de sa convoitise. Elle avait quatorze ans, Teague quinze, et c'était quelques jours à peine après que la mère de Teague avait quitté le domaine en emmenant Brody.

Elle avait trouvé Teague au gros rocher et il n'avait pas eu l'air content de la voir. En quelques mots vagues, il lui avait raconté ce qui s'était passé et elle avait été très surprise de voir qu'il avait les larmes aux yeux. Pour la première fois depuis que ses propres parents étaient morts, elle avait ressenti le besoin de toucher quelqu'un et elle l'avait pris dans ses bras pour le consoler.

Ils étaient restés immobiles un long moment, jusqu'à ce qu'il trouve le courage de lever les yeux vers elle, et alors, elle avait fait quelque chose de totalement idiot, ou du moins, c'était ce qu'il lui avait semblé à l'époque. Elle l'avait embrassé, sur la bouche. Juste après ce baiser, elle avait désespérément cherché une excuse pour ce qu'elle venait de faire, mais cela avait été inutile. Cramoisi, Teague l'avait dévisagée comme s'il lui était poussé un troisième œil, puis il s'était enfui du rocher aussi vite qu'il l'avait pu, enfourchant son cheval sans jeter un seul regard vers elle.

Elle sourit à ce souvenir. C'était à cet instant précis qu'elle avait compris quel pouvoir elle avait sur lui. Comment quelque chose d'aussi simple qu'une étreinte ou qu'un baiser pouvait rendre un garçon muet. Cette nuit-là, allongée sur son lit, elle avait repassé dans son esprit tous les événements de la journée, mais la seule conclusion à laquelle elle était arrivée était que les choses avaient changé entre elle et Teague Quinn.

A partir de là, chaque fois qu'elle l'avait vu, elle avait ressenti une étrange réaction physique. Son cœur se mettait à battre comme un fou, elle rougissait, ou bien elle avait l'impression qu'une armée de papillons envahissait son estomac. Et de fil en aiguille, ce premier baiser avait conduit à beaucoup d'autres et avait fini par aboutir à une lente exploration du désir adolescent. Ils avaient gardé leur relation secrète, sachant fort bien que si on la découvrait, elle devrait aussitôt prendre fin.

Et toutes ces étranges sensations étaient revenues en force en elle au moment précis où elle avait trouvé Teague auprès de Molly, quelques heures plus tôt. Mais cette fois, elle n'allait pas se laisser dominer par ses émotions. Pas question qu'il lui prenne son cœur encore une fois. Elle le désirait, c'était indéniable, et c'était réciproque, mais cela n'impliquait aucun sentiment. On pouvait très bien prendre du plaisir sans jamais s'attacher, comme elle se l'était prouvé avec les derniers hommes qu'elle avait laissés entrer dans sa vie. Et elle allait en faire autant avec Teague.

Hayley embrassa du regard la propriété qui s'étendait devant elle. Elle avait des milliers de choses à faire d'ici à son départ, et cela devrait suffire à lui occuper l'esprit et à en éloigner l'image obsédante de l'homme qui lui avait donné tant de plaisir la nuit précédente. Et quand elle aurait trop de mal à ne pas penser à lui, il suffirait qu'ils se retrouvent à la cabane pour une autre nuit torride.

— Tu vas où avec ce fourrage ? Et avec mon camion, en plus ?

Teague lança la balle de paille à l'arrière du pick-up de Cal, avant de refermer le hayon.

— Je n'ai pas assez de place dans mon 4x4. Mais ne t'inquiète pas, je n'en ai pas pour longtemps.

— Qu'est-ce qui ne va pas, en ce moment ? D'abord, je te surprends à fureter à droite et à gauche aux aurores, et maintenant tu…

— Je ne furetais pas, l'interrompit Teague.

— Et maintenant tu remplis mon pick-up avec du fourrage. Tu peux au moins me dire ce que tu vas en faire !

— L'apporter à quelqu'un qui en a besoin, ça te va ? maugréa-t-il avant de tirer quelques billets de son portefeuille et de regarder Cal avec un air de défi. Je vais te le payer, ton fourrage. Combien tu veux pour trois balles ?

Cal repoussa l'argent d'une main ferme.

— Jamais de la vie. Prends tout ce que tu veux, gratuitement. Et peu importe ce que tu vas en faire.

— Merci Cal, fit Teague en lui donnant une tape sur l'épaule. Et si le Dr Daley cherche à me joindre, dis-lui de m'appeler sur mon portable.

Puis il se glissa derrière le volant du pick-up. Si son grand frère se doutait de quoi que ce soit, il s'était bien gardé de le montrer. Mais au fond, songea Teague en démarrant, peut-être que Cal ne voulait tout simplement pas savoir. Des trois frères, c'était lui qui avait repris le flambeau de la haine familiale contre les Fraser et il était encore plus furieux maintenant que le grand-père de Hayley venait de déterrer la hache de guerre.

De tous les Quinn, Teague était sans doute celui qui connaissait le mieux le vieux Fraser, et il savait qu'il détestait perdre, qu'il s'agisse de son argent, de sa réputation ou de sa terre. Bizarrement, songea Teague en s'engageant sur la route de Wallaroo, il semblait beaucoup moins préoccupé par sa petite-fille…

Teague s'engagea sur la route cahoteuse qui menait de Kerry Creek à Wallaroo. A cheval, Hayley et lui ne mettaient que trente minutes pour se rejoindre, mais c'était plus long de dix bonnes minutes par la route. Tout en conduisant, il chercha un disque parmi ceux que son frère avait laissés dans son pick-up. Cal avait toujours aimé la country, avec un goût particulier pour Keith Urban. Brody, lui, était fan de hard rock, ou plutôt de n'importe quelle musique très forte et insupportable. Teague préférait la musique alternative, des petits groupes peu connus ou des chanteurs à texte. Il parvint néanmoins à dégotter un CD de Bruce Springsteen dans la collection de son frère — sans doute ce qu'il y trouverait de mieux. Il le glissa dans le lecteur et se mit à chanter en même temps que le Boss.

La veille, quand il avait emprunté le même chemin, il n'avait pas pu penser à autre chose qu'aux souvenirs qu'il avait de Hayley, et à tout ce qu'ils avaient fait ensemble, enfants, puis adolescents. Mais aujourd'hui, ces souvenirs lui paraissaient bien pâles en comparaison de ce qui s'était véritablement passé entre eux pendant la nuit.

Il ne parvenait toujours pas à croire qu'elle était là, et qu'il avait pu la toucher, la prendre dans ses bras. Elle était différente, mais c'était toujours la même fille dont il était tombé amoureux, des années plus tôt. Les mêmes yeux d'un bleu presque translucide, la même bouche faite pour l'amour, et le même sourire irrésistible. Ils n'avaient pas vraiment eu l'occasion de parler, mais il faudrait bien qu'ils le fassent. Ils en auraient le temps, cette fois, et il aurait les réponses aux questions qui le minaient depuis si longtemps.

Pendant des mois après leur séparation, il avait essayé de comprendre ce qui s'était passé, ce qu'il avait fait de mal. Pourquoi cela s'était fini comme cela s'était fini entre eux. Mais après avoir battu sa coulpe dans le vide, pour des erreurs qu'il ne savait même pas avoir commises, il avait compris qu'il n'était pas seul en cause. Peut-être que le grand-père de Hayley s'était arrangé pour les séparer. Ou peut-être que Hayley avait décidé qu'elle ne l'aimait plus. Mais quelle que soit la raison, il avait besoin d'avoir enfin les réponses à ses questions, et Hayley était la seule à pouvoir les lui donner.

Le temps d'arriver à Wallaroo, Teague avait dressé une liste de questions dans sa tête, et s'était préparé à reconnaître ses torts, le cas échéant, et quoi qu'elle lui dise, il espérait qu'elle lui pardonnerait. Oui, c'était tout ce qui comptait, songea-t-il en l'apercevant sous le porche de la maison tandis qu'il s'en approchait. Le cœur battant, il se gara et sauta à bas du pick-up, incapable de détacher les yeux de Hayley, dont les longs cheveux flottaient au vent. Elle était encore plus belle qu'un peu plus tôt, quand ils avaient fait l'amour. Et soudain, toutes les questions qu'il avait préparées s'évanouirent, laissant la place à un seul et unique besoin, si pressant : poser les lèvres sur les siennes.

— Salut, dit-elle avec un sourire.

Teague prit une longue inspiration et finit par retrouver sa voix.

— Je t'ai apporté du fourrage. Et j'ai voulu en commander au magasin de Bilbarra, mais ils m'ont dit qu'ils n'en auraient pas avant la semaine prochaine. Alors je t'en apporterai encore si tu en manques.

Ils ne se quittaient pas des yeux, mais ils se tenaient loin l'un de l'autre, comme s'ils n'osaient pas se rapprocher. Et il savait bien pourquoi il gardait cette distance : dès l'instant où elle serait à moins d'un mètre de lui, il n'aurait plus qu'une envie : la prendre dans ses bras et l'embrasser à perdre haleine.

Jetant un œil autour de lui, il demanda :

— Où est Harry ?

— A l'intérieur. Je lui ai demandé de ranger un peu la maison. Il n'était pas enchanté, mais au moins, il ne traîne pas dans mes pattes !

Teague fit un geste vers les écuries.

— Je vais voir comment va Molly. Tu veux que…

Il n'eut pas le temps de terminer sa phrase.

— Je viens avec toi, fit Hayley.

Tâchant d'ignorer le frémissement de chacune de ses cellules à son approche, il l'aida à grimper dans le pick-up puis se glissa derrière le volant et fit marche arrière. Mais, comme malgré lui, son regard revenait sans cesse sur la bouche de Hayley. L'embrasser encore et encore était devenu une véritable obsession. C'était plus fort que tout, et il savait qu'il ne pourrait pas s'en empêcher, à un moment ou un autre.

Un moment qui allait arriver très vite, même, songea-t-il avec une pointe d'excitation tandis qu'ils s'éloignaient de la maison. Quand ils furent suffisamment loin, il stoppa le camion et, avec un soupir de soulagement, il passa une main dans ses cheveux et l'attira vers lui.

— Tu m'as manqué, murmura-t-il avant de poser enfin ses lèvres sur les siennes.

Elle laissa échapper un gémissement de contentement tandis qu'il approfondissait son baiser. Même s'il l'avait embrassée des dizaines et des dizaines de fois, la passion qu'ils avaient partagée quand ils étaient adolescents était mille fois moins intense que ce qu'il ressentait à présent. Il savait jusqu'où il pouvait l'emporter, la faire vibrer, et l'état dans lequel elle était capable de le mettre.

Aujourd'hui, aucun obstacle ne se dressait plus entre eux, ni peur de l'inconnu, ni crainte de grossesse. Il plongea dans ses yeux, un sentiment de regret soudain à l'esprit. Ils avaient eu tant d'occasions, quand ils étaient jeunes. Des occasions qui auraient pu changer le cours de leur vie, à tous les deux.

— Qu'y a-t-il, Teague ?

Mais il ne voulait pas gâcher cet instant avec ses regrets stériles.

— Rien, répondit-il en secouant la tête.

Hayley reprit son souffle.

— On ferait mieux d'aller vérifier si Molly va bien.

Elle avait raison. S'ils continuaient, il ne pourrait plus s'arrêter, et il lui ferait l'amour sur le siège du pick-up. Et même si cela pouvait être drôle, ils pouvaient très certainement trouver un endroit plus confortable.

— Comment va-t-elle ? demanda-t-il en redémarrant.

— Bien, je crois. On a bien galopé pour rentrer, ce matin, mais elle ne semblait pas en souffrir, au contraire. C'était comme si la maladie n'avait pas laissé de traces.

— Avec de la nourriture adaptée, elle va aller de mieux en mieux. Et j'ai apporté des compléments vitaminés que tu pourras ajouter à son fourrage.

— Merci, fit-elle avec un sourire, tu es un bon véto. Mais je n'en ai jamais douté.

Il se gara devant les écuries et, après un silence, déclara :

— Tu as toujours cru en moi.

Puis, avant de pouvoir s'en empêcher, il ajouta, sans relever les yeux vers elle, de peur de voir de la colère dans son regard :

— Pourquoi n'as-tu pas attendu ?

— Je voulais rentrer avant que Harry se réveille, et comme tu dorm…

— Je ne parlais pas de ce matin, l'interrompit-il en fixant la ligne d'horizon.

— Mais… de quoi parles-tu ?

— Tu le sais très bien, Hayley, fit-il en se retournant enfin vers elle. J'espérais que tu serais là quand je reviendrais à la maison. Et tu étais partie. Sans même te donner la peine de me faire savoir où tu étais.

Hayley baissa les yeux et se tordit nerveusement les mains.

— Je sais, j'étais censée t'attendre. Et j'ai essayé. J'étais si en colère que tu sois parti…

— En colère ? Mais je croyais que tu voulais que je parte, que je fasse ces études ? Tu disais que…

— Qu'aurais-tu voulu que je dise ? s'écria-t-elle, d'une voix où perçait l'ancienne colère, mêlée de regret et de déception. Je ne savais plus où j'en étais. Je pensais que je pourrais survivre ici sans toi, toute seule, mais dès que tu es parti, je me suis retrouvée… perdue. Comme si on m'avait arraché une partie de moi-même. Une fois que tu es parti, je n'avais plus rien à Wallaroo. Rien ni personne sur qui compter, personne qui m'aime, personne à aimer. Que je reste ou que je parte ne changeait rien pour personne.

— Mais on en avait parlé si souvent ! Tu savais que je reviendrais, que je n'étais pas parti pour toujours. Et qu'une fois que tu aurais dix-huit ans, tu pourrais me rejoindre à Perth.

Elle garda le silence, les yeux toujours baissés, puis elle murmura :

— Mes parents aussi étaient censés revenir. Et puis… Comment voulais-tu que je croie que tu allais *vraiment* revenir ? D'une certaine manière, au fond de moi, j'étais convaincue qu'une fois que tu serais parti, tu trouverais quelqu'un d'autre, une fille plus jolie, plus intelligente. Et je n'avais pas du tout envie d'attendre que ça se produise.

— Mais on avait des projets, tous les deux ! s'écria-t-il.

— Je sais. Mais plus le temps passait loin de toi, et plus ma colère grandissait. Je ne raisonnais plus correctement. J'étais perdue, j'avais peur, et j'ai fait un peu n'importe quoi. Et en particulier ce qui pouvait le plus me nuire, ce qui était le plus mauvais pour moi.

Elle prit une longue inspiration.

— Ça m'a pris trois ans de thérapie pour comprendre ça, et me débarrasser de toutes ces névroses et, crois-moi, il y en avait. Anciennes et profondément ancrées.

— D'accord, mais pourquoi n'as-tu pas répondu à mes messages ? Je t'ai appelée, mais Harry refusait de te passer les appels, alors j'ai écrit. Presque tous les jours.

Elle leva vers lui un regard où la colère avait fait place au désespoir, et à un terrible sentiment de frustration.

— Harry ne m'a jamais dit que tu avais appelé. Et je n'ai jamais eu tes lettres non plus…

— Parce que ça aurait changé quelque chose ? demanda-t-il d'une voix dure.

— Je ne sais pas. Je t'aimais, tu m'avais laissée derrière toi, et je ne pouvais penser à rien d'autre. Ça recommençait, comme avec mes parents.

Elle s'interrompit, presque un soupir.

— On ne peut pas réparer le passé, Teague. Ça ne sert à rien d'en parler aujourd'hui.

Elle ouvrit sa portière et sauta au bas du pick-up. Il l'imita silencieusement tandis qu'elle attrapait un sac de fourrage et l'emportait vers l'écurie, et le silence s'étira entre eux, inconfortable.

Mais il ne voulait pas abandonner la discussion. Il s'assit sur la barrière de l'entrée et, appuyant ses coudes sur ses genoux, il lui lança :

— Raconte-moi ce qui t'est arrivé, Hayley. J'ai lu ton histoire dans les magazines, comment tu avais été découverte par des producteurs, mais je ne sais rien d'autre.

Elle se tenait debout près de Molly, dont elle flattait doucement l'encolure, comme si c'était à elle-même qu'elle faisait du bien par ce geste.

— Je me suis enfuie jusqu'à Bilbarra, cachée à l'arrière

d'un camion. De là, j'ai fait du stop jusqu'à Brisbane, puis Sydney. Comme je n'avais pas d'argent, j'ai pris tous les petits boulots que j'ai pu trouver en chemin, surtout des plonges dans des restaurants. Et quand j'ai atteint Sydney, j'ai trouvé un job dans un magasin de T-shirts, sur la plage. Je dormais dans la rue, dans les parcs ou dans les gares. Et puis un jour, un type a débarqué dans la boutique, et avant même que je comprenne ce qui m'arrivait, je me suis retrouvée devant une caméra, à débiter des répliques.

Teague se redressa sur la barrière et la dévisagea.

— Je suis rentré à la maison, à l'inter semestre. J'ai galopé comme un fou jusqu'au gros rocher et je t'ai attendue. Trois jours. Sans bouger. Sans manger, sans dormir. Et puis, Cal m'a dit qu'il avait entendu dire que tu avais quitté Wallaroo depuis deux mois. Tu ne peux pas imaginer ce que j'ai ressenti. Une peur intense. La peur de ne plus jamais te revoir.

— Eh bien tu me vois aujourd'hui, non ?

— Tu sais bien que ce n'est pas de ça que je parlais !

Il n'en revenait pas. Elle avait l'air si indifférente à ce qu'il lui racontait, à ce qui s'était passé entre eux ! Mais ça devait être une façade. Forcément, ça avait dû l'affecter. Comme ça l'avait affecté, lui. Car elle avait mis fin à une relation qui, pour lui, signifiait plus que tout au monde. Ce n'était pas seulement une passade d'adolescents. Il l'aimait, et il avait eu le désir de passer le reste de sa vie auprès d'elle.

Furieux, il se leva et alla chercher un autre sac de fourrage pour défouler sa colère. Quand il revint, elle était en train de bouchonner Molly avec vigueur. Une telle vigueur qu'elle devait être en colère, elle aussi. Il connaissait les signes — le silence obstiné, le refus de croiser son regard, l'expression fermée.

— Tu ne crois pas que j'ai le droit d'être en colère, Hayley ?

— Qu'est-ce que tu veux que je te dise ? s'emporta-t-elle. J'étais ado, j'avais dix-sept ans ! Je ne comprenais pas ce qui m'arrivait, ce que je ressentais.

— Et maintenant ?

Cette fois, elle croisa son regard.

— On est tous les deux des adultes, aujourd'hui, on est plus raisonnables. Et ce n'est pas parce que nous avons couché ensemble la nuit dernière que… ça signifie quoi que ce soit. On a juste couché ensemble, fit-elle en croisant ses bras sur sa poitrine, point barre. Ça ne signifie rien d'autre.

D'un pas, il vint vers elle et la prit par la taille pour la plaquer contre lui. Il l'obligea à le regarder dans les yeux, puis il fixa ses lèvres avant d'articuler :

— Je te connais, Hayley, ne l'oublie jamais. Tes mensonges ne prennent pas sur moi.

Il se pencha et recouvrit ses lèvres des siennes. Il voulait l'embrasser, il en mourait d'envie. Mais il fallait qu'il résiste, c'était ce qu'il y avait de mieux à faire. S'arrachant à elle, il recula d'un pas. Si elle voulait vraiment le repousser, si elle ne voulait vraiment pas de lui, c'était le moment de le lui montrer.

— Je dois m'en aller. J'ai des visites cet après-midi.

— Merci pour le fourrage.

— Je t'en prie.

Teague retourna au pick-up et en sortit la dernière balle de fourrage qu'il lança devant la porte de l'écurie. Puis il remonta dans le camion et démarra. Dans le rétroviseur, il vit qu'elle le regardait, le menton levé dans une attitude de défi qu'il connaissait bien.

Elle était comme un oiseau blessé, d'une terrible fragilité et pourtant animé d'une envie instinctive de s'échapper. Plus jeune, il avait été beaucoup trop naïf et idiot pour mesurer la profondeur de sa détresse, mais à présent, il la lisait sur son visage, à la grimace douloureuse qui tordait sa bouche et à l'indécision qui voilait ses yeux. Elle était terrifiée, et il savait exactement ce qui l'avait terrifiée.

Lui aussi, ça le terrifiait. L'idée que ce qu'ils avaient vécu des années plus tôt soit toujours vivant, que ce lien entre eux soit encore plus fort qu'avant. Qu'elle soit la seule femme qu'il aimerait jamais.

Il avait eu les réponses à ses questions. Et cependant, cela ne l'avait pas soulagé, au contraire. Car d'autres questions avaient remplacé les précédentes, et des questions encore plus saisissantes.

*
* *

Hayley suivit des yeux une mouche qui vrombissait au plafond de sa chambre, puis elle tenta de se concentrer de nouveau sur le scénario dont elle n'avait pas réussi à lire plus d'une page en une heure.

La maison était silencieuse. Son grand-père allait toujours se coucher après les informations du soir : il avait gardé le rythme de vie des éleveurs, même s'il n'y avait plus de bétail depuis longtemps à Wallaroo. Une fois que la nuit tombait, il n'y avait vraiment plus grand-chose à faire, à part…

Reposant le scénario sur son lit, Hayley se leva et gagna la fenêtre pour contempler la nuit étoilée. Il était 22 heures passées, et la lune était haute dans le ciel, diffusant sa douce lumière autour d'elle.

Même si elle et Teague n'avaient pas prévu de se voir cette nuit, elle savait qu'il l'attendrait. Elle avait passé la soirée à faire la liste des bonnes raisons qu'elle avait de ne pas le rejoindre. A se dire que céder à son désir était la chose la plus dangereuse qu'elle puisse faire. Mais à mesure que la nuit avançait, ces raisons lui semblaient de moins en moins importantes.

S'écartant de la fenêtre, elle attrapa son jean sur la chaise et l'enfila avant de pouvoir changer d'avis. Ses bottes suivirent, et elle jeta sa veste à même sa peau nue, frissonnant au contact du tissu épais sur ses seins lourds. Puis elle se glissa dans le couloir sur la pointe des pieds.

Les marches de l'escalier craquèrent sous ses pas, mais elle parvint jusqu'à la porte de service. Sans bruit, elle la referma derrière elle et se mit à courir jusqu'aux écuries. La stalle de Molly était la première près de la porte et la lune donnait juste assez de clarté pour qu'elle puisse distinguer les rênes accrochées au mur. Elle les attrapa et les passa à Molly, mais tandis qu'elle tendait la main vers la selle, elle sentit de larges mains la saisir par la taille et la soulever.

Elle hurla, mais la main couvrit aussitôt sa bouche, et elle sentit qu'on l'emmenait dehors, impuissante malgré ses tentatives pour se libérer de l'étreinte qui la retenait prisonnière.

Une fois dehors, l'étreinte se relâcha et elle recula autant qu'elle put, prête à se défendre. Mais au lieu de la lâcher, son agresseur prit possession de sa bouche, et elle sentit son instinct de défense s'évanouir en un éclair. Elle n'était plus qu'un cœur battant la chamade.

Teague ne dit pas un mot et chaque fois qu'elle tentait de parler, il couvrait ses lèvres des siennes en un baiser encore plus exigeant. Enfin, il insinua les mains sous sa veste, sursautant au contact direct de sa peau nue. Haletant, il la fit pivoter et la pressa contre lui pour mieux l'embrasser dans le cou, sans cesser ses divines caresses.

Elle avait l'impression qu'il avait quatre mains, ou plus, elle le sentait partout, éveillant chacune de ses cellules, caressant, excitant ses sens. Ses seins à la pointe durcie, son ventre frémissant sous la caresse de sa main qui glissait vers son jean. Mais il n'avait pas l'air pressé de vouloir la déshabiller et, à la vérité, cette attente ne faisait qu'augmenter le désir qui la possédait, si c'était possible.

Pourtant, il finit par baisser la fermeture de son jean, et elle frissonna en sentant sa large main sur sa peau nue, s'insinuant entre ses cuisses. Elle retint son souffle quand il commença à la caresser avec une infinie douceur. C'était divin. Ses mains expertes la conduisaient pas à pas vers le plaisir, et elle se pressa contre lui, sentant son sexe dur dans son dos. Elle gémit, se laissant porter par la vague de plaisir qui menaçait de la submerger tandis qu'il accélérait le rythme de ses caresses. Ils étaient comme deux adolescents, tellement ivres de désir, si impatients de se donner du plaisir qu'ils ne pouvaient même pas attendre de se dévêtir.

Son souffle chaud dans son cou la ramena sur terre, et elle se pressa plus étroitement contre lui, lui tirant un gémissement de contentement. Elle aurait voulu s'interrompre, le temps de se débarrasser de leurs vêtements et de recommencer, mais c'était impossible : l'appel du plaisir était le plus fort.

Elle sentit ses jambes se dérober sous elle tandis que l'onde de plaisir grossissait, encore et encore. Plus rien ne comptait que les sensations inouïes qui la traversaient, la laissant pantelante et gémissante. Et chaque fois qu'elle croyait avoir atteint le sommet, une nouvelle vague l'emportait, encore plus loin, encore plus haut.

Et enfin ce fut là. Incommensurable. Des étoiles par milliers et le sentiment que chaque cellule de son corps avait été remplacée par une perle hypersensible qui lui donnait accès à une nouvelle dimension dont elle n'aurait jamais pu soupçonner l'existence. L'extase. Les portes de la perception.

Et elle chavira.

Quand elle revint à elle, elle se rendit compte qu'elle avait glissé le long du corps de Teague qui la maintenait toujours. Elle se redressa avec un sourire et se tourna vers lui, mourant d'envie de lui donner autant de plaisir qu'il venait de le faire pour elle.

Sans le quitter des yeux, elle glissa sa main le long de son jean et frémit en le sentant si dur à travers le tissu. Et elle ne résista pas à l'envie de passer sa main sous la barrière du vêtement pour le caresser en un sensuel va-et-vient. Contre sa paume, son sexe palpitait, durcissait, et c'était un ravissement de savoir qu'elle pouvait lui donner tant de plaisir, qu'elle était à cet instant la maîtresse de ses sens. Elle accéléra son mouvement et la respiration de Teague se fit encore plus saccadée. Il se retenait, mais elle ne voulait pas qu'il se retienne. Elle voulait le conduire aussi loin qu'il l'avait fait avec elle. Et le sentir si près de l'extase l'excitait terriblement.

Alors, elle resserra sa main à la base de son sexe et, sans cesser de le caresser langoureusement, elle murmura d'une voix étranglée :

— Viens. Maintenant.

Et il obéit avec un long cri de plaisir, avant de s'affaisser contre elle.

— Mon Dieu, tu es diabolique, dit-il à son oreille avec un soupir. Délicieusement diabolique.

— Tu m'attendais depuis longtemps ?

Il passa la main dans ses cheveux et se mit à les caresser en un geste tendre et apaisant.

— Non. J'étais d'abord allé à la cabane, mais j'en ai eu marre d'attendre, alors j'ai décidé de venir ici te kidnapper dans ton lit.

— Ça aurait été excitant, fit-elle avec un sourire, même si tu aurais risqué de finir au bout du fusil de Harry !

— Ça le valait bien.

A peine éclairé par la lune, il plongea dans ses yeux et ajouta :

— Je suis désolé pour cet après-midi. Je n'aurais pas dû me mettre en colère.

— Et moi je n'aurais pas dû réagir de manière aussi irrationnelle. Des fois, je me laisse dominer par la peur.

— Hayley, tu n'as pas à avoir peur de moi. Jamais. Je ne te ferai jamais de mal.

Elle prit une courte inspiration.

— Tu l'as déjà fait. Une fois.

— Mais ce n'était pas mon intention. J'étais jeune, je ne comprenais pas ce que tu ressentais. Je ne savais même pas ce que je ressentais, moi ! Mais je crois que je comprends, aujourd'hui, et je suis désolé de t'avoir blessée.

Elle se dressa sur la pointe des pieds et l'embrassa en douceur.

— Et moi, je ne suis pas sûre de comprendre. Mais je sais qu'il faut que nous soyons prudents. Ce serait tellement facile de me reposer sur toi de nouveau, de me sentir en sécurité. Mais j'ai une vie à Sydney, et peut-être bientôt à Los Angeles. Ce ne serait pas une bonne idée de nous… lier.

— Los Angeles ?

Elle hocha la tête.

— Mon contrat avec *Castle Cove* se termine en septembre, et mon agent pense que j'ai de l'avenir au cinéma, peut-être même à Hollywood. C'est le bon moment pour les actrices australiennes, du moins c'est ce qu'il dit. Alors je suis censée aller là-bas avant la fin du mois pour rencontrer des directeurs de casting, et peut-être passer quelques auditions s'il arrive à m'arranger ça.

— Los Angeles, répéta Teague. Ça fait loin pour un boulot, surtout quand tu en as déjà un ici, en Australie.

— C'est une chance que je ne peux pas manquer, Teague. Je ne crache pas dans la soupe, et j'aime beaucoup mon travail ici, mais si j'ai la possibilité de faire un film, un vrai film, alors ça changera tout pour moi. Je n'aurai plus à m'inquiéter pour mon avenir, pour l'argent. Et les gens se mettront peut-être aussi à me voir comme une vraie actrice.

Il l'observa avant de demander :

— C'est vraiment ça que tu veux ?

— Je crois. Et puis qu'est-ce que je pourrais faire d'autre ? Je n'ai pas de diplômes, pas d'autres talents, pas de compétences. Jouer la comédie, c'est la seule chose que je sache faire.

Teague afficha un sourire forcé.

— Dans ce cas, j'espère que tout se passera bien pour toi. Sincèrement. Je veux que tu sois heureuse, Hayley.

— Mais ça ne veut pas dire qu'on ne peut plus se voir, dit-elle en caressant sa joue d'un geste tendre. C'est juste qu'il vaudrait mieux qu'on essaye de ne pas…

— Tomber amoureux ?

Elle hésita. Il n'y allait pas par quatre chemins.

— Oui, tomber amoureux. Je crois qu'on devrait éviter toute forme d'engagement. Voyons les choses en face : j'ai ma vie, toi la tienne, et quand je repartirai, dans quelques semaines, la vie reprendra son cours, comme avant.

— Mais jusque-là, tu me proposes qu'on soit amis. Des amis, et éventuellement des amants, quand ça se présentera, c'est ça ?

— Des amis avec quelques avantages collatéraux, oui. Ça me semble une bonne manière de le dire.

Il fronça les sourcils.

— On dirait que le concept d'amis avec avantage collatéral t'est familier.

Elle secoua la tête. Comment aurait-elle pu connaître ce genre de situation, elle qui n'avait que très peu d'amies, et encore moins d'amis hommes ? Au mieux, des amants temporaires.

— J'ai juste entendu dire que ça marchait plutôt bien.

Il réfléchit quelques secondes, puis il sourit.

— O.K., j'ai bien envie d'essayer.

— Viens avec moi, dit-elle en lui tendant la main. Je tombe de sommeil, et j'ai envie de dormir avec toi cette nuit.

— Tu ne crois pas que c'est un peu risqué, avec ton grand-père dans la maison ?

— Tu l'as déjà fait, tu ne te souviens pas ? répliqua-t-elle avec un petit rire. Deux ou trois fois, tu as dormi dans mon lit. La première fois parce que je t'avais lancé un défi. Tu avais escaladé la façade et tu étais entré par la fenêtre de ma chambre. Il faudra juste que je te mette dehors avant que le soleil se lève, mais sinon, ça devrait bien se passer. A moins que tu ne te comportes comme un fou furieux une fois que nous aurons ôté nos vêtements, évidemment…

Elle le défia avec une lueur malicieuse au fond des yeux, mais il resta sérieux.

— Hayley, on est trop vieux pour ce genre de choses. Je n'ai pas envie de devoir me contrôler et de m'enfuir comme un voleur au lever du soleil. Si on a envie de dormir ensemble, on n'a besoin de la permission de personne.

— Dans ce cas, allons à la cabane, proposa-t-elle.

Il fit la moue.

— Ce n'est pas vraiment un cinq étoiles. Tu ne veux pas que nous allions ailleurs ? Après tout, j'ai un petit avion, on peut aller n'importe où !

— Non, on ne peut pas.

— Pourquoi ?

— Parce que les gens me reconnaissent, partout où je vais. Quiconque a la télé sait qui je suis, et les tabloïds épient les moindres de mes faits et gestes. Et si tu es avec moi, tu finiras aussi à la une de ces torchons.

Il la considéra en silence.

— Alors qu'est-ce qu'on fait ?

— On se contente de ce qu'on a et on file vers la cabane. Et au matin, on reprend chacun notre chemin.

— Alors allons-y. Je veux dormir avec toi cette nuit.

Hayley aurait voulu être capable de lui résister, de se prouver à elle-même qu'elle pouvait le faire. Mais elle se retrouva à chevaucher à côté de Teague au clair de lune.

Un jour viendrait où il faudrait bien qu'elle refuse de le suivre. Qu'elle résiste.

Mais pas ce soir.

Ce soir, elle allait lui donner ce qu'il voulait : son corps.

Mais elle s'arrangerait pour préserver son cœur.

- 4 -

En riant, Teague se dirigea vers la maison. La soirée s'annonçait bien. Il n'avait plus qu'un seul rendez-vous avant de pouvoir repartir à Wallaroo voir Hayley.

Quand il entra, il trouva Mary en train de préparer le dîner.

— Où étais-tu ? demanda-t-elle. Enfin, j'ai bien une idée…

Teague posa un doigt devant sa bouche.

— Ce sera notre petit secret, d'accord ? J'aime autant m'épargner les commentaires de mes frères sur mes choix féminins…

— Ils seraient mal placés pour le faire, si tu veux mon avis. Et puis ils ont bien assez à faire avec leurs propres histoires de cœur !

Teague sourit, puis il annonça en se dirigeant vers le frigo :

— Je sors, Mary, mais je prends mon portable. Si le Dr Daley cherche à me joindre, dis-lui de m'appeler sur ce numéro. Et ne m'attends pas : je vais rentrer tard.

— Mais Teague, ça fait déjà deux jours que tu n'as pas dormi dans ton lit !

Il ne put s'empêcher de rire.

— De quoi te plains-tu ? Je t'ai épargné d'avoir à faire mon lit, tu devrais être contente !

Mary se mit à rire à son tour.

— Allez, sauve-toi. Mais fais attention : rappelle-toi ce qui s'est passé la dernière fois que cette fille t'a brisé le cœur. Tu étais infernal.

— Ne t'inquiète pas, personne ne va briser le cœur de personne, cette fois.

Il ouvrit la porte du frigo et en scruta le contenu.

— Il n'y avait pas une autre bouteille de vin ?

— Brody l'a prise hier soir, expliqua-t-elle. C'est fou comme les réserves de vin s'épuisent depuis que des femmes sont arrivées ici, marmonna-t-elle en tirant une nouvelle bouteille d'un placard et en la lui tendant.

Il se pencha vers Mary et l'embrassa sur la joue.

— Tu es un amour, Mary.

Puis il sortit par la porte de service. Comme il traversait la cour vers son 4x4, il aperçut Cal qui arrivait de la direction opposée. Teague se dépêcha de cacher la bouteille dans la poche intérieure de sa veste.

— Tu t'en vas ? demanda Cal.

— Je dois aller à Bilbarra, apporter des médicaments au Dr Daley.

Cal le regarda d'un air étonné.

— Pourquoi tu n'y vas pas en avion ? Tu pourrais revenir avant la tombée de la nuit.

Teague s'éclaircit la gorge.

— J'ai envie de conduire. Et je pense que je vais y passer la nuit, j'ai bien envie de passer un peu de temps là-bas. Vu que toi et Brody avez mis la main sur les deux seules femmes envisageables à des kilomètres à la ronde, il faut bien que j'aille chasser ailleurs…

Cal le dévisagea en silence un long moment, puis il lâcha :

— Tu nous prends vraiment pour des cons, hein ? A qui tu veux faire croire ça ? Je sais bien que Hayley Fraser est à Wallaroo, et je suis à peu près sûr que tu la vois.

— Et alors, si c'était vrai ?

Son frère plissa les yeux.

— Tu ne t'es jamais dit que le vieux Fraser utilisait peut-être sa petite-fille contre nous ?

Teague ne put s'empêcher de rire.

— Je crois que t'as passé trop de temps avec les kangourous, frérot ! La terre est à nous, et il perdra, quoi qu'il fasse. Que je voie Hayley ou pas. A moins que tu ne penses qu'il a une raison légitime de réclamer la terre.

— Ce que je pense importe peu, répliqua Cal. C'est Harry le responsable de ce bordel, il est complètement taré. Il est persuadé qu'il va gagner, et il est prêt à tout. Et tout ça nous coûte cher, rien que pour nous défendre. Alors j'ai bien l'intention de l'attaquer en retour, juste pour récupérer ce qu'il nous coûte en avocats.

Cal n'avait pas sans doute pas idée d'à quel point il avait raison, songea Teague. Le vieux Fraser avait *vraiment* perdu la boule. Et peut-être que les nouvelles poursuites venaient de là.

— Autant que je te le dise, Cal : Hayley essaye de convaincre son grand-père de vendre.

Cal sursauta.

— Tu es sérieux ?

— Il ne s'en sort pas, tout seul, et il est en train de faire n'importe quoi. Il n'a plus de bétail, les bâtiments pourrissent sur pied et il risque de perdre son dernier centime dans ce énième procès. Je me demande bien à quoi pourrait lui servir la terre qu'il veut nous prendre. Sauf s'il pense que ça augmentera le prix de la propriété à la vente.

Cal secoua la tête avec une grimace.

— Si tu penses vraiment qu'il va vendre, alors c'est toi le crétin de l'histoire. Jamais le vieux Fraser ne quittera Wallaroo, ou alors dans un cercueil !

— Calme-toi, je te disais juste ce que je sais, répliqua Teague en ouvrant la porte du 4x4. Quant à Hayley, elle n'a rien à voir avec tout ça. Elle se moque bien du domaine.

Mais quelques minutes plus tard, tandis qu'il roulait vers Wallaroo, les paroles de Cal tournaient toujours dans son esprit. Son frère était raisonnable, et il ne prenait jamais de décision à la légère. Mais quand il s'agissait de Harry Fraser, il devenait comme fou. Certes, la terre qu'ils se disputaient avait de la valeur. Mais si la situation était inversée, et si c'était Cal qui s'estimait lésé, lui aussi aurait fait n'importe quoi pour la récupérer. Comme ce vieux fou de Fraser.

Mais qu'est-ce que ça changeait ? se demanda-t-il. Lui et Hayley étaient amis, et ce que Brody et Cal pouvaient bien penser de leur relation ne comptait pas. Et s'ils devenaient plus que des amis, alors il serait bien temps de penser aux conséquences.

Quand il arriva à Wallaroo, il trouva Harry assis sous le

porche, avachi sur une chaise. Mais le vieux se redressa quand Teague se pencha par la fenêtre du 4x4 et le salua.

— Elle est dans les écuries, maugréa le vieux Fraser. Et si tu es venu pour ta facture, vois avec elle. C'est son cheval !

— Ne vous inquiétez pas, elle m'a déjà payé.

— Ah oui ? Alors qu'est-ce que tu viens faire ici, si ce n'est pas pour être payé ?

— Simple visite de contrôle.

— Eh bien vas-y ! lança le vieux avec un geste impatient.

Trop content de mettre fin à leur conversation, Teague roula vers les écuries, et trouva Hayley qui venait vers lui.

Avec un sourire, il s'arrêta devant elle et ouvrit la portière.

— Monte.

— On va où ?

— On sort.

— On sort ? Mais ça n'existe pas, dans l'outback ! Où veux-tu que l'on sorte ? On est déjà dehors !

Il prit un ton mystérieux.

— Fais-moi confiance. On va boire du vin, manger un morceau, et après ça, on ira peut-être même au spectacle. Mais il faut se dépêcher, on va être en retard.

Elle le regarda d'un air dubitatif, puis elle monta dans le 4x4 avec un sourire. Il redémarra, mais au lieu de se diriger vers la grand-route, il s'enfonça vers l'outback et ils roulèrent vers le soleil couchant.

La dernière fois qu'il avait survolé Wallaroo, Teague avait repéré une piste d'atterrissage à la lisière du domaine, et il s'était promis d'aller y voir de plus près. Il ralentit en apercevant la mince bande de terre qu'il avait aperçue du ciel, et il se gara, le coffre face à l'horizon où le soleil commençait déjà sa descente.

— Où est-on ? demanda Hayley.

— Devant la plus incroyable scène de spectacle de tout le Queensland, répondit-il en l'aidant à descendre.

Il désigna le chatoiement mêlé de rose, d'orangé et de pourpre à l'horizon.

— On est pile à l'heure.

Il ouvrit en grand le coffre du 4x4 et, d'une main, aida

Hayley à s'y installer. Puis il attrapa la bouteille de vin derrière le siège et la brandit avec un sourire.

— Et j'ai apporté des rafraîchissements !

— Tu es en train d'essayer de m'impressionner, comme pour un rendez-vous ? demanda Hayley avec un sourire.

— Est-ce que tu es impressionnée ?

— Oui !

— Alors c'est un rendez-vous, dit-il en tirant un ouvre-bouteille de sa veste. Par contre, je n'ai pas pris de verres, et il va falloir boire à la bouteille.

— C'est tellement plus sophistiqué comme ça, le taquina-t-elle. C'est comme ça qu'on boit le vin dans les meilleurs restaurants de Sydney, d'ailleurs !

Elle croisa les jambes devant elle et observa pensivement le soleil couchant.

— Tu sais, dit-elle enfin, c'est notre premier rendez-vous. Le premier vrai rendez-vous, je veux dire. Quand on était plus jeunes, on n'a jamais fait ça, en fait. On n'est pas allés ensemble à la fête de l'école, à des bals, à des boums. Comme j'aimerais qu'on puisse avoir ce genre de souvenirs pourtant…

— Eh bien, on aura celui-là, fit Teague en embrassant d'un geste de la main le somptueux spectacle qui se jouait devant eux.

— Peut-être qu'il ne vaudrait mieux pas, dit-elle en lui coulant un regard de biais. Peut-être qu'on se trompe complètement, peut-être qu'on a tellement envie de revivre un flirt adolescent qu'on n'a même pas cherché à savoir l'effet que ça pourrait avoir sur nos vies.

— Es-tu en train de me dire que tu n'as pas envie d'être ici avec moi ?

— Non, je dis simplement que quand tout cela sera fini, j'aurai peut-être du mal à te perdre une seconde fois. Je me sens si heureuse quand je suis avec toi, Teague. Tout semble si parfaitement à sa place…

— Je serai toujours là pour toi, tu n'as pas à t'inquiéter.

Elle prit une gorgée de vin, puis laissa échapper un petit rire.

— On aura quatre-vingts ans et je débarquerai sur ton

perron en te demandant si notre accord tient toujours, si on est toujours « amis avec des bénéfices collatéraux » !

— Et moi je t'inviterai à prendre le thé et à manger des sandwichs insipides, et on regardera des émissions bien débiles à la télé.

Il posa la tête sur son épaule et continua, un sourire dans la voix :

— Et tu porteras ces espèces de grandes culottes qui commencent à la taille et finissent aux genoux, des chaussures à semelle de crêpe et tu feras très attention à ta mise en plis. Et moi je ne parviendrai toujours pas à me retenir de te toucher.

— Cette fois, répliqua-t-elle en riant, tu m'as vraiment foutu le moral à zéro !

Il se pencha vers elle et l'embrassa doucement, avant de dire :

— Je sais comment te faire aller mieux. J'ai le remède parfait : as-tu déjà fait l'amour sur le toit d'un 4x4 au soleil couchant ?

— Pas vraiment…

Il fouilla à l'arrière du véhicule et en tira une couverture qu'il jeta sur le toit. Puis il aida Hayley à se relever et, encerclant sa taille fine, il la souleva pour qu'elle puisse grimper sur le toit. Il lui passa la bouteille, puis, d'un geste souple, il la rejoignit sur le toit. Se penchant vers elle, il effleura son cou de ses lèvres et murmura :

— Ma beauté, je te promets que tu n'oublieras jamais notre premier rendez-vous.

Un manteau d'étoiles parsemait le ciel d'encre. Loin de la lumière des villes, Hayley était éblouie par ce spectacle, comme autant de diamants scintillant au-dessus d'eux. Le genre de choses qu'on ne voyait que dans l'outback, songea-t-elle.

Frissonnant dans la fraîcheur de la nuit, elle se pressa langoureusement contre Teague, recherchant sa chaleur. Enroulés ensemble dans la couverture, ils ne formaient plus qu'un corps, leurs nez se touchant presque.

— C'est le plus beau premier rendez-vous que j'aie jamais

connu, le taquina-t-elle avant d'effleurer ses lèvres en un doux baiser.

— Je sais satisfaire une femme, répliqua-t-il sur le même ton. Je suis même très doué pour ça : du vin à même la bouteille, un beau coucher de soleil et du sexe inoubliable sur le toit de ma voiture.

— Ah oui ? Et tu en as eu beaucoup, des femmes, depuis que je suis partie ?

La question était sortie comme une boutade, mais en la formulant, elle se rendit compte qu'elle recouvrait une vraie interrogation.

— Je ne me rappelle pas, éluda-t-il.

Hayley se recula légèrement et chercha son regard.

— Menteur.

— Non. Aucune d'entre elles ne valait la peine que je m'en souvienne. Aucune ne t'arrivait à la cheville, et je n'avais que toi en tête. Car des souvenirs de toi, j'en ai des milliers. Je me souviens de chacune des fois où nous avons fait l'amour, dit-il en dessinant le contour de ses lèvres du bout des doigts. Tu aimerais que je te les raconte ?

Hayley frissonna et se lova contre lui, enfouissant sa tête dans son cou.

— Ça doit être vrai ce qu'on dit. On n'oublie jamais son premier amour.

Tandis qu'il acquiesçait au creux de son oreille, elle murmura :

— On ferait mieux d'y aller. Harry va se demander où je suis passée.

— Il n'est pas si tard, contra-t-il. Restons encore un peu.

Il se mit à l'embrasser de nouveau, dessinant un chemin de baisers autour de ses lèvres et suscitant en elle un délicieux frisson.

— Je voudrais te dire quelque chose, Hayley, et j'aimerais que tu m'écoutes avec attention.

Alertée par le ton soudain sérieux de sa voix, elle se redressa.

— Que veux-tu me dire ?

— J'aimerais passer le plus de temps possible avec toi, Hayley. Je ne sais pas combien de temps tu vas rester ici, mais je n'ai pas envie d'en manquer une seule seconde. Alors quand nous sommes ensemble, on ne devrait pas avoir à parler de Harry, ou de ce qu'on devrait faire ou pas. Mais si tu n'es pas prête à passer chaque instant avec moi, et rien qu'avec moi, tout entière, alors dis-le-moi maintenant.

— Et ton travail ? Il va bien falloir que tu travailles.

— Je sais, mais tu pourrais m'accompagner. C'est pour ça que je voulais vérifier l'état de la piste d'atterrissage. Je t'appellerais à la maison, tu pourrais me rejoindre ici et on partirait ensemble. Tu fais quelque chose, demain ? Je dois voler jusqu'à Bilbarra pour faire quelques interventions pour le Dr Daley. Mais une fois que ce sera fait, je pourrais t'emmener déjeuner à Brisbane.

— Demain, je dois aller à Bilbarra avec Harry. L'ophtalmo s'y arrête, et j'ai pris rendez-vous avec lui pour Harry. Il nous faut deux bonnes heures aller, deux bonnes heures retour, alors on va partir aux aurores. Alors je ne vais pas pouvoir venir avec vous.

— Et pourquoi je ne vous emmènerais pas tous les deux, en avion ? Ça prendra à peine une demi-heure. Et comme ça, quand j'aurai fini mes opérations, on pourra déjeuner.

Elle laissa échapper un soupir.

— Harry ne voudra jamais monter dans un avion. Déjà que je vais devoir me battre pour le faire grimper dans ma voiture… Dès que je lui propose quelque chose, il est contre. Sans doute pense-t-il que j'ai l'intention de l'abandonner dans une maison de retraite.

— Mais ton grand-père doit bien quitter Wallaroo de temps en temps, non ?

— Pour ce que j'en sais, ça ne lui est pas arrivé depuis une éternité. Quand je suis arrivée ici, ça faisait un mois qu'il se nourrissait de boîtes de conserve. Ce domaine, c'est toute sa vie, et c'est d'autant plus triste de voir l'état dans lequel il se trouve à présent. Et du coup, son histoire de procès est d'autant plus aberrante.

— Mais pourquoi recommence-t-il avec ça ? Il a perdu les deux derniers procès et, la fois d'avant, il n'a gagné que parce qu'il a réussi à convaincre un juge de l'authenticité de vieux documents sortis de nulle part.

— Je ne sais pas, répondit-elle. Il n'a pas d'argent pour payer ce procès, et de toute façon, il ne fait rien de ses terres, celles qu'il possède. Mais il fait une fixation sur ce procès. Il faut qu'il le gagne, on dirait que c'est une question de vie ou de mort pour lui.

Elle prit une longue inspiration et demanda :

— Tu ne pourrais pas le laisser gagner ?

Teague tiqua.

— Tu veux dire lui laisser la terre ? Cal ne voudra jamais.

— Et pourquoi pas ? insista-t-elle. Je commence à croire que ce procès est la dernière chose qui retienne mon grand-père à Wallaroo. Il refusera d'en partir tant qu'il n'aura pas gagné.

— Et il ne gagnera pas cette fois.

Elle réfléchit un instant.

— Et si je rachetais la terre à Cal moi-même ? Combien crois-tu qu'il m'en demanderait ?

— Il ne te la vendra jamais. Et puis, ajouta Teague d'une voix plus sèche, pourquoi est-ce que tu t'en préoccupes, toi ? Ton grand-père n'a jamais rien fait pour toi, à part te chasser du seul foyer où tu te sentais un peu chez toi. Tu ne lui dois rien, Hayley.

— Tu ne comprends pas.

— Alors explique-moi. Explique-moi tes raisons.

Teague l'observait tandis qu'elle essayait de remettre ses idées en place.

— Tu as raison, je ne lui dois rien. Mais il est ma seule famille, je n'ai personne d'autre que lui. Et je ne peux pas continuer à le pousser dans ses retranchements. Un jour, il ne sera plus là, et ce jour-là, je ne veux pas regretter de n'avoir pas fait ce que j'aurais dû faire.

Dans un geste d'une infinie tendresse, Teague attrapa sa main et la porta à ses lèvres.

— Tu ne peux l'obliger à t'aimer, Hayley. Même si tu lui apportais ce bout de terre sur un plateau d'argent, ça ne changerait rien à qui il est.

— Je sais, dit-elle d'une voix étranglée. Mais il est si vieux, et si triste. Et quand il sera parti, je n'aurai plus personne.

Il appuya ses lèvres sur sa main et affirma d'une voix douce :

— Tu m'auras moi. Combien de fois faudra-t-il que je te le répète ?

— Embrasse-moi encore, et peut-être que je te croirai…

Teague prit son visage en coupe entre ses mains et l'embrassa doucement. Elle sentit des larmes perler à ses paupières et elle s'efforça de les refouler. Elle ne pleurait jamais. Elle n'avait pas pleuré depuis l'enterrement de ses parents, et voilà qu'elle avait les larmes aux yeux pour la deuxième fois en une semaine ? Teague était son ami le plus cher, la seule personne au monde en qui elle puisse compter. Avoir confiance.

Et pourtant, elle ne pouvait se permettre de se laisser aller à ce genre de sentiments.

Reprenant son souffle, elle repoussa la couverture et roula sur Teague pour éviter qu'il ne voie ses larmes. La fraîcheur de la nuit la surprit. Posant une main sur le torse de Teague, elle la laissa glisser jusqu'à son ventre. Ils étaient nus tous les deux, et le froid exacerbait chaque sensation. Quand il posa les mains sur ses seins ronds et en titilla la pointe dressée, elle gémit doucement. C'était délicieux et, malgré le froid, elle sentait une étrange chaleur l'envahir.

Alors, sans le quitter des yeux, elle se mit à onduler sur lui, se pressant, se frottant, jusqu'à ce qu'elle sente son sexe durcir contre elle. Et quand il fut prêt, elle se souleva et le prit en elle, très vite. Il gronda et, accrochant ses hanches, il se poussa en elle, lui tirant un cri de contentement. Et un autre.

C'était comme si ça n'allait jamais s'arrêter. Elle aurait pu se perdre dans cette étreinte passionnée. Quand il était en elle, tous ses doutes disparaissaient, toutes ses craintes s'envolaient. Il n'y avait plus qu'elle et lui, unis par-delà tout le reste, et plus rien ne comptait qu'eux. Elle ne connaissait rien d'aussi fort, ni d'aussi rassurant.

Sauf qu'ils ne pouvaient pas passer leur vie à faire l'amour. L'un comme l'autre, ils devaient vivre dans le monde réel, et affronter des forces qui s'évertuaient à les séparer.

Si seulement elle savait comment s'engager auprès d'un homme. Mais elle n'avait jamais eu d'exemple sous les yeux, elle n'avait pas eu des parents amoureux à observer. Et ses seuls guides en la matière avaient été les comédies romantiques qu'elle avait regardées encore et encore. Loin, très loin de la vraie vie.

Ses parents s'étaient follement aimés, contre tous les obstacles. Ils étaient tombés amoureux l'un de l'autre dès le premier coup d'œil, et ils s'étaient mariés très tôt, à peine un an après que son père avait quitté Wallaroo. Ils étaient partis sans rien dans la vie, et avaient construit la leur ensemble. Mais elle ne savait rien de cette période de leur vie. Elle était beaucoup trop jeune, et à ses yeux d'enfant, ils formaient un couple parfait. Pourtant, ils devaient bien avoir des problèmes, comme tous les autres couples.

Comment les choses avaient-elles commencé entre eux ? se demandait-elle. Comme entre elle et Teague, par de la passion, du désir et un besoin effréné l'un de l'autre ? Ou existait-il un autre secret pour faire durer l'amour toute une vie durant ?

Frémissante, elle se pencha vers Teague, dont le visage brillait d'argent, illuminé par la lune, et elle l'embrassa. Pour l'instant, le seul secret résidait dans la force du lien qui les unissait, qui portait leurs corps et leurs cœurs à l'unisson.

Teague passa les doigts dans ses cheveux et l'attira plus près de lui, en chuchotant des mots empreints de désir au creux de son oreille, des mots qui semblaient accompagner le mouvement de leurs hanches, le rythme de leurs sexes si gourmands l'un de l'autre. Un cri de plaisir lui échappa et, comme s'il n'avait attendu que ce signal, il glissa une main entre leur deux corps et elle la sentit se poser sur son sexe brûlant, offert, avide de ses caresses.

Sa respiration s'affola tandis qu'il décrivait des cercles de plus en plus rapides autour de son clitoris, et elle gémit de nouveau, le suppliant de ne surtout pas s'arrêter. Son corps entier n'était plus que sensation et plaisir, une caisse de résonance de la volupté vers laquelle il la conduisait en virtuose.

C'était si bon de se laisser aller et de savoir qu'il serait là pour la soutenir quand le plaisir aurait raison d'elle. A cet instant, elle savait qu'elle pouvait s'autoriser à lâcher prise, et à ne penser à rien qu'au plaisir qui montait en elle. Ils ne formaient plus qu'un, leurs deux corps haletants se pressant l'un vers l'autre, comme pour se fondre l'un en l'autre, comme pour s'unir en un plaisir parfait.

Et elle s'abandonna.

Hayley ne savait peut-être rien de l'amour, mais elle savait que la passion physique qui les unissait était intense. Et ce qu'ils venaient de vivre était non seulement intense mais incroyable.

Teague l'attira un peu plus près contre lui, la plaquant contre son corps chaud et l'enroulant avec lui dans la couverture.

— On ne peut pas continuer comme ça, murmura-t-il.

— Pourquoi ?

— Je ne veux pas te laisser. Je veux que tu sois toujours avec moi.

— Ce ne serait pas très pratique, plaisanta-t-elle.

— Je trouverais bien un moyen. J'ai envie qu'on passe vingt-quatre heures ensemble, Hayley, rien que toi et moi, et personne pour se mettre entre nous. Et même quarante-huit heures, ce serait encore mieux.

Mal à l'aise, elle frissonna exagérément et déclara, en espérant que cela suffirait à le faire changer de sujet :

— Je meurs de froid.

Aussitôt, il se dégagea et, tout en refermant la couverture sur elle, il lui dit :

— Je crois qu'il va vraiment falloir qu'on se rhabille. Ne bouge pas, je vais chercher nos vêtements.

Elle se redressa sur un coude et le regarda, appréciant le spectacle de son corps nu au clair de lune. Il se rhabilla puis revint vers elle avec ses vêtements.

— Demain, comme tu dois emmener Harry à Bilbarra, je vous y conduirai. Je serai là à 7 heures tapantes. Tu pourras faire ce que tu as à faire en ville pendant que je ferai mes visites. On rentrera dans l'après-midi et on passera la nuit à la cabane.

— Je ne crois pas que ce soit une très bonne idée, répondit-elle en attrapant ses vêtements. Un Fraser et un Quinn dans la même voiture pendant quatre heures…

— Sauf que pour ton grand-père, c'est le Dr Tom Barrett

qui conduira. Ton grand-père m'aime bien, je suis celui qui a guéri ton cheval, et pas cher, en plus, tu te souviens ?

— Evidemment, tu ne m'as rien fait payer !

Il se pencha vers elle et l'embrassa tandis qu'elle essayait de reboutonner sa chemise.

— Je préfère que tu me payes en nature…

— Tu n'as pas vu ma culotte ? demanda-t-elle alors.

— A mon avis, un kangourou a dû te la voler et partir avec.

— C'est affreux ! se désola-t-elle en riant. C'était mon premier rendez-vous et je perds ma culotte !

— Raison de plus pour que je sois impatient d'être déjà au deuxième.

Elle lui jeta un regard ironique.

— A ta place, je ne me réjouirais pas trop vite. Je te rappelle que c'est toi qui as insisté pour que Harry vienne avec nous. Alors pour un deuxième rendez-vous…

— A moins que je ne lui trouve un rendez-vous, à lui aussi ! plaisanta Teague.

Combattant la tentation de regarder l'horloge du tableau de bord, Teague se concentra sur la route. Quelle que soit son envie que cette journée se termine, compter les minutes ne les ferait pas passer plus vite.

— Tu as vu comment ils traitent leurs bêtes ? s'insurgea Harry. Elles sont squelettiques ! Je me demande bien comment ils font pour les vendre. Mais en même temps, ce n'est pas étonnant, hein ? Les Quinn ont toujours été des voleurs, tous autant qu'ils sont !

Teague serra les dents. Pendant tout le trajet jusqu'à Bilbarra, il avait dû endurer les bêtises du vieux Fraser, qui semblait prendre un malin plaisir à lui raconter chaque insulte imaginaire et chaque forfait que la famille Quinn aurait perpétré contre lui. A tel point que Teague avait fini par se demander si le vieux ne l'avait pas reconnu et ne s'amusait pas à le provoquer délibérément. Et ce dernier trait était vraiment le trait de trop : les comparer, ses frères et lui, à des arnaqueurs !

Mais au lieu de répondre vertement, il s'efforça de sourire et demanda :

— Vous vous habituez à vos nouvelles lunettes ?

— Je n'ai pas besoin de lunettes, maugréa Harry.

— Vous devriez les porter. C'est le seul moyen de vous y faire.

— J'ai l'air d'un fou avec ces machins sur le nez.

— Au contraire, elles te donnent l'air intelligent, répliqua Hayley.

— Qu'est-ce que tu en sais, toi ? la rabroua-t-il.

Et là, Teague ne put retenir les mots qui lui brûlaient les lèvres :

— Ne lui parlez pas comme ça, elle ne le mérite pas.

— Qu'est-ce que tu en sais, toi, de ce qu'elle mérite ? s'emporta le vieux.

Etouffant un juron, Teague freina brusquement et le 4x4 s'immobilisa au milieu de la route. Teague se tournait déjà vers Harry quand Hayley posa une main sur son bras et, tout en lui lançant un regard d'avertissement, cria :

— Allez, une petite pause nous fera du bien !

Elle sauta au bas du 4x4 et courut vers la portière de Teague.

— Viens, dit-elle en le prenant par la main. Je vais te montrer des serpents.

Ils s'enfoncèrent dans les broussailles, Hayley serrant sa main et le tirant derrière elle. Puis elle demanda :

— Qu'est-ce que tu allais faire ?

— Quoi, qu'est-ce que j'allais faire ? s'emporta-t-il. C'est plutôt à lui qu'il faudrait le demander, non ?

— Tu sais bien qu'il est comme ça.

— Il est méchant, et il te traite comme une moins que rien. Si tu crois que je vais le laisser te parler comme il le fait devant moi, tu te trompes, Hayley !

— Il est comme ça, répéta-t-elle. Et ça ne me blesse pas, j'ai appris à ne pas faire attention. A ne pas écouter.

— Eh bien tu ne devrais pas, dit-il en posant les mains sur ses hanches. Je ne veux pas que tu restes à Wallaroo dans ses conditions. Tu vas venir avec moi à Kerry Creek.

— Pardon ?

— Je ne vais pas te laisser à la merci des humeurs de ton grand-père ! Et tu te demandes pourquoi tu traînes autant de casseroles ? Eh bien c'est l'occasion idéale de te débarrasser de la plus lourde d'entre elles, si tu veux mon avis.

— C'est ma seule famille, répliqua-t-elle. Tu ne peux pas imaginer ce que c'est de ne pas en avoir. Tu as tes deux parents, tu as tes frères. Moi je l'ai lui. Et, oui, il peut être super pénible, mais ça reste mon grand-père.

— Peut-être. Mais c'est aussi le type que tu as fui voilà dix ans. Et aussi celui qui a refusé de te garder après la mort de tes parents.

— Ecoute, j'ai eu le temps de comprendre mes erreurs, et maintenant, j'attends qu'il en fasse autant.

— Mais pourquoi est-ce si important à tes yeux, Hayley ? Il ne sera jamais l'homme que tu voudrais qu'il soit.

— Je ne vais pas me disputer avec toi à cause de ça. Je ne veux pas en parler, dit-elle en tournant les talons, pas ici.

Teague la rattrapa et, lui prenant le bras, il lui fit faire demi-tour vers lui.

— On ne remontera pas dans la voiture avant que tu n'aies accepté de venir t'installer à Kerry Creek avec moi.

— Eh bien on va devoir rester ici toute la journée, et toute la nuit, parce que je n'irai pas. Et puis, tu crois vraiment que je serais mieux accueillie par tes frères que je ne le suis par mon grand-père ?

— Tu ne veux même pas nous donner une chance, n'est-ce pas ?

Hayley le dévisagea d'un air fermé.

— Nous ? C'est qui, ce nous ? Toi et moi, c'est à ça que tu penses ? Mais quel rapport entre notre relation et le fait que je vienne ou non à Kerry Creek ?

— Quoi que je fasse, fit-il d'une voix sombre, tu n'auras jamais besoin de moi, Hayley. Tu as bien trop peur d'avoir besoin de quelqu'un. C'est pour ça que tu fuis, depuis toutes ces années. Et c'est pour ça que tu es encore en train de fuir, là, tout de suite.

— N'essaye pas de jouer les psys, tu n'es pas très doué pour ça.

— Hayley, je suis la personne qui te connaît le mieux au monde.

— Qui me connaissait, corrigea-t-elle avant de se diriger vers la route.

Elle monta à bord du 4x4 et claqua la portière derrière elle.

Fou de rage, Teague donna un coup de pied dans la motte de terre à ses pieds, qui s'éparpilla avec une grande gerbe de poussière. Hayley était la plus belle femme au monde, mais il se demandait parfois ce qu'il faisait avec elle. Elle était butée, et elle refusait catégoriquement de reconnaître qu'elle avait le droit d'être heureuse. Et plus il essayait de se rapprocher d'elle, de percer ses défenses, plus elle se protégeait en s'éloignant.

La nuit précédente, sous les étoiles, il avait eu l'impression qu'ils avaient finalement réussi à passer outre ses peurs, ses angoisses et ses protections. Mais à présent, quelques heures plus tard, elle avait trouvé le moyen de détruire ce qu'ils avaient partagé. Ils tournaient en rond, et ça le rendait dingue.

Il revint vers le 4x4, y grimpa en silence et démarra. Le problème, c'était que jamais les choses ne pourraient s'arranger entre eux s'il y avait toujours quelqu'un pour les diviser et les éloigner : ses propres frères, son grand-père, ou Hayley elle-même.

Toujours sans un mot, il lui jeta un regard de biais. Elle fixait la vitre côté passager, l'air absente. Après tout, songea-t-il alors, ça ne valait peut-être pas la peine de faire tous ces efforts pour renouer avec elle. Quelques semaines plus tard, ils reprendraient chacun leur chemin. Or, plus ils passaient de temps ensemble, plus ils semblaient agressifs l'un envers l'autre.

Le reste du voyage se déroula en silence. Quand Harry voulut ouvrir la bouche, Hayley lui intima l'ordre de se taire. Et à la grande surprise de Teague, le vieil homme obéit, se renfonçant dans son siège en croisant les bras sur sa poitrine. Exactement la position qu'il avait vu Hayley adopter si souvent, songea Teague avec étonnement. Peut-être Hayley et son grand-père étaient-ils plus proches qu'il ne le croyait, finalement.

Quand ils atteignirent Wallaroo, Teague s'arrêta devant la maison. Harry chaussa ses lunettes et regarda par la fenêtre.

— Bon Dieu, maugréa-t-il, cette maison a besoin d'un bon coup de peinture.

Il descendit du 4x4 et s'approcha du porche, examinant la façade lépreuse, puis il disparut de l'autre côté de la maison.

— Viens avec moi, Hayley.

— Je ne peux pas. Merci de nous avoir conduits. Je sais qu'il peut être insupportable parfois, mais je peux le gérer. Il ne m'atteint pas.

— Tu mérites mieux.

Elle se força à sourire et hocha la tête sans un mot. Puis, un instant plus tard, elle sauta à bas du Range Rover. Un petit geste de la main dans sa direction, et ce fut tout. Elle disparut dans la maison.

Teague redémarra et, une fois sur la route, appuya sur l'accélérateur. Il avait besoin d'y voir clair dans les événements de la journée. D'accord, la vie ne pouvait pas toujours être parfaite. Ils n'étaient plus des enfants, et il y aurait toujours des différences entre eux. Mais il savait plus de choses aujourd'hui que dix ans plus tôt. Par exemple, que ce n'était pas facile de tomber amoureux, et encore moins de le rester. Surtout, les différences entre les gens étaient parfois si grandes que rien ne permettait de les surmonter.

Et peut-être que c'était ce qui était en train de passer avec Hayley.

Sans quitter la route des yeux, il poussa un long soupir. En même temps, s'il ne devait plus la voir, cela aurait au moins un bénéfice inattendu : il pourrait de nouveau se concentrer sur son travail, et ses relations avec Cal seraient meilleures…

Alors c'était fini. Il avait donné une chance à sa relation avec Hayley, et ça n'avait pas marché. Rien de perdu, rien de gagné, en somme. Mais allait-ce être si facile que ça de l'oublier ? Il serra les mâchoires. Ce ne serait pas facile de se tenir loin d'elle, c'était sûr, mais il allait essayer.

Et puis il avait plein de choses à faire, qui allaient le distraire de penser à elle. Il avait des visites, et il avait promis à Gemma et Payton de les conduire en avion jusqu'à Brisbane pour faire du shopping.

Il n'aurait pas le temps de penser à Hayley avant dimanche.

Et là, peut-être qu'il aurait pris assez de distance pour l'oublier définitivement et faire comme si rien ne s'était passé entre eux.

Il fit la grimace. Malgré toutes ses bonnes résolutions, il savait bien, au fond de lui, qu'il allait avoir beaucoup de mal à ne plus penser à elle. Et que ses efforts pour y arriver risquaient bien de produire l'effet inverse : il y penserait encore un peu plus.

Sur tout le chemin du retour jusqu'à Kerry Creek, il essaya d'imaginer par quel moyen il pourrait bien percer les défenses que Hayley avait érigées autour d'elle. S'il y avait un moyen de le faire, il le trouverait. Si quelqu'un pouvait le faire, c'était lui. Sauf qu'à chaque fois qu'il parvenait à faire une brèche d'un côté, elle reconstruisait un mur plus haut, plus solide, de l'autre côté. Alors il n'y avait plus qu'une chose à faire.

La laisser agir, elle.

Il allait attendre qu'elle revienne vers lui. Car s'il ne la pressait pas de ses demandes, elle ne pourrait pas fuir.

Quand il arriva à Kerry Creek, il ne prit même pas la peine de s'arrêter à la maison. Il fila droit à la piste d'atterrissage. La nuit ne tomberait pas avant plusieurs heures, et il savait bien que s'il restait ici, il ne penserait à rien d'autre qu'à galoper jusqu'à la cabane.

Or il fallait qu'il mette de l'espace entre lui et Hayley.

Il allait retourner à Bilbarra en avion, et quand il arriverait, il serait trop tard pour repartir dans l'autre sens, le soleil serait déjà couché. Il n'aurait plus le choix : il faudrait qu'il passe la soirée là-bas. Il irait boire au Spotted Dog, puis il dormirait sur le canapé du cabinet du Dr Daley et il serait prêt pour ses visites le lendemain.

Oui, c'était un bon plan. Comme ça, il ne pourrait pas faire n'importe quoi. Et c'était bien ce dont il avait besoin à cet instant : arrêter de faire n'importe quoi.

- 5 -

De ses mains gantées, Hayley tira sur la longe de Molly et la fit sortir des écuries. Là, elle l'éperonna et la lança au galop. L'air du matin était glacial, et le vent s'engouffrait dans ses cheveux, la faisant frissonner, mais c'était exactement ce dont elle avait besoin.

Elle avait passé les deux dernières nuits les yeux grands ouverts, incapable de dormir, luttant de toutes ses forces contre la tentation de galoper jusqu'à la cabane pour voir si Teague l'y attendait. Son psy dirait sûrement qu'elle était en train de revenir à un schéma autodestructeur de son enfance, où elle prenait exprès les mauvaises décisions pour se punir elle-même. Mais elle savait qu'il s'agissait d'autre chose.

Etait-elle en train de le tester ? De tester la force de son affection, de voir jusqu'où il était prêt à aller ? Ou était-elle en train de le rejeter avant qu'il ne décide de la rejeter lui-même ?

Elle sentit son cœur se serrer et l'angoisse renaître en elle à la pensée de ce qu'elle lui dirait si elle le trouvait effectivement à la cabane. Si elle avait réussi à se tenir loin de la cabane jusque-là, c'était surtout parce qu'elle avait trop peur d'y aller et de découvrir qu'il n'y était pas. Et s'il n'y était pas ce soir, cela signifierait qu'elle ne comptait pas pour lui, et que tout était fini.

Elle soupira. Elle s'était presque attendue à ce qu'il s'arrête à Wallaroo en prétextant une visite de contrôle pour Molly, même si le cheval allait parfaitement bien à présent, et qu'ils le savaient tous les deux. Mais il n'était pas venu. Depuis deux jours, elle n'avait eu aucune nouvelle de cet homme qui prétendait qu'il ne l'abandonnerait jamais.

Elle éperonna Molly avec vigueur et la jument partit au grand galop. La posture était douloureuse, et Hayley avait du mal à respirer à cette allure, mais elle ne voulait pas s'arrêter. Pas avant d'arriver à la cabane.

Et enfin elle la vit. Au loin, avec deux chevaux attachés à la barrière. Sentant son cœur s'emballer, elle accéléra encore. Avait-il passé toute la nuit à l'attendre ?

Elle atteint vite le porche et se laissa glisser à bas de sa monture. Puis elle monta les quelques marches et ouvrit doucement la porte.

— Teague ?

Elle se figea en apercevant les deux corps enlacés sur le lit étroit. Elle eut l'impression que le monde vacillait autour d'elle, et que la terre s'ouvrait sous ses pieds. Teague avait amené une autre femme dans leur refuge ? Mais comment avait-il pu lui faire ça ? Etait-ce une façon de la punir ?

Refoulant un sanglot, elle referma la porte et recula jusqu'en bas des marches. Elle entendit une voix étouffée crier son nom, mais son cœur battait si fort et ses pensées étaient si agitées qu'elle ne voulait rien entendre. Qu'elle ne pouvait rien entendre.

Elle tenta maladroitement de remonter en selle, incapable de glisser son pied dans les étriers malgré son atroce envie de quitter cet endroit au plus vite. Enfin, elle parvint à monter sur Molly, et elle était en train d'attraper les rênes quand on cria derrière elle :

— Attends !

Les yeux baignés de larmes, elle leva les yeux, comme malgré elle. Et là, elle prit soudain conscience de l'homme qui se tenait sur le porche. Malgré un évident air de famille, ce n'était pas Teague.

Ce ne pouvait être que Brody, le plus jeune frère de Teague. Elle ne l'avait rencontré qu'une seule fois, quand il était bien plus jeune, mais elle était sûre que c'était lui.

— Qu'est-ce que tu fais ici ? demanda-t-elle d'une voix tremblante, tout en s'efforçant d'affermir sa prise sur les rênes.

— On avait besoin d'un endroit où dormir, et c'est ce qu'on a trouvé de plus près. Teague était censé te retrouver ici ?

— Non, lança-t-elle d'une voix qu'elle se força à maîtriser. Pourquoi dis-tu ça ?

L'air mal à l'aise, il expliqua :

— Je ne sais pas, j'ai eu l'impression que tu t'attendais à le trouver ici, c'est tout.

Hayley eut toutes les peines du monde à contenir son trouble, mais elle parvint à dire d'une voix égale :

— J'ai vu les chevaux de Kerry Creek et j'ai pensé que ça pouvait être lui. Je me suis trompée, excuse-moi. Je ne voulais pas te réveiller.

— C'est rien. Tu veux que je dise à Teague que tu le cherchais ?

Elle secoua la tête. Pas question de faire part de ses sentiments au frère de Teague.

— Non. Inutile de lui dire quoi que ce soit.

A cet instant, une jeune femme sortit de la maison et rejoignit Brody sur le porche, les yeux pleins de sommeil, ses longs cheveux acajou flottant librement sur ses épaules. Aussitôt, Brody se tourna vers elle et passa un bras autour de ses épaules.

— Bonjour, fit la jeune femme avec un signe de tête en direction de Hayley.

— Payton, je te présente Hayley Fraser, fit Brody. Cette cabane appartient à sa famille. Hayley, voici Payton Harwell.

Hayley vit un sourire très chaleureux fleurir sur les lèvres de Payton.

— Merci de nous permettre de rester ici. Je me suis perdue, la nuit dernière, et je n'étais pas vraiment prête à dormir dehors.

Hayley se contenta de hocher la tête, toujours surprise par l'attitude amicale de Brody. Elle savait bien ce que les frères de Teague pensaient d'elle, ce que tous les membres de sa famille pensaient. Elle n'était qu'un nid à problèmes, une fille qui ne méritait pas un type aussi brillant que Teague. Les parents Quinn avaient d'ailleurs tout fait pour essayer de les faire rompre, quand ils étaient adolescents, mais lorsque Teague avait eu l'interdiction formelle de la revoir, ça ne les avait pas empêchés de se retrouver en cachette dès qu'ils le pouvaient.

— Je dois y aller, bégaya Hayley en éperonnant doucement sa monture. Et vous pouvez rester ici aussi longtemps que vous le voudrez, je ne dirai rien à mon grand-père.

Elle s'éloigna à vive allure, mais cela ne suffit pas à contenir le mélange d'humiliation et de peine qui lui brûlait la poitrine. Une fois de plus, les larmes lui vinrent aux yeux et elle les essuya du revers de la main. Qu'est-ce qui n'allait pas chez elle ? Elle n'avait jamais été aussi émotive qu'en ce moment. C'était ce que les histoires d'amour lui faisaient : elles lui brisaient le cœur et la blessaient.

Mais derrière le tumulte d'émotions qui la bouleversait, elle en sentait une autre, encore plus forte que toutes les autres. La frustration. C'était sa faute à elle si tout s'était effondré. Teague, lui, n'avait rien fait d'autre que lui offrir son amitié et son affection, et elle les lui avait renvoyées au visage. C'était lui qui avait raison. Elle ne devait rien à Harry. Et si elle avait à choisir entre son grand-père et Teague, elle choisirait Teague, sans hésiter. Car Harry faisait peut-être partie de sa famille, mais Teague était bien plus que ça. C'était un vrai ami.

Elle soupira. Elle se voilait la face. Teague était bien plus que ça. C'était un amant. Un amoureux. Mais avait-on un amoureux qu'on n'aimait pas ? Elle lâcha un cri de frustration. Quoi, alors ? Son âme sœur ? Ça sonnait très bizarre, très eau de rose, mais enfin, c'était ce qui à cet instant lui semblait le terme le plus exact pour décrire ce qu'elle ressentait pour Teague.

Il était, au monde, la personne en laquelle elle avait le plus confiance. Et vu son incapacité constitutive à accorder sa confiance à autrui, ça voulait tout dire. Et elle ne connaissait aucun autre homme avec lequel elle aurait plus envie de passer la nuit qu'avec lui. Il savait ce qu'elle pensait, avant même qu'elle n'ouvre la bouche, comme s'il pouvait lire en elle à livre ouvert. Et elle était sûre d'une chose : même après des années, elle pourrait toujours compter sur lui si elle avait besoin de lui.

Tandis qu'elle approchait des écuries, elle remarqua le camion de Teague garé juste devant. Son cœur se mit à battre un peu plus fort et elle lança Molly plus rapidement. Et quand enfin elle entra dans l'écurie, elle l'aperçut.

Il était assis sur une balle de paille à l'autre bout du bâtiment. Il leva les yeux en entendant le claquement des sabots de Molly sur le sol et, les apercevant, il se leva d'un bond.

Hayley sauta à bas de sa monture et fit un pas vers lui. Pendant un long moment, ils se dévisagèrent en silence, puis elle se précipita vers lui, un sanglot étouffé montant dans sa gorge. Teague l'accueillit entre ses bras puissants, la souleva par la taille et l'embrassa.

— Je suis désolé, tellement désolé, murmurait-il entre chaque baiser.

— Non, c'est moi qui suis désolée. Je me suis comportée comme une peste avec toi, et tu ne méritais pas ça.

Il la reposa sur le sol, prit son visage en coupe et l'embrassa de nouveau. Puis il chuchota au creux de son oreille :

— Il faut que j'apprenne à être plus patient. Je me suis senti si mal ces derniers jours. Je ne pensais qu'à toi, tout le temps. J'étais à Brisbane, hier, je marchais dans les allées de chez David Jones et tout ce que je voyais me faisait penser à toi. Je n'avais qu'une envie, que tu sois là avec moi.

Elle ne put s'empêcher de rire.

— Tu es allé faire du shopping pour te changer les idées ? Les hommes ne sont-ils pas plutôt censés aller au pub, noyer leur chagrin dans l'alcool ?

— Ça, je l'ai fait jeudi soir, répondit-il avec un sourire. Et samedi, j'ai emmené Gemma et Payton faire du shopping.

— J'ai rencontré Payton, lui dit-elle doucement. J'ai galopé jusqu'à la cabane ce matin, à l'aube, et elle y était avec Brody.

— Alors c'est là qu'ils ont disparu tous les deux ! Autant dire que notre refuge secret a fait long feu.

— Elle a l'air sympa, dit Hayley. Et très jolie.

— C'est drôle, je n'ai jamais vu Brody s'investir autant avec une femme, et Dieu sait s'il en a eu beaucoup. Et Cal aussi a une petite amie, même si je ne suis pas sûr qu'il sache vraiment ce qu'il a envie de faire avec elle. Elle s'appelle Gemma, elle arrive d'Irlande pour une histoire de recherche généalogique. Je n'en reviens pas à quel point les choses ont changé à Kerry Creek en quelques semaines !

— C'est pour ça que tu m'as proposé de venir avec toi à Kerry Creek ? le taquina-t-elle. Pour y avoir quelqu'un, toi aussi ?

— Non, et je n'aurais jamais dû te le demander. Je sais ce que tu ressens, et c'est vrai que ni Cal, ni Brody n'ont jamais vraiment fait d'effort pour apprendre à te connaître vraiment. Mais ça va changer.

— Ah oui ? Tu comptes leur taper dessus s'ils disent quelque chose de méchant sur moi ?

Il se mit à rire et elle sentit une vague de chaleur monter en elle. Elle adorait quand il riait.

— Oui, répondit-il avec un large sourire. Je n'hésiterais pas à les mettre en pièces s'ils s'en prenaient à ton honneur. Mais avant d'en arriver là, j'aimerais leur donner une chance de te connaître mieux. J'aimerais que tu viennes à Kerry Creek demain. On fait un barbecue pour célébrer l'anniversaire de la reine, et j'aimerais que tu sois mon invitée.

Elle réfléchit un long moment, puis murmura :

— Je ne sais pas, Teague. Si je viens, j'ai peur que Cal et Brody soient si mécontents que ça gâche la soirée de tout le monde.

— Mais si tu ne viens pas, c'est ma soirée à moi qui sera gâchée, dit-il en caressant doucement ses bras nus et en cherchant son regard jusqu'à ce qu'elle ne puisse faire autrement que répondre à son sourire. Viens, continua-t-il, on va s'amuser. Il y aura des jeux, des compétitions. Tu pourras épater tout le monde en leur montrant à quel point tu es douée sur un cheval. Et puis tu pourras voir Payton, faire la connaissance de Gemma, et vous pourrez parler de… trucs de filles.

Hayley baissa les yeux pour échapper à son regard. Pour être honnête, elle aurait été ravie de retarder au maximum le moment de rencontrer Cal et Brody. Mais elle devait bien reconnaître que Brody avait été plutôt sympa avec elle à la cabane. Alors, peut-être que les sentiments des frères de Teague à son encontre s'étaient adoucis avec l'âge.

— D'accord, je viendrai. Mais si je m'aperçois que tes frères ne sont pas ravis de ma présence, je repartirai aussitôt.

— Je viendrai te chercher à…

— Non, je viendrai à cheval. Si jamais j'ai besoin de repartir plus tôt, ajouta-t-elle avec une petite grimace.

— Je te promets que tu n'auras pas envie de repartir, dit-il avant de l'embrasser de nouveau. Tu vas passer une super soirée. Et d'ici là, je suis libre toute la journée. On pourrait en profiter tous les deux. Tu as des envies ?

Elle le défia du regard.

— On pourrait se promener à cheval.

— On pourrait voler jusqu'à Brisbane et voir un film, proposa-t-il.

— On pourrait rouler jusqu'à Bilbarra et déjeuner chez Shelly.

Teague la serra un peu plus étroitement contre lui et, baissant la voix, il murmura :

— Ou alors, on pourrait galoper jusqu'à la cabane, en déloger Brody et Payton et y passer le reste de la journée…

— J'adore le concept, acquiesça-t-elle avec un sourire mutin.

— O.K., fit Brody, je te l'accorde, elle est très belle. Bien plus qu'à la télé : je l'ai vue dans son feuilleton quelquefois, avec Mary, c'est fou le look qu'ils lui ont fait.

— On dit que passer à la télé vous donne l'air d'avoir cinq kilos de plus, affirma Cal.

— Ah oui ? Et qui dit ça ? demanda Teague en riant.

Cal haussa les épaules.

— Je ne sais pas, moi, c'est ce qu'on dit. Les gens qui connaissent ce genre de trucs, enfin moi ce que j'en dis… Je n'ai pas dit qu'elle était grosse, hein ? Elle ne l'est pas du tout, et pour tout dire, je la trouve très jolie. Enfin, bien moins que Gemma.

— Payton les bat toutes les deux, asséna Brody. Les femmes aux cheveux sombres sont bien plus séduisantes.

Puis il désigna d'un geste les trois jeunes femmes qui se tenaient un peu plus loin, de l'autre côté de la barrière.

— Et elles, à votre avis, de quoi parlent-elles ?

La conversation devait plutôt bien se passer, songea Teague en observant l'air réjoui de Hayley.

— Aucune idée, fit Cal en caressant le pommeau de sa selle. Peut-être qu'elles parlent cuisine ? Oui, ça doit être ça, elles doivent échanger des recettes.

Cette fois, Brody et Teague éclatèrent de rire en même temps.

— Tu ne connais rien aux femmes, Cal, fit Brody. Elle sont sûrement en train de parler de fringues ou de chaussures.

— Ou alors, suggéra Teague, elles sont en train de parler de nous. Comme nous on parle d'elles.

Brody le regarda d'un air interloqué.

— Quoi ? Tu penses qu'elles discutent pour savoir lequel de nous trois est le plus beau ? C'est ridicule, vu que c'est tout vu : je suis mille fois plus beau que vous deux, c'est évident.

— C'est vrai que Brody a toujours été le plus joli, fit Cal, n'est-ce pas, Teague ? C'est bien pour ça qu'on l'a toujours considéré comme notre petite sœur, non ?

— Et vu que tu es celui qui a le plus d'expérience avec les femmes, petite sœur, bouge tes fesses et va voir ce qu'elles disent de nous, suggéra Teague.

— Pour quoi faire ? Je suis sûre qu'elles n'ont qu'un sujet de conversation : la bande de crétins que vous formez tous les deux ! lâcha Brody en riant avant de diriger son cheval vers la barrière.

Quand leurs rires se furent calmés, Teague se tourna vers Cal.

— Tu ne m'en veux pas d'avoir invité Hayley ?

— Non. Ce n'est pas avec elle que je suis en guerre, mais avec son grand-père. Sans compter que si tu l'épousais, Wallaroo finirait par t'appartenir.

— Mais de quoi parles-tu ? demanda Teague, tout rire soudain disparu.

Cal lui lança un regard suspicieux.

— Ne me dis pas que tu n'y as jamais pensé. C'est elle qui héritera du domaine, Harry n'a pas d'autre famille. Et même si Wallaroo est plus petit que Kerry Creek, c'est une terre fertile. Un lieu idéal pour élever des chevaux, tu ne crois pas ?

C'est bien ton rêve depuis que tu es tout petit, non ? C'est bien pour ça que tu as fait des études de vétérinaire ?

— Je te l'ai dit, Hayley ne s'intéresse pas au domaine. Elle ne veut qu'une chose : convaincre Harry de le vendre.

— Tu devrais peut-être en parler avec elle. Cette terre vaut bien plus que ce que n'importe qui serait prêt à mettre pour l'acheter.

— Tu pourrais l'acheter, toi, fit valoir Teague.

Cal esquissa un sourire ironique.

— Oui, si deux ou trois millions me tombaient du ciel, je pourrais l'acheter, mais bizarrement, je n'y crois pas trop.

Ils tournèrent la tête en même temps pour observer les trois jeunes femmes qui traversaient le pré dans leur direction. Brody leur avait proposé de participer aux épreuves de campdrafting, et elles avaient accepté. Ce qui n'était pas très étonnant, songea Teague. Hayley adorait les chevaux et les compétitions, quant à Payton, il devait bien reconnaître qu'elle l'avait étonné depuis son arrivée à Kerry Creek. Même si, au départ, Cal n'avait pas été très chaud à l'idée d'embaucher cette Américaine pour les aider au domaine, Teague s'était vite rendu compte qu'elle s'y connaissait en chevaux.

Elle travaillait dur, elle avait l'air d'aimer ce qu'elle faisait, et elle se montrait d'une curiosité infinie dès qu'il était question de chevaux. Quand Teague lui avait expliqué qu'il élevait de futurs champions, elle avait insisté pour qu'il lui explique tous les gestes techniques qu'elle le voyait faire sur les bêtes. Et quand il lui avait parlé des compétitions de campdrafting, elle avait semblé fascinée. En bonne Américaine, elle n'avait jamais entendu parler de cette espèce de rodéo qui faisait presque office de sport national ici, et il lui avait promis de lui apprendre les rudiments. Ce qu'il avait fait, et force lui était de reconnaître aujourd'hui qu'elle se débrouillait plutôt bien pour une débutante.

Ce qui allait faire d'elle une véritable adversaire. Ils avaient décidé de faire équipe par couple. Les trois équipes s'affronteraient l'une l'autre. Sur le papier, Cal était sans conteste le meilleur des trois frères, mais avec Gemma comme partenaire, il allait avoir un gros handicap, car la jeune Irlandaise n'était pas du tout à l'aise sur un cheval. Dans l'autre équipe, Payton était une cavalière émérite, mais elle manquait encore d'entraînement en campdrafting, si bien que les chances de Brody et de Cal étaient à peu près égales. Mais Teague savait que Hayley serait ravie de se lancer dans n'importe quelle compétition, a fortiori si elle supposait de se tenir sur un cheval.

— Deux par cheval, expliqua alors Brody. Les filles prennent les rênes, les gars les étriers. Ça devrait être drôle.

Teague se pencha et, attrapant Hayley par le bras, il l'aida à monter en selle devant lui.

— C'est gagné d'avance, murmura-t-il à son oreille.

— Pas sûr, répliqua-t-elle. Payton doit être bonne cavalière.

— Peut-être, mais toi, tu battrais la plupart des garçons de ferme ici. Même les mains liées !

Elle rit.

— Ce ne serait peut-être pas une mauvaise idée d'ajouter un peu de piment à la compétition, le titilla-t-elle.

— Fais attention, ma belle, dit-il en resserrant son étreinte. Si tu continues comme ça, je ne vais jamais réussir à me concentrer.

— Et que fais-tu de ma récompense ? fit Hayley en le défiant d'une petite moue.

Teague ne put s'empêcher de rire. Elle était incroyable, et sur un cheval, elle était de loin la meilleure. A eux deux, ils avaient battu tous les autres à plate couture, et même Cal n'en était pas revenu. Sans doute son frère n'imaginait-il pas qu'une femme puisse l'emporter sur des hommes aussi expérimentés que les gars qui travaillaient au domaine, et pourtant, c'était le cas : lors du rodéo final, dans l'épreuve de campdrafting, ils avaient vraiment été sur la même longueur d'onde, Hayley et lui, harmonisant leurs gestes à la perfection, et ils étaient venus à bout de leur taureau en un temps record. Et si Teague avait prétendu que le chronomètre était sans doute mal réglé, c'était uniquement pour ne pas faire perdre la face aux gars du domaine. Car au fond de lui, il n'y avait aucun doute possible : ils avaient remporté la compétition, et de loin.

Et c'était bien pour ça, à présent qu'ils étaient revenus dans les écuries, que Hayley réclamait sa récompense…

— Alors, répéta-t-elle, j'attends !

— Laisse-moi réfléchir à ce que je pourrais bien faire pour te faire plaisir.

— Tu pourrais me masser le dos, suggéra-t-elle avec un sourire mutin. Avec tout ce temps passé à cheval, tous mes muscles sont endoloris. Surtout le bas du dos…

— N'y pense même pas, coquine !

— S'il te plaît, insista-t-elle en s'écartant avec une nouvelle moue tentatrice.

Eh bien, songea-t-il, ils faisaient des progrès. Hayley était beaucoup moins dans la retenue avec lui, à présent. Elle s'autorisait même à le provoquer et à jouer avec lui. Tant mieux. Rien n'était acquis, il le savait, mais aussi longtemps que leur relation continuerait à changer dans ce sens, ça lui allait.

— Et si quelqu'un entrait ?

Elle l'attira dans une stalle vide, puis, l'attrapant par les poignets, elle lui plaqua les mains sur ses fesses avec un grand sourire. Et là, elle noua ses mains autour de son cou et se pressa contre lui.

— Tu fais ça si bien quand on est nus, ce n'est pas un petit bout de jean entre nous qui va te faire peur ?

— Tu veux vraiment m'embarrasser, hein ? murmura-t-il sans pouvoir s'empêcher de savourer le contact de ses fesses rondes et fermes sous ses mains, même à travers le jean. C'est une manière de me faire payer de t'avoir fait venir à Kerry Creek aujourd'hui, c'est ça ?

— Non, même pas. A vrai dire, j'ai passé une excellente journée. Gemma et Payton sont adorables, et tes frères ont été sympas avec moi.

— Je t'avais bien dit que tu t'amuserais.

— Tu sais, je m'amuserais encore plus si tu me massais les fesses…

Avec un grognement, Teague la souleva comme une plume et, en un réflexe, elle enroula ses jambes autour de sa taille. Son petit cri de ravissement se transforma en léger rire quand il manqua trébucher, mais quand, sans relâcher son étreinte, il avança jusqu'au mur et se pressa contre elle pour un baiser avide, son rire s'évanouit aussi vite qu'il était né.

— C'est si bon, gémit-elle avec un soupir de contentement tandis qu'il la caressait, savourant ses courbes voluptueuses sous ses mains. Oh oui, c'est trop bon…

— Tu pourrais être un peu plus originale, la provoqua-t-il. Et moi qui pensais que tu étais une bonne actrice.

Elle le repoussa brusquement, l'air choqué, et à cet instant, il n'aurait pu dire si elle jouait encore, ou s'il l'avait vraiment blessée.

— Et moi, je pensais que tu étais un bon amant.

Il se sentit soulagé. Elle jouait.

— Je suis un bon amant, répliqua-t-il.

— Prouve-le.

C'était exactement comme l'un de ces défis qu'elle adorait lui lancer quand ils étaient enfants — à celui qui galopait le plus vite, qui sautait le plus haut, qui retiendrait sa respiration le plus longtemps. Il n'avait jamais reculé devant ses défis, et il n'allait pas commencer aujourd'hui.

— Ici ?

— Pourquoi, tu as peur ? Comme une femmelette ?

— Je ne voudrais pas te faire passer pour une fille facile, rétorqua-t-il en la reposant sur le sol. Et je ne vais pas commencer quelque chose ici si je risque d'être interrompu, a fortiori par l'un de mes frères.

— Raison de plus pour ne pas perdre de temps, le provoqua-t-elle en s'agenouillant devant lui et en déboutonnant son jean.

Elle se releva, et quand, les yeux dans les siens, elle commença à caresser son sexe à travers son boxer, il ne put retenir un gémissement. C'était fou comme le risque de se faire surprendre augmentait encore son désir, le rendait encore plus intense. Sans compter qu'ils n'avaient plus à se cacher, à présent : tout le monde savait qu'ils sortaient ensemble, et aucun Quinn n'avait eu l'air de s'opposer à ça. Alors ils avaient bien le droit de faire l'amour.

En même temps, Teague n'avait pas vraiment envie que ses frères découvrent *à quel point* il en pinçait pour Hayley Fraser. Car elle était devenue le centre de son univers, et une petite voix, en lui, lui criait qu'il ne pourrait plus concevoir d'autre vie que celle qu'il était en train de vivre. Une vie avec Hayley.

— Alors, murmura-t-il à son oreille avant de dessiner un chemin de baisers le long de son cou, tu avais parlé d'un massage. Quel genre de massage ?

Elle prit une courte inspiration puis pencha la tête sur le côté pour l'inviter à continuer encore plus bas la ligne de ses baisers.

— Je te laisse seul juge…

Moins d'une minute plus tard, mus par un désir inouï, ils avaient écarté leurs vêtements, suffisamment en tout cas pour ce qu'ils avaient en tête. Quand il la pénétra, Teague était presque déjà au bord de la jouissance. Etre en elle, la sentir, l'emplir, c'était tout ce qui comptait. Cette intimité entre eux, ce désir, cette chaleur qui faisait battre son cœur à cent à l'heure, c'était ce dont il avait besoin pour vivre, et cette pensée se mit à caracoler dans sa tête, l'emplissant d'une joie insensée.

Hayley était tout ce dont il avait besoin pour vivre.

Et quand enfin l'orgasme le balaya, juste avant de se perdre définitivement en elle, il se fit une promesse. Il ferait n'importe quoi pour la rendre heureuse, et il ferait tout ce qu'il faudrait pour la garder auprès de lui.

Hayley était sienne, et elle n'avait jamais cessé de l'être, depuis le moment où ils s'étaient rencontrés près du gros rocher. Et cela durerait jusqu'à la fin des temps.

Hayley entendit l'avion avant même de le voir. Clignant des yeux face au soleil, elle scruta le ciel et aperçut le petit appareil qui arrivait de l'ouest. A mesure qu'il approchait de la maison, il volait plus bas, et quand il fut presque au-dessus d'elle, Hayley sortit dans la cour en agitant les bras. En réponse, Teague fit tanguer les ailes de l'avion de droite à gauche, et elle se précipita vers sa voiture en riant. Quel crâneur !

Elle démarra sans attendre et prit la direction de la vieille piste d'atterrissage. Une semaine s'était écoulée depuis la fête, et Teague et elle ne s'étaient vus que quelques trop rares fois.

Plusieurs soirs de suite, son travail l'avait retenu loin de Kerry Creek, et quand il revenait, il restait à peine quelques heures avant de repartir. Pour couronner le tout, il avait dû emmener Payton et Brody en avion jusqu'à l'aéroport de Brisbane quand les deux tourtereaux avaient décidé de partir passer quelques jours à Fremantle, à l'autre bout de l'Australie.

Et même si elle avait su dès le départ qu'il allait être souvent absent cette semaine, la solitude lui avait pesé d'une manière à laquelle elle ne s'était pas attendue. Elle avait bien essayé de se persuader que ce n'était pas grave, puisqu'il ne s'agissait que d'une relation physique entre eux, ça n'avait rien changé au sentiment de perte qui avait été le sien tout au long de la semaine.

Et elle avait bien dû faire face à la réalité : Teague et elle n'étaient pas seulement amants. Ils avaient renoué des liens amicaux et affectifs qui n'avaient jamais vraiment disparu.

Pourtant, même s'il aurait été facile de dire qu'ils étaient retombés amoureux, elle n'était prête à franchir ce pas — pas encore. Mais peut-être que si, cette fois, ils parvenaient à rester éloignés quelque temps l'un de l'autre, sans que cela ne change rien à leur relation — comme ils venaient de le faire cette semaine —, alors elle s'autoriserait peut-être à penser à l'amour.

Adolescents, le sort s'était acharné contre eux, et à présent, ce n'était pas très différent. Elle avait sa carrière à Sydney, et sans doute la possibilité d'aller bien plus loin, à tous les sens du terme. Et Teague, lui, exerçait depuis peu à Bilbarra. Peut-être que s'il avait été libre de s'installer comme vétérinaire à Sydney, cela aurait pu marcher entre eux ?

Sauf qu'il s'était engagé à racheter le cabinet du Dr Daley, et de fait, c'était pour lui une occasion unique de s'installer à son compte. Ce qu'il ne pourrait jamais faire à Sydney : là-bas, au mieux, il pourrait être employé par un cabinet, et certainement pas comme vétérinaire spécialisé dans les chevaux. Non, pour vivre à Sydney, il faudrait qu'il renonce à son rêve, un rêve à portée de main s'il restait ici : vivre dans le Queensland et développer son propre élevage de chevaux de compétition à Kerry Creek.

Quand elle arriva à la piste, Teague l'attendait debout devant l'avion, une main posée sur l'une des ailes. Hayley sortit de sa voiture en souriant et se dirigea vers lui, une main en visière.

— Tu veux m'impressionner, c'est ça ?

Elle pensait qu'il allait entrer dans son jeu, mais il conserva un air sérieux.

— Grimpe, on y va.

— Mais où ça ?

— On pars. Rien que toi et moi, pour quelques jours. J'ai fini toutes mes visites et j'ai un peu de temps.

— Mais je ne peux pas partir comme ça, je n'ai rien apporté et…

— Tu n'auras besoin de rien, l'interrompit-il.

— Mais…

— Mais quoi ? Où est passé ton sens de l'aventure, Hayley ? C'est moi que tu traitais de femmelette, l'autre jour ? Tu veux me faire croire que tu n'es pas cap'de partir avec moi, comme ça, sur un coup de tête ?

— Teague, je ne peux pas partir comme ça, sans dire à Harry que je m'en vais. Il remarquera forcément mon absence, quand je ne serai pas là pour lui faire à manger.

— O.K., tu as quinze minutes pour aller le prévenir. Si tu n'es pas revenue dans un quart d'heure, je pars sans toi. Je trouverai bien une autre fille qui aura plus le sens de l'aventure.

Une autre fille ? A ces mots, même dits sur le ton de la plaisanterie, Hayley sentit une onde désagréable la parcourir. Pas question. D'un pas décidé, elle avança vers lui et, passant les bras autour de son cou, l'embrassa avec toute la sensualité, la persuasion et le désir qu'elle gardait en elle. Si avec ça il ne comprenait pas à quel point il commettrait une grossière erreur de partir sans elle… Puis elle détacha ses lèvres des siennes et accrocha son regard. Un regard plein d'un désir brûlant.

— C'est bien ce que je pensais, dit-elle d'un ton de défi. Tu ne partiras pas sans moi. Et puis de toute façon, tu ne trouveras aucune fille plus aventurière que moi !

Il sourit.

— Je sais. Mais ça ne change rien au fait que j'aimerais que tu te dépêches.

— Et tu ne vas pas me dire où on va ?

Il secoua la tête.

— Tu n'aimes pas les surprises, Hayley ?

A vrai dire, ce n'était pas ce qu'elle préférait dans la vie — elle préférait de loin garder le contrôle en toute occasion. Mais elle savait que Teague ne prévoirait jamais aucune surprise qu'elle n'aimerait pas.

— Je reviens tout de suite, dit-elle en remontant en voiture.

Quand elle arriva à la maison, elle trouva Harry qui faisait les cent pas devant le porche. Quand elle sortit de la voiture, il se précipita vers elle.

— Où étais-tu ? s'écria-t-il. J'ai entendu un avion, c'était pour toi ?

— Oui, c'est pour moi. Je dois partir quelques jours, pour… le travail. C'est important, c'est pour cela qu'ils m'ont envoyé un avion.

C'était le premier mensonge qui lui était passé par la tête, mais elle n'avait pas vraiment le temps de forger une excuse plus plausible.

Mais alors qu'elle allait enchaîner, elle s'interrompit soudain. Peut-être qu'elle ferait mieux de dire la vérité à Harry. Après tout, elle n'avait aucune raison de se cacher plus longtemps.

Elle prit une longue inspiration et se tourna vers son grand-père.

— Non, ce n'est pas ça en fait. Teague Quinn m'a invitée à passer quelques jours de vacances avec lui, et j'y vais. Et peu importe que cela ne te plaise pas. Je suis grande, et je sais ce que je dois faire.

Le vieil homme se mit à jurer et à remuer les bras dans tous les sens, manifestement fou furieux.

— Jamais je ne te permettrai de sortir avec ce Quinn, tu m'entends ! hurla-t-il.

— Ce n'est plus toi qui décides de ce que je peux faire ou non, Harry. C'est fini le temps où tu pouvais intercepter des lettres ou me cacher des coups de téléphone, ça n'arrivera plus. Depuis deux semaines, c'est moi qui t'ai fait tous tes repas et ton ménage, alors j'ai bien mérité une petite pause. Et je reviendrai, eh bien, quand je reviendrai.

Sans prêter attention à ses gesticulations et à ses jurons, elle se dirigea vers la porte, prête à aller chercher quelques affaires dans sa chambre, mais elle changea soudain d'avis. Cela ne servirait qu'à donner à Harry une occasion supplémentaire de la poursuivre de ses insultes. Alors, comme Teague avait dit qu'elle n'aurait besoin de rien, pour ça aussi, elle décida de lui faire confiance.

— Salut Harry, conclut-elle en faisant demi-tour vers sa voiture.

Elle regarda son grand-père dans le rétroviseur. Il était rouge de colère. Par le passé, elle n'avait jamais osé l'affronter à propos de Teague et maintenant que c'était fait, elle se rendait compte qu'il n'était pas aussi puissant qu'elle se l'était imaginé pendant tout ce temps. Il n'était même pas puissant du tout. Au pire, que pouvait-il lui faire, la jeter dehors de la maison ? Et alors ? Elle avait un appartement à Sydney. Et elle savait que Teague l'accueillerait, si elle en avait besoin.

Le temps qu'elle revienne, dans quelques jours, Harry aurait eu le temps de se calmer. Mais dans tous les cas, elle n'avait plus aucune raison de se cacher, et encore moins d'avoir honte de sortir avec Teague. Il la rendait heureuse et elle ne s'était pas sentie aussi bien depuis des années, depuis le temps où ils étaient déjà ensemble, en fait. Elle avait passé dix ans à chercher ce qui lui manquait, et elle l'avait trouvé en revenant à la case départ, là où tout avait commencé.

Quand elle arriva de nouveau à la piste de fortune, Teague l'attendait. Il l'aida à grimper à bord de l'appareil, lui attacha sa ceinture, puis il se glissa à la place du pilote. Une minute plus tard, le moteur se mettait à rugir.

— Quand as-tu appris à voler ? cria-t-elle par-dessus le vacarme du moteur.

— Il y a quatre ans. Je savais que j'aurais besoin d'un avion si je voulais être vétérinaire dans l'outback. Et j'ai pu acheter cet avion l'année dernière : j'ai mis de côté tout ce que je gagnais quand je travaillais à Brisbane, je me suis privé de tout, et j'ai pu m'offrir ce petit bijou.

C'était la première fois que Hayley montait à bord d'un aussi petit avion. Elle retint son souffle tandis que l'avion prenait de la vitesse. Vu comme l'appareil cahotait sur la piste de fortune, elle redoutait qu'il ne finisse par se briser en deux, mais ils finirent par s'envoler dans les airs, et les sensations furent soudain beaucoup plus douces.

Teague tendit la main pour attraper la sienne et la porta à ses lèvres. Un frisson familier la parcourut, le même qu'elle ressentait, plus jeune, lorsqu'ils décidaient de se lancer dans une aventure tous les deux. Il y avait une certaine satisfaction à partager quelque chose de nouveau avec Teague. Comme la certitude que ça, personne ne pourrait le leur enlever.

— Vas-tu finir par me dire où nous allons ?

— Regarde dans les sacs derrière ton siège.

Elle se retourna et aperçut deux énormes sacs provenant d'un grand magasin, David Jones.

— Qu'est-ce que c'est que ça ?

— J'ai pris deux trois trucs en faisant les courses avec les filles.

— Ah oui ? Ça veut dire que ça fait longtemps que tu as prévu de m'emmener au débotté ?

Il sourit.

— Très longtemps. Pour être honnête, au moins depuis notre première nuit à la cabane. Je n'étais pas du tout sûr que je parviendrais à me libérer, mais par bonheur, le Dr Daley m'a dit que je pouvais prendre quelques jours si ça collait avec mon planning.

Elle tira d'un des sacs un minuscule Bikini rose.

— On va à la plage ?

— Oui.

En fouillant dans le sac, elle trouva un paréo et une paire de tongs assortis au maillot. Et, dans l'autre sac, l'attendaient deux robes bain-de-soleil et une étole safran en fin coton. Enfin, dans le dernier sac, plus petit, de la lingerie de toutes les couleurs.

— Tu as acheté tout ça toi-même ?

Il hocha de nouveau la tête.

— J'espère que c'est la bonne taille.

Puis il regarda de nouveau vers elle et ajouta :

— Je ne pense pas que tu auras besoin de rien d'autre, là où nous allons.

— Tu veux dire que je dois m'attendre à passer plus de temps nue qu'habillée ?

— Exactement. Mais rassure-toi, je n'ai pas emporté beaucoup d'affaires moi non plus. Tu ne seras donc pas seule.

Tandis qu'ils volaient vers le nord-est, Teague lui signala les principales curiosités. Ils survolèrent le parc national de Carnarvon, celui du Blackdown Tablelands, puis ils virèrent plein nord, et bientôt, ils aperçurent la côte dont les eaux turquoise scintillaient sous le soleil de l'après-midi.

Hayley se redressa sur son siège pour mieux observer le paysage qui s'offrait à elle. Quand ils furent au-dessus de l'eau, Teague lui fit signe de regarder sur la gauche de l'avion. Emerveillée, elle aperçut un groupe de baleines qui fendaient les flots. Teague fit demi-tour et repassa au-dessus d'elles pour qu'elle puisse mieux les admirer, puis il reprit sa route vers le nord.

— C'est magnifique, dit-elle alors. J'adore l'océan, je pourrais le contempler pendant des heures.

— Je sais, répondit-il en se tournant vers elle avec un sourire. Tu me l'as dit le jour où nous nous sommes rencontrés. Tu cherchais un endroit duquel tu pourrais admirer la mer. Et quand tu as compris, juchée sur le gros rocher, que cela n'allait pas être possible, j'ai bien eu peur que tu fondes en larmes.

— Tu te souviens de ça ?

— Je me souviens d'absolument tout ce qui s'est passé ce jour-là.

Un chapelet d'îles s'étirait au large de la côte et Teague vira à l'est jusqu'à ce qu'ils puissent apercevoir les vagues qui s'écrasaient sur la grande barrière de corail. Jusqu'alors, Hayley n'avait pas vraiment pris conscience de la beauté de son pays, mais à cet instant, avec Teague, tout lui apparut sous un jour nouveau. La côte était plus verte, le ciel plus bleu, et l'eau semblait scintiller, comme saupoudrée de milliers de diamants. Comment se pouvait-il que la vie lui semble si intense, tellement plus excitante lorsqu'il était à côté d'elle ? Il n'était qu'un homme, après tout. Pourtant, quand elle était avec lui, elle se sentait… complète. Comme si toutes les pièces du puzzle qui lui avaient manqué pendant toutes ces années avaient soudain retrouvé leur place dans son cœur.

Elle se sentit alors parcourue d'une étrange sensation d'excitation. Tant qu'ils étaient à Wallaroo ou à Kerry Creek, elle n'avait jamais pensé à leur relation autrement qu'à une relation qui ne pourrait pas durer au-delà de sa présence à Wallaroo. Mais à présent qu'ils étaient sortis de leur cocon, qu'ils étaient dans le monde réel, les possibilités qui s'offraient à eux semblaient soudain infinies. Et s'ils continuaient à se voir après qu'elle serait partie, une fois qu'ils seraient chacun retournés à leur vie normale ? Pourraient-ils se retrouver pour des vacances, des week-ends ? Et plus elle se mettait à imaginer comment les choses pourraient fonctionner, plus elle se mettait à y croire. Si elle le voulait, c'était possible.

Beaucoup de couples tenaient malgré la distance. Elle et Teague avaient déjà passé dix ans éloignés l'un de l'autre, et cela n'avait rien changé aux sentiments qui les unissaient. Ou plutôt, ça n'avait fait que les renforcer. Alors, qu'était une semaine comparée à dix ans ?

Mais peut-être ne devrait-elle pas se monter la tête avec ce genre d'idées. Autant profiter de l'instant présent. Ça, au moins, c'était réel.

— Tu ne veux vraiment pas me dire où nous allons ?

— Tu ne préfères pas avoir la surprise ? Je sais que ce n'est pas ton genre, mais essaye, je t'assure, ça vaut la peine.

— Je sais, mais c'est juste que, où qu'on aille, il faut que tu te prépares au fait que les gens vont me reconnaître. Et soit ils me demanderont des autographes, soit ils me crieront mes quatre vérités au visage — enfin, ce qu'ils croient être mes quatre vérités, parce qu'ils me confondent avec mon personnage dans la série.

— C'est normal, ton personnage est vraiment méchant. Rappelle-moi, demanda-t-il en riant, combien de mariages as-tu déjà fait capoter ?

Elle prit un air contrit.

— Trois, je crois. Et à cause de moi, deux fiançailles furent rompues. Il semblerait que j'aime bien trop le sexe, en fait.

Il redevient sérieux.

— Et comment fais-tu, pour ces scènes, justement ?

— Parfois, je suis très mal à l'aise, surtout quand je ne connais pas très bien le comédien qui est mon partenaire à l'écran. Mais ça fait partie du job. Et d'autres fois, continua-t-elle après une courte pause, ça crée un faux sentiment d'intimité.

— Et dans la vraie vie, comment réagissent les hommes avec ça ?

Elle l'observa avec attention.

— Tu veux dire, mes petits amis ?

— Oui, tes petits amis. Ceux qu'on voit à ton bras à la une des magazines. Chaque fois qu'on parlait de toi et d'un type dans un de ces canards, je l'achetais, tu sais. J'avais besoin de savoir. Alors j'ai su. On peut dire que tu as fréquenté du beau monde.

Il s'interrompit un instant avant d'ajouter :

— Ça ne leur faisait rien, à eux ?

Elle haussa les épaules.

— Je crois qu'ils s'en moquaient. A vrai dire, ils ne savaient pas vraiment qui j'étais. Je ne les ai jamais laissés m'approcher d'assez près pour cela.

— Je sais ce que c'est. Moi non plus je n'ai jamais vraiment réussi à me sentir à l'aise avec une autre femme.

— Es-tu en train de me dire que tu es resté abstinent pendant toutes ces années ? le taquina-t-elle.

— Non, et je ne m'attends pas non plus à ce que tu l'aies été. Mais c'est juste que je n'ai jamais trouvé quelqu'un qui soit aussi bien pour moi… aussi bien que toi, en fait.

Songeuse, Hayley fixa l'horizon, laissant les paroles de Teague résonner dans son esprit. Puis elle murmura :

— Qu'est-ce qu'on va faire, Teague ? Tu le sais toi ?

— Non. Et je ne cesse de me poser la question.

Un long silence s'installa entre eux. Tout ce que Teague lui avait dit était vrai, et elle l'avait ressenti aussi fortement que lui. Ils s'appartenaient l'un l'autre, et rien ne pouvait s'opposer à cela.

Mais l'admettre ne servait qu'à rendre les choses encore plus compliquées.

Allons. Elle y penserait plus tard. Là, elle allait profiter du bon temps qu'elle allait passer avec Teague, profiter de lui, et ne pas s'inquiéter de l'avenir.

- 6 -

Teague s'assit sur le bord du lit et regarda vers la grande véranda à l'extérieur du bungalow. De dos, Hayley contemplait l'horizon, nimbée d'un halo lumineux provoqué par le soleil couchant. La brise souleva une mèche de ses cheveux, et il la vit la remettre distraitement en place.

Il n'avait jamais rien vu de plus beau qu'elle. Ni aucun lieu, ni personne : rien n'arrivait à la cheville de Hayley Fraser, et rien ne le pourrait jamais. Et il fut certain à cet instant qu'il ne pourrait pas vivre sans elle.

Elle était son alpha et son oméga.

Comment en était-il arrivé là ? Etaient-ils réellement retombés amoureux, comme lorsqu'ils étaient adolescents, ou était-ce une résurgence de leurs sentiments d'alors ? S'il ne parvenait pas à trouver une réponse maintenant, alors qu'il était seul avec elle, alors il n'en trouverait jamais.

Ils avaient atterri sur le seul aéroport de Hamilton Island, à Whitsundays, et ils avaient grimpé dans un hélicoptère qui les avait conduits en dix minutes à leur hôtel. C'était un complexe à l'abri des regards — Teague en avait entendu parler quand il vivait à Brisbane et, quand il avait appelé pour réserver, il s'était assuré qu'ils pourraient y être tranquilles. De fait, il n'y avait qu'une dizaine de bungalows, tous au bord de l'eau, et qui donnaient directement, à l'arrière, sur la forêt luxuriante. Comme c'était la saison creuse, ils étaient les seuls occupants.

Le décor était magique : meublés dans le style local, les bungalows étaient tout de bois, depuis les hauts plafonds jusqu'aux parquets dépolis, en passant par le lit colonial et la commode lasurée. Un ventilateur tournait au-dessus de leurs têtes en un léger vrombissement qui se confondait avec le bruit des vagues, à l'extérieur.

S'ils devaient retomber amoureux, c'était l'endroit idéal pour le faire, songea-t-il avec un sourire. En tout cas, ils allaient profiter de leurs trois jours et de leurs trois nuits ensemble pour y voir plus clair dans leur relation.

Soudain, Hayley se retourna vers lui, de l'autre côté de la porte-fenêtre, l'air à la fois apaisée et émerveillée.

— C'est splendide, dit-elle en avançant vers lui. Et le pilote de l'hélico m'a dit que nous étions les seuls occupants : on a l'île pour nous tous seuls, à part le personnel, les kangourous et les varans ! Et surtout…

Elle posa un doigt sur les lèvres de Teague et s'installa à califourchon sur lui.

— Et surtout, personne ne va venir m'ennuyer à me demander des autographes !

— Aucun risque.

Elle se pencha en avant et caressa les draps en lin avec un sourire.

— Enfin un vrai lit, avec des draps épais et repassés à la perfection, j'adore ! Tu sais comment gâter une femme, toi, ajouta-t-elle avec un regard langoureux.

Il sourit.

— Je fais de mon mieux.

Posant une main sur son torse, elle le poussa légèrement en arrière, et ils tombèrent enlacés sur le lit.

— Maintenant que nous sommes là, murmura-t-elle d'une voix coquine, qu'est-ce qu'on va bien pouvoir faire ?

— J'ai bien une idée, plusieurs même, mais elles impliquent toutes que tu sois nue…

Elle se leva d'un bond, et sans hésiter, fit passer sa robe de coton par-dessus sa tête, fit voler ses sandales d'un coup de pied impatient et sauta de nouveau sur le lit. Entièrement nue.

— Et maintenant ? le provoqua-t-elle.

— Si tu laissais libre cours à ton imagination ?

Elle s'étendit sur le côté, juste devant lui, puis promena langoureusement sa main de son torse à son ventre. Puis elle la glissa un peu plus bas et caressa son sexe à travers son treillis. Aussitôt, il fut dur, et elle sourit.

— C'est bien trop facile de t'exciter.

Il lui saisit les poignets et la fit rouler sur le côté, avant de se placer au-dessus d'elle en lui maintenant les mains au-dessus de la tête.

— Autant qu'avec toi, ma belle. Ça ne me prendra qu'un instant pour te rendre brûlante de désir, plus que prête à m'accueillir.

— Je suis sûre que je peux résister plus longtemps que toi.

Un nouveau défi ? Et bien plus excitant que ceux qu'ils se lançaient dans leur jeunesse… Il desserra son étreinte sur ses poignets et se laissa doucement glisser le long de son corps nu et offert, parsemant sa peau douce de baisers de plus en plus appuyés. Il s'arrêta longuement sur sa magnifique poitrine, affolant tour à tour du bout de la langue la pointe rosée de ses seins.

Hayley se tendit sous ses caresses, sursautant chaque fois qu'il passait d'un sein à l'autre et l'excitait encore davantage, les suçant, les titillant, les cajolant. Et plus elle vibrait, plus son corps réagissait, plus il repoussait les limites de ses caresses. Alors qu'elle venait de gémir de plaisir, il prit la pointe de son sein droit entre ses dents et la mordit. Ce fut bref, mais intense, et elle poussa un petit cri de douleur : aussitôt, il libéra son téton et souffla doucement dessus, provoquant une réaction immédiate. Et il continua à alterner morsures et caresses, ravi de la sentir aussi bouleversée par le petit jeu auquel il la soumettait. Puis, sans cesser d'adorer ses seins du bout des lèvres, il insinua sa main entre ses cuisses et releva la tête pour la regarder.

Elle fermait les yeux et, quand il effleura son sexe si désirable, il la vit entrouvrir les lèvres et soupirer très doucement. Et il eut soudain l'impression que chaque détail de son visage allait se graver dans sa mémoire, à jamais : ses lèvres pleines et admirablement dessinées, ses cils immenses, qui papillonnaient devant ses yeux clos tandis qu'il la couvrait de ses caresses, le grain de beauté sur son menton. Des années plus tôt, il connaissait chacun de ces détails par cœur, et aujourd'hui, il ne voulait plus jamais les oublier.

Il se hissa jusqu'à son beau visage et l'embrassa avec une infinie douceur, en même temps qu'il glissait un doigt en elle. Elle retint son souffle puis laissa échapper un gémissement. Elle était près de jouir, il le savait, mais il avait envie de faire durer l'instant, de prolonger son plaisir. Ils avaient toute la nuit devant eux, et un lit très confortable. Rien ne les obligeait à se dépêcher…

Mais Hayley n'était pas prête à se rendre. Elle repoussa doucement ses mains puis roula sur le côté et monta à califourchon sur lui. Entre ses longues mèches de cheveux qui tombaient en vagues autour de son visage, il vit le sourire coquin qu'elle arborait tandis qu'elle commençait à lui ôter son T-shirt.

Avec précaution, elle le déshabilla totalement, et il en profita pour, à chacun de ses gestes, la toucher, la caresser — ses courbes rondes et sensuelles, sa peau douce, ses cheveux. Cela faisait tellement longtemps qu'il n'avait pas eu de femme, avant que Hayley ne resurgisse dans sa vie. Et à présent qu'il avait repris l'habitude de l'avoir à côté de lui, de pouvoir la toucher, la caresser, lui parler aussi souvent qu'il le désirait, il n'était pas du tout sûr de pouvoir un jour s'en passer. Il était même plutôt certain du contraire. C'était si rassurant, et plus que ça, même : essentiel, de savoir qu'elle lui appartenait totalement. Du moins, à l'instant présent.

La bouche de Hayley était chaude contre sa peau nue, et il frissonna lorsque, à son tour, elle taquina son torse du bout des lèvres. Et quand elle descendit plus bas, vers son ventre, vers son sexe dur et frémissant, il sut qu'il allait avoir beaucoup de mal à garder le contrôle et à gagner son pari. Un grognement lui échappa : ses lèvres douces sur son sexe, allant et venant autour de lui, léchant, suçant, aspirant, étaient une délicieuse torture.

Mon Dieu, mais comment faisait-elle pour provoquer en lui une telle tornade de sensations ? C'était très nouveau, ou du moins, c'était un aspect de leur relation qu'ils n'avaient pas exploré lorsqu'ils étaient adolescents. Mais aujourd'hui, le sexe était encore plus fantastique qu'à l'époque. Beaucoup plus imaginatif et expérimenté… Ils avaient appris beaucoup de choses en dix ans, et le résultat était stupéfiant !

Hayley referma ses lèvres sur le bout de son sexe et aspira doucement, puis alterna les mordillements et les caresses langoureuses du bout de la langue, et il crut mourir de plaisir. Si elle continuait comme ça, il allait venir dans sa bouche… Il était près, si près…

Glissant une main dans ses longs cheveux, il lui releva doucement la tête pour reprendre ses esprits et prolonger encore le plaisir, mais bientôt, il n'eut plus qu'une envie, la sentir de nouveau enrouler sa langue autour de son sexe et le projeter sur le fil du rasoir. Il lâcha sa tête, et elle reprit aussitôt son affolante caresse.

— O.K., murmura-t-il d'une voix rauque, tu as gagné.

— Pas encore, pas tant que tu ne te seras pas rendu, fit-elle avant de recommencer à le torturer.

Elle n'abandonnerait pas avant que lui-même s'abandonne, il le savait. Et il en mourait d'envie, même s'il mourait tout autant du désir de la pénétrer et de jouir en elle, avec elle.

Sauf qu'il n'eut pas le choix. Ses mains qui allaient et venaient le long de son sexe, et ses lèvres habiles qui l'aspiraient et s'enroulaient autour de lui eurent bientôt raison de ses dernières défenses. Mêlant sa main aux cheveux de Hayley, il se mit à accompagner ses mouvements, et soudain, tout son corps se tendit comme un arc. Il retint sa respiration et, en un instant suspendu qui lui donna l'impression de durer une éternité, un éclair de chaleur le traversa et il laissa éclater son plaisir.

Quand les spasmes de la jouissance se furent apaisés, il ouvrit les yeux. Elle avait posé la tête sur son torse et elle le regardait avec un sourire de triomphe.

— J'ai gagné.

— Non, le vrai vainqueur, c'est moi, crois-moi, fit-il en l'attirant vers lui et en l'emprisonnant tendrement entre ses bras. Et si ce n'est qu'un avant-goût de ce que vont être nos vacances, je crois que je vais avoir besoin de vacances pour me remettre de ces vacances…

Elle sourit, puis elle se mit à contempler le plafond et les boiseries de la chambre.

— Ça me plaît. Ça fait très adulte.

— On *est* adultes.

— Je sais, mais j'ai parfois l'impression de ne pas avoir vraiment grandi. J'en suis toujours à attendre que ma vie commence vraiment, comme si je m'attendais à voir clignoter une espèce de signal qui me dirait que ça y est, le moment est arrivé, genre « ta vie commence maintenant ».

— Ta vie a déjà commencé, Hayley.

— Je sais, mais c'est comme si ce n'était pas vraiment la mienne, répliqua-t-elle. Mais celle de quelqu'un d'autre.

— Mais à quoi t'attendais-tu ? Qu'imaginais-tu, comme vie ?

Elle réfléchit un long moment, puis elle murmura :

— Je pensais qu'on vivrait tous les deux dans un ranch, qu'on élèverait des chevaux et qu'on passerait nos journées à les monter. Et le soir, qu'on rentrerait dans notre petit nid, une espèce de cabane comme celle de Wallaroo. Qu'on dormirait dans le même lit, qu'on se réveillerait l'un auprès de l'autre chaque matin, et que ce serait ça, notre vie.

— Ça me paraît pas mal du tout.

— Oui, mais pas vraiment réaliste. Où est-ce qu'on aurait trouvé l'argent pour acheter le ranch et les chevaux ? Et comment aurait-on fait pour se supporter l'un l'autre ? C'était un rêve stupide.

Pas si stupide, songea Teague. Il avait rêvé à peu près la même chose, quand ils étaient adolescents. Sauf que dans son rêve à lui, il était vétérinaire, et ça leur rapportait de quoi vivre tous les deux. Ils avaient une propriété où ils élevaient les meilleurs chevaux de toute l'Australie.

Mais à présent, il se demandait si Hayley aurait pu être heureuse dans une vie pareille, sur un élevage. Il avait bien vu avec ses parents ce que ça pouvait donner, d'imposer son rêve à quelqu'un qui ne le partageait pas : au bout de dix-huit ans de mariage, sa mère avait fini par quitter Kerry Creek. Et puis, il était aussi bien placé pour savoir que c'était compliqué d'élever une famille dans l'outback. Et pas seulement matériellement.

Il dévisagea Hayley. Elle avait une vie super glamour à

Sydney, et assez d'argent pour s'offrir ce dont elle avait envie. Elle était célèbre, les gens la reconnaissaient dans la rue. Pas le genre de vie à laquelle on pouvait renoncer facilement.

Alors peut-être que c'était lui qui pouvait renoncer à la sienne pour la suivre ? Après tout, il n'avait encore rien signé avec le Dr Daley et, tant qu'ils en étaient au stade des discussions, il pouvait encore revenir sur leur arrangement. Et il savait que s'il se retirait de la partie, d'autres vétos sauteraient sur l'occasion de prendre sa place.

Pourrait-il revenir travailler dans un cabinet vétérinaire, comme il l'avait fait après ses études ? Il avait bien aimé vivre en ville, après tout. Et il finirait bien par s'habituer à soigner des chats et des chiens, et à oublier ses rêves de chevaux…

Il ferma les yeux. Il s'était promis de ne pas penser à l'avenir tant qu'ils seraient sur leur île. Il aurait bien le temps d'y penser après.

— J'ai vu qu'il y a une immense douche dans la salle de bains. On devrait l'essayer, proposa-t-il.

— Hé ! remarqua-t-elle. Tu sais qu'on n'a jamais pris de douche ou de bain ensemble ?

— Sauf si on compte la fois où tu as voulu m'entraîner dans la marre de Kerry Creek pour un bain de minuit…

Elle sourit et ses yeux s'illuminèrent.

— J'avais oublié ça.

— Eh bien pas moi, et ça ne risquait pas : tu as passé toute la nuit à te moquer de moi et de l'effet que l'eau gelée avait eu sur mon service trois-pièces… J'étais humilié !

— Sauf que tu oublies que quelques jours plus tard, on a découvert quelque chose de bien plus intéressant à faire avec ton service trois-pièces…

Elle l'embrassa sur les lèvres et murmura :

— On a fait l'amour pour la première fois.

— Oui, et rien n'a vraiment changé depuis lors. Regarde : on est toujours nus, on fait toujours l'amour, et tu me lances toujours des défis idiots.

— Non non, on a fait du chemin. Et on va continuer, dit-elle en se levant et en lui tendant la main. Allez, à la douche, comme ça on pourra ajouter ça à la liste des choses qu'on n'avait pas encore faites. Je parie que je te lave le dos mille fois mieux que tu ne le feras pour moi.

Teague la suivit dans la salle de bains, fasciné par le balancement de ses hanches et la ligne appétissante de ses fesses.

A ce rythme-là, ils n'auraient jamais assez de trois jours et trois nuits de vacances…

Assise sur une chaise longue de bois, les jambes repliées sous elle, Hayley contemplait l'horizon. Le soleil était sur le point de se lever. La brume qui s'élevait au-dessus de la forêt tropicale de l'île se dissiperait bientôt et laisserait la place à une nouvelle journée magnifique.

Elle avait appris à aimer le moment où la nature s'éveillait sur l'île. Juste avant que le soleil ne se lève, les oiseaux se réveillaient et se mettaient à pépier dans les arbres qui entouraient leur bungalow. Teague dormait bien trop profondément pour le remarquer, mais pour elle, c'était comme un réveille-matin qui lui rappelait qu'allait commencer une nouvelle journée dont elle pourrait profiter à plein avec Teague. A marcher sur la plage ou à s'enfoncer dans la forêt en crapahutant sur le sentier irrégulier. A savourer un jus de fruit au petit déjeuner ou à partager un délicieux dîner.

Malheureusement, cette aube serait la dernière qu'elle verrait sur l'île. A midi, l'hélicoptère viendrait les chercher pour les ramener à l'aéroport, où ils reprendraient l'avion de Teague jusqu'à Wallaroo. Sauf qu'elle ne voulait pas que leurs vacances finissent.

Tout avait été tellement parfait !

Et elle avait bien trop peur que la réalité ne soit jamais à la hauteur de cette perfection, une fois qu'ils reviendraient à la vie réelle. Ici, c'était tellement facile d'être amoureux. Ils n'avaient aucune responsabilité, aucun souci. Aucun choix à faire, aucune carrière à suivre, qui les emporterait dans des directions opposées.

Leur relation était-elle assez forte pour résister à l'éloignement ? Le seul moyen de ne pas se poser la question, et de ne pas risquer de souffrir, c'était de ne pas se faire de promesses l'un à l'autre. Comme ça, il n'y aurait ni peine, ni regret.

Mais au fond d'elle, elle savait que cela allait être terriblement dur. Mon Dieu, pourquoi ne pouvait-elle pas s'en tenir à ce qu'elle avait, et prendre les choses pour ce qu'elles étaient : temporaires ?

Si elle était un tant soit peu raisonnable, elle repartirait très vite à Sydney, avant de perdre complètement son cœur. Elle avait des scripts à lire, et il était grand temps qu'elle se remette à la gym. Et puis, elle avait promis à son agent de faire le voyage jusqu'à Los Angeles avant qu'on ait de nouveau besoin d'elle sur la série.

Elle se leva et rentra dans le bungalow, l'ombre de la véranda projetant des rais de lumière sur les lattes irrégulières du parquet. Laissant glisser de ses épaules le luxueux peignoir mis à sa disposition, elle se coula dans le lit et se lova contre Teague.

Il lui faisait face, nu, son corps chaud et appétissant étendu entre les draps. C'était la troisième fois qu'elle se réveillait auprès de lui sans avoir à se soucier des conséquences de leur nuit passée ensemble, et c'était comme cela que cela devrait toujours se passer.

Elle glissa un bras autour de sa taille et se pressa contre lui, passant une jambe par-dessus la sienne. Il remua, ouvrit doucement les yeux et leva vers elle un regard encore plein de sommeil.

— Tu as les pieds glacés…

— Je m'étais assise sous la véranda. J'écoutais les oiseaux.

— Quelle heure est-il ?

— Il est tôt. Le soleil vient juste de se lever.

Il l'attira un peu plus contre lui et poussa un petit soupir de contentement.

— J'adore me réveiller auprès de toi, Hayley.

— Tu crois que ça se serait passé comment, si j'étais venue à Perth avec toi ?

Il se redressa sur un coude et la regarda d'un air étonné.

— Pourquoi penses-tu à ça ?

— Simple curiosité. Tu crois que ça aurait marché ?

Il prit une longue inspiration et se passa une main dans les cheveux.

— O.K. Il aurait fallu qu'on trouve un endroit pour vivre, parce que je ne crois pas qu'ils nous auraient autorisés à partager la même chambre sur mon campus à Murdoch. On aurait trouvé un petit studio en ville, quelque chose de pas trop cher. Tout en faisant mes études, je travaillais à côté alors on aurait eu un peu d'argent, même si mes parents m'auraient sans doute coupé les vivres s'ils avaient appris que nous étions ensemble. Il aurait fallu que tu trouves un job toi aussi. Je ne sais pas si nous aurions eu les moyens d'aller tous les deux à la fac, mais j'aurais pu…

Hayley l'interrompit en posant un doigt sur ses lèvres et dit :

— Tu te rends compte à quel point ça aurait été compliqué ? Ça n'aurait jamais marché, Teague. Même si on en rêvait très fort.

— Tu n'en sais rien, répliqua-t-il.

— Oh que si ! Tu sais, j'ai trouvé un job, quand je suis arrivée à Sydney, mais même avec ça, je ne pouvais pas même payer une chambre, je pouvais à peine me nourrir. Alors vivre à deux… On était si jeunes, si idéalistes ! On pensait qu'il suffisait de s'aimer pour que ça règle tous les problèmes, mais l'amour ne paye pas les factures. C'est mieux que ça se soit passé comme ça s'est passé, tu ne crois pas ?

— On parle de dix ans loin l'un de l'autre, lui rappela-t-il.

— Oui, mais on a évolué chacun de notre côté entre-temps. On est heureux dans nos vies, non ?

— Tu es heureuse, toi ? En tout cas, tu n'as pas l'air très impatiente d'y retourner, non ?

— Arrête de jouer les psys. Laisse ça aux professionnels.

Il soupira doucement.

— J'adorerais trouver le moyen de guérir toutes tes vieilles blessures, Hayley. Faire disparaître tout ce que tu as enduré, apaiser ton passé.

— Tu es en train de me dire que je suis tellement atteinte que je suis une vraie épave ? plaisanta-t-elle avec un petit sourire triste. C'est pas faux, au fond. C'est même étonnant que tu puisses me supporter. Mais en tout cas, merci d'essayer.

— Tu n'as rien d'une épave. Tu as été un peu malmenée dans tous les sens, un peu cassée ici et là, mais rien d'irrémédiable. Et rien qui ne m'empêche d'avoir envie de toi.

— Et tu crois que tu vas pouvoir me réparer, doc ?

— Je vais faire encore mieux que ça, dit-il en lui montrant ses mains. Tu vois ça ? Ce sont des mains magiques. Elles peuvent tout guérir, quel que soit ce qui te fait mal.

Avec un petit sourire, Hayley glissa une main sous les draps et la laissa descendre le long du ventre de Teague, et lorsqu'elle atteignit son sexe déjà dur, il tressaillit.

— Et toi, dit-elle, que peut-on faire pour arranger tes problèmes ?

Elle encercla son sexe et commença à le caresser doucement, de bas en haut, sans le quitter des yeux.

— Parce qu'à l'évidence, reprit-elle, tu as un problème, et il va falloir le guérir. Je ne sais pas du tout ce que c'est, ajouta-t-elle d'une voix coquine en resserrant son étreinte autour de son sexe, mais ça m'a l'air tout à fait étrange. Et énorme…

— Très étrange, en effet, acquiesça-t-il d'une voix étranglée avant de l'embrasser doucement.

Hayley laissa échapper un petit rire.

— Je me souviens, la première fois que je t'ai caressé… là. Je n'avais absolument aucune idée de ce que j'allais trouver. De ce que je devais faire.

Elle sentit le rouge lui monter aux joues.

— Je veux dire, j'avais déjà vu des animaux, j'avais déjà vu ce genre de chose sur des chevaux, mais je ne pouvais pas imaginer une seule seconde que cela marchait de la même façon chez les hommes !

— Es-tu en train de me dire que je ressemble à un étalon, ou à un taureau ?

— Hum… un étalon, sans aucune hésitation : longues jambes, crinière fournie, yeux magnifiques.

— Et tu aimerais une saillie, c'est ça ?

Elle gloussa à ces mots et lui donna une tape sur les fesses.

— Tu es incorrigible ! Tu ne penses donc qu'à ça ?

— Avec toi. Je ne pense pas qu'à ça, je ne pense qu'à ça *avec toi*. Ça fait une énorme différence.

Retrouvant tout son sérieux, elle demanda :

— Tu veux dire que tu ne penses jamais à d'autres femmes ?

— Pas depuis que tu es revenue dans ma vie. Pourquoi penserais-je à une autre femme ? Je t'ai toi. Qui corresponds à tous mes fantasmes, et encore plus. Toujours prête à porter la lingerie la plus sexy du monde sur le corps le plus parfait de la planète. Prête à me faire des choses coquines, et à me murmurer à l'oreille à quel point tu as envie de moi…

— Alors il va falloir qu'on reprenne des vacances ensemble, dit-elle avec un sourire. C'était si parfait !

— Tu sais, si on vivait ensemble, ce serait comme ça tout le temps.

Elle secoua la tête.

— Tu parles ! Tu me mettrais dehors en moins d'une semaine. Tu n'imagines pas à quel point je suis une horrible colocataire ! plaisanta-t-elle.

Elle savait qu'il avait parlé sérieusement, mais elle ne voulait pas avoir à répondre. Et pourtant, Dieu sait qu'elle aurait adoré accepter. Ce serait tellement merveilleux de vivre ensemble, de partager un lieu, et leur temps. Mais le mariage était déjà bien trop compliqué sans avoir à gérer les absences répétées et les séparations régulières. Alors si elle voulait s'engager auprès de Teague, elle savait que cela voulait dire abandonner sa vie à Sydney et recommencer une nouvelle vie auprès de lui.

— Moi j'ai trouvé que tu étais une colocataire très agréable pendant ces trois derniers jours, répliqua-t-il. Je voudrais qu'on puisse rester plus longtemps.

— Moi aussi. Je n'ai pas du tout envie de rentrer à Wallaroo, et pour ne rien te cacher, je me demande même si je ne vais pas rentrer à Sydney.

— Tu veux rentrer à Sydney directement ?

— Non, c'est juste que je redoute un peu de revenir à Wallaroo. En fait, j'ai tout dit à Harry, juste avant de partir. Sur nous. Enfin, que je m'en allais avec toi. Et je ne suis pas du tout sûre qu'il va vouloir que je reste avec lui plus longtemps.

— Mais pourquoi as-tu fait ça ?

— J'en avais assez de faire semblant. Ça n'avait aucun

sens, d'autant que ni toi ni moi n'avons rien à voir avec sa querelle avec Cal. Alors je lui ai dit. Qu'est-ce que ça change ?

— Pour lui, ça change tout, si tu veux mon avis.

Elle soupira.

— Je sais, et c'est bien pour ça que je m'attends à retrouver toutes mes affaires en tas devant la maison. A moins qu'il ne les ait brûlées. Je sais comment il est : il n'a eu que ça à faire de ruminer sa colère pendant trois jours, et il va me hurler dessus.

Teague leva les yeux au ciel.

— Ça devient ridicule, cette histoire. Il va vraiment falloir que cette stupide querelle prenne fin.

— Il en fait une question d'honneur.

— Une question d'honneur ? Mais pourquoi ?

Hayley se lova plus étroitement contre lui et enfouit son visage contre son large torse.

— Il prétend que des paroles données n'ont pas été respectées.

— Des paroles ? Mais lesquelles ?

— Tu n'es pas au courant ?

— Mais non. Je croyais qu'ils se disputaient depuis des années à propos d'une erreur sur l'acte de propriété.

— Eh bien, d'après Harry, cette terre était la dot de ton arrière-grand-mère, et comme elle devait épouser le père de Harry, la terre aurait dû passer dans notre famille. Et puis, ton arrière-grand-mère est tombée amoureuse de ton arrière-grand-père, et n'a plus voulu épouser mon arrière-grand-père. Mais comme ils avaient passé un accord, le père de Harry aurait quand même dû recevoir la terre. Sauf que ton arrière-grand-père a épousé la fille, et gardé la terre.

— Mais comment se fait-il que je n'aie jamais entendu parler de cette histoire ?

— Sûrement parce qu'elle prouve que cette terre appartient bien à Wallaroo. Et puis, tout ça s'est fait par oral, c'était au temps où une parole donnée suffisait. En tout cas, ça veut dire que sans mon arrière-grand-père et cette petite terre, toi et tes frères vous ne seriez jamais venus au monde…

Teague lui lança un regard peu convaincu.

— J'ai un peu de mal à croire ton grand-père. Il est capable de n'importe quoi pour avoir raison.

— En tout cas, ça tient la route. Et qui sait, c'est peut-être vrai ?

Teague se pencha et l'embrassa dans le cou.

— Hum, ça pourrait me donner des idées… Peut-être que je devrais t'échanger à Harry contre cette terre, plaisanta-t-il. Comme ça, il n'y aurait plus de problème, et lui comme moi aurions ce que nous voulons.

— Et moi, ça ne compte pas, ce que je veux ?

Teague recula et chercha son regard.

— Et c'est quoi, ce que tu veux, Hayley ?

C'était une simple question, et elle aurait dû lui donner une réponse. Elle sentait bien qu'il commençait à en avoir assez de ne jamais savoir à quoi s'en tenir avec elle, et si elle avait pu, elle lui aurait répondu, oh oui ! Sauf que ces quelques jours à faire l'amour comme jamais et à partager des dîners romantiques ne lui avaient pas du tout permis d'y voir plus clair, au contraire. Or à présent, ils n'étaient pas en train de parler de sortir ensemble ou pas, mais de partager toute leur vie.

— Un petit déjeuner, esquiva-t-elle alors, je crois que c'est ce que j'aimerais.

— Arrête, la prévint-il. Chaque fois que j'essaye de te parler d'avenir, tu t'en sors avec une pirouette. On vient de passer trois jours incroyables, rien que tous les deux. Ça n'a rien changé ?

Mal à l'aise, elle essaya de se dégager de son étreinte, mais il ne la laissa pas faire.

— Hayley, je suis amoureux de toi. De nouveau. A moins que je n'aie jamais cessé de l'être. Mais il faut que tu me dises à quoi je peux m'en tenir. Si tu penses qu'on a une chance, tous les deux.

— Ne fais pas ça. Je ne peux pas, je ne sais pas comment je pourrais…

— Comment tu pourrais *quoi* ? poursuivit-il d'une voix soudain plus dure.

— Comment je pourrais revivre tout ça une nouvelle fois. Te voir partir de ma vie. Je ne peux pas.

— Mais tu n'auras pas à le faire, c'est toute la différence, Hayley. Si on décide d'être ensemble, alors on le sera pour le reste de notre vie. Aucun de nous ne partira.

— Si, il faudra bien que je parte. Tout le temps. Pour ma carrière. Ce n'est pas le genre de travail où on peut longtemps rester au même endroit. Du moins, pas si je veux réussir.

— Etre comédienne, c'est ce que tu veux ? Ce que tu voudras toute ta vie ?

— Je ne sais pas. Mais ma carrière est la seule chose au monde qui m'appartienne vraiment. Je ne la dois à personne d'autre qu'à moi. Et je ne crois pas que je pourrais y renoncer.

Teague poussa un long soupir et la serra un peu plus contre lui.

— Très bien. Au moins, je sais où on en est sur ce point. Et je suis prêt à me lancer dans une relation longue distance. Tu reviendras à la maison quand tu pourras. Ça peut marcher, Hayley. On peut faire en sorte que ça marche.

— Tu es prêt à venir t'installer à Sydney ? A me suivre autour du monde quand je devrai tourner à l'étranger ? Tu serais prêt à tout abandonner pour me suivre ?

— Je ne crois pas qu'il me faudra tout abandonner. On n'est pas obligés d'être ensemble en permanence pour être heureux.

Hayley sentit les larmes lui monter aux yeux. Des larmes de frustration.

— Génial, bredouilla-t-elle en s'efforçant de les refouler. Il ne manquait plus que je pleure. Une fois de plus, en si peu de temps…

Teague passa une main dans ses cheveux, provoquant en elle un doux frisson, et l'embrassa avec une infinie douceur.

— Ne pleure pas. Il n'y a aucune raison de pleurer.

— C'est juste que… je ne peux pas, Teague.

— Je sais, murmura-t-il contre sa joue avant de poser ses lèvres sur ses paupières, l'une après l'autre. Je sais.

Et elle ne put plus contenir ses larmes. Ses émotions. Secouée par les sanglots, elle se laissa aller contre Teague. Et malgré les larmes, malgré sa respiration précipitée, elle se sentit mieux. Cela faisait bien trop longtemps qu'elle luttait contre ses sentiments, qu'elle faisait tout pour les ignorer. Mais à présent qu'elle avait ouvert les vannes, elle se rendait compte à quel point cela faisait du bien. C'était comme si ses larmes emportaient sa peine avec elles.

Teague resserra son étreinte et se mit à lui caresser doucement les cheveux, et elle continua à pleurer. Au bout d'un moment, elle ne savait même plus pourquoi elle pleurait. Pour ses parents ? Pour l'enfance qu'elle aurait rêvé d'avoir et qu'elle n'avait jamais eue ? Pour l'amour et la fidélité que Teague voulait lui offrir à tout prix ?

Peu importait. Tout ce qui comptait, c'était qu'elle était finalement capable de pleurer. Et que Teague comprenne ou non la raison de ses larmes, le fait qu'elle puisse se laisser aller à ses émotions signifiait beaucoup plus que n'importe quoi qu'elle aurait pu lui dire.

— Je ne peux pas croire que nous serons partis dans quelques heures, fit Hayley en cherchant le regard de Teague.

Elle saisit sa main par-dessus la table du petit déjeuner et ajouta :

— Ce sont les meilleures vacances de ma vie. Merci.

— La prochaine fois, c'est toi qui les organiseras, et moi je m'occuperai de l'avion.

— D'accord, c'est noté. Et on s'y tient, hein ? Quoi qu'il se passe, on partira de nouveau ensemble.

— Et après, on partira encore, et encore. En fait, on pourrait peut-être même s'arranger pour enchaîner les vacances…

Il s'interrompit avant d'ajouter :

— Ça m'irait bien, à moi. Enfin, si c'est ça que tu avais en tête.

Teague se sentait un peu comme un pauvre fou qui était là à quémander des miettes, quand il aurait pu avoir tout le repas. Mais si c'était ce que Hayley voulait, il s'y plierait. Il n'avait pas vraiment le choix.

— Mettons-nous d'accord sur une date et je m'occuperai du reste, fit-elle alors. Et cette fois, c'est moi qui t'invite.

— Noël. J'aimerais bien qu'on passe Noël ensemble.

— Va pour Noël.

Ils finirent leur déjeuner en silence. Au moins, songea-t-il, ils étaient convenus d'une date, et c'était toujours un projet d'avenir. Même s'il ne lui avait pas échappé que cela ne changeait rien aux choses qui s'opposaient à ce qu'ils s'engagent dans une véritable relation.

Quelques semaines plus tard, il signerait les papiers qui feraient de lui le propriétaire du cabinet du Dr Daley. Quand il était revenu à Kerry Creek après ses études, il était persuadé que reprendre un cabinet était une excellente idée, et que c'était ce qu'il devait viser en priorité. Il savait que le Dr Daley allait bientôt prendre sa retraite, et il avait calculé qu'il pouvait gagner assez en cinq ans pour lui racheter son affaire. Sans compter qu'avec son avion, il pourrait élargir le rayon de sa clientèle, et augmenter ses revenus d'autant. Vu sous cet angle, son avenir lui paraissait assuré, et radieux.

Mais à présent, il allait bien devoir se demander si se fixer pour toujours dans le Queensland était vraiment une bonne idée, ou si c'était la seule solution qui s'offrait à lui. Ne pouvait-il pas ouvrir un cabinet à la périphérie d'une grande ville, Brisbane, Sydney ou Melbourne ? Ou encore travailler pour un autre véto et ne pas se préoccuper de toute la gestion.

La situation ne manquait pas de sel. Il avait passé les dix dernières années de sa vie à naviguer en solitaire, et avec plaisir, sans jamais s'inquiéter de son avenir. C'était facile, quand il n'avait à s'inquiéter de personne d'autre que lui, et à ne se sentir responsable de personne. Mais maintenant qu'il avait décidé qu'il voulait passer sa vie avec Hayley, il commençait à voir à quel point les choses pouvaient être compliquées.

Allez, s'enjoignit-il, ce n'était pas la peine de penser à ça maintenant. Il avait encore quelques semaines devant lui, et d'ici là, tout aurait peut-être changé entre eux. Pour l'instant, ils avaient juste planifié leurs prochaines vacances, et qui sait ce qui pouvait se passer d'ici là.

— M. Quinn ?

Teague leva les yeux vers le serveur.

— C'était délicieux, dit-il avant de se tourner vers Hayley : tu veux encore du jus de fruit ?

Elle secoua la tête.

— M. Quinn, insista le serveur. On vous demande au téléphone. Un certain Dr Daley. Il dit que c'est urgent.

Teague fronça les sourcils. Il avait presque oublié l'existence du téléphone en trois jours. Ici, on vous apportait les messages en personne. Il n'y avait ni téléphone, ni télévision, ni rien qui puisse déranger leur douce quiétude.

— J'en ai pour une minute, dit-il à Hayley en se levant de table. Il veut sans doute me demander si je peux m'arrêter pour faire une visite sur le chemin du retour.

Il suivit le serveur dans le petit bureau où le gérant de l'hôtel l'attendait près du téléphone. Dès qu'il le vit, il lui tendit le combiné, et Teague le remercia.

— Dr Daley ?

— Je suis désolé de te déranger pendant tes vacances, Teague.

— Ce n'est rien. Que se passe-t-il, doc ? Rien de grave ?

— Cal m'a appelé ce matin, très tôt. Il te cherchait, et il pensait que je saurais peut-être où tu étais.

Teague avait dit à son frère qu'il serait parti jusqu'à vendredi après-midi, sans lui donner plus de détails. Il s'était dit que Cal pourrait bien se débrouiller tout seul quelques jours à Kerry Creek.

— Je vais l'appeler, dit-il. Désolé qu'il t'ait…

— Non, le coupa Daley, il m'a demandé de te passer un message. Pour Hayley Fraser. Elle est avec toi, n'est-ce pas ?

— Oui.

— Le grand-père de Hayley a fait une mauvaise chute. Il a sauté sur un cheval pour venir jusqu'à Kerry Creek en découdre avec Cal. En chemin, il est tombé et s'est cassé la hanche. On l'a conduit à l'hôpital à Brisbane, mais les nouvelles ne sont pas très bonnes. Il ne veut pas se laisser soigner, et il veut absolument qu'on le laisse rentrer chez lui. Les médecins aimeraient que Hayley vienne le plus vite possible pour essayer de le raisonner.

— A quel hôpital a-t-il été transporté ?

— Au Saint-Andrew.

— Peux-tu appeler Cal et lui dire que nous arrivons le plus vite possible ?

— Bien sûr. Et ne t'inquiète pas pour le cabinet, je peux me débrouiller tout seul encore quelques jours. Reste avec ta petite.

— Merci, dit Teague avant de raccrocher et de s'adresser au gérant de l'hôtel. Est-ce qu'on pourrait avoir l'hélico pour Hamilton plus tôt que prévu ? C'est une urgence.

— Je vais appeler le pilote, dit l'homme. En attendant, vous n'avez qu'à faire vos bagages et je vous ferai avertir dès que l'hélicoptère sera là.

Teague revint à la hâte vers la salle de déjeuner. Ça allait être difficile, il le savait. Alors que Hayley avait enfin réussi à prendre ses distances vis-à-vis de son grand-père et à lui imposer sa volonté, elle allait être assaillie par la culpabilité quand elle saurait ce qui était arrivé.

Il pénétra dans la salle, mais avant même qu'il ait pu dire un mot, il vit qu'elle avait deviné à sa tête que quelque chose n'allait pas.

— Qu'est-ce qui se passe ?

Il prit une longue inspiration.

— C'est ton grand-père. Il a voulu aller à cheval jusqu'à Kerry Creek, il voulait s'expliquer avec Cal. Il est tombé en chemin, et il s'est fracturé la hanche.

Elle porta la main à sa bouche.

— Oh non ! Dans quel état est-il ? C'est sérieux, n'est-ce pas ?

Il hocha la tête.

— On l'a conduit à l'hôpital à Brisbane, mais il refuse de se laisser soigner. Les médecins voudraient que tu viennes pour essayer de le convaincre.

— Mais s'il s'est cassé la hanche, il ne peut pas marcher : que veut-il faire d'autre que rester à l'hôpital en attendant que ce soit remis ?

— Je ne sais pas, Hayley. Mais il faut qu'on y aille. Le gérant nous a appelé un hélico et, depuis Hamilton, on pourra voler directement jusqu'à Brisbane, on y sera dans une paire d'heures.

— On peut mourir d'une fracture de la hanche ? demanda-t-elle alors d'une voix rongée par l'inquiétude.

Il secoua la tête. C'était la vérité, mais il connaissait très bien le genre de complications que ce type de fracture entraînait, surtout chez quelqu'un de l'âge de Harry. Il risquait de faire une pneumonie ou une phlébite. Et s'il refusait qu'on le soigne, il serait cloué dans une chaise roulante jusqu'à la fin de ses jours, avec d'atroces douleurs.

— Ça va aller, dit-il en lui prenant la main et en enlaçant leurs doigts.

Elle hocha la tête, pâle comme un linge, et il la guida jusqu'à la chambre. Là, il s'occupa seul des bagages, pendant qu'elle se tenait sous la véranda, les yeux perdus dans le vide vers l'océan. Et une pensée le foudroya soudain. Sans son grand-père à Wallaroo, plus rien ne la retenait dans le Queensland.

Teague murmura une silencieuse prière pour que le vieil homme retrouve la raison et accepte de se faire soigner. Peut-être qu'après la rééducation, il pourrait de nouveau vivre tout seul, mais il était plus qu'improbable qu'il puisse continuer à s'occuper tout seul de la propriété. Il allait sans doute falloir que Hayley lui trouve une place dans une maison de retraite où elle pourrait veiller sur lui.

On frappa doucement à la porte. C'était le gérant de l'hôtel, l'air grave.

— L'hélicoptère sera là dans dix minutes. Vous voulez que je prenne vos sacs ?

Teague hocha la tête et recula pour le laisser passer.

— Je suis désolé que votre séjour doive se terminer de cette manière.

— Moi aussi, répondit Teague. Mais nous avons passé un merveilleux séjour ici. Les meilleures vacances de ma vie.

— J'espère que nous aurons de le plaisir de vous revoir, fit l'homme avant de quitter le bungalow.

Teague referma la porte derrière lui et traversa la chambre vers la véranda. Quand il eut annoncé à Hayley que l'hélicoptère serait là dix minutes plus tard, elle se tourna vers lui, le visage couvert de larmes. Il se précipita vers elle et la prit dans ses bras.

— Ne t'inquiète pas, tout va bien se passer.

— Tu le promets ? hoqueta-t-elle.

— C'est promis. Tu connais ton grand-père, c'est une vraie

tête de mule. Il faut toujours qu'il se fasse prier pendant des jours et des jours avant de céder.

Elle essuya ses larmes du revers de la main et balbutia d'une voix encore secouée par les sanglots :

— Il ne va jamais vouloir me voir. Il doit penser que je l'ai abandonné. Pour toi.

— Quoi qu'il en soit, il va bien voir que tu es revenue. Et s'il ne veut pas te pardonner, eh bien… il faudra que je mette les choses au point avec lui.

Teague resserra son étreinte et elle se laissa aller contre son épaule. Il posa les lèvres sur sa tête, et embrassa tendrement ses cheveux.

— Allez, on y va.

Tandis qu'ils avançaient vers la piste d'hélicoptère, Hayley s'accrocha à son bras avec une force qui le surprit, comme une demande muette. Ce n'était pas du tout comme ça qu'il avait imaginé la fin de leurs vacances, mais d'une certaine manière, ça allait peut-être l'aider à faire tomber sa dernière ligne de défense.

Car Hayley avait besoin de lui, maintenant. Elle avait besoin de sa force, de sa présence. De ses conseils. Il allait l'aider à traverser cette mauvaise passe, la faire avancer et la protéger de ce qui lui faisait peur. Et, qui sait, cela rendrait peut-être les choses plus faciles entre eux. Après.

- 7 -

Quand Hayley approcha, Teague leva les yeux du journal qu'il était en train de lire. Cela faisait un peu plus d'une heure qu'elle l'avait laissé dans la salle d'attente. Avec un léger soupir, elle s'assit à côté de lui, heureuse de souffler un peu et de ne plus subir le flot continuel des discussions avec les médecins et les infirmières.

Dès leur arrivée à l'hôpital, elle avait rencontré les médecins qui s'occupaient de Harry. Teague lui avait proposé de l'accompagner, mais pendant toute la durée du vol, elle s'était préparée à gérer la crise toute seule, et elle avait décliné la proposition.

D'autant qu'elle savait très bien ce que Teague pensait de son grand-père. Que c'était un vieux salaud égoïste qui prenait un malin plaisir à la rendre malheureuse. Face à n'importe qui, et en particulier face à Harry, elle savait que Teague prendrait sa défense sans hésiter. Or elle ne voulait pas risquer que la situation s'envenime. Pas en ce moment, où il fallait absolument éviter de nouveaux conflits.

— Il refuse qu'on lui pose une perfusion, dit-elle enfin, et je ne parle même pas de l'opération.

Teague lui prit la main.

— Il changera d'avis quand il en aura marre d'être alité.

Elle essaya de contenir le tremblement de sa voix, avant de se rendre compte que ça n'était pas important. Elle était avec Teague, et avec lui, elle n'avait pas besoin de faire semblant. Elle pouvait exprimer ses émotions. Il avait l'habitude, il l'avait assez souvent vue le faire ces dernières semaines.

— Sauf que si on ne lui pose pas la perfusion, il ne pourra

pas être opéré. Et si on ne l'opère pas, il ne pourra jamais remarcher. Je ne sais plus quoi faire, il ne m'écoutera jamais.

— Tu veux que j'aille lui parler ?

— Surtout pas ! Il se briserait l'autre hanche en essayant de te chasser de sa chambre ! Les médecins vont faire venir un médiateur, cet après-midi, pour parler avec lui. Ils m'ont demandé de lui apporter quelques affaires. Ils pensent que s'il est entouré de choses qui lui rappellent Wallaroo, ça lui donnera envie d'y retourner, et donc de se laisser soigner pour que cela arrive le plus vite possible.

Elle s'interrompit un instant et s'efforça de faire disparaître la boule qui lui nouait la gorge.

— Je ne veux pas m'éloigner d'ici. Alors j'ai fait une… une liste, dit-elle d'une voix hésitante en lui tendant un morceau de papier. Je me demandais si tu voudrais bien aller à Wallaroo pour en rapporter deux trois choses.

— Bien sûr, dit-il en prenant la liste. Mais tu devrais d'abord te chercher un hôtel, un endroit où te reposer, pas trop loin d'ici.

Elle secoua la tête.

— Je vais rester ici. Il y a une petite pièce réservée aux familles, avec un lit, si jamais je voulais dormir un peu. Je vais essayer de reparler avec Harry une fois qu'il aura vu le médiateur.

— A ton avis, pourquoi réagit-il comme ça ?

Elle haussa les épaules.

— Il a dit aux médecins qu'il n'avait plus qu'à mourir, que sa vie était finie. Que s'il ne pouvait pas monter à cheval sans tomber, alors il ne servait plus à rien à Wallaroo.

— Il s'apitoie sur son sort, non ?

— Peut-être, mais il y a de quoi. Les choses ont bien changé à Wallaroo, ça n'était pas comme ça du tout, avant. Et je suis certaine que tous les problèmes sur la propriété viennent de là, de sa peur de ne plus être à la hauteur pour s'en occuper. Ça le rend fou de voir que son corps ne lui obéit plus, et qu'il ne peut plus faire ce qui devrait l'être. Qu'il ne peut plus passer douze heures par jour sur une selle, sept jours sur sept. Forcément, il a soixante-dix-sept ans. Qu'est-ce qu'il croyait ?

— Je le comprends. Ça me mettrait hors de moi et j'en voudrais à la terre entière si j'étais cloué sur un lit d'hôpital. Lui qui a toujours été si farouchement attaché à son indépendance, voilà qu'il a besoin d'aide. C'est la première fois de sa vie que Harry Fraser a besoin d'un autre être humain.

Hayley appuya la tête sur son épaule et savoura ce solide refuge. Elle pouvait se reposer sur lui, à tous les sens du terme.

— Je me suis souvent demandé si les choses auraient été différentes si ma grand-mère n'était pas morte. Je ne l'ai jamais connue, mais il garde une photo d'elle à côté de son lit.

— Tu sais comment elle est morte ?

— Des suites de son accouchement. Il y a eu des complications, et trois jours après la naissance de mon père, elle est morte. Elle avait accouché à Wallaroo et tout s'était d'abord bien passé, mais au bout de deux jours, elle a commencé à être malade, et le temps qu'ils la conduisent à l'hôpital, c'était trop tard.

Elle s'interrompit un instant puis ajouta :

— Pas étonnant que Harry déteste les hôpitaux.

— Tu ne m'avais jamais raconté cette histoire, s'étonna Teague.

— Cela ne fait que quelques années que je la connais. J'ai posé la question à Daisy Willey, et elle m'a tout raconté. Qui sait, ajouta-t-elle avec un soupir, si ma grand-mère avait vécu, Harry aurait peut-être eu une vie heureuse, et ils auraient pris leur retraite dans une petite maison au bord de la mer. Ou peut-être qu'ils seraient partis à la ville, comme l'ont fait tes parents.

Elle lança un regard à la grande horloge murale. 3 heures de l'après-midi, déjà.

— Tu ferais mieux d'y aller, si tu veux arriver à Kerry Creek avant la nuit.

— Je ne vais pas y aller. Je volerai demain matin jusqu'à Wallaroo, mais aujourd'hui, on va aller manger un morceau et trouver une chambre. Comme ça, tu pourras te reposer un peu avant de revenir ici.

— Tu ferais mieux d'y aller, insista-t-elle. Ça fait trois

jours que tu n'es pas allé travailler, et il va encore falloir que tu reviennes demain avec les affaires de Harry.

L'offre de Teague était généreuse, mais c'était à elle de trouver une solution avec Harry. Il faisait partie de sa famille, et elle en était responsable. Et puis, ça lui ferait du bien de se rendre utile. Jusqu'à présent, elle n'avait jamais pu aider Harry. Jamais, de toute sa vie, elle ne s'était sentie utile à ses yeux. L'occasion était arrivée, et elle allait pouvoir l'aider à aller mieux, et à s'en sortir.

Teague saisit sa main et la porta à ses lèvres.

— Tu m'accompagnes jusqu'à la porte ?

— Je ne devrais peut-être pas m'éloi…

— Allez, fit-il en la tirant vers elle, Harry ne va pas se sauver.

Elle le suivit dans le couloir, et quand les portes de l'ascenseur se furent refermées derrière elle, Teague la serra dans ses bras et l'embrassa tendrement. Elle se pressa contre lui, près, très près, comme pour puiser en lui la force dont elle avait besoin et dont il était si riche.

Elle se sentait bien, comme elle ne l'avait pas été depuis que le serveur était venu leur annoncer la nouvelle, la veille. Le visage enfoui dans sa poitrine, elle ferma les yeux tandis que Teague caressait doucement ses cheveux. Il savait toujours avec exactitude comment faire pour qu'elle se sente mieux, pour qu'elle oublie ses soucis, même pour un temps infime. Un souvenir de son enfance remonta soudain à sa conscience. Ce geste, sa mère l'avait fait souvent avec elle. Quand elle se réveillait dans la nuit après un cauchemar, et que sa mère restait avec elle et la serrait dans ses bras, la berçant jusqu'à ce que, apaisée, elle s'endorme de nouveau.

Sauf que cette fois, il ne s'agissait pas d'un mauvais rêve, mais d'une sale réalité. Et elle était la seule à blâmer pour ce qui venait de se passer. C'était elle qui était partie avec Teague, abandonnant son grand-père à son sort. Si elle était restée à Wallaroo pour veiller sur lui, il ne serait jamais parti à cheval pour Kerry Creek.

A cet instant, elle aurait tout donné pour pouvoir revenir en arrière. Rattraper un peu le temps perdu, apprendre à connaître son grand-père. Elle se rappelait à peine ses parents, elle n'avait jamais connu sa grand-mère, et la perspective de perdre le seul parent qui lui restait la terrifiait. Sans lui, elle serait définitivement seule au monde.

Ils débouchèrent dans le hall de l'hôpital, et elle alla s'asseoir tandis que Teague commandait un taxi à la réception. Si Harry acceptait de se faire opérer, elle saurait faire face aux conséquences. La rééducation allait durer des semaines et des semaines, mais la perspective de rentrer à la maison le motiverait peut-être pour faire des efforts. Et il retournerait à Wallaroo finir ses jours dans le seul endroit qu'il aimait sur la terre.

Il ne vendrait pas. Jamais il n'avait considéré le domaine comme un investissement. C'était une part de son héritage, quelque chose qui n'avait rien à voir avec l'argent. Et au fond, cette terre était aussi une part d'elle-même. Qu'elle le veuille ou non, c'était là qu'elle avait vécu toute son adolescence, et cette terre qui l'avait vue grandir était d'une certaine manière sa plus proche parente. Bien plus proche que Harry.

Toute sa vie, il avait vécu selon ses propres règles, refusant de se laisser dicter sa conduite, et il avait le droit d'imposer ses choix, encore aujourd'hui. Elle ferma les yeux. Peut-être qu'elle devrait respecter la volonté de son grand-père et le laisser faire ce qu'il voulait — pas de perfusion, pas d'opération. Qui était-elle pour l'en empêcher ? S'il voulait mourir comme ça, peut-être devait-elle accepter qu'il en soit ainsi. Ainsi qu'il l'avait voulu, lui…

Sauf qu'elle ne pouvait pas accepter de le perdre. Pas encore. Pas tout de suite. Elle s'était toujours accrochée à l'espoir qu'un jour, elle finirait par trouver un moyen pour se faire aimer de son grand-père. Quand elle s'était enfuie de Wallaroo, elle avait espéré qu'il se lancerait à sa recherche, et ça lui aurait montré qu'il tenait à elle. Mais il n'avait pas fait un geste pour la retrouver. Et quand Teague avait essayé de le faire, lui, Harry s'était dressé sur son chemin pour l'en empêcher.

Les grands-parents étaient censés aimer leurs enfants, mais ça ne s'était pas du tout passé comme ça avec les siens, tant du côté de sa mère que de son père. Elle n'avait jamais connu les parents de sa mère, quant à sa grand-mère paternelle, elle ne la connaissait que par la photo que Harry gardait à côté de son lit. Et puis il y avait Harry, qui était on ne pouvait plus éloigné de la représentation idéale des grands-parents qu'elle avait vue à la télé : un vieux monsieur adorable et prêt à tout pour gâter sa petite fille.

— Hayley ?

S'extirpant de ses pensées, elle vit Teague, debout devant elle.

— Le taxi est arrivé. Il faut que j'y aille.

Elle se leva d'un bond et se dressa sur la pointe des pieds pour l'embrasser sur la joue.

— Merci pour tout. Pour m'avoir conduite ici. Et pour les vacances. Avec tout ce qui s'est passé, je n'ai pas eu le temps de te dire à quel point j'ai trouvé ça génial.

Il sourit.

— On recommencera. Hein, tu t'en souviens ? C'est toi qui choisiras la destination la prochaine fois.

— Et merci d'avoir accepté de me rapporter les affaires de Harry. Je ne sais pas comment te remercier, j'ai tellement l'impression que tu fais tout pour moi et que je…

— Tais-toi, lui dit-il en posant un doigt sur ses lèvres. Si je ne voulais pas le faire, je ne le ferais pas. C'est aussi simple que ça.

— Tu es un vrai ami, Teague. Le seul.

Et soudain, elle eut une furieuse envie de l'attirer dans un coin et de le séduire sans vergogne, de se perdre entre ses bras et de tout oublier dans un élan de passion. De se laisser emporter par le plaisir et que plus rien ne compte. Mais elle savait que le divertissement ne durerait pas. Et quand ils auraient fini, Harry serait toujours allongé sur son lit d'hôpital.

Ils franchirent les portes et s'arrêtèrent devant le taxi qui les attendait.

— Tu sais, dit-elle alors, j'ai pensé à une chose. Je me demande si Harry n'est pas comme il est parce qu'il est seul depuis trop longtemps. Parce qu'il a perdu la seule personne au monde qu'il aimait.

— A mon avis, Harry était déjà méchant en naissant.

— Tu dis ça, mais que ferais-tu si tu perdais la femme de ta vie, toi ? Je veux dire, pas si elle s'en allait, mais si elle mourait subitement ? Tu ne crois pas que ça te rendrait amer, comme l'est Harry ?

Teague réfléchit un long moment à sa question en jouant distraitement avec une mèche de ses cheveux qu'il entortillait entre ses doigts.

— En fait, je ne pensais pas pouvoir dire ça un jour, mais oui, peut-être que je deviendrais comme lui. Ça explique sans doute un peu mieux son attitude. Il a sans doute ses raisons.

— Je suis sûre de ça.

Teague ouvrit la portière.

— Je reviens demain matin. Appelle-moi sur mon portable si tu as besoin de quoi que ce soit. Ou plutôt, appelle-moi dans tous les cas ce soir, pour me dire comment ça s'est passé.

— Je le ferai.

Teague l'attira à lui et posa ses lèvres sur les siennes. Ce fut un baiser long, profond. Intense. Elle sentit ses jambes flageoler et elle s'accrocha à lui pour ne pas perdre l'équilibre. Personne au monde ne lui faisait un tel effet. Quand il finit par quitter ses lèvres, elle resta suspendue à ses bras, la tête sur sa poitrine, les yeux fermés. Quelques heures plus tôt, elle l'aurait renversé sur l'immense lit de leur bungalow de rêve et elle lui aurait fait l'amour jusqu'à perdre pied. Mais à présent, il allait s'en aller.

Elle finit par lever les yeux vers lui. Il souriait doucement.

— Je t'aime, murmura-t-il.

— Je t'aime, répondit-elle sans hésiter une seule seconde.

Puis il s'écarta et monta dans le taxi. Les mots résonnaient dans son esprit, s'y imprégnant doucement et la laissant sans voix. Comme une automate, elle leva la main pour lui faire signe tandis que le taxi s'éloignait.

Et soudain, elle dut lutter pour ne pas se mettre à courir après la voiture pour lui demander une explication. Qu'avait-il voulu dire ? Comment pouvait-il lui dire une chose pareille et ensuite s'en aller ?

Bon, il l'aimait comme un meilleur ami aime sa meilleure

amie, c'était ça. C'était forcément ça. Mais elle ? Qu'avait-elle voulu dire quand elle lui avait répondu qu'elle l'aimait ?

Elle s'assit sur un banc tout proche, incapable de détacher les yeux de la route par laquelle il avait disparu. Peut-être qu'il avait dit ça pour qu'elle se sente mieux, pour qu'elle oublie sa peine. Elle prit une longue inspiration.

Ou alors il avait dit ça parce qu'il l'aimait. Vraiment.

Un frisson la parcourut et elle frotta ses mains contre ses bras pour effacer sa chair de poule. *Aimer.* Un mot tout simple, qu'ils avaient employé tant de fois lorsqu'ils étaient plus jeunes. Mais à l'époque, ils ne savaient pas ce qu'il signifiait *vraiment.* A quel point un lien entre deux personnes qui s'aimaient pouvait être fort.

Le savaient-ils à présent ? Ou n'était-ce toujours qu'un mot qui recouvrait un vague ensemble d'émotions indéterminées ?

— Tout va bien mademoiselle ?

Elle leva les yeux et vit un vieil homme en fauteuil roulant, juste à côté du banc.

— Oui, merci, tout va bien. J'avais juste besoin de prendre un peu l'air.

Elle prit une grande inspiration. Depuis qu'elle avait aperçu Teague dans les écuries, le jour où elle tentait de soigner Molly, elle avait eu l'impression d'enfourcher un cheval sauvage. Elle avait envie de dire stop, de sauter à bas du pur-sang pour retrouver ses marques et reprendre ses esprits. Mais si elle sautait, est-ce qu'elle aurait le droit de remonter, ou est-ce que la chevauchée prendrait fin ?

Elle se releva péniblement, comme si le poids des émotions l'accablait et rendait douloureux chacun de ses mouvements. Peut-être devrait-elle se mettre en quête du département de psychiatrie de l'hôpital, songea-t-elle en rentrant dans le bâtiment.

Car elle pourrait très bien y passer quelques jours à essayer de débrouiller l'écheveau de ses sentiments.

— Je ne t'ai jamais rien demandé, et je ne te le demanderais pas si ce n'était pas important.

— C'est non, fit Cal en se mettant à faire les cent pas devant son bureau. Je ne peux même pas croire que tu m'aies demandé ça.

Malgré l'énervement qui montait en lui, Teague s'efforça de rester calme. C'était la seule façon d'obtenir ce qu'il désirait, il le savait. Il savait aussi qu'il demandait beaucoup, mais il espérait vraiment que son frère céderait.

— Je te donnerai n'importe quoi en échange. Tu sais que je peux faire du bon boulot, et j'ai la clientèle pour. Je te paierai des intérêts.

— Cette terre appartient aux Quinn, s'entêta son frère.

— Ce n'est pas l'avis de Harry Fraser.

— Parce que tu te ranges à l'avis de ce vieux fou maintenant ?

Il soupira d'un air dédaigneux.

— J'aurais dû savoir que ça se passerait comme ça, et que ça finirait par arriver.

— Hayley n'a rien à voir avec ça. Elle n'est pas au courant pour ce que je t'ai demandé. Ça ne concerne que moi.

A cet instant, la porte du bureau s'ouvrit à la volée et Gemma fit irruption.

— Désolée, fit-elle en les apercevant tous les deux et en s'apprêtant à repartir.

Teague vit l'expression de son frère s'adoucir.

— Non, c'est bon, reste. On avait fini.

Mais Teague se dirigea vers la porte et dit à Gemma :

— Non, on n'avait pas fini. Tu veux bien nous excuser ?

La jeune femme les dévisagea tour à tour, puis finit par hocher la tête et par se retirer. Cal voulut faire un geste pour la retenir, mais Teague l'en empêcha.

— Tu la retrouveras quand on aura fini.

— On a fini.

— Tu oublies qu'on est trois à avoir des parts dans l'histoire. Peut-être que c'est toi qui as le plus de parts parce que tu diriges le domaine, mais si on va par là, je te rappelle que je soigne tes bêtes gratuitement depuis plus d'un an.

L'air mauvais, Cal s'assit derrière son bureau et en tira une calculatrice.

— Vas-y, dis-moi. Combien je te dois ?

— Je ne veux pas que tu me payes. Je veux que tu me vendes ce bout de terrain à un prix raisonnable.

— Il n'est pas à vendre, s'entêta son frère.

— Cal, tu ne facilites pas les choses. Ne m'oblige pas à appeler Brody pour qu'on mette la question au vote. Car s'il vote comme moi, tu perdras.

Au moment où leur père avait quitté le domaine et en avait confié les rênes à Cal, il avait décidé que les trois frères auraient voix au chapitre à part égale pour toutes les décisions importantes, et en particulier celles qui touchaient à leur héritage et à leurs terres. Et même si Brody pouvait se ranger à l'avis de Cal, le simple fait de faire miroiter la possibilité d'un vote fraternel était un moyen pour Teague de faire comprendre à Cal à quel point il tenait à la demande qu'il venait de faire.

— Si tu avais les moyens de rendre Gemma plus heureuse, reprit Teague, tu le ferais, n'est-ce pas ? A n'importe quel prix, non ?

Cal acquiesça.

— Eh bien moi aussi, je le ferais pour Hayley. Et c'est pour ça que je veux donner cette terre à son grand-père. Je ne te le demanderais pas si ce n'était pas important. Il faut que tu me fasses confiance, Cal. Je te promets qu'à la fin, tu ne le regretteras pas.

Cal prit un air consterné.

— T'es loin d'être bête, je le sais, mais sur ce coup-là, je suis désolé de te dire que tu es en train de te planter.

— Ecoute, on possède chacun un tiers de Kerry Creek, n'est-ce pas ? Eh bien donne-moi ce petit bout de terrain que je te demande, et qui représente bien moins qu'un tiers de la propriété, et je te donne tout le reste de mes parts.

Son frère le regarda comme s'il était devenu fou.

— Tu serais prêt à tout abandonner pour une poignée d'hectares et un trou d'eau ?

— Tout à fait prêt.

Cal secoua la tête.

— Je ne te laisserai pas faire ça, dit-il en rangeant la calculatrice dans le tiroir du bureau.

Puis Teague aperçut une esquisse de sourire sur les lèvres de son frère.

— Alors écoute bien, reprit-il. Je vais te vendre cette terre, mais en échange, tu t'engages à voter comme moi pour tout ce qui concerne Kerry Creek.

Teague sourit.

— Merci. Je te promets que tu ne le regretteras pas.

— Y a intérêt. Maintenant, sors de ce bureau. Et dis à Gemma qu'elle peut entrer !

Teague avait une dernière demande à lui faire et il savait que ça n'était pas gagné, mais il se lança :

— Une dernière chose. Si c'est possible, j'aimerais qu'on signe l'accord aujourd'hui. Avant que je retourne à Brisbane.

— Aujourd'hui ? Mais pourquoi ?

— Parce que j'en ai besoin aujourd'hui.

Teague regarda sa montre.

— Dans une heure ou deux, ça serait super.

Il se dirigea vers la porte, puis se retourna vers Cal avec un sourire reconnaissant.

— Merci Cal, je te dois une fière chandelle. Et je te promets de soigner tes bêtes gratuitement pendant les cinquante prochaines années.

— Ça devrait à peu près se valoir, répondit Cal. Du moment que tu y ajoutes l'utilisation de ton avion, évidemment.

En riant, Teague quitta le bureau et monta l'escalier quatre à quatre jusqu'à sa chambre. S'il voulait assurer sa part au cabinet et passer ses nuits avec Hayley à Brisbane, il allait devoir prendre quelques affaires. Même si ça lui coûterait plus cher de carburant de revenir chaque soir à Brisbane, ça lui permettrait d'être auprès d'elle au maximum.

Teague attrapa des vêtements propres dans la pile que Mary avait posée au bout de son lit et les jeta dans un sac de sport. Il s'était levé aux aurores et il avait conduit jusqu'à Wallaroo. Ça lui avait fait un peu bizarre de fouiller parmi les objets de Harry, mais il avait fini par trouver tout ce que Hayley avait noté sur sa liste — une robe de chambre en flanelle, un vieux chapeau de cow-boy tout élimé, une photo de Harry posant avec une des bêtes de Wallaroo qui avait reçu un prix dans un concours et une clé suspendue à une chaîne, à côté d'une patte de lapin porte-bonheur. Il avait songé un instant à prendre la photo de la grand-mère de Hayley, mais cette dernière ne l'avait pas mise sur la liste. Peut-être parce qu'elle sentait que Harry n'était que trop prêt à rejoindre sa femme dans la mort, et que la photo ne ferait que le lui rappeler un peu plus.

Teague ne voyait pas très bien en quoi les autres objets qu'elle lui avait demandé de rapporter pouvaient être importants aux yeux de son grand-père, mais Hayley le connaissait mieux que lui.

Teague s'était aussi aventuré jusqu'à la chambre de Hayley et il avait réuni quelques-uns de ses vêtements dans l'un de ses sacs griffés. A la vérité, il avait pris du plaisir à fureter parmi des choses qui lui appartenaient. Il s'était rappelé les moments où elle avait porté chacun de ces vêtements, il s'était imprégné de son odeur qui flottait dans la pièce et il avait feuilleté quelques-uns des scénarios qu'elle avait apportés ici.

Contrairement à ce qu'il aurait voulu, il n'avait pas pu lui parler la veille au soir et il espérait que tout s'était bien passé. Lui-même n'avait pas fermé l'œil de la nuit, hanté par le souvenir des trois jours passés loin du monde. C'était fou, il avait l'impression que ce voyage avait eu lieu depuis des semaines, alors qu'ils n'avaient quitté l'île que la veille.

On frappa à la porte et en se retournant, il découvrit Gemma qui se tenait dans l'embrasure.

— Salut. J'ai appris pour le grand-père de Hayley, dit-elle en lui tendant un sac en papier. On a fait des petits gâteaux, avec Mary. Elle n'a sans doute pas le temps de manger, alors tu les lui donneras. Enfin, ce n'est pas grand-chose…

Teague traversa la pièce et prit le sac.

— Merci, je suis sûr que ça lui fera plaisir.

— Dis-lui que j'espère que tout se passe bien. Et si elle a besoin de quoi que ce soit, qu'elle n'hésite pas à appeler.

— Je lui dirai.

— Tu sais, ajouta la jeune femme, mon grand-père est mort l'année dernière. Je passais tous mes étés avec lui, c'était un homme si bon, si attentionné. Ça m'a anéantie, j'ai pleuré pendant des jours et des jours.

— Hayley et son grand-père ne sont pas vraiment proches, dit alors Teague.

— Ah bon ? Je croyais qu'elle avait grandi à Wallaroo.

— Oui, mais…

Gemma l'interrompit.

— Peu importe, ça ne me regarde pas. Dis-lui seulement que j'espère bien avoir le plaisir de passer un peu de temps avec elle avant de repartir chez moi.

— Tu rentres chez toi ?

Elle hocha la tête.

— J'ai presque fini mes recherches ici, et on a besoin de moi à Dublin.

— Tu ne peux pas partir déjà, dit-il. Je sais que Cal est très content que tu sois là, et puis, tu ne peux pas t'en aller avant d'avoir appris à monter *vraiment* à cheval.

Elle grimaça.

— J'ai essayé, tu sais. Mais je suis sûre que même en restant ici toute une année, je ne serais jamais douée pour ça.

— Une année ? Ce serait bien suffisant pour faire de toi une cavalière émérite !

Teague se tut un instant. Jusqu'où devait-il aller dans la franchise ? Et il décida de se lancer. D'après ce qu'il avait pu voir, Cal avait besoin de toute l'aide qu'on pouvait lui apporter.

— Tu sais, reprit-il, mon frère a passé toute sa vie ici, à travailler. Il s'est toujours dépensé sans compter pour Kerry Creek, et même s'il n'est pas le type le plus romantique du monde, il a plein de qualités. C'est un type bien.

— Tu n'as pas besoin de…

— Mais je préfère te le dire quand même. Je sais que Cal ne te le dirait jamais de lui-même. C'est un modeste. Mais il est fiable, loyal et…

Il s'interrompit et se mit à rire.

— Et je vais m'arrêter là parce qu'on dirait que je suis en train de décrire un toutou fidèle !

Elle sourit.

— Je sais tout ça. Et j'apprécie ses qualités, vraiment. Mais ce serait terriblement dur pour moi de renoncer à ma vie en Irlande, et je sais bien que c'est ce que je devrais faire si jamais on envisageait quoi que ce soit ensemble. Mais de toute façon, ajouta-t-elle après une courte pause, il ne m'a pas demandé de rester.

Teague garda le silence. Il n'allait pas essayer de vendre à Gemma les bonheurs et les bienfaits de la vie à Kerry Creek. Ce n'était pas une vie facile, et il faudrait qu'elle et Cal s'aiment vraiment beaucoup pour faire en sorte que ça marche. Il avait assez d'exemples ratés sous les yeux. Sa propre mère, mais pas seulement. Hayley aussi était partie loin du Queensland, quant à Brody et Payton, ils s'étaient réfugiés en ville.

— Bon, fit Gemma. Je te laisse à tes bagages. J'espère que les biscuits te plairont.

Il hocha la tête. Comme c'était curieux de penser que chacun des trois frères avait désormais une femme dans sa vie… et que chacun des trois risquait fort de perdre la femme qu'il aimait. Payton et Gemma étaient des étrangères et elles retourneraient sans doute bientôt dans leur pays. Et Hayley, qu'allait-elle faire ?

Au moins, songea-t-il, il n'avait pas encore grillé toutes ses chances auprès d'elle. Et puis, il avait un avantage sur ses frères : lui et Hayley vivaient sur le même continent.

Teague s'assit en face de Hayley, de l'autre côté de la table de la cafétéria de l'hôpital. Il la regarda picorer distraitement la salade de pâtes qu'il lui avait apportée pour le dîner. Elle avait l'air épuisée, et des cernes sombres sous ses yeux trahissaient son manque de sommeil. Elle n'avait sans doute pas beaucoup dormi la nuit précédente.

— Ce soir tu ne resteras pas à l'hôpital. J'ai loué une chambre, et quand tu auras fini de manger, je t'y emmène pour que tu t'y reposes un peu.

Elle acquiesça puis regarda autour d'elle.

— Tu crois que quelqu'un verrait un inconvénient à ce que je me glisse sur tes genoux ?

Il sourit.

— A ta place je ne tenterais pas le diable. La femme de

la caisse est assez baraquée pour nous jeter tous les deux dehors *manu militari*.

— Mais moi j'ai envie de t'embrasser pendant au moins une bonne heure. Et après ça, ajouta-t-elle en étouffant un bâillement, j'aimerais m'enfouir sous les couvertures et dormir toute une année !

— Comment va Harry ?

Elle haussa les épaules.

— Toujours aussi têtu. Mais je crois que les affaires que tu lui as apportées ont fait leur petit effet. Quand je suis partie tout à l'heure, il avait mis son chapeau. Et puis, je l'ai entendu plaisanter avec une infirmière, alors que tu sais bien qu'il ne plaisante jamais — si tu veux mon avis, elles flirtent avec lui ! Enfin, la bonne nouvelle c'est que le conseiller est revenu, tout à l'heure, et il a un peu avancé. Alors si Harry finit par accepter, on l'opérera demain matin.

Teague sourit. C'était encourageant. Et ce qu'il s'apprêtait à lui dire allait l'être encore plus.

— J'ai autre chose pour toi, dit-il alors. Ou plutôt, pour Harry.

Il tira une enveloppe de sa poche et la lui donna.

— Qu'est-ce que c'est ?

— Un accord par lequel je deviens le propriétaire de la terre. Et un autre où je le donne à Harry. C'est pour lui.

Hayley le dévisagea, les yeux agrandis par la surprise.

— Tu as fait ça pour Harry ?

— Je l'ai fait pour toi. Et un peu pour Harry. Ça peut l'aider à changer d'avis.

— J'en suis sûre ! s'exclama-t-elle d'une voix aussi émue qu'excitée. Cette histoire de procès le plombait, il ne pensait qu'à ça, et ça va tout arranger ! Oh, merci, merci vraiment !

Elle repoussa son assiette à peine entamée et se leva.

— Il faut que je le lui dise maintenant !

— Allons-y, fit Teague.

Ils prirent l'ascenseur jusqu'à l'étage où se trouvait Harry, mais avant qu'ils parviennent à sa chambre, Hayley le prit par la main et l'entraîna dans une pièce sur la droite. Il y faisait très sombre, mais il put apercevoir trois lits de camp contre les murs. C'était sans doute ici qu'elle avait dormi la nuit précédente.

Elle referma la porte derrière eux et, l'y acculant doucement, elle se pressa contre lui. Puis elle noua les mains autour de son cou et l'embrassa avec une fougue, une passion qui lui coupèrent le souffle. C'était un baiser profond, presque désespéré. C'était comme si elle avait un besoin vital de le toucher, de le goûter, et avant qu'il ait pu faire quoi que ce soit, elle lui avait déjà enlevé sa chemise. Quand elle se mit à caresser sa peau nue, il contint le gémissement rauque qui montait en lui. Son corps réagissait au quart de tour, c'était impressionnant. Elle l'avait à peine effleuré que, déjà, il mourait d'envie de la prendre sur place.

— Tu m'as manqué, murmura-t-elle contre sa poitrine qu'elle continua à effleurer.

Puis ses lèvres vinrent remplacer ses doigts, et elle parsema son épaule de baisers, le faisant frissonner de plaisir.

— Je ne suis parti que depuis vingt-quatre heures…

— J'ai eu l'impression que ça faisait des jours et des jours, des semaines même.

— Peut-être est-ce lié au fait que nous avons passé les trois jours précédents au lit, tu ne crois pas ? demanda-t-il avec un petit rire.

— On n'a pas fait que rester au lit. On s'est promenés sur la plage aussi, et on a mangé.

— Mais reconnais que c'était quand même une thématique spéciale sexe…

Elle leva les yeux vers lui et murmura :

— Ça me plaît, cette thématique. On devrait en prévoir une autre très vite.

— J'ai ce qu'il te faut. Ma chambre d'hôtel. Dans quinze minutes.

Elle s'empressa de reboutonner sa chemise et posa un baiser sur ses lèvres.

— Laisse-moi annoncer la nouvelle à Harry et on y va.

Puis elle agita l'enveloppe qu'il lui avait remise et sortit de la petite pièce avec un grand sourire.

Teague s'assit sur le bord d'un des lits de fortune. Autant

l'attendre ici, d'autant que ça lui donnerait peut-être le temps de se calmer un peu. Vu l'état dans lequel elle l'avait mis…

Il prit une longue inspiration. Se pouvait-il que son désir pour elle ne faiblisse jamais ? Il avait l'impression au contraire que plus il la voyait, plus il la désirait. Alors peut-être qu'une relation longue distance leur conviendrait après tout. Tout ce temps loin l'un de l'autre attiserait leur désir et quand ils se retrouveraient, ce serait toujours une explosion de passion.

En même temps, il avait des arguments en faveur d'une vie de couple plus… traditionnelle. Toutes ces petites choses qu'ils pourraient partager au quotidien. Il pourrait l'embrasser dès qu'il en aurait envie, la toucher, la caresser. Lui faire l'amour. Il pourrait la consoler quand elle serait triste. Ils se comprendraient sans même avoir besoin de parler. Ils pourraient se bâtir une vraie vie à deux, et peut-être même fonder une famille.

Et il avait envie de croire que c'était comme cela que les choses allaient se passer. Peut-être pas demain, peut-être pas dans un an, mais un jour, ils seraient ensemble pour de bon, lui et Hayley.

Revigoré par cette idée, il se leva et partit la rejoindre. Arrivé devant la chambre de Harry, il s'arrêta devant la porte et prêta l'oreille. Mais il n'entendait rien de leur conversation. Pas de cris. Tant mieux, c'était bon signe. Peut-être que son plan allait marcher.

Quelques minutes plus tard, Hayley sortit de la chambre, un sourire aux lèvres. Il en fut soulagé. Elle était heureuse, et c'était tout ce qui comptait pour lui.

— Alors, comment ça s'est passé ?

— Très bien. On a parlé, et on s'est dit des choses. Des choses bien, ajouta-t-elle d'une voix où perçait encore l'étonnement. Il m'a dit qu'il voulait que je sois heureuse. Et qu'il allait se faire opérer.

Elle tendit la main vers lui et posa sa paume sur son torse, juste sur son cœur. Ils restèrent ainsi de longues secondes, silencieux, la chaleur de ses doigts se diffusant en lui comme un fluide bienveillant.

— Et il voudrait te voir, ajouta-t-elle enfin.

— Moi ?

Elle acquiesça.

— Essaye d'être gentil avec lui.

Teague pressa sa main avant de la lâcher et d'entrer. Il ne savait pas vraiment à quoi il devait s'attendre. Le vieil homme allait-il lui lancer son contrat à la figure ? Ou allait-il accepter qu'un Quinn lui donne la terre, sans contrepartie ?

Les rideaux tirés, la chambre était à peine éclairée. Teague sursauta en voyant le vieil homme. Il était cloué au lit, tout un système de sangles et de poulies maintenant sa jambe droite en l'air. Harry lui avait toujours fait l'effet de quelqu'un d'extrêmement fort, et voilà qu'à présent, il paraissait chétif dans son grand lit, avec son teint blafard et sa barbe grise.

— Bonjour, monsieur Fraser.

— Quinn.

Il désigna la chaise derrière le lit, mais Teague secoua la tête.

— Je préfère rester debout.

— Hayley m'a montré ce truc, dit-il en remuant le papier du contrat. C'est vrai ?

— Tout ce qu'il y a de plus vrai. Mon frère m'a donné cette terre, et moi, je vous la donne.

— Et ton frère, il sait ça ?

— Oui. Dès que vous serez sorti d'ici, on fera valider le contrat par un huissier. Mais c'est bien à vous.

— Pourquoi tu fais ça ?

— Pour Hayley.

— Tu t'attends à ce que je te la donne en mariage parce que tu me donnes cette terre ?

Teague ne put s'empêcher de rire.

— Bon sang, Harry, Hayley n'est pas un cheval qu'on échange sur une foire aux bestiaux, vous ne pouvez pas la troquer contre un bout de terrain ! Si je fais ça, c'est parce que je pense que ça vous donnera peut-être envie de vivre encore longtemps. C'est ce que désire Hayley, et ses désirs sont les miens.

Le vieil homme prit un air renfrogné.

— Tu l'aimes ?

— Oui. Je l'ai aimée le premier jour où je l'ai rencontrée.

— Je vois. Tu penses sûrement qu'une fois que j'aurai cassé ma pipe, elle héritera de tout et que tu vas pouvoir toucher ta part du pactole, c'est ça ?

Teague jura entre ses dents.

— Allez au diable, Harry ! Je me fous bien de Wallaroo. Mais après tout ce que vous avez fait endurer à Hayley, après l'enfer que vous lui avez fait vivre quand elle était enfant, elle mérite bien d'avoir un endroit à elle une fois que vous ne serez plus là. Même si j'ai bien l'impression que vous n'êtes pas près d'y passer, vu que la seule chose qui vous maintienne en vie, c'est de la rendre malheureuse.

— Tu te trompes. Je ne veux pas qu'elle soit malheureuse.

Après un long silence, le vieil homme tourna la tête vers la fenêtre et murmura :

— Je sais que je n'ai pas fait les choses comme il aurait fallu avec elle. Mais je ne savais pas comment prendre soin d'elle, pas plus que je n'avais su le faire avec mon propre fils.

— C'est pas si dur que ça de l'aimer, répliqua Teague. Il m'a suffi de la voir pour tomber amoureux d'elle.

— Alors c'est sans doute ma faute, dit le vieil homme. Je ne savais jamais quoi lui dire. Bon Dieu, j'avais foutu son père dehors et j'étais sûr qu'elle n'avait aucune envie de venir vivre avec moi à Wallaroo. D'ailleurs, elle m'a donné raison sur ce point, quand elle s'est enfuie au loin.

Harry s'agita sur son lit, essayant manifestement de se redresser sans y parvenir.

— Je ne sais pas ce qu'ils m'ont donné comme médicaments, et j'ai l'impression que je dis n'importe quoi, mais je vais le dire quand même. Si jamais il devait m'arriver quelque chose pendant l'opération, je veux que tu me promettes de veiller sur elle. Tu m'as l'air d'un type bien, Quinn, malgré les problèmes que j'ai pu avoir avec ton père et ton frère. Et Hayley t'aime bien.

— Oui, elle m'aime bien. Mais rassurez-vous, il ne va rien vous arriver pendant l'opération. Et après, vous ferez de la rééducation et, quand vous pourrez de nouveau marcher, vous rentrerez à la maison. Et là, vous aurez intérêt à être plus gentil avec Hayley. Je vérifierai. C'est clair ?

— Très clair, fit Harry. Et maintenant, déguerpis-moi le plancher, j'ai envie de dormir !

Teague sortit, un grand sourire aux lèvres. Hayley l'attendait devant la porte et, l'enlaçant, il l'entraîna vers les ascenseurs.

— Ça s'est bien passé. On s'est dit des choses. Et maintenant, partons d'ici !

Arrivés au parking, ils montèrent dans la voiture de location que Teague avait réservée. L'hôtel n'était pas très loin, mais Hayley ne semblait pas du tout d'humeur à attendre. Dès qu'il eut démarré, elle posa une main sur sa cuisse et la remonta sensuellement jusqu'à son entrejambe. Il voulut retenir son geste et l'empêcher d'aller plus loin, mais elle força facilement sa résistance et continua son exploration avec un grand sourire. Quand elle se mit à caresser son sexe dur à travers son jean, il crut bien qu'il ne parviendrait jamais à se concentrer sur le peu de mètres qu'il restait à parcourir jusqu'à l'hôtel…

Il finit par réussir à se garer et, terriblement excité, il l'entraîna à la hâte jusqu'à leur chambre. Fébrile, il ouvrit la porte, et lorsque Hayley passa devant lui, elle frôla son sexe avec un sourire coquin. Mon Dieu, comment aurait-il pu résister à une femme aussi diaboliquement sexy ?

Frémissant de désir, il referma la porte et, comme si elle avait lu dans ses pensées, elle commença à le déshabiller. Il voulut lui ôter son pull, mais elle l'en empêcha. Elle voulait prendre les choses en main ? Très bien. Il était curieux de voir jusqu'où elle était prête à aller…

Mais au bout de quelques minutes, ce n'était plus la curiosité qui l'animait, mais un désir brut, irrépressible. La sensation de plaisir qui montait en lui était intense. Oh, la sensation de sa main douce et chaude sur son sexe, cette manière qu'elle avait de le caresser, de l'exciter en un va-et-vient irrésistible était plus qu'il ne lui en fallait. Sauf qu'elle ne semblait pas vouloir en rester là.

Elle interrompit sa délicieuse caresse et, se penchant vers lui, elle traça un chemin de baisers depuis ses lèvres jusqu'à son torse, puis elle continua à descendre, toujours plus bas. Alors, il se sentit soudain très vulnérable. Elle était encore habillée, et il était nu. Mais un instant plus tard, tous ses doutes s'étaient envolés. Au moment où elle avait refermé ses lèvres sur son sexe dur, plus rien d'autre n'avait compté que le fantasme à l'état pur qu'il était en train de vivre.

Il n'avait pas fallu longtemps à Hayley pour apprendre ce qu'il aimait, ce qui l'excitait le plus, et ce qu'elle pouvait faire pour augmenter encore son plaisir. Ils avaient eu des dizaines et des dizaines d'occasions de pratiquer, pendant leurs vacances. Et à l'évidence, elle avait bien retenu la leçon… Il crut qu'il allait venir dans sa bouche, tant sa manière de le titiller du bout de la langue puis de l'avaler sur toute sa longueur, encore et encore, avant de recommencer à agacer le bout de son sexe du bout des lèvres était une vraie torture. Mais elle sentit qu'il était proche du point de non-retour, et elle ralentit le rythme, puis abandonna son sexe et remonta doucement le long de son ventre en une nouvelle pluie de baisers.

Ça avait été si bon, si intense, qu'il pensait que rien ne pourrait l'exciter davantage. Mais dès que Hayley se dressa devant lui et commença à se déshabiller en un langoureux strip-tease, il sut qu'il se trompait. Ce n'était qu'un début. Elle lui offrait ce spectacle, rien que pour lui, et c'était encore plus fascinant que si elle l'avait touché.

Il voulut l'attraper, mais elle se déroba et continua son effeuillage. Et quand elle fut entièrement nue, elle ne revint pas vers lui pour reprendre là où elle en était restée. Non. Elle le fixa droit dans les yeux, et elle se mit à se caresser.

Il mourait d'envie de la toucher, de sentir sa peau douce sous ses mains, mais il s'efforça de jouer le jeu. Un jeu bien trop excitant : quand elle glissa une main entre ses cuisses, il ne put s'empêcher d'attraper son poignet avec un grognement rauque et de l'attirer à lui. Puis il passa les mains sous ses fesses et la souleva, comme si elle ne pesait pas plus qu'une plume. Elle enroula les jambes autour de sa taille, et leurs lèvres se trouvèrent, avides, délicieuses. Il ne pouvait se rassasier d'elle, de ses baisers, mais il brûlait encore plus de la prendre, de sentir sa chaleur autour de lui. Alors, sans interrompre leur baiser, il la pénétra, doucement, profondément. Elle gémit de contentement, et en redressant la tête, il vit un magnifique sourire de plaisir fleurir sur ses lèvres.

— Ne bouge plus, l'implora-t-elle, reste comme ça, c'est si bon…

— Il va bien falloir que je bouge…

— Non.

Et tout comme elle avait pris le contrôle depuis qu'ils étaient entrés dans cette chambre, ce fut elle qui donna le rythme de leur plaisir. Elle ouvrit les yeux et, sans cesser de le regarder, elle se mit à onduler des hanches sur lui, autour de son sexe dur, prisonnier de sa chaleur. Cela lui coupa le souffle. Un plaisir intense le transperça, si fort qu'il ne put se retenir de bouger à son tour. Tout en la tenant serrée contre lui, il se retira lentement, puis plongea de nouveau en elle.

Ce fut comme une révélation. Elle gémit son nom au creux de son oreille, et sa voix était comme le plus merveilleux des aphrodisiaques. Il aurait pu mourir à cet instant. Il était comblé.

Elle le comblait. Elle était tout ce qu'il désirait. Tout ce dont il avait besoin. La seule chose au monde dont il n'aurait pu se passer. Son corps s'unissait à la perfection au sien, et il brûlait de posséder son cœur et son âme avec la même force, la même intensité.

Et même s'il espérait passer le reste de sa vie auprès d'elle, il savait qu'un seul jour et une seule nuit de plus le rendraient fou de joie.

- 8 -

Le ciel était bas et lourd, chargé de nuages. Ils ne volaient pas très haut et, par le hublot, Hayley pouvait apercevoir l'outback, malgré la buée qui commençait à se former sur la vitre. Elle avait d'abord pensé reporter leur vol à un jour plus ensoleillé, puis elle avait changé d'avis : le temps correspondait bien à son humeur. La dernière fois qu'elle avait souri, c'était une semaine plus tôt, le soir où Harry était remonté de la salle d'opération. Assise à côté de son lit, elle lui avait dit qu'elle l'aimait.

Hayley baissa les yeux vers l'urne qu'elle tenait entre ses mains, et passa doucement la main sur la surface lisse et froide. La réalité commençait à s'imposer à elle, après des jours de flottement. Harry était parti.

Avant de se faire opérer, il avait laissé des instructions, lui griffonnant sur un petit bout de papier tout ce qu'elle aurait besoin de savoir. Elle l'avait trouvé un jour plus tard, quand l'hôpital lui avait rendu les affaires de son grand-père. Pas de cérémonie, ni d'enterrement. Il voulait juste qu'on répande ses cendres au-dessus de Wallaroo.

Sa mort avait surpris tout le monde. Il avait survécu à l'opération et il parlait même d'aller dans une clinique de rééducation. Ce soir-là, elle lui avait souhaité bonne nuit, heureuse que les choses se soient si bien passées. Quand elle était revenue le lendemain matin, l'équipe soignante lui avait annoncé qu'il était mort pendant la nuit.

Une mort douce, dans son sommeil. Ils avaient voulu lui donner tous les détails et la cause exacte du décès, mais elle ne voulait pas vraiment les écouter. Elle savait pourquoi il était mort. Il avait fait ce qu'elle lui avait demandé de faire, il s'était plié à sa volonté pour l'opération, et une fois que ça avait été fait, il avait choisi son heure, à sa façon. Et d'une certaine manière, elle était heureuse qu'il n'ait pas eu à endurer une fin de vie longue et pénible.

Elle avait voulu le pleurer, porter son deuil, mais elle savait que Harry n'aurait pas été d'accord. Elle avait quand même laissé ses larmes couler, elle n'aurait de toute façon pas pu les retenir, mais une fois qu'elles se furent taries, elle avait commencé à ressentir une certaine paix intérieure à l'idée que l'esprit de Harry resterait pour toujours à Wallaroo, qu'il reposerait dans chaque grain de terre, dans chaque pierre, qu'il serait là, tout le temps, aux bourrasques de vent comme aux flamboyants couchers de soleil.

— Ça me paraît bien ici, non ? dit Teague en désignant un point où un ruisseau serpentait devant un petit promontoire. C'est un lieu apaisé.

— Tu as raison.

Hayley ouvrit le hublot et libéra le contenu de l'urne, puis elle suivit des yeux le ballet de cendres qui virevoltait vers le sol.

Adieu Harry.

C'était dur d'imaginer qu'il ne serait pas là quand ils reviendraient à la maison, assis sous le porche à surveiller son domaine. Qu'elle n'aurait plus jamais à lui préparer à dîner ou à faire le ménage derrière lui. Qu'elle ne l'entendrait plus jamais maugréer et se plaindre.

Hayley était si jeune quand ses parents étaient morts qu'elle se les rappelait à peine. Ils étaient morts du jour au lendemain, et le pasteur lui avait demandé de se montrer courageuse. A la maison funéraire, les gens avaient posé leur main sur sa tête d'un air grave, et ils avaient parlé en chuchotant pour qu'elle ne comprenne pas. Et même si elle avait ressenti une grande perte, elle était trop petite pour comprendre l'impact que cet événement allait avoir sur sa vie.

— Il était tout ce qui me restait, murmura-t-elle.

— Tu m'as, moi.

Teague prit sa main et la pressa doucement.

— Cal m'a demandé si tu viendrais dîner avec nous ce soir. Gemma s'en va bientôt et elle voudrait te dire au revoir.

— Je ne peux pas, répondit-elle avec un petit sourire triste. Il faut que je rentre. J'ai des tonnes de choses à faire.

— Rien qui ne puisse attendre.

— Il faut bien que je me décide, Teague. Je dois rentrer à Sydney. Je suis censée partir pour Los Angeles la semaine prochaine, et juste après ça, on m'attend sur le tournage de *Castle Cove*.

— Alors tu vas t'en aller ?

— Je n'ai pas vraiment le choix.

— Le domaine t'appartient, à présent. Tu as vu Harry le diriger pendant assez longtemps pour prendre la relève.

Il laissa échapper un petit rire.

— Tu pourrais élever des chevaux, pour nous faire concurrence, tiens. Et tu aurais un véto gratuitement — je connais des tas de gens dans le coin qui se damneraient pour une telle offre !

— Je ne peux pas vivre toute seule à Wallaroo.

— Qui te parle d'être seule ? répliqua-t-il. Je serai là. Je m'installerai avec toi, et je ferai les allers-retours depuis Wallaroo.

Hayley sentit une étrange chaleur la gagner. Etait-il en train de la demander en mariage, ou n'était-ce qu'une offre professionnelle ?

— Et on serait quoi, nous deux ?

— Ce que tu veux qu'on soit. Des amis, des amants, des partenaires, des colocataires…

Elle regarda de nouveau par le hublot, le cœur battant à cent à l'heure à l'idée d'accepter son offre. Si elle le voulait, elle pouvait avoir Teague pour elle aussi longtemps qu'elle le voudrait. Ou aussi longtemps que lui le voudrait. Et même si l'idée de le perdre un jour la terrifiait, c'était quand même mille fois mieux que la perspective de ne pas l'avoir du tout.

— Je sais ce que tu penses, la taquina-t-il. A cet instant, tu donnerais tout ce que tu as pour sauter de cet avion avec un parachute !

Elle ne put s'empêcher de rire.

— C'est pour ça que tu as attendu qu'on soit dans un avion pour me le demander ? Pour être sûr que je ne pourrais pas m'échapper ?

— Possible. Mais tu n'es pas obligée de me répondre maintenant, Hayley. Simplement, penses-y.

— Ça tombe bien, parce que je n'ai pas la réponse pour le moment.

— Mais tu vas y penser, hein ?

Elle hocha la tête. Bien sûr qu'elle allait le faire. D'autant que c'était une proposition séduisante. Avec Teague à ses côtés, elle pouvait s'imaginer vivre à Wallaroo. Ce serait une vie toute simple, mais heureuse. Comblée. De l'autre côté, elle pouvait aussi imaginer sa vie à Sydney, avec sa carrière, ses films, et ses déplacements dans le monde entier.

Si elle décidait de ne pas rester, la vente de la propriété lui donnerait une sécurité financière au long cours, le genre de sécurité qu'elle avait toujours recherchée. Ça lui permettrait de prendre le temps de choisir les projets sur lesquels elle avait envie de travailler, de se construire une carrière au cinéma, aussi lentement qu'il le faudrait pour le faire avec soin. Et elle n'aurait plus jamais à dépendre de quiconque pour subsister au jour le jour.

Sauf que Teague ne comprendrait jamais cette raison, ce besoin qu'elle avait de ne dépendre de personne. Au contraire, il avait l'air heureux de pouvoir assurer leur existence à tous les deux, et de lui apporter tout ce dont elle avait besoin pour être heureuse dans la vie.

Ils atterrirent sur la vieille piste de Wallaroo puis prirent la voiture de Hayley pour regagner la maison. Le chemin était cahoteux et, à chaque nid-de-poule, le véhicule sautait et retombait dans une gerbe de poussière, les secouant terriblement.

— Si tu dois venir vivre à Wallaroo, il va falloir penser à changer de voiture. Parce qu'avec celle-ci, les suspensions ne survivront pas plus d'une semaine.

Elle acquiesça doucement. Tout en se concentrant sur sa conduite, elle songea aux autres changements auxquels elle devrait procéder. Elle devrait vendre son appartement à Sydney. Renoncer à son métier, et à la vie qu'elle s'était construite et pour laquelle elle ne devait rien à personne. Tout ça pour venir s'installer au milieu de nulle part.

Au milieu de nulle part, certes, mais avec l'amour. Ici, elle aimerait, et serait aimée. Et quelle que soit la manière dont elle tournait les choses dans sa tête, la réalité lui semblait inéluctable : c'était l'un ou l'autre, mais jamais elle ne pourrait avoir les deux en même temps. Sa vie ou l'amour.

Ils arrivèrent enfin à la maison, mais quand ils furent sortis de la voiture, elle se sentit incapable d'avancer. Depuis la mort de Harry, elle avait passé son temps à nettoyer les écuries, à faire de longues balades avec Molly dans l'outback, à apprendre son texte pour les épisodes futurs de *Castle Cove*, assise sous le porche. Mais elle avait toujours évité la maison. Elle savait qu'en y entrant, elle devrait faire face aux affaires de Harry.

— Je ne peux pas, dit-elle en regardant la maison. Je ne peux pas y entrer. Pas encore. C'est trop triste.

Teague l'enlaça tendrement.

— On n'est pas obligés d'y entrer. On a qu'à aller jusqu'à la cabane. Ça fait une éternité qu'on n'y est pas allés.

Elle hocha la tête et ils se dirigèrent vers les écuries. Là, elle s'assit sur une balle de paille tandis que Teague sellait Molly. Il l'aida ensuite à se mettre en selle, et il se hissa derrière elle. Puis ils partirent au petit trot.

— Quand je rentrerai à Sydney, dit-elle, j'aimerais que tu prennes Molly à Kerry Creek. Que tu trouves quelqu'un qui pourrait la monter tous les jours.

— Ne t'inquiète pas, je le ferai.

Bercée par le pas du cheval, elle se laissa aller contre Teague et ferma les yeux. C'était comme si, soudain, toute la fatigue accumulée ces dernières semaines, toute la tension nerveuse, s'abattait sur elle d'un seul coup. Elle aurait pu s'endormir dans cette position, bien à l'abri dans les bras de Teague. Avec lui, tout semblait toujours tellement juste. Facile. A sa place.

Il était fort quand elle ne pouvait pas l'être, et il la faisait rire quand elle était triste. Il savait à quel moment elle avait besoin qu'on lui parle, et à quel autre qu'on l'écoute.

Dès qu'elle l'avait aperçu dans les écuries, le jour où il était venu soigner Molly, elle avait su qu'elle prenait un risque. Et à présent, elle allait devoir affronter les conséquences. Elle était tombée amoureuse de lui. Retombée amoureuse. Sauf que cette fois, c'était elle qui allait partir et le laisser derrière elle.

Et cela ne rendait pas sa décision plus facile, loin de là. La perspective de le quitter était proprement insupportable.

— Je ne suis pas sûr de comprendre pourquoi vous m'avez fait venir, fit Teague en parcourant des yeux l'étude de l'avoué.

Hayley et lui avaient tous les deux été convoqués à Brisbane pour l'ouverture du testament de Harry.

L'avoué s'éclaircit la voix et déclara :

— Puisque vous êtes tous les deux cités dans ce testament, c'est la procédure.

— Je suis dans son testament ?

— M. Fraser a fait un changement de dernière minute. Il m'a appelé à l'hôpital, juste avant son opération, pour ajouter un codicille.

— Laissez-moi deviner, le devança Teague. Il me lègue la terre que je lui avais donnée ?

— Non, répondit l'avoué. Il vous laisse la moitié de Wallaroo.

En même temps, Hayley et Teague poussèrent un cri de stupeur.

— Redites-nous ça, maître, demanda Teague en un murmure.

— Vous êtes tous les deux propriétaires de Wallaroo, à cinquante pour cent. Harry a décidé que si sa petite-fille ne voulait pas garder le domaine, dans ce cas il reviendrait aux Quinn. Et il y a une clause suspensive : vous ne serez propriétaire de Wallaroo que si vous y vivez au moins six mois consécutifs par an. Si au bout de dix ans, vous voulez tous les deux vendre, dans ce cas vous toucherez chacun la moitié de la vente. Et si l'un de vous deux n'est pas d'accord pour vendre, dans ce cas on revient à la situation que je viens de vous décrire.

— Mais je ne peux pas vivre à Wallaroo ! s'exclama Hayley. J'ai une carrière à Sydney !

— Dans ce cas, répliqua l'avoué, j'ai bien peur que la propriété ne revienne aux Quinn, du moins si monsieur Quinn honore la clause de résidence. Etes-vous d'accord pour vivre à Wallaroo, monsieur Quinn ?

— Oui.

— Comment ne serait-il pas d'accord ? s'emporta Hayley. Ça tombe tellement bien ! Les Quinn ont toujours voulu Wallaroo, et ils ont fini par l'avoir, n'est-ce pas parfait ?

Elle se tourna vers Teague.

— Quel genre d'accord as-tu passé avec lui ? C'est toi qui lui as mis cette idée en tête ?

— Bien sûr que non ! Je suis aussi surpris que toi.

— Tu es sûr, insista-t-elle, que ce n'est pas un moyen que tu aurais trouvé de me faire rester à Wallaroo ? Parce que tout ça me semble terriblement suspect.

— Et moi, ça me semble complètement fou, figure-toi. Je n'y suis pour rien. Harry m'a demandé de prendre soin de toi, mais je n'aurais jamais pensé que…

— Que lui as-tu répondu ? Tu lui as dit que tu veillerais sur moi ?

— Evidemment.

Elle soupira.

— Je vois. Il a dû croire que tu allais m'épouser, et que nous vivrions à Wallaroo pour toujours.

— Eh bien, ce n'est pas une si mauvaise idée, avança Teague. Ne t'ai-je jamais entendue dire à quel point tu adorerais qu'on possède un domaine, tous les deux, avec des chevaux ?

— J'étais une enfant. Et c'était juste un rêve d'ado. Un rêve idiot. J'ai ma vie, maintenant. Et je n'ai pas besoin qu'on prenne des décisions à ma place !

Elle avait élevé la voix, et l'avoué toussota avant de demander :

— Voudriez-vous que je vous laisse seuls quelques minutes ?

— Non ! fit Hayley

Exactement au moment où Teague répondait :

— Oui.

L'avoué se dirigea vers la porte et Hayley le dévisagea, incrédule.

— Pourquoi l'écoutez-vous lui, et pas moi ?

Il sortit sans répondre, et Hayley se tourna vers Teague.

— Tu ne peux pas m'obliger à vivre à Wallaroo.

— Je ne t'oblige à rien du tout, Hayley. C'est la décision de Harry, pas la mienne. Même si je comprends son raisonnement : Wallaroo a toujours appartenu à ta famille, et il ne voulait pas que ce soit vendu. Tu ne devrais pas vendre, toi non plus. Ça fait partie de ton héritage.

— C'est moi qui décide ce qui est bon pour moi et pour ma vie. Tu m'entends : c'est moi. Ni toi, ni Harry !

— Ça veut dire que tu ne veux pas être avec moi, c'est ça ?

— Pas à cause d'une entourloupe que vous auriez mise au point, toi et Harry !

— Je vois.

Teague se mordit la lèvre pour ne rien ajouter. Par moments, Hayley avait une manière de tout compliquer qui le mettait hors de lui. Au lieu de réfléchir, elle partait au quart de tour. Tout dans l'affectif. Ils auraient pu faire en sorte que ça marche. Il aurait dirigé le domaine et elle aurait pu aller et venir à sa guise. Il ne l'aurait pas forcée à se plier à la clause du testament, du moins pas au pied de la lettre.

Mais s'il se décidait à appliquer cette clause, elle devrait rester avec lui pour six mois. Assez longtemps pour qu'il puisse la convaincre qu'ils étaient faits pour vivre ensemble. Et si ce n'était pas le cas, cela signifierait peut-être qu'ils n'étaient *pas* faits pour ça.

— Si les termes du testament ne te conviennent pas, dit-il, dans ce cas, ne les suis pas.

— Et je perdrai ma part de Wallaroo.

— Je croyais que tu détestais cet endroit.

— C'est faux. C'est juste que je ne savais pas l'apprécier, jusqu'à ce que je revienne.

Teague se passa une main dans les cheveux et demanda :

— O.K. Que veux-tu que je fasse ?

— Que tu me donnes ta part. C'est la seule chose qui serait juste.

— Non, répliqua-t-il. Tu n'es pas prête à diriger un tel domaine toute seule, et puis c'est un endroit parfait pour lancer un élevage de chevaux. Et le terrain qu'on n'utilisera pas, on pourra le louer à Cal, pour son bétail.

— T'as déjà tout prévu, hein ? Et tout ça rentre parfaitement dans tes plans. Alors imagine un peu le contraire : si on se mettait d'accord tous les deux pour casser la clause et vendre ? Tu pourrais venir à Sydney avec moi, et ouvrir un cabinet en ville.

Elle lui lança un regard acéré.

— Alors, continua-t-elle, qu'est-ce que tu penses de ça ? Quand c'est à toi de tout chambouler et de tout abandonner pour me suivre ?

— Ça te rendrait heureuse ? demanda Teague. Est-ce que dans ces conditions, tu accepterais qu'on vive ensemble pour toujours ?

Il attendit une réponse, mais il savait qu'il n'y en aurait pas. En fait, sa question ne semblait même qu'avoir servi à attiser la colère de Hayley.

Qu'avait-il cru ? Que le conte de fées ne finirait jamais ? Jusque-là, tout s'était bien passé pour eux, même après le décès de Harry. Mais à présent, il retrouvait la Hayley qu'il avait toujours connue. Toutes griffes dehors et opiniâtre. Qui ne laissait personne l'atteindre. Jusqu'à ce qu'elle soit acculée dans un coin, et là, elle se mettait à montrer les dents, prête à tout pour s'enfuir.

Il la vit attraper son sac et se lever d'un bond.

— Je vais contester la validité de cette clause devant un tribunal.

— Génial, lâcha-t-il. Maintenant que la vieille querelle est enfin éteinte, on en commence une autre.

Sans répondre, elle gagna la porte. Et là, elle dit sans se retourner :

— Mon avocat prendra contact avec le tien.

— Ah oui ? Et comment comptes-tu rentrer à la maison ? cria-t-il. Ça va te faire loin, à pied !

Cette fois, elle se retourna. Doucement.

— Je suis tout à fait capable de rejoindre Wallaroo par mes propres moyens. Mais je vois que tu partages l'avis de Harry sur mes capacités intellectuelles. Vous auriez dû pactiser depuis bien plus longtemps, vous étiez faits pour vous entendre : vous vous ressemblez tellement !

Et elle sortit en faisant claquer la porte derrière elle.

Quelques instants plus tard, l'avoué revint, un dossier à la main.

— Je me doutais qu'elle n'allait pas apprécier, murmura l'homme de loi en s'installant derrière son bureau. Ces changements de dernière minute sont toujours sources de problèmes. Mais les médecins à l'hôpital m'ont assuré que Harry avait bien toute sa tête et tous les papiers ont été dûment signés. S'il devait y avoir des suites judiciaires, j'en témoignerais volontiers.

— Je ne crois pas qu'il y aura de suites, fit Teague en se levant et en lui tendant la main. Mais je vous remercie. Je vous tiendrai au courant.

Teague s'attendait à moitié à ce que Hayley l'attende à la réception, mais elle n'y était pas. Oh, son attitude ne l'étonnait pas tellement. A vrai dire, cela faisait même un petit moment qu'il s'attendait à une réaction de ce genre. C'était sa manière de réagir quand elle sentait qu'elle s'engageait un peu trop auprès de quelqu'un, qu'elle sentait qu'elle se livrait beaucoup plus qu'elle ne l'aurait voulu. Quand elle se sentait dépendre de quelqu'un d'autre qu'elle-même.

Elle l'avait déjà fait, adolescente, refusant de lui parler pendant des jours après une stupide dispute sans importance. Il avait toujours cru que c'était comme ça que toutes les filles réagissaient, mais à présent, il voyait bien que ce n'était pas une question de fille ou de garçon, mais de mécanisme de défense. Et la mort de son grand-père n'avait fait que retarder une réaction qui serait venue, de toute façon.

Elle serait venue, car il avait prononcé les mots qui suffisaient à la déclencher. Ce jour-là, devant l'hôpital, il lui avait dit qu'il l'aimait. Ça avait été bien trop tôt. Et pourtant, au moment où il lui avait murmuré ces trois petits mots, *je t'aime*, ça lui avait semblé une évidence. La meilleure chose à dire. Mais cette déclaration, ajoutée au testament, avait suffi à lui faire croire qu'il s'attendait à ce qu'elle fasse partie de sa vie sans qu'elle ait son mot à dire sur le sujet.

A quoi donc avait bien pu penser le vieux Fraser au moment d'ajouter ce codicille ? se demanda-t-il en se dirigeant vers le parking. Même s'il soupçonnait Harry d'avoir changé son testament pour de nobles raisons, cela n'était qu'une preuve supplémentaire qu'il ne connaissait pas du tout sa petite-fille. Car s'il l'avait connue, il se serait rendu compte que c'était le meilleur moyen de la braquer, avec ce qu'elle prendrait à coup sûr comme une tentative pour contrôler sa vie à sa place.

Harry s'était douté que Hayley ne voudrait pas diriger le domaine, et c'était pour ça qu'il en avait donné la moitié à un Quinn. Comme ça, si elle avait voulu vendre Wallaroo, elle n'aurait pas pu le faire sans le consentement d'un Quinn. Et si elle avait voulu prendre la tête de la propriété, eh bien elle aurait eu l'aide… d'un Quinn.

En essayant de les réunir, au moins sur un plan légal, Harry les avait peut-être séparés pour toujours. Mais Hayley devrait quand même finir par se rendre compte du bon sens que renfermait le plan de Harry. Elle avait une carrière, loin de l'outback, et Teague était le mieux placé pour faire quelque chose de Wallaroo. Et s'il réussissait dans ses projets, elle en profiterait aussi.

En arrivant au parking, Teague chercha des yeux sa voiture de location. Il l'avait garée tout au fond et, quand il l'eut repérée, il s'en approcha. Pour découvrir Hayley, appuyée contre la portière côté passager, les bras croisés sur la poitrine. L'air très fâchée.

L'ignorant, Teague ouvrit sa portière et s'installa derrière le volant. Lui aussi pouvait jouer à son petit jeu. Si elle voulait qu'il la conduise à la maison, elle n'avait qu'à le lui demander. Mais il n'allait pas le lui proposer.

Sauf qu'elle ne bougea pas d'un pouce, évidemment. Mon Dieu, ce qu'elle pouvait être énervante ! Par moments, il en arrivait même à croire qu'ils feraient peut-être mieux de renoncer à une relation amoureuse pour s'en tenir à une amitié toute platonique. Peut-être que dans ces conditions, elle ne ferait pas toute une histoire de la moindre contrariété entre eux.

— Tu vas te décider à monter, finit-il par dire, ou je vais devoir te rouler dessus ?

Elle mit la main sur la portière, mais la porte était verrouillée, et elle lui lança un regard acéré. Il débloqua la porte et elle l'ouvrit, puis s'installa sur le siège sans un mot, fixant un point droit devant elle.

— Tu es très belle, quand tu te conduis comme une gamine.

— Tu ne trouves pas que j'ai de bonnes raisons d'être en colère ?

— Non. Parce que tu te trompes en croyant des choses fausses. Je n'ai jamais rien demandé à Harry, et j'étais aussi surpris que toi, tout à l'heure. Et je comprends que tu sois fâchée, mais ce n'est pas une raison pour t'en prendre à moi.

— Ah non ? Pourtant, j'ai bien l'impression que tu penses que c'est une excellente solution, en fin de compte. Avec Wallaroo partagé entre nous, tu as exactement ce que tu voulais.

— Et c'est quoi, ce que je voulais ?

— Moi, lâcha-t-elle d'une voix pleine de mépris.

Il démarra.

— Et c'est quoi, le problème, dans le fait que j'aie envie d'être avec toi, hein ? Il se trouve que j'aime passer du temps avec toi, que je pense que tu es la plus extraordinairement belle de toutes les femmes, et que j'ai le sentiment qu'on s'entend plutôt bien, toi et moi. Alors, pourquoi n'aurais-je pas envie d'être avec toi ? On pourrait faire quelque chose de super à Wallaroo, tous les deux. Sauf que tu ne veux même pas en entendre parler, simplement parce que tu ne t'attendais pas à ce que ça se passe comme ça.

— Je ne veux pas être liée de force à Wallaroo.

— Pas seulement à Wallaroo. A tout. Et à personne. Tu me fais penser à une jument impossible à débourrer.

A peine avait-il prononcé ces paroles qu'il comprit à quel point elles étaient maladroites. Mais le mal était fait.

— Charmante image, répliqua-t-elle d'une voix cinglante. Et parlante. Parce que je devrais avoir envie de me laisser passer une corde au cou pour qu'on puisse me mener au pas pour le reste de mes jours, c'est ça ?

— O.K., s'excusa-t-il, peut-être que ce n'était pas la comparaison idéale. Mais contrairement à ce que tu crois, tu tirerais profit à te poser, et à t'engager.

— Je ne veux pas parler de ça. Ni de rien d'autre, alors

si on pouvait terminer la route jusqu'à l'aéroport en silence, ça m'arrangerait.

Ça y était, elle s'était retranchée en elle-même, et il ne pourrait rien faire pour l'en empêcher. Elle avait été soumise à une trop grande pression. La maladie et la mort de Harry l'avaient conduite au bord, tout au bord de sa résistance, et le testament avait été la goutte d'eau qui avait fait déborder le vase. Les barrières avaient resurgi autour d'elle, et ils étaient revenus au point de départ.

Alors, peut-être que Hayley n'était pas capable d'une relation au long cours. Il avait toujours voulu croire qu'elle était parfaite, mais plus il passait de temps auprès d'elle, et plus il prenait la mesure des fantômes qu'elle traînait derrière elle. Et quelle que soit la force avec laquelle il percerait ses défenses, elle le repousserait toujours.

Et la vérité le frappa, implacable. Hayley, et elle toute seule, déciderait de leur avenir. C'était elle qui dirait s'ils avaient un avenir commun. Et rien de ce qu'il pourrait dire ou faire ne changerait sa décision.

Restait à espérer qu'il n'allait pas passer le reste de sa vie à attendre qu'elle se rende compte qu'elle l'aimait. Ni à se demander ce qui se serait passé si elle s'en était rendu compte plus tôt.

— Hayley !

La voix de Teague résonna dans la maison vide. Hayley jeta dans son sac le T-shirt qu'elle venait de ramasser, puis elle attrapa les sandales que Teague lui avait achetées sur l'île et les glissa dans le sac avec ses autres chaussures.

— Hayley !

Elle prit la lettre qu'elle lui avait écrite et la fourra dans la poche arrière de son jean. Teague arrivait — elle l'avait entendu dans l'escalier. Elle eut juste le temps de fermer son sac et de le poser sur le lit, puis elle s'y assit et posa les mains sur ses genoux. Les minutes qui allaient suivre allaient être les plus dures de sa vie.

— Hayley ? répéta-t-il en entrant dans la pièce. Tu ne m'as pas entendu appeler ?

Son regard tomba sur le sac de voyage.

— Qu'est-ce qui se passe ?

— Je dois m'en aller.

— Comment ça ? Personne ne t'attend à Sydney avant la semaine prochaine.

— Mon agent m'a décroché une audition pour un rôle dans une série télé. Il faut que j'aille à L. A. Tout de suite.

Il secoua la tête, comme s'il ne parvenait pas à croire ce qu'il venait d'entendre.

— Une série télé, à L. A. ?

Elle hocha la tête.

— Mais tu ne vas pas accepter, n'est-ce pas ? Tu as déjà un rôle dans une série ici, en Australie.

— On me propose une grosse somme d'argent.

— Hayley, tu possèdes la moitié de ce domaine, tu n'as pas à t'inquiéter pour l'argent.

— Sauf que je ne peux pas vendre ma moitié à moins que tu n'acceptes de vendre la tienne, tu te souviens ? Alors oui, j'ai la moitié d'un domaine, mais à part ça, je n'ai rien. Pas d'argent.

Il se passa une main dans les cheveux, visiblement mal à l'aise. Elle se leva et continua à empaqueter ses affaires.

— N'importe quelle actrice donnerait tout ce qu'elle a pour une occasion pareille.

Enfin, c'était ce que son agent lui avait dit. D'après lui, c'était normal de viser toujours plus haut, de vouloir faire une carrière plus brillante encore. Elle était censée avoir envie de ça, et elle n'avait pas encore décidé si c'était bien le cas. En général, elle suivait les conseils de son agent. Et en l'occurrence, ça pouvait vraiment lui ouvrir les portes des studios américains, au cinéma cette fois. Ou au moins lui valoir un premier rôle dans un film australien.

Sauf que depuis qu'elle était revenue à Wallaroo après la lecture du testament, elle n'avait pas beaucoup pensé à sa carrière. Elle n'y avait même pas pensé du tout, à certains moments. Alors, si faire l'actrice était sa passion, n'était-elle pas censée y penser jour et nuit ? Mais au lieu de ça, elle avait erré dans la maison, en repérant les changements qu'il allait falloir apporter ici et là, imaginant ce que serait la vie ici avec Teague. Et elle avait aimé la vie qu'elle s'était imaginée.

— J'ai besoin d'en savoir un peu plus avant de m'enflammer sur ce rôle, dit-elle d'une voix qu'elle voulait indifférente.

— Et tu comptais partir sans me dire au revoir ?

— Je t'ai écrit une lettre, dit-elle en osant enfin lever les yeux vers lui. Je voudrais être sûre que tu t'occupes bien de Molly. Et si tu as besoin d'argent pour son entretien, appelle-moi. Et puis il faudra aussi qu'on partage les dépenses pour remettre cet endroit en état. Mais si tu préfères, note bien tous les frais engagés, et on s'arrangera après. Si on vend, tu pourras les récupérer sur ma part.

Elle le vit serrer les poings le long de son corps. Il était tendu comme un arc.

— Alors tu ne vas pas revenir.

— Tu sais bien que si. Je dois revenir, je suis sous contrat avec *Castle Cove* jusqu'en septembre.

— Je parlais de Wallaroo. Tu ne vas pas revenir.

— Si, je reviendrai de temps en temps, dit-elle en s'asseyant au bord du lit. Quand comptes-tu t'installer ici ?

— J'ai apporté quelques affaires. Si je veux faire quelque chose de bien ici, je ne peux pas rester à Kerry Creek, il faut que je m'installe ici.

— C'est vrai. Il y a beaucoup de choses à faire.

— On va sûrement devoir agrandir un peu les bâtiments si on lance notre élevage de chevaux. J'en ai parlé à Cal, et ça l'intéresserait de nous louer des pâturages pour le bétail de Kerry Creek. Ça nous ferait un peu d'argent à investir.

Elle ne répondit pas tout de suite. Teague en parlait comme si elle allait faire partie du projet. Etait-ce une sorte de pensée magique ou croyait-il vraiment qu'il allait lui faire changer d'avis et la décider à rester ?

— C'est bien, finit-elle par murmurer. Tu as pensé à tout.

— Pas à tout. Il y a encore deux ou trois petites choses à voir, mais j'y travaille.

Elle préféra ne pas chercher à savoir s'il y avait un sous-entendu.

— Je ne sais pas quand je vais pouvoir revenir ici la prochaine fois, dit-elle. Le planning de tournage est très chargé. Je ne pourrai sans doute pas avant septembre.

— Pas de problème. Tu seras surprise, à ton retour, de voir à quel point tout aura changé ici. Jamais tu n'auras vu la propriété comme ça.

Elle prit une longue inspiration et s'allongea sur le lit, les yeux au plafond. Qu'attendait-il d'elle, au juste ? Etait-elle censée se sentir coupable de lui laisser tout le boulot pendant qu'elle partait jouer les starlettes à Hollywood ?

Teague s'allongea sur le lit et se tourna pour lui faire face. Avec un sourire, il attrapa une mèche de ses cheveux et l'entortilla autour de ses doigts.

— Ça peut marcher, Hayley. On peut y arriver.

— Tu crois ?

— Si c'est ce qu'on veut, oui. C'est ce que tu veux ?

Elle le sentit se raidir.

— Si ce n'est pas le cas, reprit-il, tu ferais mieux de prendre tes affaires et de partir tout de suite. Parce que je ne suis pas sûr que je serai capable de te dire au revoir sans que ça tourne au cauchemar.

Hayley roula sur le côté.

— Embrasse-moi, Teague, demanda-t-elle en priant pour que ce baiser lui rende soudain les idées très claires.

— Pourquoi ? Tu crois que ça va changer quelque chose ? Je pourrais bien déchirer tes vêtements et te faire l'amour, tu partirais quand même. Tu avais déjà décidé que tu repartirais le jour où tu es arrivée ici, et rien de ce qui s'est passé depuis n'a fait la moindre différence à tes yeux, non ?

— Tu sais bien que c'est faux, et tu n'as pas besoin d'être si cruel.

— Je ne suis pas cruel, je suis honnête. On avait bien dit qu'on serait toujours honnêtes l'un envers l'autre, n'est-ce pas ?

Il avait parlé d'une voix où perçait sa colère, et c'était comme s'il transperçait son âme de mille flèches. Il la connaissait trop bien. Il savait exactement à quoi elle pensait à cet instant précis, le besoin impérieux de s'enfuir combattu par une tentation grandissante de rester.

Teague ferma les yeux.

— Va-t'en, Hayley ! Tu n'es pas d'ici, et tu ne l'as jamais été. Et moi je ne pourrai jamais me sentir chez moi ailleurs qu'ici. Jamais.

— Je suis…

— Epargne-moi tes explications. Va-t'en, c'est tout.

Hayley se redressa sur le lit. Puis elle déposa un baiser sur ses lèvres.

— Au revoir, Teague.

Il ne répondit pas. Elle se leva doucement et attrapa ses sacs. Quand elle se retourna une dernière fois, elle vit qu'il n'avait pas bougé d'un pouce, les yeux toujours fermés.

Elle sortit et se mit à descendre les marches, très lentement. Elle s'attendait à ce qu'il lui courre après, qu'il l'attrape par la main et l'entraîne de nouveau dans la chambre pour lui faire l'amour jusqu'à la tombée de la nuit. Mais quand elle arriva devant sa voiture, elle dut bien se rendre à l'évidence : il ne viendrait pas. Il allait la laisser partir.

Une boule au fond de la gorge, elle ouvrit le coffre et y jeta ses sacs, puis elle lança un regard en coin vers la fenêtre de la chambre, dont le vent faisait bouger les lourds rideaux de coton. Personne. Elle fit le tour de la voiture, mais au moment où elle allait ouvrir la portière, elle fit demi-tour et se dirigea vers les écuries.

Molly était dans son box, sur de la paille fraîche. Elle regarda Hayley avec ses grands yeux sombres.

— Tu vas être une bonne fille, lui dit-elle en lui flattant l'encolure. C'est Teague qui prendra soin de toi, maintenant. Avec lui, tu ne manqueras de rien. Il est très bon avec les chevaux, et tu vas l'aimer.

Au moment où elle prononçait ces mots, elle sentit les larmes lui monter aux yeux. Comment était-il possible qu'elle soit capable de quitter Teague, mais que l'idée d'abandonner Molly la fasse pleurer ? C'était aberrant.

Elle embrassa la jument une dernière fois et rebroussa chemin. En regagnant sa voiture, elle vit que Teague se tenait sous le porche de la maison. Il semblait de marbre. Leurs yeux se croisèrent. Un long moment. Puis elle finit par lui sourire et lui faire un petit signe de la main.

Pas de réponse. Rassemblant tout son courage, elle se glissa derrière le volant et, tandis qu'elle quittait lentement la propriété, elle dut se faire violence pour ne pas regarder dans le rétroviseur. C'était fini, ça : elle ne regarderait plus en arrière. A partir de maintenant, elle irait de l'avant, sans plus un regard pour le passé. Sans regrets, et sans interrogations.

C'était de sa vie qu'il s'agissait, et c'était à elle de prendre ses propres décisions. Et qu'elles soient justes ou non, elle en accepterait les conséquences.

- 9 -

Hayley n'avait jamais rien vu de pareil. Son taxi était pris dans un embouteillage monstre, et la chaleur écrasante ajoutait encore à l'impression oppressante de se trouver pris au piège d'une marée de voitures. A Sydney, la circulation était souvent dense, mais les autorités avaient mis en œuvre de nombreuses mesures pour résoudre le problème. Ici, à Los Angeles, les gens avaient l'air de trouver ça normal.

Mais à la réflexion, ça avait été encore pire à l'aéroport. Son vol avait été retardé deux fois et, alors qu'elle avait prévu d'arriver avec douze heures d'avance sur son audition, afin d'avoir le temps de s'installer à l'hôtel et de se reposer un peu, il lui restait à peine deux heures en arrivant à l'aéroport et elle avait dû sauter dans un taxi pour se rendre directement au studio.

— Combien de temps ça va prendre pour arriver ? demanda-t-elle au chauffeur.

— Une heure, peut-être deux. On ne peut pas savoir, répondit-il avec un accent très marqué.

Elle jeta un coup d'œil à sa carte. Vladimir Petrosky. Elle avait entendu dire que tous les chauffeurs de taxi et toutes les serveuses de la ville aspiraient à devenir acteurs. Si c'était vrai, elle allait devoir s'attendre à une sacrée concurrence.

— Appelez-les. Dites-leur que vous serez en retard.

— Je n'ai pas de téléphone.

Il lui tendit un portable.

— Prenez le mien.

Hayley tira de son sac le papier sur lequel elle avait imprimé l'itinéraire pour se rendre au studio et où elle avait noté le numéro. Elle le composa et tomba sur une standardiste, qui lui passa l'assistant de l'assistant de production. Qui lui passa l'assistant de production, qui lui annonça d'une voix prévenante que le producteur avait un autre rendez-vous dans une heure, et que si elle n'arrivait pas à l'heure, il faudrait convenir d'un nouveau rendez-vous la semaine suivante.

— J'arrive, dit-elle dans le téléphone avant de raccrocher.

Elle rendit l'appareil au chauffeur et lui demanda d'une voix suppliante :

— Il n'y a pas moyen de passer par un autre chemin ? En quittant l'autoroute, non ?

— Ce serait encore pire, répondit-il. Vous avez une audition, c'est ça ?

Elle acquiesça.

— Alors voilà ce que je vous propose, dit-il en se retournant vers elle : vous me donnez le nom et le numéro du producteur, et je vous dépose à temps pour votre rendez-vous.

Elle resta un instant bouche bée. C'était du chantage — pas bien méchant, mais du chantage quand même. Très bien. Elle savait ce qu'il lui restait à faire.

— O.K., mais je vais vous l'écrire et le laisser sur mon siège. Si quelqu'un vous demande quoi que ce soit, ne parlez pas de moi : on est d'accord ?

— D'autant que je ne connais même pas votre nom.

Et là, ce fut comme si un miracle venait de se produire. Vladimir quitta l'autoroute par la première sortie et, slalomant à vive allure au milieu d'un dédale de rues toutes plus encombrées les unes que les autres, il parvint à la conduire au studio en moins d'une demi-heure.

Elle le paya avec l'argent que son agent lui avait donné, puis elle se précipita vers les portes du studio, un immense bâtiment de deux étages, en tirant ses sacs derrière elle.

Le réceptionniste l'invita à patienter et lui désigna un canapé sur lequel elle prit place. L'accueil était tapissé de photos tirées des séries que le studio avait produites. La série pour laquelle elle postulait se passait dans un hôpital américain, et était extrêmement populaire. Diffusée chaque semaine, elle avait permis à de nombreux acteurs d'être remarqués, et trois d'entre eux avaient fait carrière au cinéma, dans des rôles bien plus importants.

Etait-ce vraiment ce qu'elle désirait ? Elle ne put s'empêcher de repenser à la chambre qu'elle avait partagée avec Teague sur leur île, et à leur solitude magique sur la plage. Vu d'ici, de cette ville survoltée et bruyante, cela semblait tellement loin… et tellement désirable. Un vrai rêve.

Elle ferma les yeux et se représenta Teague endormi sur le lit, nu, les cheveux en bataille. Et soudain, elle fut certaine d'une chose : c'était ça dont elle avait envie. Teague, nu et brûlant de désir pour elle ; ses lèvres sur les siennes, ses mains sur son corps, jouant avec ses sens, ses limites, et la conduisant sur les cimes du plaisir. Elle voulait pouvoir aller se coucher le soir en sachant qu'il serait encore là le lendemain matin. Elle voulait pouvoir lui raconter toutes les petites choses insignifiantes qu'elle aurait faites dans la journée. Et elle voulait être sûre qu'il l'aimerait toujours, quoi qu'il se passe.

Mais tout cela, n'était-ce pas précisément ce qu'il lui avait offert, et qu'elle avait refusé ? Ce qu'elle avait fui à toutes jambes ? Elle posa une main sur sa poitrine pour tenter d'apaiser le sentiment de vide qui avait gagné son cœur. Pourquoi les choses étaient-elles si claires, alors qu'elle se trouvait à des milliers de kilomètres ?

Même si elle avait tout fait pour se convaincre du contraire, quelque chose avait changé en elle. Aimer Teague, et donc risquer de le perdre, ne lui faisait plus peur. Elle était prête à prendre le risque — il fallait oser prendre des risques, pour ce qui comptait *vraiment*.

Et le vrai risque, à présent, elle le voyait clairement : elle pourrait bien passer toute sa vie sans jamais retrouver quelqu'un qui la comprenne aussi bien que Teague.

Mais pourquoi avait-elle eu besoin de tant de temps pour s'en rendre compte ? Etait-ce parce qu'ils s'étaient rencontrés très jeunes ? C'était tellement simple de se dire que leur histoire d'adolescents n'était qu'un flirt sans importance. Sauf que ça n'avait pas été le cas. Ils s'aimaient toujours. Et elle s'était comportée comme…

— Comme une idiote, murmura-t-elle.

Elle releva la tête et vit que la réceptionniste la regardait d'un drôle d'œil

— Tout va bien mademoiselle ?

— Non, pas vraiment.

— Vous voulez que j'appelle un médecin ?

— Non, dit Hayley en se levant. Mais il faut que je m'en aille. Pouvez-vous appeler un taxi ?

— Mais, mademoiselle Fraser, vous avez rendez-vous avec M. Wells.

— Je sais, mais ce n'est plus important à présent. Vous le remercierez, et vous lui direz que je ne suis plus intéressée. Je ne veux pas vivre en Amérique, c'est beaucoup trop loin.

— Vous êtes sûre ?

— Sûre et certaine. Je n'ai même jamais été aussi sûre de quoi que ce soit de toute ma vie. C'est complètement fou, je sais : il y a deux jours, je suis partie loin de lui, et aujourd'hui, rien ne compte plus que de rentrer à la maison auprès de lui !

La réceptionniste sourit.

— Je comprends mieux. Vous êtes amoureuse.

— Oui ! s'écria Hayley. Je crois bien que oui. Et je ne veux pas vivre ici si lui est là-bas. Je ne suis même pas sûre d'avoir envie de vivre à Sydney — rendez-vous compte, c'est à plus de quinze heures de route, et je ne peux pas supporter l'idée de ne pas le voir tous les jours. Quand on aime quelqu'un, on doit être avec lui, non ?

— Sans doute, répondit la réceptionniste en souriant de plus belle.

— J'ai donc raison de vouloir repartir ! Pouvez-vous m'appeler un taxi ?

— Sans problème. Il sera là dans cinq minutes.

— Merci beaucoup, fit Hayley en attrapant ses sacs. Je vais l'attendre dehors.

Elle ne voulait pas avoir à présenter ses excuses à M. Wells. Et puis, que lui aurait-elle dit ? « Je suis désolée, je ne peux pas passer cette audition parce que je viens de me rendre compte que j'étais toujours amoureuse de mon amour d'adolescente ? »

Quelle folie ! En souriant, elle monta dans le taxi qui venait d'arriver.

— A l'aéroport.

Son agent allait être furieux, mais elle s'en moquait. Il s'en remettrait. Quant à sa carrière en Australie, elle allait aussi prendre le taureau par les cornes. Une fois qu'elle aurait rempli ses obligations contractuelles, c'en serait fini des rôles alimentaires. Elle serait libre de n'accepter que des projets vraiment intéressants.

Teague avait raison. Elle possédait la moitié de Wallaroo, et même si ce n'était pas de l'argent disponible, c'était une sécurité financière. Quoi qu'il arrive, elle aurait toujours un endroit à elle, un travail qui lui plaisait et des perspectives d'avenir — c'est-à-dire tout ce qu'elle avait attendu de sa carrière d'actrice.

Quant à la célébrité, ce n'était pas sa part préférée dans son travail, et elle y renoncerait volontiers. Elle n'avait jamais vraiment aimé ça, et ça ne lui manquerait pas. Elle sourit. Qui sait ? Un jour, peut-être qu'un journaliste se demanderait ce qu'était devenue l'actrice qui jouait la garce dans *Castle Cove*, et qu'il découvrirait qu'elle vivait au fin fond du Queensland, dans un ranch, avec son amour d'enfance, et peut-être une ribambelle d'enfants…

Quoique pour les enfants, elle n'était pas tout à fait certaine. Comment pourrait-elle être une bonne mère, elle qui n'avait jamais eu de modèle parental digne de ce nom ? En même temps, même si elle se rappelait à peine ses parents, elle se rappelait très bien avoir été aimée. Et elle avait des images à la mémoire de sourires, de câlins et de cris de joie.

Elle se laissa bercer par ces souvenirs rassurants. Elle avait eu tort, et Teague avait eu raison : il n'y avait aucune raison de toujours craindre le pire, ou de se préparer en toute circonstance à ce que le ciel lui tombe sur la tête. Cette fois, elle n'avait plus peur. Elle pouvait s'avancer en confiance.

— C'est de la très bonne terre, dit Cal en parcourant des yeux la riche prairie qui s'étendait devant eux. Combien d'hectares me louerais-tu ?

Tout en tenant les rênes de son cheval, Teague regarda lui

aussi à l'horizon. Cal les avait fait venir, lui et Brody, pour décider ensemble de la suite des opérations.

— Autant que tu voudras. Je n'aurai pas besoin de beaucoup de terre pour commencer de mon côté, je compte débuter petit, peut-être vingt-cinq juments. D'ailleurs j'aimerais bien t'acheter cinq ou six juments.

— Je ne sais pas si je devrais t'aider, Teague. Tu vas devenir notre concurrent.

Teague retint un sourire. Il était sûr que son frère lui dirait ça, et il avait préparé ses arguments.

— Je te rappelle que l'élevage de chevaux de compétition ne t'intéressait pas, au départ, et que c'est moi qui t'ai poussé à t'y mettre. On pourrait transférer toute l'activité à Wallaroo, je t'en donnerai un bon prix, et comme ça tu pourras te consacrer exclusivement au bétail.

Cal resta silencieux un long moment, et Brody déclara :

— Cal ne marchera jamais. Il ne payera jamais pour quelque chose qu'il pourrait avoir gratuitement.

— C'est là que tu te trompes, petit frère, intervint Cal. C'est bon, Teague. Voilà ce que je te propose : tu me laisses l'utilisation des pâturages de Wallaroo, je te laisse les chevaux de Kerry Creek.

Incrédule, Teague se tourna vers Brody.

— Qu'est-ce qui se passe avec lui ? Il est tombé sur la tête ?

— C'est la maladie de l'amour, ironisa Brody. En ce moment, il dit oui à tout. Gemma l'a transformé en une pâle ombre de lui-même.

— Je te ferais remarquer que je ne suis pas le seul dans ce cas-là, dit Cal. Regarde ce pauvre Teague, lui aussi il se retrouve tout seul. De nous trois, tu es le seul à t'en être bien sorti et à être heureux… Complètement incompréhensible, si tu veux mon avis !

Plongés dans la contemplation de la terre qui s'étendait devant eux, ils restèrent silencieux un long moment. Leurs montures ne bougeaient pas non plus, comme si elles ne voulaient pas troubler leurs réflexions. Puis Teague posa la main sur l'épaule de Cal et murmura :

— On fait une sacrée paire, tous les deux. Incapables de retenir la femme de notre vie. Tu crois que c'est dans les gènes ?

Brody répondit pour lui.

— Pourquoi veux-tu que ce soit dans les gènes ? Regarde autour de toi. Ni Gemma ni Hayley n'ont voulu vivre ici, ça peut se comprendre, non ? Notre mère n'a pas réussi, pourquoi auraient-elles seulement essayé ?

— Ce n'est pas si mal, ici, répliqua Cal.

Mais il soupira et ajouta :

— Bon Dieu, si je pouvais télétransporter Wallaroo en Irlande, je le ferais à la seconde ! Toi au moins, Teague, tu vas pouvoir revoir Hayley, avec son boulot à Sydney. Même si ce n'est que pour quelques mois, ça te laisse le temps de la convaincre de venir s'installer ici avec toi. Et si tu veux mon avis, tu serais vraiment un crétin de ne pas y arriver.

Cal avait raison, songea Teague. Au moins, lui et Brody avaient le choix, tandis que Cal n'en avait aucun. Il n'avait jamais quitté Kerry Creek, et c'était son rêve depuis toujours de diriger le domaine. En même temps, il n'était jamais tombé amoureux de sa vie, avant Gemma…

— Peut-être que tu devrais essayer de convaincre Gemma de revenir, dit Teague. Va en Irlande. Explique-lui tes sentiments. Dis-lui que tu l'aimes, et demande-lui de te revenir avec toi.

Cal secoua la tête.

— Elle ne voudra jamais vivre ici.

— Et pourquoi pas ? Si elle t'aime, elle ne se laissera pas arrêter par une question de lieu. Vas-y, Cal. Brody et moi, on peut s'occuper de Kerry Creek pendant ce temps.

— Non, c'est bon.

— Mais qu'est-ce qu'elle t'a dit au juste quand tu lui as demandé de rester ? demanda Brody.

Cal eut l'air mal à l'aise.

— Je ne lui ai pas demandé. Il fallait qu'elle rentre chez elle, elle n'avait pas le choix. Et je n'avais pas vraiment envie de l'entendre me dire non.

— Nom de Dieu, Cal ! s'exclamèrent Teague et Brody à l'unisson. Qui ne demande rien n'a rien, continua Teague. Ça fait tellement longtemps que tu vis ici, tout seul, que tu t'y prends comme un manche avec les femmes !

— Ah oui ? Et toi, monsieur je-sais-tout, comment se fait-il que tu sois tout seul, hein ?

Touché.

Ils restèrent de nouveau silencieux un long moment, puis soudain, Cal s'écria :

— J'ai une idée ! Suivez-moi !

Et il éperonna son cheval et partit à bride abattue, non pas vers Kerry Creek, mais vers le nord. Teague et Brody échangèrent un bref regard étonné, puis ils lancèrent à leur tour leur monture au galop. Et quand, au bout de quelques minutes, ils virent le gros rocher apparaître au loin, Teague comprit ce que son frère avait en tête. Tous trois accélérèrent encore et, parvenus au pied du rocher, ils sautèrent à bas de leur cheval et se hissèrent au sommet du promontoire.

— Ça semble moins haut qu'à l'époque, non ? fit Brody.

C'était exactement la réflexion que Teague venait de se faire. Autrefois, le rocher lui donnait l'impression d'être une montagne.

— Alors, qu'est-ce qu'on doit faire ? Je ne suis pas sûr de bien me souvenir.

— Il faut qu'on le dise à voix haute, répondit Cal. Un vœu, et un seul. La chose qu'on désire le plus au monde.

— Et comment saura-t-on que ça a marché ?

— Ça a marché pour moi, fit Brody. Rappelez-vous, j'avais dit que je voulais être footballeur.

— Et moi, j'avais demandé à diriger Kerry Creek, et c'est ce que je fais. Et toi, Teague, tu voulais un avion.

— O.K., fit Teague, mais pourquoi est-ce que ça marcherait une deuxième fois ?

— On ne saura pas tant qu'on n'aura pas essayé, dit Cal avant de prendre une longue inspiration et de crier dans l'air : Je voudrais que Gemma revienne à Kerry Creek pour de bon.

— Je voudrais que Hayley comprenne que je suis l'homme de sa vie.

— Je voudrais que Payton accepte de m'épouser.

Teague et Cal se tournèrent vers lui, étonnés, et Brody murmura entre ses dents :

— Qui ne demande rien n'a rien.

Durant tout le trajet de retour jusqu'à Wallaroo, Teague n'avait pensé qu'à son vœu. Et à Hayley. Cela faisait quatre jours qu'elle était partie à L. A., et il n'avait eu aucune nouvelle. Il avait essayé de lui téléphoner, mais chaque fois, il était tombé sur son répondeur, et il avait raccroché sans laisser de message — si elle avait décroché, il aurait su trouver les mots, du moins l'espérait-il, mais il ne pouvait rien dire à une messagerie. Aussi s'était-il contenté de rappeler régulièrement, en espérant tomber sur elle. Ce qui finirait bien par arriver, et à ce moment-là, les mots lui viendraient pour lui dire ce qu'il ressentait.

Mais ne le savait-elle pas déjà ? A moins que, comme Cal, il ait oublié de lui demander explicitement de rester ? Non. Il s'était repassé leurs conversations assez de fois pour savoir qu'il lui avait clairement demandé de rester, encore et encore. Et elle avait refusé.

Alors il allait falloir qu'il trouve un autre moyen de la convaincre.

Il conduisit son cheval à l'écurie puis revint vers la maison. Il avait commencé les travaux, mais il restait beaucoup à faire. Beaucoup trop. Il avait réussi à repeindre la façade — en blanc, avec des bandes vertes par endroit. En choisissant la couleur, il avait regretté que Hayley ne soit pas avec lui pour le faire, et il s'était rabattu sur une vieille photo de Wallaroo en essayant de choisir des couleurs approchantes. Le résultat était plutôt réussi. A dire vrai, il n'avait même jamais vu la maison aussi belle, et elle le serait encore plus quand il aurait eu le temps de planter des fleurs et des arbustes devant le porche. Et puis il pourrait y installer une balancelle, et des fauteuils confortables, comme ça, aux beaux jours, ils pourraient s'y installer…

Ils. Il pensait encore en termes de « ils ». Lui et Hayley, ensemble à Wallaroo. Certes, il valait mieux être optimiste, mais parfois, l'optimisme ne confinait-il pas à l'illusion ?

O.K., songea-t-il en entrant dans la maison. Il fallait qu'il se donne une échéance. Trois mois. Non, six. Il lui donnait six mois. Si dans six mois, elle n'était pas revenue, il serait bien forcé de prendre acte du fait qu'elle ne reviendrait jamais.

Parvenu dans le bureau dont se servait Harry pour faire ses comptes, il mesura du regard l'étendue du travail qui l'attendait. Il comptait faire du tri parmi les papiers qui s'amoncelaient un peu partout. Avec un grand soupir, il tira le premier tiroir et en vida le contenu sur le bureau. Aussitôt, un paquet de lettres attira son attention.

Retenant son souffle, il les prit doucement. Son nom et sa vieille adresse à l'université de Murdoch s'étalaient sur l'enveloppe, dans une écriture qu'il aurait reconnue entre toutes. Hayley. Il défit le lien qui les retenait et les feuilleta tour à tour. Il y avait autant de lettres pour lui que de lettres de lui. Et aucune n'était décachetée.

Sans réfléchir, Teague sortit sous le porche et ouvrit une lettre qu'il avait écrite à l'époque. Et aussitôt, les souvenirs s'infiltrèrent dans son esprit et il se revit, adolescent, nerveux, seul dans une grande ville, espérant plus que tout rentrer à la maison auprès de la fille qu'il aimait. Et il ne put s'empêcher de s'attendrir devant les grandes déclarations d'amour, les questions enflammées et les promesses répétées d'être bientôt ensemble pour toujours.

A l'évidence, Harry avait intercepté chacune de leurs lettres. Les choses se seraient-elles passées autrement si elles avaient atteint leur destinataire ? C'était une question qui resterait à jamais sans réponse.

D'une main un peu tremblante, il ouvrit une nouvelle lettre. Une de Hayley, cette fois. Et il y retrouva exactement les mêmes déclarations que celles qui peuplaient la sienne, les mêmes vœux de le voir revenir très vite.

Quelle ironie ! A présent, c'était lui qui attendait à Wallaroo en se demandant quand il la reverrait, en cherchant désespérément un moyen d'arriver à lui parler. Et d'une voix très basse, qui se perdit dans le murmure du vent, il renouvela son vœu.

— Reviens, Hayley. Reviens à la maison. Vite.

Hayley sursauta et ouvrit de grands yeux. Elle avait failli s'endormir au volant. Elle se secoua et ouvrit la vitre, en espérant que l'air frais allait la tenir éveillée. Elle avait atterri à Sydney quinze heures plus tôt, et elle avait aussitôt pris une voiture et foncé vers Wallaroo, malgré la fatigue. Elle avait bien réussi à dormir un peu durant le vol de retour, mais pas suffisamment, et le décalage horaire se faisait cruellement sentir.

Elle s'était arrêtée à la sortie de Brisbane pour manger un morceau et se reposer une petite heure, mais ça n'avait pas été suffisant. Quand elle avait fait le même trajet, un mois plus tôt, elle avait trouvé le voyage plutôt agréable, mais elle l'avait fait en prenant son temps, sur deux jours. Tandis qu'à présent, elle n'avait qu'une hâte : rejoindre Teague le plus vite possible et essayer de réparer les dégâts qu'elle avait causés en partant.

Ils ne s'étaient pas parlé depuis plus d'une semaine, et elle n'avait pas voulu l'appeler pour lui dire qu'elle arrivait. Elle ne voulait pas devoir expliquer sa conduite. Elle voulait juste le retrouver, se jeter dans ses bras et l'embrasser, jusqu'à ce qu'elle soit sûre qu'il ait compris ce qu'elle ressentait.

Ils devraient discuter de leur avenir, décider s'ils allaient vivre ensemble à Wallaroo comme des amis, comme des amants, ou comme des gens qui auraient choisi de passer le reste de leur vie ensemble. Elle espérait plus que tout qu'il choisirait cette dernière option, mais elle voulait lui laisser le choix. Après la manière dont elle s'était conduite, c'était bien le moins. Même si l'idée qu'il puisse choisir l'une des deux autres options lui brisait le cœur d'avance…

Quand elle arriva près de l'embranchement pour Kerry Creek, elle hésita à s'y engager. Et si Teague avait changé d'avis à propos de Wallaroo, et était revenu vivre à Kerry Creek ? C'était plus que probable, vu l'état dans lequel se trouvait la propriété de son grand-père quand elle était partie.

Autant aller directement à Wallaroo, finit-elle par décider.

Si jamais Teague n'y était pas, ça lui laisserait le temps de nettoyer la maison et de se reposer un peu avant de repartir le trouver. Elle jeta un œil à son reflet dans le rétroviseur et grimaça. Avec ses cernes sombres, ses cheveux en bataille et sa mine défaite, elle ne ressemblait plus à rien. Restait à espérer que Teague serait si heureux de la voir qu'il ne s'arrêterait pas à son apparence…

Quand enfin elle arriva en vue de Wallaroo, elle ressentit une pointe d'excitation. Soudain, la fatigue avait disparu, remplacée par une énergie considérable. Elle était sur le point de changer le cours de sa vie pour la seconde fois. Sauf que cette fois, elle ne commettrait pas la même erreur.

Elle se gara à l'orée du chemin qui menait à Wallaroo et, tirant une robe de coton de son sac, elle se changea rapidement, délaissant avec plaisir son jean froissé par toutes ces heures de voyage. Puis elle démêla énergiquement sa chevelure et noua ses cheveux en une queue-de-cheval basse. Elle hésita à se maquiller légèrement, puis elle renonça. Teague l'avait toujours préférée nature, et elle n'avait pas envie de ressembler à la star du petit écran. Elle voulait ressembler à Hayley, la fille dont il était tombé amoureux des années plus tôt.

Rassemblant tout son courage, elle remonta en voiture et roula sur le chemin. Mais quand la maison fut en vue, elle cligna des yeux pour être sûre qu'elle voyait bien. Quelque chose avait changé. La maison semblait étinceler sous le soleil matinal. Et ce ne fut que lorsqu'elle avança dans la cour qu'elle comprit qu'on avait repeint la maison. C'était fou à quel point cela changeait tout. Au point, presque, qu'elle ne reconnaisse plus la maison. Teague avait peint la porte et l'encadrement des fenêtres dans un vert profond, et il avait ajouté de nouveaux volets, peints de la même couleur.

Elle se gara et sortit lentement de sa voiture, repérant au fur et à mesure d'autres changements. La cour était nette, propre. On en avait enlevé les détritus qui s'y accumulaient depuis des années. Teague avait aussi retourné un carré de terre autour du porche pour en faire un petit jardin, quant à la vieille gouttière chancelante, elle avait été remise d'aplomb.

La porte d'entrée était grande ouverte et elle y jeta un

œil. Teague était-il là ? Elle avança lentement et l'appela, mais seul le silence lui répondit. Mais en pénétrant dans la maison, d'autres surprises l'attendaient. Teague avait aussi fait des miracles à l'intérieur. Les murs avaient été repeints, le plancher ciré et les meubles réarrangés.

En fait, ça ressemblait au Wallaroo d'avant, quand tout était neuf et brillant, à l'époque où sa grand-mère était encore en vie et où cette maison avait encore le sens d'un foyer pour ceux qui y vivaient. Elle avança dans le salon et s'assit dans un fauteuil club qu'elle avait vu auparavant dans la chambre de Teague, à Kerry Creek, puis, remarquant une pile de lettres sur une console, elle les attrapa machinalement. Et tressaillit en comprenant ce qu'elle avait entre les mains. Les lettres qu'elle avait envoyées à Teague ! Elles y étaient toutes, non oblitérées. Elle en tira une de son enveloppe et se mit à la lire, chaque mot résonnant dans son esprit comme si elle l'avait écrit la veille.

— Je les ai trouvées dans le bureau de Harry.

Elle sentit son cœur faire un bond dans sa poitrine. Teague l'observait depuis la porte. Il portait ses vêtements de travail, et son vieux chapeau tombait sur ses yeux, si bien qu'elle ne pouvait pas déchiffrer son expression. Etait-il heureux, ou fâché, qu'elle soit revenue ?

Elle se releva doucement.

— Salut, dit-elle.

— Salut.

— Je suis revenue.

Elle déglutit avec difficulté. On aurait pu trouver mieux, comme phrase, mais elle était tellement émue que c'était le mieux qu'elle pouvait faire.

— Je vois ça.

— Je me suis dit que je devais rentrer à la maison.

— Pour vérifier ce que j'y faisais ?

Elle resta un instant interloquée. Ça ne se passait pas du tout comme elle l'avait imaginé. Mais qu'avait-elle imaginé, en fait ?

— Non, enfin je veux dire, si. Pour te voir. Je voulais te voir.

— Pourquoi es-tu là, Hayley ?

Avec un soupir, elle lâcha :

— Est-ce qu'on ne pourrait pas au moins être dans la même pièce pour avoir cette conversation ?

— Et de quelle conversation s'agit-il ?

Elle retint son souffle, puis les mots lui échappèrent :

— Celle où je te dis que j'ai été très bête de partir, que je t'aime, et que j'espère que tu m'aimes aussi.

Ça y était, elle l'avait dit. Elle se sentit rougir. D'accord, ça n'avait rien d'un échange ultraromantique, ce n'était pas comme ça que ça se passait dans les séries télé, mais c'était la vraie vie. Et la vraie vie n'était pas toujours parfaite.

— Redis-moi ça, murmura-t-il.

— Non. Pas tant que tu ne seras pas entré dans la pièce.

Il esquissa un geste vers elle, puis s'interrompit.

— En fait, je pense que je vais rester là où je suis.

— Mais pourquoi ? demanda-t-elle, soudain perdue.

— Parce que si je fais un pas de plus vers toi, je vais être obligé de t'embrasser. Et si je commence, je ne suis pas du tout sûr de pouvoir m'arrêter…

Elle eut l'impression qu'un immense poids s'envolait de sa poitrine et elle le regarda en souriant.

— Ça me semble bien, comme programme. Rejoins-moi, Teague, dit-elle en avançant vers la porte et en lui tendant la main.

Il prit sa main, mais au lieu de la suivre à l'intérieur du salon, il l'attira vers lui, passa une main autour de sa taille et la plaqua contre lui. Et l'embrassa. Un baiser profond, intense. Qui semblait venir du fond de son âme, et qui la toucha plus sûrement que tous les discours.

A travers ce baiser, elle eut les réponses à toutes ses questions. Envolés, tous ses doutes. Elle savait qu'il était heureux qu'elle soit revenue. Folle de joie, elle caressa son torse et laissa échapper un petit gémissement de contentement. Elle avait oublié à quel point elle aimait le toucher, le sentir. Et elle ne s'était pas rendu compte à quel point cela lui avait manqué.

Teague la souleva et l'entraîna entre ses bras vers le salon, sans cesser de l'embrasser, puis il s'assit dans le fauteuil club et l'installa sur ses genoux. Elle se lova plus étroitement contre lui et commença à parsemer son beau visage d'une pluie de baisers, sur sa bouche, sa joue, son cou.

— Alors tu es content que je sois revenue.

— Ça dépend du temps que tu comptes rester.

— A vrai dire, dit-elle en levant les yeux vers lui, j'avais l'intention de demeurer ici le reste de ma vie.

Il recula légèrement et l'observa avec une attention presque solennelle, comme s'il ne croyait pas ce qu'il venait d'entendre.

— Tu veux dire quoi, exactement ?

— C'est comme je viens de te le dire. C'est ma maison maintenant. C'est ici que je vais vivre, et je ferai des allers-retours jusqu'à Sydney le temps que mon contrat sur la série s'achève. Et après ça, je vendrai mon appartement à Sydney et je déménagerai toutes mes affaires ici.

Un sourire hésitant fleurit sur les lèvres de Teague.

— Tu vas venir vivre avec moi, dit-il, comme pour s'assurer qu'il n'avait pas compris de travers.

— Oui. C'est aussi ma maison, non ?

— Mais que fais-tu de ta carrière ?

— Eh bien, si on me propose un projet intéressant, on pourra y réfléchir. Après tout, on aura peut-être besoin d'argent pour acheter des bêtes, ou pour remettre le domaine en état. Mais pour l'instant, je ne veux faire aucun projet, à part celui de passer toute la semaine avec toi. Après, il faudra que je retourne à Sydney.

— On a toute une semaine ? Mais qu'est-ce qu'on va bien pouvoir faire pendant tout ce temps ? la taquina-t-il tout en caressant sa poitrine à travers sa robe légère.

Elle laissa échapper un petit rire qui était presque un gémissement.

— Tu as du travail, et moi je trouverai bien quelque chose à faire pour m'occuper…

— En parlant de travail, j'ai parlé avec le Dr Daley et on a un peu changé nos plans. Je ne vais pas reprendre son affaire, du moins pas complètement. Je ne m'occuperai plus que des cas de chevaux, comme ça je pourrai passer plus de temps à Wallaroo. Si on veut que notre projet marche, il va bien falloir que je sois là le plus possible.

— Ça veut dire que tu as tout arrangé ? On est donc partenaires ?

— Et amis.

— Et amants, ajouta-t-elle.

— Colocataires ?

Elle sourit.

— Non. Ames sœurs.

Il passa la main dans ses cheveux et l'attira de nouveau à lui pour un baiser à perdre le souffle.

— Je t'aime, Hayley. Je t'ai toujours aimée, et je t'aimerai toujours.

— Je t'aime, Teague.

Il passa une main douce sur sa joue et murmura :

— Tu dois être épuisée de ton long voyage. Je suis prêt à parier que tu as envie de t'allonger un peu.

— Ah oui ? Dis plutôt que tu cherches un prétexte pour m'emmener dans la chambre !

— A vrai dire, dit-il en se levant et en l'entraînant derrière lui, je voulais te montrer le lit.

Il s'arrêta devant la porte de la dernière chambre, la plus grande, tout au bout du couloir. C'était là que Harry entreposait ses affaires, et elle avait toujours pensé que cette chambre avait été celle qu'il avait partagée avec sa grand-mère, avant de la transformer en débarras. Mais Teague avait nettoyé la pièce. Le vieux lit était toujours là, mais recouvert de draps de lin flambant neufs.

Il la poussa sur le lit et l'y rejoignit aussitôt.

— Tu aimes ?

— Oui, dit-elle en promenant la main sur le magnifique tissu. Ce sont les mêmes qu'à l'hôtel sur l'île.

— Je les trouvais tellement beaux que j'en ai acheté avant de partir. Et j'ai aussi acheté les oreillers qui allaient avec. Et le peignoir de bain. Et le savon…

Elle se laissa aller en arrière avec un petit soupir de contentement.

— J'adore ! Je pourrais passer toute la journée dans ce lit !

— C'est un ordre ? Parce que je serais ravi de passer la journée avec toi dans ce lit.

Elle roula sur le côté et passa les mains autour de son cou. Le souvenir de leur première rencontre lui revint à l'esprit. Ce jour-là, il lui avait sauvé la vie. Sans Teague, elle n'aurait sans doute pas survécu à ses années d'adolescence. Mais il avait transformé chaque jour à ses côtés en une vraie aventure, en un moment extraordinaire et fabuleux à partager avec lui.

— Promets-moi que tu m'aimeras toujours, murmura-t-elle contre ses lèvres.

— Pour toujours, et même au-delà.

C'étaient des mots simples, directs et sincères. Comme lui.

— Aujourd'hui, c'est le premier jour du reste de ma vie, déclara-t-elle alors. Finies les peurs, les fuites. Et si jamais tu vois que je suis sur le point de me laisser reprendre par mes vieux démons, je compte sur toi pour m'entraîner dans cette chambre et me rappeler pourquoi on s'appartient l'un à l'autre.

— Et si je te le rappelais dès maintenant ? demanda-t-il avec un petit sourire.

Elle rit et l'embrassa langoureusement.

— Tu as raison. Et n'arrête surtout pas avant que je te le dise !

Et elle ferma les yeux, pour se laisser emporter par les caresses de l'homme qu'elle aimait.

Qu'une situation si compliquée soit soudain devenue si simple était un vrai miracle. C'était comme si quelqu'un avait appuyé sur un interrupteur et qu'une clarté soudaine lui avait révélé tout ce qu'elle savait déjà, au fond de son cœur, mais qu'elle n'avait jamais voulu laisser éclater au grand jour.

Et maintenant que cela avait éclaté, elle se sentait la femme la plus heureuse du monde. Elle était exactement à l'endroit où elle devait être. Dans les bras de Teague. Et après des années et des années à se chercher une maison, un foyer, elle l'avait enfin trouvé.

Avec lui.

KATE HOFFMANN

Secrets d'Irlande

Passions extrêmes

éditions HARLEQUIN

Titre original : THE MIGHTY QUINNS : CALLUM

Traduction française de MARIE PASCAL

Ce roman a déjà été publié en septembre 2010

83-85, boulevard Vincent-Auriol, 75646 PARIS CEDEX 13.
Service Lectrices — Tél. : 01 45 82 47 47
www.harlequin.fr

Prologue

Australie, Etat du Queensland, janvier 1997

— Tu ne l'as quand même pas embrassée ?

Incrédule, Cal Quinn scrutait son frère cadet d'un œil inquisiteur. Car, si embrasser une fille était une chose, embrasser une Fraser en était une autre. Il s'agissait tout de même des ennemis jurés de la famille. Ceux-là mêmes qui, depuis des générations, osaient réclamer un morceau de terre qui ne leur revenait pas.

— Ne rêvez pas les gars, répondit Teague, je ne vous dirai rien. Vous iriez tout raconter à papa et il me bouclerait dans ma chambre jusqu'à mes dix-huit ans.

Cal détourna le regard pour contempler l'horizon. En compagnie de ses deux frères, il avait chevauché durant toute la journée pour vérifier l'état de la clôture marquant la limite occidentale du ranch familial de Kerry Creek. Sur le chemin du retour, avant de regagner la ferme, ils avaient tous trois décidé de faire une halte bien méritée au lieu-dit du gros rocher, dont ils avaient fait leur repaire. A peine descendus de leur monture, ils s'étaient empressés de tomber la chemise et d'escalader le rocher jusqu'à son sommet.

— Tu m'étonnes que papa entrerait dans une rage folle s'il apprenait avec qui tu fricotes, reprit Cal. Il déteste Harry Fraser. Il déteste tous les Fraser.

— Tous les Fraser ? répéta Teague. Ils ne sont que deux : Hayley et son grand-père. Et je peux t'assurer qu'Hayley s'en fiche bien de ce morceau de terre.

— Ça ne change rien au fait que tu n'aurais même pas

dû lui adresser la parole, continua Cal, mécontent. Un point c'est tout.

— Oh, lâche-moi un peu, tu veux, s'impatienta Teague. Ce n'est pas à toi de me dire ce que j'ai le droit de faire ou pas. Jusqu'à preuve du contraire, ce n'est pas toi le chef ici.

Cal sentit la rage l'envahir. Comment son frère osait-il remettre en cause son autorité ? C'était lui l'aîné des trois frères et si Teague ou Brody se comportaient mal, il était de son devoir de les rappeler à l'ordre.

— Je ne suis peut-être pas encore le chef, rappela-t-il, mais un jour viendra où je dirigerai ce ranch. Et ce jour-là, ne t'avise surtout pas d'essayer t'embrasser cette fille.

— Je te préviens, si tu dis à papa que…

— Moi aussi, les interrompit Brody, j'ai déjà embrassé une fille. Et deux fois, même…

Cal lança un regard furieux à son plus jeune frère. Décidément, il n'y en avait pas un pour racheter l'autre.

— Deux fois ? Qu'est-ce que c'est que ces salades ? demanda-t-il, impatient d'obtenir des explications.

— Oui, je te promets, confirma Brody, deux fois. Et une fois avec la langue, même. C'est vrai que c'était un peu dégoûtant. Mais c'est elle qui a insisté : je ne pouvais quand même pas me dégonfler.

Cal regarda son jeune frère avec incrédulité. Devait-il le croire ? De fait, contrairement à lui et Teague, Brody avait suivi leur mère à Sydney après la séparation de leurs parents, et là-bas, entre l'école, les soirées, les matchs de foot et les sorties au ciné, les occasions de fréquenter des filles ne devaient pas lui manquer.

Il se pouvait donc très bien qu'il en ait embrassé une.

Mais si c'était le cas, comprit Cal, cela voulait dire que lui-même — l'aîné de la fratrie — avait moins d'expérience qu'un gamin de quatorze ans à peine.

— Comment ça, avec la langue ? demanda alors Teague, interloqué.

— C'est simple, expliqua Brody sur un ton docte. Une fois lèvres contre lèvres, on ouvre la bouche, et puis on se touche la langue.

— Mais qui doit ouvrir la bouche en premier : la fille ou le garçon ? poursuivit Teague, de plus en plus perplexe.

— Celui qui en a envie. Mais si l'un des deux n'est pas d'accord, il n'a qu'à garder la bouche fermée. D'ailleurs, c'est aussi bien d'éviter d'embrasser avec la langue quand on est malade, ou bien en train de manger. Idem quand on a oublié de se brosser les dents.

Alors que ses deux frères continuaient de comparer leur expérience en la matière, Cal restait silencieux.

Comment aurait-il pu participer à la conversation, lui qui, malgré ses dix-sept ans, n'avait encore jamais embrassé, ni même approché la moindre fille de son âge ?

Il fallait dire qu'au ranch, les filles ne se bousculaient pas vraiment au portillon. Et comme il n'avait jamais vécu ailleurs…

Bien sûr, il lui était arrivé de se rendre en famille à Brisbane, où il avait vu plein de jolies filles. Et puis aussi, lorsqu'il était plus jeune, des cousines à lui étaient venues passer quelque temps à Kerry Creek. Mais rien, jamais, ne s'était concrétisé.

Pourtant, il était loin d'être un ignare. D'abord, il ne perdait pas une miette de ce que les gars qui travaillaient au domaine se racontaient lorsqu'ils rentraient de leurs week-ends en ville. Et puis, comme tout adolescent, il était adepte de certains plaisirs solitaires…

Mais en fin de compte, tout ceci ne faisait qu'augmenter son impatience. Ce qu'il voulait, c'était faire l'amour avec une femme, pour de bon, et, si possible, avant ses deux frères. Peut-être devrait-il vraiment accompagner les gars lors de leur prochaine virée à Bilbarra, comme il y avait souvent songé, pour trouver une fille qui accepte de coucher avec lui. Il avait l'âge, après tout.

Sa mère désapprouverait, c'était évident, mais elle vivait à Sydney et n'en saurait rien. Quant à son père, il laissait ses fils se débrouiller. La seule chose qui comptait pour lui était qu'ils s'acquittent convenablement de leurs tâches au domaine. Mary, la gouvernante, était bien censée surveiller les garçons, mais le travail scolaire était le seul sujet sur lequel elle était vraiment stricte.

— Mac et Smithy ont dit qu'ils m'emmèneraient la prochaine fois qu'ils iraient en ville, dit enfin Cal sur un ton qui se voulait le plus détaché possible. Ils connaissent un tas de filles à Bilbarra.

— Il y a juste un problème : elles vivent toutes au bordel, ironisa Teague.

— Non, pas toutes, se défendit Cal.

Il savait pourtant que son frère n'avait pas tort. Les bars n'étaient pas les seuls endroits de la ville où les gars trouvaient des filles : tous autant qu'ils étaient, ils étaient des clients assidus du bordel local.

Mais au fond, songea-t-il, la solution se trouvait peut-être là. Il lui suffirait de payer. Et puis, très simplement, il pourrait choisir une fille, si possible jolie, bien faite et avec les cheveux longs, qui lui apprendrait tout ce qu'il y avait à savoir, sans qu'il ait honte de son inexpérience.

De toute façon, il allait falloir passer à l'action. Il avait toujours rêvé de pouvoir un jour diriger Kerry Creek. Mais s'il ne quittait jamais le domaine, il ne risquait pas de rencontrer de fille. Il devrait peut-être faire comme Teague, qui envisageait d'entrer à l'université pour quelques années. Ce n'était pas bête et, en choisissant le bon cursus, il pourrait faire d'une pierre deux coups et apprendre à bien gérer le domaine tout en se cherchant une femme.

Mais l'idée ne le séduisait qu'à moitié. Il avait appris à diriger le ranch en observant son père et il ne voyait pas vraiment l'intérêt de s'éloigner de la propriété familiale, même de façon temporaire. C'était là, et nulle part ailleurs, qu'il avait sa place.

Il promena son regard tout autour de lui. Que pourrait-il y avoir de plus grandiose que le coucher du soleil sur les grands espaces, de plus magique que ce crépuscule bruissant des mille et un frémissements de la vie ?

Apaisé, il s'allongea sur le rocher et, les yeux vers le ciel, reprit le fil de ses pensées. Au fond, il ne doutait pas qu'une femme puisse un jour s'intéresser à lui, ce n'était pas le problème, mais il savait que la perspective de passer sa vie au domaine pourrait en rebuter plus d'une. D'ailleurs, sa propre mère avait quitté le ranch six mois auparavant, incapable de supporter l'isolement plus longtemps.

Il devait pourtant, quelque part, exister des filles — autres que Hayley Fraser — qui aimaient monter à cheval, rassembler le bétail et réparer les clôtures. Même si cela prenait du temps, il finirait bien par la trouver, cette perle rare. Alors, il l'emmènerait à Kerry Creek et, si l'endroit lui plaisait, il lui demanderait de rester…

— Et puis j'en ai vu des paires de seins ! s'exclama Brody.

— Ouais, c'est ça, ricana Teague. Dans tes rêves…

— Je te jure. A Sydney, on va à la plage tous les week-ends, et là-bas, il y a des nanas qui se font bronzer seins nus au kilomètre. Il suffit juste de se balader sur le sable pour en avoir plein la vue.

Cal se redressa en soupirant.

— Eh les gars, vous n'avez pas d'autre sujet de conversation que les filles ? Vous ne croyez pas qu'on est bien plus tranquilles sans elles ? Enfin, si vous avez envie de passer le reste de votre vie à boire du thé en raccommodant des chaussettes, ça vous regarde, ajouta-t-il en sautant prestement du rocher. Mais en ce qui me concerne, j'ai mieux à faire.

En un éclair, il enfila gants et chapeau et grimpa en selle.

— Alors vous venez ? Vous ne voulez quand même pas que je vous aide à descendre ? lança-t-il à ses deux frères.

Teague et Brody échangèrent un regard avant de se laisser tomber à terre à leur tour, soulevant autour d'eux un léger nuage de poussière.

— On fait la course ? proposa Cal.

— D'accord, s'exclama Teague, le pied à l'étrier.

— C'est pas juste, se lamenta Brody. Je n'ai pas fait de cheval depuis quatre mois.

— Alors, tu as plutôt intérêt à t'accrocher, répondit Cal en éperonnant sa monture avec vigueur pour la lancer à toute allure.

Il avait surpris ses frères — à peine en selle — par ce départ en flèche qui les laissa cinquante bons mètres en arrière. Mais il était parti et rien ne pouvait plus l'arrêter à présent.

Galoper. Eprouver ce sentiment unique de liberté. Sentir

le vent siffler dans ses oreilles. Entendre le bruit sourd des sabots frappant le sol.

C'était tout ce qu'il adorait.

Dans de pareils moments, il se sentait en osmose parfaite avec cette terre et pour rien au monde il n'aurait voulu renoncer à cela.

Tant pis pour les femmes, son choix était fait.

Il était ici chez lui et jamais il n'en bougerait.

- 1 -

31 mai 2009

Le jour pointait à peine lorsque Cal sortit de la douche. D'habitude, il préférait se laver après sa journée de travail, plutôt qu'au lever. Mais, la veille, il était rentré si tard qu'il s'était écroulé sur son lit et s'était endormi comme une masse, tout habillé.

C'était fou comme l'année écoulée avait passé à toute vitesse, pensa-t-il en enfilant ses vêtements. Il avait l'impression d'avoir tout juste fini de rassembler le bétail, alors qu'en vérité, il faudrait bientôt recommencer.

Après toutes ces années, il aurait dû s'habituer au rythme trépidant de la vie au ranch. Mais rien à faire, plus il vieillissait, plus il avait l'impression que le temps lui filait entre les doigts.

Il s'assit sur le bord de son lit pour enfiler ses bottes, puis il retroussa les manches de sa chemise. En attrapant sa montre sur sa table de nuit, il s'aperçut qu'il y avait aussi laissé la lettre de l'agence matrimoniale et s'empressa de la cacher dans son tiroir. Personne n'avait besoin d'être au courant de ses projets. Et surtout pas Mary, la gouvernante du domaine. Sinon, il aurait droit à un interrogatoire en règle le soir même au dîner.

Il avait découvert ce site internet — spécialement destiné aux éleveurs à la recherche de l'âme sœur — quelques mois plus tôt. Mais il venait seulement de se décider à remplir le formulaire d'inscription, auquel il avait joint une vieille photo de lui. La lettre qu'il avait reçue lui apprenait que son profil paraîtrait sur le site la semaine suivante.

Il avait frappé fort, certes, mais il allait sur ses trente ans.

Et s'il ne voulait pas finir sa vie tout seul, c'était la seule option qui s'offrait au travailleur acharné qu'il était. Ce qu'il voulait, c'était une relation sérieuse et durable. Et, puisqu'il savait qu'aucune des célibataires de Bilbarra n'était faite pour lui, il fallait bien aller chercher ailleurs. Ces derniers temps, les rares fois où il avait réussi à s'accorder un ou deux jours de congé, il lui était arrivé de pousser jusqu'à Brisbane dans l'espoir de faire de nouvelles rencontres. Les filles, là-bas, n'étaient pas farouches, et passer la nuit avec elles n'était pas bien compliqué. En revanche, pas une n'avait envie de se lancer dans une histoire avec un cow-boy vivant au fin fond du désert.

Il se leva et se regarda dans le miroir. Il n'était pourtant pas si mal que ça, se dit-il en tentant de discipliner ses cheveux ébouriffés. Certes, il ne possédait ni la classe ni la sophistication de ses deux frères, mais il avait quelque chose, lui aussi. Et puis, s'il le fallait, il savait se montrer romantique. Et ça, ça plaisait vraiment aux filles…

Mais assez rêvassé.

Il sortit de sa chambre et descendit l'escalier quatre à quatre, prêt à affronter une nouvelle journée de travail. Il avait intérêt à être en forme parce qu'une période difficile allait commencer. Le mois de juin serait consacré à la vaccination, au marquage et à l'étiquetage des bêtes. Autant dire qu'il n'allait pas chômer. Mais ce serait de la rigolade, comparé à ce qui l'attendait en juillet avec le rassemblement du troupeau : un mois sans dormir ou presque, sans prendre plus d'un quart d'heure de pause pour manger. Un mois où tous les gars du ranch carbureraient à la caféine.

Perdu dans ses pensées, il arriva presque sans s'en rendre compte à la salle à manger, où les six employés du domaine, déjà attablés devant un petit déjeuner gargantuesque, le rappelèrent à la réalité en le saluant bruyamment.

Il leur rendit leur bonjour et adressa un petit signe à Mary qui se tenait en retrait, veillant — avec le calme et l'efficacité qui la caractérisaient — à ce que personne ne manque de rien. Puis il vint prendre place en bout de table.

Pas étonnant que les femmes aient du mal à se sentir ici

dans leur élément, pensa-t-il en observant d'un œil consterné les gars assis autour de lui. Pas un ne savait se tenir à table, et pas un ne semblait non plus connaître l'existence du peigne ni du rasoir…

— Je ne vois pas pourquoi mademoiselle Moynihan ne prendrait pas ses repas avec nous, disait Davey à ses collègues. On connaît les bonnes manières, pourtant, ajouta-t-il en arrachant la serviette qu'il avait autour du cou pour la poser sur ses genoux. Hein, regardez !

— Qui est mademoiselle Moynihan ? demanda Cal en préparant ses toasts.

— Nous avons une invitée, répondit Mary en s'approchant pour lui servir son café.

— Ah bon ?

— Oui, puisque tu étais absent, j'ai pris l'initiative de lui proposer de rester dormir au domaine. C'est une généalogiste qui arrive tout droit d'Irlande pour faire des recherches sur la famille Quinn. Ça fait deux jours qu'elle enchaîne les allers et retours entre Bilbarra et ici dans l'espoir de te rencontrer.

— Tu as invité une généalogiste à séjourner à Kerry Creek ? demanda-t-il, interloqué. Qu'est-ce qu'elle espère trouver ici ?

— Elle souhaiterait, en particulier, te parler d'un certain Crevan Quinn. D'après ses travaux, les Quinn descendraient des premiers rois irlandais. Tu devrais y jeter un œil, c'est très intéressant.

— Et où l'as-tu installée ?

— Cette nuit, elle a dormi dans les dépendances. Elle ira chercher le reste de ses affaires à Bilbarra ce matin si tu es d'accord pour qu'elle reste. Elle ne devrait pas en avoir pour plus de quelques jours.

— Je n'ai rien contre elle, mais je te préviens, je n'aurai pas le temps de m'en occuper, répondit Cal en se servant une cuillerée d'œufs brouillés. Et si tu veux mon avis, ajouta-t-il sur un ton narquois, je crois surtout que tu l'as invitée à rester parce que tu serais ravie d'avoir quelqu'un avec qui boire du thé et grignoter des petits gâteaux les après-midis.

— Idiot ! protesta-t-elle en lui adressant une petite tape derrière la tête. Heureusement que je suis là pour apporter un peu de savoir-vivre à Kerry Creek. Regardez-vous, tous autant que vous êtes, en train de vous empiffrer. Une présence féminine vous ferait le plus grand bien.

— Ah oui ? Alors tu l'as invitée à rester pour qu'on apprenne à mieux se tenir ? rétorqua Cal en posant délicatement sa serviette sur ses genoux, les petits doigts levés. Vous entendez ça, les gars, notre Mary nous prend pour des sauvages.

Mary lui fit les gros yeux.

— Bon, est-ce que je peux lui dire que tu la recevras ce soir après le dîner ?

— Je préférerais que Teague ou Brody s'en chargent, répondit-il sans grand entrain. J'ai vraiment trop à faire…

— Brody est parti à Bilbarra vendredi, et il n'a pas donné signe de vie depuis. Quant à Teague, il s'est déjà engagé auprès du Dr Daley. Il a travaillé toute la nuit et il en a encore pour la matinée.

Mary fut interrompue par le téléphone. Elle s'essuya les mains sur son tablier avant de prendre l'appel. Après une brève discussion, elle raccrocha le combiné en soupirant et en secouant la tête d'un air navré.

— Que se passe-t-il ? demanda Cal, légèrement alarmé.

— C'était Angus Embley, depuis le poste de police de Bilbarra. Ton frère s'est fait remarquer hier soir en ville. Apparemment, il aurait fait du grabuge après avoir perdu ses clés de voiture dans les toilettes du bar où il passait la soirée. Il faudrait que quelqu'un vienne lui apporter son double de clés et payer la caution pour le faire sortir de prison.

— Il est hors de question que j'y aille, rétorqua Cal, furieux. C'est la troisième fois en trois mois.

— Et moi je te dis que tu iras ! répondit Mary d'une voix ferme.

Bien qu'elle ne fasse pas partie de la famille, Mary entretenait des rapports filiaux avec Cal et ses frères, a fortiori depuis que leur propre mère avait quitté le domaine, douze ans plus tôt. Cal la connaissait par cœur et savait qu'il avait intérêt à filer doux cette fois encore.

Depuis que Brody était revenu vivre à Kerry Creek, quelques mois auparavant, il n'avait causé que des ennuis.

Un malencontreux accident de voiture avait mis un terme à sa carrière de footballeur professionnel, et il était à présent complètement déboussolé et incapable de faire face à la perte de tout ce pour quoi il avait travaillé si dur. Il avait encore de quoi voir venir, mais l'argent qu'il avait gagné ne durerait pas éternellement. Tôt ou tard, Brody devrait penser à sa reconversion. Mais pour l'instant, il vivait encore de sa notoriété, ainsi que de la générosité et de la patience de son frère aîné.

Mais cette fois, il avait poussé le bouchon un peu loin.

— Teague devra sans doute aller faire un saut à Bilbarra aujourd'hui. Il pourrait…

— Tu ne vas quand même pas laisser ton frère moisir en prison ! s'insurgea Mary. En plus ça te fera le plus grand bien de t'absenter pendant quelques heures. Tu pourras même en profiter pour faire des courses et rapporter le courrier. Et, si tu as le temps, passe donc chez le coiffeur, ce ne serait pas du luxe…

— C'est bon, c'est bon, dit Cal en se levant de table. Si je pars tout de suite, ajouta-t-il en attrapant un dernier toast au passage, je peux être de retour pour le repas de midi.

Mary griffonna une liste de commissions et la lui tendit.

— Et passe aussi à la bibliothèque, s'il te plaît, ajouta-t-elle. J'ai fait mettre des livres de côté.

— Autre chose ? demanda Cal en regardant la tablée.

— L'éolienne de l'enclos sud-ouest fait un bruit d'enfer, répondit Skip. Il faudrait sans doute la démonter et remplacer une partie des pales.

— D'accord, je passerai commander les pièces, dit Cal en décrochant son chapeau de la patère. Et vous, les gars, faites-moi plaisir, ajouta-t-il à la cantonade, coiffez-vous une bonne fois pour toutes. J'en ai assez de vous voir hirsutes tous les matins.

Puis il descendit les marches du perron et se dirigea vers sa camionnette. Il fourra la liste de Mary dans sa poche puis s'installa au volant. Lorsqu'il démarra, les pneus soulevèrent un épais nuage de poussière. Il fallait deux bonnes heures pour se rendre à Bilbarra, sur une piste non goudronnée. Mais il faisait ce trajet si souvent qu'il ne voyait pas le temps passer. Il introduisit un CD dans le lecteur et laissa son esprit vagabonder.

Il avait toujours su que sa place était à Kerry Creek. Dès l'enfance, il s'était intéressé de près au travail du ranch, puis y avait vite participé, avec de plus en plus de responsabilités au fil des années. Jamais, pourtant, il n'aurait cru devenir patron avant ses trente ans. Mais, lorsque ses parents s'étaient réconciliés, son père avait été bien été obligé de lui passer les rênes pour aller s'installer à Sydney.

Bien sûr, son père aurait sans doute eu plus de mal à se décider s'il n'avait pas été certain de laisser l'exploitation entre de bonnes mains. Mais c'était le bon choix, pour tous. Et quand ses parents étaient venus lui rendre visite au ranch, dernièrement, tout le monde avait pu s'en convaincre. Sa mère était institutrice à Sydney et son père venait de créer une petite entreprise de paysagisme. Ils s'étaient acheté une maison près de l'océan et ils étaient heureux de vivre de nouveau ensemble.

Alors que Cal quittait la piste principale, il fut ébloui par le soleil levant. Il essaya d'attraper ses lunettes de soleil, posées sur le tableau de bord, mais les laissa tomber sur le plancher de sa camionnette. Il dut alors se pencher pour les ramasser. Mais lorsqu'il se redressa, il aperçut avec stupéfaction une silhouette en plein milieu de la route.

Et il fonçait droit sur elle.

Dès qu'elle distingua le camion, Gemma se mit à agiter les bras frénétiquement. Cela faisait presque une demi-heure qu'elle était plantée là, au milieu de nulle part. Et, depuis, elle n'avait pas vu âme qui vive, mis à part quelques centaines de mouches et un petit lézard à l'air malfaisant. Mais, alors que le véhicule se rapprochait, elle comprit que le conducteur ne l'avait pas vue, ou bien qu'il n'avait pas l'intention de s'arrêter.

Elle cria et sauta sur place pour attirer son attention. L'espace d'un instant, elle crut que le camion allait la renverser et elle s'écarta précipitamment. Alors, le véhicule fit une brusque embardée vers le bas-côté et vint finir sa course dans le petit fossé qui bordait la route. Prise de panique, elle resta un moment figée sur place, complètement tétanisée. Cet accident était survenu par sa faute et, maintenant, elle ne savait que faire. Son téléphone portable ne fonctionnait pas, et elle devait se trouver à plus de quinze kilomètres de Bilbarra et des secours.

— Mon Dieu, mon Dieu ! gémit-elle en courant vers le fossé où avait échoué le camion.

Elle aperçut un homme derrière le volant. Par bonheur il était conscient, et il fixait le pare-brise.

— Est-ce que ça va ? demanda-t-elle en toussant à cause de la poussière.

Il se tourna et la regarda, les yeux écarquillés.

— Oui, murmura-t-il, avant de fermer et d'ouvrir les paupières plusieurs fois, comme s'il avait vu un fantôme. Mais vous existez pour de vrai ou est-ce que je suis mort ?

Prise au dépourvu par cette question, elle se pencha à l'intérieur du camion et saisit le bras du conducteur.

— Est-ce que vous sentez ça ? lui demanda-t-elle en le pinçant fort.

— Aïe ! s'exclama-t-il en se frottant la peau. Vous m'avez fait mal.

— Donc j'existe pour de vrai. Et vous allez bien. Vous ne vous êtes pas cogné la tête, j'espère ? Est-ce que vous saignez ?

Lorsqu'il enleva son chapeau pour tâter son cuir chevelu, Gemma découvrit son visage. Elle recula alors, comme électrisée. Le souffle coupé, elle tenta d'inspirer profondément. En vain… On aurait dit que ses poumons ne voulaient plus fonctionner. Elle se sentit soudain tout étourdie et dut s'appuyer à la vitre pour ne pas vaciller.

Trop d'adrénaline tout à l'heure, sans doute, pensa-t-elle.

Au même moment, le conducteur ouvrit la portière pour descendre.

— Je suis vraiment désolée, je…, bafouilla-t-elle en reculant.

Abasourdie par le spectacle qui s'offrait à elle, elle ne trouvait plus ses mots. Il était tout simplement magnifique. Et même si l'Australie était peuplée de beaux garçons, elle était sûre d'avoir décroché le gros lot avec celui-ci.

Il était exactement comme il fallait, beau sans être parfait.

Ses traits, pris séparément, n'avaient rien d'extraordinaire, mais, ensemble, ils composaient un visage d'une indéniable virilité, tout en puissance et en rugosité.

Gemma recula encore et son talon heurta une pierre. Elle perdit l'équilibre et atterrit sur les fesses, en étouffant un cri. Elle sentit alors quelque chose bouger sous sa main et vit un petit lézard se faufiler entre ses doigts.

Cette fois, elle se mit à hurler pour de bon, et se releva précipitamment pour s'enfuir. Mais elle trébucha de nouveau et atterrit dans les bras de celui qu'elle était censée secourir. Celui-ci l'aida à se redresser puis la considéra de haut en bas, d'un air stupéfait.

— Est-ce qu'il est venimeux ? demanda-t-elle en essuyant avec vigueur sa main sur son chemisier. Je déteste ces saletés de bestioles gluantes. Regardez, ajouta-t-elle en lui montrant sa main, il ne m'a pas mordue, j'espère ?

Sa question eut l'air de le faire sortir de sa stupeur.

— C'est un gecko, répondit-il avec un sourire en coin. Et je suis bien certain, à présent, que vous êtes réelle. Aucun ange ne vociférerait comme ça… Sérieusement, miss, ajouta-t-il d'un ton plus grave, après s'être légèrement écarté d'elle, j'aurais pu vous renverser tout à l'heure. Qu'est-ce que vous fabriquiez en plein milieu de la route ?

— J'essayais de vous faire signe. J'ai une roue crevée. J'ai essayé de la changer moi-même, mais je n'ai pas réussi à enlever ces sales machins. Comment ça s'appelle, déjà ? Les vis ? Non, plutôt les boulons… Vous ne m'aviez pas vue ?

— Les écrous. Ça s'appelle les écrous, précisa-t-il en la prenant délicatement par le bras pour la ramener vers la route. J'avais le soleil dans les yeux.

Il promena son regard de la camionnette accidentée à la voiture en panne.

— Allez, venez, je vais vous aider à la changer, cette roue.

— On ne ferait pas mieux de s'occuper de votre camion d'abord ?

— Ne vous inquiétez pas, il en a vu d'autres, dit-il en s'accroupissant devant l'auto, à côté du pneu crevé.

Elle le regarda, fascinée. Moulé juste comme il fallait dans un jean qui lui allait comme un gant, il était incroyablement sexy. Un vrai régal pour les yeux.

Et le haut n'était pas mal non plus, constata-t-elle, ravie, en contemplant la puissante musculature qui se dessinait sous la chemise à carreaux.

Lorsqu'il se releva pour se tourner vers elle, la façon qu'il eut de se mouvoir, souple et féline, acheva de la séduire.

— Les routes sont complètement défoncées par ici, dit-il en essuyant ses mains sur son pantalon. Avec tous ces trous, pas étonnant que vous ayez crevé.

— J'ai essayé de me débrouiller toute seule, répondit-elle en montrant le cric qu'elle avait abandonné dans la poussière, mais je n'y connais vraiment rien. Et comme personne ne passait, j'ai commencé à paniquer.

— Normal : cette route ne mène nulle part, ou presque.

Il installa le cric et elle le regarda faire, admirative. Jamais elle n'y serait parvenue seule. Elle se pencha pour mieux suivre les opérations, ce qui lui offrit aussi l'occasion bienvenue de contempler de plus près son visage, dont le hâle mettait en valeur de beaux yeux noisette aux nuances subtiles de vert et, surtout, de doré.

— Merci beaucoup de vous être arrêté, réussit-elle à articuler.

— Je n'avais pas vraiment le choix. C'était ça ou je vous fonçais dessus, répondit-il en actionnant le cric.

En douceur, l'avant de la voiture se souleva. Alors, il s'attaqua aux écrous de la roue crevée.

Pendant qu'il travaillait, Gemma l'observa encore plus attentivement. Ce n'était pas un grand bavard, en tout cas. Elle qui avait toujours pensé que le type du costaud taciturne n'était qu'un mythe, elle en avait l'incarnation parfaite devant les yeux. Il était grand : sans doute dépassait-il le mètre quatre-vingt. A ses vêtements, qui avaient l'air d'avoir un peu souffert, elle supposa qu'il devait travailler dans un des ranchs de la région. Intriguée, elle fit plusieurs tentatives pour engager la conversation. Mais il restait concentré sur son travail.

Après avoir vainement essayé de lui parler de la météo, puis des mouches, elle eut l'idée de l'interroger sur les restaurants de Bilbarra. Vraisemblablement, c'était là qu'il voulait aller, et une fois qu'il en aurait terminé avec ce pneu, elle pourrait lui proposer de l'inviter à déjeuner pour le remercier.

Dans l'absolu, elle était plutôt pressée de retourner à Kerry Creek avec ses affaires. Mais, en même temps, les frères Quinn s'y faisaient rares. D'après la gouvernante de la maison, l'aîné, Cal, était parti plusieurs jours, afin d'inspecter le domaine, et Brody avait passé la nuit à Bilbarra. Elle avait brièvement rencontré Teague le matin de son arrivée au ranch, mais il n'avait pas eu le temps de la recevoir. Comme elle n'était pas sûre de réussir à les approcher de si tôt, elle pouvait très bien passer un peu de temps avec cet inconnu.

A Dublin, son plan lui avait paru d'une simplicité enfantine. Mais maintenant qu'elle était dans le Queensland, prête à se faire passer pour une généalogiste, elle doutait. Que se passerait-il si les frères Quinn ne la croyaient pas ? Et que se passerait-il si elle se trahissait et dévoilait les vraies raisons de sa venue en Australie ?

Pendant longtemps, elle avait cru que l'Emeraude d'Irlande n'était qu'une légende, sans aucun fond de vérité. Sa mère la lui avait racontée quand elle était petite, et sa curiosité d'enfant s'en était trouvée piquée, non pas à cause de la pierre précieuse en elle-même, mais parce que l'histoire concernait son propre père, David Parnell.

Jusqu'à ses douze ans, son père n'avait été pour elle rien d'autre qu'un homme sur une photographie. Mais elle avait découvert avec ce récit que, outre sa mère, elle possédait une famille. Une famille avec une histoire.

D'après sa mère, la pierre avait été volée à l'arrière-arrière-arrière-arrière-grand-père de Gemma, lord Stanton Parnell, plus d'un siècle et demi auparavant. Selon certains membres de la famille, ce vol aurait précipité la chute des Stanton.

Quant à Orla Moynihan — la mère de Gemma —, elle avait elle-même précipité sa chute en tombant amoureuse de David Parnell. Elle s'était laissé ensorceler et il lui avait juré de retrouver l'émeraude pour qu'ils puissent s'enfuir ensemble et se marier. Des fausses promesses, d'après Gemma, uniquement destinées à attirer la jeune femme dans son lit. Il y était si bien parvenu qu'une grossesse n'avait pas tardé à s'annoncer. Alors David avait disparu derrière les hauts murs de la propriété familiale. L'enfant avait été appelé Gemma, en souvenir de l'émeraude. En souvenir d'un rêve.

Il n'était pas surprenant que David ait abandonné Orla. Les Parnell descendaient d'une vieille famille de l'aristocratie anglaise, venue investir dans l'industrie textile à Belfast. Et, quelles que fussent les circonstances, jamais un Parnell n'aurait épousé une Irlandaise sans le sou.

Gemma n'avait rencontré son père que deux fois. La première fois, à douze ans, elle avait débarqué sans crier gare dans son bureau sans en avoir parlé à sa mère. La seconde, c'était après ses dix-huit ans, lorsqu'elle était venue lui demander qu'il finance ses études à l'université de Dublin. Elle avait alors découvert qu'il avait fondé sa propre famille, avec une épouse qui, au maximum, devait avoir dix ans de plus qu'elle. Il l'avait donc renvoyée chez elle en lui proposant un marché. Il lui paierait ses études si elle jurait de ne plus jamais entrer en contact avec lui.

Mais tout au long de son enfance, Gemma avait rêvé, un jour, de faire partie de cette famille, de vivre dans une belle maison, d'avoir des serviteurs pour s'occuper d'elle, et de ne jamais avoir à se demander comment payer le loyer. Tout au long de son enfance, l'émeraude avait incarné à ses yeux ce rêve de luxe et de beauté.

Si elle avait trouvé l'Emeraude d'Irlande, son rêve aurait pu devenir réalité. Et, qu'elle se soit servie de la pierre pour convaincre les Parnell de l'accepter comme une des leurs, ou qu'elle se contente de la balancer à la figure de son père, cela aurait prouvé à tout le monde que le sang des Parnell coulait dans ses veines, même s'il s'était dilué dans le sang irlandais des Moynihan.

Oh, grâce à l'argent des Parnell, elle était bel et bien allée à l'université. Elle s'y était spécialisée dans l'histoire de l'Irlande médiévale et, après avoir soutenu sa thèse, elle avait obtenu un poste d'enseignante. Et puis, l'année précédente, alors qu'elle préparait un article sur les prisons médiévales, elle avait décidé d'en profiter pour vérifier si la légende familiale possédait quelque fondement historique. Elle avait alors découvert, à sa grande surprise, que tout ce que sa mère lui avait raconté était documenté : l'émeraude, le vol, le procès du coupable — un certain Crevan Quinn.

Oui, l'Emeraude d'Irlande avait bel et bien existé. Il s'agissait d'un joyau de soixante-douze carats que Stanton Parnell avait acheté pour l'offrir à sa jeune épouse. Un jour de février 1848, alors qu'il se promenait dans Dublin avec l'émeraude dans la poche de son manteau, il avait été victime d'un fâcheux vol à la tire. Et, bien que le coupable eût été jugé puis déporté vers l'Australie pour son crime, la pierre précieuse n'avait jamais été retrouvée.

Elle imaginait déjà les gros titres des journaux, la preuve noir sur blanc que Gemma Moynihan, fille illégitime de David Parnell, avait elle aussi droit à sa part d'héritage. Bien que sa mère se soit toujours refusée à réclamer un test ADN, l'émeraude servirait de monnaie d'échange à Gemma. Si les Parnell voulaient la pierre, eh bien, David devrait d'abord la reconnaître comme sa fille.

Après six mois de recherches approfondies, elle avait quelques pistes. Et toutes la conduisaient vers l'Australie et les descendants de Crevan Quinn. Lorsqu'on possédait un tel joyau, soit on le vendait, soit on le léguait à sa descendance. Et comme il était impossible de vendre une pièce de cette importance sans attirer l'attention, la famille Quinn la détenait sans doute encore.

— Est-ce que vous pouvez me tenir ceci ? lui demanda l'homme accroupi devant la voiture, d'une voix assurée qui la ramena brutalement à la réalité.

— Déjà ? s'étonna-t-elle en attrapant les écrous qu'il lui tendait. Jamais je ne m'en serais tirée toute seule. Mais j'espère que je ne suis pas en train de vous mettre trop en retard.

— Pas grave, répondit-il en se levant et en s'essuyant les mains sur son pantalon. Si j'étais vous, continua-t-il en allant chercher la roue intacte dans le coffre, j'irais faire réparer mon pneu dès maintenant. Ce serait embêtant de crever encore sans roue de secours.

Il mit le nouveau pneu en place pendant qu'elle lui tendait les écrous, un à un.

— Merci du conseil, murmura-t-elle.

— Vous êtes irlandaise ? demanda-t-il soudain en lui adressant un curieux regard. Vous logez dans le coin ?

Enfin il se décidait à parler. Avec un peu de chance, se réjouit-elle, elle allait pouvoir lui prouver combien elle pouvait être drôle et spirituelle…

— Oui, je réside au domaine de Kerry Creek, répondit-elle d'une voix enjouée. Vous connaissez ?

Mais, tout de suite, elle le vit se figer.

— Et c'est là que vous alliez ? insista-t-il.

— Oui. Et vous, vous vivez par ici ou bien en ville ?

— J'habite par là, répondit-il en indiquant plus ou moins l'ouest. Derrière la souche noire, là-bas. Au milieu de nulle part.

Bon, d'accord, ce ne serait pas avec ces explications qu'elle pourrait le retrouver si l'envie lui en prenait. Et elle ne voyait pas du tout ce que pouvait être cette « souche noire ». C'était peut-être un lieu-dit, à moins qu'il ne s'agisse d'une expression australienne qu'elle ignorait.

Avec lui, les choses ne se présentaient pas forcément sous les meilleures auspices. Il était pourtant beau garçon, et il aurait été dommage de laisser tomber la partie.

Extrêmement beau garçon, même, songea-t-elle en l'admirant encore tandis qu'il finissait les réparations. Elle était fascinée par ses cheveux noirs qui bouclaient légèrement sur sa nuque et par sa puissante musculature qui saillait sous ses vêtements. A tel point qu'elle dut se faire violence pour ne pas s'approcher et le toucher. Elle respira doucement pour essayer de reprendre le contrôle de ses émotions.

— Voilà, dit-il en s'essuyant les mains sur son jean, après avoir remis le pneu crevé et le cric dans le coffre, votre voiture est comme neuve, ou presque.

— Laissez-moi vous dédommager, proposa Gemma. Ou au moins vous inviter à déjeuner. J'ai trouvé un bar sympa en ville, avec des tourtes à la viande à tomber.

— Pas la peine, miss. Ça m'a fait plaisir de vous rendre service.

Il sembla alors hésiter et elle crut qu'il allait changer d'avis. Mais non, il tourna bien les talons et se dirigea vers son camion.

— Bonne journée, miss. Et soyez prudente, ajouta-t-il en soulevant légèrement son chapeau.

Elle le regarda monter à bord et faire lentement marche arrière pour sortir l'engin du fossé. Et elle ne le quitta pas des yeux jusqu'à ce qu'il s'éloigne en direction de la ville.

— C'est malin, murmura-t-elle en se rendant compte que son cœur battait la chamade.

Quel fiasco…

Pourtant, le courant était bien passé avec tous les Australiens qu'elle avait rencontrés depuis son arrivée. Mais celui-là était sans doute déjà pris. Voire marié. Ou bien — autre possibilité — elle ne lui plaisait pas du tout. Peut-être, après tout, que les autochtones n'appréciaient pas les Irlandaises pâles et maigrichonnes.

En outre, tous les chevaliers n'étaient pas censés tomber amoureux de la dame qu'ils secouraient. C'était historiquement prouvé. D'ailleurs, dès qu'elle serait de retour à Dublin, elle ferait des recherches sur le sujet et cela pourrait même donner lieu à un bel article.

Heureusement qu'il lui restait l'histoire pour se consoler, songea-t-elle en souriant.

— Je t'ai dit que j'étais désolé.

Alors que Brody s'excusait, Cal regardait le bout de ses pieds, titillé par une envie de lui botter les fesses.

C'était tout ce qu'il méritait. Mais, en même temps, il en avait assez de jouer les nounous. Si Brody avait l'intention de fiche sa vie en l'air, libre à lui. Mais lui-même, présentement, avait beaucoup mieux à faire.

Par exemple, penser à la jeune femme qu'il avait rencontrée sur la route.

Gemma Moynihan. Quand Mary avait évoqué la généalogiste, Cal s'était représenté une vieille dame avec des cheveux gris et des lunettes. Elle était, au contraire, incroyablement belle, avec un teint de porcelaine comme il n'en avait jamais vu et une splendide masse de cheveux auburn qui tombaient en cascade tout autour de son visage. Même si elle paraissait très jeune, elle devait avoir à peu près le même âge que lui.

Dès qu'il l'avait entendue parler, avec son accent chantant caractéristique, il avait eu un doute sur son identité. Et quand elle s'était présentée, il avait d'abord eu l'intention de faire de même. Mais c'était trop tard, elle l'avait déjà laissé sans voix. Et tout ce qu'il aurait réussi à articuler n'aurait servi qu'à le faire passer pour un idiot. Il avait besoin de temps pour retrouver tous ses moyens.

Il lui avait fallu tout le reste de la route jusqu'à Bilbarra pour y parvenir et pour réfléchir à cette rencontre. Pendant tout le temps passé avec elle, il avait à peu près réussi à sauver les apparences, mais il avait dû fournir des efforts surhumains pour ne pas la regarder sans cesse, pour ne pas décortiquer chaque parole qu'elle avait prononcée.

Et pour ne pas l'imaginer nue devant lui.

Il se frotta les mains pour essayer de raviver le souvenir de sa peau soyeuse sous ses doigts.

Lui accorderait-elle une seconde chance ? Ou, au contraire, les choses changeraient-elles lorsqu'elle apprendrait qui il était vraiment ?

Il éprouva soudain l'envie irrépressible de quitter Bilbarra et de retourner au domaine pour le savoir au plus vite.

Mais il avait malheureusement d'autres chats à fouetter.

— Tu es vraiment en train de mal tourner, tu sais ? Tu pourrais trouver mieux à faire. Comme me donner un coup de main au ranch. On n'est jamais de trop pour le rassemblement du troupeau. Maintenant que le cabinet de Teague commence à bien tourner, il part en visite une bonne partie de la journée. Et quand il est à la maison, c'est pour faire des papiers.

— Je n'ai pas encore décidé ce que j'allais faire, répondit Brody, buté. Mais tu peux être sûr que je ne suis pas près de devenir cow-boy. Maintenant, tu veux bien me passer mes clés ? J'ai à faire, figure-toi.

— Je te signale que tu n'as plus le droit de mettre les pieds au pub, répondit Cal en cherchant dans sa poche les clés du 4x4 de son frère. Il va falloir que tu trouves un autre endroit pour te soûler. Sauf si tu arrêtes de lever le coude. Ce serait toujours ça d'économisé…

Comme son frère se renfrognait, il lui donna une petite tape sur l'épaule et ajouta :

— Allez, je suis désolé que les choses aient mal tourné pour toi. Mais c'est la vie, malheureusement. Et maintenant, il faut te reprendre, et arrêter tes bêtises.

Brody le repoussa sans ménagement, avant de se lever.

— Lâche-moi ! Si j'avais besoin d'une mère, je retournerais à Sydney vivre avec celle que j'ai déjà.

Affligé, Cal le regarda sortir dans la rue pleine de poussière et prendre la direction du pub. Un instant plus tard, Angus Embley, le chef de la police, s'approcha de lui.

— Il a causé de gros dégâts ? lui demanda Cal d'un ton préoccupé.

— Rien de trop grave. Il a juste cassé un miroir.

— De toute façon, je ne me fais pas d'illusion, s'il ne peut plus boire ici, il est capable d'aller jusqu'à Brisbane pour trouver un autre pub.

— Laisse-lui un peu de temps, Cal, lui dit doucement Angus. Ce n'est pas évident pour lui de se retrouver ici. Il faut qu'il prenne ses marques.

— Merci de l'avoir gardé ici, en tout cas, Angus. Je n'aime pas qu'il prenne la route quand il a trop bu. Ça me rassure de savoir que tu veilles sur lui.

— Pas de souci.

Cal retourna à sa camionnette et grimpa à bord. Bien qu'il ait des courses à faire, du courrier à récupérer et des livres à aller chercher, il était tenté de rentrer directement à Kerry Creek.

C'était la première fois qu'une femme occupait toutes ses pensées, et il en était le premier surpris. D'habitude, diriger une exploitation qui tournait à plein régime ne lui laissait pas le loisir de songer à quoi que ce soit d'autre. Mais c'était sans doute pour oublier qu'il n'avait que son travail qu'il s'y investissait tant. Maintenant, la donne allait peut-être changer…

Il se gara devant le bureau de poste. La plupart des fermes des environs recevaient leur courrier par avion. Mais Brody et

Teague venaient assez souvent en ville pour retirer directement le leur et faire économiser ainsi un voyage à l'avion postal.

Dans le paquet de lettres qu'il récupéra, une enveloppe attira son attention, au point qu'il l'ouvrit avant même d'être remonté dans son camion.

« Voici les trois ravissantes jeunes femmes que nous avons sélectionnées pour vous, put-il lire. Connectez-vous dès maintenant sur notre site pour voir leur profil complet. »

Cal chercha vite les photos des jeunes femmes en question, et les étudia avec soin. Bien que toutes trois plutôt jolies, aucune ne pouvait rivaliser de beauté avec Gemma Moynihan. Vraiment, cette Irlandaise possédait quelque chose en plus, quelque chose d'irrésistible qui lui donnait envie de la connaître mieux, et — surtout — plus intimement.

— Désolé, mesdemoiselles ! lança Cal en montant dans sa camionnette et en fourrant la lettre dans la boîte à gants.

Pour l'heure, il se passerait de leurs services. Tant que Gemma Moynihan séjournerait à Kerry Creek, il se concentrerait sur elle seule. Après tout, qu'avait-il à perdre ? Elle était belle, elle était fascinante, et elle allait vivre sous son toit : que rêver de mieux ?

Au moment où il allait mettre le contact, il interrompit son geste, comme pris d'un doute. Que se passerait-il s'il tombait amoureux ?

Mais ce n'était pas près d'arriver, se rassura-t-il. D'ailleurs, il avait si peu d'expérience en la matière que, même si cela se produisait, il serait capable de ne pas s'en apercevoir. En revanche, le désir, il connaissait. Et, pas de doute, c'était pile ce qu'elle lui inspirait.

Quand elle aurait quitté Kerry Creek, il n'aurait plus qu'à se remettre en quête d'une épouse.

Impatient de mettre ses plans à exécution, il se dépêcha de quitter Bilbarra, la liste de courses définitivement oubliée au fond de sa poche.

Pour son plus grand désespoir, le chemin du retour lui parut, cette fois, interminable. Lorsque, enfin, il arriva dans la cour du ranch, il calcula que Gemma devait l'avoir devancé d'une heure à peu près. Comme c'était plus ou moins le moment du déjeuner, avec un peu de chance, il pourrait la trouver attablée avec Mary. Il monta les marches du perron quatre à quatre et se précipita à l'intérieur de la maison.

Malheureusement, la cuisine était vide.

A l'énorme plat de ragoût de mouton qui mijotait sur le feu et à la bonne odeur de pain frais qui flottait dans l'air, il comprit qu'il avait encore un peu de temps devant lui. Tant mieux. Cela lui laissait le temps d'aller se rafraîchir, histoire d'être présentable pour le repas.

Alors qu'il se dirigeait vers sa chambre, il tomba sur Mary.

— Ah, génial, tu es de retour, lui lança-t-elle, tout sourires. Je n'ai presque plus de café, et j'ai besoin de levure pour…

— Désolé, l'interrompit Cal, mais je n'ai pas fait les courses. On appellera Teague, puisqu'il doit passer en ville dans la journée. Où est Gemma Moynihan ?

— Dans les dépendances, en train de défaire ses bagages, lui répondit-elle après un léger temps d'hésitation. Elle est partie à l'aube pour aller chercher ses affaires. Elle m'a dit qu'elle avait crevé sur le chemin du retour, mais qu'un type s'était arrêté pour lui changer sa roue.

— Je sais, c'était moi.

— Alors les présentations sont déjà faites ? demanda-t-elle, l'air de plus en plus surpris.

— Pas exactement. Mais pourquoi est-ce que tu ne m'avais pas prévenu qu'elle était… comment dire…

— Jeune ?

— Non, belle.

— Je me suis dit que tu le découvrirais bien assez tôt.

— Tu l'as invitée à déjeuner ?

— Je lui ai proposé de lui apporter quelque chose à manger une fois que les gars auraient pris leur repas.

— Laisse-moi m'en occuper, proposa-t-il. Je vais me changer et j'arrive.

Il se rua vers sa chambre, en enlevant sa chemise sur le chemin pour gagner du temps. Puisque l'occasion se présentait, autant essayer de faire une bonne — seconde — impression.

Il réussit l'exploit de se doucher en moins de cinq minutes et attrapa vite une serviette pour se sécher. Par bonheur, il avait pris le temps de raser sa barbe de trois jours au lever. Il perdit quelques instants à hésiter sur l'opportunité de se parfumer, mais repoussa finalement l'idée, préférant miser sur la sobriété.

Tout en s'essuyant la tête avec vigueur, il se dépêcha de sortir de la salle de bains. Et quand, dans le couloir, il émergea de sa serviette, il eut la stupeur de découvrir Gemma juste en face de lui, les yeux écarquillés. Elle tenait contre sa poitrine une couverture qu'elle laissa tomber en poussant un petit cri.

Ils se penchèrent tous les deux pour la ramasser, mais il fut le plus rapide. Il la lui tendit en se relevant. Toutefois Gemma restait comme paralysée, promenant seulement son regard de haut en bas sur son corps dénudé. Confus, il tenta de nouer sa serviette autour de sa taille, ce qui, avec une seule main, était une vraie gageure. Enfin, après un laps de temps qui lui parut une éternité, elle reprit la couverture.

S'ensuivit un long silence gêné, durant lequel il chercha de toutes ses forces une échappatoire à cette situation embarrassante. Parmi tous les scénarios qu'il avait échafaudés, aucun ne mettait en scène leur rencontre de cette façon — lui nu comme un ver, et elle comme fascinée par ce spectacle inédit.

Il prit alors son courage à deux mains. Le mieux était encore de faire comme si de rien n'était.

— Bonjour, dit-il le plus naturellement possible.

Elle sursauta légèrement et le regarda enfin dans les yeux.

— Qu… qu'est-ce vous faites ici ?

— J'habite ici. Je suis Callum Quinn. Mais vous pouvez m'appeler Cal.

L'air stupéfait, elle serra la main qu'il lui tendait, assez lentement pour qu'il ait bien le temps d'apprécier la douceur de sa peau.

— Je suis…

— Gemma Moynihan, l'interrompit-il. Je sais. Vous êtes la généalogiste. Mary m'a parlé de vous.

Elle fronça les sourcils et secoua la tête d'un air perplexe.

— Mais pourquoi est-ce que vous ne vous êtes pas présenté tout à l'heure ?

— Je n'ai pas compris tout de suite qui vous étiez. Je vous

croyais moins… enfin plus… âgée. Mary ne m'avait pas prévenu que vous étiez… enfin… jeune… Oui, c'est ça, jeune.

Elle regarda tout autour d'elle comme si elle cherchait à s'enfuir.

— Je crois que je ferais mieux de vous laisser vous habiller, finit-elle par dire. Mary doit m'attendre, elle m'avait envoyée chercher une couverture supplémentaire.

— Bien sûr, murmura Cal tout en se demandant ce qui avait bien pu passer par la tête de Mary. A plus tard alors ?

— Plus tard. D'accord, acquiesça-t-elle en tournant les talons et en se précipitant vers l'escalier.

Puis elle se retourna une dernière fois avant de descendre.

Curieuse rencontre, songea-t-il en la regardant s'éloigner. D'habitude, c'était lui qui cherchait ses mots lorsqu'il se trouvait en galante compagnie. Evidemment, dans le cas présent, Gemma se serait sans doute sentie un peu plus à l'aise si lui avait été un peu moins nu… C'était une idée, d'ailleurs. Pour que jamais la conversation ne tourne à son désavantage, il faudrait qu'il pense à se déshabiller le plus vite possible.

Plus sérieusement, le destin avait placé cette femme sur son chemin et pour rien au monde, il n'aurait laissé passer sa chance. En réalité, elle ne le savait pas encore, mais elle était prise au piège. Puisqu'elle attendait de lui des informations sur la famille, il allait lui en donner. Mais au compte-gouttes. Histoire qu'elle reste au ranch le plus longtemps possible.

Mais pour ne pas tout gâcher, il fallait procéder avec méthode : la priorité, c'était de bien faire comprendre à tous les hommes de Kerry Creek — y compris ses frères — qu'ils ne devaient pas l'approcher.

Après, il pourrait s'occuper d'elle comme elle le méritait.

Mais d'abord, le repas. Il demanderait à Mary de préparer quelque chose pour tous les deux, et ensuite, il emmènerait Gemma visiter le domaine. Plus ils passeraient de temps en tête à tête, plus il aurait de chance de la séduire. Et si cela ne suffisait pas, il se déshabillerait de nouveau et laisserait le charme agir…

- 2 -

Gemma dévala les escaliers, le visage en feu et le cœur battant la chamade. Une fois en bas, elle s'accrocha à la rampe et tenta de reprendre ses esprits.

Ce qui venait de se produire était surréaliste.

Après sa crevaison, pendant tout le trajet vers Kerry Creek, elle n'avait eu qu'une image en tête : celle de l'homme qui venait de la secourir, nu devant elle. Et voilà que, sans qu'elle s'y attende le moins du monde, cette image s'était matérialisée devant ses yeux.

C'était à se demander si elle n'avait pas rêvé.

Peut-être avait-elle seulement cru le voir nu, tant elle y avait pensé auparavant…

— Non, pourtant, c'était bien vrai, murmura-t-elle, encore sous le choc.

La preuve, d'ailleurs : ce qu'elle avait vu là-haut dépassait en perfection tout ce qu'elle avait pu s'imaginer. Rien que d'y repenser, elle se mit à frissonner.

Elle se remit alors en route, pressée de regagner sa chambre où, dans l'intimité, elle pourrait se délecter tout son soûl de cette vision enchanteresse.

— Vous avez trouvé ? l'interpella Mary alors que Gemma poussait la porte de la cuisine.

— Oui, je vous remercie, répondit-elle sans s'attarder.

Elle se sentit épiée avec curiosité par les employés du ranch venus s'installer pour le déjeuner. Elle se demanda alors si elle était aussi rouge qu'elle en avait l'impression.

Ce n'était pourtant pas la première fois qu'elle voyait un

homme nu. Mais c'était bien la première fois, en revanche, qu'un tel spectacle la troublait et la captivait de la sorte…

Une fois arrivée dans les dépendances, Gemma s'enferma dans sa chambre et se précipita vers son lit. Elle n'était pas allongée depuis une seconde, le visage enfoui dans son oreiller, qu'une image de Cal surgit de nouveau dans son esprit.

Mais comment faisait-il pour avoir un corps aussi parfait ? Tout était sublime chez lui, de la tête aux pieds, en passant par le milieu.

Et quel milieu…, pensa-t-elle en soupirant d'aise.

Rien à faire, cet homme, elle le voulait.

Dès l'instant où elle l'avait vu partir en camionnette, elle avait regretté de ne pas s'être montrée aussi entreprenante qu'à son habitude. Cela ne lui ressemblait pas, elle qui avait toujours décidé du début comme de la fin de toutes ses histoires d'amour. Elle qui avait toujours réussi à emmener les hommes là où elle voulait qu'ils aillent.

C'était la même chose pour sa vie professionnelle, du reste. Elle avait décidé qu'elle voulait être titulaire de la chaire d'histoire médiévale à l'université et elle avait convaincu l'ensemble du département d'histoire que, malgré son jeune âge, elle était la mieux placée pour cela. Son article sur les icônes irlandaises avait fait la couverture du journal d'études historiques de l'université parce qu'elle en avait décidé ainsi. Et quand on lui avait demandé d'assurer des cours pendant les vacances, elle avait réussi à persuader tout le monde qu'elle ne pouvait en aucun cas différer les recherches pour son prochain livre.

Elle le voulait, certes, mais, pour la première fois de sa vie, elle hésitait à tout mettre en œuvre pour que sa volonté s'accomplisse. Pourtant, célibataire depuis des mois, elle n'aurait pas dit non à une amourette d'été. Cela ne lui paraissait toutefois pas très moral.

Elle était là pour soutirer de précieuses informations à Cal. S'ils couchaient ensemble, elle aurait un peu l'impression d'être une de ces femmes qui se servent de leur corps comme d'une monnaie d'échange.

D'ailleurs, elle avait plutôt intérêt à se montrer loyale

envers lui, car elle aurait besoin qu'il reste toujours dans de bonnes dispositions à son égard. Si elle trouvait l'émeraude, en effet, elle devrait ensuite le convaincre de lui céder une pierre valant la bagatelle d'un demi-million de livres. Idem si elle parvenait à prouver que le joyau avait été vendu, et qu'elle lui réclamait la somme correspondante.

La situation serait donc assez délicate comme ça, sans qu'elle ait besoin de la compliquer encore. Il fallait plutôt qu'elle se recentre sur ses priorités, tenta-t-elle de se raisonner.

Après tout, que représentaient quelques nuits — même les plus torrides qui soient — face à la possibilité d'être enfin reconnue comme membre de la famille à part entière ? Elle désirait cet homme depuis trois heures environ, mais voulait être une Parnell depuis de longues années. Et ça, elle ne devait surtout pas le perdre de vue.

Elle s'était toujours montrée très terre à terre au sujet du sexe. Elle recherchait le plaisir physique et lui seul, se refusant systématiquement tout attachement d'ordre sentimental ou émotionnel. Elle avait eu beaucoup d'amants, mais jamais elle n'était tombée amoureuse. Le spectacle de sa mère se consumant littéralement pour un homme qui ne lui reviendrait jamais avait été un repoussoir d'une redoutable efficacité.

Soudain, elle entendit frapper à sa porte. Elle se redressa d'un bond.

Etait-il possible que ce fût Cal ? se demanda-t-elle en remettant un peu d'ordre dans ses cheveux. Si c'était le cas, il allait être difficile de le regarder en face sans tenir compte du fait qu'elle venait de l'avoir nu devant elle…

— Entrez ! lança-t-elle alors que son mystérieux visiteur insistait.

La porte s'ouvrit et Mary entra dans la pièce, portant un plateau.

— Hello ! claironna la gouvernante sur un ton enjoué. Je vous apporte votre déjeuner. Oh, pas grand-chose : juste un sandwich et quelques chips, mais avec, quand même, une belle part de tarte aux pommes. J'ai préparé du ragoût pour les gars, mais j'ai pensé que vous n'aimeriez pas forcément. Et comme boisson, poursuivit-elle après avoir posé le plateau sur une petite table, je peux aller vous chercher de la bière, de la limonade ou du vin. Ou du lait, bien entendu, si vous préférez.

— De la limonade, ce sera parfait, je vous remercie. Mais ne vous dérangez surtout pas pour moi, je peux me déplacer.

— Ne vous inquiétez pas, j'enverrai Cal vous l'apporter. Comme ça, vous pourrez vous revoir tous les deux.

— Ce n'est pas possible, il ne vous a pas raconté ? demanda Gemma, honteuse. Vous savez, je ne m'attendais pas du tout à tomber sur lui. Je suis restée comme pétrifiée, ne sachant quoi dire ni où regarder. Ce n'est quand même pas si fréquent de se trouver face à face avec un homme nu…

— Comment ça, nu ? s'enquit Mary, l'air stupéfait. Mais qu'est-ce qu'il fabriquait sur la route dans cette tenue ?

— Sur la route ? répéta Gemma. Ah mais oui, j'y suis ! s'exclama-t-elle en souriant, après un temps d'arrêt. Je ne parle pas de notre première rencontre. Je parle de la deuxième, là-haut. Il sortait de la salle de bains, et moi…

— Oh non ! l'interrompit Mary, horrifiée. Je suis désolée, c'est ma faute. Il m'avait pourtant dit qu'il allait se changer. Mais j'ai cru qu'il avait fini depuis longtemps et qu'il avait quitté l'étage.

Toute rougissante, Mary baissa la tête et se mit à dresser la collation sur la table avec une confusion mal dissimulée.

— Ne vous inquiétez pas, la rassura Gemma en se rapprochant. Ce n'était pas désagréable comme spectacle. Pourquoi perdre une belle occasion de se rincer l'œil ?

Mary leva la tête, l'air surpris, avant d'éclater de rire.

— Moi qui craignais que vous soyez effrayée par les manières et le parler rustiques des gars, au point de préférer manger dans votre chambre, eh bien, je m'étais trompée. En fait, je crois que vous allez vous plaire ici.

— Je suis irlandaise, n'oubliez pas, lui répondit Gemma, espiègle. Chez nous, on s'y connaît en rusticité.

— Super ! Dans ce cas, je vous compterai parmi nous, ce soir, au dîner, dit Mary en se dirigeant vers la porte. En attendant, je vous prépare votre limonade.

Gemma prit son assiette et s'installa sur les marches qui menaient à l'entrée de sa chambre. Décidément, pensa-t-elle en scrutant le ciel sans y déceler le moindre petit nuage, l'hiver dans le Queensland n'avait rien avoir avec l'hiver irlandais. La température était même assez clémente pour déjeuner dehors. Ravie, elle s'attaqua sans plus attendre à son sandwich. Mary l'avait gâtée : il avait l'air exquis et il fleurait bon la délicieuse moutarde qu'elle avait adorée la veille. En plus il était gigantesque, ce qui tombait bien parce que, n'ayant rien avalé depuis son petit déjeuner aux aurores, elle était affamée.

A la première bouchée, elle soupira d'aise. C'était étrange comme tout lui paraissait meilleur depuis qu'elle était ici. Ce n'était peut-être d'ailleurs pas étranger au fait que quelqu'un de bien plus compétent qu'elle s'occupait de ses repas…

Mais un bruit, à l'autre bout de la cour, la tira de ses pensées : quelqu'un venait.

C'était Cal qui s'approchait, un verre de limonade à la main. Paniquée, elle se dépêcha de mâcher et d'avaler sa bouchée de sandwich.

— Hello, réussit-elle à articuler, tout sourires, lorsqu'il fut arrivé en face d'elle.

— Mary m'a demandé de vous apporter ça.

— Merci, répondit-elle avant de prendre la boisson qu'il lui tendait en évitant soigneusement son regard.

— Bon repas, alors, ajouta-t-il avant de tourner les talons.

— Vous ne voulez pas manger avec moi ? proposa-t-elle. Regardez la taille de ce sandwich : il y en a assez pour nous deux.

— D'accord, répondit-il après un long moment d'hésitation. Mais d'abord je voudrais m'excuser pour…

— Oh non, le coupa Gemma. Ce n'est la peine. Ça m'est égal… Enfin, je veux dire, corrigea-t-elle en laissant échapper un petit rire nerveux, ça ne m'a pas dérangée. J'ai déjà vu d'autres hommes nus avant vous. Plusieurs. Beaucoup, même. Enfin, pas tant que ça non plus, tint-elle à préciser. Un certain nombre, on va dire.

— Trop ?

— Je ne dirais pas ça. Même si, dans l'idéal, j'aime mieux être prévenue à l'avance, c'est un spectacle qui ne me dérange pas spécialement.

Consciente d'être allée un peu loin dans les confidences, elle baissa la tête et mordit dans son pain. La bouche pleine, au moins, elle arrêterait de raconter n'importe quoi.

— Mary m'a dit que vous aviez des questions à me poser sur ma famille.

— Effectivement.

— Mais pourquoi ?

Elle s'attendait à cette question et avait préparé sa réponse depuis longtemps déjà.

— En fait, je m'intéresse à ce qui est arrivé à vos ancêtres après leur départ d'Irlande, débita-t-elle d'un trait. Je prépare un livre sur les Quinn.

— Pourquoi précisément sur les Quinn ?

— Tout simplement parce mon travail est commandité par un de vos parents éloignés, mentit-elle. Un certain Edwin Quinn, un homme assez influent. Il veut en apprendre un peu plus sur sa famille.

Une fois sa tirade récitée, elle retint son souffle, anxieuse de voir si Cal allait la croire.

— Parce que quelqu'un est prêt à payer pour ça ? demanda-t-il, l'air interloqué. Pour connaître ce qui est arrivé à des personnes mortes depuis des générations ? C'est du passé tout ça, qui est-ce que ça peut intéresser ?

— Mais moi ! répondit-elle en s'animant. En tant qu'historienne, je trouve au contraire le passé captivant. Et les morts ont une foule d'histoires à nous raconter. Saviez-vous par exemple que votre aïeul Crevan Quinn avait débarqué en Australie en tant que forçat ?

— Oui, comme la plupart des colons du reste. Lui avait été condamné pour vol à la tire. Après avoir purgé sa peine en Nouvelle-Galles du Sud, il est venu s'installer dans le Queensland. Il a travaillé dur pour pouvoir s'acheter un lopin de terre, et il y a fondé Kerry Creek. D'ailleurs, continua-t-il après avoir mordu dans sa moitié de sandwich, il y a un portrait de lui dans le salon.

— J'aimerais beaucoup le voir.

— Si vous voulez, je vous le montrerai quand je vous

ferai visiter la maison. Mais je vous préviens, je ne suis pas persuadé qu'il vaille vraiment le détour.

En le regardant, elle remarqua qu'il lui restait un peu de moutarde au coin de la bouche. Sans réfléchir, elle tendit le bras vers lui pour la lui enlever. Elle venait à peine de le faire qu'elle regrettait déjà son geste. Mais il était trop tard…

— Vous aviez de la moutarde, là, murmura-t-elle, confuse.

Il lui saisit alors le poignet, porta son doigt maculé de jaune à ses lèvres, et le lécha doucement. Elle eut beau se dire que ce n'était rien, elle sentit tout son corps s'embraser. Alors que sa respiration s'accélérait, elle dut prendre sur elle pour essayer de dissimuler son trouble.

Face à elle, Cal semblait ne pas en mener large lui non plus. Il la laissa très vite retirer sa main et elle en profita pour saisir son verre afin de se donner une contenance. Elle se dépêcha de boire une gorgée, mais, surprise par l'acidité de la limonade, elle avala de travers. Plus elle toussait, plus la gorge lui piquait, jusqu'à lui faire venir les larmes aux yeux.

— Ça va ? Vous êtes en train de vous étrangler ? lui demanda-t-il en lui passant la main dans le dos.

Mais le contact de sa paume contre sa chair ne fit qu'augmenter sa gêne. Elle imaginait ses mains courant sur son visage, sur ses seins, sur…

— Mmm…, put-elle seulement marmonner.

— Allez-y, buvez, lui dit-il en lui tendant son verre.

Mais elle le repoussa. La limonade était bien la dernière chose dont elle avait besoin, pensa-t-elle, effarée par cette capacité extraordinaire qu'elle avait de passer pour une idiote à chacune de leurs rencontres.

Lorsque sa toux se calma enfin, elle leva vers lui ses yeux encore embués de larmes. Puis elle posa son regard sur sa bouche, fascinée par la sensualité qu'elle dégageait.

Alors, comme si elle ne s'était pas encore assez fait remarquer, elle se hissa sur la pointe des pieds pour l'embrasser. Il ne s'y attendait visiblement pas, car il recula son visage, l'air médusé. Venait-elle de commettre une bêtise ? paniqua-t-elle. Elle qui pensait lui plaire, elle s'était peut-être lourdement trompée.

— Excusez-moi, dit-elle après s'être éclairci la gorge. Je ne sais pas pourquoi j'ai fait ça. En fait, reprit-elle après une longue pause consacrée à la recherche d'une excuse plausible, je voulais vous remercier. Vous remercier de m'avoir secourue sur la route, d'avoir accepté que je m'installe ici et de bien vouloir répondre à mes questions sur votre famille. Rien de plus.

— Aucun problème, murmura-t-il. Et alors, poursuivit-il d'une voix plus forte, après avoir respiré un grand coup, vous êtes partante pour la visite du domaine ?

Il était encore tout près d'elle. Si près qu'elle sentait son souffle chaud lui caresser le visage. Elle savait que si elle levait les yeux vers lui, elle allait l'embrasser de nouveau. Et cette fois, l'effet de surprise passé, cela se déroulerait sans doute mieux.

— Je préférerais un peu plus tard si ça ne vous dérange pas. En fait, j'aimerais commencer mes recherches le plus vite possible. Mary m'a dit que vous conserviez vos souvenirs de famille dans la bibliothèque, c'est bien ça ?

— Effectivement. Elle peut vous y conduire, si vous le souhaitez. Nous, on se verra plus tard. Après le repas, par exemple ?

— Ce soir, Mary m'a proposé de dîner avec tout le monde dans la cuisine. Vous y serez peut-être aussi ?

— Bien sûr, acquiesça-t-il.

— Alors, on se retrouvera là-bas, comme ça, après, on pourra se voir pour parler. Ça me paraît parfait comme rendez-vous… Comme rendez-vous de travail, je voulais dire, s'empressa-t-elle d'ajouter.

Mais Cal ne paraissait plus l'écouter. Un bruit de moteur l'avait fait se retourner et, à présent, il fixait avec insistance le 4x4 qui venait de faire son entrée dans la cour. Il laissa même échapper un juron.

— Qui est-ce ? demanda-t-elle.

— C'est Brody, mon plus jeune frère.

— Et qui est avec lui ? ajouta-t-elle en voyant une jeune femme descendre à son tour du véhicule. Sa petite amie ?

— Désolé, mais il faut que j'y aille, répondit-il en lui

adressant un sourire crispé. De toute façon, on se voit tout à l'heure.

Il lui tendit la main avant de la retirer aussi sec. Il était en effet assez incongru, pensa-t-elle, de se serrer la main après s'être embrassés.

Mais comment se dire au revoir, alors ?

Obéissant à son instinct, elle s'approcha de lui et posa la main sur sa poitrine.

— A plus tard, lui dit-elle en promenant sa paume de droite à gauche sur son torse puissant.

Il resta un instant comme pétrifié, puis lui répondit d'un signe de tête, avant de s'éloigner à grands pas.

Elle se frotta les bras pour essayer de chasser le frisson d'excitation qui la parcourait.

Décidément, Cal Quinn détonnait au milieu des hommes qu'elle avait jusque-là côtoyés. Elle était en effet toujours sortie avec des hommes bien plus âgés qu'elle, appartenant tous au même milieu et ayant tous fait de longues études. Plutôt des intellectuels que des manuels, en bref… A travers eux, c'était la figure de son père absent qu'elle recherchait, elle le savait bien.

Mais Cal ne ressemblait en rien à son père, ni à tous les autres. Il était grand, fort et incroyablement sensuel. Et, s'il était l'amant fougueux et passionné qu'elle supposait, elle se sentait prête à oublier un instant qu'elle était à la recherche d'un père pour partir à la découverte de sensations inédites et intenses.

Certes, la situation risquait d'être compliquée, mais elle aurait tout le temps d'y réfléchir… après coup.

Cal poussa la porte vitrée et entra dans la cuisine. Il huma l'air, dans lequel flottait un délicieux parfum, et vit Mary en train de s'activer derrière ses fourneaux. Il restait exactement cinq minutes avant l'heure du dîner, se dit-il en jetant un coup d'œil à l'horloge, et Mary ne transigeait pas sur la ponctualité. Mais il venait juste de finir son travail et, s'il voulait être présentable devant Gemma, il devait absolument aller se changer.

Il avait passé la journée à réparer les barrières des enclos où avait été parqué le bétail la saison précédente. Mais il avait éprouvé toutes les peines du monde à se concentrer sur sa tâche, obsédé par Gemma et par le souvenir du baiser qu'ils avaient échangé.

La façon dont s'était déroulée la scène lui avait laissé un goût amer. Sur le coup, il avait été si surpris qu'il avait reculé, au lieu de la prendre dans ses bras comme tout homme sensé l'aurait fait. A présent, la seule façon de réparer son erreur, c'était de l'embrasser de nouveau. Mais il ne savait pas trop s'il devait cette fois en prendre l'initiative ou bien la laisser encore faire le premier pas.

— C'est prêt dans combien de temps ? demanda-t-il en accrochant son chapeau près de la porte puis en retroussant ses manches.

— Tu ne sais donc pas lire l'heure ? lui répondit-elle sur un ton bourru, en lui indiquant l'horloge. On mange dans cinq minutes. En attendant, lave-toi les mains et viens t'asseoir !

— En fait, je prendrais bien une petite douche rapide. Je m'étais dit que tu pourrais peut-être les faire patienter un peu.

— Tu auras tout le temps de te doucher après le repas, répondit-elle en lui faisant face, les poings plantés sur ses hanches généreuses. Les gars ne voudront jamais attendre, et si tu n'es pas là au moment où je commencerai à servir, ils ne te laisseront pas la moindre petite miette. Mais ne t'inquiète pas, poursuivit-elle en se radoucissant, tu es bien comme tu es. De toute façon, même couvert de boue, tu serais encore beau…

— Je ne m'inquiète pas, se défendit-il. Pourquoi devrais-je m'inquiéter ? Il y a une raison ?

— Bien sûr que non, le rassura-t-elle. Allez, assieds-toi !

De mauvaise grâce, il vint prendre place en bout de table et Mary lui servit sans attendre un verre de bière. Il but une grande gorgée avant de se caler sur sa chaise, en repensant à l'étrange journée qu'il venait de vivre.

Car, après le curieux déjeuner avec Gemma, il n'était pas encore au bout de ses surprises.

Brody, en effet, était revenu de Bilbarra avec une fille un peu paumée qu'il avait rencontrée à la prison et à laquelle il avait proposé un travail au ranch. Cal, sceptique, avait tout de même accepté de lui confier les écuries à nettoyer. Et, quand il était passé vérifier si tout allait bien, il avait découvert avec stupéfaction des bâtiments propres comme jamais ils ne l'avaient été. Il ne savait pas si elle s'était révélée une travailleuse particulièrement efficace et acharnée, ou bien si elle avait réussi à convaincre un des garçons de ferme de l'aider. Mais, quoi qu'il en soit, cette Payton Harwell était plus débrouillarde qu'elle ne le lui avait semblé au premier abord.

Et puis Teague, lui aussi, était rentré au ranch, peu de temps après Brody. Et bien sûr, ça n'avait pas raté : à peine arrivé, il s'était déjà mis à baratiner les deux filles. Heureusement, appelé pour une urgence, il avait dû vite repartir.

Soulagé de voir ses deux frères neutralisés, Cal était impatient de se retrouver seul à seul avec Gemma. Mais pour cela, il faudrait attendre la fin du repas.

— Je devrais peut-être prévenir Gemma que le dîner est prêt, dit-il en reculant sa chaise.

— Elle est au courant, répondit Mary en lui tendant la corbeille de pain. Elle a passé l'après-midi dans la bibliothèque et je l'ai vue traverser le couloir vers sa chambre il y a quelques minutes. Si tu veux te rendre utile, prépare donc plutôt du café.

Ils furent interrompus par l'entrée fracassante des six employés du ranch.

— Moi je la trouve plutôt pas mal, dit Skip Thomson en prenant place à table, après avoir lancé son chapeau en direction de la patère sans se préoccuper d'avoir manqué sa cible.

— T'as raison, répondit Jack. J'aime bien les cheveux longs. Et aussi les longues jambes… Qu'est-ce que tu en penses, Cal ?

— Qu'est-ce que je pense de quoi ? demanda-t-il en remplissant le filtre à café.

— Laquelle tu préfères : l'Américaine ou l'Irlandaise ?

— Je ne me suis même pas posé la question, mentit-il.

— Attention, patron, il sera bientôt trop tard ! s'écria Davey

Thompson. Jack s'est déjà réservé l'Irlandaise. Il a même décidé de l'épouser et de lui faire un enfant, là, maintenant.

A ces mots, Cal tressaillit.

— Je vous préviens, les gars, vous avez intérêt à surveiller vos manières. Pas question de vous comporter avec elles comme avec les filles que vous ramassez au pub.

Mais il entendit frapper et s'interrompit, avant de reprendre plus bas en se rapprochant de la table :

— La voilà. Toi, dit-il à Jack, enlève-moi tout de suite cette serviette autour de ton cou et pose-la sur tes genoux. Et, surtout, les gars, tenez-vous bien.

Puis il alla ouvrir. Gemma attendait patiemment devant la porte, ravissante dans son jean et son petit haut moulant.

— Vous n'êtes pas obligée de frapper, vous savez, lui dit-il en s'effaçant pour la laisser entrer.

Lorsqu'elle passa devant lui, il remarqua qu'elle avait attaché ses cheveux avec un foulard. Il dut alors lutter de toutes ses forces pour ne pas le lui arracher au vol et libérer sa superbe chevelure auburn.

Cela faisait si longtemps qu'il n'avait pas touché une femme que tous ses sens étaient en alerte, et le parfum suave qu'elle dégageait suffit à le troubler. Gauche et emprunté, il posa une main timide sur son dos pour la guider jusqu'à la table.

Alors que tout son corps s'embrasait au contact de sa peau tiède et douce, il s'efforça de respirer lentement. C'était fou, l'effet qu'elle lui faisait. Certes, ces derniers temps, les femmes s'étaient faites plutôt rares dans sa vie, mais il savait, en temps normal, contrôler ses désirs. Pourtant, le simple fait de la toucher, elle, lui faisait perdre la tête.

— Bonsoir, lança-t-elle en souriant à toute la tablée qui, comme un seul homme, se leva dans un grand fracas de chaises. Je m'appelle Gemma.

Cal s'éclaircit alors la gorge, se rappelant qu'il était de son devoir d'hôte de faire les présentations.

— Gemma, voici Skip Thompson et son frère cadet Davey. A côté, c'est Jack Danbury et, en face, Mick Fermoy, Eddie Franklin et Pudge Bell. Et, bien sûr, il y a Mary, que vous connaissez déjà.

Il délogea Pudge, qui s'était assis à la place à côté de la sienne, pour y installer Gemma, dont il recula courtoisement la chaise.

— Je suis ravie de faire votre connaissance à tous, déclara-t-elle sans cesser de sourire.

La porte claqua soudain et Brody fit son apparition. Il balança ses gants sans ménagement à travers la pièce et balaya des yeux toute l'assemblée. Il arrêta bien vite son regard sur Gemma, un petit sourire connaisseur au coin des lèvres. Puis il s'approcha de la table, la fixant toujours avec insistance.

— Je suis Gemma Moynihan, dit-elle avec son charmant accent irlandais. Et vous, si j'en crois la ressemblance avec vos frères, vous devez êtes Brody.

— Gemma, répéta Brody en adressant à Cal un regard amusé.

Devant l'expression de son frère, Cal se sentit mal à l'aise. Etait-ce si évident que Gemma lui plaisait ? Il avait tout à coup l'impression que son attirance pour elle était écrite en lettres de feu sur son front. Mais bon, après tout, peu importait ce que Brody pouvait en penser. Si son frère avait envie de s'amuser avec Payton Harwell, lui avait tout à fait le droit de tenter sa chance avec Gemma. Point.

— Vous avez croisé Payton ? demanda Brody en souriant chaleureusement à Gemma.

Elle acquiesça.

— Vous savez si elle avait l'intention de venir nous rejoindre à table ? poursuivit-il.

— Non, je n'en sais rien. Quand j'ai quitté les dépendances, elle était allongée sur son lit. Elle avait l'air fourbu.

— Je ferais peut-être bien de lui apporter quelque chose, dans ce cas, suggéra Brody en s'écartant de la table.

Il saisit alors une assiette qu'il remplit à ras bord. Puis il alla chercher deux bières dans le frigo et s'éclipsa sans demander son reste.

— Vous avez vu ça, les gars ? s'esclaffa Mick. Si Brody ne se remet pas au foot, il pourra toujours se reconvertir comme soubrette. Il serait si mignon avec un petit tablier blanc autour de la taille !

La plaisanterie déclencha l'hilarité générale, et ce fut dans la joie et la bonne humeur que les gars attaquèrent les plats que Mary avait disposés devant eux.

— Si le menu ne vous convient pas, dit Cal à Gemma en lui tendant les pommes de terre, n'hésitez pas à réclamer autre chose à Mary.

Mais lorsqu'elle plongea son regard dans le sien, il se sentit comme paralysé. Elle avait les yeux d'un vert inouï. Il essaya de regarder ailleurs, mais fut happé par ses lèvres, pulpeuses et veloutées, qui dessinaient deux arcs de cercle parfaits. Il éprouva l'envie subite d'y apposer le plus passionné des baisers. Malheureusement, ils n'étaient pas seuls…

— C'est parfait, lui répondit-elle, tout sourires. Les pommes de terre, c'est un peu notre spécialité nationale, à nous les Irlandais. En plus, je meurs de faim : ce soir, je crois que je pourrais en manger à toutes les sauces.

Elle s'en servit une cuillerée et lui prit le plat des mains afin de le faire circuler. Ses doigts délicats effleurèrent les siens, mais il se garda bien de les retirer. C'était un peu puéril, certes, mais c'était pour l'instant le seul contact physique qu'il pouvait avoir avec elle et il était donc hors de question de s'en priver.

— Vous venez de quelle ville d'Irlande exactement ? lui demanda Mick.

— De Dublin. J'y enseigne l'histoire à l'université. Et c'est aussi là qu'habite ma mère, même si ce n'est pas, à l'origine, le berceau des Moynihan. Quant à mon père, reprit-elle après une pause, si bas que Cal fut le seul à l'entendre, il vit à Belfast.

— Mes grands-parents étaient irlandais, intervint Mick. Ils sont venus s'installer en Australie juste après leur mariage.

— Alors, comme ça, vous êtes une grosse tête ! reprit Jack auquel Cal adressa sur-le-champ un regard réprobateur. Ben quoi, se défendit-il, si elle enseigne à la fac, c'est qu'elle doit être drôlement intelligente…

— Je détestais l'histoire à l'école, dit Skip, avec toutes ces dates impossibles à retenir…

— C'est bien plus qu'une question de dates, s'anima Gemma. L'histoire, c'est la vie. Apprendre l'histoire, c'est savoir sur quoi reposent nos vies. Mon grand-père était un passionné d'histoire et j'ai passé tous les étés de mon enfance chez lui, à dévorer chacun des livres de sa bibliothèque bien fournie. J'adorais, en particulier, les ouvrages traitant des rois et reines d'Irlande.

— Je suis sûr qu'avec une prof comme vous, j'aurais été meilleur élève, continua Skip.

Cal regarda les gars un à un. Tous sans exception étaient captivés.

— Belle comme vous êtes, ça ne m'étonnerait pas que vous soyez une princesse, dit Pudge en rougissant, alors que les autres manifestaient leur approbation.

— Les Quinn, poursuivit Gemma sans se laisser démonter, descendent des anciens rois d'Irlande. Je suis ici pour essayer de retracer l'histoire de la branche australienne de la lignée. Et pour cela, ajouta-t-elle en se tournant vers Cal, j'espère convaincre mon voisin de table de me laisser fouiller dans tous ses petits secrets de famille.

De toute évidence, elle voulait le faire réagir. Mais il ne savait que dire. Il la connaissait si peu, c'était gênant. Et puis qu'avait-il à lui raconter, lui, celui qui passait toujours pour le plus sérieux des trois frères, celui à qui il n'arrivait jamais rien ? Si elle voulait du palpitant, c'était à Brody ou à Teague qu'elle devait s'adresser.

— Est-ce que vous avez des secrets à me confier, Cal ? insista-t-elle, un petit sourire polisson au coin des lèvres.

— Je n'ai rien à cacher. Ça, vous le savez déjà, murmura Cal en regrettant aussitôt sa réponse.

Ce n'était rien d'autre qu'une tentative pour faire de l'humour, mais il aurait sans doute été plus intelligent de s'abstenir d'évoquer ce malencontreux épisode.

En plus, ce qu'il venait de dire était idiot puisqu'il possédait bien quelques petits secrets, lui aussi. D'abord, personne ne savait qu'il s'était inscrit dans une agence matrimoniale. Et puis, il n'avait avoué à personne non plus qu'il en pinçait pour la généalogiste et ce, depuis le moment où il l'avait vue, ni qu'il avait passé la journée à fantasmer sur elle. Nul doute que ces révélations, s'il consentait à les faire, feraient l'effet d'une bombe.

— Moi j'ai un secret, lança Davey. Et je veux bien vous le raconter.

— Ouais, le coupa Skip. Le secret de Davey, c'est qu'il dort toujours avec son ours en peluche.

— C'est pas vrai ! protesta Davey, écarlate, sous les rires et les quolibets.

— Moi je trouve ça mignon, intervint Gemma. Pour ma part, je dors toujours avec un petit singe posé sur mon lit. C'est ma grand-mère qui me l'a offert quand j'étais enfant. Elle l'avait fabriqué avec une chaussette appartenant à mon grand-père et c'est un objet dont jamais je ne me séparerai.

— Vous voyez ! s'exclama Davey en regardant ses collègues un à un, un sourire béat aux lèvres.

Puis le silence se fit, et Cal en profita pour observer Gemma. Elle venait de montrer qu'elle avait bon cœur. Il aurait été facile pour elle de prendre part aux railleries, mais elle avait tenu à défendre Davey. Elle était attentive aux autres et c'était tout à son honneur.

Il la connaissait depuis une journée à peine, mais il ne pouvait s'empêcher de réfléchir à l'attirance qu'il éprouvait pour elle. Ce n'était pas qu'une question de désir. Certes, il la trouvait magnifique et il aurait tout donné pour partager son lit. Mais il voulait aussi passer du temps avec elle et tout connaître de sa vie.

Qui était-elle ? A quoi ressemblait sa vie en Irlande ? Est-ce qu'elle avait là-bas un parterre de soupirants à ses pieds, ou bien un amant attitré ? Ce n'était pas forcément le genre de questions que l'on posait à une quasi étrangère venue dans le seul but d'établir l'arbre généalogique de la famille. Mais il espérait que, lorsqu'ils se retrouveraient seul à seule, la conversation ne serait pas seulement axée sur le travail qu'elle avait à accomplir, mais qu'elle pourrait au contraire prendre un tour plus personnel. Après tout, elle l'avait déjà vu nu : difficile de faire plus intime…

Le reste du dîner se déroula de façon très agréable. Les gars, qui semblaient ne jamais avoir envie qu'elle se taise, la bombardèrent de questions. A la fin du repas, ils étaient fous d'elle, cela crevait les yeux. Lorsqu'elle fit part de son intention de quitter la table, ils se précipitèrent tous pour l'aider à reculer sa chaise.

Mais ce fut Cal qui l'accompagna jusqu'à la porte. Malgré ses efforts pour ne rien laisser paraître, il ne se faisait guère d'illusions : tout le monde devait avoir remarqué que Gemma ne le laissait pas indifférent. On allait peut-être ricaner sous cape, en se disant qu'elle était bien trop belle et distinguée pour lui. Mais c'était quand même elle qui avait pris l'initiative de l'embrasser. Il voulait donc croire qu'il avait bel et bien ses chances.

A vrai dire, d'un côté, il souhaitait qu'elle termine son travail et s'en aille au plus vite, car sa présence à Kerry Creek avait bouleversé le cours bien ordonné de sa vie. Mais de l'autre, il rêvait que le temps s'étire au maximum, afin qu'il se sente assez en confiance pour de nouveau la toucher, l'embrasser, lui faire…

— Ça vous dirait de la faire maintenant, cette visite ? lui demanda-t-il, préférant ne pas s'attarder sur ce genre de pensées.

— Avec plaisir. Juste le temps d'aller chercher un gilet dans ma chambre, et je suis à vous.

— Parfait, je vous attends ici.

Il la regarda traverser la cour, fasciné par le doux balancement de ses hanches. Quel plaisir de pouvoir poser ses yeux sur une femme quand il en avait envie. Cela ne durerait peut-être pas, mais il entendait en profiter aussi longtemps que possible.

Gemma quitta vite les dépendances en essayant de refermer la porte derrière elle le plus doucement possible. Elle venait d'interrompre un rendez-vous galant entre Payton et Brody. Si elles devaient continuer à vivre sous le même toit, il faudrait qu'elles pensent à convenir d'un signal pour éviter que ce genre de situation gênante ne se reproduise.

Cal l'attendait au milieu de la cour. Il était allé chercher sa veste et son chapeau et il patientait en dessinant, du bout de sa botte, des cercles dans la poussière.

— Et votre gilet ? demanda-t-il lorsqu'elle s'approcha.

— Je n'ai pas pu entrer. Payton et Brody étaient en train de…

— Non ? Eh bien, on dirait que mon frère est un rapide…

— C'est une habitude familiale, peut-être ?

Il esquissa un sourire et lui posa sa veste sur les épaules. Elle était encore toute chaude et Gemma s'y pelotonna, enivrée par la mâle odeur qu'elle dégageait. Même si l'Irlande regorgeait de beaux garçons, rares étaient ceux qui passaient leurs journées à cheval. Il n'y avait vraiment que ce genre de travail pour rendre ceux qui l'exerçaient forts, élancés, et terriblement sexy…

Il fallait coûte que coûte qu'elle trouve un moyen de l'embrasser le soir même et de le faire sortir de sa réserve. Tout à l'heure, il n'avait pas vraiment pris part au baiser furtif qu'ils avaient échangé. Mais elle était persuadée que, si on lui en donnait l'occasion, il embrassait merveilleusement bien.

Et il y avait de fortes chances pour qu'il ne s'en tire pas trop mal au lit non plus. Elle avait toujours entendu dire qu'il fallait se méfier des types trop bavards ou trop vantards, que ce genre d'attitude cachait souvent quelque chose. Cal n'était ni l'un, ni l'autre. Et il n'avait rien à prouver à personne. Sa virilité était si évidente qu'il ne serait venu à l'idée de personne de la remettre en cause. Et surtout pas à elle, après ce qu'elle avait vu un peu plus tôt.

— Où allons-nous ? lui demanda-t-elle.

— Je vous propose de commencer par les écuries.

— On va voir des chevaux alors ?

— C'est un risque, en effet, lui répondit-il sur un ton gentiment moqueur.

Gemma avait déjà fait la connaissance des trois chiens du ranch, fidèles compagnons des cow-boys qui les nourrissaient et s'occupaient d'eux. De sa rencontre malheureuse avec un bull-terrier lorsqu'elle était enfant, elle avait gardé — en plus d'une belle cicatrice à la cheville — une méfiance vis-à-vis des chiens en particulier, et de tous les animaux en général. Comme elle n'avait aucun contrôle sur leurs réactions, et qu'elle détestait ce qu'elle ne pouvait contrôler, elle préférait garder ses distances.

Elle lui emboîta donc le pas sans grande conviction et il finit par la prendre par la main, trouvant sans doute son allure trop lente.

— Vous faites de trop grands pas, je n'arrive pas à vous suivre, lui dit-elle.

— Pardonnez-moi, lui répondit-il en ralentissant. C'est que c'est plutôt grand, ici, alors j'ai l'habitude d'aller vite. Vous ne vous en êtes peut-être pas rendu compte, mais le domaine s'étend sur un peu plus de cent mille hectares, pour un troupeau de trois mille têtes. C'est pour cela que six gars travaillent pour nous en permanence, et on embauche souvent des saisonniers. Ce sera le cas le mois prochain, quand nous allons commencer le rassemblement.

— Le rassemblement ? Qu'est-ce que c'est ?

— On fait ça une fois par an. On regroupe l'ensemble du cheptel pour le conduire jusqu'aux enclos. Une fois les bêtes parquées, il faut les marquer, les étiqueter et les vacciner. Ensuite elles sont comptées et, pour certaines, vendues.

— Mais où se trouvent-elles, les bêtes, pour l'instant ? demanda-elle en regardant tout autour d'elle.

— Là-bas, répondit-il en indiquant une direction lointaine, au-delà des bâtiments. Quelque part. Quand tout sera prêt, Teague fera des repérages en survolant le domaine.

Ils arrivèrent devant une construction basse et allongée, à peine éclairée. Cal pénétra à l'intérieur.

— Venez, l'encouragea-t-il, alors qu'elle hésitait à entrer. Vous n'avez rien à craindre, il n'y a pas de vache par ici.

Un peu réticente, elle se décida à le suivre. A sa grande surprise, l'odeur qui flottait dans l'écurie n'était pas trop nauséabonde, même si elle ne serait pas allée jusqu'à dire que ça sentait la rose.

— C'est à l'automne que les juments mettent bas, continua-t-il. On les rentre donc à l'écurie après le rassemblement. Comme ça, Teague peut les surveiller plus facilement.

— Si je comprends bien, la plupart du temps, vous laissez les bêtes en liberté. Vous n'avez jamais de perte ?

— Tout notre territoire est clôturé. D'ailleurs, le gros de

notre travail quotidien consiste à réparer les clôtures et vérifier que les points d'eau ne sont pas asséchés.

— Et que faites-vous lorsque vous ne travaillez pas ?

— Je travaille encore ! Je remplis des papiers. Je vais faire des courses en ville. En fait, je ne m'arrête jamais vraiment. Venez, on va faire un tour, continua-t-il en attrapant une selle. Je vais vous montrer les plus beaux endroits du ranch.

— Je ne monte pas à cheval.

— Ça ne fait rien. Je vous prends avec moi.

— Non, insista-t-elle, vous ne comprenez pas. J'ai peur des chevaux.

— Mais il n'y a rien à craindre, répondit-il en riant. Venez avec moi, je vais vous montrer.

Elle le suivit, nerveuse. Elle avait déjà du mal avec les chats et les chiens. Alors les chevaux, n'en parlons pas… Ils étaient énormes et imprévisibles, ils sentaient mauvais et avaient d'immenses dents. En plus, elle était sûre qu'ils grouillaient de puces ou d'autres vermines dans le genre.

— Et juste marcher, ce n'est pas possible ? proposa-t-elle. Vous savez, les Irlandais sont de très bons marcheurs.

— Vous avez aussi peur des machines ? demanda-t-il en posant la selle à terre.

— Des machines ? Si vous voulez tout savoir, non, je ne suis pas non plus folle des tronçonneuses, ni des perceuses électriques.

— Je voulais plutôt parler des motos et des quads.

— Ah, ces machines-là ! J'adore les motos. J'ai même un scooter avec lequel je vais travailler quand il fait beau. Je l'aime beaucoup. Il n'a pas de dents, lui…

— D'accord, poursuivit-il après avoir marqué un léger temps d'arrêt, on va prendre un quad. Mais demain, je vous donne votre première leçon d'équitation. Vous ne pouvez pas prétendre séjourner dans un ranch sans monter à cheval.

— Personnellement, ça ne me dérange pas.

Elle recula d'un pas et sentit son talon s'enfoncer dans quelque chose de mou.

— Ah, mais qu'est-ce que c'est que ça ? s'exclama-t-elle

en découvrant qu'elle venait de marcher dans du crottin. C'est dégoûtant ! Qui a laissé ça là ?

— Il faudra aussi vous trouver une paire de bottes, ajouta-t-il, hilare. Vos chaussures ne tiendront pas une journée dans la boue et la poussière.

— Mais je les aime, mes chaussures !

— Peut-être, mais elles ne sont pas tout à fait pratiques.

— Pour votre information, je ne les ai pas achetées pour leur côté pratique, mais parce que je les trouvais jolies.

— Effectivement, elles sont jolies, dit-il après les avoir contemplées longuement. Fichues, mais jolies…

— Arrêtez un peu de vous moquer ! Vous avez l'air de trouver ça drôle que je n'aime pas les chevaux, ni le crottin, la saleté, la poussière, les lézards, ni même les araignées, mais c'est le contraire qui serait étonnant, non ? Au cas où vous ne l'auriez pas remarqué, je suis une femme. Vous savez, cette moitié de la population qui n'aime pas marcher dans la boue et qui aime rester propre et sentir bon en toutes circonstances.

— D'accord, répondit-il d'un air contrit, j'arrête.

— Allez, aidez-moi à nettoyer ma chaussure, au moins. Prêtez-moi votre bras, dit-elle en s'appuyant sur lui pour pouvoir enlever sa chaussure et l'essuyer contre une botte de paille.

Il avait malheureusement raison, le petit talon en satin était irrécupérable. Elle se contorsionna alors pour remettre sa chaussure sans se salir les doigts, mais elle perdit tout à coup l'équilibre et s'effondra sur lui.

Il la retint et ils restèrent immobiles, les yeux dans les yeux, pendant un long moment. Puis il l'attira à lui et l'embrassa.

Enfin un vrai baiser, profond et passionné comme elle l'avait rêvé. Le souvenir de leur étreinte manquée de l'après-midi s'effaça d'un coup.

Etourdie, elle s'accrocha à sa chemise pour ne pas vaciller. L'homme calme et distant avait disparu. Cal l'embrassait à présent avec une fougue qui s'apparentait à de la rage. Sa bouche avide possédait la sienne tout entière. Et elle se serait bien gardée d'y opposer la moindre résistance.

Alors qu'il promenait ses mains le long de son corps, elle s'abandonna aux sensations violentes et délicieuses qui se bousculaient en elle. Lorsque, dans une espèce de danse lascive et provocante, il la serra de plus près et vint frotter son bassin contre le sien, elle crut perdre la tête. Mais cela n'était rien encore. De plus en plus hardi, il s'aventura sous son chemisier, jusqu'à sa poitrine. Douces au départ, ses caresses se firent rapidement plus appuyées. Au comble du désir, elle sentit les pointes de ses seins se durcir sous les doigts experts de Cal.

Alors qu'il l'embrassait dans le cou, elle gémit et renversa sa tête en arrière. Elle n'avait qu'une envie : qu'il la déshabille au plus vite pour qu'elle puisse sentir son corps nu contre le sien, sentir sa peau épouser la sienne, sa chair se fondre dans la sienne. Rien ne devait plus s'interposer entre eux.

Cal semblait l'avoir entendue car il était en train de relever son petit haut, couvrant de baisers fiévreux les parties qu'il dénudait peu à peu.

Mais il interrompit d'un coup sa sensuelle exploration : quelqu'un venait d'entrer dans l'écurie.

Gemma se retourna et, dans la pénombre, reconnut la silhouette de Teague. Il avançait d'un pas décidé, mais s'arrêta net lorsqu'il s'aperçut qu'il n'était pas seul.

— Qu'est-ce que tu fais là ? demanda Cal à son frère d'une voix tendue, en se précipitant devant Gemma pour l'abriter pendant qu'elle essayait tant bien que mal de se reboutonner.

— J'allais faire un tour à cheval, répondit-il en attrapant sa selle et en se dirigeant vers la stalle. Salut Gemma.

— Salut Teague, fit-elle en levant la tête par-dessus l'épaule de Cal et en lui faisant un petit signe de la main.

— Belle nuit pour une balade, n'est-ce pas ? poursuivit-il.

— C'est pas vrai, on ne peut pas être tranquille cinq minutes ici, marmonna Cal. Venez Gemma, on s'en va.

Une fois dehors, il se tourna vers elle et lui remit sa veste sur les épaules.

— Méfiez-vous de Teague, Gemma.

— Pourquoi dites-vous cela ?

— C'est difficile de résister à son charme. Mais je pense qu'il voit déjà quelqu'un. Quelqu'un qu'il ne devrait pas voir. Et c'est cette femme qu'il part rejoindre.

— Parce que vous pensez que Teague m'intéresse ?

— Ce n'est pas le cas ?

Gemma le regarda d'un air médusé. Elle pensait lui avoir fait clairement comprendre lequel des trois frères avait sa préférence. C'était avec lui qu'elle s'apprêtait à faire l'amour un peu plus tôt, et ils y seraient sans doute encore si Teague, précisément, ne s'était pas montré.

— Non, surtout, ne me répondez pas, reprit-il. C'était une question idiote.

Puis il se pencha vers elle et l'embrassa de nouveau. Avec douceur, mais en même temps avec autorité, ses lèvres prirent possession des siennes jusqu'à ce qu'elle n'eût d'autre choix que de s'abandonner. Quand, finalement, il cessa son étreinte, elle tenta de reprendre ses esprits.

Elle n'était pas sûre de vouloir ce qui était en train de se produire. Même si elle était tentée par une aventure avec Cal, elle n'était pas venue à Kerry Creek pour découvrir sa façon d'embrasser ni de prodiguer des caresses. Elle s'était fixé un but précis, duquel elle ne devait pas s'écarter.

— Je crois que je ferais mieux de retourner travailler, déclara-t-elle alors, malgré l'envie de se blottir contre lui qui la tiraillait. Et pour le reste de la visite, ce sera mieux à la lumière du jour.

Il se tut. Etait-il déçu ? Elle essaya de scruter son visage, mais, dans la pénombre, elle ne put rien y lire.

— D'accord, finit-il par répondre sur un ton neutre, vous avez raison.

Ils rebroussèrent chemin vers la maison, chacun prenant garde de ne pas s'approcher trop près de l'autre. Elle savait pourtant qu'il serait difficile d'oublier ce qui s'était passé entre eux, d'oublier cette fougue, cette passion. D'ailleurs, à ce moment précis, elle aurait tout donné pour sentir encore son souffle sur son visage et ses mains sur son corps.

Cal semblait prêt à tout pour la conquérir. Et elle se sentait incapable de lui résister. Mais avant qu'elle ne cède définitivement, elle avait besoin d'y voir plus clair. Elle ne voulait pas prendre le risque de commettre la moindre erreur. Car, si elle décidait de se lancer dans une aventure avec Cal, elle savait d'ores et déjà que, une fois rentrée chez elle, elle aurait le plus grand mal à l'oublier.

- 3 -

Cal se tenait devant la bibliothèque, n'osant ouvrir la porte. Il était rentré déjeuner dans l'espoir de voir Gemma à table. Mais Mary lui avait appris que Gemma, après avoir fait la grasse matinée, avait pris un petit déjeuner tardif dans sa chambre et qu'elle avait préféré travailler sans s'interrompre pour manger. Quatre heures plus tard, il ne l'avait toujours pas vue de la journée.

Le désordre régnait à Kerry Creek. L'arrivée de Gemma et de Payton avait totalement bouleversé le cours ordinaire de la vie au ranch. Et s'il y avait bien quelque chose que Cal détestait, c'était le chaos.

Du matin au soir, l'unique sujet de conversation des gars avait tourné autour des deux jeunes femmes. Ils avaient longuement détaillé et commenté leurs plans respectifs pour les séduire et s'étaient même lancé des défis pour savoir lesquels d'entre eux auraient le privilège d'être assis à côté d'elles pour le dîner. Agacé et à bout de patience, Cal avait dû les rappeler à l'ordre plusieurs fois pour qu'ils se concentrent sur leur travail.

Son humeur morose tenait en partie à son manque de sommeil. Il n'avait en effet pas fermé l'œil de la nuit, occupé à recenser toutes les erreurs qu'il avait commises avec Gemma. La dernière — quand il avait vu son frère faire son entrée dans l'écurie, si charmeur et à l'aise, et qu'il n'avait pas réussi à contenir sa jalousie — pesait particulièrement lourd sur sa conscience. A cause de Teague, il s'était montré à elle sous un jour peu flatteur.

La situation était délicate : il ne devait pas se montrer trop intéressé, mais pourtant, il fallait qu'elle sache qu'elle lui plaisait, et qu'elle lui plaisait même énormément. A priori, le baiser qu'ils avaient échangé dans l'écurie avait été assez éloquent à ce sujet. Jusqu'à ce que Teague les surprenne, et que Gemma lui dise ensuite qu'ils feraient mieux de rentrer. Et depuis, elle semblait l'éviter.

Il passa une main dans ses cheveux en soupirant. Il avait passé toute la journée à penser à elle et à préparer ce qu'il lui dirait quand ils se reverraient. Sauf qu'il avait bien l'impression à présent qu'il s'était tellement montré en dessous de tout la veille au soir qu'elle avait préféré jeûner plutôt que risquer de le croiser.

— Qu'est-ce que tu fais planté ici ?

C'était Mary qui passait dans le couloir, un panier de linge sur les bras.

— Moi ? Rien, se défendit-il, comme pris en faute.

— Ne te moque pas de moi, j'ai des yeux pour voir. Tu as l'air fin, on dirait que tu attends le bus. C'est ta bibliothèque, c'est ton bureau, continua-t-elle en lui désignant la porte. Tu as bien le droit d'y entrer quand tu en as envie.

— Mais elle est là, en train de travailler.

— Si elle est là, pourquoi est-ce que tu ne pourrais pas y être toi aussi ?

— Je ne veux surtout pas la déranger.

— On aura tout entendu ! Parce qu'elle est en train de faire une opération à cœur ouvert, peut-être ? Voyons, Cal, elle est juste en train d'éplucher un tas de vieux papiers et de vieux livres ! Tu n'as qu'à entrer et lui dire que tu as besoin d'un objet qui se trouve sur ton bureau.

— Elle va me voir venir à des kilomètres, protesta-t-il. Tu n'aurais pas une meilleure idée ?

— Elle aurait peut-être envie d'un thé. Ou d'un petit gâteau. Tu pourrais aller lui chercher quelque chose dans la cuisine.

— Mais oui, bien sûr, s'anima-t-il, je vais lui apporter quelque chose à grignoter.

— Eh bien voilà ! Et puis tu n'as qu'à préparer quelque chose d'assez copieux pour deux, comme ça tu auras une excuse toute trouvée pour rester avec elle.

— Merci, tu es géniale !

— Il faut bien que je serve à quelque chose ici, répondit-elle en haussant les épaules. Apporte-lui donc une part de gâteau, il devrait lui plaire.

Cal se précipita dans la cuisine où il s'empressa de couper une énorme part de gâteau au chocolat et de la disposer sur une assiette. Puis il prépara du thé et alla chercher deux tasses.

Son plateau bien rempli à la main, il se dirigea alors avec précaution vers la bibliothèque. Arrivé devant la porte, il frappa et entra.

— Vous n'êtes pas obligé de toquer, vous savez, lui dit-elle à peine était-il entré. C'est votre bibliothèque.

Elle était d'une beauté à couper le souffle, pensa-t-il, troublé, dès que ses yeux se posèrent sur elle. Encore plus que dans son souvenir. Etait-il possible qu'elle ait embelli en l'espace d'une journée, ou était-ce lui qui avait tout oublié ?

— La porte était fermée. J'ai pensé que…, bafouilla-t-il en posant le plateau sur le bureau. Enfin… je vous ai apporté à manger. Au cas où vous auriez faim. Je… me suis aussi souvenu que vous aviez des questions à me poser.

Il baissa les yeux et se dépêcha de lui servir une tasse de thé pour se donner une contenance.

— Pour les questions, il n'y a pas d'urgence. On pourra voir ça plus tard.

— Vous avez raison, dit-il, les yeux rivés sur le siège en cuir qui lui faisait face.

Il hésita à s'y installer, mais c'était sans doute plus opportun d'attendre qu'elle l'y invite.

— Bon, eh bien, reprit-il en espérant très fort qu'elle ne le laisserait pas partir, je vais vous laisser maintenant…

— Comment ? Vous ne restez pas ? Pourtant, vous avez apporté deux tasses, et une énorme part de gâteau.

D'autorité, elle lui tendit l'assiette et lui servit une tasse de thé, avant de se rasseoir. Puis, lentement, elle but une gorgée, en lui jetant des petits regards par-dessus sa tasse. Assis en face d'elle, il s'appliqua cette fois à la regarder droit dans les yeux. Au cas où le moindre doute aurait subsisté dans l'esprit de Gemma au sujet de l'attirance qu'il éprouvait pour elle, il tenait à le dissiper une bonne fois pour toutes.

— Avez-vous trouvé quelque chose d'intéressant ? lui demanda-t-il au bout de quelques secondes.

— Le journal de votre arrière-arrière-arrière-grand-père.

— Ah bon ? Et où l'avez-vous trouvé ?

— Sur l'étagère du haut, caché derrière une pile de vieux registres. Je viens de le parcourir : votre ancêtre était vraiment un personnage hors du commun.

— On m'a en effet toujours dit qu'il avait eu une vie riche en rebondissements. Mais je n'ai jamais lu son journal.

— J'avais déjà fait quelques recherches à son sujet à Dublin avant de venir ici. J'y ai découvert que, bien que condamné pour simple vol à la tire, Crevan Quinn avait été suspecté d'un crime bien plus grave. On l'avait à l'époque accusé d'avoir volé une pièce d'héritage de grande valeur à un certain Lord Stanton Parnell, un homme très puissant, lui expliqua-t-elle avant de s'interrompre pour mordre dans sa part de gâteau.

— C'est la première fois que j'en entends parler, répondit-il en la regardant se passer la langue sur les lèvres pour en déloger les miettes, et en rêvant, fasciné, de pouvoir le faire pour elle.

Le moindre de ses gestes, depuis sa manière de tenir son livre jusqu'au léger hochement de sa tête lorsqu'elle lui parlait, en passant par sa façon de s'humecter les lèvres, ne faisait qu'accroître son désir pour elle. Très vite, l'envie de l'embrasser devint totalement irrépressible.

— Je crois que je ferais mieux de vous laisser à vos recherches à présent, lui dit-il en se levant.

— Ne vous inquiétez pas. De toute façon, j'ai terminé de…

— J'ai encore du travail avant le dîner et…

Il jura alors à voix basse et Gemma se tut, l'air surpris par cet emportement soudain. Il ferma les yeux et respira un grand coup. Puis il fit le tour du bureau et la prit par la main pour l'inviter à se lever.

Cette fois, il n'avait pas besoin de réfléchir avant de l'embrasser. Il savait exactement ce qu'il voulait et comment il allait s'y prendre. Il colla ses lèvres contre les siennes avec une telle fougue qu'elle dut s'accrocher à sa chemise pour ne pas basculer en arrière. Il la saisit alors par la taille, puis fit glisser ses mains le long de la douce courbe de ses hanches. Et il sut avec certitude qu'il ne trouverait pas de répit avant d'avoir possédé cette femme.

D'un large geste de la main, il débarrassa alors le bureau de tout ce qui l'encombrait, théière et gâteaux inclus, puis il souleva Gemma et la déposa sur le bord du bureau, pour se caler entre ses jambes entrouvertes.

Lorsqu'elle passa langoureusement les mains sur ses épaules et son torse, il eut la délicieuse impression que sa chair s'embrasait sous les caresses qu'elle lui prodiguait. C'était étrange : lui qui avait pensé à ce moment avec tant de précision, il se laissait pourtant totalement guider par son instinct. Toute réflexion était devenue superflue, seule comptait la sensation.

Il enfouit son visage dans son cou et respira son odeur, une odeur subtile, un mélange de fleurs terriblement féminin. Et qui lui montait à la tête comme un parfum capiteux. Comme si, au contact de Gemma, chacun de ses sens devenait plus affûté…

Ses bras délicats étaient doux comme de la soie et, lorsqu'elle poussa un petit gémissement sous ses caresses, il sentit la tiédeur de son souffle sur son visage. Comme si le temps s'était suspendu, il savourait pleinement chacun de ces instants et chacune de ces sensations. Ils auraient pu rester ainsi enlacés toute la vie, s'ils n'avaient entendu frapper à la porte.

Cal recula tout de suite, et aida Gemma à descendre du bureau. Il remit à la hâte un peu d'ordre dans ses vêtements et alla ouvrir. Lorsqu'il vit Mary devant la porte, il ne put s'empêcher de lui adresser un regard courroucé.

— Je suis désolée de vous déranger, s'excusa-t-elle, mais je voulais juste prévenir Gemma que j'allais faire une lessive demain matin. Si elle a du linge à laver, elle n'a qu'à me l'apporter au petit déjeuner.

— Merci Mary, lui répondit gentiment Gemma. Et le gâteau était un délice.

— Je suis ravie qu'il vous ait plu, dit-elle avant de tourner les talons.

— Quelle curieuse celle-là, maugréa-t-il en refermant

la porte. C'est vrai, poursuivit-il en se radoucissant un peu sous le regard de reproches que lui adressait Gemma, elle se comporte comme si elle était ma mère !

— Vos parents ne vivent pas au ranch ?

— Ils habitent à Sydney, lui répondit-il en traversant lentement la pièce pour aller la rejoindre et prendre sa main dans la sienne. Ma mère est partie quand j'avais dix-sept ans, continua-t-il. Elle ne supportait plus de vivre à la campagne. Il y a quatre ans, quand j'ai pris la tête du domaine, mon père est parti la rejoindre. Elle lui manquait tellement qu'il a préféré laisser tomber le ranch.

— Comme c'est romantique, murmura-t-elle, les yeux fixés sur leurs doigts entrelacés.

— Vous trouvez ?

Il n'avait jamais vraiment envisagé les choses sous cet angle. Pour lui, sa mère savait à quoi s'attendre lorsqu'elle s'était mariée. Epouser un Quinn, cela voulait dire accepter de passer sa vie entière à Kerry Creek et, en partant, elle avait en quelque sorte rompu ses engagements.

— Et y a-t-il autre chose que vous trouvez romantique ? reprit-il, préférant changer de sujet.

— Vous par exemple, lui répondit-elle, un petit sourire au coin des lèvres. C'était romantique de m'apporter du thé et du gâteau au chocolat, même si, maintenant, tout est étalé par terre…

— Ça valait le coup d'envoyer tout balader, murmura-t-il d'une voix rauque.

— Puisqu'on ne peut plus manger le gâteau, on pourrait peut-être reprendre là où on s'était arrêtés.

Il sentit un nouveau frisson le parcourir. C'était fou cette manière qu'elle avait de le provoquer…

— Vous voulez dire… au sujet de Crevan Quinn ?

— Non, je ne parlais pas de ça, dit-elle en se hissant sur la pointe des pieds et en posant sur ses lèvres un baiser coquin. Je parlais de ça.

Cal ne put réprimer un sourire de contentement. Tout compte fait, il ne se débrouillait pas trop mal. Ils avaient réussi à dépasser leurs inhibitions initiales pour entrer dans un jeu de séduction léger et plaisant. S'il continuait à se fier à son instinct, il y avait fort à parier qu'il saurait comment se comporter lors de la prochaine étape. A présent, il avait toutes les cartes en main pour réussir avec Gemma.

Gemma chassa une mèche de cheveux qui lui cachait les yeux et regarda Cal. Elle était assise sur le bureau et Cal, installé tout contre elle, tenait son visage entre ses mains puissantes. Elle avait l'impression d'être une adolescente qui se serait amourachée d'un mauvais garçon. Ils étaient adultes tous les deux, pourtant. Ils auraient très bien pu arracher leurs vêtements et faire l'amour, là, sur le bureau. Au lieu de cela, cela faisait une bonne demi-heure qu'ils ne cessaient de s'embrasser, de se toucher et de se chercher.

Elle passa la main sur le devant de son jean et sentit le tissu tendu par une érection qu'il n'essayait pas de dissimuler. Alors qu'elle se montrait plus insistante dans ses caresses, elle l'entendit gémir doucement.

— Tu vois l'effet que tu me fais ? murmura-t-il. Tu ne sais pas ce qui t'attend si tu continues à tourner autour du pot comme ça…

— Oh que si, je le sais : on commence comme ça, et après on se retrouve avec un bébé sur les bras…

— Tu veux dire que tu as un…

A la tête qu'il faisait, elle comprit aussitôt le malentendu.

— Oh non, je me suis mal exprimée. Je voulais dire que, moi-même, j'avais été conçue de cette façon. Et après, mon père nous a laissées tomber, ma mère et moi. Je sais que c'est assez courant d'être mère célibataire de nos jours, reprit-elle après une pause. Mais l'Irlande est un pays très traditionaliste, et ma mère en a vraiment bavé.

C'était la première chose personnelle qu'elle lui racontait. Peut-être que s'il connaissait toute son histoire, espérait-elle, il se montrerait plus compréhensif lorsqu'il découvrirait les vraies raisons de sa présence à Kerry Creek.

— Pourquoi me dis-tu ça, Gemma ? Tu as peur que je t'utilise ?

— Non, ce n'est pas ça, répondit-elle en haussant les épaules. C'était juste pour que tu me connaisses un peu mieux. Je pensais que ça pourrait t'intéresser.

— Et tu ne t'es pas trompée, lui dit-il en la fixant droit dans les yeux avec intensité. Tu m'intéresses en effet, et même beaucoup, au cas où tu ne l'aurais pas remarqué.

— A ton tour, alors, de me dévoiler un de tes secrets, enchaîna-t-elle sans trop vouloir réfléchir à ce qu'il venait de lui dire. Mais attention, je veux du sensationnel !

— Bon d'accord… Mais d'abord, tu dois me promettre de ne pas rire.

— Juré.

— Eh bien, voilà : j'ai dû attendre mes dix-huit ans pour embrasser une fille pour la première fois. C'était au bordel, quand j'ai perdu mon pucelage.

— Impossible ! s'écria-t-elle, les yeux écarquillés. Je n'y crois pas…

— Tu as promis de ne pas te moquer, la mit-il en garde.

— Je ne me moque pas. C'est juste que ça me paraît aberrant que quelqu'un comme toi ait eu un jour besoin d'aller dans ce genre d'endroit !

— Je te rassure, continua-t-il, c'est la seule et unique fois que j'ai mis les pieds dans un bordel.

— Raconte-moi alors, ça m'intéresse : comment ça s'est passé ? Elle t'a expliqué comment faire ?

— Au départ, j'avais quand même une vague idée de la façon dont il fallait procéder. N'oublie pas que j'ai toujours vécu dans un ranch… Sinon, ça s'est plutôt bien passé. La fille était gentille et elle ne s'est pas moquée de mon manque d'expérience. Après cela, j'étais content, car je croyais que j'allais enfin arrêter de penser au sexe à longueur de journée.

— Et ça a marché ? lui demanda-t-elle, incapable, cette fois, de contenir son rire.

Il se mit à rire lui aussi.

— Pas très bien. C'était pire qu'avant. C'est même devenu une vraie obsession. J'ai voulu essayer toutes les célibataires de Bilbarra, et après ça, je suis allé voir du côté de Brisbane.

Mais elles ne sont pas si nombreuses que ça, les filles, quand on habite au milieu de nulle part.

— C'est bon, je suis là maintenant pour m'occuper de toi, lui dit-elle en pressant sa main contre sa braguette.

— Tu joues avec le feu, lui dit-il en enfouissant son visage dans son cou. Tu es en train de toucher un homme qui n'a pas eu la moindre petite aventure en six mois…

Gemma recula légèrement et lui passa la main dans les cheveux. Elle aurait aimé que leur discussion et leurs caresses ne cessent jamais. Pourtant, même si — grâce à cet exquis avant-goût — elle était plus que jamais persuadée que faire l'amour avec lui devait être une expérience extraordinaire, elle savait qu'elle allait devoir mettre fin à ce petit jeu, avant qu'il ne les mène là où il était en train de les mener. Car, plus elle apprenait à le connaître, plus elle se sentait coupable de ne pas lui avoir révélé qui elle était vraiment. Et elle ne voulait pas avoir le sentiment de trahir sa confiance.

— On devrait peut-être mettre un peu d'ordre ici, dit-elle alors en attrapant les pans de sa chemise pour la lui reboutonner. Je ne voudrais pas que Mary pense du mal de moi.

Il n'eut pas l'air trop déçu, même si elle savait bien que, comme elle, il devait être brûlant de désir. Cela ne fit que renforcer son admiration pour cet homme. D'autres que lui n'auraient pas hésité à insister.

— J'ai une meilleure idée, dit-il en lui prenant la main pour la mener vers la porte. Plutôt que de faire le ménage, je vais te montrer quelque chose, viens.

— Attends, je ne vais pas sortir comme ça, dit-elle en tentant de se rhabiller convenablement et de se recoiffer.

— Tu sais, on ne va pas bien loin, je t'emmène juste dans le petit salon, au bout du couloir.

— Oui, mais je ne voudrais pas que quelqu'un devine ce qu'on faisait ici.

— Si tu penses que tout le monde va croire qu'on a dégagé le bureau pour y faire la poussière, tu te trompes, lui dit-il en ouvrant la porte, un sourire moqueur aux lèvres. Ceci dit, c'est un peu ce qu'on a fait…

Ils se dépêchèrent de traverser le couloir jusqu'au petit salon, où ils s'engouffrèrent bien vite.

— Voilà, c'est lui, lui dit-il en désignant un tableau accroché au-dessus de la cheminée.

— Qui ça, lui ?

— Crevan. Le voleur.

— Crevan Quinn ?

Elle était déjà passée plusieurs fois par le petit salon, mais elle avait à peine remarqué le portait qui y trônait. Probablement devait-elle être en train de penser à Cal dans ces moments-là…

— Oui, c'est lui. Il a reçu ce portrait peu de temps avant sa mort. Il l'avait fait faire à Sydney. Ma mère, à qui nous ressemblons mes frères et moi, nous a toujours répété qu'elle était heureuse qu'on ne tienne pas de lui. Va-t'en savoir pourquoi…

Gemma leva les yeux. Sur le tableau, l'ancêtre de Cal avait les cheveux blancs en bataille et le regard perçant. Elle s'approcha alors pour examiner la toile de plus près. Crevan Quinn s'était fait représenter drapé dans un manteau à la coupe impeccable, devant un arrière-plan où se mêlaient architecture victorienne et paysage du Queensland.

— Quel personnage imposant, dit-elle en scrutant chaque détail du tableau. Oh non, ce n'est pas possible ! s'écria-elle soudain lorsque son regard se posa sur la canne que l'ancien forçat tenait à la main.

— Oui, je sais, il fait un peu peur. Mais si tu lui enlèves ses cheveux et ses favoris, il devient presque présentable.

Mais elle l'avait à peine écouté, abasourdie par la découverte extraordinaire qu'elle venait de faire. Sur le pommeau de la canne était incrustée une pierre verte qu'elle aurait reconnue entre mille. L'Emeraude d'Irlande. Gemma n'en croyait pas ses yeux : elle tenait là la preuve qui lui manquait encore. A elle maintenant de savoir en tirer profit… La première chose à faire était de découvrir si la canne était encore en possession de la famille et, si c'était le cas, de savoir si Cal et ses frères étaient conscients de la valeur d'un tel objet.

— Très impressionnant ce portrait, hasarda-t-elle pour essayer de lancer le sujet. Tu vois, c'est exactement pour ça que j'aime l'histoire. Regarde ses vêtements, comme ils sont riches. Est-ce que tu sais si Crevan a posé pour ce portrait ou s'il a été réalisé d'après photo ?

— Qu'est-ce que ça change ?

— Eh bien, prenons cette canne par exemple, expliqua-t-elle. Est-ce qu'elle a réellement appartenu à ton ancêtre, ou est-ce que le peintre a choisi de le représenter avec pour augmenter son prestige ? C'est une très belle canne, ajouta-t-elle en la montrant du doigt. Est-ce que, par hasard, elle serait encore dans la famille ?

— Non, je ne crois pas, répondit-il en regardant le tableau plus attentivement.

Un peu trop attentivement au goût de Gemma, qui craignait qu'il ne remarque à son tour la pierre précieuse.

— Il doit bien vous rester quelques objets lui ayant appartenu, insista-t-elle. Après tout, c'est sa maison ici.

— Il y a un tas d'affaires au grenier, répondit-il. Ça fait des années que j'ai l'intention de faire du tri là-dedans et de me débarrasser de tout ce qui encombre et ne sert à rien. Je pourrais m'y mettre maintenant. Comme ça tu pourrais me donner un coup de main en me disant ce qui vaut la peine d'être gardé ou pas.

— Et je trouverais peut-être aussi d'autres papiers intéressants là-haut, lui dit-elle, ravie de cette aubaine.

Elle se sentait gagnée par cet état d'excitation qu'elle connaissait bien et qu'elle aimait tant. C'était une sensation qu'elle éprouvait chaque fois qu'elle était sur le point de faire une importante découverte. Mais cela se produisait d'habitude alors qu'elle était enfermée dans des archives sombres et poussiéreuses. A présent, c'était différent, puisqu'elle se trouvait en compagnie d'un homme dont elle avait follement envie, et parce que, entre ces deux objets de désir qu'étaient Cal et l'émeraude, elle devrait tôt ou tard faire un choix.

Ils entendirent soudain frapper et, en se retournant, ils virent Mary dans l'embrasure de la porte entrouverte.

— Est-ce que j'aurais raté quelque chose ? demanda-t-elle sur un ton brusque. On dirait qu'un cyclone a ravagé la bibliothèque.

— Je suis vraiment désolée, répondit Gemma. Je vais aller arranger ça tout de suite.

— Laissez tomber, dit Mary en soupirant. Le dîner est prêt de toute façon. Mais toi, continua-t-elle en montrant Cal du doigt, rhabille-toi un peu. Tu étais dans la bibliothèque au moment du sinistre ou quoi ?

Après qu'elle fut partie en maugréant, Gemma adressa à Cal un petit regard gêné.

— Désolée, lui dit-elle en l'aidant à mieux reboutonner sa chemise. Cette fois, je crois que ce que nous avons fait tout à l'heure n'est plus un secret pour personne.

— Rassure-toi, Mary saura tenir sa langue.

Puis, main dans la main, ils prirent la direction de la cuisine. Juste avant d'arriver, il l'attira dans un coin sombre et l'embrassa, longtemps et fougueusement.

Quand il relâcha son étreinte, elle soupira doucement. Un baiser de Cal avait suffi pour qu'elle oublie totalement l'émeraude, et tout ce qui s'y rattachait. D'ailleurs, depuis quelques jours, elle n'était plus sûre de rien. Après tout, qui était pour elle David Parnell ? Un homme qu'elle ne connaissait même pas. Un père imaginaire, une pure construction mentale. Cal Quinn, en revanche, existait bel et bien. C'était un homme, un vrai, fait de chair et d'os.

Et, indéniablement, cela jouait en sa faveur.

Ce soir-là, le dîner se passa de façon très agréable. Teague était réapparu et il occupait sa place habituelle à l'autre bout de la table. Brody et Payton étaient présents eux aussi, ce qui donnait à la tablée un air de fête. Depuis le début du repas, la discussion tournait autour de la grande soirée des célibataires, un événement incontournable qui devait avoir lieu à Bilbarra à la fin du mois.

Payton et Gemma avaient toutes deux manifesté leur intention d'y assister, mais Cal doutait de leur sérieux. Il n'imaginait pas un seul instant que le travail de Gemma puisse durer tout un mois. Même s'il n'avait pas bien compris ce qu'elle cherchait, il savait qu'elle finirait par le trouver assez rapidement, d'ici une à deux semaines. Les livres de la bibliothèque n'étaient pas si nombreux et elle semblait connaître sa partie.

Quant à Payton, elle ne semblait pas décidée à quitter Kerry Creek de sitôt. Mais puisqu'elle faisait un travail remarquable et que, en même temps, elle occupait Brody, il n'allait pas s'en plaindre.

Il écoutait la conversation d'une oreille distraite. Il était concentré sur la main de Gemma qui, sous la table, lui caressait la cuisse. Même si personne encore ne donnait l'impression d'avoir remarqué leur petit manège, il éprouvait de plus en plus de difficulté à faire comme si de rien n'était.

Il fallait dire qu'elle le mettait à rude épreuve, en promenant sa main de-ci de-là, et en s'approchant parfois dangereusement de sa braguette.

La simple idée qu'elle pourrait se mettre à le toucher comme elle l'avait fait dans la bibliothèque l'excitait au plus haut point. Et il était sûr que Gemma s'était aperçue de l'effet qu'elle lui faisait.

— Ça pourrait être drôle, dit Payton dont l'enthousiasme pour la soirée future ne diminuait pas. Qu'est-ce que tu en penses Gemma ? Et si on y allait ?

— Il faudrait d'abord qu'on ait quelque chose à se mettre, répondit Gemma en riant.

— Pas de problème : des robes, j'en ai, dit Payton. En revanche, ce qui me manque, ce sont des vêtements de travail. Je ne vais pas porter les vieux habits de Davey toute ma vie, même si je lui suis reconnaissante de me les avoir prêtés, ajouta-t-elle en adressant un petit sourire au cow-boy ravi.

— Je dois aller faire un tour à Brisbane en avion un de ces jours, lui répondit Teague. Je pourrai t'emmener faire quelques courses si tu veux.

Cal se redressa alors et posa les coudes sur la table.

— On se calme ici, intervint-il. Gemma et Payton n'iront pas à la soirée.

— Rassure-toi, on ne participerait pas vraiment, lui dit Gemma. On s'y rendrait en observatrices, poussées par une simple curiosité scientifique. On aimerait juste connaître votre pays un peu mieux.

— Si tu veux vraiment découvrir l'Australie, renchérit Teague, il faut que tu viennes faire un tour en avion avec moi. Le Queensland est magnifique vu du ciel.

— Enfin une bonne idée, dit Cal. Sans compter que tu serais bien plus en sécurité dans un avion piloté par Teague qu'à la soirée des célibataires.

Gemma se rapprocha de lui et posa de nouveau sa main sur sa cuisse.

— On pourrait y aller ensemble, lui murmura-t-elle en aparté. Après tout, nous sommes tous les deux célibataires.

— Ce n'est qu'à la fin du mois, lui répondit-il. Tu vas rester aussi longtemps ?

— Ça m'étonnerait, lui dit-elle après que son beau sourire se fut effacé.

Cal la regarda en silence alors que la conversation se poursuivait. A la fin du repas, tous les gars se précipitèrent pour reculer la chaise de Gemma, mais Cal leur fit comprendre d'un geste de la main qu'il se réservait ce privilège. Il entendait dissiper une bonne fois pour toutes le moindre doute qui pouvait encore subsister sur ses intentions à propos de Gemma. D'autorité, il la prit par la main pour la conduire hors de la cuisine, abandonnant à son triste sort toute une troupe de prétendants éconduits.

Il n'eut pas la patience d'attendre de se trouver derrière une porte close. Dès qu'ils furent assez éloignés de la cuisine pour ne pas être vus, il l'enlaça et couvrit son corps de caresses.

— Tu m'as rendu complètement fou à table, lui susurra-t-il en la plaquant contre le mur.

— C'était le but.

— Qu'est-ce que je vais bien pouvoir te faire, à mon tour ? demanda-t-il en la tenant par les poignets et en collant ses bras graciles contre le mur. A part t'embrasser, je ne vois pas, dit-il en se rapprochant d'elle. J'ai envie d'être seul avec toi, murmura-t-il au creux de son oreille. Dans un endroit où on ne risque pas d'être dérangés.

Puis il posa les lèvres sur les siennes et elle frissonna de plaisir.

— J'ai trouvé, dit-il en lui prenant la main, je sais où on pourrait aller.

Et sans attendre sa réponse, il l'emmena jusqu'au hangar où, parmi d'autres engins, étaient garés les quads dont il lui avait parlé la veille.

— Grimpe, lui dit-il en lui indiquant l'un d'entre eux.

Elle le regarda d'un air incrédule.

— Tu veux vraiment que je monte sur ce genre de truc ?

— Rassure-toi, je conduirai très lentement et je n'ai pas l'intention de t'emmener bien loin. Juste là où il faut…

Elle hésita un instant, puis elle finit par soulever sa jupe et enfourcher la moto. Il s'installa derrière elle, savourant au passage le contact de sa chaleur et le parfum de ses cheveux qui flottait jusqu'à ses narines. Les choses ne pouvaient pas mieux se présenter, songea-t-il en mettant les gaz et en filant vers les grands espaces.

Il connaissait Kerry Creek par cœur, même plongé dans la nuit. La lumière de la lune était suffisante pour qu'il puisse s'y repérer aisément. Ce qui lui faisait perdre tous ses repères, en revanche, c'était le corps chaud de Gemma tout contre le sien. En conduisant, il s'appuyait sur elle, et c'était à la fois un bonheur et une torture.

Après des mois de célibat, une seule pensée l'obsédait : faire l'amour avec elle. Il se représentait la scène dans sa tête, sa troublante nudité, la façon dont leurs corps allaient apprendre à s'apprivoiser, la sensation délicieuse de ne faire plus qu'un avec elle.

Pourtant, il ne voulait pas précipiter tout cela. Il souhaitait prendre son temps et savourer ces préliminaires comme ils le méritaient. Il avait encore le temps. Et, pour l'heure, il tenait à lui faire découvrir un endroit qui lui tenait particulièrement à cœur et dont il commençait à apercevoir les contours dans le clair de lune.

Lorsqu'ils furent arrivés, il coupa le moteur et aida Gemma à descendre.

— Où sommes-nous ? lui demanda-t-elle.

— Au gros rocher. C'est une sorte de lieu-dit, lui expliqua-t-il en l'incitant à s'approcher. On venait toujours là avec mes frères quand on était gamins. Ce rocher est censé avoir des pouvoirs magiques. Enfin, c'est ce qu'on croyait à l'époque.

— Et comment est-elle arrivée là, cette énorme pierre ?

— Ça, c'est une question pour une historienne comme toi. Moi je n'ai aucune certitude sur le sujet. Ce sont les aborigènes, je suppose, qui ont poli sa surface et l'ont fait rouler jusqu'ici. C'est l'explication la plus plausible, en tout cas. Tout ce que je sais, c'est qu'elle était déjà en place quand Crevan a acheté cette terre. Dans la famille, il s'est toujours dit qu'il y aurait même enfoui un trésor.

— Vraiment ?

— Je peux te dire qu'on l'a cherché, gamins. On a creusé et on a tout retourné. Sans jamais rien trouver.

Gemma s'avança encore et passa sa main sur la surface polie du rocher.

— Lève un peu les yeux, lui suggéra-t-il.

S'exécutant, elle laissa échapper un petit cri de surprise.

— Jamais de ma vie je n'ai vu autant d'étoiles ! s'exclama-t-elle en découvrant le ciel constellé d'une multitude de petits points lumineux.

— C'est normal, en ville l'éclairage public empêche de bien les voir.

— Quand j'étais petite, comme je te l'ai déjà dit, j'avais l'habitude d'aller passer mes vacances d'été chez mon grand-père, dans le comté de Clare. Sa maison était tout près de l'océan et je me souviens très bien d'une nuit que nous avons passée à regarder les étoiles dans son télescope. On a eu un peu de mal à les identifier, ajouta-t-elle en souriant, parce que le ciel nocturne est rarement dégagé sur les côtes irlandaises.

— Les Quinn sont originaires du comté de Kerry. C'est d'ailleurs pour cela que le ranch s'appelle Kerry Creek.

— Le comté de Kerry se trouve juste au nord de celui de Clare. Qui sait, nos familles ont peut-être été voisines autrefois ? Est-ce que tu connais l'Irlande ? lui demanda-t-elle après une petite pause.

— Non, répondit-il. Je n'ai jamais quitté l'Australie. Mais c'est dans mes projets. Maintenant qu'on se connaît, je pourrais peut-être venir te rendre visite là-bas.

— Excellente idée. Je te montrerai le berceau de tes ancêtres. De nos jours, il y a encore beaucoup de Quinn dans le comté de Kerry. Tu pourrais peut-être y rencontrer des cousins.

— Je préférerais rester avec toi, lui dit-il en l'enlaçant et en l'attirant à lui. J'ai envie de t'embrasser, lui glissa-t-il alors à l'oreille.

— Encore ?

— Si tu n'es pas d'accord, tu n'as qu'à me le dire, et je t'obéirai.

Elle prit une grande inspiration et, l'espace d'un instant, il crut qu'elle allait lui demander de la lâcher.

— Je ne vois vraiment pas pourquoi je ferais ça, lui susurra-t-elle, après avoir passé son bras autour de sa nuque.

Il posa alors ses lèvres sur les siennes et l'embrassa avec passion. Le baiser qu'ils échangèrent fut si intense qu'il le remua au plus profond de son être. Instantanément, son sexe se gonfla sous l'effet du désir. Il attira alors Gemma à lui et se pressa contre elle, accentuant ainsi l'excitation déjà extrême qu'il éprouvait et se laissant gagner par une sensation de bien-être total.

Ils ne se connaissaient que depuis la veille, songea-t-il, émerveillé, et, déjà, une passion irrésistible et incontrôlable les unissait. Ils étaient tout sauf étrangers l'un à l'autre : lorsqu'il la touchait, il l'avait l'impression de la connaître depuis toujours.

Il glissa les mains sous son corsage, impatient de sentir sa peau tiède. Ce n'était pas assez, pourtant, et, très vite, ils se débarrassèrent de leurs vêtements. L'air de la nuit était frais, mais il ne s'en aperçut pas un seul instant.

Il appuya son dos contre le rocher et ferma les yeux pour goûter pleinement à la sensation de ses douces lèvres contre son torse. Il enfouit sa main dans sa longue chevelure et gémit doucement lorsqu'elle titilla ses tétons du bout de la langue. Alors qu'elle couvrait sa poitrine de baisers, il sentit son corps se consumer de désir.

Comment avait-il pu vivre jusqu'à maintenant sans connaître tout ça ? se demanda-t-il, enivré de plaisir. Cela lui était déjà arrivé de rester plusieurs mois sans voir aucune femme et il s'en était toujours accommodé. Mais à présent, il ne s'imaginait pas passer une seule minute loin de Gemma. Il ne pensait plus qu'à elle, à ses baisers, son goût, son odeur, et au contact de sa peau sous ses doigts.

Sans cesser de l'embrasser, elle explorait à présent une autre zone de son corps. Alors qu'il sentait sa tête frotter contre son ventre, il voulut l'arrêter et l'avertir que, bientôt, il ne répondrait plus de rien. Mais c'était elle qui menait la danse et il s'abandonna à ses caresses expertes.

Mais quand elle entreprit de défaire sa ceinture et de baisser la braguette de son jean, il tressaillit et retint son geste en lui attrapant doucement les poignets.

— Attends…

Avait-il vraiment bien fait de l'emmener ici ? Sans doute grâce à la magie des lieux, ce qu'il espérait et attendait depuis qu'il avait rencontré Gemma était sur le point de se produire. Mais elle, était-elle réellement d'accord ?

— Ne t'en fais pas, lui répondit-elle. Je ne le ferais pas si je n'en avais pas très envie.

Puis elle lui baissa son pantalon, frôlant ses fesses au passage, provoquant en lui un long frisson de plaisir. Enfin, elle fit glisser son boxer, et il crut défaillir.

Il se retint pourtant aussi longtemps qu'il le put, déterminé à profiter de chaque seconde qu'elle lui offrait. Elle le caressa d'abord lentement, en faisant courir ses doigts de part et d'autre de son sexe. Mais lorsqu'elle le saisit à pleine main en augmentant la cadence, il sut qu'il était perdu.

La délivrance fut rapide et violente et il se laissa aller à gémir lorsque les spasmes du plaisir vinrent l'étreindre. Ce qu'il éprouva fut si intense qu'il laissa tomber toute velléité de contrôle pour s'abandonner totalement aux délices de l'instant.

Lorsque le feu s'apaisa et qu'il ouvrit les yeux, il vit Gemma qui lui souriait.

— Qu'est-ce qu'il y a ? murmura-t-il.

— Rien, je me disais juste que tu n'étais peut-être pas fait pour le célibat…

— Quand on vit seul au milieu de nulle part, on n'a pas forcément le choix. J'étais le premier à le regretter…

— Alors je suis ravie d'avoir pu t'être utile.

— Tu ne peux pas savoir combien je te suis reconnaissant, lui dit-il en l'attirant à lui pour l'embrasser de nouveau.

— Je suis sûre que, tôt ou tard, tu sauras me le prouver.

Il rit doucement. Même si, au départ, ce n'était pas comme cela qu'il avait envisagé les choses, cela lui convenait parfaitement. Ils étaient à présent parvenus à un nouveau degré d'intimité où ils ne craignaient plus de laisser paraître leur vulnérabilité. Il n'avait rien dissimulé à Gemma, qui semblait l'apprécier pour ce qu'il était vraiment. Jamais cela n'avait été le cas chez les autres femmes qu'il avait fréquentées.

Peu importait le temps qu'elle allait rester encore à Kerry Creek ou ce qui allait se passer entre eux : il avait l'impression qu'elle allait changer le cours de son existence, ses perspectives, et peut-être même ses rêves. C'était peut-être la chance de sa vie, et il n'allait pas la laisser passer.

- 4 -

Gemma était assise à la table de la cuisine, une tasse de thé bien chaud à la main. Elle en but une gorgée puis s'appuya contre le dossier de sa chaise.

— Ça fait longtemps que vous travaillez à Kerry Creek ?

— Laissez-moi réfléchir, répondit Mary tout en pétrissant une grosse boule de pain. Cal avait dix-sept ans lorsque sa mère est partie, et il en a presque trente maintenant. Cela fait donc treize ans. Ce n'est pas croyable, reprit-elle après un temps d'arrêt. J'ai l'impression que c'était hier. Je me revois encore arrivant ici, ma valise à la main.

— Vous n'avez jamais eu envie d'avoir une famille à vous ?

— Bien sûr que si, répondit-elle en façonnant le pain. Mais la bonne personne ne s'est jamais présentée. De nos jours, c'est plus facile. Vous, les filles d'aujourd'hui, vous n'avez que l'embarras du choix.

— Ce n'est pas pour autant qu'on ne croit plus au prince charmant, lui répondit Gemma.

— Oui, mais s'il ne se déclare jamais, le prince charmant, qu'allez-vous devenir ?

Une image de Cal, la tête renversée en arrière et le corps secoué par des spasmes de plaisir, surgit alors dans l'esprit de Gemma. Ce n'était pourtant pas comme ça qu'elle l'avait vu la première fois, lorsque, comme dans un conte de fées, il était apparu sur son beau cheval blanc pour lui porter secours. C'était pour cela qu'il lui plaisait autant. Parce que, chez lui, il y avait tout : l'esprit chevaleresque, mais aussi la passion et la violence des sentiments.

— En fait, je ne suis pas pressée : qu'il prenne son temps.

— Ça, c'est sagement raisonné, ma chère. Lui laisser un peu de temps…

Il était évident que Mary et elle pensaient toutes les deux à la même personne. Bien entendu, Gemma était tentée de laisser à Cal tout le temps dont il avait besoin. Mais si elle restait plus longtemps que prévu, il finirait bien par se demander ce qu'elle était *vraiment* venue faire à Kerry Creek. Elle lui devrait alors des explications. Et son heure à elle serait passée.

— En parlant de famille, reprit-elle, ma mère m'a élevée seule, et elle en a bavé. Financièrement, c'était très dur. Moi, j'ai un très bon poste à la fac et je gagne bien ma vie, mais je n'ai sans doute pas son courage.

— Quand on n'a pas le choix, on est bien obligé de se débrouiller, répondit Mary. Quoi qu'il en soit, votre mère s'est en sortie à merveille avec vous, puisque vous avez réussi votre vie.

Le compliment lui alla droit au cœur. C'était la première fois qu'on lui tenait ce genre de propos. Sa propre mère n'avait jamais accordé trop d'importance à ses succès professionnels. La seule chose qui comptait pour elle, c'était que Gemma réussisse à se faire reconnaître par son père. C'était, d'après elle, la condition *sine qua non* de son bonheur.

Pourtant, en observant la vie à Kerry Creek, Gemma commençait à penser que l'argent et la réussite sociale ne faisaient pas tout. Plus importants étaient les rencontres et les liens que l'on tissait avec les gens que l'on aimait et qui nous aimaient…

— Parlez-moi un peu des parents de Cal. Pourquoi sa mère est-elle partie ?

Mary se servit une tasse de thé et vint s'asseoir à table.

— Parce qu'elle n'avait pas d'autre choix, répondit-elle en soupirant. Pendant toutes leurs années de vie commune, Jack n'a jamais quitté le ranch ni pris une seule journée de vacances. Sarah, quant à elle, avait d'autres aspirations. Elle voulait découvrir le monde, voyager. Comme ce n'était pas possible à deux, elle est partie de son côté. Une fois les garçons grands, Jack s'est rendu compte qu'il ne pouvait pas vivre sans elle. Et, heureusement, elle l'aimait encore.

— Et c'est pour ça que Cal n'est pas encore marié ? A cause de ce qu'ont traversé ses parents ?

— Je ne sais pas. Je pense qu'il y a un tas de filles qui seraient prêtes à passer leur vie entière à Kerry Creek. Mais Cal a toujours été un peu timide et gauche avec les femmes.

— Cal ? Timide ? s'étonna-t-elle.

— Vous n'aviez pas remarqué ?

— Non. Il est calme et un peu réservé, peut-être. Ce n'est pas un grand bavard, mais une fois qu'on le connaît, c'est quelqu'un de tout à fait charmant.

— Charmant, répéta Mary. Eh bien, je suis heureuse qu'il apparaisse enfin sous ce jour à quelqu'un d'autre qu'à moi. Je ne devrais pas vous le dire, continua-t-elle après avoir avalé une gorgée de thé, mais Cal s'est inscrit dans une agence matrimoniale. Pour se trouver une femme.

— C'est lui qui vous l'a dit ?

— Non, il a laissé traîner un papier sur sa table de nuit et je l'ai vu en faisant son lit. Bien sûr, il n'est pas au courant que je l'ai lu.

— Je pense qu'il trouvera sans peine ce qu'il cherche, lui dit Gemma tout en se demandant pourquoi la gouvernante avait choisi de lui révéler cette nouvelle.

— Espérons, lui répondit Mary en la regardant à la dérobée. Mais, continua-t-elle, vous avez peut-être quelque chose à me dire à ce sujet…

— Moi ? demanda Gemma, prise de court. Absolument pas. Je n'ai pas envie de me marier. Encore moins de passer ma vie dans le désert australien. Je ne suis pas faite pour ça, croyez-moi.

— Mais l'amour peut faire des miracles.

— Peut-être, mais je n'ai pas l'intention de tomber amoureuse de Cal.

— Mais alors, vos câlins, vos baisers et tout ça, qu'est-ce que c'est si ce n'est pas de l'amour ?

Gemma ferma les yeux. Elle n'avait pas du tout envie d'avoir cette discussion avec Mary, mais elle ne voyait pas vraiment comment s'y soustraire.

— Ce n'est rien du tout, finit-elle par dire. On prend du bon temps, on s'amuse. Rien de plus.

— Je ne suis pas sûre que Cal partage votre point de vue. Faites attention Gemma, derrière la carapace se cache un cœur sensible. Vous pourriez lui faire du mal.

Mary se tut un instant, puis enchaîna, tout sourires :

— Bon, et votre travail ? C'est pour un Quinn que vous faites toutes ces recherches, c'est ça ?

— Oui, lui répondit-elle, très mal à l'aise de devoir mentir à quelqu'un qu'elle n'avait pas envie de décevoir.

— Il doit être vraiment riche pour avoir consenti à vous payer le voyage jusqu'ici.

— Oui, se borna-t-elle à répéter. Est-ce qu'il reste de ces merveilleux petits gâteaux que vous m'avez apportés à la bibliothèque tout à l'heure ?

Mary se leva aussitôt et revint quelques instants plus tard, une boîte en fer blanc à la main.

— Ceux-là ? lui demanda-t-elle en ôtant le couvercle et en les lui tendant.

— C'est ça, répondit-elle. Ils sont vraiment délicieux. Qu'est-ce que vous mettez dedans ?

— Des amandes et un peu de noix de coco râpée. Ce sont aussi les préférés de Cal. Vous êtes faits pour vous entendre !

— Je vous arrête tout de suite, protesta Gemma. On a peut-être les mêmes goûts en matière de petits gâteaux, mais je ne pense pas être son genre de femme, je vous l'assure.

— Qu'est-ce qui vous fait dire ça ?

— J'ai une peur bleue des animaux. Des chiens, des chevaux. Sans parler des insectes, des serpents, des lézards… Je n'aime ni la saleté ni la poussière. Je suis une citadine et…

Mais elle s'arrêta, car quelqu'un s'approchait.

— Ah, c'est du propre, fit Cal en passant une tête par la porte de la cuisine. Pendant que je me tue au travail, vous êtes là, toutes les deux, à boire du thé en mangeant des petits gâteaux. On a le droit de se joindre à vous, ou bien c'est réservé aux femmes ?

— Pas question, s'écria Gemma sur un ton taquin, c'est réservé aux femmes. Disparais !

— D'accord, je vais rester devant la porte, tout seul, affamé, assoiffé, malheureux et abandonné de tous, moi, le pauvre travailleur épuisé que je suis.

— Merci pour tout Mary, fit Gemma en levant les yeux au ciel, avant d'attraper un dernier petit gâteau et de quitter la table. Je vais aller consoler ce pauvre malheureux.

Lorsqu'elle le rejoignit dans la cour, il s'assura tout d'abord que personne ne les regardait, puis l'attira à lui et l'embrassa.

— Il est pour moi, ce gâteau ? lui demanda-t-il quand il vit ce qu'elle avait en main.

Sans un mot, elle le lui fourra dans la bouche.

Certes, pensa-t-elle, ils se sentaient de plus en plus à l'aise ensemble, cela crevait les yeux, mais elle était encore loin de tout savoir de lui. Etait-il vrai, par exemple, qu'il cherchait une femme ? Et si c'était bien le cas, quelle était sa place, à elle, dans tout cela ?

Elle n'avait pas spécialement envie que leur relation évolue. Mais elle ne pouvait s'empêcher d'éprouver une pointe de jalousie en pensant à celle qui saurait finalement gagner le cœur de Cal Quinn. Même si cela n'était pas possible, elle se serait très bien vue partager son lit jusqu'à la fin de ses jours…

— Comment se fait-il que tu sois déjà là ? lui demanda-t-elle.

— J'avais besoin de faire une pause. Et puis j'ai quelque chose à te montrer, dit-il en la prenant par la main pour la conduire jusqu'à l'endroit où il avait attaché son cheval. Allez, grimpe, on va faire une balade.

— Tu veux que je monte sur ce cheval ?

— Je vais t'aider, si tu veux. C'est facile, tu n'as qu'à mettre un pied dans l'étrier.

— Non, lui répondit-elle d'un air crispé. Pas question. Je te l'ai déjà dit, j'ai peur.

Le cheval se tourna tout à coup et elle fit un bond en arrière en poussant un cri. Effrayé, l'animal se cabra et Gemma déguerpit sans demander son reste.

— Tu vois, lui dit-elle de loin, ces bestioles sont totalement imprévisibles. Elles sont très dangereuses. Si tu tombes de cheval et que tu te fais piétiner, tu es mort…

— Voyons, Gemma, réfléchis un peu, il n'est pas question

d'aller faire du saut d'obstacles, mais juste une petite balade, au pas. Tu n'as rien à craindre.

L'air buté, elle croisa les bras sur sa poitrine et secoua vigoureusement la tête. Ses peurs étaient peut-être irrationnelles, mais elles n'en étaient pas moins réelles. De quel droit les prenait-il à la légère ?

— Non, lui dit-elle, inflexible. Si tu veux aller quelque part, vas-y. Moi je ne viens pas avec toi.

Il se tenait à côté de son cheval, l'air impénétrable. Mais peu importait ce qu'il pensait, il était hors de question qu'elle lui cède et aille contre sa nature. S'il voulait une femme capable de monter à cheval et de rassembler le bétail, il n'avait qu'à aller s'en chercher une.

— De toute façon, il faut que je retourne travailler, murmura-t-elle en tournant les talons.

Il se précipita pour la rattraper.

— Attends un peu, lui dit-il en la prenant par le bras pour la forcer à s'arrêter. Où est le problème ?

— Il n'y a aucun problème, dit-elle en essayant de feindre l'indifférence.

Mais c'était faux, bien évidemment, et elle le savait. En vérité, son problème, c'était qu'elle avait peur. Peur car elle sentait que leur relation était en train d'évoluer, de devenir plus complexe. Elle avait déjà connu cela à plusieurs reprises, dans ses histoires passées, et, plutôt que s'engager plus avant, elle avait toujours préféré la fuite.

— Est-ce que tu es fâchée contre moi ?

— Pas du tout.

— Je ne te crois pas.

— Si je te faisais venir à Dublin et que je te demandais de prendre la parole devant une salle comble pour parler de l'histoire de l'Irlande, est-ce que tu le ferais ?

— Non.

— Parce que ce n'est pas quelque chose qui t'est familier. Moi je le fais tous les jours sans aucun problème. De la même façon, tous les jours, tu montes à cheval sans te poser la moindre question.

— Je comprends, lui dit-il avec un sourire penaud. Excuse-moi.

Elle ne put se retenir de lui sourire, adoucie. Comment rester fâché contre un homme tel que lui ?

— En plus, je ne vois vraiment pas pourquoi je le ferais, continua-t-elle. Ce n'est pas comme si, une fois rentrée à Dublin, j'allais me précipiter pour m'acheter un cheval et me balader ainsi dans les rues.

— Quand est-ce que tu rentres, d'ailleurs ?

— Je ne sais pas encore. Pourquoi ? Tu as hâte que je m'en aille ?

— Non, lui répondit-il. Au contraire. Je voulais juste savoir si tu avais des impératifs ou des engagements pour cet été.

— Les cours reprennent début septembre, mais je dois être à la maison pour les préparer au moins deux semaines à l'avance.

— Super, dans ce cas, tu pourrais rester chez nous jusqu'à la mi-août sans problème, lui dit-il. Ça me plaît que tu sois là. Pour un tas de raisons, et pas seulement pour ce que tu crois… Et je m'excuse encore pour le cheval, je pensais qu'on pourrait s'amuser.

S'amuser. Il avait tout à fait raison. C'était ce qu'ils étaient censés faire ensemble. Et elle, elle avait réussi à tout tourner en psychodrame. Il ne fallait plus qu'elle pense à ce que lui avait dit Mary. Si Cal cherchait une femme, une compagne pour la vie, cela ne pouvait pas être elle, point. Tous les deux, ils allaient passer du bon temps, faire l'amour — beaucoup — et à la fin de l'été, elle rentrerait gentiment chez elle.

Certes, elle avait un petit pincement au cœur. Etre le grand amour de quelqu'un, c'était sans doute quelque chose… De même qu'éprouver le sentiment d'avoir trouvé la bonne personne, celle avec qui l'on se sent ne faire qu'un. Toute personne normalement constituée était en droit d'y prétendre. Pourtant, en ce qui la concernait, elle avait la certitude de ne pas être faite pour ça.

— Je t'assure, je ne suis pas fâchée, lui dit-elle. Et tu as raison, je devrais sans doute apprendre à surmonter mes peurs.

— Viens au moins le cajoler un peu, ce pauvre cheval. C'est un gentil garçon. Un peu comme moi…

Elle adressa un regard suspicieux à Cal et à sa monture, puis consentit à revenir sur ses pas.

— Je te préviens, le mit-elle en garde, s'il me mord, je ne te le pardonnerai jamais.

— S'il te mord, tu auras le droit de me faire pareil, lui répondit-il en tenant le cheval par la bride pour l'empêcher de bouger. Allez, viens, caresse lui un peu le museau, il adore ça.

Hésitante, elle s'approcha et tendit une main légèrement tremblante vers l'animal.

— Comment s'appelle-t-il ?

— Eddie.

Timidement, elle passa sa main sur le museau de l'animal, puis la retira bien vite. Mais Eddie lui fit comprendre qu'il en voulait un peu plus.

— C'est tout doux, dit-elle en lui donnant une nouvelle caresse. On dirait du velours.

Chaque fois qu'elle s'arrêtait, l'animal venait de lui-même frotter son museau contre sa main, pour le plus grand amusement de Gemma.

— Quel amour ! s'écria-t-elle, conquise par les rusés stratagèmes de l'animal.

— Eh toi, ne me pique pas ma copine ! dit Cal à son cheval tout en le grattant entre les deux oreilles.

Elle sentit son cœur faire un bond dans sa poitrine. Sa copine ? C'était donc ainsi que Cal la considérait…

— C'est très bien tout ça, reprit-elle, mais il faudrait peut-être que je me remette au travail.

— Tu as raison, moi aussi, lui répondit-il en s'approchant d'elle et en déposant un baiser furtif sur ses lèvres. Je te retrouve tout à l'heure ?

— Bien sûr.

— J'adore… Savoir que tu seras là à la fin de ma journée de travail, ça me ravit, lui dit-il en montant en selle puis en réajustant son chapeau sur sa tête. Bon après-midi miss Moynihan, lui lança-t-il d'une voix joyeuse avant d'éperonner son cheval.

Eddie se cabra en hennissant puis partit au trot, soulevant dans la cour un léger nuage de poussière. Songeuse, Gemma les regarda disparaître derrière les écuries, et alla s'asseoir quelques instants sur les marches qui menaient au perron. Cela faisait à peine deux jours qu'elle connaissait Cal et, déjà, les sentiments qu'elle éprouvait à son égard prenaient le pas sur sa raison. Si elle ne parvenait pas à se contrôler, elle n'aurait pas d'autre choix que de s'en aller. Ce qui, d'ailleurs, serait peut-être la meilleure solution pour tout le monde.

Pourquoi la situation était-elle donc si compliquée ? se demanda-t-elle, un brin découragée. Tout aurait été tellement plus simple si le propriétaire de Kerry Creek avait été un vieux bonhomme tout rabougri plutôt que cet apollon qui lui faisait perdre la tête et affolait ses sens.

Cela faisait des heures déjà que le soleil était couché et il faisait nuit noire sur Kerry Creek. Cal était assis sous le porche, les yeux dans le vague et une bouteille de bière à la main.

Avant l'arrivée de Gemma, l'aube était son moment préféré. Mais à présent, c'était le crépuscule qu'il attendait avec impatience. Car la tombée de la nuit signifiait que sa journée de travail était finie et qu'il allait pouvoir passer la soirée entière avec Gemma. Malheureusement, pour l'heure, elle semblait prise par ses recherches. Elle s'était enfermée dans la bibliothèque après le dîner en promettant qu'elle n'en aurait pas pour longtemps. Mais, deux heures plus tard, il était toujours là, tout seul, à ruminer sur le temps qu'ils étaient en train de perdre. Elle travaillait sans cesse et, si elle progressait trop vite dans son travail, elle risquait fort de s'en aller bientôt. Et, même s'il en mourait d'envie, il ne voyait pas bien comment la retenir.

Quoique, songea-t-il en se rappelant l'une de leurs conversations. Elle semblait particulièrement intéressée par Crevan Quinn, alors, peut-être que pour l'occuper plus longtemps, il pourrait essayer de lui fournir un peu plus d'informations le concernant… L'idée fit son chemin dans son esprit. Il n'était pas monté au grenier depuis son enfance et, qui sait, peut-être abritait-il quelques documents ou objets intéressants.

Et puis, il y avait aussi cette histoire de trésor caché. S'ils se mettaient à le chercher, il y en aurait facilement pour l'année. D'après la légende familiale, Crevan avait enfoui un coffre-fort rempli d'or quelque part dans la propriété et était mort sans l'avoir déterré. L'histoire s'était transmise de génération en génération, mais personne n'avait jamais trouvé le moindre indice sur la localisation du trésor. Avec cent mille hectares de terrain, autant chercher une aiguille dans une botte de foin…

Un bruit sourd au loin le tira soudain de ses rêveries. Scrutant les alentours, il vit Brody, à cheval, surgir de l'obscurité. Etant donné le peu d'intérêt que son frère témoignait pour le travail au ranch, il se demandait bien ce qu'il pouvait faire dehors à une heure pareille.

— D'où sors-tu ?

— Je suis allé me baigner avec Payton, lui répondit son frère en sautant à terre. Tu n'en aurais pas une autre pour moi, par hasard ? poursuivit-il en montrant du doigt la bouteille de bière.

— Non, mais sers-toi si tu veux, dit-il en la lui tendant. Tu paieras la prochaine tournée…

Brody ne se fit pas prier et avala, cul sec, le reste de la bière, avant de lancer la bouteille vide qui alla se fracasser contre le mur de la maison.

— Crétin ! s'emporta Cal. Tu peux m'expliquer pourquoi tu te conduis bien quand tu es avec Payton et que tu te remets à faire n'importe quoi dès qu'elle n'est plus dans les parages ?

— Et toi, pourquoi est-ce que tu es aussi casse-pieds quand tu n'es pas avec Gemma ? D'ailleurs comment ça se fait que tu sois là, tout seul, à boire ta bière comme un pauvre malheureux, au lieu d'être avec elle ?

— Elle s'est enfermée dans la bibliothèque. Je ne comprends pas ce qui lui prend autant de temps. J'ai l'impression qu'elle s'est mis en tête de tout éplucher, même les registres de comptes.

— Quel est le rapport avec l'arbre généalogique de la famille ?

— Va savoir, répondit Cal.

— Elle est jolie en tout cas, reprit Brody après une courte pause. Pas autant que Payton, bien entendu, mais jolie tout de même.

Assez bizarrement, Cal ne se vexa pas de la remarque de son frère. Il était heureux que Gemma n'ait pas tapé dans l'œil de Brody. Comme ça, il n'avait pas à craindre la concurrence.

— Tu te trompes, lui dit-il pourtant, soucieux de défendre l'honneur de celle qui faisait battre son cœur. Gemma est beaucoup plus jolie.

— Payton m'a raconté qu'elle avait parlé avec Teague aujourd'hui. On dirait qu'il a remis ça avec Hayley Fraser. D'ailleurs, il est parti à cheval la nuit dernière.

— Quel crétin, lui aussi ! s'exclama Cal, mécontent de voir ses doutes sur les escapades de Teague confirmés. Quand j'ai appris qu'elle était de retour, je me suis demandé s'ils allaient se revoir. Qu'est-ce qu'elle est en train de mijoter à ton avis ?

— Tu ne l'as jamais portée dans ton cœur, n'est-ce pas ?

Ce n'était rien de le dire… Depuis sa plus tendre enfance, Cal avait appris à se méfier de tous les Fraser. Teague, quant à lui, avait toujours refusé de prendre parti. Et Cal savait très bien à qui en revenait la faute : à cette espèce de sorcière blonde qui se prenait pour une star de cinéma.

— Elle le manipule depuis le début, continua-t-il. Elle est capable de lui faire faire n'importe quoi.

— Il est peut-être tout simplement fou d'elle, rétorqua Brody. Et si toi et moi, on n'arrive pas à le comprendre, c'est sans doute parce que ça ne nous est jamais arrivé. Peut-être bien qu'on a raté quelque chose, d'ailleurs…

— Peut-être, répondit Cal, ébranlé par ce que son frère venait de dire.

Il laissa passer un long silence, puis il se leva d'un bond, déterminé à laisser son frère méditer sur ses propres limites sentimentales et affectives

— Allez, je vais voir si Gemma n'a besoin de rien.

Pour sa part, il n'avait pas l'intention de rater quoi que ce soit avec Gemma. Et, s'il avait envie d'être avec elle, eh bien, il n'avait qu'à aller s'asseoir dans la bibliothèque et la regarder travailler.

Lorsqu'il pénétra à l'intérieur, la maison était plongée dans l'obscurité. Il entendit le son de la télévision en provenance du petit salon. C'était probablement Mary qui regardait un de ses feuilletons favoris dont elle ne ratait jamais un épisode.

Pauvre Mary, se dit-il. Si on lui supprimait la télé, la vie au domaine deviendrait presque insupportable pour elle. Mais il pouvait la comprendre : ce ne devait pas être toujours facile, pour une femme, de vivre ici.

Il pensa alors aux trois candidates au mariage que lui avait proposées l'agence matrimoniale. Comment se faisait-il que ces trois jeunes femmes, a priori normalement constituées, n'aient pas été effrayées par la perspective de passer leur existence entière dans un ranch ? Quand Gemma serait partie, il faudrait qu'il se penche de nouveau sur la question, car, finalement, parmi elles se trouvait peut-être la perle rare.

Pourtant, il doutait qu'une autre femme puisse lui faire le même effet que Gemma. Et, après elle, il aurait du mal à ne pas trouver toute nouvelle prétendante bien fade.

Arrivé devant la bibliothèque, il hésita un instant. Devait-il frapper ou simplement entrer ? Après tout, c'était son bureau, sa maison, les papiers de sa famille. Et il n'y avait aucune raison pour qu'elle le prenne mal. Il décida donc de pousser la porte.

Il découvrit la bibliothèque sens dessus dessous, avec des dizaines de livres jonchant le sol et des papiers éparpillés partout sur le bureau. C'était encore pire que l'autre soir lorsqu'ils avaient entrepris leur grand nettoyage par le vide…

Il promena son regard tout autour de la pièce, mais n'y trouva pas Gemma. Soudain, un bruit de papier froissé sembla surgir de sous le bureau. Il s'approcha tant bien que mal et découvrit Gemma, assise par terre, absorbée par l'étude de ce qui ressemblait à une carte.

— Tu as trouvé quelque chose d'intéressant ?

Au son de sa voix, elle sursauta.

— Non, lui répondit-elle en glissant précipitamment le document qu'elle étudiait sous une pile de papiers. Enfin, rien qui puisse m'aider pour l'arbre généalogique. C'est de la déformation professionnelle : c'est plus fort que moi, poursuivit-elle en souriant, dès que je vois un vieux papier, il faut que je comprenne de quoi il retourne.

— Il n'y a aucun problème, la rassura-t-il, tu as le droit de regarder tout ce que tu veux ici. De toute façon, il n'y a que toi que ça intéresse.

Elle se releva et, avec stupeur, sembla découvrir l'état dans lequel se trouvait la pièce.

— Ce n'est pas possible, s'exclama-t-elle, l'air consterné, mais qu'est-ce qui m'a pris de mettre tout ce désordre ? Je m'excuse, je ne voulais pas…

Et elle se pencha et se mit à ramasser les papiers et les livres qui traînaient par terre. Cal s'appuya contre le bureau, les bras croisés, et la regarda faire. Belle comme elle était, il ne se lassait pas de la contempler…

Chaque détail de sa physionomie était un spectacle en soi, depuis son abondante chevelure auburn qu'elle rejetait de temps en temps derrière ses épaules, jusqu'à ses doigts effilés qui ramassaient les papiers avec délicatesse. Il aimait ses courbes, sa poitrine parfaite, son dos, sa taille si fine qu'il aurait presque pu l'enserrer de ses mains. Comment avait-il pu croire une seconde qu'il pourrait la remplacer ? Elle était unique…

Il vint alors s'asseoir à côté d'elle. Pour l'aider, il lui tendit une liasse de papiers qui ressemblaient fort à de la comptabilité.

— Ça n'a pas l'air bien passionnant, lui dit-il.

— Effectivement. Mais il y a quand même quelques détails instructifs. Crevan tenait ses comptes avec méticulosité. Là, on voit qu'il s'est acheté un nouveau costume pour son portrait. Et ici, c'est le prix qu'il a payé pour la réalisation du tableau. C'est intéressant, tu ne trouves pas ? On peut suivre tous les détails de l'élaboration de son portrait, d'abord à l'état de projet — quand il l'évoque dans son journal —, jusqu'à sa réalisation concrète, avec les livres de comptes que nous avons là. Et, cerise sur le gâteau, plus d'un siècle plus tard, le tableau est toujours là, dans le petit salon.

— Oui, tu as raison. Je n'y avais jamais songé auparavant, mais ça permet de remettre les choses dans leur contexte.

— C'est tout à fait ça ! s'enthousiasma-t-elle. Et je suis

sûre que, maintenant, tu ne regarderas plus ce tableau avec les mêmes yeux.

— Tu es vraiment dans ton élément, on dirait, remarqua-t-il.

— Oui, j'adore ça. C'est comme un gigantesque puzzle. Et quand toutes les pièces s'emboîtent, cela donne une image magnifique. Une image du passé, quelque chose que nul n'a pu contempler depuis des années et des années. Mais parfois, reprit-elle après une courte pause, c'est très frustrant, parce que, malgré les efforts pour les retrouver, certaines pièces resteront à jamais manquantes. Il faut aussi accepter l'idée que le passé n'est pas prêt à nous révéler tous ses secrets.

Sans bien savoir pourquoi, Cal éprouva alors l'irrésistible envie de l'embrasser. Il passa sa main autour de sa taille et l'attira à lui. Ses lèvres se posèrent sur les siennes avec douceur et délicatesse. Cette fois, il n'obéissait pas au seul désir. Dans ce baiser, il voulait lui témoigner toute son admiration, son respect et sa tendresse.

Eh oui, pensa-t-il en inclinant le buste en arrière pour mieux la regarder dans les yeux, les sentiments étaient entrés dans la danse. Il avait eu beau essayer de lutter, rien n'y avait fait. Il devait se rendre à l'évidence : ce n'était plus la seule attirance physique qui le liait à Gemma. Il éprouvait quelque chose d'autre, qui commençait à ressembler à de l'amour.

Trois jours ! Il ne lui avait fallu que trois jours pour succomber. Et qu'est-ce qui l'attendait à présent : l'enfer ou le paradis ?

Le paradis, bien sûr, pensa-t-il en entraînant Gemma avec lui sur le tapis, au milieu des papiers éparpillés. Il l'embrassa de nouveau, avec une fougue et une ardeur renouvelées. Comme pour l'encourager dans cette direction, elle entremêla ses doigts dans ses cheveux courts et pressa sa bouche plus fort encore contre la sienne.

Avec frénésie, il se mit à la déshabiller. C'était trop fort, il la voulait. Au prix d'un effort surhumain, il réussit cependant à se maîtriser. Il n'avait pas envie, pour une première fois, de lui faire l'amour à la va-vite sur un tapis.

De son côté, Gemma s'était attaquée à son ceinturon. Il savait ce dont elle était capable avec ses mains et, cette fois, il était bien déterminé à lui montrer ce que les siennes pouvaient faire. Il l'arrêta donc et, d'une main, maintint ses deux poignets au-dessus de sa tête. Un sourire coquin passa sur ses lèvres vermeilles et elle se détendit, comme si elle avait compris ce qu'il lui réservait. Il lui déboutonna alors son jean et glissa la main dans sa petite culotte.

Elle l'avait fait brûler de désir, et il allait lui rendre la pareille. Une voix en lui lui disait que c'était ce qu'il devait faire. Et, depuis que Gemma avait fait irruption dans sa vie, il avait appris à obéir à son instinct.

Gemma avait perdu tout contrôle sur son propre corps. Quant à réfléchir, il ne fallait même pas y penser… Elle s'était rendue aux caresses de Cal, des caresses si intimes, si intenses, qu'elle n'avait eu d'autre choix que de s'abandonner.

Tout cela avait été si soudain… Incapable de résister, elle avait succombé à une attraction plus forte que tout, et c'était si bon… Mais c'était mal, aussi, puisqu'elle avait en quelque sorte abusé Cal en ne lui dévoilant pas les vraies raisons de sa présence.

Il était encore temps de l'arrêter et de tout lui avouer. Mais ce qu'il lui faisait était trop bon pour qu'elle en ait la force. Elle ne voulait pas courir le risque que tout s'arrête, alors qu'ils avaient tant à se donner.

Alors, elle oublia tout, pour ne plus se concentrer que sur les doigts experts de Cal et sur les caresses qu'il lui prodiguait avec un mélange de douceur de fermeté qui la menait aux portes du septième ciel. S'abandonnant au plaisir, elle gémit doucement.

Lui, de son côté, semblait en demander toujours plus. Ses baisers ne lui laissaient aucun répit, la cherchant et la sollicitant sans trêve. Elle ne se sentait pas de taille à lutter contre un désir conquérant comme celui-là. Elle se mordit la lèvre lorsqu'il glissa un doigt en elle. La sensation était si forte qu'elle en devenait presque insupportable.

Il comprit le signal et augmenta encore l'intensité de ses caresses, imprimant à ses doigts un léger mouvement de va-et-vient.

— C'est ça que tu veux ? lui demanda-t-il en lui adressant un regard qui la transperça.

— Oui, répondit-elle, le souffle court.

Il l'embrassa de nouveau et elle se sentit gagnée par les premiers frémissements du plaisir. Son corps tout entier se raidit sous la main de Cal lorsqu'il s'insinua encore plus intimement en elle. Alors, très vite, survint la délivrance, et tout son corps se mit à trembler sous l'effet de la jouissance qui déferlait en elle. Une jouissance qui n'en finissait pas de durer, les spasmes qui l'agitaient et le bien-être indescriptible qu'elle éprouvait semblant vouloir se prolonger à l'infini.

Puis, alors qu'elle commençait à reprendre ses esprits, il l'attira tout contre lui et saisit son visage entre ses mains.

— Reste avec moi ce soir, lui dit-il. Je te veux dans mon lit.

Elle ferma les yeux. Rien ne lui aurait fait plus plaisir que de passer la nuit à explorer les possibilités offertes par cette nouvelle intimité qui venait de s'installer entre eux. Mais elle avait peur de ce que cela aurait pu signifier. Non pas à ses yeux, mais à ceux de Cal. Car elle n'avait aucune idée de ce qu'il recherchait. Obéissait-il seulement à son désir ou bien attendait-il d'elle quelque chose qu'elle n'était pas en mesure de lui promettre ? Alors, ce ne serait certainement pas en se réveillant à son côté qu'elle réussirait à y voir plus clair dans leur relation.

— Pas ce soir, lui répondit-elle. Je ferais mieux de rentrer dans ma chambre. Il est tard et tu dois te lever tôt…

— Je peux rester au lit toute la journée si j'en ai envie. C'est moi le patron ici. Personne ne me dira rien.

Tout en finissant de se rhabiller, elle prit une longue inspiration. Autant lui dire la vérité.

— En fait, dit-elle alors sans le regarder, j'ai un peu peur de trop m'attacher. On sait toi et moi que tout ça prendra bientôt fin, et autant que ça ne soit pas trop difficile.

— Je ne vois pas en quoi le fait de passer la nuit ensemble rendrait les choses plus difficiles, objecta-t-il doucement.

Elle hésita sur le sens de ses paroles. Voulait-il dire que, pour lui, rien ne saurait rendre leur séparation moins pénible ? Ou bien voulait-il lui signifier qu'il n'avait pas l'intention de s'engager émotionnellement dans leur relation ? De façon assez étrange, les deux explications possibles l'attristaient de la même façon.

— Mais tu as sans doute raison, reprit-il, visiblement touché par l'air sombre qu'elle affichait. Je vais te reconduire.

Il l'aida à se relever, puis il la prit par la main. Une fois qu'ils furent arrivés devant les dépendances, il l'étreignit et l'embrassa.

Mais ce n'était pas, cette fois, un baiser empreint de désir. Gemma y décela plutôt de la résignation, et peut-être même une pointe de déception. Comme un blanc à la fin d'une phrase longue et compliquée.

— A demain, lui murmura-t-il.

Elle resta un instant devant sa porte. L'attitude de Cal ne laissait plus tellement de doute sur la façon d'interpréter les propos qu'il avait tenus tout à l'heure, pensa-t-elle en le regardant s'éloigner, le pas traînant et la tête rentrée dans les épaules. Elle poussa alors un long soupir et se décida à entrer.

L'intérieur de la pièce était plongé dans l'obscurité, et elle aurait éprouvé le plus grand mal à se diriger dans la chambre si la lumière de la cour n'avait pas filtré à travers les rideaux. Payton dormait déjà, enfouie sous ses couvertures. Arrivée à son lit, Gemma s'allongea en soupirant de nouveau.

Elle avait eu de nombreuses aventures, parfois assez longues, mais toutes avaient été plutôt insignifiantes. Chaque fois, le désir, pourtant réel au départ, s'était peu à peu émoussé, jusqu'à disparaître tout à fait. Mais ce qu'elle éprouvait pour Cal était totalement inédit. L'attirance physique qui les liait tous les deux était palpable, un peu comme un courant électrique parcourant tout son corps. Et c'était aussi excitant qu'effrayant.

Elle se redressa soudain sur son lit. S'il y avait quelque chose entre eux, quelque chose qui dépassait le simple désir, elle ne voulait pas risquer de le laisser passer. Il fallait absolument qu'elle soit honnête avec lui et qu'elle lui apprenne dans quel but elle était venue à Kerry Creek. Ensuite, elle se sentirait libérée.

Bien décidée à le faire sur-le-champ, elle se leva et marcha jusqu'à la porte. Mais au moment de l'ouvrir, elle se ravisa.

Ce n'était qu'un petit mensonge, finalement. A quoi bon se torturer de la sorte pour une histoire qui, de toute façon, était vouée à une fin prochaine ?

Encore hésitante, elle s'apprêtait à retourner vers son lit quand elle entendit frapper doucement à porte. Elle l'ouvrit et découvrit Cal, qui se tenait en bas des marches. Elle sortit et referma la porte derrière elle.

— Que fais-tu ici ?

— Je voulais savoir si tu n'avais besoin de rien.

Elle secoua la tête en silence, incapable de rien dire, et il finit par ajouter :

— Non, en fait, la vraie raison, c'est que tu me manquais déjà. Mais je ne savais pas comment te le dire. Tout est arrivé si vite. Je n'ai pas l'habitude…

— Moi non plus, lui avoua-t-elle. C'est… surprenant.

— Oui, très surprenant, renchérit-il. Mais pas désagréable. Agréablement surprenant, en fait.

— Oui, et un peu déstabilisant aussi.

Il eut l'air surpris.

— Déstabilisant ?

— Oui. Tu sais, je suis venue ici pour le travail. Et je n'aime pas mélanger vie professionnelle et vie personnelle. Et puis, ajouta-t-elle, tout hésitante, il y a quelque chose que…

C'était difficile, mais c'était le moment ou jamais de tout lui avouer. Avec un peu de chance, il la comprendrait.

Elle n'eut cependant pas le temps de finir sa phrase, car il avait gravi les quelques marches qui les séparaient pour venir la prendre dans ses bras. Ils étaient si bien, ainsi enlacés, qu'elle aurait voulu oublier les raisons pour lesquelles elle avait repoussé son invitation, mais elle n'y parvenait pas.

Cet homme comptait pour elle, elle devait se rendre à l'évidence, et il était hors de question de lui faire du mal. Et c'était pour cela qu'elle devait lui dire la vérité.

— J'ai quelque chose à te dire à propos de mon travail, se lança-t-elle alors.

— Tu es en train de travailler en ce moment ?

— Non.

— Alors pas besoin d'en parler.

— Mais il y a…

Pour la faire taire, il l'embrassa.

— Cal, je…, essaya-t-elle de nouveau.

Mais rien à faire, se dit-elle en se maudissant, les mots ne sortaient pas. Alors elle prononça les seuls qu'elle était capable de dire, même s'ils allaient la priver d'un plaisir dont elle mourait d'envie.

— Je ne me sens pas prête à passer la nuit avec toi, Cal. Tu comprends ?

— Bien sûr, je comprends, lui répondit-il en la regardant droit dans les yeux. Mais tu n'es pas obligée pour autant d'aller te coucher tout de suite. On peut juste parler. Je te promets que je n'insisterai plus.

Et de fait, ils restèrent assis sur les marches, à s'embrasser, se caresser, à parler de tout et de rien. Et une heure plus tard, quand elle rejoignit son lit, il ne chercha pas à l'y accompagner. Même si elle aurait adoré qu'il le fasse. Encore sous le charme de ce moment comme hors du temps qu'elle venait de passer avec Cal, elle se glissa sous les draps. Décidément, il lui plaisait. Certes, elle avait décelé chez lui quelques contradictions, mais il était honnête et dur à la tâche, il était intelligent sans être sûr de lui, il était réfléchi et un peu timide. Et elle savait qu'elle pouvait lui faire confiance. Jamais il ne lui aurait fait de mal volontairement.

Mais pouvait-il dire la même chose d'elle ? Sans qu'elle l'ait forcément voulu, sa peur panique de l'engagement avait déjà fait souffrir plus d'un homme dans des moments de grande vulnérabilité.

Le lendemain, elle lui parlerait de l'émeraude et lui expliquerait en quoi le joyau était important pour faire évoluer ses relations avec son père. Ensuite, soulagée, elle serait libre de profiter de ce que Cal avait à lui offrir.

Elle entendit alors bouger à l'autre bout de la pièce. C'était Payton qui se retournait dans son lit.

— Tu ne dors pas ? lui demanda-t-elle en s'appuyant sur ses coudes.

— Non, répondit Payton en poussant un gros soupir. Et toi non plus ?

— Non, dit-elle en allumant sa lampe de chevet et en s'asseyant en tailleur dans son lit. Tu veux qu'on parle ? Je suis très douée pour écouter les gens. C'est ce que disent mes amis, en tout cas.

— En fait, c'est compliqué. Est-ce que tu peux garder un secret ?

— Bien sûr.

Payton vint alors s'asseoir à côté d'elle dans le lit, puis elle chuchota :

— Il y a pile un mois, j'étais aux îles Fidji, sur le point de me marier.

— Oh mon Dieu ! s'exclama Gemma. Mais que s'est-il passé ?

— Au moment de dire oui, j'ai pris peur et je me suis enfuie. Tout à coup, je n'étais plus sûre de mon choix. Il manquait, je ne sais pas, la flamme… Tu vois ce que je veux dire ?

Gemma acquiesça. Cette flamme, elle avait elle-même l'impression de la sentir brûler en elle pour la première fois de sa vie.

— Je vois très bien ce que tu veux dire.

— Alors j'ai pris quelques affaires avec moi, j'ai échangé le billet d'avion de notre voyage de noces contre un aller simple pour Brisbane et j'ai disparu dans le désert australien.

— Et te voici ici…

Finalement, leurs histoires comportaient quelques points communs, pensa Gemma. Pareillement, elles avaient atterri dans le Queensland sans se douter de ce qui allait les y attendre. Ensuite, chacune s'était laissé séduire par un des frères Quinn. A présent, elles avaient toutes deux des choix importants à faire. Des choix dont dépendrait leur avenir.

— Eh oui, me voici, répondit Payton en souriant tristement.

— Est-ce que tu as appelé tes parents pour les rassurer ?

— Je leur ai laissé un message à leur hôtel après mon arrivée en Australie. Je leur disais que je les rappellerais bientôt. Ils doivent être dans une rage folle. Je n'ose même pas y penser.

— Et ton fiancé ?

— Je pense qu'il ne voudra plus jamais me revoir. Ce

n'est pas que ça me dérange, d'ailleurs. Je pense que j'ai eu raison de m'enfuir.

— C'est déjà ça, dit Gemma en souriant pour essayer de la dérider. Si tu ne regrettes pas ton choix, alors, il n'y a pas de quoi s'angoisser, comme dirait Cal.

— Au contraire, il y a des tas de raisons de s'angoisser. Il y a cette histoire avec Brody, par exemple. Je suis sûre que j'ai fait ça par défi, pour me prouver qu'à présent, je suis libre. Logiquement, ça devrait très vite se calmer entre nous. Pourtant, je ne suis pas sûre d'en avoir envie. Au départ, je voulais surtout marquer le coup, tourner la page, et j'ai choisi Brody pour symboliser ce changement de cap. Mais, maintenant, il représente bien plus que ça pour moi.

— Je comprends ce que tu veux dire, lui répondit Gemma. Le problème, c'est que juste après une longue histoire, on n'est pas forcément prêt à s'engager de nouveau. C'est embêtant quand on tombe sur quelqu'un qui en vaudrait pourtant la peine.

— C'est ce que tu penses de Brody ?

— Oui, je pense que c'est quelqu'un de bien.

— Comment faire alors ?

— Tu pourrais envisager les choses différemment et te dire que c'est le destin qui a placé cet homme sur ton chemin et que tu as laissé tomber ton fiancé parce que ce n'est pas pour lui que tu étais faite, mais bien pour Brody.

— Tu crois vraiment ce que tu dis ?

— Je crois surtout que c'est un peu vain de se torturer comme tu le fais. Plutôt que réfléchir, tu ferais mieux de te laisser aller et voir plus tard où cette histoire pourrait vous mener.

Payton, l'air pensif, se tut pendant un long moment, et finit par se lever d'un bond. Elle attrapa sa veste à la hâte, puis se dirigea vers la porte.

— Je te remercie, dit-elle à Gemma en ouvrant la porte. Je vais voir Brody. Ne m'attends surtout pas, dors.

— D'accord.

Songeuse, Gemma regarda la porte se refermer derrière Payton. Pour donner des conseils aux autres, elle était douée. Mais pour se les appliquer à elle-même ? C'était peut-être le destin, après tout, qui l'avait conduite à Kerry Creek. Si elle croyait cela, elle devait aussi croire qu'il était écrit que Cal et elle se rencontreraient un jour, ici ou bien ailleurs.

Mais elle ne croyait pas au destin. Elle était venue dans le Queensland dans un but bien précis. Un but qui n'était certainement pas celui de tomber follement amoureuse d'un jeune et fougueux cow-boy.

- 5 -

Gemma se regarda dans le petit miroir accroché au-dessus du lavabo. Il était peut-être suffisant pour se raser, mais il ne lui permettait absolument pas de juger de son apparence. Elle voulait pourtant être parfaite pour la soirée qui l'attendait.

Cal, en effet, avait fait irruption dans le bureau pendant le déjeuner pour l'avertir de se tenir prête à seize heures, heure à laquelle il passerait la chercher pour sortir. Il ne lui en avait pas dit plus, mais elle supposait qu'il allait l'emmener à Bilbarra, dîner quelque part, ou boire quelques verres dans un bar. Elle se réjouissait à la perspective de passer une soirée loin du ranch, lui dégagé de ses responsabilités, et elle oubliant pour quelques heures le cas de conscience dans lequel elle se trouvait.

Elle ajusta sa robe, la plus belle de celles qu'elle avait emportées dans ses bagages. Ce soir, elle n'avait rien voulu laisser au hasard. Après sa douche, elle s'était passé une huile parfumée sur tout le corps pour rendre sa peau la plus douce possible. Elle avait consacré une heure à son maquillage et à sa coiffure. Et elle s'était même verni les ongles des mains et des pieds, en choisissant un rouge chatoyant qui s'accordait à merveille avec la teinte de ses cheveux.

Elle frissonna en pensant à ce qui pourrait bien se produire. Ces derniers jours, ils avaient passé de plus en plus de temps ensemble, et tous ces moments d'intimité n'avaient fait qu'accroître leur désir. Il lui avait fait comprendre qu'il lui laissait le choix de décider quand il serait temps de céder définitivement à cette passion qui risquait de tout emporter sur son passage.

— Cette nuit, murmura Gemma en se regardant dans le miroir.

Elle entendit alors frapper à la porte et, après avoir pris une grande inspiration, elle alla ouvrir. C'était Cal. A sa grande surprise, elle remarqua qu'il portait encore ses vêtements de travail. Il avait pourtant pris une douche puisque ses cheveux étaient mouillés. Curieux…

— Tu n'as pas l'intention de sortir comme ça ? lui demanda-t-il en fronçant les sourcils.

— Pourquoi, elle ne te plaît pas ? lui répondit-elle en jetant un coup d'œil inquiet à sa robe. Elle n'est pas assez belle pour l'endroit où tu as prévu de m'emmener, c'est ça ?

— Ça ira, lui dit-il avec un sourire énigmatique et en la prenant par la main. Allez, viens, il faut qu'on parte maintenant si on veut y être à temps.

Sa camionnette les attendait devant les dépendances, moteur allumé. Il aida Gemma à s'installer et vérifia qu'elle avait bien attaché sa ceinture de sécurité.

— C'est important, tu vas en avoir besoin.

Puis il démarra. Très vite, la route devint difficilement praticable, pleine de creux et de bosses qui les faisaient parfois décoller de leur siège, à tel point que, pour ne pas se cogner partout, Gemma dut s'agripper fort à la poignée située au-dessus de sa vitre.

— C'est un raccourci ? lui demanda-t-elle alors. Je ne me souviens pas être passée par là pour aller à Bilbarra.

— Qui a dit que nous allions à Bilbarra ? lui demanda-t-il à son tour en se tournant vers elle. C'est là que tu voulais aller ?

— Tu m'as dit qu'on sortait. Alors, j'ai cru…

— Oui, on sort. Mais je voulais dire dehors, pas en ville.

— Désolée, mais ce n'était pas évident.

— Qu'est-ce que tu pensais ? Que j'aller t'emmener boire un verre, manger au restaurant, danser ?

— Un peut tout ça, en fait.

— Alors tu ne vas pas être déçue, lui répondit-il avec un petit rire. Un peu de patience et tu sauras tout.

— Ah bon, parce qu'il y a une boîte de nuit perdue quelque part dans le désert ?

— Tu ne crois pas si bien dire. C'est un club très privé. C'est un privilège rare de pouvoir y entrer. Et, vu ta tenue, ajouta-t-il en se tournant vers elle pour lui faire un clin d'œil, ce n'était pas gagné d'avance.

Elle ne put s'empêcher de rire. D'habitude, avec elle, Cal se montrait toujours très sérieux et posé. Mais ce soir, il était différent, plus léger, plus détendu, comme s'il se réjouissait à l'avance. Pour la première fois, il avait même réussi à la taquiner.

— Qu'est-ce qui te met de si bonne humeur ? ne put-elle s'empêcher de lui demander.

Il se tourna vers elle en souriant. Mais au même moment, la camionnette roula dans une ornière et la secousse précipita Gemma contre sa portière. Elle poussa un cri de douleur, et Cal s'empressa de se garer.

— Oh mon Dieu, je suis désolé ! s'écria-t-il. Je regardais ailleurs. Est-ce que ça va ?

— Ça va, répondit-elle en se massant l'épaule. J'aurai juste un horrible bleu pendant quelques jours. J'ai la peau qui marque très facilement et je risque de passer par toutes les couleurs de l'arc-en-ciel.

Cal examina son bras et effleura doucement sa blessure.

— C'est ici ?

— Oui, répondit-elle en grimaçant.

Il s'approcha alors et fit glisser la manche de sa robe.

— Ç'est mieux comme ça ? lui demanda-t-il en déposant un léger baiser sur son épaule.

Elle retint son souffle quand il leva les yeux vers elle. Leurs lèvres se frôlaient presque, et pourtant il ne se décidait pas à l'embrasser.

— Un peu, mais ce n'est pas encore ça. Essaie encore…

Il lui dégagea alors la nuque pour y déposer un nouveau baiser.

— Et là ?

— Non.

— Et là alors ? lui demanda-t-il en posant ses lèvres sur son décolleté.

En guise de réponse, elle poussa un léger gémissement.

Il avait l'air de vouloir prendre les choses en main. Et, cette fois, elle n'avait pas l'intention de l'arrêter. En plus, elle pouvait être certaine que rien ni personne ne pourrait venir les interrompre.

Impatiente, elle commença à défaire les boutons de sa robe, et elle crut que Cal allait lui prêter main-forte, mais, à sa grande stupeur, elle se rendit vite compte qu'il était en train de remettre les boutons qu'elle avait déjà enlevés.

— On n'est pas encore arrivés, lui dit-il. Ça va aller ?

— Ça va aller, lança-t-elle sans parvenir à masquer sa déception.

— Ne t'inquiète pas, lui dit-il en démarrant. Tu ne regretteras pas d'avoir attendu.

Elle ne savait pas s'il parlait de leur destination ou d'autre chose. Elle espérait toutefois que c'était bien à cette autre chose qu'il faisait allusion parce que, pour sa part, elle ne pensait plus qu'à ça. Même si elle ne lui avait toujours pas révélé son secret. Et, elle le savait, plus elle traînerait, plus cela deviendrait difficile.

Même si elle avait travaillé dur ces derniers jours, elle semblait accorder beaucoup moins d'importance à ses recherches que lorsqu'elle les avait entreprises en Irlande. Là-bas, elle n'avait eu pendant des années qu'une idée en tête : réussir à se faire une place dans la vie de son père, certaine que si elle y parvenait, tous ses doutes et ses états d'âme s'envoleraient comme par enchantement. C'était en tout cas ce que ne cessait de lui répéter sa mère chaque fois qu'elles se voyaient.

Bien sûr, Gemma était consciente que les problèmes qu'elle rencontrait avec ses deux parents conditionnaient son comportement et ses relations avec autrui. En essayant de remplacer son père absent, elle s'était toujours sentie attirée par des hommes d'âge mûr et, bien souvent, indisponibles. Et, en grandissant aux côtés d'une mère distante, elle n'avait pas acquis assez de confiance en elle pour dominer ses angoisses et sa peur de l'engagement.

Son histoire avec Cal était vouée à l'échec, elle le savait. Il vivait à la fois au milieu de nulle part et à l'autre bout du monde. Il cherchait une femme capable de l'aider à diriger le ranch, pas une espèce de gourde d'Irlandaise qui avait peur des chevaux et détestait se salir. Pour elle, sortir signifiait aller dans un endroit civilisé et déguster des mets raffinés servis dans de belles assiettes. Pour lui, sortir signifiait errer dans les grands espaces à la recherche de Dieu sait quoi.

La lumière commençait à baisser et elle se demandait s'ils allaient enfin arriver un jour quand Cal se gara enfin.

— C'est ici ? lui demanda-t-elle en regardant tout autour d'elle tandis qu'il lui ouvrait sa portière.

A ses yeux, l'endroit ressemblait à s'y méprendre à tous ceux qu'ils avaient traversés depuis leur départ.

— C'est ici, confirma-t-il en l'aidant à descendre.

Elle descendit alors de voiture. Il la prit par le bras et la conduisit d'abord vers un bouquet d'arbres. Alors qu'ils progressaient, elle commença à apercevoir de petites lumières scintillantes parmi le feuillage. Un instant plus tard, elle vit une tente devant laquelle était installée une petite table.

— Oh, murmura-t-elle en s'approchant de l'abri. C'est magnifique.

Cal avait accroché des lanternes dans les arbres et leur lumière ondoyait au gré de la légère brise qui soufflait. Le campement de fortune était installé à côté d'une petite piscine naturelle, impossible à repérer de plus loin.

— C'est toi qui as fait ça ? demanda-t-elle ébahie.

— Oui, lui répondit-il. J'ai découvert cet endroit il y a quelques années. Personne ne sait qu'il existe. A part peut-être quelques centaines de vaches. Mais elles ne se promènent pas par ici en ce moment. Viens, lui dit-il en la prenant par la main pour la conduire à la table. J'ai acheté du vin et Mary nous a préparé à dîner. Dans une heure environ tu pourras admirer un somptueux coucher de soleil.

— Et dire que je m'attendais à un bête restaurant !

— Tu aurais préféré ?

— Non, lui répondit-elle. C'est parfait.

Et c'était la vérité. Il avait pris le temps d'apporter toutes ces choses jusqu'ici, d'installer toutes ces lampes, de préparer de quoi allumer un feu, puis de dresser la table. Elle s'approcha de la tente et jeta un coup d'œil à l'intérieur. Le sol en toile était recouvert d'un plaid et il avait disposé des oreillers sur un sac de couchage ouvert.

— Quand as-tu fait ça ?

— Ce matin. Je me suis dit qu'on avait besoin de prendre un peu le large. Les écuries sont le domaine de Brody. Quant à Teague et Hayley, ils ont annexé la vieille cabane. Il nous fallait un endroit à nous. Tiens, poursuivit-il en lui tendant le verre qu'il venait de lui servir, c'est du vin australien.

— Merci.

Il se servit à son tour et la conduisit au bord de l'eau. Ils s'assirent sur un tronc d'arbre et contemplèrent le ciel qui commençait à se parer des couleurs du soleil couchant.

— Cette terre n'a rien à voir avec l'Irlande. Là-bas, tout est vert. Ici, tout est…

— Ocre, lui dit-il en trempant son doigt dans une petite flaque de boue puis en l'agitant sous le nez de Gemma qui recula, effrayée. N'aie pas peur, ce n'est que de la boue, continua-t-il en souriant.

Puis il lui en étala un peu sur chaque joue, avant de se faire la même chose.

— Voilà, reprit-il, maintenant tu fais partie de cette terre. Et cette terre fait partie de toi.

— Ce qui veut dire ?

— Que tu ne peux pas quitter cet endroit. Et qu'il ne te quittera jamais.

Elle se sentit prise de court. Il n'ignorait pas qu'elle avait sa vie en Irlande. Espérait-il vraiment qu'elle allait décider de rester en Australie ? Comme c'était difficile de se sentir écartelée entre son envie de se laisser aller à la romance et sa raison qui lui commandait de garder les pieds sur terre… Pourtant, elle s'était toujours dit que si, par hasard, il lui arrivait de tomber amoureuse, tous ses choix deviendraient simples. Mais avec Cal, les sentiments qu'elle éprouvait se compliquaient de jour en jour.

Même si, elle le savait, il méritait de connaître les raisons de son séjour, elle commençait à se demander si c'était vraiment une bonne idée de lui dire la vérité. Pourquoi lui faire du mal ? Pourquoi risquer de se faire congédier ? Si elle trouvait l'émeraude, alors elle s'expliquerait, et il n'y aurait plus qu'à croiser les doigts. Mais d'ici là, pourquoi se compliquer la vie ?

Et si, un beau jour, elle se rendait compte qu'elle tenait plus à lui qu'à sa place dans la famille Parnell, il se pourrait très bien qu'elle ait aussi envie de laisser tomber sa chasse à l'émeraude. Après tout, ce n'était qu'un vulgaire bijou, un caillou qui n'avait rien de plus extraordinaire que ce rocher, là-bas, au bord de l'eau.

— Qu'est-ce qu'il y a ? lui demanda Cal. Tu es en train de regarder ce rocher comme si tu l'avais vu bouger.

— Tout va très bien, lui répondit-elle en revenant à la réalité.

— Tu avais pourtant l'air préoccupé. Gemma, reprit-il d'une voix douce après un temps d'arrêt, il ne se passera rien ici si tu ne le veux pas.

— Mais je le veux, lui répondit-elle. J'ai envie de toi. Depuis le premier jour.

Il approcha la main vers son visage, et caressa ses lèvres avec son pouce. Il se pencha pour l'embrasser, effleurant ses lèvres de sa bouche, puis la retira, puis recommença, encore et encore. Elle passa les bras autour de son cou puissant et l'attira à elle pour l'empêcher de se dérober une nouvelle fois, et l'embrassa avec ferveur.

Ils avaient assez attendu.

Avec passion, Cal lui rendit son baiser, perdant ses doigts dans sa longue chevelure auburn. Il aurait aimé faire durer les choses un peu plus longtemps. Mais l'envie et l'urgence qui semblaient animer à cet instant le corps frémissant de Gemma surent éveiller son propre désir.

Il avait pensé à ce moment depuis l'instant où ses yeux s'étaient posés sur elle. Et, dans cet endroit sublime, où régnait une paix infinie, son rêve allait devenir réalité.

A l'ouest, le ciel avait revêtu un kaléidoscope de couleurs, affichant des dégradés de rose, d'orange et de violet. Au départ, il l'avait emmenée ici pour admirer le coucher de soleil. Mais le soleil se couchait tous les soirs sur les grands espaces, tandis qu'il n'aurait pas tous les soirs une femme splendide près de lui.

Alors qu'il la déshabillait lentement, il prit bien soin de s'attarder sur chaque détail de son corps pour en garder un souvenir fidèle lorsqu'elle ne serait plus là. Sa peau était comme de la soie sous ses mains d'homme, sa chair tiède et souple. Après avoir défait le dernier bouton de sa robe, il fit glisser le tissu au sol.

Elle portait un ensemble de lingerie lacée, d'un bleu pâle qui lui fit bien plus d'effet que s'il avait été noir. Ainsi mise en valeur, elle avait l'air d'une fleur printanière, délicate et naturelle. Dévêtue, elle était exactement comme il se l'était imaginée. Elle avait un corps parfait. Ses proportions harmonieuses et ses courbes gracieuses évoquaient la beauté des déesses grecques.

Il lui caressa les épaules puis les bras en s'exhortant à ne pas aller trop vite. Ce serait peut-être sa seule et unique nuit en sa compagnie, et il voulait qu'elle soit en tout point mémorable. Si, de retour à Dublin, Gemma, au moment de se coucher, pensait à cette soirée passée avec lui, il savait qu'il pourrait se consoler plus facilement de l'avoir perdue.

Le vent agitait le feuillage au-dessus de leurs têtes alors qu'il regardait Gemma lui déboutonner sa chemise. Elle en écarta ensuite les pans et l'embrassa sur le torse pendant qu'il lui caressait les cheveux. Puis, du bout de la langue, elle effleura ses tétons jusqu'à ce qu'il laisse échapper un petit gémissement de plaisir.

Comme insatiable, elle continua alors à couvrir son torse de baisers, faisant déferler en lui des vagues de plaisir. C'était la plus exquise des tortures et il dut faire des efforts surhumains pour ne pas prendre les choses en main et assouvir le désir qui, comme le plus dévastateur des incendies, se propageait à toute vitesse dans son corps.

Alors qu'elle était aux prises avec la ceinture de son jean, il recula. Il se pencha d'abord pour enlever ses bottes, puis déboutonna son pantalon et le fit glisser le long de ses jambes jusqu'à s'en débarrasser complètement.

— Et maintenant ? lui demanda-t-elle en souriant et en passant les mains sur son torse nu.

— Juste une dernière chose, répondit-il en la prenant par la main et en l'emmenant sur la rive.

Il plongea alors ses doigts dans l'eau fraîche et lava doucement les traces de boue qu'il lui avait faites sur la figure.

— Je n'adore pas le goût de la boue.

— Parce que tu as l'intention de me lécher le visage ?

— Je ne sais pas encore, mais je veux pouvoir tout envisager…

— Dans ce cas, moi aussi, rétorqua-t-elle en mouillant ses mains et en lui nettoyant le visage à son tour. Et tant que j'y suis, je vais me rincer les pieds.

Précautionneusement, elle avança dans l'eau et trempa ses pieds. Elle allait ressortir quand Cal s'approcha, la saisit par la taille, la souleva et la prit dans ses bras. Visiblement surprise, elle écarquilla les yeux puis se mit à rire. Il l'emmena alors jusqu'à la tente où il la reposa en douceur.

— Heureuse ?

— On dirait, lui répondit-elle en l'enlaçant et en se mettant sur la pointe des pieds pour l'embrasser.

Elle avait un corps qui semblait fait pour ses caresses. Lorsqu'il posa les mains sur sa poitrine, il sentit sa respiration s'accélérer. Tout ceci était inédit pour lui. Il n'était pas intéressé par la seule sensation physique. Ce qu'il voulait, en lui faisant l'amour, c'était se frayer un chemin jusqu'à son cœur, jusqu'à son âme. Avec une infinie délicatesse, il la coucha alors sur le plaid.

— Si tu savais comme tu es belle, lui murmura-t-il en s'allongeant auprès d'elle.

— Je suis si heureuse que tu m'aies emmenée ici, lui répondit-elle en se tournant vers lui.

— Jusqu'ici, j'y suis toujours venu seul. Maintenant, ça sera difficile de ne pas penser à toi toutes les fois où j'y retournerai.

— On ne devrait peut-être pas…

Mais il posa son doigt sur ses lèvres pour l'empêcher de continuer. Il ne savait pas ce qu'elle avait l'intention de lui dire, mais il n'avait surtout pas envie d'entendre qu'ils s'apprêtaient à commettre une bêtise.

— Je ne te demande pas grand-chose, Gemma. Juste quelques heures avec toi. Toute la nuit, peut-être. Rien de plus.

— D'accord, lui répondit-elle en lui passant la main dans les cheveux.

Il eut l'impression qu'ils venaient passer un accord tacite pour ne pas compliquer les choses entre eux. C'était nécessaire à la fois pour mieux profiter de l'instant et pour que leur séparation prochaine se passe en douceur. Il pourrait la laisser partir et la regarder s'éloigner sans trop de mal, du moment qu'il savait qu'ils s'étaient donné l'un à l'autre sans réserve.

Il la prit par la taille et l'installa au-dessus de lui. Elle frotta alors langoureusement ses hanches contre les siennes, et sous ces exquises caresses, il sentit son sexe se gonfler. Mu par le désir naissant, il l'embrassa et, passant la main dans son dos, il dégrafa son soutien-gorge.

Sa superbe poitrine s'offrit à lui, et il la contempla, émerveillé. Tout en elle était magnifique. Sa longue chevelure auburn ondoyant au gré de ses mouvements. Il en enroula une boucle autour de son doigt avant de l'attirer tout contre lui. Il se redressa alors et enfouit son visage entre ses seins.

Il avait trouvé tout ce qu'il avait toujours cherché. Si c'était le destin qui avait décidé de les faire se rencontrer, il espérait que cette nuit ne serait pas la seule. Il effleura des lèvres les pointes de ses seins, puis les titilla du bout de la langue. L'odeur de sa peau lui faisait l'effet d'un aphrodisiaque, l'enivrant de désir.

Il procédait avec lenteur et délicatesse, s'arrêtant sur chaque parcelle de sa peau. Puis il la serra fort et l'allongea sur le lit. Face à lui, elle fermait les yeux et souriait légèrement.

Il couvrit son corps de baisers, son cou d'abord, puis sa poitrine et son ventre. Elle frémissait sous ses caresses et, lorsqu'il fit glisser sa petite culotte le long de ses jambes et effleura son sexe avec sa bouche, elle laissa échapper un petit cri. Un instant, il crut d'abord qu'elle voulait qu'il s'arrête, mais, à la manière dont elle entrelaça ses doigts autour de sa nuque, il comprit qu'elle l'invitait au contraire à continuer.

Il était seul maître de ce corps sublime qu'il promenait, au gré de ses baisers, sur le fil du rasoir. Dès qu'il la sentait sur le point de se rendre, il diminuait l'intensité de ses caresses, pour les reprendre de plus belle l'instant d'après. Plus que tout, il voulait partager ce moment avec elle, ne faire plus qu'un avec elle quand elle se laisserait aller au plaisir.

Elle était prête, cela ne faisait aucun doute. Mais, lui, l'était-il ? La seule pensée de se fondre en elle suffisait à le conduire au bord de l'extase. Saurait-il, dans ces conditions, garder un semblant de sang-froid pour ne pas succomber en quelques minutes ?

Il s'écarta d'elle un instant pour aller chercher les préservatifs qu'il avait apportés. Lorsqu'il revint, elle le fixait avec intensité, puis elle tendit la main vers la boîte. Il la lui donna et elle s'agenouilla devant lui, le regard lourd de désir.

Il retint son souffle lorsqu'elle fit descendre le caoutchouc le long de son sexe, puis lorsqu'elle le caressa lentement. Submergé par le désir, il lui saisit le poignet pour l'inciter à la prudence. Elle s'arrêta alors et, en poussant doucement ses épaules, l'invita à s'allonger sur le dos. Il ferma les yeux lorsqu'elle vint le rejoindre. Elle prit appui sur son torse et s'installa de nouveau à califourchon sur lui. En un instant, il fut à l'intérieur d'elle, baigné de sa douce chaleur.

— Attends, lui murmura-t-il en la saisissant par les hanches.

— Je ne peux pas, lui dit-elle. Je t'en supplie…

Alors il se laissa faire. Avec lenteur et retenue, elle commença à balancer son bassin d'avant en arrière, jusqu'à ce qu'il soit plus profondément en elle. Jamais auparavant il n'avait ressenti un plaisir aussi intense. Jamais il n'avait voulu posséder totalement une femme, lui qui s'était jusqu'à maintenant toujours dit ravi de pouvoir prendre du bon temps sans avoir à faire la moindre promesse.

Mais, alors qu'il la pénétrait, il comprit combien elle lui avait manqué, combien avaient manqué dans sa vie ces magnifiques cheveux auburn et cette peau de porcelaine. Elle exerçait sur lui une fascination totale. Et même si, au cours des jours précédents, il avait essayé de se convaincre qu'une nuit avec elle suffirait, il savait à présent qu'un millier de nuits n'auraient pas été assez.

Tout à coup, il la sentit se contracter et, lorsqu'il ouvrit les yeux, il put la contempler en plein orgasme. Le corps secoué de spasmes et la tête rejetée en arrière, elle enfonça ses ongles dans sa poitrine. Cette sensation intense vint à bout de ses dernières résistances, et il se laissa aller à son tour pour venir la rejoindre dans l'extase.

Le fait de ressentir la même chose qu'elle au même moment ne fit que décupler son propre plaisir, et le plaisir qui les unissait tous deux semblait ne jamais vouloir se terminer. Lorsqu'elle finit par se laisser retomber contre sa poitrine, il était à bout de forces.

Malgré sa brièveté, leur étreinte avait été la plus intense qu'il ait jamais connue. Comme s'il venait de faire l'amour pour la première fois.

Elle se mit alors à frissonner.

— Tu as froid ? lui demanda-t-il en la serrant plus fort.

— Non, lui répondit-elle tout bas. Enfin si, peut-être…

Il se dégagea doucement, attrapa le sac de couchage et lui en couvrit le corps avant de la prendre de nouveau dans ses bras.

— C'est mieux comme ça ?

— Oui, répondit-elle en prenant son sexe encore dur entre ses mains.

— Désires-tu autre chose ? A part ça…, ajouta-t-il avant de laisser échapper un gémissement de plaisir alors qu'elle intensifiait ses caresses.

— Je meurs de faim.

— Le sexe t'ouvrirait-il l'appétit ?

— Oui, et meilleur c'est, plus je suis affamée.

— Et là, alors, tu aurais plutôt envie d'un petit en-cas ou d'un bon repas ?

— Tu ne serais pas en train de me demander si ça m'a plu ?

Il hocha la tête.

— Si tu veux savoir, reprit-elle, je choisis l'entrée, le plat et le dessert. Et je veux de tout au moins deux fois. Ça me changera des deux ou trois bouchées que je grignote d'habitude…

— Rien que ça ! Eh bien, on va bien voir si tu es prête à

avaler tout ça, lui dit-il en se levant. Attends-moi, je reviens tout de suite.

Il déposa un baiser sur ses lèvres puis quitta la tente. Le soleil était sur le point de se coucher et la couleur du ciel était redevenue uniforme. C'était une soirée magnifique, fraîche et calme. Une légère brise lui caressa la peau et il respira à fond, heureux et comblé.

Décidément, il aimait cet endroit.

Gemma était assise au centre de la spacieuse tente, enveloppée dans le sac de couchage, et dévorait le repas que lui avait servi Cal.

— Je t'avais prévenu, lui dit-elle en engloutissant un morceau de poulet rôti, mon appétit est insatiable.

— Effectivement, et je n'en reviens toujours pas. Y a-t-il d'autres choses que tu m'aurais cachées ?

Elle ne lui répondit pas tout de suite et, nerveusement, se mit à triturer les fils du plaid.

— J'ai beaucoup de secrets, se décida-t-elle enfin à lui dire.

— Dis-moi en un seul.

— Je suis la fille d'un lord anglais. Un pair du royaume.

— Tu es apparentée à la famille royale ? lui demanda-t-il l'air ébahi.

— Non, c'est bien moins prestigieux que ça : je fais simplement partie de la noblesse. En plus, je suis une enfant illégitime, puisque mon père ne m'a pas reconnue.

— Et tu n'as pas pensé à le forcer à se soumettre à un test ADN ?

— Ma mère est contre. Elle dit qu'il n'y a aucun doute possible. Elle n'a jamais voulu l'embêter, de toute façon. Je pense qu'au fond d'elle-même, elle l'aime encore, et qu'elle n'a pas perdu totalement espoir qu'il lui revienne un jour. Tu imagines, continua-t-elle en riant, ça fait vingt-huit ans qu'il a disparu de sa vie et elle l'attend toujours.

— L'amour fait parfois faire des choses étranges…

— Oui, mais il a une autre famille, rétorqua-t-elle en

haussant les épaules. Il a des enfants, et une femme qui a à peine dix ans de plus que moi.

— Vous vous voyez ?

— Non, j'ai dû le voir deux fois dans ma vie. Je suis allée lui demander de l'argent pour payer mes études, et c'est tout. Je devrais déjà m'estimer heureuse, je crois. Quand je vois des histoires comme ça, reprit-elle après une courte pause, je me demande si l'amour est vraiment fait pour durer. Qu'en penses-tu ?

— Ce n'est pas à moi qu'il faut demander ça… Tu sais, ma mère est partie quand j'avais dix-sept ans.

— Ça a dû être dur.

— C'est la vie au ranch qui était dure pour elle. Mon père n'a pas un caractère facile et il n'a jamais été très disponible. Au domaine, il a toujours refusé de déléguer. Alors, un jour, ma mère en a eu assez du travail et de l'isolement.

— C'est triste…

— Oui, mais ne t'en fais pas, ils vivent de nouveau ensemble maintenant, à Sydney. Mon père a compris qu'elle comptait plus que le ranch.

— Et que ferais-tu si tu tombais amoureux de quelqu'un qui ne voulait pas vivre au domaine ?

— Je ne tomberais pas amoureux de cette personne.

— Parfois, on ne choisit pas.

— C'est faux, on a toujours le choix.

Elle savait qu'il n'avait pas tort. N'avait-elle pas passé sa vie à éviter l'amour et à essayer de se convaincre qu'elle pouvait s'en passer ? Mais ici, avec Cal, elle voulait croire que c'était possible. Elle voulait croire que deux personnes, perdues dans ce grand monde, pouvaient finir par se trouver.

— Tu as fini ? lui demanda-t-il en lui désignant les restes du dîner.

— Pourquoi, il y en a encore ?

— J'aime les femmes qui savent apprécier un bon repas, lui dit-il en riant.

— C'est mon cas, surtout quand ce n'est pas moi qui ai préparé à manger. Car je dois aussi t'avouer que je suis une piètre cuisinière.

— Tu es peut-être bonne danseuse alors ? Je t'ai promis de t'emmener boire, manger et danser, après tout, lui dit-il en lui tendant la main. En ce qui me concerne, je ne sais pas vraiment danser, mais je veux bien essayer.

— Maintenant ? Mais nous sommes nus…

— Ça ne rendra les choses que plus intéressantes.

Il se leva et l'aida à en faire de même avant de la conduire hors de la tente. Outre le feu qu'il avait allumé, les lanternes éclairaient encore et tout le campement baignait dans une douce lumière. Il la laissa un moment puis revint très vite avec un lecteur de CD portable.

L'instant d'après, une lente mélodie s'élevait dans l'air frais de la nuit. Cal les enveloppa tous deux dans le sac de couchage et se mit à bouger en rythme. Ce n'était pas la première fois qu'elle dansait avec un homme, mais jamais auparavant la chose ne lui avait semblé si étrangement érotique. Elle sentait toutes ses peurs et ses angoisses disparaître une à une. Et, ainsi libérée, elle allait pouvoir agir en ne se laissant guider que par ses émotions.

Elle sentait contre sa peau la chaleur de son corps ferme et puissant. D'un geste, elle jeta le sac de couchage au loin. Ils étaient nus dans la nuit. Elle rejeta la tête en arrière puis prit une grande inspiration, et se laissa aller.

C'était toute sa vie à présent. Son corps nu contre le sien. Plus rien d'autre ne comptait. Elle venait de découvrir la passion qui lui avait toujours manqué et elle était bien décidée à repousser ses limites pour voir jusqu'où elle était capable d'aller.

Pendant qu'elle dansait, elle fit courir ses mains sur son corps musclé. Puis elle s'écarta et continua à se mouvoir en souplesse. La lumière du feu qu'il avait allumé jouait sur sa peau et elle s'imaginait en plein rite païen de fertilité, devant, par sa danse, conduire un homme jusqu'au monde obscur du plaisir débridé.

Il la fixait avec tant d'intensité qu'elle avait l'impression qu'il la touchait. Elle passa la main sur son large torse, puis descendit jusqu'à ses hanches, et remonta vers ses épaules pour redescendre encore. Il gémit sous ses caresses et, d'un œil satisfait, elle put voir qu'il était au comble de l'excitation.

Elle enroula ses doigts autour de son sexe tendu, puis se mit à danser autour de lui, lui effleurant le dos avec sa poitrine et cherchant avec avidité d'autres endroits à caresser. Il voulut la toucher à son tour, mais elle ne le laissa pas faire, préférant rester seule maîtresse du jeu.

— Serais-tu en train d'essayer de me rendre fou ? lui demanda-t-il en l'attirant brusquement à lui. Parce que c'est ce qui est en train de se produire.

— Je veux que tu te souviennes de ça, que tu te souviennes combien tu as envie de moi, lui dit-elle en lui passant doucement ses mains sur ses paupières pour lui fermer les yeux. Voilà, continua-t-elle en caressant voluptueusement son sexe gonflé de désir, souviens-toi de ça.

— Même si je le voulais, je ne vois pas comment je pourrais oublier ça.

Si elle trouvait l'émeraude, elle lui dirait la vérité. Et si elle devait le faire, elle lui rappellerait ce moment, pour le convaincre que cela ne changerait rien à ce qui s'était passé entre eux. Mais jusqu'à ce que le joyau soit en sa possession, elle ne laisserait pas le sentiment de culpabilité gâcher ces instants uniques de partage.

Elle venait de comprendre que, bien plus que d'un père, c'était d'un amant qu'elle avait besoin. Le passé appartenait à l'histoire et l'on ne pouvait rien y changer. Mais elle vivait dans le présent. Et, dans le présent, il n'y avait qu'un seul homme dans sa vie. Celui qu'elle contemplait, superbe dans sa virile nudité.

- 6 -

Cal entendit l'avion survoler le domaine un peu avant le crépuscule. Il sortit des écuries et leva les yeux au ciel pour regarder Teague faire ses manœuvres d'approche avant son atterrissage.

Durant toute la journée, il avait essayé de rester concentré sur son travail, mais au bout de huit heures sans voir Gemma, il n'en pouvait plus. La veille, il était rentré à la maison en milieu de matinée pour le thé, pour le repas de midi, et il avait écourté son après-midi de travail de deux heures.

Il avait rejoint Gemma à la bibliothèque et s'était occupé de la comptabilité du ranch pendant qu'elle était toujours plongée dans ses vieux papiers. Il était reconnaissant envers ses ancêtres d'avoir constitué d'aussi abondantes archives, car c'était ce qui la retenait à Kerry Creek.

Même s'ils n'étaient pas en permanence collés l'un à l'autre, c'était agréable de pouvoir se trouver ensemble dans la même pièce. Il ne se lassait pas de l'observer, se délectant du moindre de ses gestes : sa façon de tenir son crayon, d'entortiller une mèche de cheveux autour de son doigt lorsqu'elle réfléchissait, de soupirer doucement lorsqu'elle venait à bout d'un vieux livre ou d'une liasse de papiers.

Depuis leur nuit passée à la belle étoile l'avant-veille, leur relation avait évolué. En fait, non, pensa-t-il en souriant, elle n'avait pas changé, mais simplement commencé. Il y avait entre eux un lien, une attirance que ni lui ni elle n'auraient cherché à nier. Il pouvait la toucher quand il en avait envie et elle lui répondait sur-le-champ.

Il n'avait donc cessé de l'interrompre dans son travail

et, chaque fois, elle s'était laissé distraire sans hésitation ni réticence. Il y avait pourtant une ombre au tableau. La fin programmée de la passion qu'ils vivaient intensément. Cette triste perspective planait au-dessus d'eux comme un sombre nuage, et leur rappelait à chaque instant que cette parenthèse enchantée se refermerait bientôt.

Plus il y pensait, plus il se disait qu'elle devait avoir quelqu'un qui l'attendait en Irlande. C'était impossible qu'une femme si belle soit seule, que son lit reste vide et ses désirs inassouvis.

Il monta dans sa camionnette et roula vers la piste d'atterrissage où l'avion venait de se poser. Se précipitant hors de la voiture, Cal alla ouvrir la porte de l'avion. Il fit descendre Payton qui lui sourit en lui tendant plusieurs sacs de courses. Il les posa à terre et aida Gemma à sortir.

Incapable de résister et ne voyant aucune raison de cacher à Payton et à Teague les sentiments qu'il éprouvait pour Gemma, il la serra contre lui et déposa sur ses lèvres un baiser rapide.

— Bienvenue, murmura-t-il, un léger sourire au coin des lèvres.

— Merci, répondit-elle après avoir regardé autour d'elle en rougissant légèrement.

Il accompagna les deux femmes jusqu'à sa camionnette et, surprenant le regard déçu de Payton lorsqu'il ouvrit la portière, il dit :

— Je suis désolé, mais Brody est parti il y a à peu près une demi-heure. A cheval. Je suis sûr qu'il sera bientôt de retour.

Une fois à la propriété, Payton ne s'attarda pas et fila tout droit vers les écuries, visiblement décidée à partir à la rencontre de Brody. Teague disparut à l'intérieur de la maison en chuchotant à l'oreille de son frère qu'il avait besoin d'une bonne bière bien fraîche après ce long voyage en compagnie de ces deux pipelettes. Il ne restait donc plus que Gemma.

— Tu t'es bien amusée ? lui demanda-t-il en lui prenant ses sacs.

— Oui. Payton est vraiment quelqu'un de drôle. On a bien ri et pas mal papoté. Elle est un peu folle. A la fin, je crois que Teague n'en pouvait plus. S'il y avait eu un parachute dans l'avion, je pense qu'il aurait sauté.

Il se mit à rire.

— On n'a pas fait que discuter, reprit-elle en fouillant dans l'un de ses sacs. On a fait les boutiques, aussi. Et je t'ai acheté quelque chose.

— Ah oui ? Quelque chose de joli que tu peux enfiler et que je peux enlever ?

— Dès que je l'ai vue, j'ai pensé à toi, lui dit-elle en sortant une chemise du sac. Elle est bleue, c'est ta couleur, non ? J'ai demandé à Teague de l'essayer. Il paraît que vous faites la même taille.

— Elle est belle, lui répondit-il en touchant le tissu. Un peu trop pour le travail.

— Ce n'est pas pour le travail. C'est pour…

— Pour quoi ?

— Pour quand tu voudras t'habiller. Pour un rendez-vous…

— On a un rendez-vous prévu ?

— Non, ce sera pour après mon départ.

— Parce que je suis censé aller à un rendez-vous dont je n'ai jamais entendu parler ?

Il avait beau réfléchir, il ne comprenait pas le moins du monde où elle voulait en venir. Tout ce qu'il voyait, c'était qu'elle avait l'air soudain très mal à l'aise.

— Ecoute, lui dit-elle enfin en le regardant à la dérobée, Mary m'a raconté à propos de l'agence matrimoniale. Je sais que tu cherches une femme, Cal. Et j'ai envie de t'aider à mettre toutes les chances de ton côté.

Il s'attendait à tout sauf à cela. Mais c'était l'occasion de mettre les choses au point.

— Non, lui répondit-il, Mary se trompe. Cette fouineuse a vu quelque chose qu'elle n'aurait pas dû voir et elle en a tiré des conclusions erronées.

— Alors, ce n'est pas vrai ?

— C'était une possibilité que j'avais envisagée brièvement. Avant ton arrivée.

— Et tu ne l'envisages plus ?

— Plus pour le moment.

Il la fixa intensément.

— Je ne peux pas rester, Cal, lâcha-t-elle du bout des

lèvres. Tu comprends, n'est-ce pas ? J'ai ma vie à Dublin, j'ai un métier. Je ne peux pas être ta femme.

— Evidemment, répondit-il en essayant de feindre l'indifférence. Bien sûr que je sais tout ça. Je ne te demande pas de rester. Je pensais juste que tant que tu serais là, on pourrait se contenter de profiter de ces moments passés ensemble, sans penser à rien d'autre. En toute liberté. J'aurai bien le temps de penser à l'avenir plus tard.

— Parfait, répondit Gemma en hochant la tête. Je suis ravie qu'on ait tiré tout ça au clair.

Malgré ce qu'elle venait de dire, il sentait que subsistait chez elle une forme d'incompréhension, et même d'inquiétude.

— Tu sais, prit-il la peine de lui expliquer, je suis loin d'être un cas unique. Plein de types font comme moi. Ce n'est pas évident de rencontrer l'âme sœur quand on vit dans le désert. L'agence matrimoniale nous facilite la tâche.

— Oui, mais comment être sûr ? Je veux dire, es-tu prêt à courir le risque de t'engager auprès d'une femme que tu ne trouveras pas forcément désirable ?

— J'essaie très fort de me convaincre que, parfois, la bonne entente et le soutien mutuel sont plus importants que le sexe. Pour le reste, je croise les doigts…

— En tout cas, avec ma chemise, tu peux être sûr que tu seras au top pour votre premier rendez-vous. Reste juste à savoir si elle te va. Tu ne veux pas l'essayer ?

— Si, mais plus tard, lui répondit-il.

Il n'avait pas envie de penser à une autre femme. Il n'avait pas envie de penser qu'un jour, Gemma partirait. Evidemment, c'était se voiler la face, mais pour l'heure, il s'en moquait bien. Il voulait profiter d'elle aussi longtemps que ce serait possible.

— Moi je veux voir à quoi tu ressembles avec, insista-t-elle, en commençant à déboutonner la chemise qu'il portait.

— Pourquoi ? Est-ce que ça changera quelque chose pour toi de savoir si elle me va ou pas ? lui demanda-t-il en lui attrapant doucement le menton pour la forcer à le regarder dans les yeux.

Puis, sur ses lèvres, il déposa un baiser, long et langoureux, destiné à lui faire tout oublier sauf le désir qui les unissait.

Elle soupira doucement et laissa tomber son cadeau sur le sol. Puis elle passa ses bras derrière sa nuque et lui rendit son baiser. Toutes les sensations qui se bousculaient en lui étaient uniques et parfaites. Et la plus délicieuse d'entre elles était sans conteste le contact de sa peau douce sous ses mains. Pourquoi devait-elle partir et pourquoi ne pouvait-elle devenir sa femme ? se demanda-t-il alors dans un élan de révolte. Le destin lui avait permis de la rencontrer, certes, mais il lui avait également joué un mauvais tour en attendant, tapi dans l'ombre, qu'il comprenne qu'il ne pouvait vivre sans elle pour venir la lui enlever.

D'un geste, il la débarrassa et prit un de ses seins dans sa paume : la pointe était dure, mais la peau tout autour était tiède et douce. Quelle peau décidément ! D'une finesse inimaginable, et si exceptionnellement soyeuse que la caresser pendant des heures aurait pu suffire à son bonheur.

Dans de pareils instants, il se sentait capable d'être l'homme d'une seule femme. S'il avait la chance de pouvoir côtoyer Gemma toute sa vie, il était impossible qu'un jour il pût se lasser, comme il était impossible qu'il pût jamais faire le tour de toutes les sensations qu'elle faisait naître en lui.

Elle déboutonna son pantalon et, lorsqu'elle s'attaqua à sa braguette, il essaya tant bien que mal de contenir son excitation déjà grande. Quand elle glissa la main à l'intérieur du jean et effleura son sexe gonflé de désir, il n'eut plus aucun doute sur les sentiments qu'il éprouvait à son égard.

S'il se concentrait sur l'instant présent et sur les caresses qu'elle lui prodiguait, alors l'avenir serait un peu moins lourd à porter. Il pourrait garder tout à la mémoire, le moindre contact, la moindre sensation, et s'en souvenir lorsqu'elle serait partie.

Sans briser leur étreinte, il se dirigea vers la porte, qu'il poussa et ferma à clé. Même si Payton était partie retrouver Brody, il voulait être sûr que personne ne viendrait les interrompre. En prenant son temps, il la débarrassa de ses vêtements, pièce par pièce, jusqu'à ce qu'elle soit complètement nue.

Son corps était fait pour ses caresses. Chaque partie de son anatomie correspondait à ce dont il avait besoin pour nourrir sa passion et entretenir son désir.

— Je te veux, lui susurra-t-il en l'embrassant dans le cou. Toi, et aucune autre.

La tête rejetée en arrière, elle gémit lorsqu'il enfouit une main dans sa chevelure auburn et plaça l'autre entre ses cuisses. Il avait désespérément besoin d'être en elle, de rétablir le lien qui avait commencé à se défaire durant cette longue journée passée chacun de son côté. C'était une pulsion irrépressible, qui émanait de chaque cellule de son corps, une force incontrôlable, si violente que son désir pour Gemma en devenait presque douloureux. Et il avait compris depuis longtemps qu'il ne servait à rien d'essayer de s'y opposer.

Il se déshabilla alors à son tour. Dans la pièce régnait un silence presque complet. On y entendait seulement le bruit de leur respiration, saccadée, qui s'accélérait au rythme de leurs émotions.

Il savait qu'il ne verrait plus jamais cet endroit avec les mêmes yeux et que, plus jamais, il ne pourrait entrer dans cette pièce sans penser à la splendeur de son corps nu baignant dans la lumière tamisée qui filtrait à travers les persiennes.

— Tu es la seule, lui murmura-t-il en la plaquant contre le mur et en entrelaçant ses doigts entre les siens. Tu es la seule que j'aie jamais voulue.

— Non, lui répondit-elle à voix basse.

— Si, lui rétorqua-t-il. Accorde-moi ça, au moins. Ne me demande pas de nier ce que je ressens.

Puis il attrapa une de ses cuisses pour la passer autour de sa taille et se mit à frotter langoureusement son sexe contre le sien. Pour l'heure, il était au paradis. Et il était bien décidé à en profiter aussi longtemps que possible.

Gemma était nonchalamment appuyée contre la barrière qui fermait la cour de l'écurie, en compagnie de Payton et d'Hayley Fraser. A l'autre bout de la cour, les trois frères Quinn, montés sur leurs chevaux, semblaient en grande discussion. De temps en temps, ils leur jetaient des coups d'œil à la dérobée, comme s'ils avaient voulu deviner de quoi elles pouvaient bien parler.

— Je sais ce que Cal et Brody pensent de moi, dit Hayley. Et je suppose qu'ils n'ont pas été ravis de me voir arriver.

Cela faisait juste une semaine que Gemma s'était installée à Kerry Creek et Cal avait profité de l'occasion donnée par l'anniversaire de la reine pour organiser de façon impromptue une petite fête au domaine. Mais, bien avant le rodéo programmé par Cal, il avait suffi que Teague apparaisse, portant Hayley en croupe, pour que la compétition fasse déjà rage entre les cow-boys.

Elle était en effet d'une beauté étourdissante et Payton avait appris à Gemma qu'elle était une vedette de la télévision australienne.

— Ne vous inquiétez pas, les filles, dit Gemma, je pense qu'en ce moment, on est le cadet de leurs soucis. Regardez, la seule chose qui les intéresse est de savoir lequel d'entre eux sera le vainqueur.

Elles se tournèrent alors vers Cal qui venait d'entrer en lice et qui était en train de faire franchir à un veau toute une série d'obstacles. Gemma l'admira dans l'effort et trouva qu'il avait fière allure, penché sur le cou de son cheval. Il avait l'air si confiant, si maître de la situation… C'était à se demander si c'était bien le même homme qui, la veille au soir, s'était totalement abandonné entre ses bras.

Depuis le retour de son excursion à Brisbane, les choses avaient changé entre eux. Elle n'en connaissait pas exactement la raison, mais elle avait remarqué qu'ils étaient devenus bien plus ouverts et bien plus honnêtes l'un envers l'autre. Cal avait peut-être été soulagé d'apprendre qu'elle était au courant à propos de l'agence matrimoniale. En tout cas, depuis ce moment, ils avaient tous les deux soigneusement évité d'évoquer son départ prochain.

Mais elle sentait pourtant que c'était devenu un fait acquis, que Cal tenait à présent pour inévitable et irrévocable. Le compte à rebours avait commencé, et ni lui ni elle n'avaient le pouvoir de l'arrêter. Elle savait que c'était mieux comme ça. Sa quête de l'émeraude n'avait rien donné de vraiment concluant. Son dernier espoir était de trouver quelque chose au grenier, mais elle commençait à se demander si elle avait vraiment envie de continuer ses recherches.

Le jour de son arrivée, pourtant, elle était si sûre d'elle et si focalisée sur son but que rien n'aurait pu l'en détourner. La seule chose qu'elle ait jamais voulue dans sa vie, c'était que son père la reconnaisse enfin comme sa fille.

Mais plus elle passait de temps en compagnie de Cal, plus elle se rendait compte que ce manque affectif avait eu de lourdes conséquences sur ses rapports amoureux. Sa méfiance vis-à-vis des hommes était toujours restée tapie dans l'ombre, prête à surgir lorsqu'elle commençait à ressentir des émotions qu'elle ne pouvait expliquer. Mais, avec Cal, les choses ne s'étaient pas passées ainsi. Elle n'avait pas ressenti le besoin de détruire ce qu'ils avaient partagé dans le seul but de garder le contrôle sur sa propre vie. Elle n'avait pas peur de lui, ni des sentiments qu'elle éprouvait à son égard.

C'était peut-être parce qu'elle savait que leur histoire prendrait fin d'elle-même, une fois qu'elle serait de retour à Dublin. La fin était programmée depuis le début, et elle en était consciente à chaque instant qui s'écoulait. C'était l'explication la plus simple, mais qui, pourtant, était loin de la convaincre.

— Est-ce que tu montes à cheval ? demanda-t-elle à Hayley.

— J'adore ça, lui répondit-elle avec enthousiasme. Et toi ?

Elle n'allait pas lui mentir, même si, en présence de ces deux cavalières confirmées, elle éprouvait une légère honte mêlée d'envie.

— Non. J'ai peur des chevaux, et je n'apprécie pas trop leur odeur non plus, dit-elle en soupirant. Pourtant, je pense que si je savais monter à cheval, Cal serait aux anges.

— Je peux t'appendre si tu veux, lui dit Payton.

— Moi aussi, lui proposa Hayley.

Gemma chercha une excuse pour décliner poliment leur offre sans s'appesantir sur ses peurs profondes. Les gens la regardaient toujours avec une incompréhension teintée de méfiance lorsqu'elle avouait ne pas aimer des animaux pourtant aussi adorables que les chiens, les chats ou les chevaux, et elle n'avait aucune envie que cela se reproduise à ce moment.

— Cal me l'a déjà proposé, mais ça ne me disait rien

d'être sa marionnette, alors j'ai laissé tomber. Mais je ne suis pas contre réessayer, répondit-elle en essayant de paraître convaincue.

— Alors c'est noté, dit Hayley. Vous viendrez toutes les deux déjeuner à la maison, et après tu auras droit à ta leçon d'équitation.

— A votre avis, demanda Gemma, pressée de changer de sujet, de quoi sont-ils en train de parler ?

— Ils pensent peut-être qu'on est en train de comploter contre eux, dit Payton.

Brody quitta alors ses frères pour s'approcher d'elles.

— Mesdames, j'espère que vous passez un bon moment, leur dit-il en leur adressant un sourire charmeur.

— Un excellent moment, lui répondit Hayley en lui rendant son sourire.

— Et que faites-vous là, toutes seules dans votre coin ? poursuivit-il. Vous ne préféreriez pas vous joindre à nous et prendre part à la compétition ? Je suis sûr que tous les gars seraient ravis. En plus, il y a de belles récompenses pour les gagnants.

— C'est d'accord pour moi, répondit Payton sans hésitation.

— Pour moi aussi, dit Hayley en se dirigeant tout de suite vers Teague.

— Je suis désolée, mais, en ce qui me concerne, je ne vais pas pouvoir participer, dit Gemma.

— Allez, insista Brody. Cal montera avec toi.

Cette fois, elle voyait mal comment se défiler. Pourtant, tout ce dont elle avait envie à ce moment précis, c'était de prendre ses jambes à son cou et d'aller s'enfermer dans les dépendances. Mais tout le monde participait et s'amusait, et elle ne voulait surtout pas passer aux yeux de tous pour la rabat-joie de service.

— C'est bon, j'arrive, finit-elle par lâcher à contrecœur.

D'un pas peu assuré, elle contourna la barrière pour aller rejoindre Cal. Il descendit de son cheval et, dès qu'elle fut assez près de lui, il lui passa le bras autour de la taille.

— Tu n'as pas à te sentir obligée, lui murmura-t-il. Tu n'as rien à prouver à personne.

— Je sais, répondit-elle, la voix légèrement tremblante.

Mais, malgré sa peur, elle avait tout de même envie de montrer que, tout comme Hayley et Payton, elle avait bien sa place ici. Et peut-être, au fond d'elle-même, voulait-elle convaincre Cal l'espace d'un instant que sa candidature au titre d'épouse de cow-boy ne serait pas si incongrue que cela.

En outre, elle lui avait déjà fait confiance une fois en lui abandonnant son cœur et son corps et elle se sentait prête à retenter l'expérience en lui confiant ses peurs. Elle avait changé depuis son arrivée à Kerry Creek et il y avait tout lieu de penser que c'était grâce à Cal. Avec lui, elle était entre de bonnes mains et elle n'avait qu'à se laisser guider, sans doutes ni réserves.

— Je vais essayer, au moins.

— Tu es sûre ? lui demanda-t-il en s'approchant encore et en la regardant dans les yeux. Tu n'as pas peur ?

— Je suis morte de peur, lui répondit-elle, mais je te fais confiance.

Un beau sourire aux lèvres, Cal monta en selle puis se pencha pour la prendre par le bras.

— Vas-y maintenant, mets ton pied dans l'étrier, la guida-t-il.

Sans réfléchir, elle fit ce qu'il lui demandait. Il l'installa sur la selle et passa fermement ses bras autour de sa taille.

— Mon Dieu, comme c'est haut ! s'exclama-t-elle. Si je tombe, je risque de me faire très mal.

— Mais tu ne tomberas pas. Je suis là pour t'en empêcher, lui dit-il en lui confiant les rênes. Alors, voilà, tu tires doucement à gauche pour tourner à gauche et à droite pour tourner à droite. Tu vois, ce n'est pas bien compliqué…

Elle acquiesça. En théorie, c'était plutôt simple. Mais entre ses jambes, il y avait une créature qui avait une existence propre. Que se passerait-il, se demanda-t-elle angoissée, si Eddie décidait que ce petit jeu ne l'amusait pas et se mettait à filer au triple galop vers les grands espaces avec elle sur son dos ?

— Tu es prête ?

— Non, mais plus tôt ça sera fini, plus tôt je pourrai descendre de ce cheval.

Cal fit alors un signe à Davey qui fit sortir un veau de l'enclos. Gemma tendit le cou pour apercevoir Brody et Payton qui les regardaient, enlacés, à l'autre bout de la cour. Puis, d'un coup, le cheval bondit en avant et Gemma, qui ne s'attendait pas à un départ aussi précipité, poussa un cri de surprise.

En criant pour être entendu, Cal lui indiquait les directions qu'elle devait prendre, mais il semblait changer d'avis à chaque seconde. D'abord à gauche, puis à droite, et de nouveau à gauche… Même si elle avait bien compris qu'ils étaient censés guider le veau pour qu'il contourne un certain nombre d'obstacles et franchisse des petites haies, le cheval n'avait quant à lui pas l'air de vouloir coopérer.

Après une minute de chaos absolu, Cal essaya d'attraper les rênes, mais les cow-boys qui arbitraient la course l'en dissuadèrent.

— Lâche les rênes, lui dit-il alors.

— Quoi ? fit Gemma, qui n'avait aucune envie de laisser le cheval galoper à sa guise. Hors de question ! lui hurla-t-elle. C'est le meilleur moyen pour foncer dans la barrière et se retrouver par terre.

— Tu n'as rien à craindre, la rassura-t-il. Je suis capable de le guider avec mes genoux et mes pieds.

Dès qu'elle laissa tomber les rênes, le cheval se mit miraculeusement à filer doux. Gemma ferma alors les yeux et se cramponna à la selle. Le cœur battant la chamade et le souffle court, elle s'attendait à tomber à tout moment.

Mais elle finit tout de même par ouvrir et les yeux et, à sa grande surprise, ils réussirent à négocier le virage sans aucun problème et à repousser le veau dans son enclos sans difficulté. Une fois la ligne d'arrivée franchie, elle s'écroula sur Cal et essaya de reprendre son souffle, les yeux embués de larmes de soulagement.

Cette chevauchée avait été terrifiante, mais aussi terriblement grisante. D'habitude, Gemma évitait de prendre le moindre risque, mais elle commençait à entrevoir pourquoi certaines personnes pouvaient aimer ça. Cette sensation d'être en vie, elle ne l'avait pas éprouvée depuis… qu'elle et Cal s'étaient enfermés à clé dans les dépendances pour se ruer l'un sur l'autre. Elle comprenait à présent pourquoi les hommes de Kerry Creek passaient autant de temps à cheval. Cela leur permettait d'évacuer une partie de la frustration sexuelle qu'ils pouvaient accumuler.

— On ne s'en est pas si mal tirés, dit Cal en mettant pied à terre.

Puis il saisit Gemma par la taille et l'aida à descendre. Elle se laissa glisser en douceur, mais, une fois à terre, ses genoux ne la soutinrent pas et elle dut se rattraper à Cal pour ne pas tomber.

— J'ai juste eu l'impression d'être à bord d'un train sans conducteur et sur le point de dérailler…

— A aucun moment je n'ai perdu le contrôle d'Eddie. Avant le départ, ne m'as-tu pas dit que tu me faisais confiance ? lui demanda-t-il en la saisissant par les hanches pour l'attirer plus près de lui.

— Effectivement, mais c'est en Eddie que je n'avais pas tout à fait confiance.

— En Eddie ? répéta-t-il en se tournant vers sa monture. Tu entends ça mon cheval ?

L'animal répondit à la voix de son maître et tendit le cou dans leur direction, pour finir par venir poser son museau sur l'épaule de Gemma. Elle fit alors un bond en arrière en poussant un petit cri.

— Je pense que je ferais mieux d'aller me laver les mains, dit-elle en reniflant ses paumes d'un air dégoûté, elles sentent le cheval. Eddie aurait besoin d'un bon bain. Et il n'est pas le seul, poursuivit-elle en promenant son nez sur le torse de Cal.

— Ça te dirait qu'on prenne un bain ensemble, toi et moi ?

— Maintenant ?

— Non, plus tard, quand tout le monde sera au lit.

— Mais la baignoire, à l'étage, n'est pas assez grande pour deux, lui rétorqua-t-elle, pourtant fortement tentée par la proposition.

— Je ne pensais pas à la baignoire de la salle de bains. On a aussi un jacuzzi, en plein air, derrière le bâtiment qui abrite la pompe à eau. C'est un endroit très privé et très… chaud.

J'apporterai une bonne bouteille, ajouta-t-il en se penchant pour l'embrasser, et toi tu emmèneras ton corps sublime.

— Je n'ai pas pris de maillot de bain.

— Tu n'en auras pas besoin. Retrouve-moi là-bas dès que les gars iront se coucher, lui susurra-t-il. Je t'y attendrai.

Elle leva les yeux vers lui et découvrit son regard embrasé de désir. Pourtant, il leur faudrait patienter longtemps encore car la journée était loin d'être terminée. Après les jeux, était en effet prévu un grand barbecue. Et ensuite, les cow-boys, bien décidés à profiter de la présence inhabituelle de trois jeunes femmes au ranch, avaient insisté pour qu'il y ait un bal. Gemma était chargée d'inviter Payton et Hayley tandis que Davey avait proposé de s'occuper de la musique.

— Après le bal alors ?

— Franchement, ce bal, c'est une mauvaise idée, répondit-il, l'air contrarié. On ferait mieux de laisser tomber. Tout ce que veulent les gars, c'est avoir une occasion de vous peloter, et ça ne me plaît pas du tout.

— Ce qui ne te plaît pas, c'est surtout d'être obligé de danser, rétorqua-t-elle. Pourtant, tu m'as montré l'autre soir que tu te débrouillais bien.

— L'autre soir, ce n'était pas de la danse, mais du sexe. Et pour ça, je pense que je ne me débrouille pas trop mal. Pour la danse, c'est autre chose. Et tu ne m'empêcheras pas de penser que si je m'étale devant mes employés, mon autorité de patron risque d'en prendre un coup.

— J'ai pris sur moi pour monter à cheval. Le moins que tu puisses faire, c'est de m'inviter à danser.

— Je trouverai un moyen de récompenser tes efforts, lui dit-il d'une voix caressante et séductrice. Je te le promets.

Un frisson lui parcourut l'échine lorsqu'elle se mit à penser à ce qu'il pourrait lui faire. Cinq minutes à cheval pour cinq heures de plaisir suprême, cela lui paraissait honnête.

Si la vie au ranch se passait toujours comme ça, elle risquait finalement d'y prendre goût.

*
* *

Le soleil était déjà couché depuis plusieurs heures et le ciel constellé d'étoiles. La soirée était magnifique, tout comme l'avait été la journée qui l'avait précédée. Gemma dansait avec Davey dans la cour, et la musique s'élevait doucement dans l'air de la nuit. Cal se tenait sous le porche, adossé au mur, et les regardait, les bras croisés sur sa poitrine. Payton et Brody étaient partis depuis longtemps, s'éclipsant discrètement vers la chambre de Brody. Ils avaient été suivis de près par Teague et Hayley qui avaient disparu en laissant Gemma et Mary seules aux mains des garçons. Et, maintenant, Gemma était la dernière femme présente au milieu d'une bande de cow-boys à moitié ivres.

Gemma regarda Cal par-dessus l'épaule de Davey et lui adressa un petit signe de la tête pour lui faire comprendre qu'elle était prête à partir. Ce qu'elle pouvait être belle, s'émerveilla Cal. Au bout d'une semaine, il n'en revenait toujours pas. Comment pourrait-il jamais se lasser d'elle, même en passant chaque jour de sa vie à ses côtés ?

Elle semblait heureuse à Kerry Creek, mais il ne pouvait s'empêcher de se demander combien de temps encore elle comptait rester au domaine. Au cours des jours précédents, il n'avait cessé de la distraire de son travail, et elle ne s'y était jamais opposée.

Il supposait qu'elle avait déjà trouvé ce qu'elle cherchait et qu'elle faisait exprès de prolonger ses recherches pour qu'ils puissent rester encore un peu ensemble. Mais plus elle restait, plus ce serait dur pour lui de la laisser partir. Il avait tout fait pour essayer d'ignorer les sentiments qu'il éprouvait à son égard et pour garder une certaine distance. Il avait même étudié les profils que lui avait envoyés l'agence matrimoniale en espérant se convaincre qu'il y avait une vie après Gemma.

Il soupira. Il avait beau y réfléchir encore et encore, il ne voyait pas comment elle et lui pourraient avoir un avenir commun. Ils avaient leur vie, chacun à un bout de la planète.

Même s'il se sentait prêt à faire des sacrifices pour elle, il savait que jamais il ne pourrait quitter Kerry Creek. C'était toute son existence, et pour rien au monde il n'aurait tiré un trait dessus. Pas même pour une femme qu'il aimait. Il préférait encore la solitude.

La chanson prit fin et Davey lâcha Gemma, avant de déposer un chaste baiser sur sa joue. Il était 22 heures passées et, six petites heures plus tard, tout le monde devrait déjà être debout. Surtout, il n'avait pas du tout l'intention d'aller se coucher tout de suite. Non, il avait d'autres projets, qui incluaient Gemma… Il était donc grand temps que le bal prenne fin.

— Une dernière danse et c'est terminé, dit-il aux cow-boys. Et elle m'est exclusivement réservée. Bonsoir et à demain matin !

Les cow-boys disparurent dans la nuit et il prit Gemma dans ses bras. Il glissa ses mains sous la veste qu'elle avait posée sur ses épaules, lui caressant le dos avec volupté.

— J'attends ce moment depuis le début de la soirée, lui glissa-t-il à l'oreille.

— Je suppose que tu crois que c'est dans la poche pour que je finisse la nuit avec toi, puisque tous les autres sont partis.

— Oui, je comptais un peu là-dessus, j'avoue, lui répondit-il en riant.

— Je ne sais pas trop, le taquina-t-elle. J'aurais peut-être dû accepter la proposition de Davey…

— Davey t'a fait une proposition ? demanda-t-il, s'arrêtant net de danser. Que t'a-t-il dit ?

— Il m'a dit qu'il me trouvait pas mal et que si j'en avais assez de toi, il fallait que je pense à lui. Je lui ai dit que je le trouvais un peu jeune pour moi, et il m'a répondu qu'il ne fallait pas s'arrêter à ce genre de préjugés.

— Davey t'a dit ça ? demanda-t-il en riant. Eh bien, je l'avais sous-estimé, ce garçon ! Et tu as l'intention d'accepter son offre ?

— Tout dépend de la tienne. Qu'avez-vous à me proposer, Cal Quinn ?

Elle s'amusait à le provoquer. Mais lui savait qu'en matière de séduction, il n'avait rien à apprendre d'un jeunot de dix-neuf ans. Il enlaça ses doigts entre les siens et prit le chemin du jacuzzi.

— Je sais très bien ce que je vais te faire, lui susurra-t-il. Ecoute un peu ça : d'abord, je vais te déshabiller. Ensuite, je vais te toucher partout où tu aimes être touchée. Et je vais te faire vibrer comme tu m'as fait vibrer la nuit dernière.

— Pour ça, répondit-elle en se mettant à courir, il faudrait d'abord que tu m'attrapes.

Il se lança à sa poursuite en pestant. Il la rattrapa lorsqu'ils furent à la hauteur du bâtiment qui abritait le jacuzzi. Au départ, Cal l'avait fait installer pour aider Brody à récupérer plus vite après son accident de moto. Mais il avait très peu servi. Tout au plus arrivait-il, parfois, que les cow-boys l'utilisent pour se délasser après leurs harassantes chevauchées. Pourtant, à cet instant précis, Cal ne regrettait pas son investissement.

Lorsqu'il ôta la bâche qui protégeait le bassin, un nuage de vapeur s'éleva dans l'air frais de la nuit. Il enleva sa chemise et la jeta au loin.

— A toi maintenant, lui dit-il en attendant qu'elle l'imite pour continuer à se déshabiller.

Elle enleva alors ses chaussures et les lui tendit avec un sourire coquin.

— A ce rythme, on en a pour toute la nuit, dit-elle.

— Je vois, madame est pressée, répondit-il avec un petit sourire au coin des lèvres. Mais il n'y a qu'à demander…

Il se précipita alors vers elle et, avec frénésie, ils s'arrachèrent leurs vêtements.

— En ce moment, j'ai l'impression de passer plus de temps nue qu'habillée, lui dit-elle. D'ailleurs, je me demande si ça vaut la peine de continuer à porter des vêtements.

En riant, il lui prit la main et l'aida à entrer dans le jacuzzi. Ils se laissèrent glisser dans l'eau bouillonnante, tendrement enlacés.

— Comme c'est agréable, murmura-t-elle en fermant les yeux et en renversant la tête en arrière. Après le rodéo de tout à l'heure, c'est pile ce qu'il me fallait. J'ai mal partout.

— Voyons voir si je peux faire quelque chose pour toi, lui dit-il en faisant glisser sa main le long de sa colonne vertébrale et en lui massant doucement le bas du dos. Quand j'ai fait installer ce jacuzzi, j'étais loin de me douter que j'en profiterais en galante compagnie.

— C'est parfait, dit-elle en l'embrassant sur l'épaule. On n'aurait pas pu trouver mieux pour se détendre.

— Puisque tu es là, dit-il en lui caressant la joue, j'aurais une question à te poser.

Elle s'installa sur ses genoux et le regarda dans les yeux.

— Vas-y, je t'écoute.

— Je ne sais pas trop comment te demander ça. Est-ce qu'il y a… enfin, est-ce que tu as… quelqu'un en Irlande ? Un homme… dans ta vie ?

— Non ! s'exclama-t-elle en reculant. Tu pensais que j'avais quelqu'un ?

— Non, lui répondit-il. Enfin, peut-être… Je ne savais pas trop.

— Ah, et qu'est-ce qui aurait pu te le faire croire ?

— Tu es magnifique et parfaite. Et puis tu es intelligente et tu sais t'y prendre pour qu'un homme se sente vraiment bien avec toi. Pour qu'il se sente heureux et comblé, et pas juste sexuellement parlant. Je ne peux pas croire qu'aucun homme ne t'ait fait sa demande.

— Sa demande ?

— Oui, je sais, dit-il en soupirant, j'ai parfois un peu de mal à m'exprimer clairement… Mais je suppose que tu vois ce que je veux dire. En bref, ça me paraît aberrant que tu sois toujours célibataire.

— Mais je n'ai aucune envie de me marier, dit-elle en haussant les épaules. Je me trouve très bien comme je suis. Cal, reprit-elle après une courte pause, tu dois cesser de m'idéaliser. Je suis loin d'être parfaite. Même si ça ne se voit pas au premier abord, je suis quelqu'un qui doute énormément. Et j'ai aussi mes zones d'ombre.

— Tu ne te trouves peut-être pas parfaite, mais pour moi tu l'es. Et je veux que tu passes la nuit avec moi, dans ma chambre, lui dit-il en lui caressant tendrement le visage. Payton s'est bien installée chez Brody. Je ne vois pas pourquoi tu devrais continuer à dormir dans les dépendances. Mon lit est très grand et confortable et ma porte ferme à clé.

— Tu as déjà tout prévu, on dirait, lui dit-elle en allant s'installer à l'autre bout du jacuzzi.

Il l'avait sentie se raidir légèrement. Il prit une longue inspiration et déclara :

— C'est très simple, Gemma. Soit tu veux bien venir avec moi, soit tu ne le veux pas. Mais si tu acceptais, lui dit-il en lui tendant la main, tu ferais de moi le plus heureux des hommes.

Elle le scruta en silence pendant un long moment, l'air indécis. Pendant ce temps, il priait secrètement pour qu'elle ne refuse pas sa proposition. Si c'était pourtant le cas, il n'essaierait pas de la faire changer d'avis. Il avait fait ce qu'il avait à faire, et il n'aurait aucun regret à avoir.

Mais si elle venait s'installer dans sa chambre, il ne lui laisserait aucun répit. En entrant dans sa vie par un beau matin d'hiver, cette femme magnifique lui avait fait le plus merveilleux des cadeaux. Et il n'allait surtout pas le laisser perdre.

- 7 -

En se réveillant doucement, Gemma commença par sentir une présence à côté d'elle. Elle vint se blottir contre le corps nu et chaud de Cal en poussant un petit soupir. Il ne s'était pas trompé, pensa-t-elle, heureuse. Elle se sentait tout à fait à sa place dans sa chambre. Le lit, contrairement à celui qu'elle occupait dans les dépendances, avait exactement la taille qu'il fallait pour les accueillir tous les deux. C'était parfait.

Au départ, elle s'était sentie un peu gênée à l'idée de partager l'intimité de sa chambre à coucher, mais elle avait décidé de passer outre ses inhibitions et d'arrêter de se compliquer la vie, pour profiter totalement de cette belle parenthèse, intense et excitante à souhait.

Qu'avait-elle à perdre, d'ailleurs ? L'été à Dublin était agréable, certes, mais il y avait tout lieu de penser qu'elle l'aurait passé à travailler à la bibliothèque ou chez elle, à son bureau. Ici, à Kerry Creek, elle avait la passion et la flamme et, surtout, un homme attentif à combler le moindre de ses désirs. Qui aurait pu décider de se passer de ça ?

Elle ferma les yeux et sourit avec sérénité. Elle ne regrettait pas de ne lui avoir rien dit à propos de l'émeraude. Par le passé, elle avait saboté bon nombre de ses histoires d'amour et elle n'allait pas gâcher celle-là, sans doute la plus belle et la plus passionnée de toutes.

Et de loin. La profondeur des sentiments que Cal lui inspirait l'effrayait tout autant que l'avait terrorisée sa cavalcade de la veille. Qu'allait-elle devenir quand tout serait terminé ? Elle n'en savait rien… Durant cette semaine, elle avait soigneusement évité de se projeter dans l'avenir, puisqu'elle savait depuis le début qu'elle rentrerait bientôt chez elle, laissant son beau cow-boy derrière elle.

De façon assez étrange, cette perspective lui donnait la liberté et l'envie d'explorer toute cette gamme d'émotions complètement inédites pour elle. C'était la première fois qu'elle ressentait un véritable attachement pour un homme, et c'était extraordinairement agréable et grisant.

Elle repoussa les draps et se redressa en rejetant ses cheveux derrière ses épaules. Cal dormait et, attendrie, elle admira ses traits si détendus qu'ils en paraissaient presque enfantins. Puis ses yeux se posèrent sur ce corps qui avait su lui donner tant de plaisir. C'était un bel homme, nul n'aurait pu le contester. Mais l'attirance qu'elle éprouvait pour lui n'était pas liée à sa perfection physique. Elle aimait son grand cœur et son sens de l'humour. Elle aimait la façon qu'il avait de la regarder comme si elle était la plus belle femme du monde.

D'un geste doux, elle lui caressa le bras, de l'épaule au poignet, et ce simple contact fit surgir en elle des réminiscences de la nuit extraordinaire qu'ils venaient de passer. Elle ne parvenait pas à croire qu'ils ne se connaissaient que depuis une semaine, tant l'osmose entre leurs deux corps était déjà totale.

Elle se pencha pour déposer un baiser sur son torse. Cal s'étira alors et, à peine réveillé, se mit à lui caresser la joue. Puis il ouvrit les yeux et la regarda, un sourire endormi sur les lèvres.

— Déjà réveillée ? lui demanda-t-il en articulant avec peine. Il fait à peine jour pourtant.

— Oui, et c'est vrai que ce n'est pas dans mes habitudes de me lever si tôt.

— Alors rendors-toi, lui dit en se retournant et en enfouissant sa tête sous son oreiller. Je n'ai pas l'intention de me lever tout de suite.

— Ah non ?

— Quand on est patron, on a droit à certains privilèges… En plus, je pense que tout le monde va avoir du mal à émerger ce matin. La bière a coulé à flots hier…

— Hier, répéta-t-elle en se blottissant contre sa poitrine. J'ai vraiment passé une journée fabuleuse. Je me disais d'ailleurs que si je restais encore un moment ici, je réessaierais bien de monter à cheval.

Il se redressa d'un coup, bien réveillé cette fois.

— Tu as décidé de rester ?

— C'est possible. C'est même probable. Je vais d'abord prolonger mon séjour jusqu'à la fin du mois. Après on verra…

— C'est bien, dit-il en lui passant la main dans les cheveux, c'est même très bien.

Puis, en poussant un petit rire, il l'attira à lui avant de l'embrasser longuement et tendrement.

— On va bien s'amuser, tu verras. Quand le rassemblement du bétail commencera, je suis sûr que tu seras aussi à l'aise à cheval qu'un cow-boy. Et puis on pourrait aussi se prévoir une petite escapade. Je peux bien prendre quelques jours de congé par-ci par-là. On demandera à Teague de nous emmener en avion.

Il l'embrassa une nouvelle fois, comme s'il ne pouvait s'en empêcher, puis avec un grand sourire, il demanda :

— Mais tu es certaine d'avoir envie d'apprendre à monter à cheval ?

— Oui, mais pour commencer, on pourrait essayer de monter juste tous les deux, sans se sentir obligés de traquer une pauvre vachette dans les moindres recoins de la cour.

— C'était un veau.

— Je sais.

— Et, d'ailleurs, c'est un très bon entraînement pour le rassemblement, où on ne fait pas autre chose que de traquer le bétail dans les moindres recoins du domaine. Malgré tout, je te vois assez mal y participer. Ce n'est pas un travail pour une citadine comme toi. Tu te salirais ! Non, pendant ce temps, tu seras mieux à la maison, à préparer des gâteaux avec Mary.

— Et toi, lui dit-elle en choisissant de répondre à sa provocation, si tu continues comme ça, tu risques de te retrouver très vite tout seul dans ton lit.

Il poussa alors un petit grognement et la saisit par la taille pour rouler avec elle sur le lit.

— Hors de question, miss. On a passé un accord sur lequel il est formellement interdit de revenir.

— Hé ! s'exclama-t-elle, mi-sérieuse, mi-rieuse, ce n'est pas parce que j'ai décidé de rester que je te fais la moindre promesse.

— Ne t'inquiète pas, c'était tout à fait clair pour moi. Bon, c'est bien beau tout ça, mais est-ce qu'on peut se rendormir maintenant ? demanda-t-il en se retournant pour voir l'heure sur son réveil. Je n'ai dormi que deux heures, et il m'en faut au moins le double pour avoir les yeux à peu près en face des trous…

— Mais moi je ne suis pas fatiguée, lui dit-elle en s'installant à cheval sur lui et en frottant son bassin contre ses hanches de façon à éveiller son désir. Tu étais bien plus attentif à mes besoins quand on ne dormait pas encore ensemble. C'est à croire que nous sommes déjà devenus un vieux couple.

— Ça c'est ce que tu vas voir, lui répondit-il en lui caressant la taille.

— Ah, je préfère ça, lui dit-elle en se laissant glisser sur lui pour lui embrasser le ventre. Où ranges-tu tes préservatifs ?

Sans attendre la réponse, elle tendit le bras pour ouvrir le tiroir de la table de nuit. Elle y aperçut alors un papier tout chiffonné que Cal s'empressa d'attraper. Curieuse, elle le lui arracha des mains et vit qu'il s'agissait d'une publicité pour l'agence matrimoniale.

— C'est ce dont Mary m'avait parlé ? lui demanda-t-elle.

— Oui, répondit-il de mauvaise grâce. Mais c'était une idée stupide. Je ne comprends pas comment j'ai pu penser un seul instant que je trouverais une femme de cette façon, ajouta-t-il avant de froisser la feuille en boule et de la lancer à l'autre bout de la pièce. Les préservatifs ne sont pas là-dedans, continua-t-il. Puisque je n'ai jamais emmené aucune femme dans ma chambre, je ne vois pas pourquoi je les garderais près de mon lit.

— Il n'y a jamais eu de femme dans ton lit ? demanda-t-elle, interloquée.

— Non, tu es la première. Jusqu'à ton arrivée, je menais une existence monacale, tu sais. Si tu veux savoir, les préservatifs sont rangés derrière les polars, là-bas, fit-il en désignant sa bibliothèque.

Elle alla s'en emparer et revient vers le lit, l'air coquin.

— Tu préfères peut-être te rendormir ? J'ai l'impression que tu es un peu fatigué, lui dit-elle en regardant ostensiblement son sexe déjà dur.

Cal la saisit par la main et l'attira sur le lit. Puis il roula sur elle et la plaqua contre le lit en lui écartant les bras en croix.

— Je suis tout sauf fatigué, lui répondit-il en se frottant à elle.

Elle gémit doucement lorsqu'elle sentit son sexe contre le sien.

— Je te veux maintenant, Cal…

— Laisse-moi le temps d'enfiler un préservatif.

— On pourrait peut-être s'en passer, suggéra-t-elle d'une voix pleine de promesse. Je prends la pilule et, pour le reste, j'ai fait le test il y a peu de temps, il n'y a pas de problème.

— J'ai fait le test aussi, et je vais bien.

Elle poussa alors légèrement ses épaules pour le faire basculer sur le dos.

— Alors viens, lui dit-elle en s'asseyant à califourchon sur lui.

Alors qu'il la pénétrait doucement, elle prit appui sur son torse et ferma les yeux. Lorsqu'il fut profondément en elle, elle resta immobile pendant un moment pour profiter de l'exquise et brûlante sensation de se sentir emplie par lui.

— C'est la première fois que je fais l'amour sans préservatif, murmura-t-il alors qu'elle commençait à bouger. Ça change tout…

— Ravie que ça te plaise, dit-elle en souriant.

Il prit sa poitrine dans ses paumes et, du bout des pouces, caressa la pointe de ses seins jusqu'à ce qu'elles deviennent dures. Alors, elle ferma de nouveau les yeux pour ne penser à rien et se concentrer sur les sensations qui affluaient en elle. Mais, lorsqu'il posa sa main sur son sexe, elle ne put s'empêcher de frémir.

Ses mouvements, au départ lents et doux, devenaient de plus en plus rapides et saccadés. Elle se balançait sur lui d'avant en arrière, se rapprochant un peu plus de l'extase à chaque nouveau coup de bassin qu'elle donnait. C'était si simple de se laisser aller, sans penser à rien d'autre, de perdre le contrôle. Mais, au moment même où le premier spasme de plaisir monta en elle, elle sentit une légère peur s'emparer d'elle.

Aurait-elle la force de partir ? Combien de temps encore allait-elle pouvoir ignorer les sentiments par lesquels elle se sentait parfois submergée ? Ce qu'elle voulait éviter à tout prix, c'était de tomber amoureuse : elle avait trop peur de souffrir. Mais y parviendrait-elle ? Toutes ces questions se bousculaient, pêle-mêle, dans sa tête.

Pourtant, le plaisir était plus fort encore que ses doutes et l'orgasme qui surgit en elle balaya ses angoisses. Alors que Cal la rejoignait dans l'extase, elle comprit que, pour la première fois de sa vie, et sans rien faire pour s'y opposer, elle s'était tout entière donnée à un homme. Le lien qui les unissait était d'une solidité telle qu'essayer de le rompre pourrait lui briser le cœur. Sans s'en apercevoir, elle était peut-être déjà tombée amoureuse…

Cal se tenait sous le porche d'entrée et regardait Brody démarrer en trombe au volant de son 4x4 en soulevant un nuage de poussière. Quand la porte d'entrée s'ouvrit derrière lui, il se retourna. C'était Gemma qui avançait vers lui, l'air interrogatif.

— Que se passe-t-il ?

— Un détective privé vient d'arriver. Il cherche Payton. Pour l'instant, il est au petit salon.

— Que lui veut-il ?

— Je ne sais pas. Brody ne m'a pas dit. Il a juste demandé à Teague de les emmener en avion, lui et Payton, loin du domaine. Ils viennent de partir tous les trois pour la piste de décollage. Viens, ajouta-t-il en la prenant par la main, on va essayer de trouver un moyen de se débarrasser de ce type.

Quand ils arrivèrent au petit salon, le détective se tenait près de la cheminée et regardait les photos de famille accrochées au mur.

— Vous feriez mieux de me dire où elle est, leur fit-il. De toute façon, je finirai bien par la retrouver.

— Comme vous l'a dit mon frère Teague, lui répondit Cal, elle est passée par ici, mais elle est repartie. Gemma, ici présente, pourra vous le dire, hein Gemma ? ajouta-t-il en lui donnant un coup de coude.

— Effectivement, elle est venue au ranch. On partageait la même chambre dans les dépendances. Mais elle n'y est plus. Elle est repartie.

— Il y a combien de temps ?

— Quelques jours, peut-être, lui dit Gemma. Je ne sais plus très bien. Je crois que c'était le lendemain de notre excursion à Brisbane, non ?

— Vous ne lui rendez pas service, leur dit l'homme après avoir étouffé un juron. Ne vous dérangez pas, je connais le chemin, ajouta-t-il en prenant son chapeau et en se dirigeant vers la sortie.

Quelques secondes plus tard, ils entendirent la porte d'entrée claquer. Gemma se laissa alors tomber sur le sofa.

— Qu'est-ce que c'est que cette histoire ? Qu'a-t-elle fait, à ton avis, pour avoir un détective à ses trousses ? Elle n'a pourtant pas l'air d'une criminelle…

— Je n'en sais rien.

— Elle m'a dit qu'elle s'était enfuie le jour de son mariage. Tu crois qu'ils la recherchent pour la forcer à se marier quand même ? Est-ce que c'est légal de faire ça ?

— Bien sûr que non ! Mais elle aurait mieux fait de nous en parler. Depuis combien de temps es-tu au courant ?

— Elle me l'a dit il y a quelques jours, je crois, répondit-elle en haussant les épaules. Mais je ne pensais pas que c'était important.

— Et si elle était déjà mariée ? Imagine un peu ce qui risquerait d'arriver à Brody, aux prises avec un mari prêt à tout pour récupérer sa femme.

— Non, répondit Gemma en secouant la tête avec énergie. Je suis sûre qu'elle n'est pas mariée. Elle me l'aurait dit. Elle s'est enfuie juste avant que le mariage n'ait lieu.

— Ce que je peux détester les secrets ! dit-il en s'asseyant à côté d'elle et en lui prenant la main. C'est Brody qui risque d'en faire les frais, lui qui s'est déjà tellement investi dans cette histoire. J'ai su que cette fille était source de problèmes dès qu'elle est arrivée au ranch. J'aurais dû me fier à mon instinct et lui dire de s'en…

— Tu es injuste envers elle, le coupa Gemma. J'ai appris à la connaître et je peux t'assurer qu'elle prend son histoire avec Brody très à cœur. Jamais elle ne lui ferait de mal, de la même façon que moi je ne voudrais pas t'en faire.

— Oui, mais toi tu ne me caches rien, lui dit-il alors qu'une expression étrange et douloureuse commençait à se peindre sur le visage de Gemma. N'est-ce pas ?

— Tout le monde a ses secrets, répondit-elle. Il y a des choses qu'on cache à soi-même, des choses qu'on ne veut pas montrer aux autres. Il n'y a pas de mal à ça.

— Pour moi, l'honnêteté est primordiale. Si on ne se dit pas tout, c'est le meilleur moyen de tout faire voler en éclats à un moment ou à un autre.

Elle se tut pendant un long moment, puis elle finit par murmurer :

— Je ne suis pas d'accord. On peut choisir de ne rien dire pour ne pas blesser les gens. Ça ne te paraît pas être une raison valable ? Tu ne préférerais pas garder le silence si, par exemple, tu savais que telle ou telle vérité risquait de blesser un de tes frères ?

— Où veux-tu en venir ? lui demanda-t-il inquiet. Si tu as quelque chose à me dire, vas-y. De toute façon, rien ne pourra changer mes sentiments à ton égard.

— Non, répondit-elle d'une voix blanche. Je ne peux pas. Je ne veux pas.

Il sentit sa gorge se serrer. Qu'avait-elle donc à lui cacher ? Lui avait-elle menti quand elle lui avait dit être célibataire ? De toute façon, ça n'avait aucune importance, pensa-t-il en se reprenant, puisque c'était bien avec lui qu'elle se trouvait en ce moment, et non avec cet hypothétique Irlandais.

— Gemma, lui dit-il d'une voix douce mais ferme, on n'a pas beaucoup de temps, toi et moi. Autant être complètement honnêtes l'un envers l'autre.

— Tu me promets de ne pas te mettre en colère ? lui demanda-t-elle en le regardant avec angoisse.

— Du moment que tu ne me dis pas que tu as un mari et trois enfants qui t'attendent à Dublin…

— Je n'ai rien de tout cela.

— Alors je ne vois pas pourquoi je me mettrais en colère.

— C'est une histoire très compliquée, commença-t-elle après avoir pris une grande inspiration, et je dois être la plus claire possible sinon tu risques de ne pas comprendre. Et j'ai vraiment besoin que tu comprennes. Je ne suis pas généalogiste, Cal. Je ne suis pas venue en Australie dans le but de retracer l'histoire de ta famille. Et ce riche parent éloigné censé commanditer mon travail n'existe pas. J'ai inventé cette histoire de toutes pièces pour pouvoir m'introduire à Kerry Creek.

Il la dévisagea, éberlué. Il ne comprenait rien à ce qu'elle disait, ni à son histoire.

— Mais pourquoi un tel mensonge ?

— Parce que je craignais que tu me renvoies chez moi si tu apprenais les vraies raisons de ma présence ici. As-tu déjà entendu parler de l'Emeraude d'Irlande ? lui demanda-t-elle après une courte pause.

— Absolument pas.

— C'est une énorme pierre précieuse, un joyau qui a appartenu à la famille de mon père.

— Je croyais que tu connaissais à peine ton père.

— Effectivement, mais c'est ma mère qui m'a raconté cette histoire quand j'étais enfant. Et, il y a quelques mois, j'ai effectué des recherches qui ont recoupé ce que ma mère m'avait appris. En fait, l'Emeraude d'Irlande a été volée par ton ancêtre Crevan Quinn à Stanton Parnell, mon ancêtre à moi. Et il est fort probable que Crevan l'ait emportée ici en Australie. Je pense même qu'elle se trouve peut-être encore quelque part au domaine, dans la maison ou ailleurs. Je suis ici pour la récupérer.

Alors c'était donc ça son secret ? pensa Cal, à la fois soulagé et incrédule. Elle était si nerveuse, avant de commencer à parler, qu'il avait craint qu'elle ne lui révèle quelque chose de bien plus délicat.

— C'est pour ça que tu es ici ? Pour mettre la main sur un bijou datant de Mathusalem ?

— C'est une pierre exceptionnelle, Cal. Elle vaut au moins un demi-million de livres. Je voulais la trouver pour la rapporter à mon père. En échange, j'aurais insisté pour qu'il me reconnaisse enfin comme sa fille.

— Tu parles d'un secret ! lui répondit-il. Pourquoi ne m'as-tu pas tout de suite dit ce que tu voulais ? J'aurais pu t'aider à la chercher, cette pierre.

— Parce que tu serais prêt à me céder l'émeraude ?

— Elle appartient à ta famille, non ?

— Après tout ce temps, cela risquerait d'être difficile à prouver. Il y a prescription.

— Ce qui veut dire que, techniquement, c'est à ma famille qu'elle appartiendrait maintenant ?

— Je pense qu'il reviendrait à un tribunal de trancher. Mais, bien sûr, tu pourrais aussi décider de garder la pierre et d'essayer de la vendre, même si pour écouler une émeraude de cette taille… Cal, reprit-elle après s'être brusquement interrompue, j'ai besoin de cette émeraude. Comme monnaie d'échange. Avec la part d'héritage à laquelle je serais légalement en droit de prétendre, je pourrais faire vivre ma mère confortablement.

— Mais comment sais-tu que l'émeraude se trouve ici ?

— Grâce au portrait, lui répondit-elle. On la voit, incrustée dans le pommeau de la canne sur laquelle s'appuie Crevan Quinn. Cela veut dire qu'elle était en sa possession quand ce tableau a été réalisé. Reste à savoir ce qu'elle est devenue maintenant.

Une idée sombre germa soudain dans l'esprit de Cal. Une idée qu'il n'aimait pas du tout. Mais il fallait qu'il en ait le cœur net.

— Et que se passerait-il si je savais où elle se trouvait ?

— Parce que tu sais quelque chose ? fit-elle en lui agrippant le bras et en retenant son souffle.

Evidemment, il n'en était rien. Mais cette histoire prenait une tournure qui ne lui plaisait pas du tout.

— Et que se passerait-il alors si tu réussissais à prouver que Crevan l'a vendue ?

— Je ne connais pas bien les détails de la loi, mais je suppose que ta famille devrait dédommager la mienne.

Il ne put retenir un juron. Ses pires craintes étaient en train de devenir réalité. Derrière ce que Gemma lui disait, il ne voyait qu'une chose : il risquait de perdre Kerry Creek.

— Je ne possède pas un demi-million de livres, dit-il sèchement.

Elle eut l'air étonné par sa réaction, et elle bredouilla :

— Je ne pense pas qu'on vous demanderait de verser la totalité de cette somme. Mais si Crevan s'était servi de la vente de l'émeraude pour acheter Kerry Creek, là, effectivement, il pourrait y avoir un problème. Ce n'est qu'une supposition, toutefois. A vrai dire, je ne me suis pas vraiment penchée sur la question.

Il se leva d'un bond et serra les poings. C'était exactement ce qu'il avait essayé de lui faire comprendre tout à l'heure, pensa-t-il, hors de lui. Un secret gardé trop longtemps pouvait se révéler dévastateur. Et celui-ci, en particulier, pourrait s'avérer cataclysmique.

— Tu as intérêt à trouver cette émeraude, la mit-il en garde. Parce qu'il est hors de question que je cède la totalité ou même une partie de Kerry Creek pour rembourser un vol vieux de cent ans !

— Ne t'inquiète pas, tenta-t-elle de le rassurer. Je ne laisserai personne te déposséder de la moindre parcelle de ton domaine.

Il laissa échapper un sifflement méprisant.

— Je ne pense pas qu'on te demanderait ton avis, vois-tu ! Cette pierre existe bel et bien, puisqu'on la voit sur le tableau, et, tant qu'un membre de ta famille se souviendra de son existence, elle représentera une menace pour la mienne. Alors tu sais ce qui te reste à faire : il faut que tu la trouves, Gemma, et que tu la rapportes en Irlande avec toi.

Puis il reprit son chapeau et tourna les talons.

— J'y vais, j'ai du travail, dit-il sèchement.

Elle tenta de le retenir par le bras.

— Pardonne-moi, Cal, je voulais t'avouer la vérité plus tôt. Mais, au bout d'un moment, j'ai pensé que ça n'avait plus aucune importance. Très vite, tu t'es mis à compter pour moi bien plus que l'émeraude. Alors, j'ai commencé à tout remettre en question et à ne plus être sûre de rien… Ne t'en vas pas comme ça, Cal, le supplia-t-elle alors qu'il se montrait de plus en plus distant. J'ai besoin que tu comprennes, et que tu me pardonnes.

— On en reparlera plus tard. Je ne suis pas d'humeur, et je suis fatigué.

Et il sortit du petit salon en claquant la porte. Une fois dehors, il poussa un gros soupir et ferma les yeux. Il aurait dû s'y attendre, pourtant. L'histoire de Gemma était louche depuis le début, mais il avait laissé son désir prendre le pas sur sa raison. Elle s'était servie de lui pendant tout ce temps. Peut-être même que coucher avec lui faisait partie de son plan dès le départ.

Il n'était pas sûr qu'il pourrait un jour lui pardonner ce qu'elle lui avait fait. Il s'était gravement trompé à son sujet. Dire qu'à un moment, il se demandait même s'il n'était pas tombé amoureux, pensa-t-il, amer. Il lui aurait donné le bon Dieu sans confession, alors qu'elle était une menteuse. Et, si elle avait trouvé l'émeraude, rien ne l'aurait sans doute empêchée de devenir une voleuse également.

Enfin, voleuse, le terme n'était peut-être pas tout à fait exact, se reprit-il, puisqu'elle se serait réapproprié un objet ayant par le passé été volé à sa famille. Ces questions de propriété étaient délicates, et il faudrait qu'il songe à les creuser. Mais plus tard. Car, pour l'heure, il n'avait qu'une envie, celle de chasser Gemma de son esprit le plus vite possible. Pour cela, il avait besoin de travailler. Il lui fallait une tâche bien difficile, bien pénible, pour, surtout, ne plus penser à elle. Une fois qu'il y serait parvenu, il serait temps de réfléchir aux moyens de défendre Kerry Creek coûte que coûte.

*
* *

Les yeux fatigués, Gemma essayait avec peine de déchiffrer un vieux manuscrit. Durant la semaine qui venait de s'écouler, elle avait exploré le contenu de toutes les malles du grenier, sorti tous les livres de la bibliothèque et fouillé dans tous les coins et recoins de la maison. Mais elle n'avait rien trouvé et, peu à peu, elle avait perdu espoir de mettre un jour la main sur l'émeraude.

Elle avait même passé deux jours à Sydney, à consulter les papiers personnels du peintre ayant réalisé le portrait de Crevan Quinn. Après cela, elle s'était rendue aux archives fédérales de Brisbane à la recherche d'un éventuel document attestant la vente de l'émeraude par Crevan Quinn. Mais elle était rentrée bredouille.

— Rien, il n'y a rien non plus là-dedans, murmura-t-elle en reposant le registre qu'elle venait de parcourir.

A vrai dire, il était temps que tout cela prenne fin.

Depuis qu'elle avait révélé son secret à Cal, il la traitait avec froideur et distance. Quand ils se croisaient, à table ou au détour d'un couloir, il lui adressait un petit sourire forcé et la saluait du bout des lèvres. Puis il trouvait toujours une excuse pour échapper à la discussion qu'elle essayait d'amorcer. Elle avait envisagé de débarquer en pleine nuit dans sa chambre pour s'expliquer avec lui. Mais elle avait finalement renoncé, par peur qu'il ne la jette dehors. Elle essayait de se consoler en se disant qu'elle aurait moins de mal à partir si leur brouille persistait.

Il lui paraissait si éteint, si fatigué, avec ses yeux cernés et son visage crispé qu'elle en avait mal pour lui. Elle croisait les doigts pour que ce soit à cause de la charge de travail énorme qui pesait sur ses épaules, ou bien à cause du conflit qui l'opposait au grand-père d'Hayley, ou encore à cause du départ précipité de Brody et Payton, plutôt qu'à cause d'elle.

Ils ne s'étaient pas touchés depuis qu'elle lui avait dit la vérité. Cela faisait exactement huit jours et huit nuits. Et, si elle n'arrêtait pas de se répéter qu'elle était encore au domaine dans le seul but de trouver l'émeraude comme le lui avait demandé Cal, en son for intérieur, elle savait bien qu'elle faisait traîner les choses parce qu'elle n'avait pas abandonné tout espoir de se réconcilier avec lui.

Pourtant, à un moment, il faudrait bien qu'elle prenne la décision de partir. Si tout était bien fini entre eux, elle devait vite rentrer chez elle pour éviter à tout prix l'humiliation de se faire jeter dehors. Elle savait qu'elle ne le supporterait pas.

C'était étrange comme la donne avait changé, songea-t-elle. Jusqu'ici, cela avait toujours été elle la sans-cœur, celle qui avait congédié sans remords ni regrets les hommes avec qui elle avait eu une liaison. Et maintenant, elle était là, prête à tout pour que Cal lui dise qu'il voulait bien d'elle de nouveau.

— Ma pauvre fille, tu es pathétique, murmura-t-elle, réagis et va-t'en d'ici au plus vite.

Elle entendit alors frapper à la porte. C'était Mary qui lui apportait du thé et des toasts.

— J'ai pensé que vous aviez peut-être faim, lui dit la gouvernante en pénétrant dans la bibliothèque. Vous n'avez même pas pris de petit déjeuner.

— Merci, répondit-elle. Effectivement, j'ai un peu faim.

— Je ne vous ai pas beaucoup vus ensemble ces derniers temps, vous et Cal, lui dit Mary en posant son plateau puis en lui servant une tasse de thé. Et à table, vous ne vous asseyez plus l'un à côté de l'autre.

— C'est un peu compliqué, expliqua Gemma. Mais ce n'est pas grave, parce que je m'en vais bientôt. C'est aussi bien que tout soit déjà terminé entre nous.

— Cal prend ses responsabilités très au sérieux, fit Mary en lui tendant sa tasse puis en s'installant en face d'elle. Et cela pèse parfois un peu lourd sur ses épaules. Ce litige avec Harry Fraser, il le ressent comme une menace. Et il ne voit pas la liaison entre Teague et Hayley d'un très bon œil. Quant à Brody, il a disparu de la circulation en essayant d'échapper à un détective privé lancé à la poursuite de Payton pour on ne sait quelle raison. Et en plus de tout ça, il y a le rassemblement qui commence dans quelques semaines.

— Et, pour ajouter à tous ses soucis, il y a moi.

— Oui, mais pas dans le sens où vous l'entendez.

— Que voulez-vous dire ?

— Cal est quelqu'un qui aime garder le contrôle sur ce qui l'entoure.

— Je sais ce que c'est, dit Gemma en souriant. Je suis exactement pareille.

— Quand vous avez fait irruption dans sa vie, il a découvert que, parfois, il était bon de lâcher prise. Et je crois que, sans l'avoir prévu, il est tombé amoureux de vous. Mais il ne s'en est pas encore aperçu.

— Vous vous trompez. Ce n'était pas censé durer entre nous. On s'était mis d'accord depuis le début.

— Qui a dit que ce n'était pas censé durer ? Il suffit de le vouloir…

— Mais je ne le veux pas !

Sauf qu'au moment où elle prononçait ces mots, Gemma se rendit compte qu'elle mentait. Mais à quoi bon revenir sur ses paroles puisque, contrairement à Mary, elle ne croyait pas que cela soit possible ?

— Dans ce cas, ça ne sert à rien de rester ici, mon petit, lui répondit Mary. Quittez Kerry Creek pour qu'il puisse vous oublier au plus vite.

— Mary ! retentit soudain la voix de Cal. Mary !

— Je suis dans la bibliothèque, répondit-elle en criant pour se faire entendre.

Une seconde plus tard, Cal était à la porte, tout essoufflé.

— Viens vite, s'il te plaît, dit-il à la gouvernante. Harry Fraser vient de faire une chute de cheval. Ça s'est passé dans la cour.

Mary se leva et se dépêcha se sortir de la bibliothèque.

— Tu as appelé les secours ? demanda Gemma à Cal quand leurs regards se croisèrent.

— Oui, ils viennent d'envoyer un hélicoptère. Mais c'est un vieux têtu ce Harry Fraser : il veut absolument remonter sur son cheval. Pourtant il ne peut pas marcher. Je pense qu'il s'est cassé la jambe.

Elle vint le rejoindre à la porte de la bibliothèque et, ensemble, ils traversèrent la maison. Une fois sous le porche, elle aperçut les cow-boys assemblés autour de Harry. Ce dernier hurlait et gesticulait, tout en essayant, sans succès, de se mettre en position assise. Mary était agenouillée auprès de lui et essayait de le calmer.

— As-tu prévenu Hayley ? demanda Gemma à Cal.

— Elle est avec Teague, quelque part. Ils sont partis en avion il y a quelques jours. Mais je ne sais pas où ils sont allés.

— Ce serait bien de réussir à la joindre. Essaie peut-être d'appeler le vétérinaire avec qui travaille ton frère. Teague lui a certainement laissé un numéro de téléphone. Pendant ce temps, je vais aider Mary.

Sur ce, elle alla rejoindre la gouvernante dans la cour.

— Les gars, vous devriez retourner travailler, dit-elle en s'adressant aux cow-boys. Nous sommes capables de nous débrouiller toutes seules, Mary et moi. Allez, ajouta-t-elle en donnant une petite tape dans le dos de Davey qui ne se décidait pas à bouger, s'il te plaît. Vous ne faites que l'énerver encore plus.

De mauvaise grâce, les garçons s'éloignèrent. Puis elle s'accroupit à côté du vieil homme.

— Nous allons appeler Hayley, lui dit-elle. Ne vous inquiétez pas, ça va aller.

— Aidez-moi plutôt à remonter sur mon cheval, lui demanda-t-il.

— Non, lui répondit-elle d'une voix ferme. Pour l'instant, je ne pense pas que vous êtes en état de remonter en selle.

— Qui êtes-vous ?

— Je ne fais que passer ici. Je m'appelle Gemma.

— Surtout ne laissez pas les Quinn m'approcher, lui murmura-t-il. Ils seraient capables de vouloir m'achever…

— Au lieu de raconter des bêtises, dites-moi plutôt où vous avez mal.

— A la hanche, dit-il en poussant un grognement alors qu'il essayait de nouveau de bouger. Ça me fait un mal de chien.

— Mary, pourriez-vous, s'il vous plaît, aller chercher de la glace et un coussin où monsieur Fraser pourrait poser sa tête ? Comme ça, il pourrait s'allonger et se détendre un peu. Et pourriez-vous aussi demander à Cal de s'occuper de son cheval ?

— Que personne ne touche à mon cheval ! menaça Harry Fraser.

— Ne vous inquiétez pas, Cal va seulement lui donner à boire. Quant à moi, je ne m'y risquerai pas. J'ai une peur bleue des chevaux, et quand je vois ce qui vous est arrivé, je me dis que j'ai raison d'être méfiante. C'est la première fois que vous tombez, monsieur Fraser ?

— Non, lui répondit-il. J'ai déjà fait une mauvaise chute il y a une dizaine d'années. Je me suis cassé le bras.

— Oh, et j'imagine que ça n'a pas dû être évident de travailler avec un bras cassé. Comment vous êtes-vous débrouillé ?

Pendant l'heure qui suivit, elle réussit, en entretenant sans cesse la conversation, à lui faire durablement recouvrer son calme. Pendant ce temps, Mary multipliait les allers et retours entre le téléphone et la cour, en veillant à remplacer la poche de glace dès qu'elle commençait à fondre.

L'hélicoptère survola le domaine puis finit par se poser juste derrière la maison. Gemma tint la main de Harry alors que les médecins l'examinaient. Ils enveloppèrent ses jambes avec une espèce de coque et l'installèrent avec précaution sur un brancard. Alors qu'ils le transportaient vers l'hélicoptère, elle marchait à côté de lui et continuait à lui parler.

Lorsqu'elle revint vers la maison, Cal l'attendait sous le porche d'entrée, l'air sombre et la mâchoire serrée.

— Viens avec moi, lui dit-il alors qu'elle montait les marches du perron.

Elle le suivit jusqu'à sa chambre, à l'étage. Dès qu'il eut refermé la porte derrière eux, il se précipita vers elle, prit son visage entre ses mains et l'embrassa fougueusement. L'effet de surprise la fit d'abord se raidir, puis très vite, elle se détendit et lui rendit son baiser en soupirant doucement. Le matin même, pensa-t-elle avec délice, il y avait un mur entre eux, mais il avait suffi d'un seul baiser pour les réunir de nouveau comme avant.

— Je suis désolé, lui murmura-t-il. Je me suis conduit comme un idiot.

— Tu n'as pas à t'excuser, lui répondit-elle, c'est moi

qui suis désolée. Mon plan était stupide, et mes motivations également. Jamais je n'aurais dû venir ici.

— Ne dis pas ça. Je suis heureux que tu sois là. Jamais je n'aurais su m'occuper de Harry Fraser comme tu l'as fait. Gemma, reprit-il après une courte pause, c'était l'enfer cette semaine. J'ai essayé de t'oublier, mais c'était trop dur.

Puis il l'embrassa de nouveau, en caressant tout son corps avec fièvre, comme s'il voulait rattraper le temps perdu. Eperdus de passion, ils se débarrassèrent en hâte de leurs vêtements. Puis ils se dirigèrent vers le lit, unis dans un baiser qui semblait ne jamais vouloir se terminer.

Elle ne s'était encore jamais rendu compte combien son désir pour Cal faisait partie intégrante de sa vie à présent. Le toucher, le sentir, lui faire l'amour était devenu pour elle aussi naturel que respirer. Malgré tout ce qui venait de se passer entre eux, malgré leur brouille, elle sentait que les liens qui les unissaient étaient de plus en plus indéfectibles.

Elle s'égarait peut-être… La dernière semaine avait été particulièrement difficile, et pourtant, elle avait de plus en plus de mal à ignorer l'intensité de ses sentiments pour Cal.

Elle avait essayé de protéger son cœur pendant si longtemps, en l'enfermant à double tour dans un coffre-fort dont elle seule possédait la clé. Mais ici, à Kerry Creek, elle avait fait sauter la serrure, sans même s'en rendre compte. Elle avait bien essayé de refermer la porte, mais trop tard : elle ne fermait plus.

— Personne ne sait que je suis ici pour l'émeraude, lui murmura-t-elle. A part toi et moi. Si on ne la trouve pas, cette histoire finira aux oubliettes. Et tu n'auras plus rien à craindre pour Kerry Creek.

— Tant qu'on y est, tu as un autre secret à me révéler ?

— Oui, acquiesça-t-elle. Mais celui-là, je sais que je fais bien de le garder.

Bien entendu, il s'agissait de son avenir avec Cal. Mais elle savait que si elle voulait rester avec lui, elle devrait renoncer à sa vie à Dublin, à ses amis, sa mère, son travail.

Cette pensée était encore trop dérangeante pour qu'elle puisse s'en ouvrir à Cal.

Elle ne voulait pas y penser. Pour l'heure, tout ce qu'elle voulait, c'était se fondre en Cal. Pour le reste, elle verrait plus tard.

- 8 -

— C'est d'accord. Je te vends cette terre, dit Cal. Je vais appeler notre avocat pour qu'il prépare un accord.

Cal n'en revenait pas lui-même de la prouesse de Teague. Après tout ce temps passé à se déchirer avec Harry Fraser au sujet de leurs possessions respectives, après toutes ces années de guerre entre les deux familles, il venait de se résoudre à signer un traité de paix.

Même si l'idée lui paraissait assez folle, il voulait croire que Teague savait ce qu'il faisait. Harry se trouvait à l'hôpital où il refusait obstinément qu'on opère sa hanche cassée. Les médecins n'étaient pas optimistes à son sujet et Hayley essayait de trouver un moyen de le faire changer d'avis. Elle et Teague avaient alors pensé que s'il obtenait ce pour quoi il se battait depuis des décennies, le vieil homme retrouverait une raison de vivre. D'où les tentatives de son frère cadet pour tenter de le convaincre…

— Merci, lui répondit Teague en souriant. Tu ne le regretteras pas. Je te le promets.

— Je l'espère pour toi, grommela-t-il, pas encore convaincu de ne pas avoir commis une grosse bêtise. Maintenant disparais de ce bureau et dis à Gemma qu'elle peut revenir.

— Si c'était possible, j'aimerais signer dès aujourd'hui. Avant de partir pour Brisbane.

— Dès aujourd'hui ? demanda Cal en fronçant les sourcils. Mais pourquoi ?

— Parce que j'en ai besoin maintenant, répondit Teague en regardant sa montre. D'ici une heure ou deux, ce serait parfait. Merci Cal, ajouta-t-il en se dirigeant vers la porte. Je te revaudrai ça. Pour commencer, tu auras droit à des soins vétérinaires gratuits pendant au moins cinquante ans.

— C'est un bon début, marmonna-t-il. Si tu prends aussi à ta charge les frais de l'avion, on devrait pouvoir s'entendre.

Puis il s'appuya contre le dossier de sa chaise, en attendant le retour de Gemma. Elle avait fait irruption cinq minutes plus tôt dans la bibliothèque, visiblement à sa recherche, mais elle avait vite tourné les talons en le voyant avec son frère au milieu d'une conversation sérieuse. Mais à présent, il avait besoin d'elle, pour qu'elle lui dise qu'il n'était pas le dernier des idiots d'avoir accédé à la demande de Teague.

De toute façon, maintenant, il n'y avait qu'une chose qui l'intéressait : que Gemma soit d'accord avec lui. A part elle, plus rien ne comptait dans sa vie. Bien entendu, le ranch était toujours important pour lui, mais ce n'étaient que des possessions matérielles qui, même si elles faisaient partie intégrante de sa vie, n'avaient pas la capacité de le rendre heureux. En tout cas pas comme Gemma le rendait heureux.

En l'attendant, Cal décrocha son téléphone et appela son avocat pour lui expliquer la situation. Ainsi qu'il s'y attendait, l'homme de loi essaya tout d'abord de le dissuader de vendre cette parcelle à son frère, mais Cal se montra inflexible et l'avocat finit par lui promettre de lui envoyer par e-mail dans l'heure qui suivait une copie de l'accord demandé. Après avoir raccroché, il alluma son ordinateur et en profita pour relever son courrier.

A sa grande surprise, il remarqua qu'il avait reçu trois messages de l'agence matrimoniale. Le premier contenait une lettre, écrite par la première des prétendantes sélectionnées pour lui, une certaine Sylvie Monroe. Il l'effaça sans même se donner la peine de la lire. Il était sur le point d'écrire à l'agence pour leur dire de tout stopper lorsque la porte s'entrouvrit.

— Hello, lui dit Gemma en passant le seuil.

Elle portait une robe en coton léger vert pâle, assortie à la couleur de ses yeux magnifiques qu'il ne se lassait jamais de contempler.

— Hello, lui répondit-il en se dépêchant d'éteindre son ordinateur.

— Je viens de faire des cookies avec Mary. Ils sont encore tièdes. Tu en veux ?

— Avec plaisir, lui répondit-il.

— J'en ai donné à Teague, pour Hayley, ajouta-t-elle en pénétrant dans la pièce. Est-ce qu'il t'a dit comment allait son grand-père ? Je n'ai pas osé lui poser trop de questions.

— Il s'est bien cassé la hanche et il devrait se faire opérer. Mais il ne veut pas en entendre parler. Alors, pour essayer de le faire changer d'avis, Teague veut lui offrir un présent de choix. La terre des Quinn.

— Tu es prêt à lui céder ce terrain pour lequel tu te bats depuis toutes ces années ? lui demanda-t-elle en écarquillant les yeux.

— Oui, acquiesça-t-il. Et j'ai besoin que tu me dises que je n'ai pas perdu la raison, Gemma. Mais cela semblait tellement important pour Teague… En plus, un tiers du domaine lui revient de droit, je ne pouvais donc pas vraiment m'y opposer.

— Non, lui répondit Gemma en approchant doucement du bureau, je ne pense pas que tu sois devenu fou. Ce n'est qu'un terrain. Et Teague est ton frère.

— Oui, fit-il avec un petit rire sarcastique. Un frère qui vient de me convaincre de céder une parcelle sous laquelle se trouve la plus belle source de tout Kerry Creek. Mais Teague voulait faire ce geste pour Hayley et pour son grand-père.

— Il l'aime.

— On dirait bien. Et je crois qu'il l'a toujours aimée, depuis toutes ces années. Si tu y réfléchis bien, c'est assez incroyable. Leurs sentiments ont survécu à dix ans de séparation.

Elle contourna le bureau et lui passa les bras autour du cou.

— Tu es un homme généreux, dit-elle en s'asseyant sur ses genoux.

Mais malgré ses gestes affectueux, elle semblait inquiète.

— As-tu remarqué comme la bibliothèque était bien rangée ? demanda-t-elle enfin en promenant son regard dans toute la pièce.

— C'est vrai. Tu as terminé ton travail ?

Elle acquiesça en silence, prenant soudain un air grave.

— Je n'ai rien trouvé, Cal, je suis désolée. Si, d'aventure,

Crevan a bien emporté l'émeraude à Kerry Creek, il a dû l'enterrer quelque part dans le désert, parce qu'elle n'est pas dans la maison, je suis formelle.

— C'est peut-être bien ce qu'il a fait. Tu te souviens, je t'avais parlé d'une histoire de trésor caché ? Tu pourrais interroger mon père. Il en saurait sans doute plus que moi à ce sujet.

— Tu la trouveras peut-être un jour en décidant d'abattre un mur ou de surélever un plancher. Mais il n'est pas non plus impossible que Crevan ne l'ait jamais eue en sa possession. J'ai appris beaucoup de choses à son sujet en faisant toutes ces recherches et notamment qu'il avait un sens de l'humour assez particulier. C'était peut-être une plaisanterie de vouloir faire figurer l'émeraude sur son portrait. De toute façon, c'est une bonne chose que l'émeraude reste perdue. C'est mieux pour toi et pour moi. Et à présent, ajouta-t-elle en prenant une grande inspiration, il faut que je rentre chez moi.

Cal s'appuya contre le dossier de sa chaise. Il savait bien que ce moment devait arriver, mais il se sentait comme pris au dépourvu. Que répondre à cela ? Son premier réflexe aurait été de la supplier de rester et d'essayer de la convaincre qu'ils ne pouvaient pas vivre l'un sans l'autre. Mais à quoi bon ? Cela ne les mènerait nulle part.

Les sentiments qui les avaient conduits si loin n'étaient pas assez forts pour durer toujours. Bien sûr, il avait envie de croire qu'il suffisait de se désirer pour s'aimer. Mais on ne pouvait faire abstraction de certaines considérations d'ordre pratique, par exemple, le fait de vivre aux antipodes l'un de l'autre.

— Quand vas-tu partir ? se contenta-t-il alors de lui demander.

— Je pensais rester encore une semaine, si tu es d'accord. On n'a pas passé beaucoup de temps ensemble ces derniers jours. Et j'attends toujours ma leçon d'équitation. Sauf, bien sûr, si tu as trop de travail…

— Je te dois bien ça. Et une semaine de plus, c'est formidable, lui dit-il, soulagé. Je vais prendre une journée ou deux pour t'emmener visiter le Queensland. Il y a des tas d'endroits fabuleux. Qu'en penses-tu ?

— En fait, j'aimerais autant rester ici. On pourrait retourner où tu m'as emmenée la première nuit, et y rester deux ou trois jours.

— Je te préviens, lui dit-il en joignant ses mains aux siennes, si tu restes une semaine de plus, il est hors de question qu'on fasse chambre à part : tu reviens t'installer avec moi.

Une semaine, il n'aurait guère pu espérer plus. Une dernière semaine avec Gemma, dans sa vie et dans son lit. Il fallait que chaque seconde soit inoubliable. Et, après son départ, il ne lui resterait plus qu'à faire tout son possible pour oublier qu'il venait de perdre ce qu'il y avait eu de plus beau dans sa vie.

— C'est bon, tu y es, dit Cal. Maintenant détends-toi et essaie de bouger en même temps que le cheval. Prends appui sur les étriers pour te soulever légèrement.

Gemma lui obéit. Tibby, le cheval, était une jument très douce que Cal avait choisie exprès pour elle. Et, en lui caressant le museau pour la première fois, elle avait tout de suite senti qu'un lien s'était établi entre elle et l'animal. Depuis, elle lui faisait confiance.

Cal tenait Tibby par une corde qu'il avait attachée à sa bride et lui faisait décrire de grands cercles autour de lui.

— Est-ce que tu veux qu'on augmente un peu l'allure ? demanda-t-il à Gemma.

— Non, ça va aller. Je pense que Tibby est un peu fatiguée.

— Ne t'inquiète pas, tu te débrouilles très bien. Tu devrais essayer.

— D'accord, répondit-elle en se préparant mentalement à une chute prochaine.

Elle avait déjà failli tomber deux fois, mais Cal l'avait rattrapée juste avant qu'elle ne touche terre. Elle espérait que cela se passerait de la même façon la troisième fois.

— Mais si tu m'entends hurler, ajouta-t-elle, fais-la ralentir, s'il te plaît.

Il fit claquer sa langue et frappa le sol avec l'extrémité de la corde. La réaction de Tibby fut immédiate, et elle accéléra sa cadence. Gemma se pencha en avant et prit appui sur les étriers et, à sa plus grande surprise, elle se mit à bouger au même rythme que le cheval.

— Je vois ce que tu voulais dire tout à l'heure, cria-t-elle à Cal. Ce n'est pas si compliqué.

Pourtant, un instant plus tard, elle perdit la cadence et se cogna à la selle à chaque pas. Cal fit alors ralentir l'animal.

— C'était bien, lui dit-il.

— Oui, j'ai bien aimé. Tu es une bonne fille, ma belle, ajouta-t-elle en se penchant pour caresser le cou de l'animal. Mais il va falloir que je fasse un petit séjour au jacuzzi si je ne veux pas avoir trop mal aux fesses tout à l'heure.

Durant la semaine écoulée, Cal lui avait donné une leçon d'équitation par jour et, à sa grande surprise, elle avait réussi à surmonter quelques-unes de ses peurs. Elle ne craignait plus d'être mordue, elle s'était habituée à l'odeur, et elle commençait même à se dire qu'elle pourrait survivre à une chute de cheval.

Ce qu'elle n'avait pas surmonté, en revanche, c'était l'angoisse de leur séparation prochaine. Cela faisait exactement une semaine qu'elle avait proposé de prolonger son séjour. Pendant tout ce temps, ni elle ni Cal n'avaient évoqué son départ, comme s'ils avaient voulu profiter à fond et sans arrière-pensées du temps qui leur restait.

Mais elle n'était pas sûre que c'était un bien d'avoir ainsi évité le sujet. A faire comme si aucune menace ne pesait sur leur histoire, ils s'étaient donné une excuse pour tomber amoureux plus profondément l'un de l'autre. Et cela ne ferait que rendre la fin de leur liaison encore plus pénible.

— Je n'ai pas encore envie d'arrêter, dit-elle en éperonnant doucement son cheval.

— Tu as raison, l'équitation est un bon exercice. C'est bon pour les cuisses, notamment.

— C'est pour ça que les tiennes sont si belles alors, lui répondit-elle, espiègle. Tiens, voilà Mary, ajouta-t-elle en voyant la gouvernante approcher. Elle fait une drôle de tête. Aurions-nous manqué le début du repas ? Eh, Mary, regardez, lui lança-t-elle en se mettant debout sur ses étriers, je sais monter à cheval !

Mary s'avança jusqu'à la barrière qui fermait la cour de l'écurie et fit signe à Gemma.

— Gemma, lui dit-elle, il y a un coup de téléphone urgent pour vous. Il faut que vous veniez tout de suite.

— Qui est-ce ? Est-ce Payton ? Le détective privé a fini par les retrouver, c'est ça ?

— Non, ce n'est pas Payton. C'est votre mère, lui répondit Mary, l'air soucieux. Elle dit que c'est une urgence.

Gemma eut la sensation que son cœur s'arrêtait de battre. Elle avait appelé sa mère quelques semaines plus tôt pour lui dire que tout allait bien et pour lui laisser le numéro de Cal au cas où elle aurait besoin de la joindre. Mais, économe comme l'était sa mère, elle n'aurait jamais téléphoné en Australie si quelque chose de grave n'était pas arrivé.

Elle se dépêcha de descendre de cheval et, dès qu'elle eut touché terre, se précipita vers la maison.

— Attends-moi ici, je reviens tout de suite, dit-elle à Cal en passant devant lui.

— Non, je t'accompagne, fit-il en lui emboîtant le pas.

Une fois dans la cuisine, Mary lui indiqua le téléphone qui était posé sur la table, mais Cal hocha la tête d'un air désapprobateur.

— Mieux vaut qu'elle prenne l'appel dans la bibliothèque, elle sera plus tranquille.

Gemma traversa alors le couloir aussi vite qu'elle le put, le cœur battant la chamade.

— Maman, maman, tu m'entends ? demanda-t-elle en décrochant le téléphone du bureau.

— Gemma ? C'est bien toi ? Enfin. Je me demandais si tu allais me répondre un jour. Cet appel va me coûter une fortune. Qu'est-ce que c'est que cet hôtel ? Tu n'as pas le téléphone dans ta chambre ?

— Que se passe-t-il ? lui demanda Gemma. Est-ce que tu vas bien ?

— Oui, ma chérie, je vais bien. J'ai un petit rhume et je me suis fait mal au coude, mais dans l'ensemble, ça va.

— Pourquoi m'appelles-tu alors ?

— Eh bien, j'ai une bonne et une mauvaise nouvelle. Par laquelle veux-tu que je commence ?

— Maman, je n'ai pas envie de jouer à ce petit jeu. Tu m'as fait une peur bleue, alors dis-moi tout de suite pourquoi tu m'appelles.

— Ton père te réclame, déclara-t-elle d'une voix qui ne cherchait pas à dissimuler son excitation.

— Mon père ? répéta Gemma incrédule.

— Hier soir, j'ai reçu la visite de l'avocat de la famille Parnell, et c'est lui qui m'a appris que David voulait te voir. Tu dois rentrer. Tout de suite.

— Mais pourquoi maintenant, après toutes ces années ?

— Il est malade, Gemma. Il vient d'avoir une attaque cardiaque. Il va s'en sortir, mais j'imagine que d'avoir frôlé la mort l'a fait réfléchir à toutes les erreurs qu'il a commises. Il a l'air de vouloir réparer ce qui est réparable.

— C'est auprès de toi qu'il devrait s'excuser, maman, pas de moi. C'est toi qui as le plus souffert dans toute cette histoire.

— Gemma, tu dois faire ce qu'il te demande. C'est ton père. Tu dois rentrer immédiatement. Avant qu'il ne soit trop tard.

— Qu'est-ce que tu me racontes, maman ? Tu m'as dit toi-même qu'il était tiré d'affaire.

— Je voulais dire : avant qu'il ne se ravise.

— Qu'il change d'avis si ça lui chante ! Moi, ça m'est égal. J'ai passé trop de temps à espérer qu'il se décide enfin à être un père pour moi. Mais je suis une adulte maintenant, et il est temps que je me comporte en tant que telle.

— N'oublie pas la part d'héritage à laquelle tu es en droit de prétendre.

— Je ne veux pas de son argent. Ça ne m'a jamais intéressée, répondit-elle, exaspérée.

Elle ferma les yeux. Il y avait une époque, pensa-t-elle, où, trop heureuse qu'il la réclame, elle serait accourue auprès de son père à peine aurait-il levé le petit doigt. Mais pourquoi lui donnerait-elle cette satisfaction maintenant ? Son père ne voulait pas prendre le risque de mourir avant d'avoir soulagé sa conscience, c'était tout. Mais elle, de son côté, elle n'avait plus besoin de lui. Elle avait trouvé un homme qui se souciait d'elle pour de bon et qui la respectait pour ce qu'elle était vraiment.

— Gemma, s'il te plaît, lui dit sa mère d'une voix suppliante. Fais-le pour moi. J'attends ça depuis si longtemps. Tu ne te rends pas compte à quel point cela me rendrait heureuse.

— C'est d'accord, murmura-t-elle de guerre lasse. Mais je ne rentre pas tout de suite. S'il n'est pas sur son lit de mort, il peut bien attendre quelques jours. Au revoir, maman, conclut-elle sèchement en raccrochant, avant d'enfouir son visage entre ses mains.

— Que se passe-t-il ? demanda Cal qui venait d'entrer dans la pièce.

— C'est mon père. Il est malade et il veut me voir.

— C'est bien, fit-il après un long silence. Il me semble que c'est ce que tu voulais ?

Elle leva alors les yeux vers lui et vit qu'il la regardait avec inquiétude.

— Oui, répondit-elle. Enfin non… En fait, je ne sais plus ce que je veux. Je pensais que c'était ce que je voulais, mais maintenant, je préférerais rester encore un peu ici.

— Gemma, tu dois y aller. C'est ton père.

— Il ne fait pas ça pour moi. C'est purement égoïste de sa part.

— Si tu n'y vas pas, tu le regretteras sans doute un jour. Regarde Hayley. Elle et son grand-père ont été fâchés pendant des années, mais elle a quand même tout fait pour que ça finisse par s'arranger entre eux.

— Je ne le connais même pas, mon père. Ma mère m'a juste montré quelques photos et des coupures de journaux. Je l'ai vu deux fois dans ma vie, et chaque fois, il n'avait qu'une hâte, c'était que je m'en aille. Je ne vois pas pourquoi je devrais me sentir obligée de me plier à ses quatre volontés.

— Tu as raison, dit-il alors. Et puis ça m'arrange, je ne veux pas que tu partes. Alors laisse-le mourir avec ce poids sur la conscience. Ça ne changera rien pour toi…

Elle avait très bien compris où il voulait en venir : faire mine de rentrer dans son jeu pour mettre en évidence les limites de sa position et la faire revenir à de meilleures intentions.

C'était généreux de sa part… Touchée, elle s'approcha de lui pour l'embrasser.

— Je pars demain, lui dit-elle alors.

— C'est une sage décision, Gemma, tu verras. Et puis ce n'est pas comme si tu partais pour toujours.

— Comment ça ?

Elle le dévisagea, osant à peine croire ce qu'il venait de dire. Allait-il lui faire sa déclaration ?

— Le ranch ne va pas bouger d'ici. Et moi je ne bougerai pas du ranch. Tu peux revenir nous rendre visite quand tu le souhaites. Si tu as envie de vacances, n'hésite pas… Tu seras toujours la bienvenue.

Elle dut faire un effort sur elle-même pour ravaler sa déception. Non, ce n'était pas une déclaration, mais une simple invitation, banale et convenue. Une formule de politesse, en somme.

— Merci, Cal. Je reviendrai. Sauf si, entre-temps, tu t'es marié. Qui sait, tu vas peut-être te trouver une femme dès le mois prochain ? Et je ne pense pas qu'elle aurait envie de voir débarquer l'ex-maîtresse de son mari devant sa porte…

Elle essayait de faire bonne figure en s'efforçant de prendre les choses à légère, mais chaque mot était pour elle comme un coup de poignard en plein cœur. Elle priait surtout pour qu'il ne lui réponde pas qu'il n'aurait aucun mal à l'oublier. Ce qu'elle voulait, c'était qu'il se jette à ses pieds pour la supplier de rester et qu'il lui dise qu'il ne pouvait vivre sans elle.

— Ça m'étonnerait que ça se passe comme ça, Gemma.

Elle aurait voulu le forcer à se découvrir un peu plus en le pressant de questions. Que ferait-il après son départ ? Reprendrait-il tout de suite contact avec l'agence matrimoniale ou se languirait-il un peu de son Irlandaise ? Mais, plutôt que les poser, elle resserra son étreinte et vint se blottir contre lui.

— Et si on allait faire une petite sieste ? lui murmura-t-elle à l'oreille.

— Une sieste ? répéta-t-il en fronçant les sourcils. Il est à peine dix heures du matin…

— J'ai besoin de te sentir contre moi. Nu…

*
* *

Cal s'allongea contre Gemma. Il lui enlaça la taille et enfouit son visage dans sa nuque. Il ne pouvait pas croire que le lendemain à la même heure, elle ne serait plus là.

Même si cela faisait presque un mois, il avait l'impression que leur première rencontre remontait à la veille. Au moment où il s'était arrêté en plein désert pour changer son pneu, il avait confusément senti que son existence allait changer, et il ne s'était pas trompé. Il était tombé amoureux, pour la première fois de sa vie.

En revanche, il ne savait pas encore si ce serait la dernière. Est-ce que le souvenir de Gemma serait persistant au point de ne pas le laisser faire entrer une autre femme dans sa vie ? Il n'en savait rien… Trop d'émotions se bousculaient en lui. Il était en colère contre le père de Gemma qui se permettait d'exiger son retour alors qu'il ne s'était jamais soucié d'elle. Il était triste de n'avoir d'autre choix que celui de la laisser partir. Et il était résigné à l'idée que, peut-être, dès le départ, il était écrit qu'ils n'auraient que ce minuscule mois pour eux. Mais il se serait bien gardé de laisser paraître devant Gemma la moindre de ces émotions.

Car il avait décidé que leur séparation devrait être facile et sereine, exactement comme l'avait été leur relation. Il n'y aurait ni larmes ni supplications de dernière minute. Il la laisserait s'en aller sans protester.

Même s'il lui avait proposé de revenir à Kerry Creek, il ne se faisait guère d'illusions à ce sujet. Elle allait reprendre sa vie à Dublin et, peu à peu, elle l'oublierait. Il deviendrait très vite un amour de vacances, un homme qu'elle se rappellerait vaguement avoir croisé, sans plus. Alors qu'il sentait la tristesse prendre le pas sur ses autres émotions, il déposa en soupirant un doux baiser au creux de sa nuque.

— Tu ne dors pas ? lui demanda-t-elle.

— Non, murmura-t-il en l'embrassant encore et en se collant davantage contre elle. Je ne trouve pas le sommeil.

— Moi non plus, répondit-elle en se tournant vers lui et en lui caressant doucement le visage. Je veux profiter de chaque minute qui nous reste. Je dormirai dans l'avion qui me ramènera chez moi.

Chez moi. Quelle torture de l'entendre prononcer ces deux mots. Chez elle, ce n'était pas ici, avec lui. C'était un endroit qu'il n'avait jamais vu, dans un pays qu'il n'avait jamais visité, rempli de gens qu'il n'avait jamais rencontrés. Il avait l'impression de comprendre Gemma mieux que quiconque, pourtant, il la connaissait à peine.

— Parle-moi de ta vie, lui demanda-t-il alors, comme s'il voulait rattraper le temps perdu, je ne sais rien de toi.

— Je mène une vie très ordinaire, tu sais. Je vis dans un appartement à côté de l'université. Il n'est pas très grand et il est rempli de vieux livres que j'ai hérités de mon grand-père. Ma mère n'habite pas trop loin de chez moi, dans un appartement elle aussi, et je vais dîner chez elle tous les lundis et les jeudis. Dès que j'ai un peu de temps libre, je pars pour le comté de Clare où mes grands-parents nous ont laissé un joli petit cottage, construit sur une magnifique colline verdoyante surplombant l'océan.

— Pas grand-chose à voir avec la vie au ranch, alors ?

— Effectivement, c'est une autre vie…

— Et tes amis ? Parle-moi de tes amis. Tu en as beaucoup ?

— Non, répondit-elle en secouant la tête. J'ai très peu d'amis proches. Je n'ai jamais vraiment cherché à m'en faire. J'ai trop de mal à faire confiance aux gens. En fait, reprit-elle après un temps d'arrêt, tu es mon seul ami.

— Vraiment ?

— Je te fais entièrement confiance, Cal. Je ne sais pas vraiment pourquoi. Peut-être parce que je me suis retrouvée dans un environnement nouveau pour moi. Ou peut-être parce que m'éloigner de Dublin m'a fait changer de perspectives.

— Mis à part mes frères, enchaîna-t-il, je n'ai pas de vrais amis non plus. Les cow-boys sont mes employés. Mary est ma seconde mère. En fait, je ressens les choses exactement comme toi. Tu es la seule à qui je puisse parler, et à qui je puisse tout dire.

Il vit un doux sourire s'épanouir sur ses lèvres pleines.

— C'est drôle, fit-elle alors. Quand nous nous sommes

rencontrés pour la première fois, j'ai cru que je t'avais déplu. Tu m'as à peine dit un mot. On aurait dit que tout ce que tu voulais, c'était que je m'en aille au plus vite.

— Ce n'était pas du tout le cas. C'est juste que je ne trouvais pas mes mots. J'étais trop nerveux. Je me disais que tu étais la plus belle femme que j'avais jamais rencontrée et j'avais peur de passer pour un idiot à tes yeux. Alors je me suis contenté de me taire en attendant d'avoir quelque chose d'intelligent à dire.

— Jusqu'à ce que je t'embrasse. Après ça, tu n'arrêtais plus de parler.

Il rit.

— Oui, ton baiser a servi de déclencheur. Je me suis dit que si je te plaisais assez pour que tu m'embrasses, tu consentirais également à me faire la conversation.

Elle sourit puis se redressa pour le regarder dans les yeux.

— Ce qu'on vient de vivre toi et moi, c'était fantastique, lui dit-elle en le fixant avec intensité.

— Absolument fantastique.

— Et de quelle façon t'en souviendras-tu ? De quelle façon te souviendras-tu de moi ?

Avant de répondre, il réfléchit longuement.

— Tu es comme un rayon de soleil, dit-il enfin. Tu apportes chaleur et lumière dans ma vie. Après ton départ, le soleil brillera encore, mais de façon moins éclatante, comme à travers le filtre d'un rideau.

Elle se hissa vers lui pour l'embrasser, avec une tendresse qui lui déchira le cœur.

— Merci, c'est magnifique.

— C'est la vérité et rien d'autre.

Il s'approcha alors pour, à son tour, déposer un baiser sur ses lèvres. Il y mit toute sa passion, comme s'il voulait lui prouver une dernière fois qu'ils ne pouvaient vivre l'un sans l'autre.

Il voulait lui demander de rester, de choisir entre son père et lui, entre sa vie à Dublin et la sienne au ranch, entre son avenir à elle et le leur. Mais il savait que ce n'était pas facile pour une femme de vivre à Kerry Creek. Il avait vu sa propre mère devenir de plus en plus malheureuse au fil des jours. Et il ne voulait surtout pas que la même chose arrive à Gemma. Si d'aventure elle devait revenir, il faudrait que ce soit elle et elle seule qui le décide.

Il la fit rouler sous elle et s'installa entre ses jambes en bougeant lentement tout contre elle. Il avait pensé que ce serait au sexe qu'il aurait le plus de mal à renoncer. Mais, alors que leurs corps se cherchaient des mains et de la bouche, il comprit que ce n'était pas l'essentiel de ce qu'ils avaient partagé.

Si on lui en avait donné la possibilité, il aurait été heureux de pouvoir vivre dans la même maison, dans la même région, voire sur le même continent qu'elle, même si pour cela, il avait dû renoncer au sexe jusqu'à la fin de ses jours. C'étaient son cœur et son âme qu'il voulait posséder, et pas seulement son corps.

Tout en se caressant de façon de plus en en plus sensuelle, ils continuèrent un temps leur discussion, comme s'ils avaient peur de ne pas avoir le temps de tout se dire. Mais, petit à petit, leurs mots se muèrent en soupirs et en gémissements et, quand il la pénétra doucement, il l'entendit murmurer son prénom.

Ils avaient assez fait l'amour ensemble pour savoir ce qui leur donnait le plus de plaisir. Avec une lenteur calculée, il sut l'emmener au bord de l'orgasme et, en dosant ses mouvements et ses caresses, faire durer ce moment jusqu'à ce que lui-même n'en puisse plus. Lorsqu'il la sentit sur le point de succomber pour de bon, il se laissa aller et vint la rejoindre dans l'extase.

Aucune femme ne saurait jamais lui donner un tel plaisir, il en était persuadé. Son âme, son cœur et son corps appartiendraient de toute éternité à Gemma, où qu'elle se trouve. Et, même si elle allait disparaître de sa vie dans les heures qui suivraient, il voulait croire qu'elle reviendrait.

On disait que l'espoir faisait vivre, et c'était ce qu'il allait très bientôt pouvoir vérifier. Parce que l'espoir, c'était tout ce qui lui restait.

- 9 -

— Je vous remercie d'être venue Gemma. Je sais que c'était important pour lui.

Gemma serra la main que sa belle-mère lui tendait, puis se dirigea vers la porte, à côté de laquelle se tenait un domestique. Une fois dehors, elle poussa un long soupir.

L'heure qui venait de s'écouler avait été la plus étrange de sa vie. Elle était arrivée à Belfast dès le lendemain de son atterrissage à Dublin, pour rencontrer son père qu'elle n'avait vu que deux fois auparavant. Mais, cette fois-ci, c'était elle qui avait la main. Alors qu'elle ne voulait plus entendre parler de lui, c'était lui qui insistait pour la voir.

Elle regarda les papiers qu'elle tenait en main. Il avait fait établir des documents lui donnant droit à une partie de la fortune des Parnell. Cela représentait plus d'argent qu'elle n'en aurait gagné en vingt ans à l'université. Pourtant, contrairement à la somme qu'il avait consentie à lui verser pour payer ses études, ce don n'était assorti d'aucune condition. Il avait seulement émis le souhait de la voir de temps en temps et, si elle devenait mère un jour, de connaître ses petits-enfants. Mais libre à elle de ne pas se plier à ses désirs.

De bout en bout, la conversation avait été assez laborieuse, entrecoupée de lourds silences gênés. Il était bien trop tard pour qu'ils puissent espérer entretenir des rapports normaux. De toute façon, elle n'en avait pas envie.

— Je vous ramène à la gare, miss ?

— S'il vous plaît, répondit-elle en souriant au chauffeur qui était allé l'attendre le matin même à sa descente du train.

Il lui ouvrit la portière et elle s'engouffra à l'intérieur de la voiture. Une fois installée, elle regarda à travers la vitre l'immense manoir des Parnell. Malgré son mobilier luxueux et toutes les œuvres d'art qu'il abritait, elle lui préférait l'accueillante chaleur qui régnait dans la propriété de Kerry Creek. Ça c'était une vraie maison, pas un musée froid et sans vie, habité par le souvenir d'illustres ancêtres.

Cela faisait à peu près deux jours qu'elle avait quitté Kerry Creek. Cinq heures de route jusqu'à Brisbane, un vol pour Sydney, une escale à Singapour, une correspondance à Londres pour arriver, enfin, chez elle à Dublin. Elle ne se souvenait pas que le voyage aller avait été aussi long et épuisant.

Mais, lorsqu'elle avait fait route pour l'Australie, elle allait au-devant de quelque chose. En en repartant, au contraire, elle avait laissé quelque chose — ou plutôt quelqu'un — derrière elle. Elle ne put alors s'empêcher de penser aux derniers instants qu'elle avait passés avec Cal, au baiser qu'ils avaient échangé juste avant qu'il ne l'aide à monter dans sa voiture. Jusqu'au dernier moment, elle avait espéré qu'il lui demande de rester et attendu qu'il lui clame qu'il l'aimait et ne pouvait vivre sans elle.

Mais ce moment n'était pas arrivé. Il s'était contenté de fermer sa portière, et de la regarder s'éloigner. Pendant les deux premières heures de son voyage, elle s'était souvent arrêtée sur le bas-côté de la route, hésitant à faire demi-tour pour le pousser à exprimer ses sentiments.

Mais, après chaque arrêt, elle avait fini par se convaincre de repartir. Cela n'aurait servi à rien de revenir sur ses pas. Même si elle l'aimait, elle ne pouvait pas le forcer à en faire de même.

Alors que les larmes lui montaient aux yeux, elle appuya sa tête contre la vitre et regarda défiler le vert paysage de la campagne irlandaise. Chez elle : où était-ce ? se demanda-t-elle, perdue. Certainement pas ici, dans le fief des Parnell. Et, la veille, elle s'était sentie comme une étrangère dans son appartement dublinois. En fait, chaque parcelle de son être se languissait des grands espaces du Queensland et de leur beauté sauvage.

Pendant un mois, Kerry Creek avait été sa maison. Elle s'y

était sentie à sa place, comme un membre de la famille. Mary était devenue une seconde mère pour elle, et les cow-boys ses petits frères. Quant à Payton et Hayley, elles avaient été les sœurs qu'elle n'avait jamais eues.

Elle y retournerait un jour, se dit-elle en essuyant une larme qui coulait sur sa joue. Peut-être dès l'été prochain. Mais, d'ici là, Cal l'attendrait-il ? Dans un an, il aurait peut-être tourné la page et trouvé une femme prête à partager sa vie, pensa-t-elle en poussant un lourd soupir. Pourquoi ne pas aller le rejoindre tout de suite, alors ? Après tout, la vie au ranch n'était pas si difficile, surtout avec Cal pour illuminer ses jours et réchauffer ses nuits.

Mais, pour vivre avec lui, elle devrait consentir à de nombreux sacrifices, dont certains lui avaient semblé jusque-là totalement inenvisageables. D'ailleurs, n'importe quelle personne sensée lui dirait que sa place était ici, en Irlande, et sans doute à juste titre. Pourquoi n'était-elle pas capable, alors, d'accepter sa vie telle qu'elle l'était actuellement ?

En outre, si Cal l'aimait, il le lui aurait dit. S'il avait voulu qu'elle reste, il le lui aurait demandé. Elle reprit sa respiration et tenta de se raisonner. Sa vie en Irlande était agréable. Et, jusqu'à ce qu'elle rencontre Cal, elle pensait même avoir tout pour être heureuse.

Et puis, elle pourrait profiter de sa solitude pour se consacrer tout entière à son travail. Elle avait déjà décidé d'écrire un livre sur les Irlandais d'Australie, dont elle avait pu observer combien la culture d'origine était encore très présente. Et, maintenant qu'elle s'était penchée sur la vie quotidienne de Crevan Quinn, elle avait envie de se lancer dans l'écriture d'un roman, une saga familiale qui commencerait à bord du bateau qui avait emmené Crevan en Australie et se finirait de nos jours, par une belle histoire d'amour.

Ecrire un roman sur les Quinn pourrait l'aider à surmonter son chagrin, pensa-t-elle en souriant. Elle pourrait imaginer un dénouement plus heureux, où tous les obstacles s'évanouiraient et où Cal et elle pourraient vivre leur amour jusqu'à la fin des temps, comme dans le plus beau des contes de fées.

— Miss, est-ce que ça va ? lui demanda alors le chauffeur.

— Moi ? fit-elle, surprise de découvrir dans le rétroviseur intérieur ses joues baignées de larmes. Oui, je vais bien. Ce sont des larmes de joie.

— Tant mieux. Vous allez être très en avance pour votre train, poursuivit-il après une petite pause. Vous voulez peut-être faire les magasins avant d'aller à la gare ? Ou peut-être avez-vous envie d'aller manger un morceau ?

Elle secoua la tête. Elle avait besoin de retrouver ses repères au plus vite. D'abord, ce serait Dublin. Mais après avoir passé une semaine ou deux avec sa mère, elle ferait le point. Et si ses sentiments à l'égard de Cal n'avaient pas changé, elle ne s'interdirait pas d'envisager un petit voyage à Kerry Creek.

Elle écouterait d'abord son cœur et ensuite sa raison. Et n'écarterait aucune possibilité concernant son avenir.

Cal chevauchait vers la maison en regardant l'horizon. Il avait faim, il était couvert de poussière et se sentait épuisé. Il était temps qu'il rentre pour prendre une bonne douche, un vrai repas, et pour s'accorder quelques heures de repos dans un lit digne de ce nom.

Après le départ de Gemma, il n'avait passé qu'une seule nuit à la maison, une nuit sans sommeil, à errer dans les couloirs, à faire les cent pas dans sa chambre, hanté par des souvenirs tout frais. Au petit matin, il avait préparé quelques affaires et, après le petit déjeuner, s'en était allé à cheval, à la recherche d'un endroit où réfléchir en paix. Sans le faire vraiment exprès, il s'était retrouvé au point d'eau où il avait emmené Gemma.

Il y avait passé deux jours, au terme desquels il avait réussi à faire le point sur ce qu'il avait vécu pendant le mois qui venait de s'écouler. C'était mieux d'avoir aimé et perdu l'objet de son amour, avait-il conclu, que de ne jamais avoir aimé du tout. C'était peut-être un cliché, mais c'était ainsi qu'il ressentait les choses. Et c'était en se répétant cela qu'il parviendrait peut-être à surmonter les semaines, les mois et les années qu'il allait passer sans elle.

Tout à coup, au loin, il distingua deux cavaliers. Il s'approcha alors, s'attendant à tomber sur deux des cow-boys du ranch. Mais il s'agissait de ses propres frères, en pleine conversation.

— Vous avez oublié de m'inviter à votre petite fête, leur dit-il en arrêtant son cheval à leur hauteur.

— Où étais-tu passé ? lui demanda Brody, l'air agréablement surpris.

— Je me suis accordé quelques jours. J'avais besoin de solitude. Mais toi, quand es-tu rentré ?

— A peu près une heure après ton départ. J'ai voulu te rattraper, mais Mary m'a dit que Gemma venait de partir. J'ai préféré te laisser tranquille.

— Tu as bien fait, je n'aurais pas été de très bonne compagnie. Et je suppose que, vu les circonstances, tu ne dois pas être non plus d'une gaieté folle.

— Tu supposes mal, lui dit Teague en ricanant. Payton est revenue. Je suis allé la chercher en avion ce matin. Elle voulait faire la surprise à Brody.

Cal se força à sourire. Il ne pouvait s'empêcher de ressentir une légère amertume teintée d'envie en pensant à sa propre joie si Gemma avait été celle que Teague était allé chercher en avion…

— Et où est-elle ? demanda-t-il, tout de même heureux pour son frère.

— A la maison, lui répondit Brody.

— Je suis content que tu sois de retour, Cal, lui dit Teague en réajustant son chapeau et en s'accrochant au pommeau de sa selle. Maintenant que je dirige Wallaroo, je voulais te proposer un marché.

— Si tu veux que je te cède la meilleure source d'eau de tout le Queensland, c'est déjà fait…

— En fait, c'est tout le contraire. J'ai l'intention de te rendre cette terre. Elle a toujours appartenu aux Quinn et cela n'a servi à rien que tu me la vendes.

La mort de Harry Fraser — survenue une dizaine de jours auparavant — avait été un choc pour tout le monde. Cal, par exemple, avait toujours cru qu'il finirait centenaire, dans le seul but de faire enrager les Quinn. Le vieil homme n'avait pourtant pas survécu à son opération de la hanche. Il était mort en léguant Wallaroo à Teague et Hayley, ce qui n'avait pas plu à cette dernière. Fâchée, elle était partie le jour où Gemma avait quitté Kerry Creek.

— Je suis vraiment désolé, dit Cal. Malgré nos points de désaccord, il n'en restait pas moins un voisin. Comment va Hayley ? Est-ce qu'elle t'a donné de ses nouvelles ?

— Non, répondit Teague en secouant la tête. Mais je ne m'attendais pas à ce qu'elle m'en donne. Elle était très en colère lorsqu'elle est partie. Elle est censée revenir dans six mois. D'ici là, de l'eau aura coulé sous les ponts, je l'espère…

— Alors j'imagine que tu as de grands projets pour cet endroit, lui dit Cal.

— Je veux faire un élevage de chevaux. A petite échelle pour commencer. Et puis il y a quelques pâturages qui, je pense, conviendraient à ton troupeau. Je suis prêt à t'en laisser l'usufruit.

— A quels endroits de Wallaroo penses-tu en particulier ? demanda-t-il, extrêmement surpris d'apprendre que son frère, non content de lui rendre la terre qu'il venait de lui céder, lui proposait en quelque sorte d'agrandir son territoire.

— A la partie qui jouxte le terrain que je te rends. On pourrait essayer d'y conduire les bêtes après le rassemblement pour voir ce que ça donne.

— C'est vrai que l'herbe est belle là-bas. Combien d'hectares serais-tu prêt à me céder ?

— Autant que tu le souhaiteras. A condition que tu me confies tous tes chevaux.

Cal réfléchit un instant au marché que Teague lui proposait. Ce n'était pas idiot, pensa-t-il, d'autant plus qu'il souhaitait depuis longtemps accroître son territoire, mais qu'il ne parvenait pas à trouver de nouvelles terres à acquérir. En plus, Teague, qui s'y connaissait vraiment en chevaux, saurait s'en occuper mieux que quiconque.

— Tu rêves, dit Brody à Teague. Cal ne sera jamais d'accord.

— Tu te trompes, lui répondit Cal, la proposition de Teague me paraît tout à fait honnête. D'ailleurs, je l'accepte.

L'affaire entendue, ils poursuivirent leur conversation comme si de rien n'était, évoquant les divers faits marquants des dernières semaines. Evidemment, ils parlèrent des femmes qui étaient venues et s'en étaient allées, définitivement ou non. Cal envia ses frères. Contrairement à lui, eux avaient la possibilité de retrouver celles qu'ils aimaient s'ils en avaient envie. Brody et Payton projetaient même de se rendre ensemble aux Etats-Unis, car Brody venait d'être recruté à l'essai par une équipe de football américain. Quant à Hayley, elle vivait à Sydney, à seulement quelques heures d'avion. Gemma, elle, se trouvait à l'autre bout du monde…

— Tu devrais peut-être essayer de convaincre Gemma de revenir, suggéra Teague. Va en Irlande, explique-lui ce que tu ressens et demande-lui de rentrer à Kerry Creek avec toi.

— Je suis sûr qu'elle n'aurait aucune envie de vivre ici, répondit-il en secouant la tête.

— Et pourquoi pas ? Si elle t'aime, elle est sûrement prête à vivre n'importe où, pourvu que ce soit avec toi, insista Teague. Brody et moi on peut s'occuper du ranch pendant ton absence.

— Je doute que ça marche.

— Pourquoi ? Qu'est-ce qu'elle t'a dit quand tu lui as demandé de rester ? lui demanda Brody.

Mal à l'aise, il se tordit les mains.

— A vrai dire, je ne le lui ai pas demandé. Elle devait rentrer chez elle, elle n'avait pas le choix. Et plus, j'avais trop peur d'essuyer un refus.

Que n'avait-il pas dit là ? Ses frères parurent scandalisés par son manque de psychologie et de savoir-faire vis-à-vis des femmes et s'empressèrent de le noyer sous les conseils. A les entendre, ils auraient su trouver les mots pour convaincre Gemma de s'installer définitivement à Kerry Creek.

Agacé par leurs critiques, Cal chercha un moyen de les faire taire.

— J'ai une idée, suivez-moi, leur dit-il en enfonçant son chapeau sur sa tête.

Il éperonna les flancs d'Eddie et le lança au galop, menant ses frères jusqu'au gros rocher. Dès qu'ils y furent arrivés, ils se dépêchèrent de descendre de cheval pour se lancer à l'assaut de la paroi. Une fois parvenus au sommet, ils scrutèrent l'horizon.

— Ce n'est pas aussi haut que dans notre souvenir, pas vrai ? dit alors Brody.

Il avait raison, pensa Cal. L'ascension du rocher leur avait demandé considérablement moins d'efforts que par le passé.

— Et maintenant, que fait-on ? demanda Teague. Je ne suis pas sûr de me souvenir.

— On est censé faire un vœu à haute voix, lui répondit Cal. Un seul. La chose qu'on désire le plus au monde.

— Et tu crois que ça va marcher ? poursuivit Teague, l'air dubitatif.

— Ça a déjà marché pour moi, intervint Brody. J'avais fait le vœu de devenir joueur de foot professionnel. Et c'est ce qui s'est passé.

— Et moi, celui de diriger un jour un ranch comme Kerry Creek, dit Cal à son tour. Et aujourd'hui, je dirige Kerry Creek. Quant à toi, je me souviens bien de ce que tu avais demandé : tu voulais un avion.

— Oui, ou un hélicoptère, ajouta Brody. Tu vois, ton vœu à toi aussi a été exaucé.

— Oui, mais qu'est-ce qui vous dit que ça marchera encore cette fois ? demanda Teague.

— Qui ne tente rien n'a rien, dit Cal avant de prendre une grande inspiration. Je souhaite que Gemma vienne s'installer pour de bon à Kerry Creek ! s'écria-t-il alors.

— Je souhaite que Hayley comprenne qu'elle n'en aimera jamais un autre que moi !

— Je souhaite que Payton me dise oui quand je lui demanderai de m'épouser ! Eh oui, qui ne tente rien n'a rien, dit Brody en souriant, alors que ses frères le dévisageaient d'un air estomaqué.

— Evidemment, dit comme ça, dit Cal à son tour dans un sourire. Voilà, maintenant il n'y a plus qu'à attendre pour voir si nous sommes exaucés. Tu rentres avec nous à Kerry Creek ? demanda-t-il alors à Teague.

— Non, j'ai à faire à Wallaroo. Mais je passerai te voir dès demain, pour finaliser notre accord.

Ils sautèrent du rocher et remontèrent en selle. Alors que Teague se mettait en route pour Wallaroo, Cal et Brody partirent en direction de Kerry Creek. Lorsqu'ils approchèrent de la maison, Brody se tourna vers lui et déclara :

— Tu sais, tu devrais aller la trouver pour plaider ta cause et lui faire part de tes sentiments.

— Non, répondit Cal. Je ne peux pas aller en Irlande. Pas maintenant. On commence le rassemblement demain.

— Et alors ? C'est du reste de ta vie qu'il est question. Est-ce que tu vas renoncer à tout ça, renoncer à la femme que tu aimes juste pour les beaux yeux de quelques vaches ?

Cal se mit à rire.

— Mais qu'est-ce que je lui dirais ? poursuivit-il en redevant plus sérieux.

— Dis-lui ce que tu ressens, avec simplicité et honnêteté. C'est comme ça que tu pourras la toucher.

— Oui mais l'Irlande, c'est au bout du monde…

— Je sais bien, mais l'avion ça existe ! Tu sais où elle habite ?

— Pas précisément. On n'a même pas échangé nos adresses et numéros de téléphone. Elle, de son côté, elle sait où me trouver. Moi, tout ce que je sais, c'est qu'elle enseigne à l'université de Dublin. J'imagine que si je m'y rendais, je pourrais l'y trouver.

— C'est un bon début, tu vois, l'encouragea Brody.

— Il me faudrait un billet d'avion. Et un passeport. Je n'ai ni l'un ni l'autre.

— Pour le passeport, tu peux t'en faire établir un à Brisbane en une seule journée. Et je ne pense pas que tu aies besoin d'un visa pour te rendre en Irlande.

Cal commença à réfléchir, mais se rendit vite compte que ce n'était pas forcément la chose à faire. Pour conquérir le cœur de celle qu'il aimait, il devrait plutôt se contenter d'agir. Après tout, qu'avait-il à perdre ? Si elle lui disait non, il n'aurait qu'à rentrer et reprendre le cours normal de sa vie. Mais si elle lui disait oui, tout serait différent. Et comme le lui avait répété Brody, qui ne tentait rien n'avait rien.

— Je pars, déclara-t-il alors.

*
* *

Cal scruta les vieux bâtiments de l'université. C'était l'Irlande. Il avait traversé la planète sur un simple coup de tête. Mais, à présent qu'il était arrivé, il avait pleinement conscience de fouler la terre de ses aïeux. C'était quelque part par ici que Crevan avait commis son forfait. Et c'était aussi tout près d'ici qu'il avait été jugé et condamné à l'exil.

Tout autour de lui, les gens parlaient avec un accent qui lui était devenu familier. Etait-ce le fait d'avoir côtoyé Gemma pendant un mois, ou bien était-ce parce que, quelque part dans ses gènes, il lui restait une trace de la langue de ses ancêtres ? Il ne le savait pas. Mais en tout cas, il se sentait ici comme chez lui.

Une fois passées les portes, il découvrit, placardée sur un des murs du bâtiment d'entrée, la liste des enseignants, qu'il parcourut fébrilement jusqu'à trouver le nom de Gemma. Il décida de se rendre d'abord à son bureau et, s'il ne l'y trouvait pas, d'essayer de se procurer son numéro de téléphone.

En parcourant les couloirs, il essayait de s'imaginer Gemma travailler dans cet environnement. Ce décor solennel n'avait rien à voir avec la petite bibliothèque du ranch où il avait eu l'habitude de la voir à l'œuvre.

— Est-ce que je peux vous aider ? lui demanda une dame d'un certain âge assise derrière un bureau.

— Est-ce que j'ai l'air si perdu que ça ? dit-il en souriant.

— Un peu. Vous cherchez quelqu'un ?

— Oui, Gemma Moynihan. Vous savez où je peux la trouver ?

— Son bureau se trouve tout au bout du couloir à gauche. Son nom est inscrit sur la porte. Mais je ne crois pas qu'elle y soit. Je l'ai vue se diriger vers les archives il y a environ un quart d'heure.

— Et comment fait-on pour y accéder ?

— Les archives se trouvent dans l'enceinte de la bibliothèque. Je vais appeler Seamus, qui y travaille, pour qu'il vous y fasse entrer. Quel est votre nom ?

— Je m'appelle Cal Quinn.

— Vous êtes australien, si je ne me trompe pas ? Mais

avec un nom comme le vôtre, vous devez avoir des origines irlandaises. C'est un retour aux sources, alors ?

— En quelque sorte… Par où dois-je passer pour arriver à la bibliothèque ? demanda-t-il, pressé de pouvoir, enfin, retrouver Gemma.

— C'est facile, il vous suffit de traverser la cour. Une fois que vous y serez, Seamus vous guidera. Bonne visite, monsieur Quinn.

Il fit alors demi-tour et se dirigea vers l'extérieur. Il s'avérait décidément bien plus compliqué de trouver Gemma dans Dublin que de voyager jusqu'en Irlande. Il demanda son chemin à de nombreuses reprises avant d'arriver enfin au bon endroit. Il dut ensuite franchir un nombre incalculable de portes et de couloirs pour parvenir enfin aux archives. Un étudiant assis à un bureau le dévisagea alors d'un air suspicieux.

— Je cherche Gemma Moynihan, lui dit-il.

— Vous êtes étudiant ?

— Non, je suis visiteur. Je viens du département d'histoire où on m'a dit de m'adresser à un certain Seamus.

— C'est moi. Gemma Moynihan se trouve à l'intérieur. Mais vous ne pouvez pas entrer avec votre sac. Vous devez le laisser ici. Et j'aurais aussi besoin de vos papiers d'identité.

Cal s'exécuta et tendit son passeport avant de déposer son sac au pied du bureau.

— Vous prenez cette porte, reprit ensuite l'étudiant. Puis vous tournez à gauche et vous continuez tout droit jusqu'aux tables de travail. Je pense que c'est là qu'elle se trouve.

Les archives, avec leurs rayonnages encombrés de vieux livres et de piles de papiers, ressemblaient à la bibliothèque de Kerry Creek, mais en cent fois plus gros. Il suivit scrupuleusement les directions qui lui avaient été indiquées et, une fois les tables de travail en vue, s'arrêta net.

Elle était là, penchée au-dessus d'un énorme livre. Ses cheveux qui retombaient de chaque côté de son visage étaient rendus plus flamboyants encore par la lumière de la petite lampe de bureau. Avec émotion, il la vit repousser une mèche derrière son oreille, et put, le cœur battant, admirer son profil.

Elle n'avait pas changé et pourtant, dans cet environnement

inconnu pour lui, il avait l'impression de la voir pour la première fois. N'avait-il pas fait une bêtise en venant d'aussi loin ? se demanda-t-il, soudain pris de panique.

Pourtant, après avoir respiré un grand coup, il s'avança vers elle.

— Je t'aurais bien apporté du thé et des petits gâteaux, lui dit-il alors, mais il n'y avait pas assez de place dans mon sac.

Gemma sursauta au son de sa voix et se tourna vers lui, l'air stupéfait. Lentement, elle recula sa chaise, puis se leva, en le fixant comme si elle venait de voir un fantôme.

— Je t'en supplie, parle-moi, continua-t-il. Dis-moi que je n'ai pas fait une bêtise en venant ici.

— Oh mon Dieu ! s'écria-t-elle alors en se précipitant dans ses bras. Qu'est-ce que tu fais là ? Et comment m'as-tu trouvée ?

— Ça n'a pas été facile.

— Mais pourquoi es-tu ici ? Pour me voir ?

— Etant donné que tu es la seule personne que je connaisse à Dublin, tu as vu juste.

— Mais ça fait à peine une semaine que je suis de retour, lui répondit-elle en déposant un baiser furtif sur ses lèvres. Est-ce que tout va bien ?

— Maintenant oui, tout va pour le mieux.

Lorsqu'elle passa la main sur son torse, il se rendit compte en un instant combien ses caresses et l'effet qu'elles lui procuraient lui avaient manqué.

— Tu es superbe, dit-il en posant les mains sur les siennes.

— Toi aussi. Mais j'ai juste un peu de mal à te reconnaître, répondit-elle en lui caressant le visage. C'est trop bizarre de te voir ici. Et puis tu es allé chez le coiffeur, et tu portes aussi la chemise que je t'ai achetée.

— Je voulais me faire beau pour toi.

— C'est étrange que tu viennes me voir maintenant, lui dit-elle en se tournant pour lui montrer les livres posés sur la table. Depuis que je suis ici, je fais des recherches sur l'émeraude. Et je pense avoir trouvé quelque chose qui nous avait échappé. Regarde, continua-t-elle en lui tendant une feuille, j'ai trouvé ce dessin de la pierre. Et tu remarqueras que le joyau, tel qu'il est représenté ici, ne ressemble pas tout à fait à celui qui est peint sur le portrait de ton ancêtre. J'ai comme l'impression que Crevan l'a dessiné de mémoire et a ensuite demandé au peintre d'intégrer son esquisse dans son travail. Et j'ai également trouvé ceci, poursuivit-elle en lui tendant une autre feuille. C'est un dessin représentant une pierre offerte à la famille royale d'Angleterre en 1906 par un marchand appelé Patrick Healy. Tu la reconnais ?

Il compara bien tous les dessins avant d'acquiescer.

— Donc, si je comprends bien, fit-il, tu es en train de me dire que c'est la famille royale qui possède l'Emeraude d'Irlande.

— C'est ce que je pense, confirma-t-elle. Et je crois même que Crevan Quinn ne l'a jamais volée. J'avais certainement raison quand je te disais que c'était pour plaisanter qu'il l'avait fait représenter sur son portrait.

— C'est donc grâce à cette petite plaisanterie qu'on s'est rencontrés, conclut-il en lui caressant doucement les lèvres. C'est une chance que Crevan ait eu le sens de l'humour.

— C'est plutôt grâce à mon incompétence. Si je m'étais un peu mieux renseignée avant de me précipiter en Australie, je n'aurais pas eu besoin de me déplacer.

— Peu importe, Gemma, l'important, c'est qu'on se soit rencontrés.

— Tu as raison. Et alors, continua-t-elle en venant se coller à lui, combien de temps as-tu l'intention de rester ?

Il prit une longue inspiration.

— Assez longtemps pour te convaincre de repartir avec moi. Je sais que c'est beaucoup demander, mais il faut que j'essaie. Je t'aime, Gemma, et je ne pensais pas qu'un jour, je pourrais dire ça à une femme. Et je sais que même si tu ne veux pas de moi, il n'y en aura pas d'autre.

Elle ouvrit la bouche pour parler, mais il lui posa un doigt sur les lèvres.

— J'ai encore beaucoup de choses à te dire, tu me diras ce que tu en penses quand j'aurai terminé, si tu le veux bien.

Les yeux écarquillés, elle lui fit signe qu'elle était d'accord.

— Je sais que le ranch n'est pas l'endroit le plus confortable ni le plus agréable au monde. Mais pour l'instant, c'est là que je dois vivre. Mais je te promets que si tu acceptais de m'y accompagner, on n'y passerait pas tout notre temps. On pourrait faire un voyage en Irlande une à deux fois par an et même passer quelques semaines dans ton cottage au bord de la mer. Et, si tu le souhaites, ta mère pourrait venir habiter avec nous. Si tu ne veux pas abandonner l'enseignement, il y a plusieurs universités à Brisbane, et je suis sûr qu'on pourrait te trouver un poste. Mais ce qui est sûr, c'est qu'on ne peut pas vivre si loin l'un de l'autre.

Il s'arrêta alors et reprit son souffle en essayant avec anxiété de lire une réaction sur le visage de Gemma.

— C'est bon, tu as fini ? lui demanda-t-elle.

— Encore une dernière chose, dit-il en lui caressant la joue : je t'aime. C'est important.

— Moi aussi je t'aime, répondit-elle avec un petit sourire.

Il attendit la suite. Mais alors que les secondes passaient, il doutait de plus en plus d'avoir réussi à la convaincre. Surpris, il vit une larme couler le long de sa joue. C'était sûr, elle ne voulait pas repartir avec lui, pensa-t-il alors. Tant pis, au moins il avait essayé…

— Je comprends, Gemma, lui dit-il, déjà résigné.

— Non, je ne pense pas que tu comprennes. Jamais je n'aurais cru que je rencontrerais quelqu'un avec qui j'aurais envie de passer ma vie. Et encore moins que cette personne vivrait dans un ranch au milieu du désert australien. Mais c'est là que tu vis. Et c'est là que je vivrai moi aussi si cela me permet d'être avec toi.

Ce qu'il venait d'entendre lui coupa littéralement le souffle.

— Tu es sérieuse ? demanda-t-il en la soulevant de terre pour la serrer dans ses bras.

— Parfaitement sérieuse. Mais à condition que tu tiennes ta promesse de m'accompagner en Irlande de temps en temps.

Il prit son visage entre ses mains et l'embrassa avec passion, enivré par la douceur et la tiédeur de ses lèvres.

— Tu pourrais peut-être me présenter ta mère. Et après, on pourrait aller faire un tour à ton cottage. Et pendant que je suis là, j'aimerais connaître le berceau de mes ancêtres.

— On pourra faire tout ça, pas de problème. Mais d'abord, je t'emmène chez moi. Tu as l'air épuisé.

— Ah bon ?

— Oui, terriblement. Je pense que tu as besoin d'une bonne sieste.

— Tu as raison, répondit-il en souriant. C'est exactement ce dont j'ai besoin.

Elle le prit par la main et se dirigea vers la porte. Mais, au bout de quelques pas, Cal s'arrêta, déjà en manque de baisers. Il lui passa alors les bras autour de la taille et la plaqua contre les rayonnages, pour, une nouvelle fois, prendre possession de sa bouche avec un bonheur infini.

Le destin était curieux. Il avait toujours pensé qu'il serait celui des trois frères qui aurait le plus de mal à trouver l'amour. Et, jusque-là, les faits lui avaient donné raison. Pourtant, dès l'instant où il avait fait la connaissance de Gemma, il avait su qu'elle était faite pour lui.

Au milieu de milliards de gens, ils avaient réussi à se trouver. Et, à présent qu'ils étaient réunis, il allait tout faire pour faire d'elle la plus heureuse des femmes.

Epilogue

— Ce n'est pas si haut, dit Hayley. Allez, venez, attrapez ma main, je vais vous aider à grimper.

— Vous ne trouvez pas que c'est un peu bizarre ? demanda Gemma, les points sur les hanches, en regardant tout autour d'elle. Cet énorme rocher, posé au milieu d'une vaste étendue toute plate. Cal m'y avait déjà emmenée une nuit, mais, dans l'obscurité, je ne m'étais pas aperçue qu'il était aussi gros.

— C'est ici que Teague et moi on se retrouvait quand on était gamins. Il me disait que c'était un endroit magique. Il faut grimper tout en haut et faire un vœu. Et, à tous les coups, il se réalise.

Payton attrapa alors la main de Hayley et escalada la paroi.

— A ton tour Gemma, lança-t-elle une fois arrivée. Tu n'as rien à craindre.

Ses deux amies la prirent alors par la main et l'aidèrent à grimper. Une fois en haut, elle chancela un peu avant de s'asseoir. Elle y était, et cela n'avait pas été trop difficile, pensa-t-elle, soulagée et ravie. Sereine, elle tourna son visage en direction du soleil et ferma les yeux, en essayant de se représenter les trois frères Quinn enfants. Ils n'étaient sans doute pas vraiment différents de ce qu'ils étaient maintenant. Juste un peu moins grands.

— C'est sur ce rocher que j'ai embrassé Teague pour la première fois, dit Hayley en s'asseyant à côté de Gemma. Je me souviens de sa surprise. C'était son premier baiser.

— Vous ne trouvez pas ça curieux qu'on se soit toutes retrouvées ici au même moment ? demanda Payton qui s'était assise de l'autre côté de Gemma. Les probabilités pour qu'on se rencontre étaient infimes. Et pourtant, nous voilà toutes les trois au ranch, une nouvelle fois réunies.

— Mais ça ne va pas durer, si je ne m'abuse, lui répondit Gemma. Avec Brody, vous êtes censés partir bientôt pour les Etats-Unis, non ?

— Oui, il va faire ses essais avec cette équipe de foot. Et puis, je vais lui présenter mes parents. Après ça, je ne sais pas trop ce qu'on va faire. A part se marier…

— Tu parles sérieusement ? lui demanda Hayley.

— Oui, acquiesça Payton. Je n'aurais jamais cru que Brody était tellement attaché aux traditions. Il veut faire les choses en grand. Moi, j'étais prête à faire ça de façon informelle, mais ce n'est pas ce dont il a envie.

— Ah bon ?

— Oui, il veut un grand mariage, avec la robe et le gâteau qui vont avec… Mais je ne désespère pas de le convaincre d'organiser une cérémonie un peu plus intime, avec seulement la famille, pourquoi pas sur une plage.

— Quelle belle idée, dit Gemma. Et toi, ajouta-t-elle en se tournant vers Hayley, est-ce que tu vas épouser Teague ?

— Ce serait dans l'ordre des choses, répondit-elle en souriant de façon énigmatique. Puisque j'attends un enfant…

— Non ? s'exclamèrent en chœur Gemma et Payton.

— Mais comment as-tu pu nous cacher ça ? lui demanda Gemma.

— Je préférais attendre un peu avant de vous le dire. Mais j'en suis déjà à quelques mois de grossesse, maintenant, je pense donc que c'est bien parti pour durer. Et puis je ne voulais pas que la presse s'empare de la nouvelle. Teague et moi avions envie de savourer ce moment tous les deux aussi longtemps que possible.

Payton la serra fort dans ses bras.

— Je suis sûre que Teague et toi allez faire des enfants magnifiques, dit-elle, visiblement très émue.

— En tout cas, il est sur un petit nuage. Il ne parle que de ça, à tel point qu'il me casse les pieds. Il a acheté tous les livres et tous les DVD possibles sur le sujet. Et puis, c'est tout juste s'il n'a pas déjà réservé ma place à la maternité. Il n'en peut déjà plus d'attendre.

— Et vous, miss Moynihan ? lui demanda Payton en se tournant vers elle. Cal a-t-il l'intention de faire de vous sa légitime épouse ?

— Il m'en a fait la demande, c'est vrai. Mais je ne lui ai pas encore donné ma réponse. Je l'aime, ça ne fait aucun doute. Et j'ai l'intention de passer le reste de ma vie avec lui. Mais j'ai quand même envie de me laisser courtiser un peu. Enfin, je vous rassure, je ne vais pas le laisser trop longtemps dans l'incertitude.

— Ils ont dû entendre qu'on était en train de parler d'eux, dit Payton en montrant du doigt trois cavaliers qui approchaient. Regardez qui arrive…

— J'espère qu'ils ont pensé à apporter le repas, je meurs de faim, ajouta Gemma en plissant les yeux pour mieux les distinguer.

— Aidez-moi à descendre vite, dit Hayley. Si Teague me voit là-haut, je vais passer un mauvais quart d'heure. Dès que je bouge le petit doigt, il a peur pour le bébé.

Gemma tint alors la main à Hayley pendant qu'elle se laissait glisser vers le sol, avant de sauter à terre à son tour. Payton, quant à elle, ne bougea pas.

— Eh les gars ! les apostropha-t-elle depuis le haut du rocher. Je croyais que vous aviez du travail ! Qu'est-ce que vous faites là alors ?

— Toi, tu ferais mieux de descendre tout de suite, dit Brody en pointant son doigt vers elle. Sinon tu risques de tomber.

— Viens me chercher si tu l'oses.

Il descendit alors de son cheval et se lança à l'assaut du rocher. Une fois en haut, il enlaça Payton et l'embrassa avec fougue.

Hayley, quant à elle, s'était approchée de Teague et avait posé sa main sur sa cuisse, tandis qu'il lui caressait amoureusement la tête.

Gemma regarda Cal. Même couvert de poussière, il restait l'homme le plus magnifique de la terre. Il lui sourit exactement de la même façon que la nuit précédente, après qu'ils avaient fait l'amour. Il n'avait pas besoin de lui parler, ce sourire lui disait tout ce qu'elle voulait savoir.

— C'est oui, murmura-t-elle alors.

— A quoi me dis-tu oui ? demanda-t-il.

— A la question que tu m'as posée il y a quelques jours. Est-ce que tu te souviens ?

Il sauta alors de son cheval et se précipita pour l'enlacer et l'embrasser.

— C'est oui, répéta-t-il en la soulevant et en la faisant tournoyer autour de lui.

Elle ferma les yeux et s'accrocha bien fort à lui. Elle se sentit d'abord étourdie, mais lorsqu'il l'embrassa de nouveau, tout devint clair. C'était là, dans ses bras et dans sa vie, qu'elle était à sa place. Il n'y avait plus aucun doute possible et jamais il n'y en aurait.

Passions

Le 1er juillet

Passions n°406

Précieuses confidences - Maureen Child

Série : «Les secrets de Waverly's»

Depuis qu'un scandale menace Waverly's, le prestigieux hôtel des ventes de sa famille, Vance Waverly est aux aguets. Se pourrait-il que l'espion infiltré chez eux par la maison concurrente soit sa nouvelle et ô combien sublime assistante ? Malgré toute l'attirance qu'il éprouve pour Charlotte Potter, il ne peut écarter cette possibilité. Résolu à découvrir ce que lui cache la mystérieuse jeune femme, Vance décide de se rapprocher d'elle. Si près qu'il saura bientôt si Charlotte est son ennemie – et, surtout, s'il peut faire d'elle sa maîtresse...

Un troublant espoir - Lilian Darcy

Lors de son passage à Radford, c'est avec beaucoup d'émotion que Scarlett retrouve Daniel Porter. Malgré les six années qui les ont séparés, et bien qu'elle se soit jetée à corps perdu dans sa carrière, elle a été incapable de l'oublier... Or, aujourd'hui qu'elle a décidé de changer de vie – et de renouer avec les plaisirs simples de la vie –, elle ne peut s'empêcher de se demander si ces retrouvailles ne sont pas le signe du destin qu'elle attendait. Aurait-elle une seconde chance avec Daniel ? Face au regard brûlant de celui-ci, Scarlett a soudain très envie de le croire...

Passions n°407

Une nuit inoubliable - Crystal Green

Une belle brune aux yeux gris, un parfum enivrant. Ces images douces et sensuelles ne quittent plus Connall Flannigan depuis quatre mois, date à laquelle un accident l'a laissé amnésique. Pour renouer avec cette vie qui lui est devenue étrangère, il se rend à St Valentine, sur les lieux où son existence a basculé, résolu à retrouver ses souvenirs – et la femme qui hante ses jours et ses nuits. Mais lorsqu'il se retrouve face à sa mystérieuse obsession, Connall est bouleversé de la découvrir... enceinte.

La tentation d'une Westmoreland - Brenda Jackson

Captivée. Face à l'Apollon qui vient d'apparaître devant elle, Megan Westmoreland reste un moment muette d'admiration. Jamais elle n'a éprouvé une telle attirance, un désir aussi sauvage pour qui que ce soit. Mais alors que l'inconnu la dévore des yeux à son tour, le couperet tombe : il s'agit de Rico Claiborne, l'homme qu'elle a engagé pour enquêter sur le passé de sa famille. Et puisque Megan ne mélange pas travail et plaisir, il n'est pas question pour elle de céder à la tentation que Rico lui inspire. Même si lui résister sera d'autant plus difficile qu'elle compte bien rester auprès de lui durant les recherches qu'il doit mener au Texas. Jour et nuit...

Passions n°408

Mariage à Isla Sagrado - Yvonne Lindsay

Lorsque Loren reconnaît le ténébreux Alexander del Castillo sur le pas de sa porte, elle sent un frisson la parcourir. Ainsi, celui à qui elle est promise depuis sa naissance a traversé la planète pour venir lui rappeler son devoir, et la ramener sur L'Isla Sagrado ? Jamais elle n'aurait imaginé qu'il chercherait, dix ans après leur dernière rencontre, à honorer le pacte archaïque conclu par leurs pères respectifs. Hélas, alors que la raison lui dicte de refuser d'épouser cet homme qui ne l'aime pas, son cœur, qui n'a jamais battu que pour Alex, la pousse bientôt à accepter cette union aussi insensée que follement exaltante...

Un parfum d'inachevé - Nancy Robards Thompson

Caroline n'est pas du genre à laisser ses sens prendre le contrôle. Pourtant, le jour où elle rencontre Drew Montgomery à l'occasion d'un mariage, elle succombe au désir puissant qu'il éveille en elle, et s'offre une nuit – une seule – dans les bras de cet homme splendide qui la couve du regard. Pourquoi se refuserait-elle ce plaisir simple et sans engagement ? Seulement, au petit matin, Caroline est totalement chavirée. Les instants délicieux qu'elle a passés avec Drew ont comme un goût d'inachevé, et elle n'a désormais qu'une envie : revoir son amant d'un soir...

Passions n°409

Le héros de ses rêves - Susan Crosby

Série : «Le destin des Fortune»

Depuis la terrible tornade qui a ravagé Red Rock, et a bien manqué lui coûter la vie, Victoria Fortune ne cesse de faire des cauchemars. Des cauchemars dans lesquels elle retrouve, heureusement, ce cowboy inconnu qui l'a sauvée des décombres, trois mois plus tôt. Afin de surmonter son traumatisme et de reprendre le contrôle de sa vie, Victoria décide donc de retourner sur les lieux du drame – et de retrouver son héros pour le remercier. Mais quand, enfin, elle parvient jusqu'au ranch isolé de Garrett Stone, elle découvre, déçue, que l'homme qui hante ses nuits n'est absolument pas ravi de la revoir...

Un désir insensé - Day Leclaire

Conduis-moi dans ta chambre. A peine Daisy a-t-elle retrouvé Justice St John qu'elle laisse s'exprimer son cœur – et son corps. Comment pourrait-il en être autrement, alors que cela fait dix ans qu'elle rêve de lui et de l'été merveilleux qu'ils ont passé ensemble ? Hélas, lorsqu'après une fabuleuse nuit d'amour, Justice déclare qu'il ne veut plus la revoir, c'est le cœur brisé que Daisy quitte, pour la seconde fois, l'homme qu'elle a tant aimé. Jusqu'à ce qu'elle mette au monde son enfant et prenne la décision d'aller trouver Justice, dans le domaine où il vit en solitaire...

Passions n°410

La belle de Wolff Mountain - Janice Maynard

Je vais vous emmener à Wolff Mountain... Bien que blessée à la suite d'un accident, Gillian aurait reconnu la voix de Devlyn Wolff entre mille. Hélas, celui qui a brisé son cœur d'enfant, et qui ne semble avoir gardé aucun souvenir de leur rencontre passée, exerce toujours un étrange pouvoir sur elle. Est-ce dû à la sensualité irrésistible qui émane de lui, à son regard intense, à son sourire dévastateur ? Quoi qu'il en soit, et parce qu'elle est contrainte de le suivre dans son château, en pleine nuit, Gillian reste sur ses gardes. Cet homme est un séducteur, et elle a tout intérêt à se tenir aussi éloignée de lui que possible...

Une sublime rencontre - Beth Kery

Alors qu'il se promène sur la plage de Harbor Town, par une chaude nuit d'été, Liam Kavanaugh fait face à une sublime apparition, celle d'une inconnue dansant au rythme des vagues, libre et solitaire. Mais il n'a pas le temps de l'aborder que, déjà, la jeune femme s'enfuit au loin. Bouleversé par cette rencontre, Liam se désespère de revoir cette beauté quand il la retrouve enfin, en la personne de Natalie Reyes. Natalie, dont la famille est ennemie de la sienne depuis toujours...

Passions n°411

L'emprise du plaisir - Kate Hoffmann

Série : «Le défi des frères Quinn»

Lorsque son grand-père lui annonce qu'il a choisi de l'envoyer pour six semaines à l'autre bout du pays, Ronan Quinn relève le défi sans hésiter : c'est l'occasion ou jamais d'exorciser ses vieux démons, et de prendre un nouveau départ. Sauf que, dès son arrivée dans la petite ville du Maine, au bord de l'océan, rien ne se passe comme prévu. D'abord parce que son nom de famille semble y être associé à une vieille malédiction et qu'il va avoir, dans ces conditions, toutes les peines du monde à trouver un travail et un toit. Ensuite, et surtout, parce que la seule personne qui accepte de l'aider malgré son nom de famille le plonge dans un état proche de la stupeur. Charlie Sibley. Une beauté à couper le souffle, qu'il meurt d'envie de serrer dans ses bras et d'embrasser jusqu'au bout de la nuit. Au mépris de toute raison...

Lui entre tous - Jo Leigh

Pourquoi diable Shannon a-t-elle eu l'idée de jouer les entremetteuses pour ses amies ? Si, à l'origine, arranger des rencontres entre les hommes célibataires de son entourage et ses amies lui paraissait une très bonne idée, cela lui semble à présent une erreur magistrale. Car, bien malgré elle, elle a accepté d'aider son amie Ariel à sortir avec Nate Brenner, le meilleur ami de son frère qu'elle n'a pas vu depuis des années, et qui vient de s'installer chez eux pour quelque temps. L'homme le plus sexy de la terre, doublé de l'incarnation de ses fantasmes les plus fous...

A paraître le 1er mai

Best-Sellers n°559 • suspense

Un tueur dans la nuit - Heather Graham

Un corps atrocement mutilé, déposé dans une ruelle mal éclairée de New York en une pose volontairement suggestive…

En s'avançant vers la victime – la quatrième en quelques jours à peine –, l'inspecteur Jude Crosby comprend aussitôt que le tueur qu'il traque vient une fois de plus d'accomplir son œuvre macabre. Qui est ce déséquilibré, qui semble s'ingénier à imiter les crimes commis par Jack l'Eventreur au 19e siècle ? Et comment l'identifier, alors que le seul témoin à l'avoir aperçu n'a distingué qu'une ombre dans la nuit, vêtue d'une redingote et d'un chapeau haut de forme ? Se pourrait-il, comme le titrent les médias, déchaînés par l'affaire, qu'il s'agisse du fantôme du célèbre assassin, ressuscité d'entre les morts pour venir hanter le quartier de Wall Street, désert la nuit ? Une hypothèse qui exaspère Jude, lui qui sait bien qu'il a affaire à un homme en chair et en os qu'il doit arrêter au plus vite. Quitte pour cela à accepter de collaborer avec la troublante Whitney Tremont, l'agent du FBI qui lui a été envoyé pour l'aider à résoudre l'affaire. Même si Jude ne croit pas un seul instant au don de double vue qu'elle prétend posséder…

Best-Sellers n°560 • suspense

L'ombre du soupçon - Laura Caldwell

Après des mois difficiles durant lesquels elle a été confrontée à la perte d'un être cher ainsi qu'à une déception amoureuse, Izzy McNeil, décidée à ne pas se laisser aller, accepte sans hésiter de devenir présentatrice d'une nouvelle chaîne de télévision. Mais si la chance semble lui sourire à nouveau, il lui reste encore à retrouver sa confiance en elle et à remettre de l'ordre dans sa vie sentimentale. Pourtant, tout cela passe d'un seul coup au second plan quand elle retrouve Jane, sa meilleure amie, sauvagement assassinée. Anéantie, Izzy doit en outre affronter les attaques d'un odieux inspecteur de police qui la soupçonne du meurtre de son amie. Comment se défendre face à ces accusations quand des coïncidences incroyables la désignent comme la coupable idéale – tandis que de sombres secrets que Jane aurait sans doute voulu emporter dans la tombe commencent à remonter à la surface ? Désormais, Izzy le sait, elle est la seule à pouvoir dissiper l'ombre du soupçon.

Best-Sellers n°561 • thriller

L'hiver assassin - Lisa Jackson

Ne meurs pas. Bats-toi. Ne te laisse pas affaiblir par le froid et la morsure du vent. Oublie la corde et l'écorce gelée. Bats-toi. C'est la quatrième femme morte de froid que l'on retrouve attachée à un arbre dans le Montana, un étrange symbole gravé au-dessus de la tête. Horrifiées par cette série macabre, Selena Alvarez et Regan Pescoli, inspecteurs de police, se lancent dans une enquête qui a tout d'un cauchemar, au cœur d'un hiver glacial et de jour en jour plus meurtrier à Grizzly Falls. Au même moment, Jillian Rivers, partie à la recherche de son mari dans le Montana, se retrouve prisonnière d'une violente tempête de neige. Un homme surgit alors pour la secourir avant de la conduire dans une cabane isolée par le blizzard. Malgré son soulagement, Jillian éprouve instinctivement pour cet être taciturne un sentiment de méfiance. Et si ses intentions n'étaient pas aussi bienveillantes qu'il y paraissait ? Et s'il se tramait quelque chose de terrible ? Pour Selena, Regan et Jillian, un hiver assassin se profile peu à peu dans ces forêts inhospitalières…

Best-Sellers n°562 • thriller

Et tu périras par le feu - Karen Rose

Hantée par une enfance dominée par un père brutal – que son entourage considérait comme un homme sans histoire et un flic exemplaire –, murée dans le silence sur ce passé qui l'a brisée affectivement, l'inspecteur Mia Mitchell, de la brigade des Homicides, cache sous des dehors rudes et sarcastiques une femme secrète, vulnérable, pour qui seule compte sa vocation de policier. De retour dans sa brigade après avoir été blessée par balle, elle doit accepter de coopérer avec un nouvel équipier, le lieutenant Reed Solliday, sur une enquête qui s'annonce particulièrement difficile : en l'espace de quelques jours, plusieurs victimes sont mortes assassinées dans des conditions atroces. Le meurtrier ne s'est pas contenté de les violer et de les torturer : il les a fait périr par le feu... Alors que l'enquête commence, ni Mia ni Reed, ne mesurent à quel point le danger va se rapprocher d'eux, au point de les contraindre à cohabiter pour se protéger eux-mêmes, et protéger ceux qu'ils aiment...

Best-Sellers n°563 • roman

La vallée des secrets - Emilie Richards

Si rien ne changeait, le temps aurait raison de son mariage : telle était la terrible vérité dont Kendra venait soudain de prendre conscience. Blessée dans son amour, elle part s'installer dans un chalet isolé au cœur de la Shenandoah Valley, en Virginie. Une demeure héritée par son mari, Isaac, d'une grand-mère qu'il n'a jamais connue, seule trace d'une famille qui l'a abandonné après sa naissance. Dans ce lieu enchanteur et sauvage, elle espère se ressourcer et faire le point sur son mariage. Mais c'est une autre quête qui la passionne bientôt : celle du passé enfoui et mystérieux des ancêtres d'Isaac. Une histoire intimement mêlée aux secrets de la vallée, précieusement protégés par les habitants qui en ont encore la mémoire. Mais qu'importe : Kendra, qui n'a rien oublié de son métier de journaliste, est prête à relever le défi. Car, elle en est persuadée, ce n'est qu'en sachant enfin d'où il vient qu'Isaac pourra construire avec elle un avenir serein...

Best-Sellers n°564 • roman

Un automne à Seattle - Susan Andersen

Quand elle apprend qu'elle hérite de l'hôtel particulier Wolcott, près de Seattle, Jane Kaplinski a l'impression de rêver. Car avec la demeure, elle hérite aussi de la magnifique collection d'art de l'ancienne propriétaire ! Autant dire une véritable aubaine pour elle, conservatrice-adjointe d'un musée de Seattle. Mais à son enthousiasme se mêlent des sentiments plus graves : de la peine, d'abord, parce qu'elle adorait l'ancienne propriétaire de Wolcott, une vieille dame excentrique et charmante qu'elle connaissait depuis l'enfance. Et de l'angoisse, ensuite, parce qu'elle redoute de ne pas être à la hauteur de la tâche. Heureusement, elle peut compter sur l'aide inconditionnelle

de ses deux meilleures amies, Ava et Poppy, qui ont hérité avec elle de Wolcott. Et sur celle, quoique moins chaleureuse, de Devlin Kavanagh, chargé de restaurer la vieille bâtisse. Un homme très séduisant, très viril et très sexy, mais qui l'irrite au plus haut point avec son petit sourire en coin, et son incroyable aplomb. Mais comme il est hors de question qu'elle réponde à ses avances à peine voilées, elle n'a plus qu'à se concentrer sur son travail. Sauf que bien sûr, rien ne va se passer comme prévu...

Best-Sellers n°565 • historique

La maîtresse du roi - Judith James

Cressly Manor, Angleterre, 1662

Belle, sensuelle et déterminée, Hope Matthews a tout fait pour devenir la favorite du roi d'Angleterre, quitte à y laisser sa vertu. Pour elle, une simple fille de courtisane, cette réussite est un exploit, un rêve inespéré auquel elle est profondément attachée. Malheureusement, son existence dorée vole en éclats lorsque le roi lui annonce l'arrivée à la cour de la future reine d'Angleterre. Du statut de maîtresse royale, admirée et enviée de tous, elle passe soudainement à celui d'indésirable. Furieuse, Hope l'est plus encore lorsqu'elle découvre que le roi a mis en place un plan pour l'éloigner de Londres : sans la consulter, il l'a mariée à l'ombrageux et séduisant capitaine Nichols, un homme arrogant qui ne fait rien pour dissimuler le mépris qu'il éprouve pour elle…

Best-Sellers n°566 • historique

Princesse impériale - Jeannie Lin

Chine, 824.

Fei Long n'a pas le choix : s'il veut sauver l'honneur de sa famille, il doit à tout prix trouver une remplaçante à sa sœur fugitive, censée épouser un seigneur khitan sur ordre de l'empereur. Hélas ! à seulement deux mois de la cérémonie, il désespère de rencontrer la candidate idéale. Jusqu'à ce que son chemin croise celui de Yan Ling, une ravissante servante au tempérament de feu. Bien sûr, elle n'a pas l'élégance et le raffinement d'une princesse impériale, mais avec un peu de volonté – et beaucoup de travail –, elle jouera son rôle à la perfection, Fei Long en est convaincu. Oui, Yan Ling est la solution à tous ses problèmes. A condition qu'il ne tombe pas sous son charme avant de la livrer à l'empereur…

Best-Sellers n°567 • érotique

L'emprise du désir - Charlotte Featherstone

Parce qu'il croit avoir perdu à jamais lady Anaïs, la femme qu'il désire plus que tout au monde, lord Lindsay s'est laissé emporter entre les bras d'une autre maîtresse, aussi voluptueuse mais autrement dangereuse : l'opium. Semblables à de langoureux baisers, ses volutes sensuelles caressent son visage et se posent sur ses lèvres, l'emportant vers des cimes inexplorées. Et quand survient l'extase, le rideau de fumée se déchire, et, le temps d'un rêve, il possède en imagination la belle Anaïs. Hélas, pour accéder encore et encore à cet instant magique, Lindsay a besoin de plus en plus d'opium, qui devient vite pour lui une sombre maîtresse, exigeante, insatiable. Alors, le jour où lady Anaïs resurgit dans sa vie, encore plus troublante, encore plus désirable, il comprend qu'il va devoir faire un choix. Car il ne pourra les posséder toutes les deux…

Composé et édité par les

éditions HARLEQUIN

Achevé d'imprimer en France (Malesherbes)
par Maury-Imprimeur
en mai 2013

Dépôt légal en juin 2013
N° d'imprimeur : 181143